KARL GUTZKOW

Wally, die Zweiflerin

ROMAN

STUDIENAUSGABE MIT DOKUMENTEN
ZUM ZEITGENÖSSISCHEN LITERATURSTREIT
HERAUSGEGEBEN VON
GÜNTER HEINTZ

PHILIPP RECLAM JUN. STUTTGART

Universal-Bibliothek Nr. 9904 [6]

Printed in Germany 1979. Satz: Alfred Utesch, Hamburg
Herstellung: Reclam Stuttgart
ISBN 3-15-009904-8

Wally,

die

Zweiflerin.

Roman

von

Karl Gutzkow.

— Des Friedens Wund' ist Sicherheit,
Sorglose Sicherheit; doch weiser Zweifel
Wird Leuchte der Vernunft, des Arztes Sonde,
Der Wunde Grund zu prüfen.
Shakspeare.

Mannheim.

C. Löwenthals Verlagshandlung.

1835.

[(5)]

Erstes Buch

[(7)]

1

Auf weißem Zelter sprengte im sonnengolddurchwirkten Walde Wally, ein Bild, das die Schönheit Aphroditens übertraf, da sich bei ihm zu jedem klassischen Reize, der nur aus dem cyprischen Meerschaume geflossen sein konnte, noch alle romantischen Zauber gesellten: ja selbst die Draperie der modernsten Zeit fehlte nicht, ein Vorzug, der sich weniger in der Schönheit selbst als in ihrer Atmosphäre kundzugeben pflegt. Welche natürliche und ihr doch so vollkommen gegenwärtige Koketterie auf einem Tiere, von dem sie wahrscheinlich selbst nicht wußte, daß es blind war! Wally gab sich das Ansehen, als wäre sie mit ihrer Situation verschwi-[8]stert; aber nichts ist so reizend, als wenn durch irgendeine fast gelungene Affektation, durch die ganze Haltung eines innerlich mehr reflektierten wie angebornen Wesens einige kleine Lichtritzen schimmern und für den Mann, welcher sie sehen kann, die versteckten Erleichterungen einer sich einbohrenden Neigung werden. Aber von den zahlreichen Kavalieren, welche Wally umgaben, sahe diese kleinen Lücken der Furcht edler Weiblichkeit niemand. Jene, die Lücken der Furcht, kannte vielleicht der Jockei, der auch wußte, daß die weiße Stute blind war. Aber die übrigen hingen nur wie der Eisenfeilstaub am Magnet, wie die Nachahmung am Genie, wie das Ordinäre am Wunderbaren.

Am Wege schritt, wie es beim Temperamente sich von selbst versteht, im Zweivierteltakte Cäsar, ein Mann, der imstande war, eine solche Gruppe wie die vorbeisprengende [9] im Nu zu übersehen und jede darin waltende Figur so zu isolieren, daß er sie alle verarbeitete und an seiner eigenen Individualität zerrieb. Kennt ihr diese genialen

Charaktere, welche durch ihr Schweigen immer mehr ausdrücken, als wenn sie reden, die nur ihr rollendes, siegendes Auge in die Gesellschaft bringen dürfen und jede Persönlichkeit darin absorbieren in eine Huldigung, die ihnen wird ohne ihr Verlangen? Cäsar stand im zweiten Drittel der zwanziger Jahre. Um Nase und Mund schlängelten Furchen, in welche die frühe Saat der Erkenntnis gefallen war, jene Linien, die sich von dem lieblichsten Eindrucke bis zu dämonischer Unheimlichkeit steigern können. Cäsars Bildung war fertig. Was er noch in sich aufnahm, konnte nur dazu dienen, das schon Vorhandene zu befestigen, nicht zu verändern. Cäsar hatte die erste Stufenleiter idealischer Schwärmerei, welche unsre Zeit auf junge Ge-[10]müter eindringen läßt, erstiegen. Er hatte einen ganzen Friedhof toter Gedanken, herrlicher Ideen, an die er einst glaubte, hinter sich: er fiel nicht mehr vor sich selbst nieder und ließ seine Vergangenheit die Knie seiner Zukunft umschlingen und sie beten: Heilige Zukunft, glühender Moloch, wann hör' ich auf, mich mir selbst zu opfern? Cäsar begrub keine Toten mehr: die stillen Ideen lagen so weit von ihm, daß seine Bewegungen sie nicht mehr erdrücken konnten. Er war reif, nur noch formell, nur noch Skeptiker: er rechnete mit Begriffsschatten, mit gewesenem Enthusiasmus. Er war durch die Schule hindurch und hätte nur noch *handeln* können; denn wozu ihn seine toten Ideen machten, er war ein starker Charakter. Unglückliche Jugend! Das Feld der Tätigkeit ist dir verschlossen, im Strome der Begebenheiten kann deine wissensmatte Seele nicht wieder neu geboren werden; du kannst nur [11] lächeln, seufzen, spotten und die Frauen, wenn du liebst, unglücklich machen!

Cäsar, wie er einsam wandelte, fühlte, daß er weinen sollte, und lachte, um die Tränen zu vertreiben.

Da flog Wally mit ihren Begleitern an ihm vorüber. Sie schlug mit ihrer Gerte in die Seiten des schönen, aber blinden Gaules (sie wußte es wahrhaftig nicht!) – ein sonderbarer Glanz klang durch die Luft, und zu Cäsars Füßen lagen fünf kostbare Ringe.

Sie mußten an der Reitgerte gesteckt haben.

Wally sah, was der Unbekannte am Wege aufnahm; sie machte Miene anzuhalten; aber als der Fremde mit der Zurückgabe zögerte, blickte sie bös und trieb ihren Schimmel weiter. Die Kavaliere hatten nichts gesehen.

Cäsar aber, da er die Reiterin sogleich aus den Augen verlor, mußte sich auf alles besinnen. Er gefiel sich darin, an eine alte Sage [12] zu glauben, an die Prinzessin im Walde, und sich selbst mit irgendeinem Zauber in Verbindung zu bringen.

Er steckte die Ringe zu sich und hatte sie wieder vergessen, wie er innerhalb der Stadt war.

[13] 2

Ein gewisser Regierungspräsident gab einen beinahe ländlichen Ball. Wally und Cäsar sahen sich hier. Cäsar hatte in einem Anfalle guter Laune die fünf Ringe über seine Handschuhe gezogen. Wally frug ihn, wie er darauf käme?

»Weil meine rechte Hand«, antwortete er, »beim Tanzen immer ungeschickt ist. Die Ringe verhindern sie, von dem glatten Rücken der Tänzerinnen abzugleiten.«

Wally ließ ihn stehen: dieser junge Mann mißfiel ihr. Aber sie fühlte, daß sie sich zerstreuen müsse, und tanzte mit Vorliebe. Sie wurde erhitzt, verfolgte Cäsar und sahe, daß er die Ringe wieder fortgenommen hatte.

Sie wollte sie wiederhaben und rief einem [14] ihrer Employés, einem blondhaarigen Referendär, der eine kleine Schrift über das Unzeitgemäße politischer Garantien geschrieben hatte. Sie setzte ihm die Lage der Dinge auseinander.

»Ich bin gewohnt«, sagte sie, »für jeden Monat im Jahre

einen andern Anbeter zu haben, und ich nehme niemanden an, der sich nicht durch einen Ring in meine Gunst einkauft. An meinem Finger will ich die Ringe nicht: ich trage sie an meiner Reitgerte und mache mir ein Vergnügen daraus, wenn ich von Juli zu Juli ins Bad reise und armen preßhaften Leuten sie alle zwölf nacheinander in die heißen Sprudelbecher werfe.«

Darauf erklärte sie ihm, wie sie fünf davon verloren hätte, und verlangte, daß sie ihr wieder zuhanden, das heißt zur Reitgerte, kämen.

Der junge Mann, welcher über das Unzeitgemäße politischer Garantien geschrieben hatte, versprach sein mögliches und redete Cäsar an.

[15] Cäsar betrachtete ihn und besann sich auf den Verfasser der kleinen Broschüre. »Sie verstehen sich darauf«, sagte er dann, »als St. Georg gegen die Ungetüme der Zeit zu kämpfen. Die Ringe der Dame passen zu meinem Schuppenleibe: ich stehe als Lindwurm zu Ihren Diensten!«

»Wie versteh' ich das?« fragte der junge Mann, welcher über das Unzeitgemäße politischer Garantien geschrieben hatte.

Cäsar ließ ihn stehen. Der Bote wagte nicht, unverrichteter Sache zu Wally zurückzugehen; eben tanzte sie, sie hatte seine Abweisung glücklicherweise nicht bemerkt.

Der junge Mann half sich: er wußte, von wem die fünf Ringe kamen: vier von seinen Freunden, die mit ihm teils auf dem Stadtamte fungierten, teils auf das nächste militärische Avancement warteten; einer gehörte ihm, denn Wallys Sonne stand zufällig während [16] dieses Monats in seinem Zeichen. Die Sache wurde unvermeidlich ein Ehrenhandel; aber er war perfid genug, dem Gegner das Spiel fünffach zu erschweren. Cäsar bekam noch an demselben Abend fünf Ausforderungen ins Ohr geflüstert.

Er nickte lächelnd zu jeder; für den folgenden Morgen war alles anberaumt, aber er entfernte sich früh.

Wally tanzte bis in die Nacht. O welch ein Glück, sich mit dem faden Mittelgut in ewig gleichen Kreisen herumzudrehen!

[17] 3

Es war schon um die eilfte Vormittagsstunde des folgenden Tages, als Wally unter den Händen ihres Kammermädchens saß und ihr Haar flechten ließ. Sie hatte einen kleinen Tisch vor sich gerückt, worauf die Erzeugnisse der neuesten Literatur lagen. Natürlich kamen sie frisch aus dem Buchladen; anständige Leute lesen nicht aus Leihbibliotheken.

Sie blätterte in dem jüngsten Musenalmanach von Schwab und Chamisso. »Diese guten Waldsänger«, sprach sie vor sich hin, »nehmen sich die Freiheit, sehr ennuyant zu sein. Wenn uns die Reime nicht in einer Art von melodischer Spannung hielten, die Monotonie der Ge-[18]fühle und Anschauungen wäre tödlich. Ich ziehe Prosa vor. Heines Prosa ist mir lieber als Uhland und sein ganzer Bardenhain.«

Sie griff nach Heines »Salon«, zweiter Band. »Willst du Philosophie studieren, Aurora?« fragte sie ihr Kammermädchen: »Hier sind all die gelehrten, bemoosten Karpfen der deutschen Philosophie mit Frühlingspetersilie und Vanille zubereitet. Man sollte die Bonbons in Aphorismen aus Heines ›Salon‹ einschlagen. Welch gesunkenes Volk müssen die Franzosen sein, daß sie gerad auf der Stufe in den Wissenschaften stehen, wo in Deutschland die Mädchen.«

Einige Schriften vom jungen Deutschland lagen zur Hand, von Wienbarg, Laube, Mundt. »Wienbarg ist zu demokratisch: ich habe nie gewußt, daß ich vom Adel bin«, sagte sie; »aber mit Schrecken denk' ich daran, seit ich diesen Autor lese. Laube scheint den Adel nicht abschaffen, sondern überflügeln zu wollen. Doch bleibt es arg: er [19] ist zudringlich. Er gibt sich in seinen Schriften das Ansehen, als kenne er jede seiner Leserinnen und verlange von ihr eine Hingebung, um die er nicht einmal bittet. Mundt goutier' ich nur halb: denn er wird, je mehr er sich selbst klarzuwerden scheint, für andere immer unverständlicher. Verstehst du, Aurora?«

Aurora hatte etwas in den Mund bekommen und mußte abscheulich husten. Wally lachte.

Unter den Büchern lag zuletzt die neueste Lieferung der »Carlsruher Bilderbibel«, auf welche Wally abonniert hatte.

»Wie sonderbar doch das Christentum auf Velinpapier aussieht!« sagte sie zu sich selbst. »Dienen diese Kupfer zu etwas anderem, als die Aufmerksamkeit noch mehr von dem heiligen Buche abzulenken! Siehe, da steht ein Druckfehler! Ein umgekehrter Buchstabe! Es ist hübsch, in der Bibel Irrtümer zu entdecken.«

[20] Wally sahe nur auf das Äußre, auf den Einband, dann las sie etwas. Sie las einige Verse, ein halbes Kapitel und fragte ihr Mädchen, wann sie zuletzt in der Kirche gewesen wäre?

Aurora war nicht frivol: sie war vor vier Wochen dagewesen.

Wally las, ohne zu hören. Dann fragte sie: »Warum bist du so still?«

Aurora war nicht mehr im Zimmer: Wally blickte sich scheu um und las weiter. Ihr Auge haftete stier auf den Buchstaben: sie schlug eine Seite nach der andern um: dann lehnte sie sich zurück, eine Träne stand in ihrem Auge. Sie sah mit einem flehenden, verzweifelnden Blick auf den kleinen Tisch, der so viel Widersprechendes friedlich umschloß. Sie stützte den Kopf auf die Lehne ihres Sessels; es war Sonntag. Die Glocken läuteten, aus der nahen Kirche brausten die Töne der Orgel [21] herüber. Wally war in Tränen aufgelöst. Kann man dem Himmel ein schöneres Opfer bringen? Diese Tränen flossen aus dem Weihebecken einer unsichtbaren Kirche.

Die Gottheit ist nirgends näher, als wo ein Herz an ihr verzweifelt.

Aurora kam zurück. Es war Besuch im Gesellschaftszimmer. Wally hätte absagen müssen; aber sie war willenlos. Sie fand die Ritter von den fünf Ringen, einige von ihnen leicht verwundet.

Wally erschrak, als sie von dem Vorfalle hörte. Cäsar war am Arme blessiert. Aber schon die Nachricht, daß keine Gefahr vorhanden sei, richtete sie auf; und wie in der menschlichen Seele Schmerz und Freude sich ergänzen und das Linderungsmittel des einen Übels auch alle übrigen Sorgen heilt, die mit ihm in keiner Verbindung standen, so wandte sie sich [22] teilnehmend dem Gespräche zu. Es war fade, wie immer; aber verzeihlich der Tageszeit wegen. Man soll vor Tische von keinem Menschen verlangen, daß er geistreich sei.

Wally konnte lachen und lachte übermäßig.

[23] 4

Beide sahen sich eine Woche später. Wally hatte nicht das Herz, von dem Vorfalle zu sprechen. Aber es währte nicht lange, so sprachen sie über den Mut.

Sie wollte wissen, ob der Mutige die Gefahr absichtlich verkleinere oder geringer achte, ob der Mut noch während der Gefahr daure oder nur das Vorspiel der Gefahr sei. Cäsar sagte, er habe nie über den Mut nachgedacht, besäße ihn auch nicht hinreichend dafür. Wally brannte der Vorfall auf den Lippen; aber sie hielt an sich und lächelte bloß.

»Ich glaube«, sagte Cäsar, »daß es Menschen gibt, deren Mut darin besteht, daß sie die Gefahr gar nicht sehen. Das sind diejenigen, welche als die vorzugsweise Mutigen über-[24]all gefürchtet werden: auf den Universitäten jene unverschämten Knaben, die gegen jedermann die Hand in die Seite stemmen und von Verachtung und Malice übersprudeln; unterm Militär diejenigen, welche ihren Säbel gern so hängen, daß sie ihn hinter sich klirren hören. Man kann aber sagen, daß wenn diese Menschen Einbildungskraft genug hätten, die Gefahr zu sehen, sie die verzagtesten sein würden. Der Besonnene ist von Natur niemals mutig. Er folgt nur den Rücksichten und ist unerschrocken, weil die Sache einmal nicht zu ändern ist.«

Wally fand diese Äußerungen durchaus nicht so liebenswürdig, wie sie gewohnt war, dergleichen von ihren männlichen Umgebungen zu hören. Es war in ihrem innerlichen Urteile etwas, was einen guten Schein hatte. Sie vermißte an Cäsar den Reiz der Natürlichkeit. Seine Reflexion zog an, befriedigte aber das [25] Temperament nicht. Nichtsdestoweniger traf sie sehr gut die Gedankenreihe Cäsars, indem sie fortfuhr: »Ich glaube fast, Sie halten die Tugend für eine Berechnung?«

»Die Tugend nicht«, entgegnete Cäsar; »aber alles, was man gern für Instinkt anzusehen gewohnt ist. Unsre Handlungen sollen berechnet sein, unsre Empfindungen sind es. Ich erinnere Sie nur an das Unbequeme mancher Empfindung, mit der wir gern kokettieren, die uns aber in gewissen Zeiten recht zur Unzeit kömmt.«

»Sie sind ohne Natur«, sagte Wally.

»Ich bin ohne Verstellung«, fiel Cäsar ein.

»Ohne Verstellung? Jeder Satz in Ihren Theorien scheint von Ihren zufälligen Zwecken abhängig zu sein.«

Cäsar mußte lächeln; er hatte etwas gesagt, was er nicht meinte.

[26] »Glauben Sie«, fragte er, »daß es in der Liebe eine Höflichkeit gibt?«

»Das versteh' ich nicht.«

Cäsar blickte finster und wollte abbrechen.

»Was ist Ihnen?« fragte Wally.

»Ich denke, Sie vermeiden, über einen Zustand zu sprechen, den Sie vielleicht nicht zu kennen vorgeben.«

»Halten Sie mich für eine Närrin?« fragte Wally, erst bös, dann aber hellte sich ihr Antlitz zu einer Liebenswürdigkeit auf, die Cäsarn fast einen Augenblick zu verwirren schien.

»Nehmen Sie nur an«, sagte er, »wie unzeitig und unbequem man werden kann, wenn man seinen Leidenschaften immer den natürlichen Raum läßt. Ich verspreche zum Beispiel einer Dame, sie einen Tag um den andern zu besuchen. Was heißt das? Sie ist einen Tag um den andern in der Spannung, wo sie glaubt, beglücken zu können. Ihre Gedankenreihen werden im-[27]mer einen Tag überschlagen, einen Tag, wo sie nicht untreu, aber ohne Rapport und Illusion ist. Man kann nicht unhöflicher sein als an diesem Tage, der überschlagen werden sollte, der für die Liebe gar nicht da ist, seine Braut zu überraschen.«

Wally lachte laut auf. Jetzt hielt sie Cäsarn für einen Narren und fragte ihn, welche Frau ihm diese Geständnisse gemacht habe.

Cäsar war kein Pedant, er lachte mit, fuhr aber fort: »Ich versichre Sie, es ist nichts abscheulicher als das Ungeschickte und Unbequeme. Der Instinkt mag hier manche üble Empfindung hintertreiben; aber sicher geht allein die Combination der Psychologie. Ich möchte um alles in der Welt zu einer gewissen Zeit, unter gewissen Umständen von der Freundschaft kein Opfer, von der Liebe keine Zärtlichkeit verlangen. Mit unsrer rohen Natürlichkeit sind wir immer gewohnt zu übertreiben; [28] in nichts sind wir aber übertriebener als in unsern Forderungen. Ist es erhört, was der Enthusiasmus nicht alles in den gefühlvollen Beziehungen der Geschlechter oder in der Freundschaft zu entdecken glaubte! Wer kann das alles leisten! Wer kann so unhöflich sein, alle diese Leistungen in Anspruch nehmen? Sagen Sie!«

»Ich habe vergessen, Rumohr zu lesen«, antwortete Wally.

»Rumohr!« sprach Cäsar; »Rumohr hatte vielleicht Anstand, aber nicht Geist und Mut genug, eine ›Schule der

Höflichkeit‹ zu schreiben. Rumohr glaubt an seine Vorschriften und scheut sich doch, die meisten davon anders als in einem gewissen Helldunkel zu geben. Rumohr glaubte, er müsse sich immer noch eine Hintertür offenlassen, um nicht für einen Fant zu gelten. Auch ist dieser Mann so sehr in die Klassizität verrannt, daß er alle Tugenden und [29] Untugenden des Altertums aufzählt, aber ein wichtiges, modernes Laster ganz mit Stillschweigen übergeht, ein Laster, wofür die Alten gar keinen Ausdruck hatten. Rumohr konnte davon nicht sprechen, weil er selbst darin ganz verstrickt ist. Dies ist die Langeweile. Aber was Rumohr? Es gibt eine weit tiefere Höflichkeitstheorie, welche auf ästhetischen und moralischen Prinzipien zu gleicher Zeit beruht. Soll ich ihren Grundsatz nennen? Lassen Sie aus einem christlichen Gebote nur einen Buchstaben weg. Raten Sie!«

Wally wurde rot: nicht des Rätsels wegen, sondern des Christentums.

Cäsar ergänzte sich selbst und sagte: »*Lebe* deinen Nächsten wie dich selbst! Sei Egoist, ohne deinen Nachbar zu verwunden! Wenn ich mich in die innersten Falten Ihrer Seele (Falten! Ihre junge Seele! Aber die Seele ist immer alt, der Teil der jahrtausendjährigen [30] Urseele und Weltseele, der in uns wohnt), wenn ich mich in sie versetze, so bin ich gewiß, immer die Wirkungen zu veranlassen, die ich eine Minute vorher schon bestimmen kann. Sie hören mich nicht mehr. Es ist wahr, ich habe zu laut gesprochen.«

Der gute Cäsar mit seinen langweiligen Theorien! Er mochte wunder glauben, wie zart er die Fibern des menschlichen Herzens anatomiere; und hatte schon längst seine Widersacherin innerlichst verletzt. Er wußte dies nicht und schämte sich, so theoretisch debattiert zu haben. Um die Sache war es ihm gar nicht zu tun. Er hatte überhaupt nur zwei Steckenpferde, auf denen er sich heißreiten konnte, die Verachtung der Musik und die Strenge der Erziehung. Diese beiden Fragen interessierten ihn, weil sie das Nächste berührten, das Zimmer des Nachbars gleichsam, weil die Musik sich gern in der Gesellschaft [31] breitmacht und über Erziehung so viel Empfindsames gefaselt wird. Er pointierte die Verachtung der Musik, um die jungen Damen (welche, wenn man von ihnen Gedanken verlangt, mit Musik antworten) ihre Leere fühlen zu machen: in der Erziehung aber den Stock, um sich das Geschwätz über Kinder, das Präsentieren der lieben Kleinen, die Koketterie mit seiner Einzigen oder seinem jüngsten Balge vom Leibe zu halten. Auf alles übrige ließ es Cäsar ankommen. Für Himmel, Hölle, Erde und was drin, drauf und drunter ist, nahm er nur Interesse, um sich zu unterhalten oder eine hübsche Wendung darüber zu haben.

Warum ist Cäsar kein Schriftsteller geworden? Er würde ein vortrefflicher Dialektiker sein, immer gute Gedanken haben und jedenfalls einen glänzenden Stil schreiben.

[32] 5

Wir sind noch in derselben Gesellschaft, wo über Herrn von Rumohr so abfällig geurteilt wurde. Wally ist nur hingebender und Cäsar erschöpfter geworden. Er war im Zuge, links und rechts seine zusammenhanglosen Einfälle auszustreuen und grade im Gegensatz zu seiner Höflichkeitstheorie alle Welt zu verwunden. Die Hauptunterhaltung hatte der lange blonde Mann an sich gerissen, welcher über das Unzeitgemäße politischer Garantien geschrieben hatte. Mit ihm korrespondierte ein Justizrat, welcher anonymer Verfechter von verschiedenen Lehrbüchern zur Kenntnis des Allgemeinen Landrechts war oder doch sein sollte. Beide zitierten sich wechselseitig als Autoritäten, der Junge den Alten der Carrière wegen: der Alte den [33] Jungen, weil er wußte, daß der Nachruhm in den Händen derer liegt, die nach uns leben. Cäsar war auf der Folter: er ahnte, daß sie ausschweifen wollten, daß sie auf dem Wege waren, zur schönen Literatur überzugehen.

»Wirklich?« zitterte er für sich hinein. »Wahrlich! Ja, sie müssen – Oh –.« Cäsar war aufgesprungen.

Er wollte fort. Wally frug ihn, was er hätte?

Der Justizrat, Mitglied einer Liedertafel, das heißt eines Vereins, wo man über Tafel die schlechten Compositionen eines Zelter und anderer zu singen pflegte, rief: »Ist es nicht auffallend, daß auch nicht ein einziger aus der neuen Schule in Deutschland sich auf Musik versteht. Wie schön hat Tieck die italienische Musik in seinen Sonetten charakterisiert! Wie treffend drückt er in seinem Vorspiel zum ›Gestiefelten Kater‹ oder [34] zur ›Verkehrten Welt‹, ich weiß nicht, das Wesen der verschiedenen Instrumente aus! Wie hat die ganze romantische Schule in der Musik gelebt!«

»Und Hoffmann«, rief eine ältliche Dame, die ihrem Teint nach mit Napoleon verwandt sein konnte.

»Und Hoffmann!«, fielen alle ein.

»Ja«, rief der Justizrat, »Hoffmann, der mein Kollege war!«

Cäsar sagte ruhig: »Ich weiß nicht, worin der Zusammenhang der Literatur und der Instrumentation liegen sollte. Goethe scheint mir auch ohne den Kontrapunkt verständlich zu sein.«

Aber der Justizrat hatte das Wort: »Man hat noch immer gefunden, daß irgendeine Beschäftigung, welche dem Dichter sonst noch teuer und lieb war, recht hübsch das Wesen seiner eigenen Poesie ausdrückte. Ich rede von Homer und Ossian nicht, Männern, die mehr Mu-[35]siker als Dichter waren; aber Goethe arbeitete in Pappe, wenn ich nicht irre. Schiller war Compagnie-Chirurgus. Nun sehen Sie, das ist prosaisch genug; sagen Sie mir von allen neuen Autoren einen, der ein gutes Urteil über Musik hätte? Es ist Mangel einer gewissen Saite in der Seele, daß es ganz unmöglich ist, die Namen Menzel,

Börne, Heine usw. mit irgendeiner musikalischen Verrichtung zusammenzubringen.«

»Die Lärmtrommel!« hieß es irgendwo. Man beklatschte den Einfall und nannte ihn witzig. Aber recht hatte der Justizrat; auch Cäsar, wenn er sagte: »Was kann empfehlenswerter für die Richtung sein, welche unsre ersten Geister nehmen? Alle frühere Literatur bildete sich im Interesse irgendeiner vereinzelten Kunst oder Tendenz: die Lessing-Goethische Zeit im Interesse der Antike: die Romantik im Interesse der Malerei: die Phantastik im [36] Interesse der Musik. Erst in unsern Tagen sammelt die Literatur ihre Vorposten, die sich in die fremden Feldlager ganz verloren hatten, und zieht sie in den Kern ihrer Kräfte zurück, um aufs neue zu bestimmen, welches ihr Zweck ist. Ich glaube, daß sich die Literatur ausdehnen wird auf andre Felder, um sie zu befruchten; aber wahrlich, mein Herr, auf die Musik nicht!«

Bis hierher sprach Cäsar so richtig, daß es unnütz gewesen wäre, Unterschriften darauf zu sammeln. Das Folgende schien zweifelhafter: »Was soll überhaupt die Musik? Diese klingende Mathematik? In der Erziehung sind die geometrischen Köpfe meist die dicksten und härtesten, und in den großen Musikern habe ich immer Leute gefunden, die, obschon sie immer mit Schlüsseln umgehen, doch über nichts Aufschluß geben können. Die Musik ist eine ganz sinnliche Kunst. Wenn Sie dem Otaheiter [37] einen Trauermarsch von Spontini vorspielen, mein Herr, glauben Sie, daß er weinen wird? Er wird springen und seine Kokosschale vor Lebenslust bis auf die Hefe leeren. Musik ist absolut nichts: die Bildung legt erst das hinein, was wir darin zu finden glauben. Wenn ich bei irgendeinem Musikstück ein solcher Narr bin, an die Unsterblichkeit der Seele zu glauben, so verbinden zu gleicher Zeit Sie damit einen Begriff, welcher vielleicht der entgegengesetzte ist. Wenn Sie bei einer Symphonie von Beethoven an einen gotischen Dom denken, so dachte der Komponist an das Giebeldach einer Bauerhütte. Nein,

mein Herr, die Musik wird aufhören, zu den Künsten gerechnet zu werden. Nähert sich die Musik in der Oper nicht schon immer mehr der rhetorischen Deklamation? Ist die Sprache, das volle, tönende, menschliche Wort nicht unendlich höher als der unnatürliche Gebrauch einer ganz im tiefsten Schlunde [38] versteckten zufälligen Fertigkeit? Ich bitte Sie, überlegen Sie das, mein Herr!«
Hier war keine Verständigung mehr möglich. Was sind Hunderttausende in der Welt ohne das bißchen Fortepiano, was sie spielen können! Es war, als hätte einer gesagt, die Frauen sollten keine Gigotärmel mehr tragen. Was wären diese schmalen Brüste, diese gedankenlosen Köpfe ohne Gigots, ohne Pianoforte! Und doch strafte man Cäsarn nicht durch Stillschweigen, ging nicht wie wegen eines Tollen zur Tagesordnung über, sondern schrie auf und rief das Gefühl, den Himmel, die Moralität zu Hülfe, um einen Ketzer zu bekehren. Der blonde Unzeitgemäße war so glücklich, die Frage in das Gebiet der Politik hinüberzuspielen und aus der Musik eine Sache des Staates zu machen. Hierüber schwieg Cäsar.
Ihn verdroß nichts mehr als das Warmwerden. Er wußte zu gut, daß die Adler nie-[39]mals in der Fläche horsten. Warum Niagaradonner, wo Knallerbsen genügen? Er gab sich willig dem Spotte Wallys hin, die viel zu leichtsinnig war, auf dergleichen Debatten etwas zu geben, zu eitel, um eine allgemeine Unterhaltung interessant zu finden, und die überdies weder sang noch spielte. Wally hatte Ideen, aber nur momentan; sie verschmähte es, die Geistreiche zu scheinen, weil sie wußte, daß sie schön war. Flüchtig waren ihre Bewegungen, liebenswürdig, ohne Pedanterei ihre Capricen. Cäsar fühlte das und badete sich in dem oberflächlichen Schaume, den Wally von den Ideen nur gelten ließ. Cäsar hatte recht, sie für unfähig zur Spekulation zu halten. Er nahm sie wie ein humoristisches Capriccio der animalischen Natur.
Beide spotteten im Vertrauen über sich, über alle. Was sie sprachen als Sprechenswertes, waren Raketen, die sie sich

einander [40] zuwarfen. »Warum brechen Sie über Politik ab?«

»In Athen durfte kein Volksredner auftreten, der nicht verheiratet war.«

»Was Sie gelehrt sind! Ich bin es auch: in Kreta durfte niemand Gesetze geben, der nicht einen Strick um den Hals hatte.«

»Das ist dasselbe Gesetz: Die Athener wollten eigentlich auch sagen, der keinen solchen Strick am Halse habe.«

»Wie unanständig!«

»Wally!«

Wally lachte: es war ein hübscher, vertraulicher Ton, in dem ihr Cäsar drohte. »Was machen Sie mit Leuten, die Ihnen gefallen?« fragte sie ihn, ohne zu wissen, was sie fragte.

»Alles, nur nicht ihre Bekanntschaft.«

»Das ist auffallend! Doch können Sie recht haben.«

[41] »Wonach beurteilen Sie die Menschen, Wally?«

»Nach ihren Werken! – O Gott, nein; dies wäre ja albern geantwortet, wie im Katechismus. Sagen Sie?«

»Nach dem, was sie sind?«

»Nein, nach dem, was sie imstande wären.«

»O Wally, Sie sind liebenswürdig! Woran würden Sie denken, wenn Sie jemanden prüfen wollten, der zu lieben wäre?«

»An die außerordentlichen Fälle.«

Cäsar schwieg. Diese Antwort war zu ernst. Er betrachtete die fünf Ringe, die er über seinen Handschuhen trug, und fragte dann: »Sie reisen ins Bad?«

»In acht Tagen.«

»Sie werden den Rhein sehen?«

»Von Mainz bis Köln.«

»Von Mainz bis Düsseldorf. Sie dürfen einen Besuch bei den Malern und bei Immer-[42]mann nicht unterlassen. Läge Düsseldorf in Thüringen, es würde ein zweites Weimar werden.«

»Sind die Ufer in der Tat so reizend?«

»Gefällig sind sie und da schön, wo Sie etwas von Rührung einfließen lassen in Ihre Betrachtung.«

»Das versteh' ich nicht.«

»Das Schöne, Wally, ist immer das Überraschende. Ich bin ursprünglich kalt gegen alles, was in Deutschland für schön ausgegeben wird. Am Lurleyfelsen, wo der Rhein sich wie ein See verengt, wo Flinten abgeschossen und Waldhörner geblasen werden, um die Echos, von denen die Handbücher sprechen, zu beweisen: da werden Sie durch diese Zurüstungen zur Wehmut übermannt werden. Ihr blondes, bescheidenes Deutschland, dem Sie nichts zutrauten, nicht einmal das Echo des Lurley, wird Sie rühren, und bei einer fließenden Träne [43] werden Sie sich gestehen müssen, daß der Rhein in der Tat ein schöner Strom ist.«

»Sie wollen sagen, die Natur spräche nur zu uns, je nachdem unser Auge und Herz sie ansieht.«

»Ich stand in dem Kölner Dome. Sie kennen das zerrissene Prinzip unserer Zeit, nichts anzunehmen, was vielleicht richtig ist, aber von Leuten proklamiert wurde, die uns widerstehen. Der Enthusiasmus der einen erkältet immer die andern. Ich wollte den Kölner Dom ironisch betrachten und mußte weinen, da ich ihn sahe, über das Unvollendete der Idee, über die dünnen Hammerschläge der Ausbauer, welche durch die mächtigen Räume picken, über mich selbst, der sein Herz künstlich verhärtet und zu einer gemachten Empfindungslosigkeit herabgestimmt hatte.«

»Die Dampfschiffe fahren zu schnell.«

»Sie fahren zu langsam und sind für das [44] Auge ermüdend. Der Gedanke einer feurigen, über das Wasser kriechenden Schildkröte steht vor unsrer Einbildungskraft, und wir sind einmal daran gewöhnt, das Kriechen für langsam zu halten.«

»Ein sonderbares Bild! Worüber nur meine Tante so lacht?«

»Ihre Tante ist eine Spinne, die über den Ozean kriecht.«

»Wieso?«

»Sie spekuliert in Papieren.«

»Sie spricht über Politik: ich verstehe nichts davon.«

»Verstünden Sie davon, so glichen Sie einem Schmetterling, der sich in die gaserleuchtete Verwirrung eines Salons verflogen hat.«

»Schmetterlinge sind zu Gleichnissen verbraucht.«

»Wie die Unsterblichkeit selbst.«

Wally errötete. Sie blickte auf Cäsars [45] frivoles Lächeln und nahm dies Lächeln für eine Gewißheit, die sie erschrecken machte.

»Wir sähen uns nicht wieder?« fragte sie beklommen.

»Gesetzt, nur die Guten sähen sich«, antwortete Cäsar, »so läßt die Tugend so viel Nuancen übrig, daß nichtsdestoweniger im Jenseits eine Mannigfaltigkeit entstünde, die in seiner nächsten Nähe zu haben Gott kein Vergnügen machen würde. Ja, wir selbst würden uns weigern, alle die zu lieben, welche im Leben ehrliche, aber oft die langweiligsten Menschen waren. Ich weiß aber nicht, wie aus einem langweiligen Menschen plötzlich ein interessanter Engel werden könnte.«

»Sie sind kein Christ?«

»Glauben Sie, daß Christus von den Toten auferstanden ist?«

»O Gott, lassen Sie, ich kann darüber nicht nachdenken. Ich –«

[46] Sie stockte. In ihrem Auge sprach sich ein zerreißender Schmerz aus. So hatte sie Cäsar noch nicht gesehen. Sie erhob sich unruhig und war für diesen Abend verschwunden. Cäsar begriff hievon nichts. Er war so leichtsinnig, an alles zu denken, nur nicht an die Religion. Aber Wally hatte ihn entzückt. Soweit Menschen dieser Art noch lieben können, war Cäsar außer sich. Er folgte Wally ohne Aufenthalt.

[47] 6

Wallys Tante litt an nervösen Reizungen und Abspannungen, an Herzklopfen, Übeln, für welche die Ärzte unter den nassauischen Bädern das tristeste, Schwalbach, empfehlen. Wally konnte in Wiesbaden und Ems tanzen, aber in Schwalbach mußte sie der alten Dame die Zeitungen und Kurszettel vorlesen (die Frau spekulierte wahrhaftig in Papieren!); in Schwalbach mußte sie so manchen häuslichen Dienst übernehmen, den man bald von sich abwälzen würde, wenn man nicht das Vergnügen hätte, in einem Bade zu leben.

Sie hatte dies wunderbare Nassau erreicht, diese unterirdische Küche Hygieas, mit ihren Gebirgskesseln, in denen die heilsamen Quellen sieden und dampfen. Von üppiger Natur [48] kann bei einem Lande nicht die Rede sein, das von Alaun und Schwefel unterminiert ist und in der Ernte immer einen Monat zu spät kömmt. Zwerghaft sind die Bäume auf den Hügeln: aber reizende Perspektiven öffnen sich zahlreich in die weiten Täler. Nichts ist hier schöner als die mannigfachen Schattierungen des grünen Kleides der Natur. Man steht an der morsch zerbröckelnden Mauer einer hohen Straße und sieht kleines Gesträuch zunächst zu seinen Füßen; dann tiefer einen Wald, der sich mit den schwärzesten Tinten in die tiefste Spalte des Tales verliert und in einem dumpfen Murmeln, in dem Rieseln eines Waldbaches zu enden scheint; dort aber erhebt sich wieder der Blick die grüne Alpenmatte entlang, welche am andern Ende des Tales aufwärtssteigt. Auf dem frischen, üppigen Teppich weidet das Auge, bis sich die Sehkraft in jenen dunkeln Kranz von Fichten verliert, welcher den äußersten Horizont [49] umsäumt. Ist das nicht viel für ein Land, wo die Natur sich an gekochtem Wasser erfrischen muß? Das Land ähnelt der Schwäbischen Alb. Auch sprechen die Leute mit schwäbischem Accent.

Wally hat für solche Bemerkungen keinen Sinn: ich führe

sie auch nur an, um durch Wallys Mängel ihre Besitztümer anzudeuten. Sie ist ohne Schwärmerei für die Natur, ohne Sinn für Blumen, welche sie zerkaut, wenn sie ihr in die Hand kommen. Sonne, Mond und Sterne gehen ihre Bahnen, ohne von Wally bemerkt zu werden. Jedermann wird bereit sein, sie gefühllos zu nennen, und ihr dennoch Unrecht tun. Wallys unaussprechlicher Reiz ist ihre Natürlichkeit. Sie gibt sich, wie sie ist, und hat die Tugend, alles beim rechten Namen zu nennen. Sie war sehr unglücklich, in Schwalbach leben zu müssen.

Doch traf sich alles besser, als man er-[50]wartet hatte. Das allmähliche Herunterkommen der Romantik erschlafft die bisher angespannten Nerven der Nationen. Es waren Deutsche genug da, die an Hoffmanns Tode litten, Franzosen genug, welche die üblen Folgen von Victor Hugos ruhendem Federkiel spürten. Sie alle wollten Reiz. Die spanische Krisis war vielen in den Unterleib geschlagen und hatte Hypochondrie erzeugt. Stahlbäder sind sehr anzuraten. Es war gedrängt in all den Höfen, Goldnen Ketten, Gasthöfen zu den beiden Indien. Wally wohnte im Kaisersaal.

Eines Tages stand sie an einem Orte, den sie vorzüglich liebte, am grünen Tische. Sie hazardierte im Pharo. Sie gewann; sie gewann immer; vielleicht weil Dreistigkeit auch das einzige Geheimnis im Spiele ist. Noch ist es mir unerklärlich, wie die schüchternsten Weiber sich an Dinge wagen, an welche die mutigsten Männer immer mit einer Art von Zaghaftig-[51]keit herangehen. Sie sind die ersten, wo es gilt, einen Turm zu besteigen, auf einem schwindelnden Wege zu gehen, Pistolen abzuschießen, mit einem Eskamoteur in Korrespondenz zu treten, auf Vexierstühle und an die Elektrisiermaschine sich zu stellen. Namentlich wird sich auf diese letzten Dinge oft der mutigste Mann nicht einlassen. Warum die Frauen? Weil sie gewohnt sind zu herrschen? Weil man ihnen genug sagt, daß ihrer Schönheit nichts widerstehen könne? Wally spielte in der Tat, weil es ihr schon zur

andern Natur geworden war, in jeder Lage zu gewinnen.
Plötzlich wird sie unruhig. Sie verliert. Ihr Glück stürzt zusammen. Sie fühlt, daß ihr ein Dämon entgegentritt und ratet auf Cäsar. Sie wußte, daß ihr alles Widerwärtige nur von einem Manne kommen konnte, der sie beunruhigte und der sie vielleicht zu lieben anfing. Wally blickte um sich; Cä-[52]sar stand in einer Ecke, grüßte stumm, bot ihr den Arm und führte sie in die Zimmer ihrer Tante zurück, einer Dame, welche er einst mit einer Spinne verglichen hatte, die über das Weltmeer kreucht.

[53] 7

Ein Gewitter in Schwalbach ist immer eine Katastrophe; aber sie geht vorüber. Noch gefährlicher ist es, wenn der Himmel jene weinerliche Laune hat, daß er von der grauen Wolkendecke unaufhörlich einen nassen Staub tröpfeln läßt. Dann kann man in Schwalbach am besten alle jene Übel bekommen, für welche sein Stahlwasser so gut sein soll. Ist man nicht melancholisch, so wird man es erst. Wally weinte den ganzen Tag vor Ungeduld. Sie wollte nach Wiesbaden; aber ihre Tante bestand darauf, daß ihr die spanische Krisis im Unterleibe säße. Der Geheimerat Fenner von Fenneberg, der Arzt der Saison, warf sich gegen jede Unbesonnenheit ins Mittel. Wally wollte sterben vor Langerweile. Ihr werdet [54] sagen, sie muß schlecht erzogen worden sein. Gewiß, das war sie.
Cäsar bot alles auf, ihr die trübe Zeit zu verkürzen. Er erzählte ihr Beobachtungen aus Schwalbach, die gar nicht verdienen, übergangen zu werden, z. B. folgende: »Haben Sie noch nichts vom tollen Bärbel gehört? Das tolle Bärbel steht den ganzen Tag vom frühen Morgen bis in die späte Nacht an der Hinterpforte des Gasthofes zu den beiden Indien, die auf die Landstraße nach Ems hinaus-

führt, und späht in die Extraposten, welche den Berg herunterkommen. Sie ist von einem etwas gedrückten Wuchse und hat matte Augen; aber ihre Gesichtsbildung ist im höchsten Grade einnehmend, die Haut von der ganzen Feine und Weiße, welche zu blondem Haare gehört, um blonde Mädchen erträglich zu machen. Der Reiz Bärbels würde noch weit mehr hervortreten, wenn die fixe Idee, welche sie beherrschen [55] soll, ihr nicht den an Wahnwitzigen so unheimlichen Ausdruck und die eigentümliche Verrückung aller Bewegungen gäbe. Und woran leidet sie? An zwei verunglückten Saisons. In der ersten soll sie der Gegenstand irgendeiner eleganten Herablassung gewesen sein, die glücklicherweise ohne Folgen blieb. Sie fiel einem jungen Manne in die Augen, der sie dann drei Monate lang nicht aus seinen Händen ließ und vielleicht gar mit ihr über Vorurteile der privilegierten Stände, über die allgemeine Stimmberechtigung der Liebe und morganatische Ehen philosophiert hat. Er versprach, im nächsten Jahre wiederzukommen. Einen langen Herbst und Winter, einen ganzen Frühling hindurch war Bärbel glücklich und das frommste Mädchen in Schwalbach. Sie war die erste und letzte in der Kirche, die freundlichste zu aller Welt. Die Mäßigung in einem Glücke, das ihre Kräfte überstieg (nämlich das Wiedersehen war [56] für sie schon ein grenzenloses Glück: wie leicht wird es Gott, seine Geschöpfe selig zu machen!). Diese Mäßigung stand ihr ungemein schön, wie die Leute sagen, die aus ihrer jetzigen Verwirrung das Vorangegangene herausgelockt haben. Da kam die zweite Saison. Bärbel stand an der Gartentür der beiden Indien. Ein großer Reisewagen, turmhoch bepackt, mit sechs Pferden bespannt, glitt am Hemmschuh bedächtig die Höhe herab. Vorn und rückwärts Bediente, Kammerzofen, Bologneser Hunde, ein Papagei, ein Geschwätz und Gekrächz, das eine ganz neue Welt in das alte Schwalbach zu bringen schien. Bärbel stand auf den Zehen, blickte in den offenen Schlag und stieß einen entsetzlichen Schrei aus. Sie hatte die untreue Herablassung gesehen, wie sie die Hand eines jungen reizenden Weibes küßte. Es war des jungen Paares erste Badereise, gleich nach der Hochzeit. Das sahe auch Bärbel sogleich ein, nach-[57]dem sie wieder zur Besinnung gekommen war, denn noch war sie nicht närrisch; aber sie wurde es; schon durch die Ungewißheit, das Herumlaufen, Fragen, Erkundigen, Abgewiesenwerden durch impertinente Bedienten, durch die Scham, den Mann am Brunnen und auf der Promenade zu sehen und ihm nicht zu Füßen fallen zu dürfen. Sie war den Winter über ganz still. Mit dem Frühjahr wurde sie unruhig, holte immer tiefere Seufzer, schüttelte viel den Kopf, und nun steht sie seit dem ersten Mai zu jeder Stunde des Tages hinter den beiden Indien und muß immer mehr erkranken, schon am Sonnenstich. Sie sieht in jede Kutsche und schämt sich, wenn man ihr Geld zuwirft. Sie ist für alle Schwalbacher Bettler der Lockvogel oder der mit Honig ausgefüllte Stock, um die wilden Almosenbienen zu fangen. Sie ist die unschuldige Heilige, die stumm für sie alle bittet und nichts davon hat als immer tiefern Wahnsinn.«

[58] »Oh, ich bitte Sie, erzählen Sie Geschichten, die sich runden und einen Schluß haben!« fiel Wally ein mit der ganzen Fühllosigkeit, die sie allein schon charakterisieren würde, wenn sie dieselbe nicht mit allen Frauen gemein hätte, wo es sich um die Herzensleiden irgendeiner ihrer Schwestern handelt. Sie sind dabei alle kalt, eine gegen die andere.

»Den Schluß müssen wir abwarten«, sagte Cäsar, erschrocken über Wallys Phlegma. Er hätte sie aufgegeben, wenn sie als Phänomen nicht seine Neugier reizte. Auch würde er sich Vorwürfe gemacht haben, Wally nachgereist zu sein, wäre diese Mühe vergebens gewesen. Er dachte in der Tat daran, bei ihr zu irgendeinem Ziele zu gelangen.

[59] 8

Nach einiger Zeit teilten sich die Wolken über dem Tale. Es war möglich, ins Freie zu treten. Cäsar und Wally stiegen die Straße nach Ems hinauf. An der Türe der beiden Indien stand das stille Bärbel und betrachtete sie beide mit einem wehmütig-rührenden Blicke. Wally blieb kalt dabei; er konnte das nicht begreifen.

»Ich will Ihnen, Wally«, sagte er, »eine andre Geschichte erzählen, die sich in unsrer Nähe begibt und in der Tat schon eine Art Schluß hat. Glauben Sie nicht, daß ich die Demokratie so weit treibe und auf Entdeckungen in den Hütten ausgehe. Die Schwalbacher bilden sich ein, ihre Gäste unterhalten zu müssen, und so erfuhr ich etwas, was würdig ge-[60]wesen wäre, von Hoffmann bearbeitet zu werden. Sie kennen die nassauischen Soldaten, Wally! Sie haben über Brust und Schulter gelbe Bandeliere, was für ein preußisches Auge kurios läßt. Die Artillerie ist schöner, aber hören Sie von einem Tambour bei jener Infanterie. Der junge Mensch stand in Wiesbaden und soll ein Meister auf seinem Instrumente gewesen sein. Niemand in der nassauischen Armee schlug wie er die Reveille mit solcher Fertigkeit. Seine Wirbel sollen den Turbillons geglichen haben, welche bei Feuerwerken aufsteigen, nur daß er imstande war, eine Viertelstunde lang die Schlägel in dieser tremulanten Bewegung zu erhalten. Namentlich aber gelang ihm jenes hübsche Stakkato auf der Trommel, das mit Wirbeln untermischt die Erschütterung des Kalbfells plötzlich hemmt und einen ganz abbrechenden Ton, einen Ton ohne alles Echo hervorbringen muß. Sie sehen, welch [61] einen Schatz das Haus Nassau an diesem Tambour hatte. Unglücklicherweise verliebte sich aber der militärische Künstler, und in ein Mädchen, das zwar den Wert der Armee zu schätzen wußte, auch den der Musik, aber einem Trompeter von der Artillerie schon den Vorzug gegeben hatte. Hier mußte eine Rivalität eintreten, welche der Liebe ebensosehr galt wie der Kunst.

Der Tambour verzweifelte nicht; indessen war er zu bescheiden. Er fühlte, wie sein Instrument, diese monotone Rhythmik, hinter der Trompete zurückstand. Sein Gegenstand war die Tochter eines Wiesbader Bürgers, eines Mannes, den man durch Auszeichnungen ehren konnte. Und wie zeichnete ihn der Trompeter aus! Wenn er des Abends in des gehofften Schwiegervaters Gärtchen saß, siehe, dann setzte er das silberne Mundstück an die glänzende Trompete und blies den Parademarsch ›Frisch auf, Kameraden!‹, alle Walzer, [62] von denen des Kursaals an bis zu dem Zweitritt der Kirchweih. Das erfreute die Herzen dieser Menschen. Die Nachbarn sammelten sich: sie lauschten, sie klopften an die Gartentür, sie kamen herein und tanzten auf dem grünen Rasen. Der Schwiegervater hatte den ganzen Abend die Nachtkappe zu lüften und war unbeschreiblich geehrt. Und wenn der Trompeter mit seinen lustigen Stücken Feierabend machte und sie alle aus dem Gärtchen mußten, um in der Finsternis die Beete nicht zu verderben, dann blieb er mit der Tochter noch allein und blies ihr Arien der Schwärmerei vor, ›Schöne Minka‹, ›Mich fliehen alle Freuden‹, mit sterbenden, gedämpften und wie durch Zugwind gehauchten Tönen, bis alles still wurde. Der Tambour hörte diese Szenen täglich und verging vor Wehmut. Er war eine sanfte, echt deutsche Heimwehnatur, voller Empfindung und Ehrgefühl. Jede Nacht badete er sich in Trä-[63]nen und schlug die Morgenreveille mit matten Händen. Das Feuer seiner Augen erlosch. Er fluchte seinem Instrumente, fluchte der Artillerie und ihren Trompeten. Was hatte er an seiner Trommel! diesem dummen Lärmkasten, bei dessen Tönen sich die Gebildeten der Nation das Ohr zuhalten, dieser Klangmaschine, die, wie man mich in meiner Kindheit überredete, nur dazu da ist, auf dem Schlachtfelde das Geschrei der Verwundeten zu übertäuben! Zum Unglück gab es Augenblicke, wo der Tambour nichtsdestoweniger auf sein Instrument eifersüchtig wurde. Ist es nicht das wohltätigste Instrument, schlußfolgerte er, wenn es den Menschen anzeigt, wo Feuer ausgebrochen ist, um welche Zeit das Tor geschlossen wird; kann es rührendere Töne geben als die dumpfen Wirbel beim Begräbnisse eines meiner Kameraden! Bei der Erinnerung an den Tod stürzten ihm die Tränen aus den Augen, [64] von jenseits drang die Trompete seines glücklichen Nebenbuhlers herüber, ach! diese freudigen Töne durchschnitten grausam seine zitternde Seele. So schwand er hin und wurde immer mehr das blasse Bild der Resignation. Er dachte nur an den Tod und sagte oft, wenn er nicht käme, so müsse er selbst sich ihn geben. Damit ging er lange um und weinte viel, sooft er beim Abendmahl und in der Kirche war. Aber es half nichts: die Liebe zermalmte sein Herz, die Eifersucht vernichtete seinen Stolz, statt ihn zu erheben. Noch einmal richtete er sich eines Abends auf, wo alles still war, am Tage vor der Hochzeit der Trompeterbraut, und setzte sich dicht unter ihr Fenster auf einen Stein. Zwischen den Füßen hielt er die Trommel eingespannt und begann sie in der Stille der Nacht, wo alles schlief, so schwermutsvoll und sanft zu rühren, daß es lange währte, bis mehr darauf achteten, wie das Mädchen oben in der [65] Kammer. Sie hörte diese Serenade, sie wußte alles, denn sie hatte den Tambour gekannt, ihn bevorzugt, ehe die Trompete kam. Sie zitterte unter der Bettdecke, denn es klang wie zum Grab so hohl unterm Fenster. Aber die Töne hoben sich, die Schlägel wurden dringender, die abgestoßenen Punkte folgten Schlag auf Schlag: sie mußte aufspringen vor Entsetzen; die ganze Straße schien zu grollen und die Steine dumpf aneinanderzuschlagen. Man rief: »Feuer!« Sie riß das Fenster auf. Draußen war alles still; der Tambour war nirgends zu sehen; auch beim Appell nicht. Man schiffte seine Trommel bei Mainz an der Rheinbrücke auf: ihn selber einen Tag später auf der nämlichen Stelle.«

Wally hatte von dieser Erzählung erwartet, daß sie in einer Beziehung mit Schwalbach stünde, und allem, was auf diese Erwartung keine Rücksicht nahm, nur eine oberflächliche Aufmerksamkeit geschenkt. Sie blickte Cäsar mit [66] ruhigem Auge an und fragte kalt, was in dieser Geschichte mit Schwalbach zusammenhinge? Cäsar fand diese Frage natürlich und legte sie sich nicht so empörend aus, als sie ursprünglich war.

»Diese Historie«, fuhr er fort, »ist mehre Jahre alt. Der Trompeter heiratete die Tochter des Wiesbader Bürgers, nahm seinen Abschied und zog nach Schwalbach, wo er die Direktion der Musiken für die Saison zu übernehmen pflegt. Aber seine Frau leidet seit jener traurigen Katastrophe ihres verschmähten Liebhabers an einem unheilbaren Übel. Hätten die Ärzte nicht schon zuweilen ähnliche Beobachtungen gemacht, so würde man versucht sein, hier an einen Spuk, an eine Rache des gespenstischen Tambours zu glauben. Die Frau des Trompeters hört Tag und Nacht ein dumpfes Murmeln an ihrem Ohr, das sich zu verschiedenen Zeiten steigert und ihr wie der [67] Ton einer Trommel vorkommen muß. Nachts schreckt sie aus dem Schlaf auf, zeigt mit stierem Blick auf die Tür, wo sie den blassen, kleinen Mann mit seinem Instrumente zu erblicken glaubt; sie hat nicht Ruhe, wie tief sie sich auch in die Kissen des Bettes hineinwühlt. Die Ärzte nennen dies eine unnatürlich präponderierende Kraft des Gehörsinnes und können sich auf die gleichzeitige Tatsache berufen, daß alle übrigen Sinne der Frau allmählich schwinden und der übermäßig hervorbrechenden Gehörskraft zu weichen scheinen. Dabei ist sie abgefallen und bleich, ihr äußerer Körper verringert sich immer mehr: ich sahe sie, es ist eine ganz absorbierte Erscheinung, die Grausen erregt. Sie selbst hat den festen Glauben an die Rache des Tambours, oder wie es diese Leute nennen, daß er im Grabe keine Ruhe habe. Sie versicherte mich, daß das Gespenst ihr überallhin folge, in Küche, Boden und Kel-[68]ler; ja auf dem Wege, selbst im Walde sähe sie ihn oft, den Toten, wie er leibhaftig vor ihr stehe, die kleine, bleiche Figur, mit der Trommel auf dem weißen Schurzfell und dieselben gelbledernen Bandeliere um die Schultern gehängt, welche uns Preußen so fatal sind. Die Ärzte wissen, daß die Frau bald sterben muß an totaler Nervenentkräftung. Ich glaub' es. Gott, da steht sie!«

»Wo?« schrie Wally auf.

Cäsar lachte. Es war ein Scherz; aber sie hatte ihn übel aufgenommen und ließ sich mit der bittersten Laune über seine Späße und abenteuerlichen Erzählungen aus.

»Gehen Sie mit Ihren Trommeln und Trompeten! Womit Sie sich doch alles abgeben!« sagte sie mürrisch, empfahl sich und wandte sich allein dem Kaisersaal zu, wo sie wohnte.

[69] 9

Diese Szene war bald vergessen. Auf die regnerischen Tage folgten mit dem Sonnenscheine tausend Aufforderungen der Natur, ihre Reize zu genießen. Bis in die entfernteste Umgegend trugen Esel und kleine Gefährte den weiblichen Teil der Gesellschaft, welche als die Crème der Saison sich zusammengefunden hatten. Wally war eine sprühende Girandole von Freude und Ausgelassenheit. Sie bildete den wahren Mittelpunkt der Gesellschaft, so aber, wie es Wasserkünste gibt, wo man nur hier zu drücken braucht, um auf der entgegengesetzten Seite überall lustige Fontänen springen zu lassen. Cäsar war verschlossen und reflektierte viel. Dem Beobachter konnte es nicht entgehen, wie tief sich Wally in seine Neigungen eindrückte. Wenn [70] es nicht Liebe war, die ihn trieb, so war es die Aufgabe, die sich seine Eitelkeit gestellt hatte, Wally, diese Ungezähmte und Unbändige, überwunden zu haben. Hütet euch, ihr Frauen! Die Liebe der meisten Männer ist nichts als eine Huldigung, welche sie sich selbst bringen.

Der Rhein sollte das Ziel einer Spazierfahrt sein, der sich

eine große Anzahl von Badgästen angeschlossen hatte. Wally war noch vor diesem Ziele zu sehr ermüdet, als daß sie weiterkonnte. Sie blieb bei einem der Bedienten zurück, um die nachkommenden Wagen abzuwarten. So trennte sie sich unbemerkt von der Gesellschaft, so daß Cäsar, der auf Abwegen dem Zuge nachgeritten war, erstaunte, sie allein zu finden. Er sprang vom Pferde und gab es dem Bedienten. Wally und Cäsar gingen voran.
Der Verführung eines grünen Rasenplatzes [71] mitten im Walde widerstanden sie nicht. Während der Wagen und Cäsars Pferd auf der Straße hielten, gingen sie dem einladenden Ruheorte entgegen und setzten sich auf abgesägte Baumrümpfe nieder. Es lag etwas Mechanisches in diesen Bewegungen, als wenn eine Verabredung stattgefunden hätte, und doch schwiegen beide. Sie sprachen noch immer nichts, auch als sie beide mit gestütztem Haupte sich gegenübersaßen.
»Seit einiger Zeit sind Sie auf mich erzürnt, Cäsar!« sagte dann Wally.
Ein Lächeln, das man kennen muß, um zu wissen, daß es nur die Maske eines tieferen Schmerzes ist, flog über ihre Mienen. Das Lächeln Cäsars konnte Beistimmung oder Verwunderung sein. Er war klug genug, sie darüber im unklaren zu lassen.
»Ihre Geschichten haben mich kaltgelassen«, fuhr sie fort.
[72] Daran dachte Cäsar nicht mehr; aber er sagte: »Hab' ich sie denn verfaßt?«
Nach einer Pause seufzte Wally tief auf, schlug ihren Blick zu Boden und begann eine Perspektive in ihr Inneres zu geben, die Cäsar neu war, an ihr zumal, und die ihn entzückte. »Ich muß mich, ich muß die Frauen hassen«, sagte sie still; »von Natur sind wir grausam, und zu den Gefühlen, welche wir zu äußern wohl unter Umständen fähig wären, haben wir ursprünglich nur die bloßen Anlagen. Glauben Sie es, Cäsar, die Frauen gedeihen nur durch die Männer. Sie selber wären imstande, sich

untereinander zu zerfleischen. Niemand kann bei dem Elende der Menschen, bei Krieg, Erdbeben, öffentlichem und Privatunglück empfindungsloser sein als die Frauen. Verstehen Sie mich recht, solange wir alleinstehen. Was wir von Gefühl ursprünglich haben, das ist mehr Schauer als Bewußtsein, mehr tie-[73]rische Furcht als Reflexion einer edlen Seele. Ach, ich zittre oft vor einer Empfindungslosigkeit, die ich nicht zu heilen weiß!«

»Aber woher die spätere Metamorphose der Frauen?« fragte Cäsar, erstaunt über die Wahrheit, welche sich in Wallys Antlitze ausdrückte.

Sie stockte: sie blickte ihn an. Er erriet und sank zu ihren Füßen.

Solange diese Situation stumm war, konnte sie zwischen beiden wohl empfunden sein; als aber Wally nach einem Worte suchte, wies sie ihn zurück.

Ihm war es recht; denn die Reflexion schlug ihn in den Nacken und hatte ihn unwillkürlich aufgerissen, da er auf nichts in seinem Herzen Vorbereitetes stieß und ihm jede Situation fatal war, in der er sich selbst nicht hätte beobachten können.

[74] Sie saßen beide wieder auf ihren Baumstämmen. Doch war es eine warme Stimmung, die sich ihrer bemächtigt hatte, in der sie wenn auch über nichts entscheiden, dennoch über alles unterhandeln konnten. Wally verhehlte nicht, daß die Zauberrute, welche die im Herzen des Weibes schlummernden Gefühle erst wecke, die Liebe sei. Cäsar ergriff ihre Hand und sagte: »Wir sind für die Illusion beide nicht gemacht. Eine Mücke würde uns stören, wollten wir zu den Sternen beten. Jede Aufwallung, bei der wir nur einen Augenblick unsre Manieren nicht in der Hand hätten, würde uns lächerlich scheinen. Helfen wir uns beide! Eine kurze Übereinkunft kann uns auf die Stufe versetzen, welche uns alle jene Glückseligkeit gewährt, die wir durch Zurückhaltung, Scham, natürliches oder kokettes Wesen niemals erreichen. Wally! Wally!«

[75] Jetzt lag Cäsar zu Wallys Füßen, wahrhaftig, ohne Bewußtsein, von einem ungeheuchelten Gefühle übermannt. Aber was warf ihn nieder? Nicht die Liebe, sondern der Gedanke an eine Humanitätsfrage, die niemanden von euch fremd ist: der Gedanke an jene Augenblicke, wo wir, überdrüssig der konventionellen Formen des Lebens, zu aller Welt herantreten möchten und ihr zurufen: »O warum dies Gehäuse von Manieren, in welches du Spröde dich zurückziehst? Warum diese Verhüllung des Menschen in und an dir? Warum Zurückhaltung, du, mein Bruder, du, meine Schwester, da du doch gleichen Wesens mit mir bist, eine Hand wie ich zum Drucke, einen Mund wie ich zum Kusse hast? Ach, wie seh' ich rings um mich her eine so reife Ernte von Liebe und Schönheit! Warum zögern bis auf Jahre, daß ich sie breche? Warum nicht das Entzücken, daß wir alle Menschen sind, schwach und [76] stark, sterblich und unsterblich! Diese unsichtbaren Barrieren, welche die Menschen trennen, welche auch den Jüngling vom Mädchen trennen, müssen fallen; denn ich kenne dich, dein alles, dein Gehen und Stehen, deine Schwächen und Tugenden: siehe! hier ist meine offne Brust, hier schlägt mein Herz, ich bin nichts, was noch etwas anderes wäre, als es ist, nichts, was du für etwas anderes halten dürftest. Weib, in deinen Augen, in den Formen deines Körpers bist du überreif zur Liebe; und wenn ich dich heut zum ersten Male sähe, so pflückt' ich dich, denn wir sind die Kinder eines und desselben Planeten, ich Mensch wie du, beide alternd, beide den Tod fürchtend, beide elend. Was weichst du mir aus?«

Wally zerfloß in Tränen. So fast hatte Cäsar zu ihr gesprochen, und sie fühlte das Entzücken, statt eines Weibes Mensch zu sein. [77] Sie zitterte bei dieser echt philanthropischen Vorstellung, welche, wenn sie allgemein würde, die Welt durchaus umgestalten und ihre schwierigen Fragen im Nu lösen müßte. Sie ließ die Umarmung Cäsars zu: nicht, weil sie ihn liebte, oder aus Egoismus, aus Stolz, einen Mann überwunden zu haben, sondern weil sie sich als das schwache Glied der großen Wesenkette fühlte, die Gott erschaffen hat, weil sie wußte, daß sie ja vor der Wahrheit und Natur ganz nackt und bloß und mitleidswürdig war, weil sie zuletzt glaubte, daß diese heißen Küsse, welche Cäsar auf ihre Lippen drückte, allen Millionen gälte[n] unterm Sternenzelt.

Sehet da eine Szene, wie sie in alten Zeiten nicht vorkam! Hier ist Raffiniertes, Gemachtes, aus der Zerrissenheit unsrer Zeit Gebornes: und was ist die Wahrheit Romeos und Juliettens gegen diese Lüge! Was ist die [78] egoistische Geschlechtsliebe gegen diesen Enthusiasmus der Ideen, der zwei Seelen in die unglücklichsten Verwechselungen werfen kann! Ich zittre vor einem Jahrhundert, das in seinen Irrtümern so tragisch, in seinem Fluche so anbetungswürdig ist.

[79] 10

Die Übereinkunft der Liebe zwischen Wally und Cäsar mußte ihren Verhältnissen ein neues Kolorit geben. Wir fürchten, daß die Farben allmählich erbleichen werden. Aber noch sind sie hell und frisch; noch liegt auf Wallys Antlitz der melancholische Schatten jener entzückenden Verirrung, in Cäsars Mienen die Resignation und Selbstzufriedenheit, welche selbst blasierte Charaktere und verwitternde Natürlichkeiten ergreifen kann, wenn der immer durstige Becher ihrer Wünsche einmal voll ist bis an den Rand der Erfüllung. Das Wiederfinden eines Jugendfreundes unterstützte Cäsars reflektierende Persönlichkeit, sich in einer Welt zu halten, in welcher er sich seit einiger Zeit gefiel.

Waldemar hieß der neue Ankömmling, ein [80] Mann, der einst blühend und schön war, in der Residenz zu Wallys Anbetern gehörte, dann heiratete und trotz der glänzendsten Verhältnisse zu keiner Freude kam, da seine Gattin an unheilbaren Übeln siechte. Die Stimmung dieses Mannes teilte sich seinen Umgebungen mit, erst auch Cäsar, verlor sich aber an diesem in dem Augenblick, als sie für ihn durch folgende gemischte Anekdote einen Grund bekam. Seit Waldemars Ankunft im Bade hatte sich nämlich das stille Bärbel von den beiden Indien zurückgezogen. Ihr Betragen gegen ihn ließ keinen Zweifel, daß dieser Mann die Ursache ihrer Geistesverwirrung gewesen war. Sie verfolgte Waldemar, wo er sich nur blicken ließ, und weinte oft auf dem Wege, wenn er in zahlreicher Gesellschaft vorüberging. Jedermann kannte den Zusammenhang dieser tragischen Komödie, doch wollten nicht alle glauben, [81] was Waldemar versicherte, daß er sich dieses Mädchens durchaus nicht entsinne, nie mit ihr ein Wort gewechselt und auch im vorigen Jahre zum ersten Male Schwalbach besucht habe. Cäsar aber glaubte diesen Versicherungen; denn Waldemar war eine treue Seele, die niemanden betrüben konnte, noch weniger aber wäre eine Unwahrheit über seine Zunge gekommen. Er nahm den Wahnsinn Bärbels von der lächerlichen Seite und suchte Waldemar zu trösten. Ja, diesem melancholischen Manne fehlte nur noch eine neue Ursache seiner Schwermut!

Wally befand sich in einer Stimmung, die ihr den Verkehr mit beiden Männern, der immer gewisse Grenzen und Nuancen hatte, recht zum Genuß machte. Einst wollte sie in einem Garten zu ihnen unbemerkt herantreten, während beide Freunde unter einem Boskett von verwelkenden Rosen sich unterhielten; da sie aber hörte, daß ihr Gespräch religiöse Saiten aufgezogen hatte, so [82] fürchtete sie, etwas zu verstimmen, und blieb unwillkürlich in einer Weite stehen, daß ihr von dem Gesprochenen nichts entging und sie dabei doch ungesehen blieb. Sie fühlte das Mißliche dieser Situation in einem Augenblicke nicht, wo alle ihre Seelenfäden Gespinste zu schießen begannen, in die sie sich immer tiefer verstrickte, wo es einer Untersuchung über die Religion galt.

»Hätt' ich einen größeren Wirkungskreis«, sagte Waldemar, »vielleicht gelänge es mir dann, den Unmut meiner Seele zu zerstreuen, wie auf jenen Bergen[1], auf welchen viel Waldleben herrscht, Tannen rauschen und die Natur in einer steten Bewegung ist, die Nebel sich leichter zerstreuen. Ich bin ein kahler Hügel, jedem Windzuge offen und von jeder Wolke gleich bis tief unter die Augen bedeckt. Nach ideellen Schutzwehren such' ich ebenso vergebens. Die Politik ist nur imstande, meine [83] Schwermut zu vermehren, und die Religion hat man mir durch meine Erziehung verleidet.«

»Wer wird auch«, entgegnete Cäsar, »bei üblen Stimmungen Hülfe von der Religion erwarten! Religion ist das Produkt der Verzweiflung: wie kann sie die Verzweiflung heilen?«

»Sie sollte es wohl; jede Religion soll es, welche die Miene der Offenbarung annimmt«, sagte Waldemar. »Echte Religion ist positive Heilkraft; aber gleicht das Christentum nicht einer Latwerge, die aus hundert Ingredienzien zusammengekocht ist? Meine Vernunft sagt mir, auch ohne Hahnemanns ›Organon‹, daß die Krankheiten immer einfache und nur die Symptome zusammengesetzt sind, daß die Natur für jede ihrer Abnormitäten eine medizinische Rektifikation im simpeln Zustande hat und daß in einer Mixtur von Heilkräften eine Kraft die andere aufhebt. Die unerhörte Überladenheit des Christentums aus traditio-[84]nellen, historischen und biblischen Ursachen macht aber, daß es für den Schmerz der Seele ganz ohne Wirkung ist. Eines seiner Dogmen stört das andre.«

Ein Krampf schnürte Wallys Brust zusammen. Sie wankte ohnmächtig fort, bis jener Referendar, der über das Unzeitgemäße der politischen Garantien geschrieben hatte, ihren Arm ergriff und sie zu Waldemar und Cäsar führte, von denen er den ersten gesucht hatte.

1 Erstausgabe (A): auch jene Berge. Verbessert nach der Ausgabe von 1852 (B).

»Waldemar!« rief er: »was Sie glücklich sind! Ein Ehegatte, und noch bringen sich Ihretwegen die Frauen um.«
»Was wollen Sie damit?« fragte Waldemar.
»Sie müssen nicht erschrecken«, sagte jener; »aber Ihr verlassenes Bärbel ist tot. Sie ging gestern den ganzen Tag um Schwalbach herum, sich ein Grab zu suchen, blieb dann noch lange bei den beiden Indien, wankte [85] darauf mechanisch fort bis an das Schloß Nassau, wo sie sich von der eisernen Hängebrücke hinabgestürzt hat. An der linken Seite von hier, da, wo der Brunnen auf der Brücke steht, soll sie noch mehre Stunden gesessen haben, wie die Leute versichern, die sie dort sahen. Die Gerichte von dort schicken diesen Ring mit, der an dem Finger des Mädchens sich befand. Ich hab' ihn hier.«
Waldemar erblaßte. »Mein Gott!« schrie er. »Dieser Ring–«
Cäsar sprühte auf: »Wie?« rief er; »Waldemar, du hättest dennoch –«
»Ja«, bemerkte der dritte: »ich kenn' ihn. Sie trugen diesen Ring vor mehren Jahren, Waldemar.«
Wally trat hinzu und nahm den Ring. Sie betrachtete ihn und gab mit unpassender Heiterkeit die Erklärung: »Waldemar, Sie gaben [86] mir vor drei Sommern diesen Ring. Ist eine Verheiratung dem Gedächtnisse so schädlich?«

»Aber wie kam die Unglückliche zu dem Ringe, den alle Welt als ein Pfand meiner treulosen Versicherungen auslegen wird?« fragte Waldemar mit bleichen Lippen, die doch wieder sprechen konnten, nachdem er sich auf die Huldigungen besann, die er einst Wally gebracht hatte.
»Ich hatte die Gewohnheit«, sagte Wally, »die Ringe meiner Verehrer jährlich im Bade zurückzulassen, indem ich sie in die Becher, die am Sprudel stehen, warf und diese dann armen Leuten oder Kindern zu trinken gab. So ist die Närrin wohl zu dem Geschenke gekommen.«
»Gut erfunden!« flüsterte der Referendär, dem im Augenblick auch sein Ehrenhandel mit Cäsar einfiel. Wally

blickte etwas stolz: man [87] kann durchaus nicht sagen, warum, und reichte dem Menschen ihren Arm.

Waldemar saß in tiefes Nachsinnen versunken. Wie wunderbar war der Zusammenhang dieses unglücklichen Ereignisses! Man konnte versucht werden, an eine magnetische Einwirkung zu glauben. Wer erklärte ihm, wie ein Ring eine Neigung veranlassen konnte zu einem Manne, den man nie gesehen! Wie kam es, daß die Arme, gleich als sie ihn zum ersten Male sahe, ihn als den Eigentümer des Ringes erkannte, den sie liebte und mit einer wirklichen Person verwechselte! Er ging tief bekümmert in seine Wohnung und überredete seine kranke Gattin, mit ihm sogleich den Schauplatz so unheimlicher Begebenheiten zu verlassen.

Was aber empfand Cäsar bei dem Ereignisse? Nicht das Ereignis selbst, nicht den Schmerz seines Freundes, sondern nur eines, was ihn schon oft bei Vergleichung des Todes [88] mit dem Leben interessiert hatte. Das arme Bärbel war vor ihrem Ende unruhig in dem Flecken herumgewankt und hatte den Tod gesucht, der ihr notwendig schien. Sie war bis nach der eisernen Brücke gelaufen, um den Tröster ihrer Leiden zu finden. Ist es beim Selbstmorde eine unsichtbare Hand, die die Kehle zuschnürt? Geht man wahnsinnig, ohne Bewußtsein in den Tod, wie die Mücke in das brennende Licht stürzt? Oder ist man bei etwa vorhandener Kraft, sich noch als nachdenkend zu fühlen, schon so mit dem Tode verschwistert, daß jener weitere Akt des Selbstmordes nur die Publikation eines Befehles wird, der schon abgemacht und im stillen ausgeführt ist? Darüber sann Cäsar nach und konnte sich vor Schmerz nicht fasssen, als er bei dem Verfolgen von Bärbels Benehmen nur darauf zurückkam, daß die Furcht vor dem Tode doch immer das Ursprüngliche und bis zum schwin-[89]denden Bewußtsein das Letzte sei. Die Unzulänglichkeiten der Erhabenheit, sagte er, die Furcht vor dem Tode, der Schmerz, nicht wie Brutus, der alte und der junge, töten, nicht wie Cato

sterben zu können, die Bitte des Prinzen von Homburg, ihn leben zu lassen; das ist das Tragische unsrer Zeit und ein Gefühl, welches die Anschauungen unsrer Welt von dem Zeitalter der Schicksalsidee so schmerzlich verschieden macht. Sie wollte sterben und lief einen ganzen Tag, einen Weg von sechs Stunden, um den Tod zu finden, den sie herzlich suchte und den sie fürchtete!
So war Cäsar.

[90] 11

Jenes feste und präzise Benehmen, das Wally bei der Aufklärung über den Ring gezeigt hatte, war nur durch die Situation hervorgerufen worden. Auch wird sich niemals ein Weib bei der Leidenschaftlichkeit einer andern enthalten können, sich aufzuschnellen und mißachtend auf die fremde Verirrung herabzusehen. Diese Stimmung war aber nur eine vorübergehende.
Die Erklärung, welche Waldemar über das Christentum abgab, hatte auf ihre Seele wie die Berührung eines kranken Zahnes gewirkt. Glaubt ihr, Wally habe nach einem Mittelpunkte ihres Lebens gesucht? Wahrlich nicht. Nirgends lagen etwa zerstreute Bruchstücke von Gedanken, die sie gern verbunden hätte. Un-[91]mittelbar und zufällig war ihr ganzes Leben: nur im Religiösen stand sie oft wie ein Wanderer auf der Landstraße, der den Weg verfehlt zu haben glaubt, sich in der Gegend umblickt und mit seinem Ortssinne sich zu orientieren sucht. Es war ein ganz bewußtloses Sinnen, ein träumerisches Fühlen, dem sie sich tastend und anpochend hingab. Von einer Reflexion, einer zusammenhängenden Untersuchung konnte bei Wally nicht die Rede sein. Sie litt an einem religiösen Tick, an einer Krankheit, die sich mehr in hastiger Neugier als in langem Schmerze äußerte. Sie war wie in einem Zimmer, das sich plötzlich mit Rauch füllt

und wo man sich nicht anders helfen kann, als an das Fenster zu springen, es aufzureißen und mit einem unmäßigen Gestus nach frischer Luft zu haschen.

Wally wußte selbst nicht, was alles zusammentraf, sie nachdenklicher als je zu machen. [92] Sie hatte zum ersten Male einige Beobachtungen über ihren Zustand in eine zusammenhängende Kette aufgereiht. Sie war vor ihren Gedanken nicht scheu zurückgeschreckt, sondern hatte sie diesmal scharf ins Auge gefaßt. In einem Brief an eine Freundin suchte sie ihrer Angst Luft zu machen.

Der Brief war vielleicht vollendet. Sie wagte nicht, was sie hatte, wieder durchzulesen. Auch verzweifelte sie während des Schreibens, ihn abzusenden. Sie zerriß ihn. Einige Minuten blickte sie die Reste an; dann ordnete sie mechanisch, was davon noch vor ihr lag. Die Linien und Buchstaben paßten zusammen. Jetzt erst las sie ihn, wo sie gleichsam wußte, daß er ihr nichts mehr schaden könne.

»Meine teure Antonie«, hatte sie geschrieben, »Deine geschmackvollen Muster, das sehr hübsche Diadem, was aber wohl zu meinem [93] Haare nicht stehen wird, auch die englischen Nadeln und die neuen Touren zum Cotillon hab' ich bekommen. Ich danke Dir, Antonie! Verzeih mir nur, daß ich nicht jetzt auch mit all dem Entzücken davon spreche, das ich wirklich über Deine Gefälligkeit und die Gegenstände derselben empfunden habe. Du glaubst nicht, in welcher wunderlichen Stimmung ich heute bin. Und heute mußte ich doch schreiben – morgen würd' es schon besser sein. Nur eins sage mir, Antonie, hast Du wohl in Deinem Leben einen frohen, recht frohen Augenblick gehabt? Ich besinne mich vergebens auf einen; denn es ist doch immer eine peinliche Unruhe und Hast, von der wir getrieben werden, eine Ängstlichkeit, von welcher die Männer keine Vorstellung haben. Zuweilen erschreck' ich vor dieser pflanzenartigen Bewußtlosigkeit, in welcher die Frauen vegetieren, vor dieser Zufälligkeit in allen ihren Begriffen, in ihrem [94] Meinen und Fürwahrhalten. Der Augenblick ist der

Urheber unsrer Handlungen und die Vergeßlichkeit die Richterin derselben. Ach, Antonie, ich beschwöre Dich! Nimm diese Klagen nicht als die Frucht eines regnerischen Tages; oh – ich leide an einem Schmerze, der unheilbar ist, da ich ihn gar nicht zu nennen weiß. Das rennt, läuft, springt, lacht, singt, weint, zankt – nun sage mir um des Himmels willen, was steckt dahinter? Was ist der Kern dieser spiralförmig fortkreiselnden Unruhe? Die Männer sind glücklich, weil man an sie Anforderungen macht. Das Maß ihrer Handlungen ist der Beifall oder der Nutzen, den sie damit gewinnen. Auch dies sage, warum wir den ›Faust‹ nicht lesen sollen? Die Schilderung jener Zweifel, die eines Menschen Brust durchwühlen können, macht uns vertraut mit ihnen und die Wirkung derselben für uns weniger gefährlich. Aber ich fühl' es, daß sich in je-[95]des Menschen Herzen innere Gedichte entwickeln, eine ganze Historie von Wundern, die wir zu erklären verzweifeln, Gedichte, in denen wir selbst der von den Göttern verfolgte, geneckte, scheiternde, irrende Ulysses sind. Das ist alles halb, siehst Du. Es ist noch immer nicht das, was ich sagen möchte und nicht sagen kann. Liebe Antonie, das ist der Fluch: man verlangt nichts von uns, man will gar nichts, es kömmt gar nichts drauf an. Auch dies noch: wir haben einen Ideenkreis, in welchen uns die Erziehung hineinschleuderte. Daraus dürfen wir nun nicht heraus und sollen uns nur mit Grazie wie ein gefangenes Tier an dem Eisengitter dieses Rondells herumwinden. Diese Gefangenschaft unserer Meinungen – ach, war Spreu für den Wind! Rechte will ich in Anspruch nehmen, für wen? für was? O Antonie, ich habe nichts, was wert wäre, gedacht: ich will gar nicht sagen, ge-[96]meint oder gesprochen zu werden. Ich drücke an den Begriffen, die mir zu Gebote stehen; aber sie sind elastisch und geben immer nach und gehen immer wieder zurück. So glaub' ich, kommen auch die Revolutionen, wenn die Menschen so viel Mühe haben, an ihrer Stirn hin- und herfahren und ihre welke Begriffstyrannei gern stürzen möchten mit etwas, was sie suchen, aber nicht finden können. Dann schaffen sie sogar Gott ab, nämlich, weil sie ihn wahrhaftig nicht verstehen. Es ist auch schwer, Antonie! Die Schöpfung – schon gut; aber woher? womit? warum? Der Mensch, der Affe, der Polyp, die Sinnpflanze, das Moos, der Stein, der Kristall, das Wasser, die Luft, der Wind, nichts: wo ist Gott? Oder wollt ihr nicht den Weg des Wassers gehen: so geht den des Feuers! Der Vulkan, das Licht, die Wärme, die Elektrizität, der Magnetismus: wie kann Gott in der Voltaschen Säule stecken?«

[97] Hier mußte Wally laut auflachen bei all ihrem Schmerz und Unglück. Der komische Konflikt der Schulweisheit mit ihrer Melancholie, die Vergleichung Gottes und jenes kleinen Professors der Physik, der sie mit Papinianischen Töpfen, Herobrunnen und Luftpumpen so tief in die Natur hatte sehen lassen wollen, ob er gleich selbst nur *ein* Auge hatte, das waren zu drollige Erinnerungen. Sie zuckte mitleidig mit sich selbst über sich selbst die Achsel und ging Cäsar entgegen, der viel ungereimtes Zeug mit ihr zu sprechen hatte.

[98] 12

Ein Begegnis, das Wally kurze Zeit darauf erlebte, machte den ersten Abschnitt in ihrem Leben. Es schien, als könnte sie in ihrem jetzigen Aufenthalte die Heiterkeit nicht wiedergewinnen, welche ihrem Charakter entsprach. Ein Umstand aber veranlaßte bald die Abreise von Schwalbach.

Wally war eines Abends spät und unmutig zu Bett gegangen. Die Lampe brannte noch auf ihrem Tische; aber sie konnte nicht schlafen. Ihr Blut war in fieberhafter Aufregung. Sie warf sich unruhig hin und her, aber ihre Sinne wollten sich nicht lösen.

Da sprang sie auf, setzte sich an den Tisch und fing all die

Mittel zu prüfen an, welche die Leute anraten, um in gleichmäßige Bewe-[99]gung des Bluts zu kommen. Sie zählte die zwölf Glockenschläge an der Kirchturmuhr, sie zählte das Einmaleins her, von vorn und hinten, deklamierte das einzige Gedicht, welches sie bei ihrem schlechten Gedächtnis auswendig wußte: »Eine kleine Biene flog emsig hin und her und sog.« Nichts half. Da erblickte sie auf dem Tisch die Anordnungen, welche sie neulich gemacht hatte, um an ihre Freundin zu schreiben. Sie ergriff die Feder und schrieb:

»Meine teure Antonie, Deine geschmackvollen Muster, das sehr hübsche Diadem, was aber wohl zu meinem Haare nicht stehen wird, auch die englischen Nadeln und die neuen Touren zum Cotillon hab' ich erhalten. Ich danke Dir, liebe Antonie! Verzeih mir nur –«

»Abscheulich!« rief sie aus und trat an das Fenster. Der Mond beleuchtete hier und dort einen Teil des engen Tales und seiner Umgebungen. Er war mit Wolken bedeckt, die [100] aber nicht eilten, sondern schwer auf ihm hafteten. Es wehte kein Wind. In sanfter, nächtlicher Stille ruhte die malerische Natur. Ein tannenschwarzer Bergrücken begrenzte auf der einen Seite die ovale Rundung des schlummernden Tales. Nirgends die Ahnung eines menschlichen Wesens.

Wally hüllte sich in einen leichten Nachtüberwurf. Ihr Zimmer lag zur ebnen Erde. Mit einem Tritte war sie draußen im Freien. Ohne mehr zu wollen, als die Hitze ihres Blutes abkühlen, stieg sie zur linken Hand die Straße hinauf, dann wieder hinunter zum Alleesaal hin. Sie wird nur einige Schritte unter den Bäumen auf und ab gehen.

Als sie ein weniges weitergekommen war, vernahm sie ein sonderbares Geräusch, welches man für das Seufzen einer schwankenden Pappel hätte halten können, wäre ein starker Wind gegangen. Sie erschrak, wie diese Laute sich [101] immer deutlicher als Gestöhn und schmerzliche Klage zu erkennen gaben. Es war wie das Jammern eines

Verwundeten, der sich fürchtet, durch übergroßen Schmerzausdruck des Mundes vielleicht die brennenden Leiden seines Schadens desto stärker zu machen.

Wally blieb betroffen stehen. Ihr siedendes Blut gerann, und die Fieberhitze wich einer kalten Erstarrung, in die der Schreck ihre Glieder versetzte.

Sie sahe, daß sich im Hintergrunde der Allee etwas bewegte, das auf sie heranzukommen schien. Die Angst hatte sich ihrer Seele so sehr bemächtigt, daß sie nicht einmal wagte zu entfliehen. Wie angewurzelt blieb sie stehen und wankte nur, als eine menschliche Figur immer näher trat, mechanisch hinter einen Baum, von dem sie glaubte, daß er ihr Schutz gewähren könne.

Ein Weib kam mit händeringenden Gebär-[102]den. Sie wandte sich oft gespenstisch um und suchte etwas, was man nicht sehen konnte, von sich abzuwehren. Dann fuhr sie mit einer grauenerregenden Vehemenz und sie begleitendem Geheul in die Gegend ihres Kopfes, als wolle sie etwas bedecken oder irgendeinen übergroßen Schmerz stillen. Wally zitterte.

Jetzt stand die Unglückliche, welche nicht im Fieber zu sein, sondern das volle Bewußtsein zu haben schien, dicht vor ihr. Wally sahe, wie sie schwankte und zu Boden stürzte. Mit einem fürchterlichen Geschrei wühlte das entsetzliche Weib ihren Kopf in den losen Sand und rang, ihre Hände gleichsam zu vervielfältigen, um den Kopf von allen Seiten bedecken zu können. Dabei stöhnte sie wieder und sahe sich, wie tief sie auch den Kopf in den Sand hineingewühlt hatte, um und fuhr mit einem gräßlichen Schrei auf, als hätte sie einen Geist [103] erblickt, bis sie ohnmächtig und besinnungslos in dieser gräßlichen Lage verstummte.

Wally wagte nicht, einen Laut von sich zu geben. Als das Wesen sich beruhigte, versuchte sie aufzutreten, ob man sie auch nicht hören könne, wagte dreistre Schritte und floh, als sie eine Strecke weit von der Szene entfernt war, der sie hatte beiwohnen müssen. Sie fror an allen Gliedern, als sie auf ihrem Lager sich gebettet hatte, und schlief ein aus Furcht.

Am folgenden Morgen betrieb sie die Abreise. Die Tante zögerte. »Unter keiner Bedingung!« rief Wally; »ich bin eines Ortes müde, der mich umbringen muß.« Das war ein fürchterlicher Ausdruck; die Tante war diese Wendungen nicht gewohnt. Sie entsetzte sich und reiste ab.

Als Cäsar sie beide an den Wagen begleitete, erzählte er ihnen noch, daß die Frau des Trompeters an der gespenstischen Trommelmusik [104] ihres Ohres diese Nacht gestorben sei. Sie sei vor Unruhe aus dem Hause gerannt, habe nachts die ganze Stadt durchirrt, um den grauenhaften Tönen zu entfliehen, und sei in der Allee gefunden worden, wie sie mit dem Kopf in den Sand gewühlt dagelegen.

Wally winkte mit der Hand, daß er schweigen solle.

Cäsar aber glaubte, daß sie ihn zum Abschied grüße; die Pferde zogen an, und, den Spruch des großen Römers parodierend, sagte er zu dem Fahrzeuge: »Du trägst Cäsar und sein Glück!«

[(105)] Zweites Buch

[(107)] 1

Der Sommer reifte zur Ernte. Aus seinen letzten Fäden spann sich ein Herbst voll Kelterlust. Die Astern sammelten noch einmal alle Farben der schönen Vergangenheit, dann starb die Natur, und was zurückblieb, legte den Frostreif und Nebelflor der Trauer an. Die Ströme gerannen, die Wolken zerrieben sich zu Schneeflocken. Der Winter kam in seinen Pelzschuhen angeschlichen und klopfte mit Weihnachtsfreuden an die Reifblumen der Fenster an.

Wally wirbelte sich in einer Lust, die sie so zauberhaft zu regeln verstand. Was Religion! Was Weltschöpfung! Was Unsterblichkeit! Rot oder blau zum Kleide, das ist die Frage. Ob's [108] besser ist, die Haare zu tragen à la Madeleine oder sie zusammenzukämmen zu chinesischem Schopfe? Tanzen – vielleicht auch Sprüchwörter aufführen – oh, nur gering ist die Zahl der Vergnügungen, welche im Verhältnis zur zunehmenden Civilisation nicht mehr lächerlich sind: so sehr gering! falls man sich selbst so viel liebt, nicht Karten zu spielen, jene melancholischen Spiele Albions und der nordamerikanischen Yankees, wenn man noch wie Mendels[s]ohn philosophisch und kantisch genug ist, für den Scherz keinen Ernst und für den Ernst keinen Scherz aufzuwenden!

Aber eine Unterhaltung ist unerschöpflich; ein Spiel unermüdlich. Das ist die Koketterie. Wally hatte damit alle Hände und alle Mienen voll zu tun. Künstliche und natürliche Launen waren die Zahlen, mit welchen sie ihre Umgangsexempel zusammensetzte. Wally ließ die ganze Welt wie elastische Figuren auf dem [109] Resonanzboden ihrer Einfälle springen. Sie spielte die kapriziösen Melodien zu allen diesen Bewegungen, welche sie lachen machten. Was wollte sie auch mehr? Sie wollte nicht einmal den Ruf davon, die Neigungen ihrer Umgebungen so unübertrefflich eskamotieren zu können. Sie tat alles ohne Stolz, ohne Absicht, ohne Bewußtsein. Sie war bezaubernd!

Cäsar war die Balancierstange dieser Equilibres. Er rektifizierte wie irgendein chemisches Natron alle die barocken Konfusionen, welche Wally anrichtete. Cäsar fiel dabei bald hier-, bald dorthin, in jenem ersten Bilde. In diesem letzten nahm Wally bald größere, bald kleinere Portionen von ihm. Er fehlte aber nie, und diese perspektivische Verschiebung bald zu einer Gunst von einer Linie, bald zu einer von zwei Zollen oder drei, hielt ihn in der Spannung, welche Männer allein zu fesseln imstande ist. Es ist möglich, daß Cäsar [110] Wally liebte, wenigstens war sie ihm eine Vertraute geworden. Er hätte sie vielleicht einem andern abtreten können; aber von ihr sich trennen, das konnte er nicht. Und doch! Vielleicht! Wir sind Scharlatane, wir können alles!

Es war auf einem glänzenden Balle, der am Hofe gegeben wurde. Cäsar, der nicht tanzte, weil die Prinzessinnen zugegen waren und es ihn beleidigt haben würde, wenn sie ihm durch ihre Kammerherrn die herkömmlichen Aufforderungen geschickt hätten, zog sich zurück. Wally beachtete ihn nicht. Er nahm das leicht. Er wußte, daß Wally weit entfernt war von der gewöhnlichen Ansicht deutscher Mädchen, dem Tanze eine sinnliche Bedeutung oder die Bedeutung irgendeiner Gunst unterzulegen; er wußte, daß sie diejenigen liebte, mit denen sie *nicht* tanzte. Und doch war sie heute aufgeregter als jemals. Das nahm ihn wunder und verstimmte ihn. Als Wally zu ihm trat, [111] sprach sie: »Ich habe Sie suchen müssen. Wo stecken Sie? Ich muß Ihnen etwas sagen.«

Sie standen in einem der entlegeneren Zimmer. »Und was?«

»Ich werde den sardinischen Gesandten heiraten; aber wir sprechen uns noch!«

Damit war sie verschwunden.

Cäsar eilte nach Hause. Er hatte durchaus nichts, was ihn drückte, und doch entschloß er sich, eine kleine Reise zu machen. Er war sehr unruhig den ganzen Tag, mehre Tage. Er machte die Reise. Er notierte, zeichnete, schrieb viel Briefe. Er würde sich vortrefflich zerstreut haben, wenn ihm nicht aus jedem Baum, aus jedem Echo zugeklungen wäre: Aber wir sprechen uns noch! Dies Aber! machte ihn verwirrt; denn es klang wie eine so schwärmerische, träumende Liebe, daß er geglaubt hatte, den letzten lechzenden Seufzer, [112] das kaum gelispelte felicissima notte einer Italienerin zu hören. »Sind das schon die Wirkungen der sardinischen Gesandtschaft?« sagte er lächelnd und kehrte hübsch beruhigt in die Residenz zurück.

Er hatte bald darauf von Wally die Einladung zu einem vertrauten Gespräch.

[113] 2

Am Tage, wo die Unterredung mit Wally stattfand, hätte man bei Cäsar nicht ahnen können, mit welcher Katastrophe er schließen würde. Cäsar schien die ganze Beruhigung zu besitzen, welche man von seinem Charakter erwarten durfte. Höchstens ließen sich jene forcierten Scherze, mit welchen er um sich warf, vermuten, daß irgendein Gefühl wie ein Ereignis bei ihm im Anzuge war, dem er zu entgehen wünschte. Diese Scherze sind immer die überm Meere kreisenden Möwen, welche den Sturm ankündigen.

Wenn er einem Freunde begegnete, der auf dem Stadtgericht arbeitete, so frug ihn Cäsar: »Was hast du jetzt unter Händen?«

»Ehescheidungen« – hieß es.

[114] »Also noch immer schlechte Ehen?«

»Schlechte Wahlen vor der Hochzeit, Leichtsinn –«

»Ganz richtig«; erklärte dann Cäsar. »Es ist ein Unglück, wenn man sieht, mit welchem Leichtsinn die Ehen geschlossen werden. Der Besitz einer kleinen Aussteuer lockt den Handwerker, ein Frauenzimmer zu heiraten, welches er gar nicht liebt. Der Staat sollte niemals die Ehe bürgerlich vollziehen lassen, bis nicht ein Kind vorhanden ist, welches das Dasein der Liebe vorher ausweisen muß.«

Der junge Mann vom Stadtgerichte lächelte zu diesem Vorschlage. Cäsar ging und begegnete einem andern Freunde.

»Du bist verliebt«, sagte er ihm; »aber Antonie ist arm.«

Es war dieselbe Antonie, an welche Wally einst schreiben wollte.

[115] »Antonie ist arm!« hieß die weinerliche Bestätigung.

»Siehe, was zu tun wäre!« schlug Cäsar vor. »Das Heiraten durch die Zeitungen greift um sich. Aber man ist erst einen Schritt weit gekommen, wenn die Frauen durch Zeitungen nur Männer bekommen. Der zweite Schritt wäre, daß sie durch die Zeitungen auch zu Vermögen kämen. Die Mädchen sollten sich durch ein Lotto ausspielen. Sie sollten die Männer auffordern, Aktien auf ihren Besitz zu nehmen, Aktien, meinetwegen eine jede zu fünfhundert Talern. Hundert Lose dieser Art geben eine Summe von 50 000 Talern. Die Wahrscheinlichkeit, daß unter hundert ich – du – er gewinnen, ist sehr groß: man gewinnt ein Weib, ein reiches Weib, ein schönes Weib. Denn um eine Schöne muß es sich handeln, der Nebengewinne wegen, welche in Zugeständnissen mancher Art an diejenigen bestehen müssen, welche [116] sich mit Aufopferung von fünfhundert Talern der seligen Chance aussetzten, Mann einer schönen Frau und Besitzer zufälliger 50 000 Taler zu werden. Mein Lieber, das heißt die Gesellschaft revolutionieren.«

Jener hatte nur an Antonie gedacht; Cäsar an nichts, als sie scheiden.

Der Abend kam heran. Die Tür zu Wallys Gemächern

öffnete sich. Beide saßen sich stumm gegenüber. Cäsar, der von Wally nicht erwartet hatte, daß sie sich in ein schwärmerisches schwarzes Kleid werfen würde: Wally, welche nach einem Blicke in Cäsars Mienen geizte, der verzeihend, warm und siegend auf sie wirkte.

Liebenswürdig war es von diesem grenzenlosen Leichtsinn, daß er Tränen am Auge hängen hatte. Cäsar schwamm in Entzücken. Er war auf eine Komödie gefaßt und fand eine tragische Szene, die ihn erschütterte. Alles, [117] was sie sprachen, war nur, um den Erklärungen, die sie sich machen wollten, zu entgehen. Cäsar mochte in seiner Eitelkeit übertreiben; Wallys Bescheidenheit lag wohl nur darin, daß sie glaubte, Cäsar um Verzeihung bitten zu müssen. Alles übrige aber dichtete seine Phantasie hinzu.

Sie hielten ihre Hände ineinander und sprachen recht eifrig über Dinge, auf welche gar nichts ankam in ihrer Lage. Sie sprachen von der Erfindung des Schießpulvers, vom Gesetz der Schwere, vom Kompaß und der Magnetnadel, worüber sie schnell abbrachen, um nur immer wieder auf Neues zu kommen. So verrann die Zeit, aber das Entzücken Cäsars stieg. Wallys Hand nahm er und legte sie sanft auf die Lehne des Sofas, um sie als Kopfkissen zu brauchen. Sie lächelte dazu und warf ihm das ganze Polster ihres elastischen Körpers, sich selbst in aller ihrer Anmut nach. Sie hielt [118] ihn umschlungen, während sie unwillig glaubte, daß er es täte. Ihre nur leis' aufgesteckten Locken nestelten sich los und küßten Cäsars brennende Wangen. Die langen Augenwimpern senkten sich majestätisch sanft auf die bläulichen Ultramarinringel, welche unter dem Auge so viel Leidenschaft verraten. Dieses Herablassen des Vorhangs, dieser Fensterladenschluß der Weiblichkeit, diese Verhüllung ist das reizende Gegenteil dessen, was sie scheint, weil sie nur allmähliche Entwaffnung ist. Es ist das Sinken des Tages, der aufsteigende Stern, dessen feuchte Strahlen die Kronen der Blumen auflockern und die Kelche erschließen, während die Kelche zu schlafen scheinen. Cäsar umarmte Wally mit glühendem Entzücken und rief aus: »O Wally, ich will nicht grausam sein! Ich eile allem zuvorzukommen, was sich auf deiner Lippe zu Tode ängstigt und gern sprechen möchte. Ich dringe nicht auf den Besitz dieses göttlichen [119] Leibes, dessen Seele mich stets umhauchen wird. Aber – o Gott!« –

»Was ist? Cäsar! Sprich! Fordre! Alles, alles!«

Cäsar sann und war wie von einem unbekannten Gefühle ergriffen. Er strich mit der Hand über seine Stirne und sagte dann leise mit sanften und zärtlichen Worten zu Wally: »Sie werden reisen: ich auch. Wir werden uns in vielen Jahren nicht wiedersehen. Da gibt es ein reizendes Gedicht des deutschen Mittelalters, der ›Titurel‹, in welchem eine bezaubernde Sage erzählt wird. Tschionatulander und Sigune beten sich an. Sie sind fast noch Kinder: ihre Liebe besitzt die ganze Naivetät ihrer jugendlichen Torheit. Ich spreche nicht von Tschionatulanders Tod, weder vom treuen Hunde, der aus der Schlacht die tragische Botschaft bringt, nicht von Sigunens Klage, wie sie den Leichnam des Geliebten im Arme haltend unterm Baume sitzt, wo Parzifal an ihr vorüber-[120]kömmt im Walde, nicht von dem Edelstein unserer deutschen mittelalterlichen Dichtkunst. Nur jener Zug ist so meisterhaft schön, wo Tschionatulander, als er in die Welt hinausmuß und sein treues Windspiel klug zu den beiden Liebenden hinaufsieht, Sigunen anfleht um eine Gunst–«

Cäsar stockte und sprach dann leise, mit fast verhaltenem Atem: »daß Sigune, um durch ihre Schönheit ihn gleichsam fest zu machen, wie der magische Ausdruck der alten Zeit ist, um ihm einen Anblick zu hinterlassen, der Wunder wirkte in seiner Tapferkeit und Ausdauer – daß Sigune – in vollkommener Nacktheit zum vielleicht – ewigen Abschiede sich ihm zeigen möge.«

Wally betrachtete Cäsar einen Augenblick. Dann erhob sie sich stolz und verließ, ohne ein Wort zu sprechen, das Zimmer. An ihre Rückkehr war nicht zu denken.

[121] Cäsars Antlitz zeigte einen schmerzhaften Ausdruck. Er hatte das Höchste bewiesen, dessen seine Seele fähig war, die kindlichste Naivetät, eine rührende Unschuld in einer Forderung, die empörend war; aber die Scham, die erst in ihm aufglühte, verschwand vor seinem Stolze, so edel und rein erschien er sich.

»Sie ist ohne Poesie, sie ist albern, ich hasse sie!« stieß er heftig heraus, trat zornig mit dem Fuße auf, lauschte und verließ, da er nichts als den Schlag der Pendeluhr im Nebensaale vernahm, mit unwillkürlichem Geräusch das Zimmer und das Hotel. Er schwur, es niemals wieder zu betreten.

»Sie hat nicht mich, sie hat die Poesie beleidigt. Sie ekelt mich an!« rief er und malte sich Wally mit den gräßlichsten Farben, daß es ihm keine Freude machen mußte, noch an sie zu denken. Wenn sie ihm noch einfiel, so geschah es nicht, ohne daß er mit dem Fuße etwas von sich stieß.

[122] 3

Inzwischen rückte Wallys Vermählung heran. Sie gestand sich oft und selbst ihren Umgebungen, daß es ihr wäre, als würde ein unsichtbares Netz, das sie aber fühle, immer enger angezogen, und daß es ihr bald zum Ersticken sein müßte. Alles, was man nur brachte, um die Atmosphäre recht duftend und verführerisch zu machen, drückte ihren Atem noch mehr zusammen; sie ging wie Gretchen im »Faust« und lüftete Fenster und Türen, da Mephistopheles im Zimmer es so schwül gemacht hatte.

Noch größer war aber die Unruhe in ihrem Innern. Sie brauchte gern physikalische Gleichnisse und verglich sich mit dem Gefühl eines lebenden Wesens, das man in die Glocke einer Luftpumpe setzt; mit dem Vogel, dem es von [123] innen und außen bei entzogener Luft weh wird. Ach, sie konnte Cäsar nicht vergessen: sie konnte jene begeisterte Miene des Freundes nicht vergessen, jene unschuldige Seligkeit, die sie an ihm noch nie gekannt hatte und die er damals zeigte, als sie einige aus seinen zuckenden Lippen schleichende Worte mit so pedantischer, altkluger Entrüstung aufnahm. Schon im nächsten Augenblicke, als sie gegangen war, war sie sich mit ihrer Tugend recht abgeschmackt vorgekommen.

Wally fühlte bald, daß Cäsar an das Unsittliche seines Antrags im Momente nicht gedacht hatte. Sie machte sich den Vorwurf, diese Überlegung an dem Manne nicht abgewartet zu haben. Auch mußte sie sich gestehen, daß Cäsar ihr vielleicht nie das Prekäre der Situation eingeräumt haben würde. Jetzt wußte sie, worin der ganze Zauber liegt. Sie fühlte, daß das wahrhaft Poetische unwiderstehlich ist, daß das Poetische höher steht [124] als alle Gesetze der Moral und des Herkommens. Sie fühlte auch, wie klein man ist, wenn man der Poesie sich widersetzt. Ach, das quälte sie, untergeordnet zu sein und weniger unschuldig im Grunde als die Poesie, die Menschen braucht und schildert!

Wally schlug die rührende Geschichte nach, die ihr Cäsar erzählt hatte. Sie weinte mit Sigunen, sie kostete die Unschuld, die in dem Verlöbnis der beiden Liebenden des Gedichtes lag, allmählich immer tiefer. Es liegt in der Schönheit der Natur eine göttliche Gewalt, die bezaubert. Wally beugte und wand sich mit all ihren schönen Grundsätzen und den Lehren, die sie ihrer Erziehung, ja selbst ihrer vernünftigen Überlegung verdankte, vor dem Ideale des Naturschönen. Sie ging noch weiter. Sie gab die Natur auf, sie hielt sich an die Kunst, an das Gebilde der Phantasie, das in sich ab-[125]gerundet und hier so richtig gezeichnet war wie jeder logische Zirkel ihrer tugendhaften Entschlüsse. Sie kam sich verächtlich vor, seitdem sie fühlte, daß sie für die höhere Poesie kein Gegenstand war. So konnte es nicht mehr fehlen, daß sie sich bald selbst dazu machte.

Wie oft war sie Cäsarn begegnet! Er blickte stolz! Er hatte

eine Moral, die über der ihren war! Er konnte das Auge erheben, das Ideale hub es in ihm! Wally konnte nicht stolz sein, an ihr schien die Reihe der Scham zu sein. Sie fürchtete sich vor Cäsar. Ihre ganze Tugend war armselig, seitdem sie ihm gleichsam gesagt hatte, die Tugend könne nur in Verhüllungen bestehen, die Tugend könne nicht nackt sein. Cäsar hatte an ihr den poetischen Reiz verloren. Er übersah sie.

Ob es wohl Menschen gibt, dachte Cäsar [126] eines Tages bei sich selbst, welche die Literatur und das, was dem Leben durch sie an schönen Elementen und Staffagen gegeben wird, für eine Tyrannei und eine despotische Willkür der Dichter und Künstler halten? Wär' ich selbst Autor, so würde mich dieser Gedanke erschrecken. Ich würde die Gleichgültigkeit, die Dummheit der Masse immer mit einer Strafe verwechseln, welche ich als Autor für die Zudringlichkeit meiner Schöpfungen mit Recht einernte. Ich würde zittern, wenn von Büchern die Rede kömmt, und würde immer gewärtig sein, daß jemand aufträte und die Literatur in die Kategorie von Warenartikeln stellte, von Ellen- oder Kolonialwaren, die man nimmt oder stehenläßt, je nach Bedürfnis. Ich brauche die Schönheit nicht! Fürchterlich, wenn von Homer und Ossian die Rede wäre! Ich brauche nicht einmal die Bestrebungen um das Schöne, wenn von einem Erstlingsversuche die Rede wäre! [127] Ja, es gibt Menschen dieser Art, welche die Poesie für eine Zumutung halten, Geldmenschen, Aristokraten, manche Könige, auch Frauen, besonders wenn sie schön sind und sie deshalb glauben, der Bildung überhoben zu sein!

Cäsar dachte dabei gewiß nicht an Wally; denn welch' ein Unterschied ist es, für das Außerordentliche sich interessieren und dem Außerordentlichen sich als Staffage unterlegen! Er hatte aber in dem Augenblick einen Brief von Wally in der Hand.

»Ich habe Sie beleidigt«, schrieb sie ihm; »Sie wissen es ja, Cäsar, daß der Mutlose immer der Ausfallendste ist.

Wissen Sie noch, wie wir über Mut stritten? Welch' eine Zeit, wo Sie sich um fünf Ringe, die Sie mir noch immer nicht wiedergegeben haben, mit fünf Menschen schießen konnten! Morgen um zehn Uhr [128] abends besuchen Sie das Hotel des sardinischen Gesandten. Sie werden von Auroren, die Sie dort erwartet, an einen Ort geführt werden, den Sie nicht verlassen dürfen. Schwören Sie mir, hinter dem Vorhang, den Sie zehn Minuten nach zehn gütigst zurückziehen wollen, nicht hervorzutreten! Cäsar, schwören Sie mir! Ich schäme mich vor Ihnen, daß ich Scham hatte. Verantworten Sie es einst! Vor Gott! Vor Gott! Aber ich liebe heiß, ewig, unaussprechlich! *Wally*«
Und an Wallys Hochzeitstage zeichneten die Unsichtbaren ein reizendes Gemälde, ein Gemälde in altem Stil, zart, lieblich wie die saubern Farbengruppen, welche sich auf dem sammetweichen Pergamente goldener Gebetbücher des Mittelalters finden.
Rings, wie Rahmen und noch hineinrankend [129] in die Szene, Epheu und Weinlaub. Auf den Ästen sitzen Paradiesvögel in wunderbarem Farbenspiel, auf den breiten Blättern der Arabesken schlummern Schmetterlinge, in den Kelchen der Blumen saugen Bienen. Oben schwebt der Vogel Phönix, der fußlose Erzeuger seiner selbst; unten blicken die spitzschnäbligen Greifen und hüten das Gold der Fabel. Bezaubernd und märchenhaft ist die Verschlingung aller dieser Figuren. Es ist wie ein Traum in den tausend Nächten und der einen. Zur Rechten des Bilds aber im Schatten steht Tschionatulander im goldenen, an der Sonne funkelnden Harnisch, Helm, Schild und Bogen ruhen auf der Erde. Der Mantel gleitet von des jungen Helden Schulter, seine Locken wallen üppig, wie von einem Westhauche gehoben. Das Auge staunt; ein Entzücken lähmt die Zunge. Zur Linken aber schwillt aus den Sonnennebeln [130] heraus ein Bild von bezaubernder Schönheit: Sigune, die schamhafter ihren nackten Leib enthüllt, als ihn die Venus der Medicis zu bedecken sucht. Sie steht da, hülflos, geblendet von der

Torheit der Liebe, die sie um dies Geschenk bat, nicht mehr Willen, sondern zerflossen in Scham, Unschuld und Hingebung. Sie steht ganz nackt, die hehre Gestalt mit jungfräulich schwellenden Hüften, mit allen zarten Beugungen und Linien, welche von der Brust bis zur Zehe hinuntergleiten. Und zum Zeichen, daß eine fromme Weihe die ganze Üppigkeit dieser Situation heilige, blühen nirgends Rosen, sondern eine hohe Lilie sproßt dicht an dem Leibe Sigunens hervor und deckt symbolisch, als Blume der Keuschheit, an ihr die noch verschlossene Knospe ihrer Weiblichkeit. Alles ist ein Hauch an dem Auge, ein stummer Moment, selbst in dem klugen Auge des Hundes, der die Bewegungen verfolgt, welche der Blick seines Herrn [131] macht. Das Ganze ist ein Frevel; aber ein Frevel der Unschuld.

So stand Sigune einen zitternden Augenblick; da umschlang sie rücklings der sardinische Gesandte, der seine junge Frau suchte. Es war ein Tropfen, der in den Dampf einer Phantasmagorie fällt und sie in Nichts auflöst. Die Vorhänge fielen zurück, und Tschionatulander wankte nach Hause. Der Gesandte ahnte nichts. Tiefes Geheimnis.

[132] 4

Als Wally mit ihrem Manne nach Paris gekommen war, atmete sie auf. Sie war froh, sich von einer ganz verfehlten Stellung befreit zu sehen. Sie wußte, daß sie in Paris noch immer den stürmischen Bewegungen irgendeiner Neigung ausgesetzt sein konnte, daß ihre eheliche Treue mit weit gefährlicheren Lockungen wie in der Heimat würde herausgefordert werden; allein sicher war sie jetzt vor den Zumutungen der Genialität, vor dem verwirrenden Benehmen Cäsars, vor Männern, welche zu poetisch sind, um ganz nach der Mode, und zu modisch, um ganz nach der Poesie zu leben. In Paris siegte sie, wenn sie wollte, noch immer durch die sehr einfachen Künste der Koketterie. Nur die Situationen sind es, welche [133] dem Leben der Pariser Frauen eine besondere Originalität geben. Die Zeit, in welcher Wally mit ihrem Manne nach Paris kam, war bei Anfang des Aprilprozesses.

Wenn man glauben wollte, daß die Julirevolution in den Sitten der höhern Pariser Welt eine Änderung veranlaßt hätte, welche gleichsam dem Ernste der Zeit hätte entsprechen sollen, so verkennt man den Charakter der Franzosen. Die alte Revolution, welche eine Strafe der Frivolität zu sein schien, rottete die Frivolität doch selbst nicht aus. Die alte politische und gesellschaftliche Verfassung wurde gestürzt, aber die Manieren erhielten sich. An dem Besitztume klebte etwas, was sich nicht von ihm trennen ließ; in den Reichtümern, welche kaum den Tod der einen veranlaßt hatten, lag ein Zauber, der auch die wieder verwirrte, welche [134] die neuen Herren derselben wurden. Den Leichtsinn tilgte die Guillotine nicht.

Die neueste Revolution hatte zu den alten Elementen des Pariser Lebens neue, zu zwei Aristokratien, der bourbonischen und bonapartistischen, noch eine dritte gesellt, die Aristokratie der Banquiers. Mehr als je wurde das Geld der Hebel des gesellschaftlichen Mechanismus, seitdem eine Klasse in den Vorgrund trat, mit der es in dieser Rücksicht schwer war zu wetteifern. Weil die Pariser das Geld nicht anhäufen, sondern es als Mahlschatz immer wieder aufschütten und von dem Winde umtreiben lassen, so wird jede Lebensäußerung dort in den metallischen Strom mit hineingerissen. Dieser Strom ist es, welcher die entsetzlichsten Verheerungen in der Moralität und Freundschaft anrichtet. Sein Ebben und Fluten macht Leben und Tod. Er ergießt sich frei, offen, vor allen Augen, nicht einmal unterirdisch. Er [135] wälzt seine goldschäumenden Wogen durch die Säle und kleinsten Gemächer. Man ist in Paris immer in der Nähe des Geldes, weniger dessen, was man besitzt, als dessen, wovon man nicht genug haben kann und das man unter allen Umständen sich zu verschaffen sucht. Daraus entstehen die meisten tragischen und komischen Konflikte der Pariser Gesellschaft.

Wally hatte keine Meditationen nötig, um über diese Dinge ins reine zu kommen. Sie verstand sie bald, da die Begegnisse selbst zu deutlich sprachen und dichterische Erfindungen, Schriften wie die von Balzac, sie hinreichend bestätigten. Wally philosophiert nicht, das wissen wir längst. Sie wird Paris nicht wie ein Phänomen nehmen, sondern wie eine Erfahrung, über die man erst reflektiert, nachdem sie erlebt ist. Sie wird sich in den dichtesten Strudel der Vergnügungen werfen. Sie wird den Becher der Lust und der Gedankenlosigkeit bis [136] tief auf die Neige leeren. Sie wird jede Minute Leben benutzen, die sie nur verwenden kann, und käme sie einst zurück von Paris, wird sie von Paris nichts zu erzählen wissen. Wally gehörte bald zu den glänzendsten Erscheinungen auf dem Theater des Tages und der Nachrede.

Wenn wir im folgenden mehr ein Verhältnis schildern wollen, das in Wallys Hause und in ihrer Verwandtschaft sich entwickelte, so ist es deshalb, um einesteils über ihren Mann eine Ansicht zu haben, anderenteils, um nichts zu unterlassen, was zuletzt doch berichtet werden müßte, weil es eine entscheidende Folge hatte. Wally beherrschte andere Kreise mit derselben siegreichen Gewandtheit. Sie hatte ein großes Stück an dem Netz zu weben übernommen, welches über Paris ausgebreitet ist und so viel Ehrgeiz, Eifersucht, Tragödie und Idylle in seinen Maschen festhält. Sie war eine fleißige Bundesgenossin des großen Feldzuges gegen Na-[137]tur, Wahrheit, Tugend und Völkerfreiheit, welcher mit dem Leben der Großen fast immer zusammenfällt; ein Feldzug, dessen Gefahr von den Freuden seiner kleinen Siege im Ernst doch überboten wird.

Je weniger diese Katastrophe zunächst mit der Seelenrichtung in Wally zusammenhängt, die uns veranlaßte, sie zum Gegenstand einer poetischen Darstellung zu machen, desto mehr trägt sie bei, die Draperien zu bestimmen, auf deren Grunde sich die wahrhafte Originalität Wallys sprechender zeichnete. Indem Wally Szenen erlebt, welche mit ihrer Krankheit nicht in der entferntesten Berührung liegen, indem sie von einem Gedankenreiche losgetrennt ist, das sie selbst in sich aufgeregt hatte; muß auch der Kontrast desselben später nur desto tiefer in ihr Herz schlagen. Wally wandelt sorglos am Rande eines Abgrundes.

[138] 5

Eines Morgens hatte Wally soeben die Besuche einiger ihrer Verehrer entlassen und lachte noch über die Eitelkeit der jungen Männer, welche gestorben wären vor Ärger, wenn sie ihrer neuen Gilets, ihrer Reitpeitsche und Lorgnette keine Erwähnung getan hätte, als sie im Nebenzimmer ein lautes Sprechen hörte, das immer näher kam und dann plötzlich mit Gewalt unterdrückt wurde, gleichsam als würde jemand, der sich ihrem Zimmer nahen wollte, mit Heftigkeit zurückgehalten. Nachdem die hierauf eintretende Stille anzudeuten schien, daß eine Verständigung dem Besuche hatte vorangehen müssen, öffnete sich stürmisch die Tür, und ein junger Mann trat an der Hand ihres Gatten herein, der ihr in dem Ankömmling [139] seinen längst aus dem Piemontesischen erwarteten Bruder Jeronimo vorstellte.

»Wahrhaftig, ich habe mich nicht getäuscht«, rief der junge Italiener. »Ihren Anblick, Madame, sog ich gestern in der Oper drei volle Stunden lang ein. Ich war kaum in Paris angelangt, als mich der Zufall in die Vorstellung der ›Cenerentola‹ führt und in die reizendste Perspektive, welche ich je gehabt habe. Madame, Sie saßen in einer Loge, von der ich nicht wußte, daß sie die meines Bruders war. Sie trugen blaue Seide, weiße Tüllstreifen, einen roten Schal und Marabouts in dem Haar?«

»Ihr Gedächtnis muß weite Taschen haben,« sagte Wally, »wenn sie am Morgen noch die Toilette der Damen angeben können, die Sie am Abend vorher bei den Italienern bezaubert haben, wie der in dieser Rücksicht bei den jungen Enthusiasten übliche Ausdruck ist.«

[140] »Madame, es sollen viele eine gute Toilette gemacht haben, sagt man. Ich sahe nur Sie. Viele werden sie machen, ich werde nur Sie sehen. Wenn ich die Sprache eines Dichters führen könnte, dann würd' ich erst die Ausdrücke haben, welche Ihrer würdig sind. Ja, ich muß dies elende Wort ›bezaubern‹ adoptieren und meine Gefühle hinter der armseligen Wendung verstecken, daß ich Sie versichre, Ihre Schönheit kann niemals vom Künstler getroffen werden; denn müßte er nicht erblinden in der Anschauung solcher Reize, Madame?«

»Ich schäme mich, mein Herr«, sagte Wally, »Ihnen ein Wort empfohlen zu haben, das sie lernen sollten, um bald in die Gesellschaft der jungen Enthusiasten einzutreten; denn ich sehe, daß Sie schon Meister sind in diesen allerliebsten Übertreibungen, die man um so lieber hört, je weniger Grund sie haben!«

»Sie weichen mir aus, Madame; Sie ver-[141]gessen, wenn Sie glauben, meine Liebe käme Ihnen ungelegen, daß Widerstand die Liebe verdoppelt. Sie haben die Wahl. Es ist wie mit den Sibyllinischen Büchern; aber umgekehrt: immer mehr Liebe, aber doch immer nur die gleiche Summe.«

Hier machte der Gesandte, der das Zimmer schon verlassen hatte, ein Geräusch nebenan und zwang beide jungen Leute, einen Moment darauf hinzuhören. Wally mußte über die etwas steifen Anträge ihres Schwagers lachen. Sein Feuer hatte mehr von dem russischen Spiritus. Für einen Italiener schien er ihr zu viel Worte zu machen.

»Setzen wir uns aber«, sagte sie freundlich, »mein lieber

Jeronimo. Wir wollen versuchen, wie wir uns arrangieren. Es gilt nur, daß man sich verständigt. Wollen Sie meine Farbe tragen? Wollen Sie ins Wasser springen, wenn ich behaupte, es sei nicht tief? [142] Wollen Sie sich mit halb Paris schlagen, wenn ich die Caprice habe, Ihnen Dinge in den Mund zu legen, die Sie über die Herzogin von Breteuil, die Gräfin Allan, die Vikomtesse von Hericourt geäußert hätten? Sie sehen, welche Arbeiten sich Ihnen auferlegen lassen, wenn Sie Herkules genug wären, sich in Dejanira zu verlieben.«

»Bezaubernd, Madame, entzückend! Wie liebenswürdig!«

»Und wenn wir auf dem Fuße hinken, womit der Liebhaber geht: so nehmen Sie den andern, den Fuß der Verwandtschaft, auf dem wir stehen. Ich glaube in der Art wohl, daß Sie ermüden können, Jeronimo, aber niemals, daß Sie fallen.«

Die Tür öffnete sich. Die Vikomtesse von Hericourt trat ein. Sie war eine jener niedlichen Schwätzerinnen, an denen nichts hübscher ist als eine perennierende Begleitung ihrer Stimme [143] mit einer luftpumpenden Bewegung aus der Brust heraus. Sie seufzte bei jeder Periode aus der innersten Tiefe her, und da sie es lächelnd tat und mit glänzendem Auge, bekam dadurch ihr Ausdruck eine hinreißende Gewalt, daß man sich die Triumphe dieser Frau erklären konnte.

Jeronimo blieb aber bei aller dieser Grazie kalt. Er sprang nicht, wie junge Narren von fashionablem Tone mit Recht tun, wo es sich darum handelt, zwischen zwei schönen Frauen das Gleichgewicht zu erhalten, von einer zur andern über, sondern biß in seine Handschuhe, verlegen und nur Wally fixierend, die sein Benehmen nur als Affektation eines übertriebenen Eindrucks auslegen konnte.

Die Vikomtessa hatte so viel mitzuteilen, zu klagen, zu weinen, zu lachen, daß Jeronimo sich mit ihr zu gleicher Zeit entfernte. Er [144] war stumm bis auf den letzten

Augenblick geblieben. Die ganze Geläufigkeit, mit der er begann, war gehemmt. Sie wußte nicht, wie sie diesen Charakter nehmen sollte. Er ist ein Russe, dachte sie unwillkürlich. Aber sie besann sich auf die Russen ihrer Bekanntschaft, auf welche dennoch keines der Merkmale Jeronimos passen wollte; denn die Russen, immer begierig, sich elegant und zivilisiert zu zeigen und den Juchtengeruch durch Bisam, eine Unanständigkeit also durch die andere zu verdecken, affektieren überall gegen Damen eine ekelhafte Liebenswürdigkeit, springen von einer zur andern und üben sich in süßen Grimassen. Jeronimo mußte also doch ein Italiener sein.

Am Abend kam Jeronimo in die Loge des sardinischen Gesandten. Wally hörte ihm gern zu; er hatte Ansichten über Musik und viel biographische Notizen über die italienischen Komponisten. Doch alles war flüchtig; denn eine [145] Dame kömmt im Theater nicht zur Ruhe. Keine Meinung, die unter den Liebhabern verbreitet ist, ist so falsch als die von der Gunst, welche das Theater der Neigung gewähre. Man wird sein Idol neben sich haben, man wird stundenlang mit ihm flüstern können; das ist gewiß; aber das Idol wird auch immer zerstreut sein und hinter jeder aufgehobenen Lorgnette einen Mann vermuten, der mit dem Seufzenden neben ihr die Vergleichung aushält oder ihn wohl übertrifft in der Huldigung, die er ihr schenkt. Jener Satz gilt nur bei der Sentimentalität, welche nicht hört und nicht sieht, oder bei jenen kleinen Geschöpfen, die über ein geschenktes Freibillet glücklich sind und alles, was das Theater an Illusionen bietet, für die Schöpfung und die Bekanntschaft ihres Anbeters halten.

Als Wally nach Hause begleitet war von ihrem Schwager und ihn noch einige Zeit bei [146] sich gesehen hatte, zog sie sich in ihre Gemächer zurück. Es klopfte. Der sardinische Gesandte trat mit einem Armleuchter in ihr Schlafkabinett. Sie erstaunte; denn solche Besuche waren ganz gegen die Verabredung.

»Was ist?« fragte sie gedehnt.

»Liebes Kind«, sagte ihr Gatte; »mein Bruder –«

»Ihr Bruder ist sehr langweilig.«

»Er liebt dich; aber höre nicht auf ihn. Was ich ihm auch vorstellen mag, es ist, wie wenn man Feuer plötzlich ins Wasser wirft; aber höre nicht auf ihn. Ich war in meinen Briefen unvorsichtig. Er liebt dich wie eine Nebelgestalt, die man sich aus Täuschungen zusammensetzt und die man sonderbarerweise jede Nacht wieder vor sein Bett zaubern kann. Er schwärmte mit der Luft, er –«

[147] »Was will ich das?«

»Höre nicht auf ihn! Eh' er dich sahe und Nizza nicht verlassen durfte, irrte er in den Wäldern und warf Blumen in die Flüsse. Seine Neigung ist so stark, daß er jede Lebensfunktion seines Körpers mit dem deinigen verwechselt, daß er –«

»Lassen Sie!«

»Höre nicht auf ihn! Warum ist Cupido nur blind? Er ist auch taub, sag' ich oft zu Jeronimo, weil er nicht hört. Sollten seine Sinne verzaubert sein?«

»Oh, Sie werden zum Schwätzer: ich glaube gar, Sie machen Verse.«

»Wie ich dich liebe, Wally! Kind, diese Schere auf dem Tisch nehm' ich als eigne Parze meines eignen Geschickes und schneide eine deiner himmlischen Locken, um sie mit [148] verstohlenen Küssen zu bedecken, wenn ich dich selbst nicht habe. Gute Nacht, Wally: vergiß ihn, höre nicht auf ihn!«

Was sollte Wally denken? Der Gesandte hatte ihr eine Locke genommen. Welche Zärtlichkeit! Zu dieser Stunde, wo sie ihn nie sah. Sie erbleichte, denn jetzt war ihr dieser Mann erst im Lichte eines Gatten erschienen. Welch ein Bild! Ein Narr! Eine schwerfällige Gestalt! Ein Ungetüm, das einen falschen Bart trug! Ein Geizhals, der selbst an Worten sparte und nie umsonst redselig war! Eine hülflose Phantasmagorie, die ein Licht in der Hand hielt und vor ihr stand, leibhaftig, als hätte sie einen Mann in den Vierzigen vor sich gesehen! Sie wischte an ihrem Antlitz, das er berührt hatte. Sie lüftete das Bett, um es von den unkeuschen Worten zu reinigen, die hineingefallen waren, denn es stand offen. Sie begriff jetzt erst die Lage, in der sie sich [149] befand, daß sie seit vier Monaten an einen Mann verheiratet war, den sie nicht kannte. Sie müsse fliehen! schrie es unhörbar in ihr auf, und erst als sie über die Mittel, diese Torheit zu begehen, nachdachte, schlief sie ein.

[150] 6

Am folgenden Morgen bot sich Wally sogleich eine Ursache zur Verstimmung an, als wenn sie die Erinnerung des gestrigen Abends nicht gehabt hätte. Sie hörte im Nebenzimmer das zufällige Gespräch zweier Leute ihrer Bedienung, die sich über den Geiz und die Geldspekulationen der Herrschaft beklagten. Sie staunte über das ökonomische Talent ihres Mannes, der mit Milch gehandelt und Bier gebraut haben würde, wenn er in Paris zufällig die Anstalten dazu gehabt hätte. Nach jedem Diner ließ der Gesandte die Weinreste zusammengießen und führte seine Bedienten selbst an, wie sie von den Leuchtern die Kerzen nehmen und sie zum Lichtgießer tragen mußten, der sie gegen brauchbares Wachs eintauschte. Wally [151] verstand viel zu wenig von solchen Dingen, als daß sie ihnen eine rechte Würdigung hätte geben können. Sie fühlte ein allgemeines Mißbehagen ihrer Seele, das sie verhinderte, diesmal das Lächerliche an dem Geize ihres Mannes zu entdecken. Es war eine gefährliche Stimmung, in der sie an Cäsar schrieb. Als sie den Brief beendet hatte und sah, wie nur Kleinigkeiten der Pariser Konversation, satirische Bagatellen und viel Albernheiten aus ihrer Feder geflossen waren, da hatte sie bessre Laune bekommen. Sie freute sich, in Cäsar einen Mann gefunden zu haben, bei dem der Ernst sich hinter so vielem Scherz verstecken durfte, der nicht pedantisch war und vom Gefühl keine Überflutungen verlangte. Das Gefühl war einmal da, nicht in Gestalt einer das Herz betreffenden Empfindung, sondern in Gestalt einer Tatsache, der sich keine andere Auslegung als die einer Neigung geben [152] ließ. Wally liebte jetzt Cäsar wahrhaftig, ohne sich darüber ein Geständnis zu machen. Sie hatte sich ihm auf ewig durch jene mystische Szene verpflichtet. Und doch war es weder Scham, was sie an ihn fesselte, noch der Gedanke, ihn besitzen zu wollen. So viel Unschuld bei so vieler Freiheit!

Als Jeronimo zu ihr eintrat, konnte sie mit Lachen seinen heißen Liebesbewerbungen zuhören, so heiter war sie. Jeronimo machte eine Miene, als wäre ihm ein großes Glück widerfahren, als hätte er ein Unterpfand, das ihn gegen Wallys Scherze sicherte. Sie sagte ihm: »Wie tief sind wir doch schon in den Wahnsinn der Liebe versunken! Bart, Kleidung, alles seh' ich heute an Ihnen vernachlässigt! Sie gleichen jenen Shakespeareschen Liebenden in seinen Lustspielen, die so jämmerlich von dem Schmerz ihrer Brust verzehrt sind und, je verliebter sie werden, desto länger ihre [153] schwarze Wäsche tragen. Und vor acht Tagen sahen wir uns zum ersten Male.«

»Vor sechs Monaten«, entgegnete Jeronimo.

»Wie, Sie kennen mich länger?«

»Länger, als Sie leben, Madame! Ich kannte Sie schon, als Sie nur noch ein Gedanke waren, der im Schoße Gottes schlummerte. Meine Liebe zu Ihnen ist nur die Erinnerung eines alten Glückes. Diese schwellenden Lippen, diese jetzt so spröde Brust: ich weiß es, ich habe sie schon einmal geküßt, ich habe sie schon einmal umarmt.«

»Fabelhafte Dinge muß ich hören, Jeronimo. Was würde die Vikomtesse von Hericourt denken, wenn Alfred Jardinier, dieser bürgerliche, aber liebenswürdige Anbeter, ihr solche Dinge sagte.«

»Lasen Sie Plato, Madame?«

»Nein!«

»Die Seelen meiner Person und der Ihri-[154]gen, Wally, sollen *einem* Schoß entsprossen sein. Die Bilder und Urtypen unsrer Persönlichkeit kannte schon die Ewigkeit, und was wir Liebe nennen, ist nur ein Tribut, den wir unsrer Vergangenheit, unserm Gedächtnisse und unsern früher eingegangenen Verpflichtungen schuldig sind.«

»Sie werden mich überreden wollen, daß Sie urweltliche Rechte auf mich haben; daß Sie diese Hand, welche Sie mir für eine Zärtlichkeit viel zu heftig drücken, schon vor der Sündflut besessen haben. Sie tun Unrecht, eine so kleine Frau, wie ich bin, in die großen Hallen der Philosophie einführen zu wollen.«

»Was Philosophie, Wally! Im Schoße Gottes trugen Sie einst dieselben gelben Pantoffeln, mit welchen Ihr Fuß noch jetzt so reizend kokettiert.«

»Mit all Ihrer Philosophie sind Sie doch im Irrtum über die gelben Pantoffeln. Es [155] sind Schuhe, mein Herr; ich erwarte nun von Ihnen, daß Sie sie zu binden versuchen. Machen Sie es ordentlich, und vernachlässigen Sie mir künftig lieber den Plato als Ihre Toilette, die ganz geschmacklos ist.«

Während die Situation, die jetzt folgte, noch nicht beendigt war, trat ein Diener ein und zeigte an, das Cabriolet Jeronimos sei vorgefahren. Sie nahm ihren Schal, klagte viel darüber, daß er mit nichts umzugehen wisse, und stieg, sich auf ihn stützend, die Treppe hinunter. Jeronimo faßte selbst die Zügel des Pferdes und lenkte das gebrechliche Fahrzeug mit einer Ungeschicklichkeit, die Wally nicht erschreckte, da sie davon nichts verstand. Sie fuhren durch die Boulevards. Jeronimo wollte fahrend sprechen. Er hörte nicht auf, den Schoß Gottes im Mund zu haben. Wally hielt ihm diesen wahnsinnigen Mund zu; er übersah sein Pferd und rannte bei der Porte [156] St. Martin so heftig in die Kutschen der Schauspielerinnen hinein, die vor der Tür des Theaters, wo eben Probe war, hielten, daß seine Bemühungen, sich herauszuwickeln, vergeblich wurden. Die Peitsche brauchte er nur zu seinem Mißgeschick. Das Pferd bäumte sich und hob die Gabel des kleinen Wagens so hoch, daß die beiden darinnen rücklings überfielen und Gefahr liefen, aus ihrem Sitze herausgeschleudert zu werden. Hier mußte ein Unglück geschehen.

Wally verlor einen Augenblick lang die Besinnung. Als sie wieder im Zusammenhang der schrecklichen Szene war, sahe sie den Wagen aus jener Verwirrung herausgeführt und das Pferd von einem Manne beschwichtigt, in welchem sie zu neuem Schreck Cäsar erkannte. Gott, jetzt fiel es ihr ein, sie hatte ihn schon zwei-, dreimal heute an dem Rande der Boulevards gesehen. War er es gewesen, so konnte [157] die Rettung kein Wunder sein. Er mußte sie verfolgt und den Augenblick der nötigen Hülfe wahrgenommen haben.

Jeronimo staunte, wie er bei der weiten Fahrt statt Vorwürfe von Wally nur Scherz und Lachen vernahm. Er stotterte Bitten heraus, die sie nicht verstand. Sie war außer sich vor Entzücken. Jeronimo wußte sich nichts zu erklären und eilte, ihrem Wunsche nachzukommen. Sie wollte nach ihrer Wohnung zurück.

Wally stand den ganzen Vormittag wie auf Kohlen. Sie kam nicht vom Fenster, weil sie jede Minute hoffte, Cäsar an dem Torwege zu sehen. Sie nahm mechanisch an der Mittagstafel teil, ging nicht ins Theater; aber Cäsar kam nicht. Jetzt erst fiel es ihr ein, daß sie sich getäuscht haben konnte, und rief einem ihrer Leute, den sie unverzüglich zu Herrn von Werther, dem preußischen Gesandten, [158] schickte, um über ihren Anblick Gewißheit zu haben.

Der Bote brachte die vernichtende Nachricht, Cäsar hätte sich seit länger als vier Wochen in Paris aufgehalten und habe seinen Paß zur Abreise bereits zurückgenommen.

Wally blieb stumm vor Schmerz. Sie hielt das erblaßte Haupt auf der krampfhaften Hand gestützt und gerann in Eis statt in Tränen. Womit hatte sie diese Demütigung verdient! Sie kannte Cäsar genug, um zu wissen, wie dieses Betragen mit seinem Wesen zusammenhing. Ach! auch dies nicht ganz so wunderbare, wozu Cäsar es machen wird, Begegnen an der Porte St. Martin, sagte sie vor sich hin, wird er wie eine Romanenepisode nehmen, um sein ewiges Selbstennui, seine hypochondrische Quälerei damit zu würzen und aufzustutzen.

Wally seufzte tief auf und durchmaß mit [159] Verzweiflungsschritten ihr Zimmer. Es schien ihr der herbste Schlag, der sie treffen konnte. Das Gehen machte sie ruhiger. Sie setzte sich, und jetzt erst konnte sie weinen.

»Womit verdient' ich das?« war ein erstickter Ton ihrer Stimme. Woran dachte sie jetzt! Was hatte sie alles getan, um ihm eine Liebe zu zeigen, an die er, an die sie nicht glaubte und die sich doch so unvertilgbar in ihre Herzen eingenistet hatte! »Womit verdient' ich das?« Unglückliche Wally! Was hattest du nicht dem Egoismus eines Mannes geopfert? Du gabst ihm deine Seele, deine Gedanken, deine Scham, alles, was du außer dem armseligen Stand der Verheiratung hattest; und dies alles dem Egoismus, dem Lächeln, vielleicht dem Verrat? »Oh, das wäre entsetzlich«, schrie sie auf; dem Verrat? Das nicht, Wally! Aber sein Herz ist kalt, er lebt nur von Gefühlen, die er raffinie-[160]ren und filtrieren kann, er trotzt gegen sich selbst; du bist die Leiche, die er mit Füßen tritt. Wally! Wally! Ihr Blick fiel auf den noch offenen Brief, den sie an ihn geschrieben hatte. Welches Vertrauen, welche Harmlosigkeit! Wie treue, kindische Worte! Wie alles so selig, so unbewußt verbrecherisch, so süß in etwas, was zuletzt immer eine Übertretung ihrer Pflicht war! Sie hatte ihm alles gegeben! Sie weinte; ihre Gedanken schwammen fort auf ihren nassen Augen, ihr Bewußtsein sank hin in eine allgemeine Erschöpfung, in eine Ohnmacht, die von einem hitzigen Fieber abgelöst wurde. Sie sollte erst nach langer Zeit von diesem Schmerze erwachen.

[161] 7

Drei Wochen hindurch war der Wächter: Bewußtsein vom Tore der Vernunft verschwunden. Die Gedanken Wallys waren freigegeben, das Dach stand offen, jedes Auge konnte in das glühende Hirn hineinsehen und die Verwirrung der Ideen mit seinen Blicken verfolgen. Da lagen sie alle, die wie ein Kapital angelegten Eindrücke der Vergangenheit, ohne die lachenden, fröhlichen Zinsen des Umgangs und des Bewußtseins zu tragen; nackte Leiber, die des bunten Gewandes der Rede ermangelten, Ideenembryone, so gräulich anzusehen wie die Infusorien, die man durch Vergrößerungsgläser in einem Wasserglase unterscheidet. Die Erinnerungen, Ideen und Ideenschatten jagten sich untereinander und gingen wahnwitzig lä-[162]cherliche Bundsgenossenschaften ein und fraßen sich untereinander auf wie Ungetüme, denen die Gestalt, die Schönheit, die Freiheit des Willens und das Wort fehlt. So lag Wally drei Wochen.
Als sie zum ersten Male die Augen mit Bewußtsein aufschlug, erblickte sie Auroren und fragte nach allem, was seither geschehen wäre. Diese junge berlinische Schwätzerin schlug die Hände zusammen, setzte sich die Mütze der Verwunderung auf und hatte viel von Wallys fieberhaften Phantasiestücken zu erzählen. Wally fühlte sich stark zu hören, auch stark, sich zu erinnern. Sie wußte deutlich, wer die Schuld ihres Übels trug; sie ging auch bald wieder bei diesem Gedanken in die Nebel zurück und sprach von einem Manne, der sie gerettet, aber nicht besucht hatte.
Aurora sprach von Jeronimo. Sie schilderte seine Verzweiflung. Er hielte sich für [163] den Urheber von Wallys Leiden, er verließe das Haus nicht und würde durch nichts aufgehalten, Augenblicke, wo Wally schliefe, zu benutzen und in ihr Zimmer zu dringen.
»Wer?« fragte Wally.
»Jeronimo!«

Es gehörte noch Anstrengung dazu, daß Wally wieder wußte, warum sie nach Jeronimo gefragt hatte. Sie vergaß es und räumte Aurorens Schwatzhaftigkeit das Feld. Diese tummelte sich weidlich darauf. Sie kam immer wieder auf den Italiener zurück, bis er selbst kam und an Wallys Bett niederkniete. Wally sahe ihn, aber sie erkannte ihn nicht.

Jeronimo stand bleich und hager da. Seine Wangen waren eingefallen und abgezehrt. Die Augen blickten starr und mit einem unheimlichen Feuer. Sein Äußeres war gänzlich vernachlässigt. Hätte man nicht annehmen müssen, daß ihn die Trauer verhinderte, Sorgfalt [164] auf sich zu verwenden, so würde man zu dem Glauben gezwungen gewesen sein, seine Erscheinung sei die Folge der Armut. Er sprach italienisch; Aurora verstand nichts davon, zu seinem Glücke; denn hätte sie es verstanden, wie würde es ihr entgangen sein, daß Jeronimos Reden einen bedenklichen Geisteszustand verrieten?

Wally verstand wohl die wahnwitzigen Worte an ihrem Bett, aber sie wußte nicht, von wem sie kamen. Und hätte sie es gewußt, so würde sie sogleich auf den Zustand reflektiert haben, den sie soeben von sich selbst erfahren hatte. In der Tat, sie verwechselte auch den Wahnsinn, den sie hörte, mit dem, welcher sie selbst beherrschte, und flehte unhörbar, ihr nichts zuzurechnen von der Verwirrung, die aus ihrem bewußtlosen Haupte entsprang. Jeronimo küßte ihre Hand. Sie erkannte ihn nicht, als er wie ein Gespenst von ihrem Lager fortschlich.

[165] Benutzen wir den Augenblick, wo der Faden unsrer Erzählung gehemmt ist durch das Schicksal ihrer Heldin, die sonderbare Erscheinung Jeronimos und das Verhältnis zu seinem Bruder näher zu erklären. Jeronimo ist eine widerliche Störung dieses Berichts. Wallys unübertreffliche Originalität, das bunte Farbenspiel ihrer Laune verdiente wahrlich nicht, von so fratzenhaften Verrükkungen menschlicher Gefühle und Verhältnissen, wie wir sie kennenlernen werden, paralysiert zu werden.

Luigi und Jeronimo hießen die beiden Brüder, welche uns bis jetzt nur in so nebelhaften Umrissen erschienen sind. Jener war der ältere, dieser der jüngre; beide an Jahren so verschieden wie an Gestalt und Gemütsrichtung. Luigi ein praktischer Egoist, Jeronimo ein exzentrischer Schwärmer, dort das drohende Extrem der Bosheit, hier des Wahnsinns. Beide Brüder hatten zu gleichen Teilen ein [166] großes Vermögen geerbt; aber verschiedenartig war der Gebrauch, den sie davon machten; Luigi geizte, Jeronimo verschwendete. Luigi traf in Jeronimos sanfter Gemütsstimmung keinen Widerstand, als er ihm bei den Verschleuderungen seinen Rat anbot und sich für bereit erklärte, die Verwaltung seines Vermögens zu übernehmen. Die Verantwortlichkeit machte Luigi schlecht. Immer im Harnisch gegen Jeronimos Unbesonnenheiten, längst gewohnt, ihn wie ein Zuchtmeister seinen Gefangenen zu behandeln, immer in der Illusion, daß er das Gute, Noble und Ehrliche täte, während er doch nur das Kluge und Nützliche tat, nahm er seine eigne Verfahrungsweise wie etwas Notwendiges und gewöhnte sich daran, Dinge als sein Eigentum zu betrachten, für welche er zuletzt wirklich einstehen mußte. Diese Verwechselung war leicht gemacht und artete in dezidierte Schlechtigkeit aus. Es galt [167] nicht mehr, daß Luigi für all die Torheiten, die Jeronimo beging und unschädlich machen mußte, sich schadlos halten wollte, daß er durch die Verwendungen, die er überall versuchte, als Jeronimo ins Gefängnis geworfen wurde wegen Karbonarismus, ein Recht über des jüngern Bruders Leib und Leben zu haben sich überredete, sondern bald wurde es Ziel und Plan bei ihm, einen Menschen, dem nicht zu helfen war, gänzlich zu unterdrücken und das Vermögen an sich zu ziehen, welches Jeronimo noch besaß und möglicherweise auf irgendeine seiner flüchtigen Neigungen vererben konnte. Von einer neuen Torheit, die Jeronimo beging, wußte Luigi erst kaum, wie er sie behandeln sollte. Er hatte ihm von Wally geschrieben, von ihrer Jugend und Schönheit.

Jeronimo bat ihn, nichts von ihren Reizen zu übergehen. Luigi fährt in seinen Entzückungen fort, und Jeronimo schwört ihm in einem Briefe, [168] daß Wally nur für ihn bestimmt wäre. »Lächerlicher Einfall!« sagte Luigi, als er am Tage seiner Hochzeit diesen Brief empfing. Aber Jeronimo hörte in seinen Grillen nicht auf. Er drohte, noch in Haft befindlich, die er sich durch eine unbesonnene Tötung zugezogen hatte, mit dem Äußersten. Die Idee schien fix bei ihm geworden zu sein. Es ist nicht unmöglich, daß man in ein Bild sich verlieben kann. Arme Wally! Mußte deine glatte, stille, liebliche Seele, dein nüchternes, von allem Exzentrischen abseites Leben in solche Strudel gerissen werden?

Luigi wußte, daß sein Bruder nach Paris kommen würde. Er hatte ein Mittel gegen ihn und scheute sich nicht, da er sahe, welchen Eindruck Wally auf Jeronimo machte, es in Anwendung zu bringen. Was war ihm Wally? Welche Genüsse gewährte sie ihm? Und doch war er nicht so niedrig, sie an seinen Bru-[169]der gleichsam verkaufen zu wollen; er war mehr bös als gemein, mehr europäisch schlecht als italienisch ordinär. Er wollte Jeronimos Neigung im Schach erhalten und davon Gewinste ziehen. Sein Geiz sahe mit Schrecken, wie des Bruders Vermögen in den durstigen Sand der Pariser Vergnügungen und Ausschweifungen verrinnen würde. Er sahe schon tausend Arme geöffnet, tausend Zärtlichkeiten als Falle gelegt, er zitterte vor dem weiten Meere, dessen Abgrund bald Jeronimos Erbe verschlingen mußte. Er wollte es retten. Er wollte es absorbieren, erst, wie er glaubte, um es zu bewahren, dann, um es nie wieder herauszugeben. Wally mußte zu diesem Zwecke dienen. Ihre Koketterie mußte Jeronimo fesseln und unglücklich machen. Luigi arbeitete planmäßig, um das Hirn des Bruders zu verrükken. Er brachte Grüße, Zärtlichkeiten, Locken und zwang den Glücklichen, von Wally [170] sich immer wieder enttäuschen zu lassen. Jeronimo war schwach, ein Kind, eine tote Hand seines Vermögens. Luigi eignete sich alles zu. Wer kann zweifeln, daß Wally imstande war, durch ihre unzähligen kleinen Charakterlosigkeiten einen Mann zu vernichten? Sie tat es, ohne darum zu wissen. Sie wurde unbewußt das Werkzeug einer nichtswürdigen Intrigue.

[171] 8

Jeronimo hatte früher eine glänzende Wohnung besessen, jetzt mußte er sich einschränken. Er trat in Paris mit all dem Glanze auf, der der Wiederschein seines Vermögens war; jetzt hatte ihn eine unglückliche Leidenschaft so gebeugt, daß er nicht einmal das Schmerzliche seiner gegenwärtigen Lage empfand. Er dämmerte in seiner Idee hin. Er gab alles seinem Bruder, seitdem er keine Bedürfnisse mehr kannte. Sein ganzes Vermögen wurde Luigi verschrieben. Zuweilen, am frühsten Morgen, wenn noch keine Seele auf der Straße war, besuchte ihn dieser und stieg die vier Treppen hinauf, über denen Jeronimo wohnte. Denn er wollte nicht, daß sein Bruder irgendeinen Groll gegen ihn faßte. Er gab sich immer das Ansehen, [172] als sorgte er väterlich für den Verlassenen, als bewahre er ihm seine Glücksgüter, die in seiner trüben Seelenstimmung ihm doch eine Last sein würden. So hatte er auch eines Morgens bedächtig an die Tür der kleinen Kammer gepocht, welche Jeronimo bewohnte. Er trat hinein und fand seinen Bruder lang ausgestreckt auf einem schlechten Bett, dessen er sich als eines Sofa bediente. An den kahlen Wänden hingen einige schlechtgemalte Heiligenbilder. Auf den Kissen rings lagen die zerstreuten Bestandteile einer ganz mangelhaften Toilette; auf dem Tische einige Bücher, die mit Staub bedeckt waren und deshalb ahnen ließen, daß Jeronimo noch aus sich selbst Trost und Unterhaltung schöpfen konnte.

Als Luigi eintrat, sprang sein verlassener Bruder auf, grüßte mit einer mechanischen Höflichkeit, für welche er selbst keinen Grund wußte, räumte schnell einen Stuhl ab und [173] schob ihn zurück, um seinem Besuche Platz zu machen.

»Ist sie wohl?« war seine erste Frage. Luigi bejahte sie mit dem Lächeln eines Mannes, der hier gleichsam sagen wollte: Es hängt alles von dir ab! oder: Du kannst Vorteil davon ziehen!

Aber Jeronimo war nicht so starken Glaubens. »Sie liebt mich nicht!« rief er aus, »sie ist grausam und kalt! Man sieht, daß ein solches Herz nur im Norden geboren werden konnte.«

»Was hängst du auch, mein Sohn!« entgegnete Luigi, »dieser Grille nach? Warum sich einer Leidenschaft hingeben, welche ohne alle innere Begründung ist und die nur dazu dient, dein ganzes Leben zu verwirren?«

»Sie läßt mich nicht mehr vor!«

»Du zwingst sie dazu; denn Sie liebt mich von Herzen. Was richtest du an! Du bist in [174] der glänzendsten Lage, bist reich, jung, hast eine ausgesuchte Bildung; warum entziehst du dich der Gesellschaft? Warum diese schlechte Wohnung, die dich um deine Annehmlichkeiten und mich um meinen Kredit bringt? Warum dieser vernachlässigte Aufzug, welcher eher dem eines Industrieritters und Bankeruttiers gleicht als dem Range und dem Geiste, den du besitzest?«

»Du bist sehr boshaft, Bruder!« sagte Jeronimo, den ein Vernunftfunke durchleuchtete. »Wenn ich mich vernachlässige, so bist du schuld daran, meine Liebe wahrlich nicht, welche nur dazu dient, das Unglückliche meiner Lage mich weniger herb fühlen zu lassen. Wer spiegelt mir die ungeheuern Verluste vor, die mein Vermögen soll erlitten haben?«

»Ungerechte Beschuldigung!«

»O sieh, Luigi![1] ich blicke tief in dein Inneres. Dein Geiz

1 A: Jeronimo! Verbessert nach B.

ist die Triebfeder deiner Schlechtigkeit. Du hast dir immer das Ansehen [175] gegeben, mein Beschützer zu sein, und wahrlich, du machtest dich vortrefflich dafür bezahlt. Ich würde wahrhaftig keine deiner ehrlosen Intriguen zugeben, Mann, wenn ich mir Besonnenheit und Festigkeit des Willens in meiner jetzigen Lage erhalten hätte.«

»So ungerecht sprichst du zu einem Bruder, der für dich sorgt, Jeronimo? Der niemals in dieses verfluchte Schmutznest tritt, ohne von den Geldrollen in seiner Tasche einen schweren Tritt zu haben. Wann komm' ich leer? Ich biete dir alles an: ich beschwöre dich anzunehmen. Auch jetzt: siehe! nimm! aber wache über deine Ausdrücke, die mein Herz verwunden und der Welt Veranlassung zu einem falschen Urteil geben können.«

»Oh, damit schläferst du dein Gewissen ein, mit diesen Geldrollen, welche hier liegen und von mir nicht geachtet werden, weil ich keine Bedürfnisse mehr habe! Man hat gut von Reich-[176]tümern zu einem Manne reden, der das Gelübde der Armut ablegte. Was fürchtest du wohl mehr, Prahler, als meine erwachende Lebenslust? Sie kann niemals kommen, Glücklicher! Du siehst mich dem Tode entgegenreisen und hoffest, bald der Sorge um einen Menschen enthoben zu sein, von dem ich selbst gestehe, daß er für menschliche Berührungen und das im Dasein Gewöhnliche kein Kettenglied mehr ist. Du aber warst es, der mich um Wally betrogen hat.«

»Lenk' ich die Neigungen dieser schwer zu zügelnden Frau?«

»O Mensch, Bruder, du warst auch als Gatte schlecht genug, mir Hoffnungen zu machen.«

»Verächtlicher!« rief Luigi und sprang vom Sitze auf.

»Oh, setze sie vor dein kahlgewaschenes Antlitz, die Maske der Entrüstung! Dein Weib mußte der Blitzableiter meiner gewitterdrohenden Nei-[177]gungen und der Hagelwetter werden, welche mein Vermögen ruinieren konnten. Dein Geiz sah alles vorher. Ein teuflisches Spiel hast du mit mir getrieben. Zu den Beleidigungen fügtest du noch meine Entnervung, meine Unfähigkeit, mich für sie zu rächen, hinzu!«

Und das sagte Jeronimo mit Recht. Denn wie richtig er auch das Benehmen seines Bruders, diese Manier, ihn zu beobachten und in der Hand zu haben, durchschaute, so war er doch in seiner Willenskraft wie gelähmt. Eine unerwiderte Neigung hatte ihn zu Boden geworfen. Er war keines Entschlusses fähig, wenn sein Bruder so schlecht handelte, ihm wieder eine neue Hoffnung zu machen. So lächelte Luigi auch hier, nahm die Geldrollen und ließ, indem er sie einsteckte, wie zufällig die Schleife eines blauen Damenkleides aus ihr herausfallen. Jeronimo fing sie auf und preßte sie an seine Lippen. Sie war von Wally, ein Raub in [178] derselben Art, wie ihn ihr Gatte oft mit verstellten Zärtlichkeiten beging. Während Jeronimo im Entzücken dieses Besitzes schwelgte, fand Luigi Muße, sich ohne Geräusch zu entfernen.

Als er dicht bei seinem Hotel war, öffnete sich die Tür desselben, und einer seiner Bedienten trat heraus, ohne ihn zu bemerken. Ein junger Mann sprang auf den flüchtigen Burschen zu, hielt ihn an und fragte ihn dringend, indem er etwas durch Geld belohnte, was noch kommen sollte: »Ist die Gräfin zu Hause?«

»Ich glaube nicht.«

»Sei aufrichtig: ich muß es wissen!«

»Sie ist bei der Vicomtesse von Hericourt.«

»Dort kann ich sie nicht sprechen. Sie war krank?«

»Wer? Die Gräfin? Freilich; sie ist vor einer Woche vom hitzigen Fieber genesen.«

[179] »Gerechter Gott! Wie lebt sie denn im Hause? Hat sie viel Vergnügungen?«

»Sie wissen wohl, hierin läßt sie sich nichts entgehen. Sie glauben, Herr Baron, ich kenne Sie nicht? Wie oft waren Sie bei der Gräfin, als ich noch mit ihr Manêge ritt.«

»Du kennst mich? Sage ihr nicht, daß du mich gesehen hast: morgen aber hilfst du mir, sie ohne Zeremoniell und weitläufige Anmeldung sprechen zu können!«

Der Gesandte sah dem forteilenden Fremden nach. Er erkannte ihn als einen Deutschen, dem er früher begegnet sein mußte. Der Bediente gab ihm den Namen an; doch hatte er nie gewußt, daß dieser mit Wally in einer Verbindung gestanden hätte. Er trat in sein Hotel.

[180] 9

Am folgenden Morgen, als Wally sich noch in den ersten Umrissen ihrer Toilette befand und im neusten Hefte der »Revue de Paris« blätterte, wo sie durch die Schwärmereien eines französischen Gelehrten über deutsche Zustände, die er aber falsch verstanden hatte, sehr belustigt wurde, riß eine unangemeldete Hand die Tür ihres Zimmers auf und stürzte mit einem freudigen Gruße zu Wallys Füßen.

Sie war bleich vor Schrecken, als sie es dulden mußte, daß Cäsar sie stürmisch in seine Arme schloß und ihre Hand mit seinen Küssen bedeckte. »Meine Wally!« war der einzige Ausruf, der über seine bewegten Lippen dringen konnte. Wally zitterte vor Schrecken und Freude. Auch sie konnte keinen Ausdruck finden.

So saßen sie sich eine Weile stumm gegen-[181]über; aber ihre Blicke sprachen mit feurigen Zungen und hatten tausend Dinge zu gleicher Zeit zu fragen und mitzuteilen.

»Dein Tschionatulander!« sprach dann Cäsar mit holdseliger Ironie. Wally errötete und barg ihr glühendes Antlitz vor Scham an seine Brust.

»Sie müssen mir diesen stürmischen Angriff verzeihen!« fuhr dann Cäsar fort. »Ich habe viel bei Ihnen gutzumachen und will es durch Dinge, welche für Sie von Wert sind.«

»Sie haben vor zwei Monaten mir das Leben nur gerettet, um es mir zu nehmen!« sagte Wally.

»Ich wollte Sie nicht besuchen. Ich vermied Sie. Warum?

fragen Sie mich! Ich weiß es nicht. War ich stolz, beleidigt? Nein: es war lächerlich; aber Sie kennen mich, Wally, wie schwierig ich zu behandeln bin. Ich lasse immer auf eine Liebenswürdigkeit zehn unerträgliche Torheiten kommen.«

[182] »Liebenswürdigkeiten! Unerträglich! Torheiten! Oh, alles, wie sonst – mein Cäsar!«

»Meine Wally! Aber Sie schweben in einer unvermeidlichen Gefahr, aus der ich Sie retten muß. Ihr guter Ruf ist bedroht. Sie verdanken das Ihrem Manne. Welche Leute kommen in Ihr Haus?«

Wally hatte nicht viel Gehör für diese Worte, für den Inhalt nicht, nur für den Schall, den sie an Cäsars Munde verfolgte. Wenn die Wörterbücher es erlauben, sich so auszudrücken, so wollte sie ihn nur sprechen, nicht reden hören.

»Nein, in der Tat, Wally! Wer ist dieser Jeronimo? Alle Welt spricht davon. Es ist unmöglich, daß Sie Anteil an dieser Intrigue haben. Sie kömmt allein auf Rechnung Ihres Mannes.«

Wally lächelte nur und weidete sich an dem Anblick.

»Nein, bezaubernd sind Sie, Wally!« grollte [183] Cäsar mit komisch-weinerlicher Stimme; »aber so hören Sie doch und gehen Sie auf etwas ein, das Sie interessiert.«

Cäsar mußte sie wecken, mit Küssen wecken aus ihrem Rausche. Er mußte Auge an Auge, Stirn an Stirn legen, jeden Zug in Wallys Antlitz bannen, um sie in seiner Gewalt zu haben und seinen Worten Eingang zu verschaffen. Wally tat noch immer nichts, als in einer gewissen gemachten Abwesenheit von unten herauf mit einer halben Wendung ihres Kopfes, mit klugen und verdächtigen Augen an ihn sich hinaufschmiegen und das küssen, was sie grade traf, Auge, Mund, Nasenflügel. Man muß lieben, um diesen malerischen Gestus der Zärtlichkeit zu verstehen.

»Wally!«

»Cäsar!«

»Wer ist Jeronimo?«
»Ein Narr.«
[184] »Der Bruder Ihres Mannes?«
»Der Bruder meines Mannes.«
»Er liebt Sie.«
»Er liebt mich.«
»Er ist wahnwitzig.«
»Er ist wahnwitzig.«
»O, Wally! Wally!«
»Was soll ich nur? Warum inquirieren Sie mich?«
»Man behauptet, Jeronimo würde mit Vorspiegelungen von Ihnen hingehalten, während Ihr Mann die Zeit benutzt, seinen eigenen Bruder auszuziehen.«
»Aus der Komödie! Ein Roman von Eugene Sue, Balzac, Victor Hugo; was soll ich lesen? Raten Sie mir: ich verwildre ganz, Cäsar.«
»Keine Fabel, nein! Im Hotel des sardinischen Gesandten plündert man die unglücklichen Liebhaber.«
»Und die glücklichen, Cäsar, sind langweilig.«
[185] »Und die glücklichen Liebhaber, Wally, wollen nicht, daß ihr Idol ein Gegenstand der allgemeinen Beschimpfung ist.«
»Wer beschimpft mich?«
»Ihr Mann!«
»Nun, so müssen Sie mich wieder reinwaschen.«
»Das will ich; aber –«
»Aber –«
»Geben Sie mir Aufschlüsse, Data, Erklärungen. Wer ist Jeronimo? Was will er? Was hat er? Ahnten Sie nichts? Teilen Sie die Schuld Ihres Mannes?«
»Gott, so hören Sie auf, Cäsar. An diesen Sachen nehm' ich keinen Teil. Ich habe ja an Ihnen genug, Cäsar; ich lasse Sie nicht. Reden Sie von der Vergangenheit, von Ihren Lebensschicksalen, von unsern Freunden. Kein andres Wort, oder ich verlasse Sie im Augenblick.«
[186] Cäsar begriff diese Grillen nicht. Verdiente er, so geliebt zu werden!

»Nun dann!« sagte er lachend und ärgerlich zugleich und begann, auf die Themata einzugehen, welche Wally entzückten. Bis zur Mittagszeit konnten sie über diese Dinge sprechen, ja noch in der Loge des Theaters, und nach dem Theater bis tief in die Nacht hinein.

[187] 10

Endlich hatte Wally den Zusammenhang ihrer häuslichen Verhältnisse erfahren. Cäsar war unermüdlich, den Ruf seiner Freundin wiederherzustellen und die öffentliche Meinung über sie zu berichtigen. Sie dankte ihm dafür nicht einmal; denn sie lebte gar nicht in bezug auf diese unwürdigen Dinge, weil sie weder von ihnen eine Vorstellung hatte noch sie für wert einer Aufmerksamkeit hielt, die größer gewesen wäre als die vollständige Erschöpfung ihres Verhältnisses zu Cäsar.
So verflossen einige für sie unersetzliche Tage. Wally duldete nicht, daß irgend etwas sie im Genusse derselben störte. Sie gab sich wenigen Besuchen preis. Die meisten wies sie ab, vor allen die Anmeldungen Jeronimos, den sie in [188] seinen Leiden mit einer entsetzlichen Grausamkeit behandelte. Sie trat alles mit Füßen, was nicht in unmittelbarer Beziehung auf Cäsar stand.
»Sie müssen mich über diesen Unglücklichen anhören«, sprach Cäsar einst zu ihr. »Er glaubt Rechte auf Sie zu haben und behauptet, daß Sie um den Preis seines Vermögens die seine wären.«
Wally lachte hierüber, dann aber sagte sie ärgerlich: »Was soll ich aber tun? Ich bin dieser Verhandlungen müde, daß mir meine Lage unerträglich wird. Es kömmt so weit, daß ich jedes Mittel ergreife, Paris zu verlassen.«
»Was tut Ihr Mann? Was sagt er Ihnen? Will er denn alles geschehen lassen?«
»Was geschieht denn? Gütiger Himmel, so schenken Sie

den Narrheiten der Welt nicht fortwährend Ihr Ohr. Ich bin für Sie ohne Tadel und bedarf nicht mehr, weil ich [189] nur Ihnen gefallen will. O Gott! Ist je zu einem Manne so gesprochen worden?«

»Sie verwirren meinen Kopf, Wally!«

»Gewiß: denn der meinige ist unfähig, noch im Zusammenhange zu denken. Wollen Sie etwas Entscheidendes tun?«

»Nun?«

»Befreien Sie mich aus dieser Lage! Ich gehe mit Ihnen aus Paris und kehre niemals zurück. In der Einsamkeit will ich wohnen, selbst wenn Sie mich verbergen müßten. Hier ist die Luft verpestet. Sagen Sie alles meinem Manne. Er ist ein Pinsel, der gar keine Rechte auf mich hat. Fort! Gehen Sie noch jetzt hinüber zu ihm.«

Als Cäsar mit dem Gesandten allein war, sagte er zu ihm: »Mein Herr, Sie vernachlässigen den Ruf und die Ruhe Ihrer Frau.«

»In welcher Eigenschaft sagen Sie mir dies?« fragte der Gesandte.

[190] »Als Bevollmächtigter und Beauftragter Ihrer Frau, als Freund des Hauses, dem sie angehört, als Teilnehmer an Wallys Lebensschicksalen, die sie betreffen, als beträfen sie mich selbst, zuletzt – wenn auch nur – als Beschützer eines Wesens, das unschuldig ist und nicht die Kraft hat, sich von einer Intrigue loszusagen, in welche sie wider ihren Willen verwickelt wurde.«

»Sie scheinen von den Verhältnissen meiner Frau mehr zu wissen als ich selbst. Doch will ich ihre Mitteilungen abwarten, um mich zu irgend etwas bestimmen zu lassen.«

»Dann werden Sie freies Spiel haben, mein Herr! Wally lebt nicht mit dem, was um sie vorgeht.«

»Dann scheint es, als bauten Sie ihr eine neue Welt.«

»Ja, Sie können so sagen, wenn Sie darunter verstehen, daß ich die alte einreißen werde. [191] Was können Sie tun, um Ihrem Bruder seinen Verstand wiederzugeben und die Reichtümer desselben, welche Sie sich das

Ansehen geben, mit Ihrer Gattin zu teilen? Sie wagten es, eine himmlisch reine Seele zu beschmutzen. Sie wagten es, das Leben eines Bruders methodisch zu untergraben. Gegen das letzte werden die Gesetze auftreten, gegen das erste aber Gesinnungen, die sich weder widerlegen noch bestechen lassen.«

»Aber auch gegen diese tugendhaften Gesinnungen wird es Gesetze geben; denn Sie wissen, daß diese Art Tugend nicht überall am Orte ist.«

»Die Gesetze werden zu spät kommen.«

»Wie sollten sie von Ihnen vereitelt werden?«

»Durch die Entführung Ihrer Frau, die Brandmarkung Ihres Namens, durch die Aufhebung jeder ehrlichen Gemeinschaft mit Ihnen, durch tausend Vorsprünge, welche die Ehrlichkeit [192] vor einem Manne voraus hat, der mit dem guten Namen seiner Frau das Vermögen eines Bruders kauft, der zur einen Seite die Menschen übel berüchtigt, zur andern wahnsinnig macht. Wahrhaftig, ich schwöre Ihnen –«

Der Gesandte trat scharf auf Cäsar zu und hintertrieb hiedurch das, was dieser sagen wollte, er stieß einige Drohungen aus und verließ dann mit einem gemachten Stolze das Zimmer. Cäsar wollte ihm nach, aber die Tür war ins Schloß gefallen.

Als er in die Zimmer Wallys zurückkam und er hörte, daß sie im Bade sei, verließ er unmutig über die verlorne Mühe das Hotel. Seine Ausdauer war erschöpft. Er war nahe daran, jetzt alles so kommen und so gehen zu lassen, wie es ging. Aber noch an demselben Abende sollte eine Schlußkatastrophe den Knoten durchhauen.

Jeronimos Seelenzustand war unheilbar zer-[193]rüttet. Es war ihm nur noch eine Kraft geblieben, die gefährlichste für seinen unzurechnungsfähigen Zustand, die Kraft, Entschlüsse zu fassen und sie um so eher ins Werk zu setzen, weil ihn nichts in seinen Combinationen störte. Jeronimo war fast ein Bild des Todes. Das dunkle Feuer seines Auges hatte sich selbst verzehrt, ein Büschel dünner

Haare deckte den kahlen Scheitel. In Regen und Frost stand er vor den Fenstern seiner unglücklichen Neigung, die ihn von sich wies und den ganzen Herbst und Winter mit ihm nicht gesprochen hatte. Dabei versagte er sich das Notwendigste. Er schien verhungern zu wollen. Da ihn aber die Langsamkeit dieser Todesart peinigte, so wählte er eine schnellere. Nur darum handelte es sich noch bei ihm, wie er vor den Augen Wallys sterben sollte.

Es war an demselben Tage, wo Cäsar mit dem Gesandten gesprochen hatte, als sich in [194] der Nachtdämmerung eine blasse Gestalt von ihrem Lager erhob, nach einem Pistol griff und sich an den erleuchteten Häusern der Pariser Straßen dicht unter den ersten Stockwerken entlangschlich. Es war ein wenig Schnee gefallen. Die Straßen waren leer, oder doch hatte alles, was auf ihnen war, Eile, sie wieder zu verlassen. Nirgends brannten Laternen. Der Kalender hatte Mondschein.

Jeronimo stand endlich vor dem Hotel seines Bruders. Man sah es, daß dieses Haus kein Sitz der Freude war. Nur hie und da war ein Fenster erleuchtet. Jeronimo spähte nach dem, welches zu Wallys Schlafkabinett gehörte. Er sah es, doch war es noch finster. Wally mußte aus dem Theater schon zurück sein. Einige falsche Akkorde auf dem Klavier drangen zu dem Ohr des Unglücklichen. Jeden andern, dessen Geist nicht schon in wahnsinnige Erstarrung übergegangen war, hätten diese [195] Töne dem Leben wiedergegeben. Jeronimo hatte keine Empfindung als für das, welches mit seinem Tode und einer Art von Rache zusammenhing. Er tat nichts, als den Hahn seines Pistols zurücklegen.

Jetzt schwiegen die Töne, welche nur in einem Anfalle von Zerstreuung und zufälliger Leere des Bewußtseins angeschlagen schienen. Das Schlafkabinett Wallys erhellte sich. Jeronimo zitterte, denn nah erkannte er zwei Gestalten, welche an den Gardinen des Fensters zuweilen wegrauschten. Bald war es nur noch dieselbe, die zuweilen wiederkehrte. Es mußte Wally sein.

Jeronimo wollte nicht anders, als *sie* im Auge haben. Der Zufall war grausam genug, hier alles zu erleichtern. Vom Vorsprung des Parterrefensters war er bald auf das eiserne Gerüst einer Laterne. Die Einschnitte an der [196] Wand des Hauses unterstützten ihn. Er schwang sich auf, griff mit zuckender Hand an das Fenster und faßte so viel vom Holze, daß er bequem aufgerichtet einige Minuten lang stehen konnte; er stand noch länger; denn in so fürchterlichen Augenblicken ermüdet der Körper nicht und kann das Unglaubliche leisten.

Wally blieb drinnen an einen Pfeiler ihres Bettes gelehnt. Sie war noch nicht ganz entkleidet; nur was an Schnüren und Bändern ihre Kleider zusammenhielt, das war gelöst und machte, daß sie in einer malerischen, die Sinne verlockenden Situation dastand. Sie war sehr indifferent in ihrem Gemüte, wie es schien, und griff nach einem Buche, nach einem deutschen Buche, um sich in Paris einzuschläfern. Da störte sie ein Geräusch am Fenster. Sie sieht auf und erblickte durch die angelaufenen Scheiben die ganz undeutlichen Umrisse [197] einer menschlichen Gestalt. Sie eilt hinzu, wischt so viel von dem Tau des Fensters ab, um ein gräßlich verzerrtes Antlitz wahrzunehmen, das im Nu beim Knall eines Pistols zerschmettert ist. Sie stößt einen entsetzlichen Schrei aus: der Schuß machte das Haus lebendig. Man eilt von allen Seiten herbei, dringt in Wallys Zimmer; denn hier hatte man den Schuß gehört. Man tritt in das Kabinett und findet Wally bewußtlos am Boden liegen. Die Scheiben sind zerschmettert, und blutige Teile eines zersprungenen Schädels liegen auf dem Fußboden.

Wally hatte sich bald erholt. Sie besann sich auf alles; sie hatte Jeronimo in dem Augenblicke, als das Pistol blitzte, erkannt; niemand zögerte, ihre Vermutung zu bestätigen, als man den hinuntergestürzten Leichnam besichtigte und dem Bruder des Gesandten in ein [198] Antlitz leuchtete, das nicht mehr da war. Aber welch ein tiefer Abgrund ist das weibliche Herz! Wally tobte wie eine Bacchantin. Sie lief, sie schrie, sie riß die Zimmer ihres Gatten auf, der nirgends zu finden war. Sie verbot unter jeder Bedingung, den entsetzlichen Leichnam in das Haus zu tragen. Wäre Jeronimo nicht tot gewesen, jetzt hätte sie ihn umbringen können. Sie rief nach Cäsar. Bedienten eilten fort; man traf ihn nicht. Sie schickte zwei-, dreimal. Zuletzt ließ sie ihm sagen, daß er am folgenden Morgen um sechs Uhr reisefertig in ihrem Hotel eintreffen sollte.

Hier war kein Besinnen, kein Abraten mehr möglich. Alles mußte Hand anlegen, um ihre Sachen zu ordnen und das Nötigste auf den Reisewagen zu packen, der unter den Torweg gezogen wurde. Die Post wurde zur Minute bestellt. Wally war wie verzaubert. Sie [199] befahl, majestätisch, kalt, nordisch, wie eine Alleinherrscherin Moskoviens. Bis tief in die Nacht war sie mit diesen Zurüstungen beschäftigt.

Sie hatte in halbem Schlummer gelegen, als sie in der Frühe aufwachte. Das blutige Ereignis hatte sie vergessen; nur ihr Entschluß beschäftigte sie. Cäsar erschien, ganz verstört. Sie blickte ihn forschend an, sie befahl. Er begriff nichts, er frug nicht, er folgte willenlos. Unten im Torweg war alles noch um den Wagen beschäftigt, sie zitterte vor Ärger, daß hier noch nicht alles beendigt war. Sie dachte gar nicht daran, bei Menschen, welche sie nie wiedersehen wollte, einen angenehmen Eindruck zu hinterlassen. Cäsars Blick fiel auf eine Blutspur, die von außen sich in den Torweg und wieder hinauszog. Er wagte nicht zu fragen, so erschreckte ihn dies. Wally schien alles zu wissen, und wie leichtsinnig trat sie [200] über das kaum getrocknete Blut, das hie und da mit zersplitterten Knochen vermischt war!

Erst als sie beide im Wagen saßen und die Barrièren von Paris im Rücken hatten, teilte ihm Wally das Geschehene mit. Cäsar schauderte.

[(201)]

Drittes Buch

[(203)]

Wallys Tagebuch

Es ist zu spät, das Leben ihres Bluts
Ist tödlich angesteckt, und ihr Gehirn,
Der Seele zartes Wohnhaus, wie sie lehren,
Sagt uns durch seine eitlen Grübeleien
Das Ende ihrer Sterblichkeit vorher.
Shakespeare

Die Einsamkeit meiner jetzigen Lebensweise zwingt mich, den Kreis, in welchem ich mich bewege, nun doch auch in allen seinen Teilen auszufüllen. Wie beglückt mich Cäsars Liebe! Ich will aber nicht ungerecht sein gegen die Außenwelt und mich wenigstens schriftlich mit ihr beschäftigen, soweit sie ein Recht dazu hat. Viele verdienen es, daß ich auf sie achte: nicht [204] alle. Cäsar sagt mir, ich wäre egoistisch gegen die Welt, er nennt mich sogar grausam. Er meint es gewiß damit aufrichtig. Ich will mich auch mit den andern beschäftigen; aber schriftlich: täglich will ich drei Vormittagsstunden darauf verwenden. Täglich –

[205] Ob ich das Vorige ausstreiche? Fünfmal hab' ich gegen meinen Vorsatz gesündigt, und multipliziere ich die drei vergessenen Stunden mit den fünf vergessenen Tagen, so tat ich's fünfzehnmal. Ich schreibe ungern, denn ich denke viel schneller, als mein bleierner Stil folgen kann. Cäsar sagte mir, man müsse die Menschen in ihrem ganzen Wesen anatomieren. Dadurch lerne man und vergnüge sich. Cäsar hat immer recht.
Ich will einige meiner alten Freundinnen zu schildern suchen. Ich vernachlässige alle; wenn ich sie sehe, zeig' ich ihnen, was ich von ihnen schrieb und daß ich sie doch

liebe. Ich will Delphinen charakterisieren, sie ist so verschieden von mir.

Delphine gefällt, ohne schön zu sein. Man kann ihr nicht einmal einen ausgezeichneten Wuchs zugestehen, nur ihre Haltung, ihr schwebender Gang kann den Mann veranlassen, auf [206] sie zu achten. Sie trägt sich mit erstaunenswerter Einfachheit. Ihr Haar ist gescheitelt; ein weißer Kantenstrich, wie man ihn unter Hüten trägt, hebt diese Einfachheit zu dem lieblichsten Eindruck. Weiß und hellblau stehen ihr gut; eine rote Schleife auf der Brust gibt dieser Monotonie der Toilette eine lachende Auffrischung. Delphine hat einen kleinen Fuß. Sie geht sehr schön. Das will viel sagen! Das Blaue in Delphinens Auge ist nicht rein, es ist mit zu viel Weiß gemischt. Für die Augenbrauen ist eine schöne Wölbung da; aber sie ist nicht stark aufgetragen; dieser Reiz verschwindet. Sie hat einige hübsche Gewohnheiten. So faßt sie z. B. oft mit der linken Hand in die Gegend der Stirn, öffnet sie, schließt mit dem Daumen und dem Zeigefinger einen Kreis und beginnt diesen Kreis allmählich zu öffnen, indem sie aus der Tränendrüse des linken Auges zurückfährt, das [207] ganze Auge umkreist und die Öffnung der beiden Finger wieder schließt am Ende des Auges. Diese sonderbare Bewegung erfolgt mit Blitzesschnelle und ist deshalb so hinreißend, weil sie immer mit einer Erregung ihrer Seele zusammenhängt. Der größte Zauber in Delphinens Erscheinung kömmt aber von ihrer eigentümlichen Seelenstimmung her. Diese muß man, um kurz zu sein, sentimental nennen; obschon der Ausdruck sie nicht ganz erschöpft. Besser würde man sagen, sie ist musikalisch gestimmt. Denn Musik drückt ihr ganzes Wesen aus: und zwar nach jener einseitigen Richtung hin, wo die Musik nur Wollust der Empfindung ist. Für plastische Gestaltenschöpfung in der Musik, soweit die Musik diese erreichen kann, für Opern im französischen Geschmack, kurz, für das Dramatische in der Musik ist sie nicht. Die Richtung ihrer Seele ist lyrisch. Alles, was sie mit einem wunderlieblichen Organe [208] spricht, nimmt den Ausdruck des Zarten, Schonenden und Bittenden an. Bittend sind die meisten Töne ihres Lautregisters. Nichts kann hinreißender sein als dies flehende, mit einer gewissen lächelnden und doch schmerzlichen Selbstironie hervorgebrachte: »O Gott!«, womit sie so vieles begleitet, was sie spricht. »O Gott!« Dieser Ausdruck soll ihr ewiges Überwundensein, ihre Hingebung an die Menschheit, an die sie glaubt, ausdrücken. Wer könnte widerstehen, wo solche Töne anschlagen! Delphine ist so willenlos, daß sie die Beute jeder prononcierten Absicht wird. Mit liebenswürdiger Naivetät gestand sie mir einst: Sie würde jeden lieben, der sie liebt. Oh, wie nötig ist es, bei einer solchen Willensschwäche, daß sie in die Hut eines Mannes kömmt, der so viel geistiges Leben besitzt, um sie ganz durchströmen zu können mit seiner eignen Willenskraft! Delphine liebte unglücklich, mehrmals; aber sie ist [209] so unentweiht, ihre früheren Zärtlichkeiten sind so wenig sichtbar in ihrem Benehmen, daß sie dem Manne immer noch als kaum erschlossene Knospe erscheinen muß. Delphine besitzt äußerlich die Reize nicht, einen Mann auf die Länge zu fesseln, aber wer sie einmal, sei es aus Liebe oder Illusion, eroberte, der wird sie nie verlassen können, weil ihre Hülflosigkeit, ihre Hingebung entwaffnet. Vielleicht arbeitet sie noch mehr an ihrem Geiste. Sie hält einige Minuten lang die Dialektik eines bloß verständigen logischen Gesprächs aus; aber dann kann sie es nur fortsetzen, wenn es entweder auf einen gemütlichen und Gefühlston übergeht oder auf einen bestimmten vorliegenden Fall, den sie erlebt hat. Über einen Fall, den man ihr bloß erzählt, kann sie nicht urteilen, weil sie alle Menschen für gut hält und alle nach sich selbst richtet. Delphine sollte viel lesen. Sie liest, aber fragmentarisch. Sie ist reich, [210] sie sollte sich durch vielfache Lektüre darin zu bilden suchen, was über die Musik und das bloße Gefühl hinausliegt. Ihr Organ macht, daß sie schön, ihre keusche Seele, daß sie fast alles richtig liest. Ich hörte sie

Gretchen im »Faust« lesen, so wahr und hold, wie es der Peche in Wien und Höffert in Braunschweig kaum gelingen möchte. Cäsar muß ihr Bücher geben. Was er wohl über sie urteilt! Er ist ihr diametral entgegengesetzt und sagte mir doch einmal: er müsse jede lieben, die ihn liebe, und würde auch jeder treu sein in seiner Art. Bei ihm ist das Egoismus, bei Delphinen Schwäche. Sie können sich aber nicht begegnen. Delphine ist eine Jüdin.

[211] Ich habe das gestern nur so hingeworfen, daß Delphine eine Jüdin ist. Aber welche eigentümliche Richtung mußte dies ihrem Wesen geben! Sie wurde unter sehr glänzenden Verhältnissen erzogen. Das Judentum in seinem Schmutz, mit seinen Zeremonien und Priestern nahte sich ihr niemals. Sie findet keine Reue darin, irgendeines der jüdischen Gebote zu übertreten, von welchen sie den größten Teil gar nicht kannte. Wie originell ist doch ein Mädchen, das den ganzen Bildungsgang christlicher Ideen nicht durchmachte und doch auf einer Stufe steht, welche ganz Gefühl ist, und das so viel Liebenswürdigkeit entwickelt! Delphine kann von der Religion nur wenige Nachrichten haben, einen weiblichen Gottesdienst gibt es in ihrem Glauben nicht, eine häusliche Verehrung kömmt in Form von Zeremonien, Gesang oder sonst einer Weise nicht vor, die Konfirmation ist unter uns den Juden nicht [212] erlaubt – wie auffallend ist dies alles, und doch hat man es dicht neben sich!

Glücklich ist Delphine zu nennen, denn niemals wird ihr die Religion irgendeine Ängstlichkeit verursachen. Ein gewisses unbestimmtes Dämmern des Gefühls muß für sie schon hinreichend sein, die Nähe des Himmels zu spüren. Sie braucht jene Stufenleiter von positiven Lehren und historischen Tatsachen nicht, die die Christin erst erklimmen muß, um eine Einsicht in das Wesen der Religion zu bekommen. Wir sind weit schwieriger in diesem Betracht gestellt und sollten im Grunde, wenn die Religion die

Tugend befördert, weit weniger tugendhaft als die Juden sein; denn unsere Religion ist ein so hoher Münster, daß man ihn zwar ersteigen, aber nicht zu jedem Sims, zu jedem Vorsprunge, zu jedem Seitenturme gelangen kann. Eins aber bemerk' ich, was charakteristisch ist. Niemals könnt' [213] ich als Christin über meine Religion zu Delphinen sprechen und sie eine Verzweiflung über meinen Glauben blicken lassen. Es ist dies eine Scham und ein Stolz, welcher unvertilgbar in uns niedergelegt ist und die uns nicht verlassen würde, selbst wenn vom Christentum alles in uns morsch geworden ist.

Für christliche Männer, welche widerspenstig gegen den Katechismus sind, muß die Liebe einer Jüdin von besonderm Reize sein. Sie nehmen hier weder Bigottismus noch eine Zerrissenheit wie die meinige in den Kauf, sondern weiden sich an der reinen, ungetrübten, natürlichen Weiblichkeit, an einem sinnlichen Schmelz der Liebe, welcher die der Christinnen bei weitem übertreffen soll. Bei einer Jüdin reduziert sich alles einseitig auf ihre Liebe, Rücksichten tauchen nirgends auf: ihre Liebe ist ganz pflanzenartiger Natur, orientalisch, wie eingeschlossen in das Treibhaus eines Ha-[214]rems, der alles erlaubt, jedes Spiel, jede weibliche (aber wollüstig-ergreifende) Gedankenlosigkeit, alles, alles: darum schwillt Delphine von Liebe. Das Segel ihres Herzens ist niemals schlaff, sondern immer aufgebläht, rund und voll, immer auf rauschender Fahrt.

Cäsar entdeckt, glaub' ich, in der Liebe zu Jüdinnen noch einen andern Reiz. Er hat eine ganz heillose Ansicht von der Ehe und will die letztere durchaus nicht als ein Institut der Kirche gelten lassen. Das Sakrament der Ehe ist nach seiner Theorie die Liebe, nicht des Priesters Segen. Wie glücklich würde Cäsar sein, wenn er je heiratete, es ohne kirchliche Zeremonie tun zu dürfen!

Eine Ehe zwischen einer Jüdin und einem Christen kann zwar nicht bei uns, aber in andern Ländern geschlossen werden; natürlich ist dies eine Ehe ohne den christlichen oder jüdischen Priester; es ist eine rein zivile Ehe [215] vor den Gerichten, ein Akt der geselligen Übereinkunft. Ich glaube fast, Cäsar könnte deshalb seine Neigung zu Delphinen ins Äußerste treiben. Schon bemerk' ich, wie eifrig er sie sucht.

[216] Wie leichtsinnig bin ich gestern über die Abgründe meines Denkens hingewandelt! Ohne weiteres konnt' ich mich damit beruhigen, diese Zweifel an meinem Glauben hinzunehmen als etwas, das ich mir längst selbst gestanden habe, und doch weiß ich aus meinem frühern Leben, wie unglücklich ich war, daß ich über diese Dinge nichts zu denken wagte. Oh, wie mächtig ist der Liebe Zauber! Ein männliches Herz, das uns liebt, ist der Wächter aller unsrer Gedanken und muß die stille Verantwortung dessen tragen, was in der Seele des Weibes Sünde und Empörung ist. Wie sicher fühl' ich mich, selbst im Entsetzlichsten, wenn ich nur die warme Hand meines Freundes drücken darf! Er nimmt alles auf sich: er ist heiter und lächelt und fürchtet nichts.

[217] Wenn ich jetzt schon nicht ohne Zagen sehe, wie Cäsar sich Delphinen immer mehr nähert, wenn ich mir die grausame Wirkung denke, die ein Verhältnis zwischen beiden in mir Unglückseligen hervorbrächte: was muß dann kommen, wenn ich die Trümmer sehe, welche sich in meiner Seele aufgehäuft haben! Die Unruhe, über die Religion eine Ansicht zu haben, peinigt mich mehr als sonst. Sie hat eine solche, jetzt zur Not gedämmte Gewalt über mich, daß ich glauben muß, die Wegnahme dieses Dammes der Liebe bringt eine Überflutung in mir hervor, welche selbst den Schmerz über Cäsars Verlust mit fortschwemmt. Ich lebe und sterbe mit Cäsar. Leben kann ich nur mit Cäsars Liebe. Sterben muß ich, nicht weil Cäsar imstande war, eine andre mir, ein Mädchen einer Frau (ob er es wohl weiß, eine Unberührte einer Unberührten) vorzuzie-[218]hen, sondern weil dann alles

in mir zusammensinkt. Gott, ich glaube, fast brauch' ich Cäsar nur, um mich zu beschäftigen und meinen Gedanken eine unschädliche Richtung zu geben. Er kömmt.

[219] Nur die Erkenntnis ist das Schwere. Das Dasein Gottes selbst bezweifeln hieße den gegenwärtigen Zustand meines Innern fortleugnen. Würd' ich diese Mühe haben, wenn es nicht in Wahrheit einen Gott gäbe! Das Resultat des Atheismus war auch nie ein andres, als daß er in ein System überging und zuletzt selbst eine Religion wurde. Konnt' es abergläubigere und bigottere Atheisten geben, als Chaumette, Anacharsis Cloots und Momoro waren!

[220] Der Atheismus eine Religion! Eine Ironie, die man satanisch nennen möchte! In einer Reisebeschreibung las ich, daß einer der ersten Gottesleugner der Revolution, Billaud-Varennes, nachdem er auf seiner Flucht erst von der Dressur azorischer Papageien gelebt hatte, dann in Amerika Priester wurde, unter Indianer kam und zuletzt von ihnen als göttliches Wesen verehrt wurde, er, der Gott geleugnet hatte!

[221] Diese satanischen Ironien reizen mich. Sollte es möglich sein, daß es noch einst im Himmel einen Gottesdienst gibt! Das Christentum (man lese nur die Offenbarung Johannis) gefällt sich in diesem lächerlichen Widerspruch, als wenn Gott vor sich selber Weihrauch streuen müsse. Er etabliert im Himmel eine vollendete Kirche mit Chören der Seligen und Altären, auf welchen die Cherubim thronen. Goethe benutzte diese Maschinerie für die Kanonisierung seines Faust.
Aber was jag' ich nach solchen Bemerkungen! Sie haben freilich lindernde Kraft, aber ich schäme mich, aus meinem Schmerze Tatsachen heraufzuwühlen und mich selbst als einen Gegenstand meiner Leiden zu betrachten.

[222] Wir sollen Gott fürchten und lieben! Dies eine Gebot untergräbt meine Ruhe; denn ich kann es weder befolgen noch mich anklagen deshalb, weil ich es nicht tue. Wir sollen Gott zürnen, heißt das Gebot meiner Weltansicht, welche eine unglückliche ist und freilich sich nicht damit zufriedengibt, daß jährlich vier Jahreszeiten kommen und man im Frühjahr Erdbeeren ißt, welche mit Zucker und Milch ein so vortreffliches Surrogat der Vanille sind. Es ist im Grunde nicht viel, was wir besitzen auf Erden. Wir werden geboren oft in den elendesten Verhältnissen. Wir kriechen tierisch auf dem Boden und werden nur allmählich aufgerichtet, wie Schlinggewächs an das Spalier der Bildung. Not, Mühsal verfolgt uns überall; selten ein Genuß, der nicht durch eine Anstrengung erkauft ist. Wir haben so viel mit der Materie zu kämpfen. Wir wälzen einen Stein wie Sisyphus den Berg hinauf; warum [223] müssen wir es tun? Der Fluch, nicht der Segen der Götter begleitet uns. Warum sind wir? Oh, könnt' ich mir irgendeinen erweislichen Grund vorstellen, warum diese Planeten im Weltsysteme irren, warum wir auf unserm Planeten so armselig und hülflos kriechen müssen? Was bezweckte Gott damit? War dies eine Grille von ihm? Was kömmt darauf an, ob das Gute oder Böse in der Weltordnung produziert wird? Ich bin so unglücklich. Ich weiß hierauf keine Antwort.

Die Fähigkeit, Fragen aufzuwerfen, ließ Gott bei der Schöpfung oder bei der ewigen Schöpfung, bei unsrer Geburt, ohne die entsprechende Fähigkeit, auch Antwort darauf zu geben. Diese Halbheit einer Gabe ist so feindselig. Gott duldete es, daß der Glaube an ihn die Tagesordnung der Geschichte wurde; er duldete es, daß noch heute der Atheismus wie das größte Verbrechen von den Völkern [224] behandelt wird. Nun, ich denke an Gott; aber warum gab er uns nicht die Fähigkeit, ihn begreifen zu können? Verlangt er die Folgen, warum ließ er mich ohne die Voraussetzungen? Alle Nationen kommen darin überein, daß man von Gott nichts wissen könne. Dann weiß ich auch nicht, warum sie an ihn glauben. Oder es darf mich niemand tadeln, wenn ich denke, die Existenz Gottes anzunehmen war eine ganz äußerliche, politische und polizeiliche Übereinkunft der Völker. Denn warum haben wir halbe Vernunft, halbe Erkenntnis, halben Geist? Warum zu allem nur die Elemente? Und wir sind so vermessen und bauen auf diesen trüben Boden Systeme, welche den Schein der Vollendung tragen und uns mit Verpflichtungen willkürlich belasten!

Und zuletzt der Tod! Dieser Schrecken des Tods! Die Krankheit mit ihrer unsäglichen Hülflosigkeit! Das allmähliche Verschwinden des [225] Bewußtseins! Und dies alles nicht einmal so entsetzlich als das Zunehmen an Jahren. Jetzt bin ich zwanzig Jahre: welche Empfindungen werd' ich haben, wenn ich vierzig, fünfzig bin und es nun heißt: noch zehn, noch fünf sind die Wahrscheinlichkeit! Dies ist eine so folternde Grausamkeit des Schicksals, ein solcher Fluch der menschlichen Natur, daß ich mich nie entschließen kann, das Gebot der Gottesliebe zu befolgen. Man gab uns einiges, und das meiste wurde uns versagt. Das einzige, was wir in seiner ganzen Vollkommenheit zu besitzen scheinen, ist die Fähigkeit, unsern unglücklichen Zustand zu begreifen und alle die Dinge zu nennen, welche wir vermissen sollen.

[226] Ich habe mir ein merkwürdiges Buch verschafft, von dem ich einmal durch Cäsar hörte: die »Fragmente des Wolfenbüttler Ungenannten«, welche *Lessing* herausgegeben hat. Es liegt viel Puderstaub auf dem Buche, viel altfränkisches Wesen; aber das hab' ich abgewischt und mir von meiner Lektüre eine ganz moderne Vorstellung gemacht. Der Verfasser soll ein ehemaliger Hamburger Arzt, *Reimarus*, gewesen sein. Die vollständige Prüfung des Christentums steht in einem Glasschranke auf der Hamburger Bibliothek. Sie wollen das Buch nicht herausgeben. Sie fürchten, daß aus dem vergilbten Papiere jener

Kritik Motten fliegen, die das Christentum selbst anfressen. Warum Lessing nur sagt, daß der Verfasser jener Fragmente *Schmidt* heiße!

[227] Die »Fragmente« nehmen meine ganze Aufmerksamkeit in Anspruch. Ihr nüchterner, leidenschaftsloser Ton erschreckt das Gewissen nicht. Ich lese in der besten Laune. Wie der Autor die Bibel zerfleischt, wie er in den glattgescheitelten Mienen jener Fischer und Zöllner, welche das Christentum predigten, den Schalk entdeckt, denselben Schalk, den der gottselige Pietismus so oft im Nacken führt! Und doch jammert mich's jener kindlichen, märchenhaften Sage, die der Autor mit so vieler Gelehrsamkeit vernichtet! Nur eines bestimmt mich, ihm beizupflichten, der Hinblick auf das, was uns umgibt, auf unsre Priester, auf – ach! wie hängt das alles zusammen! Aus jenem kleinen christlichen Senfkorn ist ein ganzes Senfpflaster geworden, das der gesunden Vernunft die brennendsten Blasen zieht!
Ganz männlich werden meine Ausdrücke!

[228] Und doch können die »Fragmente« nicht befriedigen. Sie deuten auf eine Naturreligion, mit deren Voraussetzungen sich die heutige wissenschaftliche Bildung kaum noch begnügen würde. Die Frage muß höher liegen. Sie dringt dort nicht in das Innre der Christuslehre ein, sie hält sich nur an deren historische Offenbarung. Ich suche Trost. Wo? Wo?

[229] Ich war gefaßt auf diese Eiseskälte, mit der mir Cäsar seinen Entschluß anzeigt. Was ich vermutete, ist eingetroffen. Delphinens Situation reizt ihn. Er wird um ihre Hand bitten. Die Eltern sind ohne Vorurteile, und ich werde ihn verloren haben. Ich bin ruhig. Ich habe keine Tränen für diesen Verlust. Ich bin in einer fürchterlichen Seelenstimmung. Ist dies nicht ein neuer Fluch des Himmels? Oh, jetzt sind mir die Blitze des Schicksals

willkommen, denn die Donner, welche ihnen nachrollen, wecken mich immer mehr aus der dumpfen Betäubung meiner Gedanken. Ich muß Licht haben, Aufschluß, Einsicht! Ich denke an Cäsar nicht mehr. Ich will wissen, erkennen. Warum? Wozu? Oh, das sah' ich alles voraus.

[230] Ich bin krank, ich fühl' es. Sollte das auf ein Zunehmen deuten? Ist auch im Geistigen wie im Körper Wachstum eine Krankheit?

[231] Glückliche Naivetät der vergangenen Zeiten! Ich komme von einer Ausstellung alter Gemälde. Auf vielen, die Transfigurationen und Glorien der Heiligen vorstellen, sah' ich Engel, welche die Geige spielten. Dies würde mir weniger auffallend gewesen sein, wenn sie es nicht nach Noten getan hätten.
Und doch gleicht die Malerei selbst, die Kunst, diese Lächerlichkeit aus. Die Poesie würde es nicht können. Die Poesie hat diese Einfachheit nicht; sie würde solche Anomalien immer nur als Travestie geben.
Und wie entwürdigt sie sich, wenn sie es tut! Man sollte den Spott über das Heilige, das Wühlen der Mistkäfer in duftenden Blumen, bitter verfolgen, auch die Freigeister sollten es; sie, die alle Sorge tragen müssen, nicht mit den Spöttern verwechselt zu werden.

[232] Es würde mir viel leichter werden, den göttlichen Begriffen mit Sicherheit nachzuhängen, wenn ich vom Nichts eine Vorstellung festhalten könnte. Aber dies ist unmöglich. Ich habe schon früh an dieser Verzweiflung gelitten. Ich wollte schon als Kind mir zuweilen alles wegdenken, was ich sahe und denken konnte, Europa, Asien, Afrika, die ganze Erde, den Himmel, alle Schöpfung, und dann war es immer, als stürzt' ich von einer unermeßlichen Höhe ins Leere hinunter und fiel ohne Aufenthalt. Fast möcht' ich sagen, ich bin seither mit Eindrücken beladener, und es würde mir schwieriger sein

als ehemals, eine solche Vorstellung des Nichts zu fixieren. Ach das hohle, weite Chaos, diese dumpfe Leere, worin das Nichts unsichtbar schlummert! Und Gott, der dieses Nichts selbst ist, nämlich dasselbe Nichts, das später doch ein Etwas wurde! Gott, der in dem Nichts ist und [233] doch wiederum auch in dem Etwas nicht sein soll, weil dies die Welt selbst vergöttern heißen würde! Der pantheistische Gedanke widerstrebt mir, und ich glaube, Frauen werden ihn niemals hegen können, weil sie durch sich selbst schon gewohnt sind, alle Dinge in aktive und passive einzuteilen. Wir werden immer anthropomorphische Ideen haben; das Christentum unterstützt uns darin. Die Vorstellung eines über uns thronenden Werkmeisters ist ein Bedürfnis, das unsere Phantasie immer geltend machen wird. Jedes andre, ach, alles, alles ist uns verschlossen.

[234] Cäsar wird in Ländern wohnen, wo das französische Recht herrscht. Er ist glücklich, sich ohne die Kirche verheiraten zu dürfen. Eine bürgerliche Verbindung wird zwischen ihm und Delphinen stattfinden. Wenn er nur meinen Zustand schonte! Aber er kennt ihn nicht. Wüßte er, wie mich seine leichte Manier über die Religion so tief verwundet! Das Peinlichste ist dies, daß er sich öfter das Ansehen gibt, als ließen sich einige Wahrheiten sogar im christlichen Glauben unumstößlich beweisen. Dann tut er's und beginnt über die schwierigsten Punkte Entwickelungen, welche er mit ernster Miene durchführt und, wenn er zu Ende ist, für phantastischen Witz erklärt. So begann er neulich folgende Auseinandersetzung der christlichen Lehre von der Dreieinigkeit, eines Begriffes, den ich noch gar nicht anrührte, weil ich mit seinen Prämissen noch nicht im reinen bin. Er sagte: Die bloße Vater-[235]schaft Gottes ist relativ, sie ist unerkennbar oder, wie Jakob Böhme gesagt hat, ein dunkles Tal. Licht und Erkenntnis kömmt erst durch den Sohn. Beide dürfen nicht isoliert gedacht werden, ihre Ergänzung, ihre

Wechselseitigkeit ist der Heilige Geist. Gott als das bloße Alles oder das bloße Nichts ist unerkennbar. Gott muß sich etwas gegenüberstellen, einen Schatten seiner selbst, er mußte sich negieren aus seiner Ruhe heraus und schuf die Natur. Die Natur ist nicht Gott, denn dann müßte die Natur ein Zustand sein. Nein, die Natur ist eine Tätigkeit Gottes, und alles in Gott Tätige, auf die Außenwelt Bezügliche, ist in ihm das Englische. Die Engel sind die Herolde des göttlichen Willens, und ihre Zahl ist so unendlich, wie, fast möchte man sagen, die Atome der Welt. Die Engel wohnten ursprünglich in Gott; denn seine Tätigkeit ist seinem Sein immanent. Darum mußten die [236] Engel auch gut sein ursprünglich. Luzifer aber empört sich, Luzifer, der Lichtbringer, der die Finsternis erhellt. Dies Empören ist eine Tätigkeit Gottes, das heißt Gott wird das Gegenteil seiner selbst, Gott wird Satan. Ja, die Natur ist Teufel, dieselbe Natur, welche für Gott durchaus nicht vorhanden ist, da sie nur sein Atem ist. Die Natur vor Gott ist so, als wäre sie nicht. Vor Gott gibt es auch einen Teufel, als gäb' es ihn nicht. Je höher bei dem einen oder andern das philosophische Bewußtsein ist, desto weniger existiert für ihn auch der Teufel. Im Christentum ist der Teufel *ideell* gänzlich ausgetrieben, denn Gott sonderte die menschliche Individualität von der Natur ab und gab dieser in seinem Sohne eine eigne Offenbarung. Gott wollte den Widerspruch seiner selbst durch sich selbst strafen und an sich seinen eigenen Prozeß büßen lassen. Er wurde gekreuzigt, und es [237] herrscht hinfort nicht mehr Gott, nicht mehr Satan, nicht mehr der Mensch, nicht mehr die Natur, sondern das Reich des Geistes, der Freiheit und der Wahrheit.

Was hatt' ich nun von dieser Improvisation! Mit einer Art von komischem Atheismus schloß Cäsar seine mystische Deduktion, welche Menschen von größerer Einbildungskraft, als ich besitze, viel Beruhigung gewähren mag. Ich soll schon an den Sohn glauben und bin noch mit dem Vater unbekannt.

[238] Ich habe mich drei Wochen lang täglich in Vergnügungen berauscht. Ich mußte der Welt zeigen, daß ich Cäsars Entfernung ertragen kann, ich mußte es mir selbst zeigen. Aber es erquickt mich nichts mehr. Cäsars Liebe war die schönste Zerstreuung meiner unglücklichen Seelenstimmung. Ich sinke immer tiefer in Nacht und Verzweiflung. Man erkennt mich nicht wieder. Oft bin ich so von Wehmut aufgelöst, daß ich in die Kammer stürze, wo die Erinnerungen meiner ersten Kindheit aufbewahrt liegen. Ich räumte auf in der Verwirrung, um mich zu zerstreuen. Ein Stilett fiel mir in die Hand. Wie mag das hierhergekommen sein?

[239] Ich glaube, Cäsar müßte sich schämen, noch zu leben, wenn er keine Auskunft geben kann. Seine Scherze verdecken nur eine Überzeugung, die vielleicht folgerichtig ist. Ich habe ihm geschrieben, sie auch mir zu geben. In Heidelberg muß ihn mein Brief treffen; er wird sich sogleich hinsetzen, um mir, ich hab' ihm die Hand aufs Herz gelegt und ihn feierlichst beschworen, seine ernsthafte Meinung über Religion und Christentum zu sagen. Ich zittre, wenn seine Darstellung einläuft.
Das Stilett gehörte meinem Bruder, der in demselben Alter gestorben ist, in welchem ich mich jetzt befinde.

[240] Cäsar sagte mir oft, als Kind hab' er sich fortwährend damit geängstigt, daß er keines natürlichen Todes sterben würde. Die Katastrophe des jungen Sand hätte zu seiner Zeit alle jungen Köpfe auf den Gedanken gebracht, daß sie ihnen auch einst abgeschlagen würden. Keiner, sagte er, glaubte so würdig zu sein wie Sand, und keiner glaubte deshalb auch, auf einen milderen Tod rechnen zu dürfen als Sand. Er gestand mir mit eisigem Grauen, daß er oft stundenlang heimlich mit entblößtem Halse gesessen und sich in die Illusion des Schafotts hineingedacht habe, daß ihm die Tränen geflossen seien aus Verzweiflung, so sterben zu müssen. Es war immer ein wehmütiges, liebes

Lächeln, das bei solchen Geständnissen auf seinen Lippen lag. O Gott! ich vergess' ihn nicht. Für alles brauch' ich ihn. Er soll mir zu allem Beweise geben!

[241] Ich lese das Buch »Rahel«, aber nur in Bruchstükken. Viel davon auf einmal verwirrt den Kopf; nicht deshalb, weil das Buch absolut schwer wäre, sondern relativ schwer ist es in Beziehung auf Rahel, die sich das Denken so schwer machte. Ich glaube, daß diese Frau unter Denken verstanden hat, die Dinge immer von der verkehrten Seite anfassen oder doch von der entgegengesetzten gegenüber dem gewöhnlichen Wege. Sie gräbt sich wie ein Maulwurf in die Ideen ein und bezeichnet dann und wann ihre Resultate durch kleine aufgeworfene Hügel, die nichts sagen, nämlich nichts Positives, die nur Wahrzeichen sind, daß hier etwas war, was wie ein Gedanke war und was so leicht wieder vergessen ist! Wie reich ist diese Frau an Philosophie und objektiver Vergeßlichkeit! Man hat so wenig in ihrem [242] Buche, und doch glaubt man, wenn man es zuschlägt, alles zu haben. Darin seh' ich recht, wie nur die Männer imstande sind, zu produzieren, auch Gedanken.

[243] *Bettina!* – Spielerei – alte Gedanken; nur klassische, neue Formen. So sprechen, gehen, laufen, essen, trinken, schlafen, handeln – wie es einem gerad' einfällt? Ich konnt' es einmal; jetzt nicht mehr. Bettina hatte so lange freien Willen, sich ein Gesetz zu schaffen; und nun so alt und noch immer kein Gesetz! Ihr Buch ist ungereimte Poesie. Ein freies Weib ist nur erträglich mit Spekulation.

[244] Wieder wie Jakob einen Zug aus dem Rahelbrunnen getan. Aber es ist immer nur Lea, die man erhält, niemals Rahel. Rahel sitzt hinter den zweimal sieben Jahren und flicht ihren Freiern Körbe. Man glaubt eine Priesterin mit Weissagung in ihr zu finden und wird doch von ihr nur angeregt oder vielmehr nur herausgerissen aus dem alten

Kreise seiner Vorstellungen. Es ist furchterregend, eine Frau die Gegenstände so dämonisch-linkisch anfassen zu sehen. Will sie es nur anders machen als die andern? Oder wurde ihr diese Originalität angeboren? Sie gibt nirgends nach, sie ist rastlos in ihren Bestrebungen, die verschiedenen Seiten der Wahrheit zu entdecken, und konnte nicht anders enden als entweder in einem Wahnsinn, der sich mit der Bewegung im Tretrade vergleichen läßt, oder als Anhängerin des Pietismus. Man ist in keiner Si-[245]tuation übertäubter als beim Untertauchen. Pietismus aber ist die Fähigkeit, leben zu können, selbst wenn man Wasser im Ohre hat.

[246] Dieser ruhige, verständige Ton, in welchem ich mich oft tagelang erhalten kann, wird mir oft so unheimlich, daß ich vor mir selbst erschrecke. Sollte es Menschen geben können, die wie Vernünftige sprechen und doch wahnsinnig sind? Cäsar erzählte mir einst eine Geschichte, die er wahrscheinlich wie vieles dergleichen nur seiner Einbildungskraft verdankt. Sie paßt auf meinen Zustand. Kann ich sie noch?

Es war um die zwölfte Stunde, als Alfred von seinem Lager auffuhr und über das matte Flackern der Lampe erschrak, die er zu löschen vergessen hatte. Eine Zeitlang saß er mit halbaufgerichtetem Körper – –

Wörtlich seine Worte wiederzugeben ist schwer. Ich suche in meinen Papieren, viel-[247]leicht find' ich die Geschichte, die er mir einst, von seiner eigenen Hand geschrieben, schenkte.

[248] Hier ist sie:

Es war um die zwölfte Stunde, als Alfred von seinem Lager auffuhr. Noch flackerte die Lampe, welche er zu löschen vergessen hatte, und zog, wie sie größer oder schwächer wurde, wolkige Kreise an den Wänden seines Zimmers. Eine Zeitlang saß er mit halbaufgerichtetem Körper im Bette und verfolgte dies gespenstische Spiel an den stummen Wänden. Er suchte nach einem Gegenstand für dies Bild: er mußte an die Welt denken, welche draußen schlummerte, und dachte zuerst an Julien.

»Meine Julie!« sprach er still vor sich hin und erhob sich dann etwas feierlich und mechanisch von seinem Bette. Er hörte die Uhr picken, die auf dem Tische vor dem Spiegel [249] stand. Er sahe sich selbst im Spiegel mit bleichen, geisterhaften Zügen und mit Augen, welche wie geschlossen schienen. Dann saß er auf dem Sessel vorm Bett und hatte sich, ohne es zu wollen, angekleidet.

»Ich werde vor Juliens Fenster gehen und den Vorhang wegheben!« flüsterte er vor sich hin, aber nur wie zum Scherz, denn Julie wohnte im dritten Stock. Doch ging er.

Die Straßen waren still und öde. Man sieht auf ihnen niemand, auch Alfreden nicht. Wo geht er nur? Aber es ist dunkel, der Mond liegt hinter Wolken, man kann Alfred nicht sehen.

Alfred stand vor dem Hause Juliens, ja, er hätte schwören mögen, daß er vor ihrem Fenster stand, das im dritten Stocke lag.

[250] »Es ist nicht möglich«, flüsterten seine Gedanken; »sie wohnt im dritten Stock; obschon ein kleines Vordach vor dem Fenster liegt, das Moos und Hauslauf anzusetzen pflegt. Die arme Julie! Ich werde fleißiger sein, sie muß künftig im zweiten Stock wohnen!«

Jetzt war es Alfred, als drückte er an dem Fenster; aber es widerstand. Es war ihm, als klopfte er; aber hinter dem weißen Rouleau brach sich der Schall. Er mußte lächeln über seine lebhafte Einbildungskraft.

»Wie!« dachte er, »wenn du ins Haus trittst, die zwei Stiegen hinaufschleichst und an ihre Kammertür pochtest.«

Aber dann mußte er durch des Nachbars Haus, das ihm offenzustehen schien, mußte über den Garten- und Hofzaun klettern und von dort einzudringen suchen.

[251] Und das alles gelang vortrefflich. Er stand jetzt

gleichsam höher als Juliens Wohnung war, was er sich nicht erklären konnte. Da blendete ihn ein Lichtstrahl; ein schnurrender Laut ließ sich hören. Julie hatte das Rouleau aufgezogen, sie stand im Nachthäubchen und mit bloßen Schultern am Fenster, das sie öffnete.
Alfred war nun dicht vor ihr. »Was ist ihr nur?« dachte er; »sie erschrickt, sie öffnet den Mund, als wollte sie um Hülfe rufen; was zitterst du, mich zu erkennen, Julie?«
»Alfred!« schrie es durch die stille Nachtluft. Alfred aber lag unten mit zerschmettertem Körper auf dem Pflaster der Straße. Alfred war ein Nachtwandler. Julie glaubte nichts gesehen zu haben, als Alfred tot war. Sie [252] legte sich wieder in ihr weißes, weiches Bett und träumte von ihm. Am Morgen erfuhr sie alles. Sie lebt noch, aber kümmerlich; die Tränen zehren sie auf.

[253] Cäsar hat noch immer nicht geschrieben; doch wird sein Brief desto ausführlicher sein. Einstweilen hab' ich etwas Beruhigung erhalten durch eine Maxime, die empfehlenswert ist. Das luftige Traumbild des Somnambulismus hat mich gestern darauf gebracht. Nämlich, man nehme einen recht hohen Standpunkt, einen kosmischen oder planetarischen, wie ich ihn nennen möchte. Man tue und lasse nichts, ohne sich im Zusammenhang der Weltordnung zu fühlen. Ich denke, wo ich gehe und stehe, an die Beziehungen der übrigen Himmelskörper zur Erde und abstrahiere von allem, was über diesem kleinen Erdball geschieht, auf das Universum, das niemand leugnen kann. Und nicht bloß im allgemeinen, sondern ganz im Detail, wie man ißt und schläft. Bei jedem Spaziergange richt' ich den Blick gen Himmel und forsche in dem blauen Meere nach den versunkenen Sternen, die die Nacht erst [254] sichtbar macht. Ich fühle, wie die Erde unter meinen Füßen kreist und ich gleichsam nur auf ihr stationiert bin, sonst aber dem Allgemeinen angehöre. Wie vielen Stolz das gibt! Ich habe jetzt einen Begriff von der Ruhe des Weisen. Ihn kann nichts erschüttern, denn er

hört die Planeten rauschen und fühlt sich als Glied einer großen Wesenkette. Oh, vielleicht ist noch Hülfe für mich! Ich fange an, mir die Möglichkeit einer zufriedenen Stimmung zu denken.

[255] Jetzt weiß ich, wie in Indien die Bonzen ihre Büßungen möglich machen. Die Abstraktion hebt ihren Stolz; aber sie würden es nicht aushalten können, wenn nicht die Erde für sie gleichsam verschwände und sie nichts übrigbehielten als den gestirnten Himmel und das Gefühl der großen Wesenkette. Ich müßte in die Einsamkeit ziehen. Wenn mich nur eines nicht verfolgte! Nämlich die Natur und das Grün. Das Siderische und Tellurische im Menschen bekämpfen sich, und wer poetische Stimmungen hat, wird immer der Erde unterliegen. Das Meer, Gebirge und Ströme wirken noch immer siderisch auf uns; denn sie sind das Rückgrat und die großen Zellgewebe der Erde und veranschaulichen die Kugel. Aber das Peinigende ist die stille Nachbarschaft der Blume, die Bescheidenheit der Idylle, die kleine Existenz mit ihren Kornährenkränzen und Abendglocken und alles, was so nahe zu unserm Her-[256]zen spricht, die Offenbarung Gottes, die wir flüstern zu hören glauben, diese große Tatsache, die entweder Täuschung oder Wahrheit und in beiden Fällen unenthüllbar ist. Das Irdische faßt uns wie im Strudel und reißt uns hinunter in den bodenlosen Abgrund, von wo keine Wiederkunft.

[257] Ich las nun alles, was ich schrieb, und zittre, daß ich kaum geschrieben habe, was ich wollte. Eines ist auch ganz unmöglich, geschrieben zu werden: die Verzweiflung und das Gräßliche. Nämlich jene grausamen, blutsaugenden Träume, die mich wachendes Auges überfallen und mich hinausstoßen in eine hohnlachende, von gräßlichen, unnennbaren Dingen drapierte Welt. Wie combinier' ich! Was für Dinge kommen mir vor die Augen! Ich zittre, während mein Puls ganz richtig und medizinisch

schlägt. Muß ich sterben, was verbrach ich, daß mir Raben erscheinen müssen? Ich sehe eine schwarze Halle und einen weiten Sarg. Ein Rumpf fällt von der Decke, wo eine Öffnung, hinunter in den [258] Sarg, und den nachstürzenden Kopf greift unser Arzt auf. Oben muß das Schafott sein. Der Mann drückt das blutige Haupt stürmisch auf den rauchenden Körper, paßt Fuge auf Fuge, Ader auf Ader und legt einen Silberreifen um die gierig zusammenklaffenden Fleischränder beider Teile. Er dreht sich um, und Leben, galvanisches Leben regt sich in dem Körper, und der Leichnam erhebt sich, ein blasser, schöner Jüngling, und schleicht zur Pforte hinaus. Dort, dort – eine grüne Flur – ein Mädchen, das Rosen bricht und im Schatten der Allee ausruht. Ein bleiches, gespenstisches Bild schleicht zu ihr heran, spricht nicht, sondern lächelt. Sie umarmt ihn, sie scherzt, sie lacht; er hat auf sich warten lassen, er sei untreu, er gehe zu Doris, er gehe zu Galathee, du Lieber! Und sie küßt seinen blassen Mund. – »Oh«, röchelt er, »drücke [259] nicht!« Doch sie hört nicht, sie drückt, der Reifen springt – Herr Jesus, was geht mit mir vor! –

[260] Hier brach Wallys Tagebuch auf längre Zeit ab. Sie bekam inzwischen das ihr von Cäsar versprochene Glaubensbekenntnis. Es war in das Tagebuch eingeheftet und lautete folgendermaßen.

[(261)] *Geständnisse über Religion und Christentum*

[(263)] Ich will über den Glauben der Völker sprechen. Aus dem melancholischen Schweigen des Heidelberger Schlosses hol' ich mir abendlich die Geheimnisse jener frommen Naturreligion, für die ich glühe. Alles Historische aber, was ich zu fixieren habe, knüpf' ich an jene kleine Herberge jenseits des Neckar an, wo Luther auf der

Reise nach Worms sein Frühstück zu berichtigen vergessen haben soll, ein Frühstück, das der Protestantismus dem Katholizismus so teuer hat bezahlen müssen.

Religion ist Verzweiflung am Weltzweck. Wüßte die Menschheit, wohin ihre Leiden und Freuden tendieren, wüßte sie ein sichtbares Ziel ihrer Anstrengungen, einen Erklärungsgrund für dies [226[1]] wirre Durcheinander der Interessen, für die Tapezierung des Firmaments, für die wechselnde Natur, für Frost, Hitze, Regen, Hagel, Blitz und Donner, sie würde an keinen Gott glauben. In progressiver Entwicklung folgt hieraus dreierlei: der natürliche Ursprung der Religion, die Accomodation der göttlichen Begriffe an den jedesmaligen Bildungsgrad und zuletzt die Unmöglichkeit historischer Religionen bei steigender Aufklärung.

Dem Begriffe Offenbarung läßt sich vielleicht eine philosophische Unterlage geben, pantheistischer Art; aber im herkömmlichen theologischen Sinne ist die Offenbarung eine Verfälschung der Natur und der Geschichte. Eine saubre Insinuation, sich Gott als Priester zu denken, der im schwarzen Talare zu dem ersten Menschenpaar hinzugetreten wäre und ihm Unterricht gegeben hätte in glaublichen und un-[267]glaublichen Dingen! Sie machen aus Gott einen Souverän, einen Patriarchen, einen Geistlichen. Sie lassen Gott in sehr unvollkommnen Sprachen reden, zu Zeiten, wo es an stilistischer Vollkommenheit noch überall fehlte. Niemand war in diesen anthropomorphistischen Konsequenzen einer supernaturellen Offenbarung kecker als die Apostel Jesu; denn: alle Schrift von Gott eingegeben heißt: in der Lehre von der Inspiration Gott zum Mitschuldigen aller der Solöcismen und inkorrekten Konstruktionen machen, welche sich im griechischen Texte des Neuen Testamentes finden. Gewisse Kapitel gibt es in den dogmatischen Systemen unsrer Theologen, die sich besser für Grimms »Kindermärchen«

1 Von hier bis S. 306 zählt das Original falsch.

oder »Tausend und eine Nacht« schicken würden. Dazu gehören die kriminalisch strafbaren Dogmen von der Offenbarung und Inspiration.
Je naiver die Völker sind, desto sinnlicher [268] und äußerlicher ihre Begriffe vom Weltzwecke: je gebildeter jene, desto geheimnisreicher diese. Die Verwechselung endlicher und unendlicher Ursachen der Weltregierung lag nahe, und so kam es, daß das Altertum so viel Historisches in Mystisches, Mystisches wieder in Himmlisches verwandelte. Der Naturmensch versteht die Welt nur so weit, wie sein Auge reicht. Alles, was über den Sehkreis seiner sinnlichen Vorstellungen hinausliegt, scheint ihm die erklärende Veranlassung der Unerklärlichkeiten zu sein, die ihn in nächster Nähe umgeben. Daher die zahllosen Details im Glauben der alten Völker: daher die Übertreibungen der Phantasie, das Ungeheure in Zahlen und Formbildungen. Die alten Religionen sind so ausschweifend wie alles, was man, ich sage nicht, nicht kennt, sondern wie alles, das man noch nicht gesehen hat. In diesen Unförmlichkeiten Entstellungen alter Überlieferungen zu finden, [269] einfache, aber tiefsinnige Keime einer urweltlichen Offenbarung oder auch nur eines heiligen, frommen und simpeln Zeitalters: das heißt, von einer kindischen Ansicht, die wir schon erwähnten, nur eine ernsthafte Anwendung machen.
Das klassische Altertum hatte den schönsten Ausdruck für das religiöse Prinzip der alten Welt: Religion ist alles, was man entweder selbst nicht ist oder nicht kennt. Die Griechen, mit ihren östlichen Ahnen und deren architektonischen Vorstudien der vollendeten heidnischen Idee, die Griechen setzten die Religion in die Kunst, sie setzten sie in das, was im Ungewissen immer das Gewisse ist, in das Maß aller Dinge, in den Menschen. Man konnte eine einseitige Idee nicht schöner ausdrücken und konnte doch zu gleicher Zeit nicht tiefer sinken. Wenn die Menschheit nach dem Ebenbilde Gottes geschaffen ist, so war sie jetzt da wieder angekommen, [270] von wo sie ausging. Wir

werden uns, solange die Erde kreist, in Zirkeln bewegen. Hier war ein Zirkel, dessen Anfang sich in sein Ende zurückbog.

Wäre das Heidentum ohne Kultus gewesen, warum hätte die Menschheit nicht an ihm Genüge finden sollen? Aber die Priester der Religionen pflegen immer diejenigen zu sein, welche ihre Religionen selbst untergraben. Könnten sich die Religionen von Gebräuchen, Äußerlichkeiten, von der Zudringlichkeit ihrer berufenen und verordneten Diener frei erhalten, so würden sie eine längere Dauer in Anspruch nehmen dürfen. Das Heidentum war Poesie und bildende Kunst, war Veredlung der Sinnlichkeit, war Gestaltung der rohen Materie; Julian, der Apostat, fühlte es wohl, daß die Götter Griechenlands einen Mann von Geschmack befriedigen konnten. Das Heidentum war to-[271]lerant. Es war die friedfertigste Religion von der Welt, solange sie nicht nötig hatte, um ihre Existenz zu kämpfen. Das Heidentum wurde blutig, verfolgungssüchtig, ich möchte sagen, christlich erst da, als ein sonderbarer Aberglauben zur Aufwiegelung der Völker gepredigt wurde, als sich gleißnerische Frömmler in die Gemächer der Fürstinnen schlichen und eine Gottesherrschaft, eine Religion, die nicht Friede, sondern das Schwert brachte, eine politische Revolution zu verbreiten suchten. Der Ursprung dieses Ereignisses kam aber auf folgendes zurück.

In Judäa, einem sehr barocken Lande, trat ein junger Mann namens Jesus auf, der durch eine bedenkliche Verwirrung seiner Ideen auf den Glauben kam, er sei schon seinen Vorfahren als Befreier der Nation, der er angehörte, verkündigt worden. Jesus war aus [272] Nazareth gebürtig, unehelichen Ursprungs, Stiefsohn eines braven Zimmermanns namens *Joseph*. Jesus beschäftigte sich viel mit den Schriften der jüdischen Literatur, reiste, unterrichtete sich und strebte mit edler Selbstüberwindung nach einer stoischen Sittenreinheit. Jesus fühlte, daß eine Mission an sein Herz pochte. Es war ihm, als müßte er einen Auftrag erfüllen, über den er zeit seines Lebens nicht im klaren war. Er adoptierte den Glauben an einen verheißenen König, der seine eitle Nation zur Herrscherin der Welt machen würde: er erschrak aber selbst vor dieser übermütigen Verheißung, welche einer wahren Idee Gottes gänzlich unwürdig war. Jesus wußte selbst da noch nicht, wohinaus, als er die ersten unbesonnenen Schritte getan, als er seinen Freund Johannes auf Kundschaft und Prüfung der Menge vorausgesandt hatte; er wurde Rabbi, ein erlaubter Volkslehrer, er nahm Schüler zu [273] sich, er predigte Buße und gottseligen Wandel, predigte das reine, das Urjudentum des Moses, er nannte sich Messias und stritt nirgends gegen die falsche Auslegung seiner Absicht, nirgends gegen die Begriffe, welche man in Judäa mit dem Messias verband. Nicht einmal des römischen Joches erwähnte Jesus; er scheint gefühlt zu haben, daß der Messias nur eine theologische Bedeutung haben könne, und richtete doch seine Invektiven gegen die politische Verfassung in Jerusalem, gegen den hohen Rat und gegen Priester, die er einer zu ihrem[1] Frommen falschen Auslegung der alten Bücher bezüchtigte. Inzwischen mehrte sich die Unruhe, Jesus zog mit Tausenden durch das Land, hielt einen gewaltsamen Einzug in Jerusalem, vergriff sich tätlich an dem Tempel, dem Nationalheiligtume der Juden, und fiel als ein Opfer seiner falschen Berechnung und innerlichen Unklarheit. Er hatte dem trägen Volke [274] Energie zugetraut: es verließ ihn wie Thomas Müntzern, als er keine Wunder tun konnte, wie zahllose Revolutionäre alter und neuer Zeit, da sie die Hülfe nicht brachten, die sie versprachen. Jesus wurde gekreuzigt. »Mein Gott, warum hast du mich verlassen?« rief er und starb. Jesus war nicht der größte, aber der edelste Mensch, dessen Namen die Geschichte aufbewahrt hat.

Dies ist der historische Kern eines Ereignisses, aus

1 A: ihren. Verbessert nach B.

welchem spätere Zeiten ein episches Gedicht machten mit Wundern und einer ganz fabelhaften Göttermaschinerie. Eine kleine Anekdote wurde welthistorisch. Die französische Revolution hinterließ eine Menge von politischen Wahrheiten, welche im Ansehen geblieben sind, selbst wenn jene weniger glücklich vonstatten gegangen wäre. So kam es auch, daß die verunglückte Revolution des Schwärmers Jesu etwas zurückließ, was zuletzt eine Religion wurde. [275] Sollte hier zum ersten Male ein kleines, zufälliges Faktum den Anstoß zu einer großen Bewegung gegeben haben? Nein, die Folgen jener Historie mögen so umfassend gewesen sein, wie sie es waren, so kann davon nichts auf die Naivetät der Historie selbst zurückfallen. Jesus war in Rücksicht auf den jüdischen Messiasglauben nicht der rechte Messias, sondern ein falscher, so gut wie Theudas, Judas Galiläus und Bar Kochba. In Rücksicht auf die Weltgeschichte war er desgleichen nicht mehr; nur daß seine Anhänger zufällig von der Zeit, von dem unsinnigen Heidenritus, von der Sucht des Geheimnisses profitierten. Das Ereignis, das allen den folgenden Begebenheiten und Revolutionen zum Grunde lag, steht an und für sich betrachtet auf keiner höhern Stufe als die Lebensumstände des Pythagoras, Zoroaster oder Sokrates.

Jesus war Jude. Er dachte nicht daran, [276] eine neue Religion zu stiften. Es war bei ihm weder von einer Aufhebung noch von einer Erläuterung des Judentums die Rede. Er sagte selbst, daß er nicht gekommen sei, das Gesetz aufzulösen, sondern zu erfüllen; ein Ausdruck, der freilich im griechischen Texte mehr sagt als das bloße: Befolgen, aber nicht über den Begriff eines vollkommnen, in allen seinen Bezügen verstandenen Judentums hinausgeht. Da war auch nicht eine einzige neue Lehre, welche Jesus brachte. Enthüllte er tiefer die Geheimnisse Gottes? Nein, er kennt nur jenen pädagogischen Gott des Judentums. Waren seine Andeutungen über die Unsterblichkeit neu? Sie waren es, der dunkeln und zweifelhaften Lehre des Alten Testaments gegenüber: aber seit dreihundert Jahren glaubten die Juden an die Fortdauer nach dem Tode aus eignem Antriebe: die Pharisäer hatten daraus das Feldgeschrei ihrer Parteimeinung gemacht. Was blieb demnach [277] im Munde Jesu übrig? Eine Moral, welche allerdings veredelnde Kraft hat, aber nie mehr gibt und geben will als das lautre Judentum. Die Moral Jesu hält sich immer dicht bei den Gebräuchen des Zeremonialgesetzes und ist nur darin charakteristisch, daß sie für den äußern Ritus innerlich entsprechende Gesinnungen forderte. Jesus lehrte: Liebe deinen Nächsten wie dich selbst! So lehrte schon Moses; aber der Stifter einer neuen Religion mußte sagen: Liebe deinen Nächsten mehr als dich selbst! Daraus schließt man, daß Jesus eine Person war, die einzig und allein der Geschichte, keineswegs aber der Religion oder Philosophie angehörte.

Törichter Glaube, das Neue Testament für die Grundlage einer Religion anzusehen, für ein Buch, das geschrieben worden wäre, um symbolischen Wert zu haben! Der Kanon ist nichts als die erste Erscheinung des Christen-[278]tums. Das Christentum selbst liegt darüber hinaus: das heißt, vage Begriffe über ein gescheitertes historisches Ereignis wurden von Männern herumgetragen, die dabei beteiligt gewesen waren. Die Apostel hatten die Fähigkeit nicht gehabt, eine Begebenheit zu verstehen, welche mit sich selbst in Widersprüchen lag; sie konnten sich nur der Wirksamkeit nicht entschlagen, welche eine so bedeutende Persönlichkeit wie die ihres Lehrers auf sie ausübte: sie glaubten seinen dreisten Behauptungen, daß er der Messias wäre, und fanden bei der Verbreitung dieser Ansicht darin eine Unterstützung, daß Jesus seine baldige Wiederkunft versprochen hatte. So entspann sich ein romantisches Truggewebe von Wundern, subjektiven, die Jesus verrichtet habe, objektiven, die an ihm selbst geschehen wären. Die Apostel übersahen, wie sehr die Mehrzahl dieser Wunder, welche eher auf einen Eskamoteur als auf einen Pro-[279]pheten schließen lassen (ich erinnere nur an die Fabel von dem Stater im Leibe eines Fisches), das göttliche Gepräge ihrer Erzählungen verwischte. Ja, sie wußten nicht einmal, wieviel sie moralisch wagten, alle ihre Behauptungen wechselseitig ohne Prüfung anzunehmen. Denn das Altertum war überall auf das Außerordentliche hin gerichtet und konnte sich keine große Begebenheit ohne Abweichungen von dem natürlichen Laufe der Dinge erklären. Auffallend bleibt es indessen, daß die Apostel selbst im Neuen Testamente so wenig scharf und präzis als Verbreiter der Lehre Jesu auftraten, daß erst andere meist ein Amt übernahmen, was ihnen vor allen zukam. Hätten sie wirklich den Leichnam Jesu gestohlen? Dann klänge dies Stillschweigen fast wie böses Gewissen. Hierüber mag ich nichts entscheiden: nur dies scheint fest, daß die Apostel Menschen von borniertem Verstande waren, daß sie überhaupt viel Ähn-[280]lichkeit mit unsern Theologen hatten und daß es zuletzt nicht ohne typische Vorbedeutung war, wenn neben der Krippe Jesu gleich ein Ochs und ein Esel standen.

Diejenigen unter den Anhängern Jesu, welche, ich sage nicht, logische Schlüsse machen, doch wenigstens begreifen konnten, wie z. B. der von den Theologen gern zu einem tiefsinnigen Philosophen gestempelte Paulus, befolgten in der Stiftung einer neuen Sekte den dreisten Gang, daß sie in Jesu nur die Neuerung anerkannten. Sie rissen seine Erscheinung als etwas Isoliertes vom Gesetze los. Sie machten aus polizeilichen Differenzen ihres Lehrers mit der Synagoge absichtliche, dogmatische, religionsstiftende. Eine übermütige Exegese, welche die Stellen des Alten Testamentes in einem sträflich verkehrten Sinne auf Jesus bezog, mußte ihre Absichten unterstützen. Jesus wurde ein Wundertäter, und er machte als [281] solcher unter den Heiden ein Glück, das Apollonius von Tyana auch gehabt hätte, wäre ihm der Jude Jesus nicht in der Zeit zuvorgekommen. Die geringe Philosophie, die hinzukam, alle diese Märchen zu erklären und in

einen dogmatischen Zusammenhalt zu bringen, waren die Unterscheidungen zwischen physischer und psychischer Natur, zwischen Fleisch und Geist, zwischen dem Gesetz und der Freiheit. Wahrlich, eine Religion mußte diese Einfachheit haben, um so um sich zu greifen, wie es das Christentum tat!
Das Christentum ist eine Religion der Persönlichkeit. Moses war doch nur der Sendling Gottes, Muhamed Allahs Prophet, sie ließen sich keine göttliche Ehre erweisen! Sehet hier eine Religion, deren unwillkürlicher Stifter von einigen verworrenen Köpfen mit Gott selbst verwechselt wurde, eine Religion, die nichts für ihren Gegenstand und alles für [282] ihren ersten Priester tut! Jede allgemeine, jede Weltreligion muß unabhängig von irgendeinem Namen sein, und im Christentum ist man heute noch nicht einig, welche Ehre Gott, welche Jesu gebührt. Welch ein Glaube! Wir sind nicht ohne Poesie, wir schwärmen gern, weil wir in jedem Hauche der Natur einen Kuß der Gottheit wähnen, und würden recht unglücklich sein, wenn wir nicht zuweilen auf unsern herben Lebenswein ein Rosenblatt der Illusion legen dürften, ein Rosenblatt, das uns in den Mund kömmt und zu trinken hindert und das wir doch nicht missen möchten. Aber hier überschreitet eine Zumutung die Linie des Erträglichen. Das Christentum wurzele nicht in Jesu Lehre, sondern in seinem Leben: nicht die Liebe sei es, sagen sie, die er im Abendmahle eingesetzt habe, sondern sein Fleisch und Blut, seine eigne Persönlichkeit, die nun immerdar solle gegessen und getrunken werden. [283] Auf die individuellen Begegnisse eines unglücklichen Menschen wird eine Religion gebaut, eine Dogmatik, die sich nicht um die Worte seines Mundes kümmert, sondern seine Fußtapfen als Paragraphenzeichen nimmt, seine Nägelmale als Kapiteleinschnitte: kurz, das Christentum ist eine Religion, die auf eines Menschen körperlichen Verrichtungen und Leiden gegründet ist, eine Religion, die das objektive Evangelium eines Menschen

predigt. Armer Rabbi von Nazareth! Statt daß sie weinen sollten über dein wehmütiges Schicksal, freuen sie sich deines Todes und haben ihn lachendes Mutes im Munde! Die Kreuzigung Jesu wird gar nicht mehr historisch nachempfunden; sondern da alles in des unglücklichen Mannes Leben typisch und als Notwendigkeit gedeutet wird, so geht die Teilnahme und das Mitleiden gleichgültig an dem Schmerze vorüber und sieht am Karfreitage immer nur Ostern, bei einem Sterben-[284]den eine grausame Hand, die ihm das Kissen unterm Kopfe wegzieht, damit er schneller sterbe, damit er schneller auferstünde! Das Kruzifix ist eine Zierat geworden, die man im Ohre hängen hat.

Die große, imponierende Gewalt des Christentums liegt in seiner welthistorischen Ausdehnung. Nicht, daß ich dieser Lehre die Umgestaltung Europas zuschriebe, nicht, daß ich so ungerecht gegen Gott wäre und behauptete, er habe ohne die verworrenen Ideen einiger palästinensischer Fischer und Teppichfabrikanten die Welt nicht auf diesen Gipfel der Kultur bringen können: nein, schon dadurch wird die christliche Idee geschwächt, daß sich die germanischen Völker für sie interessierten und ihre eigne welthistorische Prädestination in jene Lehre legten und das Christuskind als Christoffel durch das Weltmeer trugen. Das einzige, was mich an das Christentum kettet, ist ein magischer, mit Blut [285] beschriebener Kreis; jene schreckhaften Verfolgungen, denen der neue Glaube ausgesetzt war, jene Hekatomben, die das Christentum dem Heidentum opfern mußte, die Männer, Weiber, Kinder, die zu Tausenden hingemordet wurden – ah, das preßt an die Kammern des Gehirns: die Fibern des Nachdenkens ziehen sich zitternd in ihren Versteck: das brennt und schmerzt, wenn man Sinn für Historie, Sinn für die Leiden der Menschheit hat. Nur jener Blutströme wegen bin ich gewissermaßen Christ, weil meine Religion die des Schmerzes und mein Kultus der Mut ist. Ich würde nicht raten, eher ein neues Bekenntnis abzulegen, ehe man nicht im Begriffe und in der Lage ist, dafür dasselbe auszustehen, was das alte Bekenntnis gekostet hat.

Bis hieher konnte noch von einem Christentum die Rede sein. Als der Begriff Kirche erfunden war, als Konzilien und Würdenträger [286] eingesetzt wurden, da hatte sich die Lehre Jesu in eine neue Art von Heidentum verwandelt, in Mythologie auf der einen, Aristotelismus auf der andern Seite. Zwischen beiden wucherte die Mystik, keine ursprünglich christliche Pflanze, sondern arabisch-jüdisch-kabbalistisches Gewächs, das in der Philosophie als Platonismus wieder zum Vorschein kam. Das Christentum, insofern es von Priestern und Mönchen repräsentiert wurde, war auch nicht einmal eine Religion mehr, sondern nur noch Vorwand einer politischen Tendenz des Zeitalters. Die Hierarchie umgürtete sich mit dem Schwerte und fluchte wie ein Landsknecht. Das Christentum war nun doch ein Reich von dieser Welt geworden. Der tote Rabbi Jesus drehte sich im Grab um: er hatte sich gerächt. Wann gab es eine Religion, die in tausend Jahren mit so disparaten Anomalien sich äußern konnte? Der Islam ist zwölfhundert Jahre alt, und noch [287] weht die grünseidne Fahne des Propheten wie damals, als er aus der Wüste zog. Man hatte Jesus zum Stifter einer Religion machen wollen. Jesus hatte sich gerächt. Die falsche Auslegung seiner Mission war gescheitert.

Luther versuchte noch einmal, das lecke Schiff einer imaginären Möglichkeit zusammenzufügen. Ein Bergmannssohn aus Thüringen stieg in das Bergwerk des Christentums hinab, durchhämmerte die oberen Flözschichten der Tradition und holte aus den tieferen Erzgängen hervor, was er für reines, silbernes und goldenes Christentum hielt. Es war eine kühne Neuerung, die sich aus dem Wittenberger Flachlande, aus der Gegend von Kroppstädt und Treuenbrietzen, die ganz so aussieht wie der gesunde Menschenverstand, entwickelte. Tausende sagten sich von dem römischen Heidentume los, das mit der Seelen Seligkeit einen Aktienhandel durch ganz Europa etabliert hatte. Die Wittenberger [288] Reformation war ein großer Fortschritt der Menschheit, wenn es groß ist, wie Herr Tholuck getan haben soll, in Rom von den antiken Götterstatuen zu sagen: Es sind schöne Götzen! Darum handelte es sich: die Menschheit von einem religiösen Mechanismus zu befreien, zu gleicher Zeit aber auch auf dreihundert Jahre die Kunst, die Literatur, die Schönheit aller vergangenen Zeiten und die Schönheit der Ewigkeit zu derogieren. Das ist kein Unglück, wenn es von einem großen Glücke ersetzt worden wäre. Für das Christentum geschah in der Reformation alles, für die Wahrheit und den gesunden Menschenverstand und die Naturreligion aber nichts.

An zwei Begriffen siechte gleich anfangs die Reformation: an einem, den sie nicht abschaffte, an der Kirche; und an einem, den sie neu erfand, am Evangelium.

Biblisches Christentum! Was heißt das? [289] Ein Christentum erfinden, das sich gründete auf falscher Exegese, schlechten kritischen Hülfsmitteln, auf Interpolationen und frommen Betrügereien, auf einer ungestörten und sorglosen Verbindung des Alten und Neuen Testamentes, endlich aber auf jener heillosen Verwechselung zwischen dem Kanon als einer Richtschnur des Christentums, statt daß der Kanon, wie wir zeigten, nur erste Erscheinung, die ganz prekäre und subjektiv überall beanstandete Erscheinung des Christentums war. Der Protestantismus bekam seine symbolischen Bücher, welche die Lehrer beschwören mußten, seine Katechismen, den großen und den kleinen, nach welchen die Unmündigen an einen Glauben geschmiedet wurden, dem sie schon als Säuglinge durch die Taufe willenlos sich hingeben mußten. Was muß ich glauben? Ich muß glauben, daß Gott die Welt erschaffen hat – als wenn ein Gott, der sich in so endlichen Werken, wie die Erde [290] ist, ausspricht, ein Gott, der zugibt, daß etwas außer ihm ist, ohne er selbst zu sein, als wenn ein Gott, der Raum und Zeit erschaffen hat, um aus

Laune irgendeinen kleinlichen Weltzweck zu erfüllen, um durch die Dauer zu tun, was ihm ja im Nu gelingen könnte, um unglückliche, von Zweifeln zerfleischte, halb tierische, halb menschliche Menschen auf einem gewissen Erdballe, in einem gewissen Deutschland, hier in dieser ganzen Misere herumkriechen zu lassen, als wenn ein solcher Gott jemals meinem philosophischen Bewußtsein entsprechen könnte! Aber was Philosophie? Wir reden nicht von Philosophie: ich vergaß, daß wir über einige Ammenmärchen und poetische Grillen sprechen. Ich muß glauben, daß Christus sei ein eingeborner Sohn Gottes, von einer Jungfrau geboren, niedergefahren zur Hölle und wieder auferstanden – Nein, auch dies ist nicht der Kern des Christentums. Was soll [291] ich glauben? Daß Christus ist unser Mittler, daß er im Abendmahl persönlich assistiert als Fleisch und Blut im Brot und Weine, daß er uns rechtfertigt durch die Gnade, daß die Erbsünde, an die ich als Psycholog und Menschenkenner faktisch glaube, theologisch zu erklären sei, zum großen Teile aber eine Dogmatik, welche auf jedes einzelne Glied im Körper des Rabbi Jesus gegründet ist. Der Katholizismus war sinnlicher Götzendienst mit polytheistischer Färbung. Der Protestantismus wurde mystischer Götzendienst mit einer Beschränkung auf einen Gott, der aber drei Hypostasen hatte. Wittenberg und der Sand waren Schuld, daß diese Lehre immer flacher, äußerlicher und zänkischer sich ausbildete. Aus dem Evangelium, der Bibelmanie und den symbolischen Büchern setzte sich zuletzt das knöcherne Skelett der Orthodoxie zusammen, eine Gestalt, die statt des Herzens einen ledernen Beutel, statt des Gehirns [292] eine Anhäufung schwammartiger Stoffe zu tragen hat.

Das zweite Unglück des Protestantismus war die Beibehaltung des Begriffes der Kirche und die unterlassene Ausgleichung desselben mit dem Begriffe: Gemeine. Hier trat früh ein Schwanken ein, das auf der einen Seite das Extrem der englischen Hochkirche und auf der andern das quäkerische Extrem der allgemeinen Priesterschaft erzeugte. Das Luthertum an und für sich selbst nahm früh eine servile Richtung. Es stritt für das göttliche Recht der Fürsten ebensosehr, wie es seine eignen Satzungen in ein legitimes, unantastbares Gewand zu kleiden suchte. Thomas Müntzer schalt mit Recht auf Luther, den Papst von Wittenberg. Das Territorialsystem war die Folge der Schmeichelei. Die Kirche blieb etwas Ganzes, der Glaube wurde nicht an die stille Kammer des Herzens als seinen Tempel verwiesen, sondern [293] die Kirche repräsentierte wie ehemals. Die Geistlichen regieren untereinander. Sie scheinen eine Monarchie für sich zu bilden und ducken sich außerdem unter der politischen Souveränität, so daß es noch heutiges Tages nicht entschieden ist, wie weit sich die kirchliche Autorität als Landeshoheit erstreckt, wie weit man wagen darf, Agenden zu verfassen und sie mit militärischer Gewalt, wie in den Schlesischen Dragonaden geschehen ist, in Wirksamkeit zu setzen. Hier ist alles vag, hoffärtig, augendienerisch, despotisch und erfüllt das Herz des Biedermannes mit den schmerzlichsten Gefühlen.

Die deistische Philosophie des achtzehnten Jahrhunderts konnte deshalb dem Christentum keinen merklichen Abbruch tun, weil sie bald zu frivol, bald zu witzig war. Der unsittliche Reformator macht nirgends Glück. Der Witz ist einer so großartigen Institution wie das Christentum gänzlich unangemessen. [294] Die naive Einfachheit kindlicher und glaubensfreudiger Seelen pariert alle Nadelstiche Voltaires, eines Mannes, den man für einen Schneider halten möchte, so furchtsam und eitel war er. Das Christentum fordert andere Waffen heraus, überhaupt keine Waffen, die nur für den Krieg taugen, sondern solche, welche sich an einen Stiel stecken lassen, positiv und schaffend werden und die Erde zur neuen Saat auflockern. Das achtzehnte Jahrhundert, der mephistophelische Geist der abstrakten Verneinung hauchte mit dem ersten Seufzer aus, der auf der Revolutionsguillotine ausgestoßen wurde. Die Negation der Revolution war schon eine schöpferische.

Die Flügel meiner Seele schlagen freudiger, weil ich die Morgenröte (ach! die blutige Morgenröte) der neuen Schöpfung sich am Himmel malen sehe. Aber noch halte mich zurück, du stürmischer Genius des Jahrhunderts; noch [295] einmal wurde in Deutschland der Versuch gemacht, zu einem trostreichen Resultate über die wunderbaren Begebenheiten in Palästina zu gelangen. Die Welt seufzt in ihrer Achse ob der stürmischen Bewegung. Wie glücklich wären wir alle, wenn wir in den Träumen unsrer Jugend uns ewig wiegen dürften und uns keine Unruhe der Seele von den Spielen der Unschuld verscheuchte!

Die Kantische Philosophie schien unsern Vätern nach langem Schlafe ein wunderbares Erwachen. Noch nie ist eine Entdeckung mit so reinem Enthusiasmus empfunden worden. Die Kantische Philosophie war Kritizismus: sie war ohne Geheimnisse; aber sie schien den Schlüssel der Geheimnisse zu besitzen. Früher wurde sie auf die Offenbarung und das Christentum angewandt: aber die Konsequenzen, welche sich hier durch sie ergaben, waren von der entgegengesetztesten Art. Der Rationalis-[296]mus hielt sich an die Unmöglichkeit, das Ding an sich zu erkennen; der Supernaturalismus an die Vermutungen, welche hinter dem Dinge an sich liegen konnten. Das Ding an sich war ebensosehr negativ wie mystisch positiv: das weite Chaos der Zweifel lag in ihm ebensogut wie das Chaos der Gefühle. Diese beiden Prinzipien über Christentum machten fünfzehn Jahre in Deutschland die Tagesordnung aus. Es war ein Streit um den Anfang eines Zirkels. Der Rationalismus, der von Gott behauptete, daß man vieles von seinem Wesen wisse, manches aber noch unerörtert zu lassen habe, begann mit dem Bestimmten und hörte mit dem Unbestimmten auf. Der Supernaturalismus, der aus seinen Ahnungen ein System, aus seinen Ungewißheiten eine Dogmatik schuf, fing mit dem

Unbestimmten an und hörte mit dem Gegenteile auf. So war der Streit ohne des Endes Möglichkeit. Niemand trat [297] aus dem Zirkel heraus. Sie walzten ihre Debatten herum und erschöpften sich in Konzessionen praktischer und theoretischer Art. Mischgattungen drängten sich zwischen die Extreme: Damenprediger, welche das Christentum mit Gemälden verglichen, wo die Konturen dem Rationalismus, die Farben dem Supernaturalismus angehören müßten: Professoren der Theologie, die das Urchristentum wollten; Generalsuperintendenten, welche die Perfektibilität des Christentums lehrten. Andre, wie Schleiermacher, adoptierten die Dogmatik, wenn ihre Lehrsätze sich gemütlich als Seelenzustände betätigten. Mit einem Worte, sie mochten so freidenkerisch verfahren wie immer; so riß doch niemand den Vorhang der Lüge weg. Auf der Kanzel gaben sie niemals jenen Glauben preis, den sie auf dem Katheder anatomisch zergliederten. Überall trifft man auf Diakone und Konsistorialräte dieser Art, welche sich [298] wie jesuitische Aale theoretisch winden und hin- und hersträuben, praktisch aber sich immer wieder in ihren homiletischen Schleim verstecken.

Schelling und Hegel, jener von katholischer, dieser von protestantischer Seite, stellten den letzten Versuch an, die Philosophie mit der Offenbarung in Einklang zu bringen. Schelling übertrug allerhand Analogien des Naturprozesses auf die Geheimnislehren des Christentums: er wußte Opfer, Menschwerdung usf. durch witzige Bilder von seiten der Phantasie annehmlich zu machen. Hegel stützte sich auf den Geschichtsprozeß, auf die innerlichen Ruhemomente seiner metaphysischen Logik, deren ganzes Schema allein schon den Begriff der Trinität ausdrückte. Hegels Philosophie scheint mir auch wahrlich die einzige, die imstande ist, das Christentum zu beurteilen. Ihr Standpunkt ist der historische. Sie bringt einen Schematismus in die Begebenheiten, wel-[299]cher den innern und äußern Sinnen wohltut. Wodurch ist auch das Christentum eine so imposante Erscheinung? Durch seine historische Stellung. Hegel hat die Verschiedenheit der Zeiten immer vortrefflich charakterisiert und das Eigentümliche des Christentums darin gefunden, daß sich logische und historische Begriffe daran akkommodieren lassen. Aber mehr gelang ihm nicht. Seine Philosophie des Christentums konnte nur da erst anfangen, als die Entwicklung der christlichen Lehre zu Ende war. Hegels Maßstab ist überall die Vergangenheit. Seine Erklärungen sind typischer Art, seine Philosophie ist eine Auslegung. Schelling und Hegel stehen an der Spitze jenes christlichen Dilettantismus, der aus künstlerischen Interessen sich mit verstopftem Ohre in eine grundlose Flut versenkt. Das Christentum selbst muß dabei seinen Kredit verlieren, wenn nur noch Dichter, Grübler, Künstler, verzweifelte und [300] polizeilich beaufsichtigte Menschen sich für die Erklärung seiner Satzungen interessieren. Der gesunde Teil der Menschheit wird in eine andere Strömung des stürmenden Weltgeistes gerissen werden.

Unser Zeitalter ist politisch, aber nicht gottlos. Wie gern verbände es die Freiheit der Völker mit dem Glauben an die Ewigkeit! Aber unchristlich ist unser Zeitalter, denn das Christentum scheint sich überall der politischen Emanzipation in den Weg zu stellen. Daher jene merkwürdigen Erscheinungen, welche die neuere Zeit auf dem Gebiete, man weiß nicht, soll man sagen, der Politik oder der Religion hervorgebracht hat. Überall Sektengeist, Religionsstifter, Religionen auf Aktien, Religionen auf Subskription, jede Religion, nur kein Christentum. Man spricht von Priestern, von einer Theokratie, von Gottesdienst, nur nichts Christliches. Es ist erstaunenswert, daß diese Dinge [301] in Frankreich auftauchen, in einem Lande, das für Europa die Mission der Freiheit hat, in einem Lande, das in der neuern Geschichte für alle Fragen der Kultur die Initiative übernommen zu haben scheint. Wir reden hier vom St. Simonismus und den »Worten eines Gläubigen«.

In diese beiden Bekenntnisse ist zuerst die Anerkennung

der politischen Tendenz des Jahrhunderts niedergelegt. Man hat hier die Unverschämtheit vermieden, welche die hungernden Arbeiter auf das himmlische Brot des ewigen Lebens anweist. Die Religion der Entsagung mag für Jahre passen, wo die Ernte nicht geraten ist; aber wo Fülle und Verschwendung rings ihre Feste feiern, da murrt die Menschheit über eine Religion, welche immerfort an das Sichschicken, an die Demut, an den Ratschluß Gottes appelliert. Von dieser Seite des Christentums überhaupt, die sich dem Zeitgeiste [302] entgegenstellt, kann nicht mehr die Rede sein. Der Unterschied zwischen den beiden Bekenntnissen ist der, daß der St. Simonismus das Christentum antiquiert und durch einige materielle Philosopheme nebst kirchlichen, freilich dem alten Glauben entnommenen Institutionen zu ersetzen sucht, die »Worte eines Gläubigen« dagegen auf den demokratischen Ursprung des Christentums zurückgehen und unverhohlen eine republikanische Tendenz desselben aussprechen. Der St. Simonismus will den Staat von der Kirche, die »Worte eines Gläubigen« wollen die Kirche vom Staate befreien. Jener weist auf die Zukunft, diese auf die Vergangenheit. Beide aber kränkeln an ähnlichen Gebrechen: der St. Simonismus an der Philosophasterei: La Mennais am Katholizismus. Wie soll man in der Kürze über beide Tendenzen urteilen? Beide sind keine Revolutionen, aber sie sind Symptome. Der St. Simonismus verrät ein [303] Bedürfnis der Menschheit: die »Worte eines Gläubigen« suchen es zu befriedigen, aber sie befriedigen es nur zur Hälfte.

Ich habe die Tatsachen der Vergangenheit verfolgt und breche da ab, wo alles, was nun kommen muß, nicht so von mir vorgezeichnet werden kann, sondern in die Hand der Zeitgenossen gegeben ist. Lasset mich an einem Orte innehalten, den wir selber auszufüllen haben, bei jenen weißen Blättern der Geschichte, die hinfort von uns beschrieben werden sollen!

Ich höre draußen ein simultanes Glockengeläut: katholische und protestantische Töne. Es ist Pfingsten, ein Fest, wo man zwar nicht mehr plötzlich wie einst in Jerusalem gut Englisch, Spanisch und Sanskrit lernt, was mir sehr lieb wäre: wo aber der Heilige Geist auf alle Welt ausgegossen wurde. Wir leben in der Zeit des Heiligen Geistes, von dem Christus selber sagt, daß er uns in alle Wahr-[304]heit führen und freimachen würde. So scheint es sogar jener Mann gewußt zu haben, daß die Geschichte immerdar ihre eigne Autorität bleibt, daß der Weltgeist rastlos wirkt und in uns schafft und die Wahrheit zuletzt nur der Gottesdienst im Tempel der Freiheit ist. Wir werden keinen neuen Himmel und keine neue Erde haben; aber die Brücke zwischen beiden, scheint es, muß von neuem gebaut werden.

[(305)] Es schlug Mitternacht, als Wally das saubergeschriebene Heft durchlesen hatte. Die Wachskerze war tief heruntergebrannt, ihre Augen glühten, sie hatte Tränen nötig, um den heißen Brand zu löschen. Aber die Tränen kamen nicht. Sie saß da, versteinert wie Niobe, der man das Liebste und Teuerste wegschießt. Rings war alles grauenhaft still, nur der Uhrpendel schwang sich unterm Glase hin und her und zählte die Minuten, die den Geistern auf Erden zu wandeln vergönnt waren. Wally lebte nur in den Worten, die sie gelesen hatte, und flüsterte sich zu: »Ich sterb' [306] auch mit ihnen.« Dann ergriff sie mechanisch den kleinen Kerzenrest, der noch brannte, und schritt in ihr Schlafgemach, einen finstern, dämonischen Schatten werfend.

[305] Noch sechs Monate hielt Wally ein Leben aus, dessen Stütze weggenommen war. Sie, die Zweiflerin, die Ungewisse, die Feindin Gottes, war sie nicht frömmer als die, welche sich mit einem nicht verstandenen Glauben beruhigen? Sie hatte die tiefe Überzeugung in sich, daß ohne Religion das Leben des Menschen elend ist. Sie ging nun damit um, dem ihrigen ein Ende zu machen.

Je unerschütterlicher sich dieser Gedanke bei ihr festgesetzt hatte, desto mehr suchte sie ihn äußerlich zu verbergen. Sie zeigte sogar, je gewisser sie mit sich selbst wurde, eine heitre Unbefangenheit, die die Rückkehr ihrer frühern Laune hoffen ließ.

Sie war viel auf ihrem Zimmer allein, weinte und rang; aber beten konnte sie nicht. Sie warf sich wohl oft verzweifelnd auf die Knie, aber wie eine eherne Mauer stand es vor ihr, wenn sie flehend die Hand ausstreckte.

[306] Sie schrieb noch einzelne ihren Seelenzustand verratende Aphorismen in ihr Tagebuch; die meisten bewegten sich um den Gedanken des Todes. An der Ursache desselben hatte sie nichts mehr, was sie in sich ändern konnte. Eine Stelle, welche man später im Buche fand, war ganz mit Tränen durchnäßt. Man konnte das an der geronnenen Dinte und dem zerknitterten Papiere sehen. Sie hieß:

[307] O Jesus! Nie warst du mir teurer als tränenvergießend im Garten von Gethsemane! Jesus! Du batest Gott, daß er den Kelch dieses herben Todes möchte an dir vorübergehen lassen, du, du, der die Welt verändert hat! Und die Jünger schliefen. Sie achteten deiner flehenden Stimme nicht, daß sie mit dir wachten, daß sie mit dir weinten auf dem Ölberge. Ach, um mich schlafen sie alle, und niemand kennt den Schmerz, der mich verzehrt, niemand wacht mit mir, niemand betet für mich!

[308] Es war an einem trüben und regnerischen Herbsttage. Die Kastanien prasselten von den Bäumen. Der Wind schlug die Regenschauer an die nassen Fenster. Alles in der Natur schien zu Grabe zu gehen. Wally saß einsam in ihrem Zimmer. Eine Uhr lag neben ihr. Neben der Uhr ein rotes Tuch, das einen unsichtbaren Gegenstand bedeckte.

Eine Stunde verrann nach der andern. Um die sechste

dunkelte es. Man brachte ihr Licht. Sie winkte stumm mit der Hand, als man nach ihren Befehlen fragte.

Sie trat ans Klavier und schlug einige Akkorde an. Es schlug sieben Uhr.

Dann setzte sie sich und schrieb einige Zeilen:

[309] Ich muß sterben, denn hassenswert schien' ich mir, wenn ich mich durch die Welt schliche und mir selbst verbergen wollte, was ich leide. Wir erkennen Gott nicht. Nun und nimmer mehr. Das tragische und der Menschheit würdige Schicksal unsers Planeten wäre, daß er sich selbst anzündete und alle, die Leben atmen, sich auf den Scheiterhaufen der brennenden Erde würfen. Alle müßten sie sich opfern – aus Haß gegen den Himmel; opfern, wie man Rechnungen verdirbt, die ohne den Wirt gemacht werden. Alle! Alle! Dann wäre das Problem gelöst, und Gott müßte eilen, sich neue Menschen, neue Sklaven zu schaffen. Barbarischer Mord der Völker untereinander, glaubt ihr, werde das Ende der Dinge sein? Die wiedererwachende Roheit der Natur? Hyänen, die sich untereinander zerfleischen, sind euch der Zweck der Geschichte? Gräßlicher Gedanke! Prophezeihung, würdig eines Henkers! Sie [310] werden sterben, aber sie werden alle den Dolch in ihre eigene Brust senken und eine große Kette der Freundschaft schließen, die Menschen! Sie werden sich fassen alle an ihrer Hand und mit der Rechten den Stoß vollbringen und noch im Tode sich mit ihren Küssen bedecken. Sie werden sterben, weil sie reif sind, weil sie das Höchste erreichten in Wissenschaft und Kunst, weil sie alle ineinandergerechnet der Gottheit gleichkommen. Aber die Gottheit sitzt hinter einem Vorhange und verbirgt nach wie vor ihr sprödes Antlitz und zögert, zu kommen und sich zu enthüllen. Was haben wir ihr getan?

[311] Es schlug acht Uhr. Sie war in eine Aufregung gekommen, welche für ihren Entschluß nicht paßte. Was

ist Sturm, Ungewitter, Herbst, was selbst der Schmerz der Seele und des Herzens, wenn der Geist seine Gedanken aufrüttelt und die Denkkraft ihre Fühlfäden ausschießt? Das Denken erhält den Mut, den man am Wissen verliert. Wally war so nahe daran, ihre Verirrung zu fühlen. Aber sie war ein weibliches Herz, das nicht so leicht vergißt, was es einmal wollte, und in sich selbst kein großes Register von Entschließungen hat, wo sie wählen könnte. Sie fiel in den alten Schmerz zurück.

Um neun Uhr griff sie noch einmal nach der Feder und schrieb:

[312] Lebet wohl! Alle! Alle! Armselig war mein Leben; wie klein, wie nichtig alle die Beziehungen meiner Jugend! Und das war wohl des Todes wert; denn ich bin nichts, nur Staub, nur Vernichtung. Mein Leben ist unnütz. Grüßet sie alle, grüßet den Frühling des kommenden Jahres, wo ich tot sein werde und keines Vogels Ruf mich wieder wecken wird. Ich danke euch allen, die mich liebten, und Dir, Dir, Cäsar; allen! Allen!

[313] Sie mußte noch viel geweint haben. Auch diese Zeilen waren verronnen in nasse Punkte. Sie mußte dann den Stoß vollbracht haben mit jenem Dolche, der ihrem toten Bruder gehörte.

Man fand sie auf dem Bette ausgestreckt. Das Licht stand zu ihren Häupten. Sie hatte mit beiden Händen den in das rote Tuch gewickelten und darin auch von ihr während des Stoßes gelassenen Dolch in ihr Herz gedrückt und lag da, nicht lächelnd und ruhig, wie wohl in andern Fällen hier getroffen ist, sondern mit krampfhafter Verzerrung ihres schönen Antlitzes und einem Ausdrucke der Verzweiflung in den starren Augen, der erschrecken machte.

Sie wurde mit Gepränge bestattet. Die, welche am Grabe standen, beweinten nicht sie selbst, sondern nur ihre Jugend.

[(317)] Wahrheit und Wirklichkeit

Man kann den Zufall verdammen, man kann selbst überzeugt sein, daß in allem, was geschieht, eine konsequente Offenbarung der Gottesidee liegt; und doch würde niemand zu behaupten wagen, daß alles, was geschieht, alles, was wir als geschehen beobachten können, etwas andres sei als die zufälligen Äußerlichkeiten jener offenbarten Gottesidee. Ich glaube, daß alles gut ist, was geschieht; glaube aber nicht, daß eben nur das geschehen kann, was geschieht. Unendlich ist das Reich der Möglichkeit, jenes Schattenreich, das hinter den am Lichte der Begebenheiten sicht-[318]baren Erscheinungen liegt. Es gibt eine Welt, die, wenn sie auch nur in unsern Träumen lebte, sich ebenso zusammensetzen könnte zur Wirklichkeit wie die Wirklichkeit selbst, eine Welt, die wir durch Phantasie und Vertrauen zu combinieren vermögen. Schale Gemüter wissen nur das, was geschieht; Begabte ahnen, was sein könnte; Freie bauen sich ihre eigne Welt.

Zwei Garantien der unsichtbaren Welt sind die Religion und die Poesie. Jene schließt das Reich der Möglichkeit auf, um zu trösten; diese, weil sie die Wirklichkeit erklären will. Beide beruhen auf Täuschungen, nur ist die Poesie glücklicher, weil sie die Wahrscheinlichkeit für sich hat. Es ist leichter, an ein Gedicht als an den Himmel glauben. Die Ereignisse des Gedichtes sind oft die heimlichen Erklärungsmotive der Wirklichkeit, die [319] Schöpfungen des Autors haben die Analogie für sich und die Erde; aber der Himmel schwebt in der Luft und ist trotz aller Philosophie ohne Maßstab, wie Gott selbst.

Die Geschichte der Poesie zeigt, wie sich in ihr von jeher Wahrheit und Wirklichkeit gestritten haben. Jene Gemüter, welche wir die schalen nannten, entschieden sich für die Wirklichkeit, die freien für die unsichtbare Wahrheit, die begabten, die empfänglichen, die sogenannten Leute von Geschmack, Bildung und Erziehung für das Mittlere zwischen beiden, für die Wahrscheinlichkeit. Und so ist es noch. Bei jeder neuen Dichtung fragen die einen: »Wo geschah dies?«, die andern: »Sollte dies geschehen können?« Nur die freien Gemüter entscheiden, ohne zu fragen, weil sie es fühlen, daß das, was nicht geschieht, immer noch wahr ist, selbst wenn es nicht geschehen kann.

[320] Alles, was die Wirklichkeit kopiert, ist für die Masse. Diese Gattung der Poesie erhebt sich von der untersten Stufe der Genremalerei bis zu den Romanen von Walter Scott und Bulwer, bis zu den Dramen Ifflands und Kotzebues. Nur hell, blank und geschliffen muß diese Literatur sein, weil sie der Wirklichkeit gegenüber ein Spiegel ist, der sie treu auffäßt und wiedergibt. Für die schalen Gemüter ist nichts genialer, als sie selbst zu zeichnen, wie sie sind: ihre Tante, ihre Katze, ihren Schal, ihre kleinen Sympathien, ihre Schwachheiten. Was haben wir von euern Grillen, von euern Erfindungen, die in der Luft schweben? Gebt uns uns selbst, dem Egoismus den Egoismus! Es gibt Kritiker und Literatoren, die sich nur für das Kopieren der Wirklichkeit enthusiasmieren können. Das Wahrscheinliche ist bei ihnen schon eine Konzession. England hat von jeher diese Art der poetischen [321] Darstellung bevorzugt, Deutschland ist systematisch genug bearbeitet worden, hierin nachfolgen zu müssen. Die alte Literatur steht bei uns versteinert da in Tempeln und in Walhallen, die mittlere war keines Schusses Pulver wert, die neue hat nur noch ein schwankendes und kaltes, von Politik und spekulativer Trägheit ganz darniedergehaltenes Publikum. Darauf kömmt alles zurück: Man will von der Literatur keine Anstrengung haben; die Literatur soll niemanden mehr eine unruhige Nacht machen, sie schildert, sie porträtiert, sie stillt die Leselust mit Historie und Bulwer. Die Poesie ist jetzt

Selbstbefruchtung. Die Wirklichkeit nährt sich von ihrem eignen bürgerlichen, überquellenden Fette.

Menschen, die schon eine Stufe höher stehen, sind mit der Wahrscheinlichkeit zufrieden. Sie wollen nur einige Voraussetzungen, die [322] den Boden der Wirklichkeit berühren; das übrige überlassen sie der Combination und Phantasie. Dies sind die gemütlichen Leser, die sich durch poetische Schöpfungen in einen sanften Halbschlummer wiegen lassen, die die Bücher nach der Elle konsumieren. Es muß ihnen nichts zu nahe und nichts zu ferne liegen. Schwebend zwischen Himmel und Erde, ganz willenlos hingegeben den Capricen des Dichters, freuen sie sich zuletzt, daß nun alles, was sie gelesen haben, doch entweder nicht wahr ist oder im entgegengesetzten Falle immer sehr wahrscheinlich bleibe.

Die Wahrheit selbst ist unsichtbar und liegt niemals in dem, was wirklich ist. Die poetische Wahrheit ist schöpferisch. Sie baut mit den geheimsten Fäden der menschlichen Seele, sie combiniert nicht, wie der Staat, die Familie, die Religion, die Sitten und das Her-[323]kommen combinieren, sondern revolutionär. Die poetische Wahrheit offenbart sich nur dem Genius. Dieser lauscht niedergestreckt auf den Boden der Wirklichkeit und hört, wie in den innersten Getrieben der Gemüter eine embryonische Welt mit keimendem Bewußtsein wächst. Wer auf seine Entwickelung lauscht, muß sich oft gestehen, daß ganze Gedichte in ihm sich zusammenreimen aus Motiven, welche die Außenwelt niemals anerkennen würde. Dies sollte nicht auch Wahrheit sein? Dies sollte den Dichter nicht entzücken? Die Alten und die Mittleren schufen in dieser Weise nicht: aber die Modernen werden es. Ihre Historien sind nicht die Sage oder Geschichte, sondern die Ideen, die im Schoße der still wirkenden und schaffenden Gottheit schlummern. Die Welt, wie sie ist, wird ihren Gebilden nicht entsprechen; diese werden dem nüchternen Vorwurfe der Unwahrheit und Unwahrschein-[324]lichkeit ausgesetzt sein.

Aber noch immer ging das Genie seinem Jahrhunderte voraus.

Zwei Tatsachen möcht' ich aus obigem folgern: die beide weniger literarisch als historisch sind.

Wenn man in Anschlag bringt, daß entschieden schon in der französischen Literatur, ohne alle Widerrede auch bei uns allmählich eine Poesie der ideellen Wahrheit und reellen Unwirklichkeit sich zu entfalten beginnt, wenn man diese Frauengebilde betrachtet, welche die Phantasie der jetzigen begabteren Dichter erfindet, diese originellen Situationen und allem Herkommen widersprechenden Sitten; sollte man diese Erscheinung nicht für beziehungsreich halten für unser zukünftiges Leben, für die Existenz in der Wirklichkeit, für die weite Unterlage der Masse und des allgemeinen Glaubens? Es ist wahr, die Dichter fangen an, auf im-[325]mer luftigeren Bahnen zu wandeln: sie schaffen sich ihre eignen Welten mit Thronen, die ihre Phantasie erbaute, mit Richterstühlen, die ihre eigne Gesetzgebung haben, mit einem Gottesdienst, dessen Priester nur noch die kleine Gemeinde selbst ist. Es baut sich eine Wahrheit der Dichtung auf, der in den uns umgebenden Institutionen nichts entspricht, eine ideelle Opposition, ein dichterisches Gegenteil unsrer Zeit, das einen zweifachen Kampf wird zu bestehen haben, einmal einen gegen die Wirklichkeit selbst als konstituierte Macht mit physischer Autorität, sodann einen gegen die Poesie der Wirklichkeit, welche so viel Dichter und so viel Kritiker für sich hat.

Dies ist ein Symptom unsrer Zeit, aus dem wir bis jetzt noch keinen weitern Schluß ziehen wollen als einen, der vielleicht außerhalb der Literatur liegt, den ich aber nicht [326] verschweigen will, weil jedes, was die Menschheit ehrt, auf den Lippen des Enthusiasten brennt. Man verwirft mit Recht das Experimentieren mit der Menschheit, aber man geht darin weiter, als man darf, ohne die Menschheit zu beleidigen. Wir fürchten uns, den Zeitgenossen etwas zu entziehen, wovon wir uns einbilden, daß es zu ihrem Leben nötig ist. Wir glauben an die Institutionen in Sitte, Meinung und politischer Einrichtung wie an die unerläßlichen Lebensbedingungen der Jahrhunderte. Als wenn die Menschheit keine innern Quellen hätte! Als wenn sie unterginge, wenn ihr sie aus dieser ganzen Sündflut ihrer Existenz plötzlich nackt und noch triefend auf den Ararat versetztet! Als wenn die Menschheit nicht immer die erste sein wird, die sich hilft, und diejenige, welche für sich den besten Rat weiß! Sie zucken die Achseln wie unvorsichtige Ärzte, sie fürchten für das Leben des Patienten und [327] quacksalbern an den alten Schäden herum; aber nehmt der Menschheit ein Bein ab: sie wird sich ein neues machen; nehmt ihr, um nur eines, was unmöglich scheint, zu nennen, z. B. das Christentum: glaubt ihr, daß sie untergehen wird? Nehmt ihr eure Gesetzbücher, eure Verfassungen – nehmt ihr zuletzt das, worauf gleichsam alles ankommen soll, nehmt ihr *euch selbst*! – und die Menschheit wird fortbestehen. Sie wird alles ertragen und durch Felsen vom stärksten Granit noch immer einen Weg finden, der sie zu ihrem Ziele führt.

Die Beigaben der Ausgabe von 1852

Vorrede

Nach langem Widerstreben hat sich der Autor einem dringenden Verlangen gefügt, das von vielen Besitzern der Sammlung seiner Schriften häufig ausgesprochen wurde. Man wollte von diesen weniger Frucht- als Dornenstücken eines deutschen Malers mit der Feder ein Bild nicht ausgeschlossen sehen, das ihm aus den Steinen, die schonungslos mitten durch seinen Rahmen geworfen wurden, das Piedestal seines ersten Rufes schuf. Das zertrümmerte Bild selbst existiert kaum noch. Aber man wollte doch das, was man natürlich aufs neue recht gründlich tadeln, aufs neue recht gründlich verwerfen, wieder mit gewissenhaftester Schonungslosigkeit verdammen muß, sich nicht ganz entzogen sehen und nannte es an dem Autor eine recht zage Unterlassungssünde, daß er eine seiner vielen andern Sünden in dem Kämmerlein einer kleinen, seit sechzehn Jahren vergriffenen Auflage und wohl gar dem noch kleineren Kämmerlein seines Gewissens verbergen wollte. Die Menschen sind nun einmal alle teils so martialisch tapfer, teils so außerordentlich großmütig! Unsre kleinen Verdienste, unsre leidlich guten Taten schenken sie uns von Herzen; die kümmern sie nicht; aber unsre Verbrechen, unsre Untugenden, unsre Irrtümer, diese hegen und pflegen sie voll Liebe und Interesse, diese hätscheln sie voll Begeisterung für ihre eigne wohlgeborne oder hochwohlgeborne Vollkommenheit, voll Hingebung und Bereitwilligkeit, wo es nur um der Liebe willen etwas zu strafen und zu verketzern gibt. Und wie langweilig wäre allerdings die Welt, wenn wir uns alle so leidlich gut gäben! Daß wir schlimm sind, daß wir täglich Irrtümer, große und kleine Verbrechen begehen, mehrt nicht nur die zum Leben so notwendige Reibung der Zündstoffe des Herzens, sondern fördert ja auch allein die Tugendhaften selbst, die Moralisten, die Erzieher, die Priester, die Professoren, die Hofräte, die Frauen, die Jungfrauen, wenigstens gewisse alte, die nie gesündigt, nie gefehlt haben. Die »innnere Mission« beweist uns ja jährlich bei den Rechnungsabschlüssen durch die gewissenhafte Verteilung ihrer Wohltaten, daß der ein rechter Tor wäre, der sich nicht bereitwillig dazu hergäbe, sich von den Tugendhaften strafen, bessern, bekehren, begnadigen, striegeln, hecheln und kämmen zu lassen.

Wie kann man eine dreiste Tat zurücknehmen? hat der Autor oft hören müssen. Es war ihm dabei immer, als sollte ihm eigentlich gesagt werden: Wie kann man sich dem für uns amüsanten Vergnügen des Spießrutenlaufens, dem malerischen Schauspiel einer Kreuzeserhöhung zur Linken des Heilandes, wo bekanntlich der zweite, der verstockte Schächer hing, entziehen! Wie kann man uns die Gelegenheit rauben, dich achselzuckend zu bemitleiden und als Folie unsrer Vortrefflichkeit herabzusetzen! Und wenn du uns nichts, nichts bötest als das Schauspiel eines reuigen, bußfertigen Sünders, eines in Sack und Asche trauernden, von Gewissensqualen gefolterten Abschwörers deiner selbst, so wäre das schon ein Genuß für die vielen konsequenten Charaktere, die bekanntlich im Wogendrang unsrer Zeit so unerschütterlich festgestanden haben.

Kurz, ich fügte mich endlich den wahren Freunden meiner Seele, die das Bedürfnis haben, mich so liebevoll zu verdammen. Ich bringe ihnen diese »unverantwortliche« Wally mit geduldiger Ergebung wieder aus den Rumpelkammern der Antiquare und willige in die Vervollständigung der einmal begonnenen und nur durch neue Federversuche in Stocken geratenen Sammlung meiner frühern Phaethonflüge – Phaethon ist der Mythus eines Autors, dem die Schwingen versagten. – Ich überlegte dabei lange, was ich wagte. Den Zorn der Zensur? Sie ist abgeschafft. Die Wirkung alter Verbote? Die Ausnahmegesetze sind aufgehoben. Die Entrüstung der Theologie? Sie hat sich seither viel Gefährlicheres, Strauß, Feuerbach, Daumer müssen gefallen lassen. Verbot? Verfolgung? Ich meine, unsre Bundespolizei hat so viel mit der Lektüre der bei den Haussuchungen in Beschlag genommenen Briefe zu tun, daß sie von den alten Taten ihrer Vorgänger, den weisen Maßnahmen der weiland Metternich, Blittersdorf, Rochow, Tzschoppe und den Gegenständen der

Gefahr, die diese grade da suchten, wo sie sich später am wenigsten fand, denken werden: Laßt die Toten ihre Toten begraben! Und nur, da wir von Gespenstern, von Revenants aus dem Grabe reden, nur Wolfgang Menzel vielleicht knüpft die überraschenden Aufträge, die ihm auf dem Hohenzollern zur neuen Säuberung des deutschen Parnasses gegeben zu sein scheinen, mit dem an sich nicht uninteressanten Falle an, daß ihm auf sein erstes Werda? das er in die verdorbene Literatur unsrer Tage rufen wird, wieder eine Gespensterstimme antwortet: die Wally! Daraufhin muß der Autor, zur ruhigeren Würdigung eines diesmaligen Halsprozesses, etwas ausführlicher sein.

Er gibt den Wiederabdruck jenes vielbesprochenen Romans als geschichtlichen Mitbestandteil einer nicht zu verschweigenden literarischen Entwickelungszeit. Er will das Material der Zeitenchronik vervollständigen, um über sie jedermann ein Urteil möglich zu machen. Er hätte deshalb auch die gegenteiligen Akten nicht umgehen wollen und sogar die schlimmsten Angriffe gern mit abdrucken lassen, wenn sie nur nicht so voll leerer und für unsre Zeit gleichgültiger Persönlichkeiten gewesen wären, wie z. B. die Broschüre eines gewissen, jetzt verstorbenen *Bacherer*, der den Autor, nachdem er ihn 1835 den Auswurf der Menschheit genannt hatte, schon 1840 mit dem Antrage beglückte, sich seinen »Freund« nennen zu dürfen. An solchen Metamorphosen ist unser geheimer Literaturverkehr reicher als der Ovidische der Götterwelt, nur daß meistenteils bei uns umgekehrt aus früheren Schweinsrüsseln allmählich Menschenzungen, aus Tigertatzen erst Katzenpfoten, zuletzt treue deutsche biedre Bruderhände werden ... Statt dieses Lärms der wildesten und nicht bloß der W. Menzelschen Lützower patriotischen wilden Jagd verweis' ich auf das Erkenntnis eines deutschen Gerichtshofes, der jener tragikomischen Literaturepisode durch einige Paragraphen des gemeinen deutschen Rechtes ein hinlänglich würdevolles Ende machte.

Vor sechzehn Jahren war die Zeit noch nicht so »aus den Fugen« wie jetzt. Die Julirevolution hatte nur so ungefähr angedeutet, daß die große Wiedergeburt Europas mit dem Sturze Napoleons 1815 und den Schöpfungen des Wiener Kongresses noch keineswegs enden konnte. Von einer Fortsetzung der großen Gärungsprozesse und Läuterungskrisen unsres gesellschaftlichen Körpers ahnte man damals zuerst etwas, warf sich aber doch in seiner Angst über die Entdeckung, die man von zweiten, dritten, vierten Akten des großen Revolutionsdramas machte, vorläufig auf die Lehre vom Konstitutionalismus und beruhigte sich sehr bald damit, daß eine möglichst richtige Verteilung von Autorität und ein möglichst besonnenes Gleichgewichtssystem zwischen den im Staate zur Äußerung berechtigten Potenzen Ruhe und Friede wieder in die Welt zurückführen würde. Es waren dies die zum zweiten oder dritten Male angebotenen Sibyllinischen Bücher, die unsre Staatsmänner mit ein wenig Aufrichtigkeit und Ehrlichkeit damals hätten an sich kaufen können, aber um diesen Preis leider zu teuer fanden, bis sie ihnen 1848 wiederum zu einem andern zivilen Preise angeboten wurden, den sie aber auch schon 1849 wieder im Vollgefühl ihrer militärischen Kräfte noch immer für zu teuer erklärten. Das Murren, das damals vor sechzehn bis zwanzig Jahren in den Gemütern gar nicht ausblieb, wenn es auch nicht sehr vernehmlich wurde, zog bekanntlich in die Kunst und die Literatur über und grollte sich auf diesem Bereiche gründlichst in jenen Schöpfungen aus, die man die Tendenzliteratur nennt. Eine Verstimmung kommt bekanntlich nie allein. Tut uns eine Sehne an der kleinen Zehe weh, so leidet der ganze Körper. Konsensuell grübelte, grämelte, zweifelte man damals an allen Dingen. Die konstitutionelle Monarchie nach den Paragraphen von Pölitz und Zachariä erschien nicht im geringsten als das Manna, das die Kinder Israels in der Wüste nähren und erquicken konnte; und wie in der Wüste wanderte doch bald der Menschengeist wieder und nahm kleine Oasen wie den St. Simonismus für neuentdeckte grüne Eilande der Rettung, Fata Morganas wie den Kommunismus für wirkliche Existenzen mit rauchenden Schornsteinen, schmackhaften Mittagstischen und allen comfortablen Bequemlichkeiten, für die man nichts weiter zu bezahlen brauchte als den einfachen Nachweis, ein Mensch zu sein. Es schwankte und wankte damals in dem Bestehenden so bedenklich wie die Häuser beim Erdbeben von Lissabon. Was war nicht alles in Frage gestellt! Der Enthusiasmus für eine mögliche »andre Welt« hatte sogar jenen bewunderten philosophischen Ausdruck für das Bestehend-Wirklich-Vernünftige, bekanntlich das Königreich Preußen, allmählich, wie man zu sagen pflegt, unterwühlt, aufgelockert und an einem schönen Frühlingstage im März 1848 ein absolutes Gegenteil aller Dinge als die geheime *stille Liebe* aller Menschen, selbst der preußischen Hofräte, ans helle Sonnenlicht gebracht. Oh, diese stille Liebe jener Zeit vor sechzehn Jahren! Las nicht Metternich mit der Wonne eines Flitterwöchners dritter Ehe damals die Lieder von Heinrich Heine, und mußte sie ihm sein erster Sekretär, Herr Vesque von Püttlingen, nicht in Musik setzen und jeden Abend in seinen Soireen am Klavier spielen? Waren Minister und Fürsten nicht, wie jener bayerische von Wallerstein, allmählich zu Demokraten reif geworden? Trug Blittersdorf nicht im März die größte dreifarbige Kokarde, die in Frankfurt nur in irgendeinem Lädchen der charaktergraden Zeil oder konsequenten Schnurgasse konnte aufgetrieben werden? Wer würde hier Furcht, Berechnung der Umstände, Talleyrandismus, Scribeschen »Bertrand et Raton« sehen? Es war die stille Liebe auch der Hohen für das Höchste. Die Zeit von 1830 bis 1848 war reich an Bundestagsprotokollen, Zensurverboten, Einkerkerungen, Lokal-Ausweisungen aus allen Staaten der deutschen Landkarte; aber unter dieser hergebrachten Eisesdecke der einmal in den Paragraphen der deutschen Regierungspraxis üblichen vier Jahreszeiten wogte und wallte das Meer, bewegt vom Atemzuge des ewigen Frühlings. Die stille Liebe zu allen möglichen Idealen der Menschheit hatte in jener Zeit jeden ergriffen und gab jener Epoche einen vorzugsweisen träumerischen und um so unpraktischeren Charakter, als man in einem Lande ohne Öffentlichkeit, bei einer Presse mit Zensur wirklich zu einer vollkommenen Stubenexistenz im Volke gelangen kann, wie noch jetzt in Rußland, wo sich auch zwei Extreme nebeneinander hinziehen, die französische wilde, orgienhafte Phantastik in der Liebe zu den neuen Ideen und über ihr die Eisdecke Sibiriens. Ja, ich glaube fest, daß der Zar auch nur deshalb die Revolution so haßt, weil ihn in einsamen kassandrahellen Nächten auf seiner Schlummerstätte von einer möglichen schöneren und freieren Ordnung der Welt

seine Träume schrecken und die Revolution durch das Übermaß des Hasses auch bei ihm die stille Liebe geworden ist.
Man braucht nur die Bewunderung unsrer Zeit vor dem Londoner Glaspalast und die außerordentlich zunehmende Vereinfachung unsrer politischen Wünsche – die Deutschen wenigstens wissen doch wohl endlich, was sie auch ohne Gagernsche Parole jetzt zu wollen haben – zu vergleichen mit dem Aufsehen, das damals Dr. Strauß mit dem »Leben Jesu« machte, um von jener in materiellen Dingen noch ziemlich naiven, am Phantastischen und Spekulativen aber übergesegneten Zeit nach der Julirevolution eine Vorstellung zu haben. In Zürich ein Volksaufstand um die Berufung eines Professors, der die hervorragendsten Tatsachen aus der Lebensgeschichte Jesu für eine im Messiasbegriff involvierte notwendige mythische Verpersönlichung von Allegorien erklärte. Alle Fakultäten waren in Aufruhr, alle Regierungen beratschlagten über die Maßregeln, die sie gegen die Gefahr der Kirche zu ergreifen hatten. Jede auf dem meist so ruhigen Spiegel der Öffentlichkeit aufgeworfene kleinere Blase erregte Aufmerksamkeit. Und in der Tat waren die Erscheinungen, die von sich reden machten, keine geringen. Hegel, Schelling, die neugewonnene Teilnahme für den plötzlich besonders liebevoll ergründeten Goethe, die künstlerischen Regungen Düsseldorfs und Münchens, die wachsenden Monumente, König Ludwigs Kunstideen, mit denen er eine kleinliche Politik vergessen machte, Fürst Pückler, ein Bindeglied der Stände im Urteil über »allerhand und noch einige« Dinge, Bettina, aufgehend wie ein märchenhafter Morgenstern und uns an wunderbare Krippen kindlicher Anbetung geleitend, Rahel, die alles Auflösende, Zerzupfende, alles anders und jedes um seiner selbst willen neu Betrachtende, dazu die prächtige, wort- und gedankenblendende neue Lyrik Lenaus und Rückerts, die reiche wissenschaftliche und kritische Debatte auf allen Universitäten, wo junge Kräfte allmählich reiften, die später in den vierziger Jahren im Wirken von Ruge und Feuerbach ihre Organe fanden … Das war eine Zeit, so sonnenhell, so bewegtbewegend, so bunt und schallend, daß man sie mit den beiden unvergleichlichen Sommern von 1834 und 1835 selbst

vergleichen möchte, mit diesen beiden gesegneten Frucht- und Kelterjahren, wo über alle deutsche Gauen ein so goldenes Netz ausgespannt schien, daß es überall glitzerte und schimmerte wie von Sonnenstrahlen, die sich abendlich an vieltausend Fensterscheiben brechen. Das waren zwei Wunderjahre! Nie schienen die Wogen des Rheines meergrüner zu wallen, nie die Ährenfelder goldner sich zu wiegen, die Fruchtbäume nie schwerer zu tragen, die Bienen auf der Flur und in Blumengärten nie wohliger zu summen als damals. Alle Welt war in Bewegung. Nie ist seit Jahren so viel gereist worden wie in jenen beiden Jahren 1834 und 1835. Oder täusch' ich mich? Oder ist es nur der Sonnenglanz der Jugend – der so auch die Erinnerung vergoldet?

Doch wohl nicht ganz die Jugend. Es war wirklich grade so erschreckend und so rührend zugleich, daß der Selbstmord jener Charlotte Stieglitz die düstere Unterbrechung eines so lichten, frohbewegten Ideen-Tages werden sollte. Alles strömte damals der Sonne und dem Leben zu, und nur ein einziges Herz entfernte sich so verzweifelnd, so gramumdüstert aus dem regen Verkehr einer arbeitenden und nach Bewährung ringenden Welt. Einer schwachen Dichterkraft opfert sich ein Weib, das vom Heroismus der Selbstaufopferung und einer Miselsucht des Geistes gehört hatte, an der ihr »armer Heinrich« krank läge und von der dieser nur durch eine reine, für ihn sich in den Tod gebende Magd könnte gerettet werden! Beim Abrahamsopfer und auf dem Seziertische von Salerno kam die äußere oder innere Gottheit, die des Himmels oder des Herzens, rettend mit der Genüge dazwischen, die den Willen für die Tat einstehen ließ; aber jene arme Charlotte rettete kein Widder, rettete keine Demut des Ritters in Hartmann von Aues Gedicht, der krank bleiben wollte. In ihrem stillen Kämmerlein schenkte sie wirklich dem miselsüchtigen Berliner Poeten ihr Leben, ihr bestes Herzblut, ohne daß es – traurig genug! – in ihn hinüberfloß und ihn, wie er gewünscht, sie gewollt hatte, zum Dichter »mit dem großen Geschick« machte! Dieser grauenvolle Tod, der so ernst auch das Berliner ästhetische Teelöffelgeklapper unterbrach, wurde die Anlehnung unsres Buches, zu dem ein schreckhaftes, von einem jungen Mädchen in einer Gesellschaft kurz ausgestoßenes Wort:

»Wie läßt sich begreifen, was wir glauben sollen!« die erste Veranlassung bot. Selbstmord um eine Idee, Selbstmord um eine im Glauben und in der Liebe wankende und fortgezogene Stütze . . ., es erschien nicht unmöglich, wie der Autor so wollte, eine tragische Parallele zu geben zum scheinbaren Leichtsinn einer gedankenlosen Außenseite. Wer ergründet, was alles unter der Decke unsrer konventionellen Begegnungen schlummert? Dieser Roman, veranlaßt durch den Tod der Charlotte Stieglitz, wollte den Versuch machen, ein Interesse an den Ideen wie eine persönliche und reine Herzensangelegenheit darzustellen.

Eine Ansicht von der Wirkung, die überhaupt Bücher haben können, besaß der Autor damals nicht. Was er bis dahin geschrieben, schien ihm über die Sphäre des »Handwerks« nicht hinausgekommen, und nichts imponiert bekanntlich weniger als ein literarisches Urteil, wenn es nur gedruckt vernommen wird. Die Wirkung des im September 1835 von einem Neuling erscheinenden Buches war anfangs ein bedenkliches Schweigen, dann ein Unwille, der sich nur etwas legte, als die mehrerwähnte Kritik über alles erlaubte Maß von Polemik hinausgriff und des Verfassers persönliche Freiheit gefährdete. Einige Stimmen versuchten, auf das in der »Wally« angeregte Thema wirklich einzugehen, und ließen sie unter mancherlei Gesichtspunkten einigermaßen gelten. So besonders der greise Paulus in Heidelberg, der mit einem gedruckten Sendschreiben an den inzwischen gefangengehaltenen Autor die Meinung der Richter günstiger stimmte, sie wenigstens in eine gewisse Berechtigung einblicken ließ, solche oder ähnliche Themata sich jetzt zur dichterischen Behandlung auszuwählen. Daumer in Nürnberg schrieb sogar eine Schrift: »daß Wally sich aus reiner Religiosität getötet hätte«. Richtig ist gewiß, daß ein solches Grübeln und langwieriges Denken über Religion, wie es in der problematischen Heldin vorausgesetzt wird, nur aus jenem wirklichen Interesse für Religion entstehen konnte, das unter dem Scheine des Hasses nur eine ihm nicht bewußte Liebe verbirgt. Wenigstens sollte niemanden wundernehmen, wenn die Phrenologen wirklich an dem Kopfe des bewußten und leidenschaftlichen Atheisten die auffallendste Ausbildung des Organs der Gottesverehrung entdeckten.

Der verstorbene Minister Leopolds von Baden, Staatsrat Winter, gestand dem Verfasser, daß man ohne jene Aufforderung zum gerichtlichen Einschreiten, die das Stuttgarter »Literatur-Blatt« gebracht hätte, es bis zu einer so auffallenden Prozedur, wie ein Preßprozeß dieser Art war, nicht würde haben kommen lassen. Die Entfernung vom Tummelplatz einer so wüsten Polemik, wie sie nicht enden zu wollen schien, war dem Verfasser inzwischen ein wahrer Trost, eine wahre Erquickung geworden. Er hörte die Tür seines Gefängnisses hinter sich mit dem Gefühle zuschlagen, das ein Verbrecher empfinden mag, wenn ihn die Strafe für kleine Fehle von vielleicht schon überlegten größeren abhielt, oder das ein Held empfinden muß, wenn er in der Schlacht, die er verloren, sogleich auch untergeht. Das Geständnis, daß man einen unreifen, der Welt unkundigen Jugendsinn in dem Momente einer großen, unbedacht gegebenen Blöße überrascht hatte, konnte im Verfasser nicht unabgelegt bleiben. Es hätte, wenn ihm so an dem ideellen Inhalte seines Buches gelegen war, dies alles, er fühlte es bald, behutsamer, wirksam angelegter vorgetragen werden können, nicht in dieser Preisgabe einer so aufgeregten, von den Rätseln der Zeit in Unruhe versetzten, nur dem Eingeweihten der neuen Dicht- und Denkprozesse verständlichen Subjektivität. Die Selbstverteidigungen machten das Übel nur ärger. Man sollte eben das gefährliche Schauspiel aufführen, für andre Charakter zu haben und durch Konsequenz den Pharisäern Gelegenheit zu geben, an ihre selbstgerechte Brust zu schlagen. Winseln, Klagen, Bitten will die spartanische Jugend der Zeit doch nicht hören, und so waren die zwölf Wochen einsamer Unterhaltung mit mancherlei erst in der *fünften* oder *sechsten* Woche der Haft ihm zugekommenen Büchern und noch zahlreicheren Mäusen eine wahre Wohltat für des Verfassers überlegten Entschluß, sich weder eine Kugel vor den Kopf zu brennen noch über den Rhein nach Frankreich zu entfliehen, sondern die bösen Ungewitter in der Luft und die noch schlimmeren in der eignen Brust sich austoben zu lassen und nach der Erkenntnis des sonderbaren Maßes, das zu allen Zeiten, wo man Bücher oder wohl gar Menschen verbrannte, der Literatur nur zugestanden zu sein scheint, in seinem Streben wieder von vorne anzufangen.

Wenn der Autor nun jetzt nach sechzehn Jahren, wo sein Buch zuerst erschien und wo er selbst es, wie man eine alte Unglücksstätte vermeidet, seit sechzehn Jahren auch zum ersten Male wieder durchgelesen hat, den Eindruck, den es ihm machte, näher bezeichnen soll, so wird er natürlich nicht so viel Sophistik besitzen und verlangen, man möchte einräumen, dieser Roman wäre wirklich allein eines psychologischen Problems wegen geschrieben. Ach, diese Goliaths, die das kleine Büchlein massakrierten, hatten vollkommen recht, wenn sie die romantische Einkleidung des Ganzen für eine Bagatelle erklärten, die dem Autor nur in zweiter Instanz Wert haben konnte, während die polemische Tendenz gegen die Ansprüche des Theologen- und Kirchentums ihm die Hauptsache war! Der Verfasser leidet in der Tat an dieser gefährlichen Abneigung gegen das große geistliche Phantasma der Jahrhunderte, das er mit so vielen Ehren und Würden bekleidet, mit so vielen Unterlagen von äußerer Autorität in dieser Welt gehoben und gestützt sieht. Er würde den Augenblick für eine wahre Himmelswohltat halten, wo Christus in der Tat, wie er uns verheißen hat, zur Erde niederschwebte und eine vernünftigere Auslegung seiner Lehre gäbe, etwa eine solche, wie man empfindet, wenn Millionen Menschen auf die sich verfinsternde Sonne blicken und der auf sie fallende Schatten des Mondes uns die wunderbare Maschinerie des Universums in einem Grade vergegenwärtigt, daß wir die Achse aller Himmel und Erden glauben knarren und ächzen zu hören und uns sagen müssen: Was ist diese kleine Tellus mit ihrem Glauben, ihrem Meinen, Hoffen, mit ihrem Ringen und Kämpfen in den Myriaden von Erden, die alle wie die unsre ihre Geschichte haben werden! Wer diesen großen schwarzen Ring in der Sonne statt am 28. Juli 1851 schon sechzehn Jahre früher gesehen hätte, würde auch die Polemik gegen den Wahn der Erde etwas königlicher und majestätischer geführt und sich in einer solchen Frage nicht auf den kleinen und so gefährlichen Plänklerkrieg gegen Berliner Konsistorialräte und Potsdamer

Generalsuperintendenten eingelassen haben. Geboren unter diesen ehrwürdigen Kirchenlichtern, vergaß der Autor, daß solche Komposition, wenn man mit der Schere an ihr sich zu schaffen macht, beim Laufe dieser Welt nur desto heller brennt. Der Reiz, diesen für ihre Mitwirkung zur Befestigung jenes bekannten philosophisch Bestehend-Wirklich-Vernünftigen, des Preußischen Staats vor 1848, meist mit roten Adlern geschmückten Geistlichen in Erinnerung zu bringen, daß ein Voltaire, ein Hume, ein Lessing, Payne, Volney gelebt haben, war zu mächtig für einen allmählich aus der Berliner schwarz-weißen Weltordnungsnabelbinde damals sich abwickelnden jungen Mann; aber die eisernen Handschuhe, die er anzog, um damit jetzt seine Fliegen zu haschen, standen im komischen Kontraste besonders zu unsrer Zeit, wo zwar jenes große Phantasma noch in voller Macht und Blüte steht, aber doch das Gedeihen der kleinen zukunftsreichen Nebenpflanzen, z. B. der freien Gemeinden und des Deutschkatholizismus, nur noch von den Maßregeln der Politik einstweilen niedergehalten wird, einer Politik, die wir billigen müssen, da doch ohne Zweifel unser aller Meinung die sein wird, daß ein kleinliches Dasein für Ideen nicht paßt, die am großen Tage der Befreiung mit dem Purpur der Kardinäle ihre jetzige Armut und Blöße bedecken sollen. Also – über die wahre und deshalb verfehlte Absicht jenes Buches keine Verhüllung! Indessen – vom poetischen und literarhistorischen Standpunkte scheint mir das kleine Gemälde jetzt minder mißlungen und in der Tat beachtungswerter zu sein, als es gewöhnlich mit der Phrase: »Ein poetisch unbedeutendes Buch« abgefertigt wird. Für einen Ausdruck jener schönen Sommerzeit, wo die Rosen so voll blühten, die Rebe von 1834 im Fasse sich regte, Bettina wie eine Mignon den Eiertanz der »Schwebereligion« gaukelte, die Rahel dialektische Gedankenscharpie zupfte, die Birch-Pfeiffer noch bei ihrer Periode »Hinko« war, noch nicht den Tasso von Potsdam spielte, für den Ausdruck einer so hoffnungsreichen, poetisch anstrebenden, in George Sand, Byron, Lamartine noch weltbewegende Anregungen findenden Zeit, wo wir von dänischer, schwedischer Quengelei, neuromantischem Märchenquark und Sonntagsnachmittagslyrik mit Goldschnitt für Geheimeratstöchter noch frei waren, für diese Zeit, wo für einen miselsüchtigen Dichtergatten eine Dichtergattin ihr bestes Herzblut verströmte, ist diese Wally oder Walpurgis, wie der nicht abgekürzte Name heißen würde, ein Schemen, der sich immerhin auf dem tollen Sabbath des damaligen Ideen-Blocksberges sehen lassen konnte. Es ist diese Walpurgis die französische Hexe Lelia in deutschem Gewande. Lelia hat freilich den Voltaire und Boccaz, unsre Walpurgis nur Tiecksche Novellen und die Leipziger Modezeitung gelesen, aber ich glaube, Walpurgis schreibt kalligraphischer als Lelia, sie hat besseren Schulunterricht genossen und ist überhaupt pedantischer, weil sie eine Deutsche und ihr Vater keine Frau wie George Sand ist. Lelia ist ein schönes Ideal, das sich, von Tizian gemalt, prächtig an der Wand ausnehmen würde. Die arme Walpurgis ist nur so ein Aschenbrödel der Realität. Denn im ersten und zweiten Buche des Romans hat sie doch etwas, als wenn wir sie alle gekannt hätten, als wäre sie eine Freundin unsrer Schwester, eine Geliebte unsres Bruders, die den Armen höchlichst quält und seine Phantasie immer wieder aus allen Himmeln in das Lehrzimmer irgendeines Pensionats für Töchter edler Herkunft hinunterfallen läßt. Mit unsrer kleinen Hexe Walpurgis kann man Reifen schlagen, Federball werfen, sogar Whist spielen, kann ihr den Arm hinhalten, um das Garn daran abwickeln zu lassen, kann mit ihr eine große Intrigue über die Tourenkarte des nächsten Balles beginnen; alles das kann man mit der majestätischen Lelia nicht, und doch hat auch diese die Ehre gehabt, auf allen Thécomforts des Faubourg St. Germain verbrannt zu werden. Man lese die Unarten unsrer Walpurgis! Sie ist ganz so kapriziös, wie ihr alle waret, als ihr das Unglück hattet, glücklicherweise schon 1835 zu leben und menschlich oder, wenn ihr Frauen seid, halb englisch, halb wie junge kleine Tigerkatzen zu empfinden.

Dieser »als Roman so unbedeutende« Roman besitzt unter den Autoren viel stille Verehrer. Er ist weidlich gelesen worden. Der »gespenstige Tambour« trommelt als Ballade in mancher Anthologie, selbst »Graf Waldemar« entdeckt hier, daß man sich auf eine alte Liebe nur noch flüchtig besinnen kann. Aber es ist wahr. Wir sind an besseren Romanen reich gesegnet. Indessen ein leises

Fürwort möcht' ich für ein gewisses Etwas im Kolorit des kleinen Buches doch einlegen. Es ist so aphoristisch, skizzenartig, lakonisch hingeworfen, daß ich meine literarischen Kollegen bitte, nicht immer die literargeschichtliche Verurteilung, sondern lieber das Corpus delicti selbst noch einmal zu lesen und mir die Frage zu beantworten: Hätte sich wohl aus diesem Buche ein leidlicher Entwickelungsgang prognostizieren lassen, wenn man auf zehn Jahre nicht dem Autor einen Todschrecken in die Finger gejagt und gezwungen hätte, in allem, was er ferner gab, sich gleichsam gegen sich selber zu verwahren? Wenigstens gedenkt er mit Wehmut der Notwendigkeit, daß er sich vor einer so gehässigen Polizeikontrolle, wie ihm von Stund an über seine Feder als Wächter gestellt wurde, in einer wahren Lammsunschuld darstellen sollte und einige Jahre hindurch den leitenden Faden seines inneren bewußten Selbsts im Literaturlabyrinthe fast verlor. Es ist eine sehr große Heldentat, die nackte Hand in ein glühendes Kohlenbecken zu halten, wie Mucius Scävola tat; aber es ist noch ein weit größerer Heroismus, in einer dummen oder unklaren oder falschverstandenen Phrase abbrechen und, noch ehe man sich ausgesprochen hat, für immer verstummen zu sollen. Wie lange hat der Autor gebraucht, manchem Voreingenommenen zu beweisen, daß er nicht die »Emanzipation des Fleisches«, dies alberne Wort für einen unschuldigeren Begriff, mit der Feder wirklich betreibe! Es wundert mich nur, daß die Wehmut und der tiefste Schmerz um solche Anfeindungen den Autor nicht getrieben hat, sogleich nur Operntexte zu schreiben oder Kalender für das ehrliche biedere Volk oder eine »Geschichte der Deutschen« herauszugeben, in der alle anderen Nationen erbärmlich, die Söhne Thuiskons aber immer einzig und erhaben dastehen.

Wird denn nun also noch nötig sein, daß der Autor über die alte Schuld sein jetziges Verhalten bekenne?

Über Religion und Christentum denkt er, trotzdem, daß er an Vogts »Physiologische Briefe« und Rudolph Wagners endlich entdeckte »psychische Bläschen« im Gehirne nicht glaubt, dennoch seit dem großen schwarzen Mambrinushelm in der Sonne vom 28. Juli h. Nachmittags 3½ Uhr von allem unserem

Rüstzeug in Glaubenssachen so absonderlich, daß ihm eine Polemik wie die in jenen »Geständnissen« über Religion und Christentum jetzt als reine Don-Quixoterie erscheint. Das Studium des großen, wunderbaren Kosmos, die Zunahme unserer Einsichten in der Naturkunde wird uns über die Fragen der falsch begründeten Religion viel milder und ruhiger stimmen. Man wird allerdings keineswegs christlicher, aber auch nicht unfrommer werden als sonst. Man wird von der Geschichte des Heilandes, seiner Jünger, der ersten Christen und den späteren Schicksalen und Läuterungen der Christuslehre mit gesteigerter Innigkeit das entnehmen, was in diesen Offenbarungen des ringenden Menschengeistes mit unserm eignen Bedürfnis nach Geisteslicht und Lebenswärme übereinstimmt, mit einem Worte das, was am Christentum die gleiche Passivität unsrer noch immer nicht befriedigten Sehnsucht nach Erkenntnis bezeichnet; im übrigen aber wird die gehässige Weltlichkeit, wie jene Sehnsucht fast zwei Jahrtausende lang sich aussprechen durfte, immer mehr absterben und mit manchen andern Trümmern der Vergangenheit den großen Strom der Vergessenheit hinunterschwimmen. Man wird über alle Religion anders fühlen können als Feuerbach, aber über das Christentum kaum noch anders als David Strauß. Der große Umstand, den der Autor in diesem Buche von gewissen Demonstrationen gemacht hat, richtet sich im Auge des Aufgeklärten von selbst ... Bedenklicher ist dagegen, vom sittlichen Standpunkte aus, jene Partie des zweiten Buches, die man die Sigunen-Szene genannt hat. Denn hier scheint leider dem Verfasser vor sechzehn Jahren die Logik einen argen Vexierstreich gespielt zu haben. Erklären kann er die Naivetät, die ihn glauben ließ, man würde sich auf die Symbolik einer im Geiste vollzogenen Ehe, auf die Allegorie einer durch den Gedanken vollführten Vernichtung seiner selbst vor der Macht eines geliebten andern mit nachgiebigem Zugeständnis einlassen, nur durch jene Zeit einer absoluten Schönheitswerbung, wie sie gleichzeitig in der Düsseldorfer Malerschule stattfand. Man wollte damals am Leben nur die bunte Farbe, nur den Duft der Blume, den Sonnenschein gelten lassen; man hörte ein Klingen und Singen wie von Elfenstimmen und folgte den lockenden Tönen in den geheimnisvollen Wald, wo man Zauberpaläste, Schwanenjungfrauen auf wunderbaren Seen zu entdekken hoffte. Wie recht hatte der weise Bundestag, diese Träumerei, als sie von der Palette sich auch aufs Papier begab, durch seine Verbote und Verfemungen zu unterbrechen! Denn wie verworren und deshalb gefährlich eine Jugendphantasie denkt, beweist wenigstens der Umstand hinlänglich, daß sich der Autor damals einbildete, in jener Sigunen-Szene wunder etwas Sittliches empfunden und geschildert zu haben! Er begriff nicht, wie man in ihr ein Aretinsches oder Parnysches Dosenstückchen wittern konnte. Die kritischen Rüsselkäfer wühlten in dieser Szene, als hätt' es niemals einen »Ardinghello« gegeben. Etwas mehr Verstand und Geschmack und weniger Bosheit hätte sagen sollen: Diese Abälardphantasie hat etwas komisch Lateinisches und scheint geradezu aus dem Kloster zu kommen! Die Kritik hätte den Autor nicht anklagen, sondern höchstens im Vollgefühl ihrer kälteren Vernunft auslachen sollen.

So viel ist gewiß, je weniger wir Deutsche Klosterbrüder sind, desto sichrer werden wir ähnliche Irrgänge des Denkens und Phantasierens vermeiden. Die Zensur war die gefährlichste Klausur. Die geschorne Stirn des geistigen Mönchtums ist dem Sonnenstich viel ausgesetzter als der alte freie germanische, wenn auch unbedeckte Haarwuchs. Die Öffentlichkeit, die Freiheit des Staatslebens, die großen Ideen im Ganzen und Allgemeinsamen werden uns solche Regulatoren unsres Wirkens und Schaffens werden, wie es im Theater das Publikum ist. Vor *allen* prüft man sich wohl, etwas zu sagen, was man vor einem *einzelnen* zu sagen keinen Anstand nimmt. Ein Nationalkörper, der für alle seine Bewegungen freien Raum hat, dem kein Arm gebunden, kein Fuß gehemmt ist, wird auch eine gesunde und klare Nationalseele austragen. Zwar hat der Spleen auch in der englischen Literatur Verheerungen genug angerichtet, aber so viel Vorschule zu Bedlam wie die deutsche Literatur war die englische und französische nie. Daß wir, wenn wir auch noch so viel Freiheit, ob durch Gotha oder den Bundestag oder unsre militärischen Staatsmänner oder sonst wie gewönnen, in der Literatur es niemals bis zur amerikanischen Nüchternheit bringen würden, dafür ist bei dem Idealitätsorgane der deutschen Schädelbildung gesorgt, aber ein wenig mehr Unterwerfung unter die Souveränetät des Parterres könnte unsrer Stubenliteratur nicht schaden. Darum wohlauf! Die Fittiche nicht hangen gelassen, sondern der Sonne zugeflogen! Für uns Deutsche liegt sie schon in dem einen Worte: eine große, ungeteilte Nation mit den starken Organen einer natürlichen und freien Bewegung!

So nehme man denn diese Sammlung mit schonenderer Duldung auf und danke viel lieber dem Verfasser, daß er auf die vielen Anfragen nach dem schlimmberufenen Buche, auf die Angebote, die man den Antiquaren macht, um das selten gewordene Corpus delicti irgendwie herbeizuschaffen, der Neugier des Liebhabers es bequemer macht und einen Abdruck selbst veranstaltet, in dem nur einige wenige unwesentliche Dinge geändert worden sind. Im übrigen aber denke man von dem, was in der Literatur nicht jenen geraden Weg geht, dem jeder allein folgen möchte: Die Dichter gleichen den einsamen Botenläufern, die morgens in aller Winterfrühe, wenn noch kaum die Hähne gekräht haben, auf den des Nachts vom Schnee verschütteten Wegen die ersten Fußtapfen wieder eindrücken müssen. Ihr habt mittags gut spazieren wandeln! Gedenkt der Botenläufer, die zwischen Feld und Wald und Weiler im ersten Morgengrauen auf unübersehbaren Schneeflächen zuerst die Wege wieder suchen mußten und dabei keinen anderen Führer hatten als den Rauch aus jenen fast unsichtbaren, weiß verhangenen Schornsteinen, wo man euch Bequemen schon in aller Frühe den labenden Mocca siedet!

Dresden,
an einem solchen Novemberschneetage 1851.

Appellation an den gesunden Menschenverstand. Letztes Wort in einer literarischen Streitfrage [1835]

Hätt' ich ahnen können, daß die von der Kritik gegen mich erhobenen Beschuldigungen vom Staate würden aufgenommen werden, daß ein schamloser Lärmmacher offizielle Interventionen gegen mich veranlassen und die Besorgnisse der Behörden rege machen würde; wahrlich, ich hätte meiner vor mehren Wochen erschienenen *Verteidigung* eine andere Wendung gegeben und mich wohl gehütet, mir ein anderes Publikum zu denken als den schlichten Nährstand, mit welchem man in einer Rede ohne viel Umschweife sprechen muß. Damals glaubt' ich noch, Männer von Bildung und wissenschaftlicher Einsicht würden durch ihr Urteil in dieser Sache den Ausschlag geben; aber diese Hoffnung verschwand, nachdem sich jede Zeitung erlaubte, von einem »irreligiösen« und »unsittlichen« Romane zu sprechen, nachdem die Auflage desselben vergriffen und bis in ein Volk gedrungen war, das ich nun beschuldigt werde, verführen zu wollen. Was Volk? Was Verführung? Noch fühl' ich mich mitten im Strome der Literatur und werde diese Lage selbst in gerichtlichen Verteidigungen nicht aufgeben; ich werde mich auf die Gesetze der Schönheit berufen und keinen Richter anerkennen als kritische Anstalten, welche befugt sind, nach literarischen Prinzipien über die Irrtümer und Gebrechen meines Buches zu urteilen. Diese wenigen Blätter will ich benutzen, zum letzten Male von einer Sache zu sprechen, die mich an den Rand des Tarpejischen Felsens gebracht hat. Ich denke mir Leute von infirmen Begriffen als meine Leser und will mit den Fingern demonstrieren, wenn man nicht Verstand genug hat, meine Argumente zu verstehen.

Hätt' ich die Absicht gehabt, meinen Landsleuten das teure Gut der Religion zu rauben, so würd' ich keinen *Roman* geschrieben haben. Dann hätt' ich mich auf die Bühne stellen und »Reden an die Nation«, »Predigten für das Volk« schreiben müssen. Dann mußt' ich ein Buch herausgeben: »Geist des Christentums« oder eine »Lebensgeschichte Jesu« oder eine neue »Erklärung des Katechismus« oder ein Werk unter dem Titel: »Vernunft und Aberglauben«. Das wäre eine direkte Wendung an die Masse gewesen und hätte, wenn es noch im Geist des 19. Jahrhunderts läge, jemanden wegen religiöser Meinungen zu verfolgen, eine Anklage meiner Person gerechtfertigt. Aber nicht im entferntesten bezweckt' ich einen Angriff auf die Kirche. Ich wollte eine Seelenstimmung schildern, die mir poetisch schien. Ich wollte die

Zeitgenossen in ihr Inneres blicken lassen. Shakespeares »Othello« ist die Tragödie der Eifersucht, »Romeo und Julia« die Tragödie der Liebe, Goethes »Wahlverwandtschaften« sind ein Roman der Inkonvenienzen, Tiecks »William Lovell« ist ein Roman der Don-Juannerie. Ich suchte eine neue Stimmung, welche das Mittelalter und die klassische Zeit nicht kannte, und fand eine Leidenschaft, die von *Tholuck* und *DeWette* in den »Weihen des Zweiflers« schon im Interesse der Theologie behandelt war. Ich glaubte, dieser noch eine glühendere und poetischere Seite abgewinnen zu können. Was kümmerte mich als Dichter die positive Kirche? Ich hatte ein psychologisches Bild vor Augen und malte es mit den Farben, welche mir die Wirklichkeit lieh. Die Kritik kann mir sagen: Du hättest die Farben von der Heidenwelt nehmen sollen, wie Chateaubriand in seinen »Märtyrern«, oder vom Islam oder vom Judentum. Die Kritik kann sagen: Es ist mißlich, Motive für einen Roman zu wählen, die für den Leser einen speziellen Beigeschmack haben; die Einheit deines Werkes wird zerrissen, wenn uns die Motive lebhafter spannen als die Fabel selbst. Schreibe künftig ein Buch, wo die Motive die Erfindung nicht überragen, wo die Bewegungsangeln deiner Fabel keine Riesenpfosten sind und wo man das Buch vor[1] seinen Nebenpartien nicht vergißt. Die Motive müssen in das Interesse der Fabel sanft verschwimmen, und die Leser müssen einsehen, daß du nur dichten, nicht belehren wolltest. So urteilt die weise und gerechte Kritik über mein Werk, diejenige Kritik, welche an Aristoteles, nicht an den Staat und die bewaffnete Autorität appelliert.

Der dramatische und epische Dichter muß die Figuren ausmalen, wie es die innre Dialektik seines Stoffes verlangt. Er muß den Bösewicht in den grellsten Farben malen, die er seiner Phantasie nur entnehmen kann. Ist er selbst dafür verantwortlich? Entspringt seinem Herzen, was seinem Kalkül angehört? Sind die Figuren meines Romans nicht Typen, welche der Sache angehören? Ich habe das Irrwerden an dem Glauben schildern wollen, nicht um dem Glauben Abbruch zu tun, sondern um ein

1 A: von. Verbessert nach B.

psychologisches Phänomen zu zeichnen. Jede der mir insinuierten Stellen, welche eine spezielle, gegen das Bestehende gerichtete Absicht haben sollen, ist aus dem Zusammenhange des Ganzen erklärlich: jeder Satz ist einer, der zur innern Dialektik meiner Fabel gehört und den die nächste Entwickelung wieder aufhebt. Das Ganze endet mit einem Triumphe der Religion als einer heiligen Sache, ohne die man nicht bestehen kann. Wo ist hier ein Verbrechen? Einen mißlich gewählten Stoff sieht der Vernünftige; aber keine Verspottung eurer Heiligtümer.

Es ist ein schreckliches Schicksal, welches mich trifft, daß man aus den Gärungen unserer gegenwärtigen Literatur, die man nicht versteht und um die man sich nicht einmal kümmert, ein *einziges* Buch herausreißt und es nur unter der Reverbère häuslicher, privater und intimer Verhältnisse betrachten will. Ich soll dafür speziell gekämmt werden, daß nun schon seit fünfzehn Jahren die Literaturen aller Völker von einem fieberhaft pulsierenden Prinzipe ergriffen sind, daß sich eine den rechten Brennpunkt suchende Unruhe in den guten Köpfen dieses Jahrhunderts verrät. Würde man aber in England trotz aller Anatheme Lord *Byron,* ohne einen Vergleich machen zu wollen, jemals vor die Schranken eines Gerichtshofes gezogen, würde man *Shelley* durch einen Anklageakt verhindert haben, seinen Tod in den Wellen des Mittelländischen Meeres zu suchen? Wird in Frankreich irgendeine Autorität daran denken, der unter dem Namen George Sand schreibenden Dame für ihre bizarren, gegen alles Herkommen anstürmenden Romane mit einem Halseisen zu lohnen? Und wird man nicht auch in Deutschland einsehen, daß mein geringes Talent, wenn man ihm Luft und Atem läßt, wohl am ersten imstande ist, sich eine für unser Vaterland segensreiche Wirksamkeit zu erobern?

Ich sage dies nur, um eine Stimmung zu rechtfertigen, nicht um ein Verbrechen einzugestehen, dessen man mich beschuldigen will. Ich erinnere an die deutsche Literatur, wie sie seit mehren Jahren sich vor unsern Augen entwickelte. Alles hat die Feder in die Hand bekommen, die Söldlinge überbieten sich wechselsweise in schalen Erfindungen. Das Talent will sich Bahn machen. Welches ist sein Lohn? Die politischen Zerwürfnisse unserer

Tage schleudern zuerst das Talent in Lagen, wo es mit bestehenden Formen in Konflikt gerät. Nun nährt es sich an einem Hasse, der mit angeborner Schärfe die zuweilen stumpf werdende Feder wieder spitzt. Das Talent steht einsam, ohne Schutz, man ist der stereotype Gegenstand der gelehrten wichtigen Miene, man gilt nichts gegen den Beamten, der sich unter den Fittichen des Staates wärmt; man glaubt wenigstens, nichts zu gelten, da die Misère der deutschen Literatur zu erbärmlich ist, um auf irgendeine freundliche, entgegenkommende Anerkennung für sich rechnen zu dürfen. Nun ist man gehetzt von einer Meute elender Skribler, die sich in jeder deutschen Winkelstadt wiederholen. Man muß Gassen laufen vor Buben, die in ihre Umgebungen hinausschreiben das Trivialste, was die willige Muttersprache nur zu stottern vermag. In dieser Treibjagd, ohne Ziel, ohne Beispiel, ohne guten Rat greift das Talent bis aufs Äußerste hinaus und sucht mit einem ingrimmigen Schlage die ganze Erbärmlichkeit dieser Literatur zu stürzen; und wer stürzt? Der Angreifende selbst, weil seine Gegner ausweichen, weil mit einem Male nichts mehr ist von dem, was in dem Vorangegangenen schon die Entschuldigung der nachkommenden Übertreibung war. Erschrocken sieht man sich um und ist von einem starken Arm ergriffen, von dem der Autorität, ich sage sogar, von dem der Vernunft, man weiß nicht wie? Man lernt die Besonnenheit erst, wenn es zu spät ist.

Seht, das ist eure Literatur! Das ist die Pflege, die man ihr angedeihen läßt; das sind die Bevorzugungen, auf welche das Genie bei euch Anspruch machen kann!

Ich will außer auf den Vorwurf des *Irreligiösen* noch auf den des *Frivolen* und *Sittenlosen* meine letzte Antwort geben.

Mein Roman schildert Charaktere, die den Haltpunkt ihres Lebens verloren haben, und als Hauptcharakter eine Person, die ihn zu finden sucht. Welchen Ton sollt' ich nun anschlagen, um hier den rechten zu treffen? Ich glaube, meine Figuren deutlich genug gezeichnet zu haben. Ja selbst, wenn ich aus meiner eignen Seelenstimmung in Cäsars Manieren etwas übertrug, was nicht jedem gefällt, darf man aus einem Schmerzenszuge um die Lippen in Deutschland ein Verbrechen machen! Und zuletzt lautet ja die

Anschuldigung fast, als hätt' ich etwas geschrieben, womit *Paul de Kock* in Paris Glück gemacht oder *Tieck* eine Fortsetzung seines berüchtigten »William Lovell« gegeben hätte. Wäre das erste der Fall, so würde mir ein angesehener französischer Gelehrter, der aus eigenem Antrieb im Begriff war, den Roman zu übersetzen, nicht geschrieben haben, daß alle Anschauungen darin so ganz deutsch und nur für die theologischen Dachstuben jenseits des Rheins berechnet wären, daß einem Franzosen diese spiritualistische Weise ewig unerklärlich bliebe: und im zweiten Falle würd' ich, wie Tieck getan, mich nicht genannt haben.

Ich hab' es schon öfter gestanden, daß ich die Sigunen-Szene des zweiten Buches bereue. Hätt' ich ahnen können, daß sich unverschämte Lippen an die Knospenhülle einer zarten Situation legen und aus ihr so viel heraussaugen und wieder hineinblasen würden, daß sich die Blätter immer weiter entfalten mußten und unter dem giftigen Munde der Kritik das Ganze zu einer strotzenden Gemeinheit werden konnte; wahrlich, ich hätte mich von einer glühenden Intuition nicht hinreißen lassen und zuerst an die ordinäre Masse, zuletzt an meine poetischen Irrtümer gedacht. Die Anschuldigung jener Szene ist deshalb so nichtswürdig, weil ich, wenn meine Art eine freche wäre, mich ja nicht hätte um eine Draperie bekümmern brauchen, die dem Mißlichen hier eine edle Entschuldigung gibt. Was soll ich glauben? Der eine sagt, die Sigunen-Szene ist ein plastisches Meisterstück; der andere nennt sie einen Angriff auf die öffentliche Moral und zitiert die Paragraphen der Preßgesetze, um mich zu bestrafen. Hier ist eine Verwirrung der Begriffe eingetreten, die sich nicht durch Maßregeln, sondern nur durch das Ablaufen der Zeit lösen läßt.

Ich gehe jetzt auf einen andern Punkt über. Man hat gesagt: Gut, dein Roman ist kein Verbrechen; wir hätten nichts dagegen, wenn derselbe als ein rein objektives Erzeugnis, als eine im poetischen Interesse ersonnene und mißglückte Erfindung dastände; aber du bist so dreist gewesen, in deiner »Verteidigung« die verbrecherischen Motive in Schutz zu nehmen und namentlich dich selbst für deinen unerquicklichen Cäsar unterzuschieben.

Im Gegenteil – erwidr' ich – ich gab den Geständnissen eine künstlerische Stellung, ich suchte mich durch das Phänomen einer psychologischen Verirrung zu verteidigen; im übrigen ist das, was ich in der Broschüre vom Christentum sagte, nichts anders, als was auf den Lehrstühlen eines *Wegscheider* und *Paulus* seit Jahrzehnten gelehrt wurde. Urchristentum, biblisches Christentum, Perfektibilität – das sind Begriffe, die in zahllosen dogmatischen Lehrbüchern vorkommen. Wenn ich mich selbst für Cäsar einstelle, so ist es, um eine in der Zeit liegende Stimmung, um etwas im Charakter Wahrhaftes zu bezeichnen, nicht um die von ihm im Interesse meiner Fabel ausgesprochenen Ansichten auf mich zu nehmen. Ich habe das Irrtümliche in dem ganzen Verlaufe der Ideen, welche sich in dem Romane durchkreuzen, nachgewiesen. Ich wüßte nichts, was ich in jener Broschüre ohne Anstoß nicht auf jedem Lehrstuhle mit Gründen und Beispielen unterstützen dürfte*. Man will nun etwas entdeckt haben, was eine soziale Revolution vorstellen soll. Man will in der Redensart: *Junges Deutschland* etwas bemerken, was eine Inkarnation des Jakobinismus wäre. Ich will mit einigen Worten das zu charakterisieren suchen, was man sich unter dieser Phrase: *Soziale Umwälzung* zu denken hat:

Die Gesellschaft fühlt, daß sich endlich die Bestimmung unsers Jahrhunderts aussprechen muß. Wären nicht Ideen vorhanden, welche keinem einzelnen angehören, sondern aus einer unsichtbaren, geheimnisvollen Offenbarung herstammen, würde sich diese Streitfrage, welche jetzt das deutsche Vaterland beschäftigt, so rasch haben entwickeln können? Diejenigen, welche sie zunächst veranlaßten, erschrecken selbst über die Konsequen-

* Um eines zu erwähnen, was nur hingeworfen war und worauf zu bestehen Wahnsinn wäre. Ein herrlicher, jugendfrischer Greis, der *Oberkonsistorialdirektor Peucer* in Weimar, ließ vor einigen Wochen folgendes öffentlich drucken: »Nach Peel's Dissenter-marriage-bill ist die kirchliche Trauung nicht notwendiges Requisit der Ehe, sondern es steht in der Willkür der Brautleute, ob sie den Geistlichen zuziehen wollen oder nicht. Daß der höchst geniale *Gutzkow* ganz neuerlich in der Vorrede zu den Schleiermacherschen Briefen dieselbe Idee wie *Peel* äußerte, hat man ihm sehr übelgenommen. Aber auch nach dem Code Napoléon ist bekanntlich der *Civil*-Contract bei der Ehe die Hauptsache und *notwendig*, die priesterliche Trauung hingegen Nebensache und ganz beliebig.«

zen, welche ihre ganz ohne Zusammenhang hingeworfenen Sätze, ein nur im Interesse der Poesie geschriebener Roman, herbeigeführt haben. Nicht, daß wir verzweifelten, die Verdächtigung dieser Konsequenzen auszuhalten, sondern daran erinnern wir: Wie rasch ist dies ein System geworden! Wie schnell waren Namen, Partei, Symbole erfunden! Wo sind die Schriften, die in folgerechter Deduktion ein neues Evangelium gepredigt hätten, und schon hat man Apostel und Märtyrer dieses Systems! Ein merkwürdiges Zeichen der Zeit, daß die Ideen bald zusammen waren, welche noch niemand gelehrt hat, und daß man eine Mission bekömmt, ohne sie gesucht zu haben. So dienen sie alle dem Genius des Jahrhunderts! Ja selbst diejenigen, welche bis zum Überdruß ihre Anklagen wiederholen, diese gedankenlosen Fanatiker, welche ihr eigenes Echo bilden, sind nichts als die monotonen Walzen, welche dem Geiste der Zeit seine fortrollende Bewegung erleichtern.

Wer die Zeitgenossen belauscht, sich von keiner einseitigen Parteimeinung in der Politik hinreißen läßt, wird zwei Tendenzen unterscheiden können, die beide das Gemeinsame haben, sich von der Zeitung, von der Tagespolitik und von den schroffen Gegensätzen unsrer bisherigen Kämpfe zu emanzipieren. Die einen wollen Ruhe und Benutzung jener Güter, welche ihnen die politische Revolution der alten Zeit und die besonnenen Maßregeln gegen eine politische Revolution der Zukunft gebracht haben. Dies ist der Tiersparti oder die Nationalgarde. Die andern sind Männer der Bewegung, welche den einseitigen politischen Standpunkt verließen und die Nutzlosigkeit eines Widerstandes gegen Regierungen, welche Wohllöbliches wollen, eingesehen haben. So glühend und konsequent der einzelne in seinem Hasse sein kann, so wenig ist die Menschheit an und für sich einer Verjährung des Hasses fähig. Man blicke auf Frankreich! Der Haß gegen die Regierung mußte aufhören, als man in Gefahr kam, mit Mördern wie Fieschi verwechselt zu werden. Die jugendliche Opposition riß sich von dem Journale und den einseitigen Fragen des Tages los und rettete ihren Mut, ihren Geist und ihre Tugend in ein erweitertes Diskussionsgebiet, das man noch immer mit dem kühnen und unpassenden Ausdrucke:

soziale Revolution bezeichnete. Es ist bekannt, welche wunderlichen Experimente hier zum Vorschein kamen. Man errichtete Religionen auf Subskription, man wollte Ideen verwirklichen, welche schon vor zwei Jahrtausenden nicht wenig dazu beitrugen, Platos Republik zu einer Unmöglichkeit zu machen. Zum großen Teile scheiterten diese Experimente an dem Lächerlichen; denn unsere Zeit ist so neugierig, geschwätzig und in der Öffentlichkeit lebend, daß die Verwandtschaften, daß die Garderobe und die Manieren, die man neben seinem Enthusiasmus hat, leicht verraten und im Vergleich mit dem Modejournal beurteilt werden. Man verzeiht es heute eher, eine falsche Meinung zu haben, als eine richtige mit einer geschmacklosen Zeremonie zu begleiten. Über diese Inkonvenienzen, über den St. Simonismus, über den Abbé Chatel, unsere deutsche Jugend mit ihrer doktrinären Bildung und dem spekulativen Vorrechte, das sie vor allen andern Nationen hat, belehren zu wollen, ist vergebene Mühe. Wir wissen so gut wie unsere Gegner, wie weit Frankreich mit seinen lächerlichen Experimenten gekommen ist.

Wollen wir aufrichtig sein, so kann in Deutschland keine Idee mehr Eingang finden, welche nicht mit der Friedenspalme kömmt. Auch bei uns hat die Nationalgarde den Sieg davongetragen. Man will Ruhe, da der eigentliche Feind der Gesellschaft kein anderer ist als die Schwierigkeit der Existenz. Die Regierungen fühlen dies und suchen dem Erwerbe entgegenzukommen. Nichtsdestoweniger ist der Widerspruch unvertilgbar; denn alles Leben ist aus positiven und negativen Elementen zusammengesetzt, der Friede ist nur gesichert durch den Krieg. Der Widerspruch wühlt in den Gemütern; aber die Gemüter schämen sich des Hasses. Der Sohn kann höchstens die Kraft, nicht den Willen seines Vaters erben. So wird die Opposition unsrer Zeit die der Debatte. Sie löst ihren Kern auf, weil sie den Widerstand der Waffen nicht herausfordert, sie blickt noch einmal auf ihre alten ingrimmig verteidigten Forderungen zurück und flüchtet zu dem alten Satze: Teile, so wirst du herrschen! Wir lösen unsern Haß in seine Bestandteile auf, wir forschen nach, wo seine Ursprungsquellen liegen, und werden auf einzelne soziale

Gruppen im Leben, in der Kunst, in der Religion stoßen, wo es eine Verständigung geben kann ohne Leidenschaft. Der verhängnisvolle Knäuel unsers Jahrhunderts ist entwirrt, die einzelnen Fäden verlieren sich in einzelne Gebrechen, wir sind aufrichtig, wir greifen in unsere Brust und beginnen die Revolution unserer Zeit mit der Revolution unseres Herzens.

Ich müßte mich sehr irren, wenn mir nicht jeder zugestehen wird, daß keine Beschäftigung des denkenden Kopfes so würdig ist als die, den Gebrechen der Gesellschaft auf eine milde und gefahrlose Weise abzuhelfen. Wie bringt man es z. B. dahin, daß in Frankreich ein endlich erträglicher Zustand eintritt oder, um es ganz praktisch auszudrücken, daß das Räsonnieren aufhört? Man verzeihe mir, daß ich in einer ernsten Sache zwei Scherze mache. Der eine ist ein Geheimnis, der andere eine Aufopferung. Ich will das erste verraten. Man hat die Entdeckung gemacht, daß in Paris kein Bürger bei Emeuten ertappt wurde, der eine Summe auf der Sparkasse hatte. Natürlich; der Besitz ist immer etwas, was man mit der einen Hand zudecken muß und den zu vermehren man sich der zweiten bedienen wird. Woher soll man nun Lust zur Unruhe nehmen? Frankreich würde ruhig sein, wenn jeder Einwohner von Paris ein kleines Kapital in der Sparkasse hätte. Frankreich würde mit Freuden eine Anleihe bewilligen, um dies Mittel möglich zu machen. Ist das nicht auch eine soziale Revolution? In dem zweiten Mittel liegt in der Tat schon mehr Ernst. Man mache alle Staatsämter zu Ehrenämtern ohne Gehalt. Man lasse sich nur von solchen Männern regieren, gegen welche man die Verpflichtung der Dankbarkeit hat. Wahrlich, der Ehrgeiz würde dann keinen dem Glücke der Nationen gefährlichen Sporn mehr haben, und die Masse würde das tumultuarische Pochen auf Dienste, die ihr unentgeldlich geleistet werden, verlernen.

Dies sind zwei Grillen, die in der Luft schweben, die aber die Tendenz unserer Zeit veranschaulichen, eine Bewegungstendenz mit besonnenen Schritten, ohne Feindseligkeit. Das Übel ist mannigfach verzweigt. Wer es bekämpfen will, kann man den tadeln, welcher die Stellen aufsucht, wo die Zeitgenossen den Angriff weniger heftig empfinden?

Um die Methode anschaulich zu machen, will ich eine Frage beantworten, wo der soziellen Partei eine der gehässigsten Beschuldigungen gemacht zu werden pflegt. Ich spreche von der St. Simonistischen Gemeinschaft der Güter. Wer wird uns den Wahnsinn zutrauen, das Vermögen der Nationen addieren und durch die Millionen Bewohner eines Landes dividieren zu wollen? Werden wir hinausziehen in die Fabrikstädte und Mutuellistenvereine bilden? Unsere Gegner haben viel Phantasie und Bosheit, wenn sie uns durch die Massen schleichen und jene Örter designieren hören, wo wir glauben, daß die Brandfackel am sichersten zünden würde.
Die Verarmung der Gesellschaft ist ein großes Übel, aber die Verteilung der Güter würde es nicht heben. Denn wer gibt mit den Schätzen die Fähigkeit, sie zu erhalten? Der Fleiß würde bald wieder vor der Trägheit einen Vorsprung gewonnen haben. Es muß aber in dieser Hinsicht etwas geschehen. Es muß eine Gesinnung erweckt werden, welche die der Mildtätigkeit oder der Ehrfurcht vor der Natur ist. An unsere Gefühle müssen die Hebel der Aufopferung kommen, wir müssen wenigstens das erreichen, daß niemand eine ruhige Nacht hat, der einen glänzenden Palast mitten in einem Viertel bewohnt, wo die Armut keine Lumpen hat, um ihre Blöße zu bedecken, wir müssen es bis zu dem Ziele bringen, daß die Geldmasse nicht mehr dem Verkehr, dem Ackerbau und der Industrie entzogen werde durch den Papierhandel. Es gibt zahllose einzelne Verzweigungen, wo sich der Egoismus und die Kälte der Zeitgenossen versteckt. Welche Mittel haben wir zu unserm Feldzuge? Keine anderen als die des Wortes, keine schlagenderen als die der Poesie. *Wienbarg* hat in seinem neuesten Buche eine Invektive gegen die Geldaristokratie in die Einfälle des Romans verhüllt. Die reizende Tochter eines Banquiers, eines Mannes, der die Finanzen eines ganzen Staates in Händen hat, empört sich gegen das System, dem sie ihren Reichtum und ihre Bildung verdankt. Das Gefühl, die Religion, die Liebe kommen ihren Zweifeln an der Bestimmung der Gesellschaft zu Hülfe, sie wird das schüchterne und scheue Gewissen ihres Vaters und reizt ihn durch ihre edle und tiefsinnige Dialektik. Sehet da jene Brandfak-

kel, die wir in die Hand nehmen, und jene Nachahmung französischer Irrtümer, die wir lehren sollen! Wollen wir etwas anders, als der Poesie eine edlere und dem Leben eine schönere Gestaltung geben?

In diesem Sinne ist auch mein Roman geschrieben, wenn er in der Tat eine direkte Tendenz hat. Es ist die Tendenz, dem Christentum im 19. Jahrhundert eine neue Wegbereitung in den Gemütern zu geben, es in Einklang zu bringen mit den Stimmungen und Bedürfnissen dieser Zeit, es zur Angel einer neuen Bewegung zu machen. Schon in meiner ersten Produktion versuchte ich es, den Liberalismus als eine Sache der Religion zu entwickeln und jeden Fortschritt im Geist und der Wahrheit als ein wesentliches Moment der christlichen Ideen zu charakterisieren. Wenn ich mich später von theologischen Einseitigkeiten losriß und einen negativen Weg einschlug, um zu meinem Ziele zu gelangen, so war ich hier nur in die Gefangenschaft der Kunst geraten, in welcher sogleich das Rechte zu treffen selten einem mittleren Geiste beschieden ist. Das Gemälde einer traurigen Haltlosigkeit der Seele, für welche unsere egoistische Zeit überall Beispiele liefert, wollte ich geben und ein Ende schildern, dessen Gewaltsamkeit einen warnenden Anknüpfungspunkt für die Prüfung unseres Herzens und für jeden unserer Entschlüsse bilden sollte.

Ich will nach dieser Erklärung einige der am meisten angefochtenen Stellen zu rechtfertigen suchen.

Es soll ein Verbrechen sein, daß ich in Waldemar einen Mann schilderte, der, heimgesucht von den Schlägen des Schicksals, hindämmernd in einer trüben Lebensansicht, das Geständnis ablegt, er könne in der Religion keinen Trost finden. Denn, sagt er mit einer selbstquälerischen Dialektik, die Religion ist das Produkt der Verzweiflung, wie kann sie Verzweiflung heilen? Der Vordersatz ist eine philosophische Definition, die von keinem Gelehrten anders gegeben wird. Sie kommen alle darauf zurück, daß die Religion ihren Ursprung nimmt aus dem Gefühle der menschlichen Unzulänglichkeit. Das Christentum ist nur eine von den positiven Brücken, welche hier über einen jähen Abgrund hinweg Himmel und Erde verbindet. Waldemar hofft auch von dieser Brücke keine Rettung, denn er sagt, es wäre dieser Glaube zusammengesetzt aus zu vielen dogmatischen Ingredienzien, und zuletzt, um euch zu versöhnen, leg' ich ihm die Worte in den Mund, daß ihm die positive Religion durch seine Jugend wäre verleidet worden. Waldemar wurde als Pietist erzogen. Er war ein munterer Knabe und wurde von seinen Spielen immer zu den peinlichsten Devotionsakten, die seine Freude störten, abberufen. Ist Waldemar ein Frevler, so beweis' ich, daß er es nicht durch die Religion, sondern durch seine Erziehung wurde.

Die »Geständnisse« bilden den Wendepunkt meiner Erzählung. Sie mußten in den glühendsten Farben gehalten werden, weil sie die Katastrophe veranlassen. Wie sollt' ich das Schicksal meiner Heldin anders motivieren als durch Saiten, welche auf das straffste angezogen werden mußten? Ich ließ einen kalten Juristen über die Religion urteilen. Er beginnt mit dem Ursprunge derselben, mit den heidnischen Formen der Gottesverehrung, und geht zuletzt auf eine historische Darstellung des Christentums über. Er spricht von Jesus als dem edelsten Menschen der Geschichte und hält sich in seinem Skeptizismus noch weit entfernt von dem Verfasser der Wolfenbüttler Fragmente, eines Buches, das *erst in diesem Jahre* in der vierten Auflage zu *Berlin* mit geistlicher Zensur gedruckt wurde. Wahrlich! Die deutschen Theologen sind weniger unduldsam als die, welche ihre Anwälte sein wollen!

Nachdem die »Geständnisse« hierauf die Historie des Christentums in Cäsars einseitiger Weise fortführen und er die Ströme Blutes, welche um den neuen Glauben vergossen wurden, beweint, nachdem er die Menschheit aufgefordert hat, einer Religion treu zu bleiben, für welche sich nicht so leicht ein Ersatz geben läßt, sucht er die allmähliche Ausartung der beiden Konfessionen zu charakterisieren. Er gibt über den Katholizismus eine Meinung ab, die bei den Protestanten rechtgläubig ist, und wenn er das Luthertum *mystischen Götzendienst* nennt, so tut er's nur, um das Extrem zu bezeichnen, nämlich jenen Kultus, welchen der Pietismus von Herrnhut mit den Ausdrücken Bräutigam, Himmelslampe usw. zu treiben pflegt. Er schließt mit der Hoffnung, daß das Christentum eine neue Stellung zu unserer ideenreichen Zeit gewinnen und daß sich Gott dem Glücke seiner Schöpfung nicht entziehen werde.

Ich bin nicht Lehrer, ich bin nur Dichter. Traut man mir zu, daß ich als Philosoph keine tiefern Ansichten über das Christentum entwickeln könnte, als sie sich in meinem Romane finden? Dort konnt' ich keine anderen geben, weil ich damit die Harmonie eines Kunstwerkes gestört hätte. Wie ich den *Zweifel* geschildert habe, so würd' ich von meinem dichterischen Indifferenzpunkte aus auch den *Glauben* schildern können. Ich werd' es tun, wenn die Einsicht über mich so reif sein wird, daß ich es nicht aus Besorgnis zu tun scheine.

Für die Massen schreib' ich nicht. Mein Stil und meine Bildung entfremden mich der Durchschnittsintelligenz. Ich habe mich bisher, wenn ich schrieb, immer nur im Umgang mit befähigten Naturen gedacht, welche es nicht wie jener Ägyptier machen, daß sie goldne Heroengestalten in Schüsseln und Tellern umschmelzen für ihren Hausgebrauch. Wenn die Zukunft mich in der Verfassung läßt, meine Kräfte der Wiederbelebung unsrer Nationalliteratur zu widmen, so werden meine Schriften immer nur einen geweihten Kreis bilden, in welchen die Einsichtsvollen und Unterrichteten eintreten. Mit diesen kann ich allein unterhandeln, mit Männern von Belesenheit und Bekanntschaft in dem geistigen Entwickelungsprozesse dieser Zeit, mit Frauen, welche reif sind für ernste Anschauungen und in Romanen keine blondgelockten und empfindsamen Ideale suchen, sondern Wesen der Wirklichkeit und Erfahrungen der Psychologie.

Was mir die nächste Zukunft bringen wird, weiß ich nicht. Das alte Jahr rollt ab, und die Wünsche des neuen regen sich. Wenn sich die Bande dieses Winters lösen werden, so trinkt die frische Luft des Frühlings, genießet die Reize eurer Natur und dankt Gott für den Sonnenschein, den er auf eure Fluren träufelt! Werdet aber auch ernster und frischer und schämt euch, nur Märtyrer des Optimismus zu sein! Vor allen Dingen pflegt beizeiten, was euer Stolz werden kann und was immer verwildern wird, wenn ihr ihm keine freundlichen Worte gönnt! Eure Literatur ist miserabel. Sie wird noch lange ein Skandal Europas sein. Dadurch, daß ihr den bisherigen Besitztum in ihr zu sichern sucht, werdet ihr dasjenige verlieren, was ihr in Zukunft für sie gewinnen könntet. Die Deutschen sind eine Zusammensetzung von Menschen, wo immer der dritte ein Genie sein will und wo das Genie deshalb von niemanden geachtet wird. Ich wünsche euch Glück zu euren Taschenbüchern und Novellen, zu eurer schwäbischen Dichterschule, Glück zu eurer Kritik nach Grundsätzen und Prinzipien. Fahrt fort, wie ihr beginnt: Ihr werdet weit kommen!

Ihr aber, Friedfertige und der Literatur nicht Zugewandte, hätt' ich geglaubt, eure Heiligtümer stürzen zu hören: würd' ich etwas erreicht haben? Nein, noch rufen die Glocken an den Kirchen eure müden Herzen an den Tisch des Herrn; noch quillen Tränen beim Klange der Orgel, noch küßt der Sterbende das Bild seines Heilands mit erblassenden Lippen! Solange ich euch keinen neuen Trost geben konnte, würdet ihr euch den alten nicht haben nehmen lassen. Befestigt hab' ich euch in den Geheimnissen eures Herzens, und ich erinnre euch zum Schlusse an das Motto meines Buches:

> Des Friedens Wund' ist Sicherheit,
> Sorglose Sicherheit; doch weiser Zweifel
> Wird Leuchte der Vernunft, des Arztes Sonde,
> Der Wunde Grund zu prüfen.
>
> *Shakespeare*

[Heinrich Eberhard Gottlob Paulus:] Sendschreiben an Karl Gutzkow. Von einem Freunde der Wahrheit [1836]

Haben Sie denn keinen umsichtigen Advokaten finden können, meinetwegen einen jüdischen oder aus den jetzt israelitisch gewordenen Juden einen, der, ohne Schlendrianist zu sein, mit dem schlichten gesunden Menschenverstand besser umzugehen wüßte als Sie, Hochüberhinfliegender! selbst?

Warum haben Sie nicht sogleich, als, grundfalsch berichtet durch die verdrehende Rezension, die Polizei zu München zuerst sich bewogen fand, *Ihre* »Zweiflerin« *wie die abscheulichste Verführerin* zu behandeln, den soviel Unwahrheit verbreitenden Rezensenten geradezu vor seinen Behörden Injuriarum belangen lassen?

Waren denn *nur Sie persönlich* angegriffen, so daß die Sache in der Manier der Ehrensachen, in dieser widersinnigsten aller Genugtuungsmanieren, abgetan werden konnte, wo der, welchen der andere entehrt haben will, dadurch sich als ehrenhaft zu beweisen meint, daß er die Torheit begeht, sich dem Ehrverleger wie einem Ehrenwerten und Gleichachtbaren al pari gegenüberzustellen? Und Sie, ein Jugendheld gegen alle Vorurteile, mochten sich zu diesem Vorurteil herablassen und Ihrem Gegner den Vorteil, auch hierin weltkluger zu sein, in die Hand spielen? War nicht durch den grundfalschen Literatur-Blatts-Bericht *die ganze deutsche Lesewelt,* wurden nicht, wie die Polizei, so noch viele andere induziert, Ihren Roman nicht als Ganzes zu erfassen, sondern nur das herauszulesen, was der Rezensent verdreht hatte? Und ist die Justiz nicht gerade deswegen öffentlich zu benutzen, damit dergleichen *Betrüger des Publikums* entlarvt werden und jeder vor denselben gewarnt sei? An den Tag hätte denn doch kommen müssen, ob Menzel wissentlich oder aus unverzeihlicher, leidenschaftlicher Verblendung Unwahrheiten ausschrie.

Auch wenn er bloß der Selbstverblendung überwiesen wurde, wäre er mit seinem Literatur-Blatt wie ein blinder, so ein geschlagener Mann gewesen vor den Augen aller, denen der oberflächliche Kritiker eine Notabilität sein will.

Sogar dem allzu bavarischen Sendschreiber, *Friedrich Rohmer* (nicht Rühmer, auch nicht Rumohr) genannt, hätte, womöglich, über diese mit Görres, auch wie er jetzt ist, noch sympathisierende und in den Nebeln der Isar widerstrahlende *Nobilität* ein Licht aufgehen müssen. Womöglich, sage ich. Denn wahrscheinlich hätte es des ganz handgreiflichen Lichtes, wie es ein *Injurienprozeß* geben müßte, bedurft, um einen jungen Philosophus der Art heller sehend zu machen, der vor wenigen Wochen in seinem Werke: »Anfang und Ende aller Spekulation«, München bei Georg Franz, die spekulativen Fragen anti-Schellingisch gelöst zu haben versichert, doch in seinen lächerlich ehrlichen Briefen an die moderne Belletristik zugleich zu versichern die Naivität hat, daß er »gesonnen sei, jetzt *fürs erste* die gefundene Wahrheit *verständlich* zu machen«. Wohl dem in der Unverständlichkeit Ruhmbedürftigen! Er mag sich jedoch andere Notabilitäten suchen, um *durch dankende Worte* an dieselbe seinem *Ende,* das seinem Anfang vorläuft, morgenblättliche und literaturblättliche Protektion zu gewinnen.

Sie selbst zwar haben in einer andern Art von Spekulation unstreitig gegen den verständigen Verstand genug gesündigt. Welcher Verstand kann es Ihrem Genius verzeihen, daß er Ihnen kakodämonisch eingab, sich und ihre Freunde mit soviel Ungebärdigkeit und Stößigkeit als *das junge Deutschland* vorzudringen und schon durch den bloßen Namensunfug die heilige Hermandad der Polizei gegen sie alle aufzureizen. Aber genug! Sie büßen hart für dieses unbegreifliche Verfehlen gegen den gesunden Menschenverstand.

Was die Folgen betrifft, so kann es wie väterlich wohltätige Fürsorge betrachtet werden, daß in einem Schlag, den jeder gesunde Menschenverstand gewiß voraussehen mußte, dem ganzen etwas übermütigen Getriebe, kaum nach dem Anfang, sein gebührendes Ende gemacht wurde. Viel wohltätiger allerdings war dies, als wenn man abgewartet hätte, bis erst einige von Ihnen in der erkünstelten, aber immer sich steigernden Wut kopfunter über sich selbst hinauszuspringen, dazu sich reif gemacht hätten, den unglücklichen Abenteurern aus der *jungen Italia* zu Olmütz Gesellschaft zu leisten.

Freilich versicherten Sie, daß *Ihr junges Deutschland* bloß auf das Literarische seine Jugendlichkeit ausdehnen würde. Daran hätte dann wohl die Genieschwärmerei die sprossenden Hörnerchen abstoßen mögen, bis (s. letztes Wort S. 14) zu einer *Summe in die Sparkasse* ein anderes zeitgemäßeres Mittelchen zu finden war. Aber würde nicht mit der Moral und Rechtslehre auch die Politik zur Literatur Ihrer über ganz Europa hinblickenden »Revue« gehört haben? Und was alles wäre für diese jugendliche Opposition zu befürchten gewesen, welche *ihren Mut, ihren Geist in ein so erweitertes Diskussionsgebiet,* wie Ihr letztes Wort

S. 12 sagt, *retten,* oder wie die Tatsachen sagen, *hineinstürzen* wollte!

Wer die einzelnen Gebrechen in den bestehenden sozialen Institutionen im Leben, in der Kunst, in der Religion trotz allem gesunden Menschenverstand *so* verbessern will, daß er frohlokkend das Kind mitsamt dem Bade ausschüttet, der hat immer noch von Glück zu sagen, wenn die mächtige Hand der Präkaution seine Laufbahn auf eine Weise, die freilich nur wie ein Ausnahmsgesetz angesehen werden darf, auf einige Zeit unterbricht, damit er im Stillstehen sich besinne und nicht im Fortrennen sich selbst unrettbar kriminell mache. Denn wer zum Beispiel in der Tat nur dies sagen will: daß vieles *unvernünftige* Glauben über Gott unzählig vieles Unheil über die Menschheit gebracht habe, der muß doch seine jugendliche Debatte nicht in die Frage einkleiden: ob die Welt nicht *ohne Glauben an Gott* glücklicher gewesen wäre? Blasphem ist die Frage als Frage noch nicht. Aber wie leicht müßte sie es werden, wenn sie in die Antwort überzuleiten schiene: Ohne *allen* Glauben an Gott, auch ohne den wahren und vernünftigen, würde die Menschenwelt besser und glücklicher sein können! Hat doch sogar die bloße *Furcht* vor Gott gewiß von weit mehreren Verbrechen abgehalten, als die Pfafferei irgendeiner Religionsart vermittelst der *aberglaubigen* Gottesfurcht auszuüben vermochte. Aber zu solchen anthropologischen Vergleichungen der Geschichte hat natürlich die jugendliche Überreizung keine Geduld, die in ihrem Übermut mit der »Durchschnittsintelligenz«, das ist, mit dem Menschenverstand *der meisten,* nichts zu tun haben will, während sie doch in *der* Art schreibt, wie man schreiben muß, wenn man die meisten der Leselustigen zu Abnehmern zu erhalten das Bedürfnis hat.

In dergleichen Widersprüche verwickelt sich das jugendlich emporstrebende Deutschland, nachdem lange genug Erfahrungsstudien, Verstand und Reflexion von den spekulativ-philosophischen Orakeln in Acht und Aberacht erklärt sind, statt der mit Urteilsschärfe idealisierenden Vernunft aber nur phantastische Einfälle und Wagstücke als Blüten der im Treibhaus aufgeschossenen Genialität gelten sollen. Blüten, welche oft abfallen können, ohne für bessere Zeiten einen haltbaren Fruchtknoten übrigzulassen.

Aber abgesehen von allen wirklichen und möglichen Folgen, zu denen die verleumdende Rezension den übrigen Zeitverhältnissen Anlaß gegeben hat, konnten Sie gleich anfangs und können Sie noch jetzt gegen den, welchen Sie einseitig einen schamlosen Rezensenten nennen, dem ganzen Publikum nicht entscheidender die Augen öffnen und die Schriften, welche man jetzt nicht einmal mehr vergleichen kann, als Aktenstücke zur Rechtfertigung vorlegen, als wenn sie den Verfasser jener Literaturblätter, der sogar einem La *Mennais* scheinheilig nachäfft, *durch einen richtig. instruierten Injurienprozeß* vor den Gerichten und der ganzen aufmerksam gewordenen, aber nicht zum Aburteilen deutlich genug berichteten Mitwelt ausstellen. Weg mit allen Persönlichkeiten! Bloß die Schriften, die er rezensiert haben will, und seine dagegen gewagten Verdrehungen müssen ihn strafbar und, was das Wichtigste ist, nach dem öffentlichen Urteil verwerflich machen.

Mit der leidenschaftlichsten Heftigkeit beschuldigt er und verdammt Ihren Roman wegen doppelter Schändlichkeit –

der Verführung zur Wollust und Unzucht

und dann

der Verführung zur Irreligiosität.

Ist nun im Buche, wenn man, wie der Kritiker die Pflicht hat, *die Schrift im Ganzen umfaßt,* nicht nur nichts, was zu jenen beiden Irrwegen *verführen* sollte, zeigt vielmehr der planmäßige Verlauf, in welche höchst verderbliche Konsequenzen dergleichen Übertreibungen auslaufen, so ist es nicht nur Unwahrheit, daß die Schrift *solche Verführung enthalte,* sondern auch dies ist Unwahrheit, daß der Rezensent den Verfasser *der Tendenz zu solcher Verführung* auf das bitterste und wiederholt vor aller Welt verurteilen will. Diese doppelte Unwahrheit ist von der Art, daß der Rezensent nach seiner sonst bekannten Unterscheidungskunst zum voraus sie als unwahr wissen konnte und mußte. Die doppelte Unwahrheit ist demnach geradezu *eine doppelte Lüge.* Sie ist eine wissentlich und öffentlich nicht auf das Ästhetische und auf Ihre Talente, sondern gegen Ihren Willenscharakter gerichtete, soviel möglich auch gegen Ihr bürgerliches Wohl und moralisches Ansehen berechnete Verleumdung. Ganz Deutschland also ist dabei interessiert, daß der argeswollende Sophist *einer nach allen Rücksichten qualifizierten Injurie* gerichtlich überwiesen, verurteilt und durch Aktenabdruck vor dem Publikum in seiner wahren Gestalt warnend dargestellt werde.

Das wenigste, was man diesem Rezensenten zutrauen muß, ist, daß er, auch da er Ihre »Wally« möglichst zu bekritteln sich vorsetzte, sich wohl bewußt war, eine Novelle sei nicht wie ein Katechismus zu beurteilen. Er war sich überhaupt gewiß bewußt, daß *jeder redliche Beurteiler nicht einzelne den aufgestellten Charakteren eigene Ansichten herausreißen dürfe, sondern die Richtung aller Teile auf den Zusammenhang des Ganzen zu ermessen habe.*

Wally soll verführerisch zur Wollust und Unzucht sein und das ganze junge und alte Deutschland mit der Ansteckung dazu bedrohen; und doch ist nicht einmal sie selbst wollüstig und ins Lüderliche ausschweifend. Sie schildern ein Mädchen, wie sie jetzt nur allzu leicht nach der oberflächlichen Bildungssüchtigkeit der Geldaristokratie aus so manchen nur zur Scheingeisterei und zum Schimmern in der Schmetterlingswelt verziehenden Instituten hervorgehen müssen. Sie ist durch Reichtum rücksichtenlos und weiß, da sie zu einigem Grübeln und Wissenwollen etwas trübsinnig aufgereizt ist, sich nicht anders zu zerstreuen, als daß sie ihre Schönheit von allen, die es wollen, wie von Frühlingsfliegen umflattern läßt und so die Zeit verlierend sich amüsiert. Kaum kann man sie *kokett* nennen. Sie spielt nur mit denen, die in ihren Sonnenstrahlen umherschwirren mögen. Die Ringe ihrer Liebhaber steckt sie nicht an die Finger, sondern an das schwankende Reitgertchen. Der einzige Cäsar imponiert ihr, weil er gegen ihre Flatterhaftigkeit den Kontrast macht, seine abgekälteten und starr gewordenen Raffinements ihr bißchen Denkkraft überflügeln und weil sein Schein von System neben ihrer immer einen Halt suchenden Volubilität wie etwas Solides erscheinen konnte.

Eingehaucht ist ihr von jener modischen Verziehungskunst her, daß sie, weil die Gebildeten auch vom schönen Geschlecht jetzt nicht mehr empfindsam, dagegen aber über allen Verstand hinaus *geistreich* sein müssen, schlechterdings *frei von Vorurteilen* und bei so schwach entwickelter Kraft doch eine Selbstdenkerin sein möchte. Daher das sehr vorübergehende Hingeben an Cäsars Überredungskunst; daher selbst die so sykophantisch-lüstern gemißdeutete und doch so gar nicht zur Wollüstigkeit führende geheime Szenerie, in der sie, eine Pygmalions-Natur vorstellend, nur ein gemeines Vorurteil abgestreift zu haben wähnt. Das Schicksal dieser sublimen Vergeistigungen ist, daß beide etwas Halbwahres treffen, aber vom Beigemisch nicht zu scheiden wissen.

Auch dem Gesandten vermählt sie sich nur, um auf einem größeren Weltschauplatz in ihrer Zerstreuungslust zu glänzen. Aber für Sinnlichkeit ist sie immerfort weder Mittel noch Zweck. Empört vielmehr darüber, daß sie in Beziehung auf den rasend verliebten Italiener auch nur unwissend mit dem Schein davon befleckt hätte werden können, entflieht sie in die Einsamkeit. Und schon ist sie, durch Erfahrungen schnell überreif, nach ihrer Anlage zu Grübeleien mit Cäsar durch alles andere eher als durch Wollust und Ausschweifung verbunden.

Welcher halbverständige und nicht maliziöse Ausleger wird behaupten: die Durchführung dieses in der Irre täuschender Grundsätze sich selbst zerreißenden Charakters sei *irgend zur Nachahmung verführerisch*? Welches weit wollüstigere Mädchen würde sich in die Lagen der bei allen Mitteln zum Glück in Unzufriedenheit und Überdruß umhergetriebenen Wally hineinwünschen? Plötzlich aber wird sie vollends verlassen, und zwar gerade so verlassen, daß eben die *Grundsätze*, die sie sich durch Cäsar hatte einschwatzen lassen, der Deckmantel seiner Willkürlichkeit gegen sie selbst sind. Dieser sich selbst zerfetzende Schleier ist's, der noch immer die Getäuschte belastet und sie selbst zu Boden drückt.

Sie selbst zwar kommt darüber, was der flüchtigsten der Leserinnen durch den Gang des Ganzen in die Augen fallen muß, nicht ins klare. Aber desto härter büßt sie dafür. Und wer hätte nun von selbst sich einbilden mögen, daß der Verfasser, welcher die Folgen dieser unsere Zeit bedrohenden Verziehung und dieser sich als geistreich einschleichenden Grundsätze so abschreckend durchwirken und sich selbst bestrafen läßt, eben dazu *verführe*? oder nur verführen *wolle*? Nur wer durch die tückische Rezension verleitet nicht das Ganze zusammenfaßt, kann sich eine kurze Zeit bereden lassen, einige zur Schilderung dieser Charaktere *nötige* Bruchstücke für das Ganze zu nehmen.

Wenn aber auch die durch sich selbst bestraften Grundsätze allein aufgefaßt zu leichtsinniger Ungebundenheit als Vorurteilsfreiheit führen würden, so ist auf alle Fälle keine *Lüge* größer als die, daß Wally *zur Sinnlichkeit und Verbreitung sinnlicher Ausschweifungen verführerisch* sein könne. Hat doch der Vf. sogar drei bis vier Nebengeschichten, entbehrlicher, als ästhetisch erlaubt sein möchte, eingeschoben, in denen *die kläglichsten Folgen des sinnlichen Verliebtseins* schauerlich, ja beinahe widerlich ausgemalt erscheinen.

Menzels krasse Verleumdung und Injurie wird nach all diesem nur noch in *Gustav Bacherers* »Vademecum« *gegen die junge Literatur* übertroffen, insofern dort zu einer Zeit, wo das unparteiische und hoffentlich nicht kopflose Publikum die »Wally« schon nicht mehr selbst leicht vergleichen konnte, den Lesern so referiert wird, wie wenn die Verhältnisse zwischen ihr und Cäsar zu Schwalbach nichts als Skizzen aus der persönlichen Lebensweise Gutzkows und Wienbargs wären. Warum hat der Zionswächter, *Menzel selbst*, nicht diese ihn überbietende Malice sogleich in seinen allzeit leichtfertigen Blättern *gerügt*?

Genug muß ihn vor dem Ernst der Gerichte schon die straffällige Last der bisher überwiesenen injuriösen Verleumdung demütigen, besonders da er sich in einer so lächerlichen Breite als den von der Zinne seines papierenen Richterstühlchens herab warnenden Propheten und zugleich als den *Ritter St. Georg* dargestellt hat, welcher als der Damenbeschützer ohne Furcht und Tadel Deutschlands Jugend gegen den *Lindwurm** Gutzkowischer sonst fast unwiderstehlicher Verführung zur Wollust mit

* Selbst dieses Bild hat der Arme aus »Wally«. S. 15. Oh! Ritter Menzel! Oh, Sankt Jörgel-Ritter.

der vergifteten Lanze seines Gänsekiels bewahren und als Keuschheitspatron vor dem Riß stehen müsse. Schade nur, daß in dem kürzlich bei den württembergischen Ständen durchgeführten *Unzuchtsgesetz* nicht neben dem erbaulichen Jungfernkranz auch ein Belohnungsbouquet für die erprobte Züchtigkeit, worauf Wolfgang Menzel Anspruch hätte, dekretiert wurde.

Die verleumderische Injurie, daß Ihre »Wally« zur Wollust verführerisch sein wolle und könne, ist abscheuwert, weil sie den sittlichen Charakter des Verfassers vor ganz Deutschland verächtlich und verabscheut machen wollte. Die damit in der hämischen Rezension verflochtene zweite Verleumdung aber, wie wenn der fast bloß skizzierte Roman durch das, was einzelne Personnagen ihrem Gesichtspunkt gemäß aussprechen, aller Religion spotte und die Irreligiosität auf den Thron zu setzen beabsichtige, ist noch strafbarer, weil sie den Verfasser der uralten notpeinlichen Halsgerichtsordnung preisgeben würde und in Wahrheit nur, *um denselben* mitsamt der von dem Menzelischen Literatur-Blatt gefürchteten vielseitigeren und lebensfrischeren »Revue« *vom deutschen Boden zu verbannen,* das gefundenste Mittel wäre.

Eigentlich sollte jeden wissentlich falschen, besonders öffentlichen Ankläger eben die Strafe treffen, die er dem Beschuldigten zuziehen will. Welches Abschreckungsmittel gegen den immer frecher werdenden Schriftstellerneid und öffentlichen Ehrenmord wäre gerechter? Welches andere ist ausreichend?

Der zweiten Verleumdung mußte von Menzels verkehrt angewendeter Spürkraft etwas mehr *Schein* gegeben werden.

Hang zur Verführungslust ist an »Wally« offenbar nirgends zu zeigen. Sie ist das Opfer von schiefen, aber über sinnliche Lüsternheit erhabenen, weit mehr *ins Geistreiche* verfeinerten Scheingrundsätzen, welche so, wie sie sich von den obern bis in die mittleren Bildungsstufen der Gesellschaft einschleichen, ans Tageslicht hervorzuziehen und durch ihre anschauliche Folgen poetisch zu bestrafen waren. Die Zweifelsucht, welche aus dem sich so leicht übereilenden Streben nach Vorurteilsfreiheit entsteht und bald an metaphysischen Klippen strandet, bald wegen historischer Entstellungen und anderem Mißverstehen religiöser Erscheinungen die Religion selbst und auch ihre Begeisterte mißkennt, mußte tief aufgefaßt und veranschaulicht werden. Der Verfasser mußte sie vieles, was ihr anstößig erscheint, kurz und schroff aussprechen, ja über manches sie nach ihrer Aufreizung laut und wild aufschreien lassen. Die Dichtung soll und will zusammendrängen, was gerade jetzt in der Wirklichkeit zerstreut, aber unleugbar da ist. Die Aufgabe war, die Zweifelsucht der Falschgebildeten so reden zu lassen, daß ihre Fehlbegriffe, besonders die Übertreibungen, sich, wenn die Leser weder stumpf noch böswillig voreingenommen sind, bald selbst destruieren müssen, bald auf Berichtigungen hinlenken konnten. Ein Roman ist nicht eine dogmatische Polemik. Die Aufgabe war schwer, ja vielleicht, weil der Geschmack an der »Pamela« und selbst an »Sophiens Reisen« nicht wiederkehrt, in romantischer Gestalt unlösbar. Aber »Wally« soll die vornehme Verziehungsmanier und soll sie also auch von dieser Seite mit ihren warnenden Folgen repräsentieren.

Auch das Mißkennen der wahren Religiosität verbindet sich in der Gesellschaft mehr als sonst mit jenen Aufreizungen, interessant und geistreich, eigentlich aber nur spielend mit Gedanken und desto absprechender zu sein. Ehedem lernte das Mädchen *an der ganzen Bibel* als Volksbuch Lesen und Schreiben. Es faßte den Zusammenhang ins Gedächtnis; und kam es späterhin mit ihm bis zum Nachdenken, so hatte es in Geschichtform den Stoff, je nach den verschiedenen Geisteskräften das Wesentliche, was in Judentum und Urchristentum und in Jesus selbst und was in seiner ersten Apostel redlichem Wollen der heiligende Geist war, herauszufinden, überhaupt *die Harmonie mit Gott und allen guten Geistern als die mit dem Gewissen übereinstimmende Religiosität* mit Empfindung anzuerkennen. *Jetzt* lernt das Mädchen alles Mögliche und noch etwas darüber. Aber von den alten Quellen des Christenglaubens und Christenlebens erfährt selbst der Knabe, wenn er nicht gerade der Kirche geweihet wird, weniger als von der Küste Coromandel. Man appretiert den armen Kindern etwas wie abgerissene biblische Historien, wie Bibelauszüge. Sand ohne den historischen Mörtel. Worte, Sentenzen, Halbheiten ohne Lebensanschaubarkeit. Sie sollen nicht jene alte, lange, durch mehr oder weniger fehlbare Menschen dennoch vorschreitende Reihefolgen der *Selbsterziehung* des Menschengeschlechts aus dem Bösen und selbst durch das Böse zum Guten aus der Bibel, wie sie ist, erfahren, weil die mystische Denkscheue sie gewöhnen will, alles, was dort erscheint, jede Person und jede Tat oder Meinung nur wie infallibel und im Heiligenschein, durchaus aber nicht mit eigenem Urteil anzusehen.

Und kommen sie endlich, Paar und Paar wie zu Noahs Arche, Männlein und Weiblein miteinander bis zu den sogenannten Konfirmationsjahren, womit werden sie alsdann in den katechetischen Präparandensälen zum Übergehen ins versuchungsvolle Jugendleben ausgerüstet als mit unergründlichen Glaubensartikeln von der Schöpfung aus Nichts, und wie alles allein um der Ehre Gottes willen und wegen seiner unerforschlichen Zwecke und Absichten da sei, auch daß sie, die kaum allmählich selbstbewußt werdenden Gottesgeschöpfe, zwar heilig zu sein schuldig, aber wegen einer vor 6000 Jahren vorgefallenen kindischen Lüsternheit dazu dennoch total unfähig und zum voraus ohne alle Kinderunschuld grundverdorben seien. Dafür aber, heißt es dann, habe der liebe Gott nach seiner Weisheit von dem mit Furcht und Zittern zu erringenden Glauben all dieser Glaubensartikel das Seligwerden nach dieser kurzen Erdenschule in alle ewige Ewigkeit hinaus unbedingt, jedoch nur als ein frei verteilbares Gnadengeschenk abhängig gemacht. Und so fort!

Ist's nun zu wundern, daß die am Scheideweg in die ersten Selbständigkeitsversuche hinaus, zur Religiosität durch das, was von Gott nicht zu denken ist, also vorbereitete, in allem andern aber zum Glänzen mit Warumfragen und Witz und Wissenwollen aufgereizten *Klüglerinnen* in Stunden, wo sie, von den langweiligsten Verkürzungen der Langweile erschöpft, ihre nur mit Rätseln ausgefüllte Geistesleere fühlen, auf der Wally Fragen (S. 224) verfallen: »*Warum* gab Er uns halbe Vernunft, halben Geist und doch die willkürliche Belastung mit Verpflichtungen? *Warum* zu allem nur die Elemente?« Ist's zu wundern, daß die Schlechtunterrichtete, in die Religion nur wie in ein Feld der Geheimnisse Eingeleitete, jetzt aber erst in leidenschaftlicher

Verstimmung nach höheren *Zwecken* Fragende nicht die naheliegende Antwort aussprach: Die Elemente haben wir zu allem, damit – wir selbst aus uns machen, was wir zu sollen, wissen und zu sein vermögen! damit wir nicht Maschinen eines andern werden! Ist's ein Wunder, daß die Verweichlichte (S. 222) mit Gott hadert: »Selten ein Genuß, der nicht durch eine Anstrengung erkauft ist!« und daß sie in den Mühen, in den Nötigungen zur Kraftanstrengung noch, wie das Sündenfallskapitel, Fluch und Strafe und nicht vielmehr wohltätige Antriebe zur Selbsterziehung findet?

Alles dergleichen mußte der Sittenschilderer zum Wort kommen lassen, weil es in dem wichtigsten Teil unserer Zeitumgebungen nicht bloß als Wort wirkt, sondern für Geist gilt und von einem großen Teil derer, welche die Rätsel lösen und die Religion in glaubwürdiger Klarheit zeigen sollten, nur als Mittel, den Verstand zu verwirren und sodann unter ihre gebotenen Glaubensartikel gefangenzunehmen, gebraucht wird. Erhebt nicht der überall von der Aristokratie bewillkommte Mystizismus statt des *denkgläubigen Zwingli* oder des *heroischgläubigen Luthers* wieder den *despotischgläubigen Kirchenzuchtmeister und Ketzerverbrenner Calvin* mit seiner *Prädestinationslehre* oder mit einem Gott, der alles und alles nach unergründlichen Zwecken durch absoluten Beschluß vorausbestimmt habe; wie wenn nicht das Sein selbst und das harmonische Tätigsein aller koexistierenden Kräfte der Zweck auch des vollkommenen Geistes sein müßte. Erregt wird dagegen das Kleinlichkeitsspiel, wie wenn es geistreich wäre, *bei jedem einzelnen* (S. 223) zu fragen: Was ist des Gottes Absicht dabei, daß ich jetzt an diesem, bald an einem andern Gliede leide? O Gott, o Gott! *Warum* muß ich in Bedürfnissen, in so vielen unerfüllten Begehrungen stecken? – Eine kindische Denkaufreizung, die zu nichts als Unzufriedenheit und Zwist mit jener Vorsehung und zu den absurden Fragen reizen kann: Warum machte er mich nicht seinem Endzweck mit einem Mal entsprechend? Warum müssen wir auf unserm Planeten so armselig und hülflos umherkriechen? – Und wer ist an diesen öden Fragen und an denen daraus erwachsenden Zweifeln schuld als die Theorien, welche von anmaßlichen

Lehrern an die Stelle der Religion als des Strebens zur Eintracht mit dem vollkommenen Wesen gesetzt werden? Nur diese unvollständigen Fragen aber sind's, die am Ende auch die verworrenste Schlußbehauptung des Cäsar (S. 83 und 225) erzeugen, daß Religion *Produkt der Verzweiflung*, und zwar Verzweiflung *am Weltzweck* (oder eigentlich: an unserm Entdecken des Weltzwecks) sei. Und doch ist eben diese Verzweiflung nach dem übergläubigen »System von Sünde und Erlösung« notwendig und die Leiterin zur (gangbaren Sekten-) Religion, weil, wie man es will, sie die Vernunft demütigte, die Philosophie zum Pantheismus treibt und dadurch vernichtet, die ratlos Verzweifelnde aber zuletzt statt dem Dalai Lama irgendeinem ergrauten Konventikel-Schwärmer anbetend unterwirft.
Jede nun der vielen wechselnden Gestalten, in denen die aus der vornehmen Verziehung und Verwahrlosung im Religionsunterricht sich erzeugende und fortbildende Zweifelsucht in der Wirklichkeit nur allmählich und zerstreut erscheint, mußte der Roman in dem »zerrissenen« Gemüt der nicht genug zu bemitleidenden Wally rasch und so heraustreten lassen, daß, immer mit wenigen Pinselstrichen grell gezeichnet, sie allerdings, wenn böser Wille sie *allein* heraushebt, Unwillen, Abscheu, Schauder erregen. Unselige Kunst, die es dem laurenden Rezensenten möglich machte, alle diese Schatten und Nachtphantome als die Tendenz der ganzen Dichtung darzustellen und dadurch auch vielen Lesern *den Überblick des Ganzen* so zu verrücken, daß sie in sein Autodafé gegen den Verführer zur empörendsten Zweifelsucht und Religionsverachtung einstimmen zu müssen wähnten.
Vor der amtlichen Besonnenheit eines wissenschaftlich denkenden Gerichtshofes hingegen muß sich diese verkehrte Einwirkung der verleumdenden Rezension als eine wissentliche Injurie bald überweisen lassen. Der Rezensent wußte gewiß recht gut, daß, wenn der kleine Roman zum Zweifeln hätte verführen sollen, der Verfasser die Zweiflerin wie *eine imponierende Auktorität darstellen mußte.* Ein Roman kann nicht wie ein Lehrbuch beweisen oder widerlegen. Wenn die Personen so gezeichnet sind, daß der Leser ihnen nicht ähnlich sein möchte,

wenn ihr Betragen als unstet, schwankend, sogar für sie selbst unbefriedigend und verderblich entwickelt wird, wenn aus dem, womit sie sich umtreiben, folgerichtig immer Schlimmeres und endlich das Schlimmste geflissentlich abgeleitet wird, wer kann ihnen nachahmen zu wollen gereizt sein? wer dem Verfasser andichten, daß er dahin zu verführen beabsichtigt?

Fast mehr, als es die Wahrscheinlichkeit zuläßt, ist Wally durchaus oberflächlich und im Denken ungeübt, von flüchtigen Eindrücken abhängig. Wer könnte sie zur Wegweiserin im Zweifel annehmen wollen? Ihr ahnet nur dunkel, daß in dem, was als Religion zu glauben und *wie* es zu glauben sie gelehrt war, manches unglaublich sei. Aber sie kann (S. 95) nicht nachdenken. Sie lauscht, wo das Gespräch religiöse Saiten aufgezogen hat (S. 81). Ein Kampf aber schnürt ihre Brust zusammen, wenn sie das leichtsinnige Konversationswort, daß das Christentum wie eine aus hundert Ingredienz[i]en zusammengekochte Latwerge sei, etwas ernsthafter (S. 53) durch die (unleugbare) Überladenheit aus traditionellen, historischen und biblischen Ursachen erklären hört und doch das Einfache in der Arznei nicht von den Beimischungen zu scheiden weiß. »Von einer Reflexion, einer zusammenhängenden Untersuchung konnte bei Wally nicht die Rede sein. Sie litt an einem religiösen Tick, an einer Krankheit, die sich mehr in hastiger Neugier als in langem Schmerz[e] äußerte.« So gibt sie (S. 91) der Maler dieses Zeitcharakters, und ihm bürdet die Arglist des Kritikers die verbrecherische Absicht auf, er attentiere, durch *diese* Wally das ganze junge Deutschland in ebensolche (denkschwache) Zweiflerinnen zu verwandeln! Welche Verdrehung kann größer, welche wissentlicher ersonnen sein?

Sie in dieser Überreizung kennen zu lehren, kann, wenn irgend etwas, bei der großen Lesewelt ein Mittel sein, die vornehme, alle Selbständigkeit entnervende Verziehung auch von dieser Seite zu zeigen, daß sie wie zur selbsttäuschenden Koketterie, so auch durch Mangel an haltbaren Religionsbelehrungen und durch geistreich scheinende Aufreizung zu Grübeleien, bis zu Zweifeln der Verzweiflung verleite. Diese Wally selbst merkt (S. 96) wohl, daß manche auf jene revolutionäre Weise Gott abschaffen wollen,

»weil sie ihn wahrhaftig nicht verstehen«. Nur kann sie »aus dem Ideenkreis, in welchen sie (S. 95) *die Erziehung* hineinschleuderte, sich wie ein gefangenes Tier nicht herauswinden«. Und dann kommen (S. 107), wie die Saison wechselt, wieder die Wirbel der anerzogenen Zerstreuungssucht. »Was Religion? Was Weltschöpfung? Was Unsterblichkeit? Rot oder blau zum Kleide, das ist die Lebensfrage. Wally ließ die ganze Welt wie elastische Figuren auf dem Resonanzboden ihrer Einfälle springen.«
Zu solchen weiblichen Extremen bald trübsinniger Denkvermessenheit, bald des herzlosesten Koketterie-Taumels (S. 109) darf dann nur noch ein teilnahmloser egoistischer Dialektiker, ein witzelnder *Equilibrist* wie Cäsar kommen, mit der sophistischen *Balancierstange*, auf welcher das Steigen und Fallen der Begriffe einerlei und ein wahrheitleeres bloßes Spielwerk ist; und das allmählich sich verwirklichende Bild der Irreleitung ist vollkommen! *Aber gerade so durchgeführt, kann eben diese Irreleitung verführerisch weder sein noch sein wollen.* Der, welcher sie so schildert und mit den grellsten Farben ausstellt, hat sich zum voraus dagegen gerechtfertigt.
Aus den Geistvergeudungs-Wirbeln in die Einsamkeit, also auch zum Trübdenken und schon an den Rand des Verlassenwerdens zurückgeworfen, fühlt diese in sich haltlose Wally selbst »im Entsetzlichsten sich sicher« (S. 216), wenn nur Cäsar ihr vordenkt oder Scheingedanken vorspielt. Nach S. 234 ist es ihr »selbst das Peinlichste, daß dieser Cäsar sich öfter das Ansehen gibt, als ließen sich einige Wahrheiten sogar im christlichen (Konzilien-)Glauben unumstößlich beweisen. Dann tut er's und beginnt über die schwierigsten Punkte Entwickelungen, welche [er] (aus den Phantasmagorien der neuesten spekulativen Theologie borgend) mit ernster Miene durchführt und, wenn er zu Ende ist, für phantastischen Witz erklärt.« Sagt Wally hierdurch nicht jeder Leserin: Lerne doch kräftiger urteilen als ich armes Zwitterwesen, oder bleibe weg von allem, was über deinen Horizont hinausliegt.
So schildert der Verfasser den, durch dessen »Geständnisse« der gehäufteste Galimathias gegen die gemischtesten Erscheinungen, die mit der Religion in der Menschengeschichte nur menschlich

eintreten konnten (S. 225–304), zum Wort gebracht wird. Allerdings der Skandale genug! Aber nur die verdrehendste Kritik kann uns bereden wollen, der Verfasser habe durch den zum voraus verdächtig und so unerquicklich geschilderten Begriffsverwirrer zu eben denselben Verirrungen und Einseitigkeiten verführen wollen. Sogleich im Eingang (S. 9) hat der Verfasser diesen Cäsar als einen in der Tatlosigkeit sich selbst überlästigen Unzufriedenen, als eine »der *wissensmatten* Seelen« charakterisiert, die »nur lächeln, seufzen, spotten und die Frauen unglücklich machen können; als einen, der mit Begriffsschatten rechnete, mit gewesenem Enthusiasmus, weil er einen ganzen Friedhof herrlicher Ideen, an die er einst glaubte, als tote Gedanken hinter sich hatte«. Ist denn durch diese Charakteristik eines in sich selbst ausbrennenden Vulkans nicht *auch die einfältigste Leserin*, wenn je eine solche es aushält, in der »Zweiflerin« drittem Buche fortzulesen, nicht wider all das, worin dieser Cäsar gegen die ratlose Wally in Worttäuschungen triumphiert, genug gewarnt? Und der verdrehende Kritiker wagt dennoch die Verleumdung, dem Verfasser zu unterschieben, was er durch den Mund, den er es aussprechen läßt, für alle Hörende als das, worin Irrtum und Unsinn erst vom Wahren geschieden werden muß, hinreichend bezeichnet hat!

Für die *Nichteinfältigsten* ist überdies dadurch gesorgt, daß der pedantisch absprechende Skeptiker die auffallendsten Übertreibungen und Geschichtverletzungen aussprudelt. Wo, wie im Roman, nicht didaktisch diskutiert werden kann, sind Übertreibungen und Einseitigkeiten die entscheidendsten Selbstwiderlegungen.

Als Jean Paul vor Jahren seine[m] »Siebenkäs« (wenn ich mich recht erinnere) oder den »Teufelspapieren« in einer »Rede des toten Christus« dergleichen Übertreibungen sogar ohne die oben bemerkten Präkautionen anzuhängen sich erlaubte, war damals irgendein ketzermacherischer Rezensent so hämisch, dem Verfasser deswegen *Gotteslästerung* Schuld zu geben, weil er nicht sogleich auch *eine widerlegende Rede für Schwachköpfe* beigefügt hatte?

Die letzte Warnung endlich, daß die Zweiflerin als verzweifelnd gräßlich endigt, ist vielleicht für die meisten das entscheidendste Beweismittel, daß der Verf. doch gewiß zu dem, was er so furchtbar und erbarmungswürdig wirken läßt, niemand verführen wollte. Nur die verschmitzte Rezension vermochte den Blick, der auf das Ganze gerichtet sein sollte, zu verrücken. Welch ein Beispiel, wieviel Voreingenommenheit schlau gewendete Rezensionen verursachen können! Um so mehr ist nötig, daß es durch einen streng durchgeführten Injurienprozeß vor den schärfer als Menzel blickenden württembergischen Richtern bestraft werde. Auch das äußerlich Entscheidende hat der Schlaue, welcher sich als ehrlicher Referent an das Publikum drängt, gerne unbemerkt gelassen, daß ein auf 21 Bogen verteiltes, um drei Gulden verkauftes Romänchen nicht auf Verführung der Menge berechnet sein konnte. Die vornehme und die geldaristokratische Verbindung mag darin ihr Contrefait bezahlen. Nur die mißdeutende Rezension und das Verbot könnte die Aufmerksamkeit so steigern, daß ein Nachdrucker es, auf drei Bogen zusammengedrängt, verführerischer zu verbreiten versucht sein möchte.

Selbst in Beziehung auf den in Mannheim bevorstehenden Richterspruch kann es Ihnen nur vorteilhaft sein, wenn Sie unverweilt gegen die eigentliche Quelle der Mißdeutungen vor der württembergischen Justiz *den Injurienprozeß* anhängig machen.

Wollen Sie diese meine Blätter, aber ganz und durchaus unverändert, *als Schreiben an Sie* schleunig abdrucken lassen oder lithographiert verteilen? Meinetwegen. Hoffentlich sind sie verständlich genug für den Menschenverstand. Ich schrieb sie um Veröffentlichung dessen, was nach meiner Überzeugung auf *beiden* Seiten das unverkennbar Wahre ist.
Der *Name* tut dem Denkenden nichts zur Sache. Der Rationalismus baut ohnehin nur auf die Selbständigkeit seiner Gründe. Auch haben Sie, seit die Weltklugheit Sie scharf in die Schule genommen hat, zwar *an den gesunden Menschenverstand appelliert,* aber zugleich nicht bewiesen, daß das junge Deutschland die Verstandesregel zu befolgen anfange:

Sage *deine* Wahrheit,
aber kompromittiere durchaus *nie einen Namen!*

Wie viele schroffe Erfahrungen werden noch hinzukommen müssen, um die *Genialität* deutscher Jugend *auch noch zur Verständigkeit* zu bringen? *Friedrich Jacobi* hat längst mit Recht darauf gedrungen, daß auch die Vernunft zu Verstand gebracht werden müsse.

Varianten

Aus Raumgründen muß sich das Variantenverzeichnis auf die Darbietung derjenigen Stellen beschränken, die deshalb von besonderem Interesse sind, da an ihnen die späteren Fassungen stark ändern: A 119,4–120,16 (S. 52,9–52,34); A 127,18–128,17 (S. 56,4–56,17); A 130,11–130,17 (57,6 bis 57,11). Als Darstellungsform wird die Synopse in Gestalt zwei- und dreispaltigen Paralleldrucks gewählt, um bestmögliche Vergleichbarkeit zu garantieren (vgl. dazu: Klaus Kanzog, »Prolegomena zu einer historisch-kritischen Ausgabe der Werke Heinrich von Kleists. Theorie und Praxis einer modernen Klassiker-Edition«, München 1970, S. 137–185). – Zusätze des Herausgebers erscheinen kursiv.

Druckvorlage:

A = Wally, die Zweiflerin. Roman von Karl Gutzkow. Mannheim: C. Löwenthals Verlagshandlung, 1835.

Verglichen wurden:

B = Gesammelte Werke von Karl Gutzkow. Vollständig umgearbeitete Ausgabe. Dreizehnter Band: Vergangene Tage. Frankfurt a. M.: Literarische Anstalt (J. Rütten.), 1852.

C = Gesammelte Werke von Karl Gutzkow. Erste vollständige Gesammt-Ausgabe. Jena: Hermann Costenoble Verlagsbuchhandlung, o. J. [1873 ff.]. Erste Serie. Zweite vermehrte und verbesserte Auflage. Vierter Band. Kleine Romane und Erzählungen. Dritter Theil: [. . .] Vergangene Tage [. . .].

Ermittelt wurde ein weiterer (in Einzelheiten variierender) Überlieferungsträger. Er sei der Vollständigkeit halber genannt:

a = Teilabdrucke in: Didaskalia. Blätter für Geist, Gemüth und Publizität. Hrsg. von J. L. Heller. Frankfurt a. M. 1835. Nr. 242 vom 2. 9. 1835 (»Des Trompeters Braut«) und Nr. 247 vom 7. 9. 1835 (»Alfred«).

Im Blick auf den an Fragen der Textgeschichte interessierten Leser werden auch die verschiedenen Fassungen der in Verbindung mit der ersten oder zweiten/dritten Ausgabe des Romans erschienenen Stellungnahmen Gutzkows aufgeführt:

1. Wahrheit und Wirklichkeit

Druckvorlage: die Fassung in A.
Zu vergleichen ist:
D = Wahrheit und Wirklichkeit. In: Phönix. Frühlingszeitung für Deutschland. Hrsg. von Eduard Duller. Mit einem Literatur-Blatt von Karl Gutzkow. Frankfurt a. M. 1835. Literatur-Blatt Nr. 29 vom 25. 7. S. 693a–695a.
Ferner sind die Fassungen in B und C heranzuziehen.

2. Vorrede [1851]

Druckvorlage: die Erstveröffentlichung in B.
Zu vergleichen ist die Fassung in C.

3. Appellation an den gesunden Menschenverstand

Druckvorlage:
E = Appellation an den gesunden Menschenverstand. Letztes Wort in einer literarischen Streitfrage. Von K. Gutzkow. Frankfurt a. M.: Bei Johann Philipp Streng, 1835.
Zu vergleichen sind die Fassungen in B und C.

Paralleldruck der Partie 52,9–52,34

A	*ABC*	*BC*
	Cäsar sann [C *ergänzt* und sann] und war wie von einem unbekannten Gefühle [C Dämon] ergriffen.	
		Er sollte entsagen. Wollte [C *ergänzt* es] auch und konnte [C *ergänzt* doch] nicht.

Er strich mit der Hand über seine Stirne und sagte dann leise mit sanften und zärtlichen Worten zu Wally: »Sie werden reisen: ich auch. Wir werden uns

in vielen Jahren

nicht wieder sehen [*B* wiedersehen *C* wiedersehn].

[*C* –] »O mein Cäsar! Nicht wiedersehen? Ich bin [*C* Dann bin ich] nur Dein!« [*C* –]
»Du gehörst Deinem Geschick!« [*C* –]
»Meinem Herzen, Cäsar! Deinem Willen!« [*C* –]
»Wally!« [*C* –]
»Fodre!« [*C* »Fordere, fordere!« –]
»Sei mein, wie du [*C* Du] es einzig sein kannst! Zeige mir, daß Du kein Geheimniß vor mir hast, keines, und wir sind Eins!« [*Statt* sind Eins *hat C* waren Eins und ich habe die Weihe für mein ganzes Leben!« –]
»Ich berge Dir nichts, Cäsar!« [*C* –]
»So höre meine Bitte!

Da gibt es

Es giebt

ein reizendes Gedicht des deutschen Mittelalters, der [*C* den] Titurel, in welchem eine bezaubernde Sage erzählt wird. Tschionatulander und Sigune beten sich an. Sie sind fast noch Kinder; [*A* :] ihre Liebe besitzt die ganze Naive-

	tät ihrer jugendlichen Thorheit. Ich spreche nicht von Tschionatulander's Tod, weder vom [C von dem] treuen Hunde, der aus der Schlacht die tragische Botschaft bringt, nicht [C noch] von Sigunens Klage, wie sie den Leichnam des Geliebten im Arme haltend unter'm Baume sitzt, wo Parzifal an ihr vorüberko[*A* ö]mmt im Walde, nicht von dem Edelstein unserer deutschen mittelalterlichen Dichtkunst. Nur jener Zug ist so	
meisterhaft		
	schön, wo Tschionatulander, als er in die Welt hinaus muß und sein treues Windspiel klug zu den beiden Liebenden hinaufsieht, Sigunen anfleht, um eine	
	Gunst –«	letzte [C letzte, letzte Gunst und gleichsam seine Feinung gegen alle weibliche Anfechtung im Leben.]
	Cäsar stockte und	
sprach		sagte
	dann leise, mit fast verhaltenem Athem: »daß Sigune, um durch ihre Schönheit ihn gleichsam fest zu machen, wie der magische Ausdruck der alten Zeit ist, [C *ergänzt* und] um ihm einen Anblick zu hinterlassen, der Wunder wirkte in seiner Tapferkeit und Ausdauer,	

– daß Sigune – in vollkommener Nacktheit zum vielleicht – ewigen Abschiede sich ihm zeigen möge.«

sich ihm nicht etwa sinnlich, sondern geistig vermähle, aber [aber *fehlt C*] vermähle durch den Anblick ihrer ganzen natürlichen Schönheit.«

Paralleldruck der Partie 56,4–56,17

A	*ABC*	*BC*
	Morgen um zehn Uhr Abends	
		nach meiner Trauung
	besuchen Sie das Hotel des sardinischen Gesandten.	
Sie werden von Auroren, die Sie dort erwartet, an einen Ort geführt werden, den Sie nicht verlassen dürfen. Schwören Sie mir, hinter dem Vorhang, den Sie zehn Minuten nach Zehn gütigst zurückziehen wollen, nicht hervorzutreten! Cäsar, schwören Sie mir! Ich schäme mich vor Ihnen, daß ich Schaam hatte.		
	Verantworten Sie es einst! Vor Gott! Vor Gott! Aber ich liebe heiß, ewig, unaussprechlich! [*A* !«]	
		Ich will dein Weib sein, – so – wie ich es [*C ergänzt* allein] sein darf! [*B* !«]
	Wally. [*C* Wally.«] Und an Wally's Hochzeitstage zeichneten die Unsichtbaren ein	

reizendes

Gemälde,

ein Gemälde in altem Styl,

zart, lieblich, wie die saubern [C sauberen] Farbengruppen, welche [C die] sich auf dem sammetweichen Pergamente goldener Gebetbücher des Mittelalters finden.

Paralleldruck der Partie 57,6–57,11

A	*ABC*	*BC*
	Und zum Zeichen, daß eine fromme Weihe die	
ganze Ueppigkeit dieser		
	Situation heilige, blühen nirgends Rosen, sondern eine hohe Lilie sproßt dicht an dem Leibe Sigunens hervor und deckt	
		sie
	symbolisch, als Blume der Keuschheit [*BC* Keuschheit.]	
an ihr die noch verschlossene Knospe ihrer Weiblichkeit.		

Kommentar

Kommentar zum Text

3 Motto: Zitat aus »Troilus und Cressida«, II, 2. In der Übersetzung von Ludwig Tieck bzw. Wolf Graf Baudissin lauten die Verse (Hektors): »[. . .] Sicherheit macht Frieden krank, / Zu sichre Sicherheit; doch weiser Zweifel / Wird den Klugen Leuchte, dem Arzte Sonde, / Der Wunde Grund zu prüfen. [. . .]« (William Shakespeare, »Die dramatischen Werke und Sonette«, hrsg. von Karl Martin Schiller, Bd. 11, Leipzig 1927, S. 41).

5,28–6,32 *Am Wege . . . unglücklich machen!:* Gutzkow sagt (»Verteidigung«, S. 38), daß Cäsar Züge des Verfassers trage. Man vergleiche in diesem Zusammenhang Formulierungen von Ph. von Leitner in seiner Rezension von Gutzkows »Öffentlichen Charakteren« (in: »Literarische und Kritische Blätter der Börsen-Halle«, Hamburg 1835, Nr. 1134 vom 14. 12., S. 1190 f.): »Nicht ohne Ruhm entledigt sich auch Gutzkow seiner Aufgabe; und wenn man auch von der widerlichen Eitelkeit des Verfassers in der Vorrede verletzt wird, womit er sich und seine Freunde die Männer der Geschichte nennt, so wird man sich doch bald durch die geistreiche Art, womit er die Charaktere von Talleyrand [. . .] schildert, durch die Leichtigkeit, mit der er deren Leben um Einen Mittelpunct zu concentriren weiß, durch die mannichfache Menschenkenntniß, die bei einem jungen Manne von höchstens sechs bis sieben und zwanzig Jahren wirklich bewundernswürdig ist, durch den sprudelnden Witz des Verstandes, der, durch eine ungemeine Kenntniß der verschiedensten Dinge unterstützt, sich äußerst mannichfach wendet, endlich namentlich durch die ausführlichen, scharfsinnigen Bemerkungen über die geschichtliche Lage der Völker und Staaten im Allgemeinen reichlich entschädigt fühlen. Dabei dürfen wir aber nicht verhehlen, daß man trotzdem ein gewisses unangenehmes Gefühl bei fast allen Schilderungen nicht los werden kann; der Verfasser nämlich, der in seinem Unmuthe, daß er nicht *handelnd* in die Begebenheiten der Geschichte eingreifen kann, ›lächelnd‹ den Menschen zusieht, die jetzt die Begebenheiten machen, hat, ohne vielleicht selbst ein klares Bewußtseyn darüber zu haben, solche Charaktere gewählt, die er ihrer Größe mit einer gewissen boshaften Ironie entkleidet, welche, wenn wir nicht irren, in dem Gefühl der Schwäche des Verfassers selbst ihren Grund hat; es will uns vorkommen, als finde Gutzkow eine gewisse Genugthuung darin, daß er zeigt, jene Männer, die *Geschichte* machen, seyen keinesweges so ausgezeichnet, als der Ruf sie darstellt [. . .].« Es bleibe dahingestellt, ob es sich hierbei um ein Stück Wirkungsgeschichte oder um eine stilkritisch gewonnene Bestätigung von Gutzkows Bemerkung über Cäsar und damit um eine Bekräftigung von dessen Authentizitätswert handelt.

7,29 *Employés:* (frz.) Angestellte, Handlungsgehilfen, hier im Sinne von ›Verehrer‹.

9,8 f. *Erzeugnisse der neuesten Literatur:* Ein Konfidentenbericht aus Frankfurt a. M. vom 10. 9. 1834 (Glossy, »Jahrbuch der Grillparzer-Gesellschaft«, 22, 1912, S. 16–21) befaßt sich mit dem neuesten Vorhaben der deutschen Propaganda, »geheime weibliche Gesellschaften in Deutschland zu errichten« (S. 19), die die vereinzelt (Rheinbayern, Mannheim) bestehenden weiblichen Korporationen ablösen und eine systematische Organisation auf Reichsebene begründen sollen. »Diese inkorporierten Damen werden im Gegensatze zu den Vettern ›Basen‹ genannt. In Heidelberg befindet sich eine Pflanzschule für solche reizende Demagoginnen und die Verwandte eines dortigen Professors und Geliebte eines Flüchtlings soll oft in feurigen Reden zur Befreiung Deutschlands begeistern. Auch in Nürnberg will man eine periodische Abendgesellschaft bemerkt haben, wo es unter den Damen glühende Verehrerinnen des ›Jungen Deutschland‹ gibt, welche manche verbotene Schrift unter sich im Strickbeutel eskamotieren« (S. 20).

9,12 *Musenalmanach:* Adelbert von Chamisso / Gustav Schwab (Hrsg.), »Deutscher Musenalmanach für das Jahr 1835«, 6. Jg., Leipzig 1835. Der Almanach enthält auch poetische Texte von

Wolfgang Menzel. Vgl. Gutzkows Kritik an der Schwäbischen Schule: »Göthe, Uhland und Prometheus«, in: »Phönix«, Nr. 30, Literatur-Blatt, Nr. 5 vom 4. 2. 1835. 1837 kündigte Schwab seine Mitarbeit auf, da Chamisso durchgesetzt hatte, daß dem Almanach für das Jahr 1837 ein Porträt Heinrich Heines beigegeben wurde.

Schwab: Gustav S. (1792–1850), Lyriker, Sammler von Sagen, studierte 1809–14 in Tübingen Theologie, Philosophie und Philologie. 1817 Gymnasialprofessor in Stuttgart, seit 1837 Pfarrer, zuletzt Oberkonsistorialrat.

9,13 *Chamisso:* Adelbert von Ch. (eigtl. Louis Charles Adelaide de Ch., 1781–1838), Dichter und Naturwissenschaftler; 1812–15 Studium der Medizin, Botanik und Zoologie in Berlin; 1819 Adjunkt am Botanischen Garten in Berlin, dort seit 1833 erster Kustos. Heine charakterisiert ihn so: »[...] obgleich Zeitgenosse der romantischen Schule, an deren Bewegungen er teilnahm, hat doch das Herz dieses Mannes sich in der letzten Zeit so wunderbar verjüngt, daß er in ganz neue Tonarten überging, sich als einen der eigentümlichsten und bedeutendsten modernen Dichter geltend machte und weit mehr dem jungen als dem alten Deutschland angehört« (»Die romantische Schule«, hrsg. von Helga Weidmann, Stuttgart 1976, S. 151).

Waldsänger: wahrscheinlich eine Anspielung auf die Gedichtsammlung »Deutscher Dichterwald« von Justinus Kerner, Friedrich de la Motte Fouqué, Ludwig Uhland u. a. (Tübingen 1813). Uhland leitet die Sammlung mit diesen Versen ein (»Deutscher Dichterwald«, S. 3): »Singe, wem Gesang gegeben, / In dem deutschen Dichterwald! / Das ist Freude, das ist Leben, / Wenn's von allen Zweigen schallt.« Die Hauptbeiträger zählen, von Kerner abgesehen, zugleich zu den Mitarbeitern des erwähnten Musenalmanachs.

9,17 *Heines:* Heinrich Heine (1797–1856); zum Zeitpunkt der Romanabfassung waren von seinen Schriften in Preußen verboten: »Reisebilder« IV seit 5. 4. 1831, »Reisebilder« III (2. Aufl.) seit 31. 12. 1833, »Kahldorf über den Adel« seit 18. 6. 1831, »Französische Zustände« seit 1. 2. 1833, »Zur

Geschichte der neueren schönen Litteratur in Deutschland« seit 5. 6. 1833, »Salon« I seit 31. 12. 1833.

9,18 f. *Bardenhain:* Zur Schwäbischen Schule zählen L. Uhland, J. Kerner, K. Mayer, G. Schwab, zu denen später W. Hauff, G. Pfizer, A. Knapp, J. G. Fischer und E. Mörike hinzukommen.

9,20 *Heines »Salon«, zweiter Band:* »Zur Geschichte der Religion und Philosophie in Deutschland«; zuerst u. d. T. »De l'Allemagne depuis Luther« in der »Revue des deux Mondes« vom 1. 3., 15. 11. und 15. 12. 1834; dt. Ausg. bei Hoffmann und Campe in Hamburg Mitte Januar 1835. Vgl. Gutzkows Rezension in: »Phönix«, Nr. 60, Literatur-Blatt, Nr. 10 vom 11. 3. 1835. Mit dem ersten Band des »Salon« wurden am 31. 12. 1833 alle weiteren Bände im voraus verboten.

9,29–10,6 *Einige Schriften . . . Aurora?«:* Die Passage reflektiert die Dissonanzen zwischen den jungdeutschen Autoren und bestätigt ein weiteres Mal die Skepsis gegenüber der Annahme einer programmatisch definierten Autorengruppe. Vgl. auch die hier abgedruckten Rezensionen Mundts und Kühnes.

9,30 *Wienbarg:* Ludolf Wienbargs (1802–72) »Ästhetische Feldzüge« waren seit dem 28. 5. 1834 in Preußen verboten.

Laube: Von Heinrich Laubes (1806–84) Werken waren im Sommer 1835 verboten: »Das neue Jahrhundert. Teil 1: Polen« seit dem 16. 2. 1833 (das Verbot galt für die weiteren Teile mit), »Briefe eines Hofraths«, »Das Junge Europa« Bd. 1 seit dem 7. 11. 1833. – Symptomatisch ist ein Konfidentenbericht aus Leipzig vom 14. 7. 1833 (Glossy, »Jahrbuch der Grillparzer-Gesellschaft« 22, 1912, S. 1): »Laubes hierortige Verbindungen sowohl als auch seine mündlichen Äußerungen und alles, was bisher aus seiner Feder hervorgegangen ist, beweisen nur zu sehr seine höchst bedenklichen politischen Gesinnungen und bezeichnen ihn als eines der werktätigen Organe der revolutionären Fraktion, welche sich durch die Dazwischenkunft hiesiger Buchhändler zu Leipzig einzunisten wußte. Mit Übergehung eines satirischen Romans [›Briefe eines Hofraths oder Bekenntnisse einer bürgerlichen Seele‹, Leipzig 1833] und vieler da und dort eingestreuten Aufsätze, welche alle die böswillentliche Absicht des Autors beurkunden, bedarf es bloß einer Hinweisung auf das von ihm verfaßte ›Neue Jahrhundert‹, Fürth 1833, dessen erster Band ›Polen‹ behandelt, um sich zu überzeugen, daß er sich zum Apologe[te]n der seit den Julitagen 1830 ausgebrochenen Revolutionen, ihrer Verbrechen und Schändlichkeiten aufgeworfen habe, solchen mit geflissentlicher Entstellung der unleugbarsten Tatsachen das Wort redet, und dem Aufruhr, dem eidbrüchigen Abfalle und der rohesten Anarchie durch seine inhaltsleeren Deklamationen Eingang zu verschaffen trachtet [. . .].«

Mundt: Theodor M. (1808–61); an seinem Roman »Madonna. Unterhaltungen mit einer Heiligen« (April 1835) scheiterte im letzten Augenblick seine Habilitation in Berlin. Der Roman wurde am 1. 5. 1835 von der preußischen Zensur verboten.

10,10 *»Carlsruher Bilderbibel«:* »Bilderbibel für die Jugend« von K. Gersbach, mit erklärendem Text von E. Knapp, 2 Tle., Karlsruhe 1835/36.

10,12 *Velinpapier:* weiches Pergamentpapier.

11,29 ff. Vgl. George Sand (Aurore Dudevant), »Lélia«, 2 Bde., Paris 1833 (im folgenden zitiert als »Lélia«), I, 232 f., insbes. S. 233, wo Lélia auf die Frage: »Qu'est-ce que l'audace?« antwortet: »Il n'y a plus que des vertus négatives, nous sommes braves parce que nous ne sommes pas capables d'avoir peur.«

13,13 *Rapport:* (frz.) Beziehung.

13,34 *Rumohr:* Karl Friedrich von R. (1785–1843), Kunsthistoriker; das hier angesprochene Werk ist die »Schule der Höflichkeit für Alt und Jung« (2 Tle., Stuttgart/Tübingen 1834/35). Sein populärstes Werk ist der »Geist der Kochkunst« (1823).

16,9 *Zelter:* Carl Friedrich Z. (1758–1832), Maurermeister und Komponist, seit 1796 mit Goethe befreundet; seit 1800 Leiter der Berliner Singakademie; gründete 1809 die erste Berliner Liedertafel und 1822 das Königliche Institut für Kirchenmusik. Seit 1809 wirkte er als Professor an der Berliner Königlichen Akademie der Künste. Zu seinen Schülern gehörte Felix Mendelssohn-Bartholdy. – »Briefwechsel zwischen Goethe und Zelter«, 6 Bde., hrsg. von Friedrich Wilhelm Riemer, 1833/34.

16,11 ff. *Wie schön hat Tieck die italienische Musik in seinen Sonetten charakterisiert!:* Tiecks »Gedichte. Zweiter Theil« (Dresden 1821) beginnt mit dem 17teiligen Zyklus »Gedichte über die Musik« (1802). Italienischer Musik gelten die Sonette »Marcello« (S. 9–11) und »Pergolese« (S. 12 f.) sowie der Wechselgesang »Palestrina. Marcello. Pergolese« (S. 21 f.). Außerhalb des Zyklus stehen die Gedichte »Ballmusik« (1798; S. 189–193) und »Die Geige. Sonate« (1798; S. 258). Im »Dritten Theil« (1823) findet sich »Musik« (1798; S. 46–49), worin Harfe, Flöte, Hoboe, Trompete und Geige auftreten. Das »Wesen der verschiedenen Instrumente« (Schalmei, Posthorn, Waldhorn, Alphorn) versucht Rudolf Florestan (»Franz Sternbalds Wanderungen«) in Gedichten zur Sprache zu bringen.

16,13 ff. *Wie treffend drückt er . . .:* Tatsächlich denkt Gutzkow an »Die verkehrte Welt«, in deren Vorspiel und Zwischenspielen die verschiedenen Tempi »sprechen«.

16,18 *Hoffmann:* E. T. A. H. (1776–1822), der Dichter und Komponist, aus Verehrung für Mozart nahm er 1815 den Vornamen Amadeus an. In Warschau war er als Mitglied der »Musikalischen Gesellschaft« als Organisator und Dirigent bei Musikveranstaltungen beteiligt. Weitere Stationen seiner Tätigkeit als Musiker: 1808 Theaterkapellmeister und Musikkritiker in Bamberg, 1813 Musikdirektor der Theatergruppe J. Secondas in Dresden. Er verfaßte Sinfonien, Sonaten und Kammermusiken; nach Fouqués Märchen schuf er die Oper »Undine«.

16,31 *Ossian:* James Macpherson (1736–96) gab eigene empfindsame Dichtungen als Übersetzungsproben aus einem gälischen Heldenzyklus aus, in dessen Mittelpunkt der Krieger, Dichter und Sänger Ossian, eine Gestalt des 3. Jh.s, steht. »The works of Ossian« (1765) führten zur Modeerscheinung der »Ossianischen Dichtung« (vgl. »Werther«). Späterhin übersetzte Macpherson den englischen Text ins Gälische, um ein Original vorzutäuschen.

16,32 *Goethe arbeitete in Pappe:* Die Anspielung erhellen könnte beispielsweise eine briefliche Äußerung Johanna Schopenhauers an ihren Sohn vom 18. 12. 1806 (in: Johann Wolfgang Goethe, »Gedenkausgabe der Werke, Briefe und Gespräche« [Artemis-Ausgabe], Bd. 22, S. 430): »Gestern war mein Zirkel kleiner, aber um so interessanter, obgleich niemand etwas zum Vorlesen mitgebracht hatte. Ich schnitt wieder Blumen aus, und Goethe war gewaltig geschäftig, sie zu einem Ofenschirme zu ordnen, den er selbst aufkleben will.« Auch an Goethes Scherenschnitte mag zu denken sein.

16,37 *Menzel:* Wolfgang M. (1798–1873), Anhänger Friedrich Ludwig Jahns, Gründer und aktives Mitglied der Burschenschaft, nach deren Verbot 1820 im Schweizer Exil; Turnlehrer in Aarau; ab 1825 Redakteur von Cottas »Literatur-Blatt« in Stuttgart; 1831 als Liberaler, 1848 als Konservativer in die württembergische Kammer gewählt.

17,1 *Börne:* Ludwig B. (1786–1837); seine »Briefe aus Paris« Bd. 1 und 2 waren seit dem 5. 11. 1831 in Hamburg und seit dem 10. 11. 1831 in Preußen verboten. Dasselbe galt für deren 3. und 4. Band (»Mittheilungen aus dem Gebiete der Länder- und Völkerkunde«) in Preußen seit dem 18. 1. 1833.

17,11–17 *Erst in unsern Tagen . . . die Musik nicht!:* Es entspricht der literarischen Strategie Gutzkows, auch an dieser Stelle nur anzudeuten. Daß sich der Verfasser auch hier im Zentrum der literaturpolitischen Bestrebungen des Jungen Deutschland bewegt, wird demjenigen sofort deutlich, der durch die sparsamen Andeutungen Formulierungen von Wienbargs explizit argumentierender Programmschrift (»Ästhetische Feldzüge«) hindurchhört, etwa solche aus der ersten Vorlesung: »Das Gefühl des Schönen muß sich vor allem erst durch das Leben befruchten und bilden, wenn es in Büchern und Hörsälen würdig dargestellt und ein wahrhaft integranter Teil der Philosophie werden soll. Das Schöne selbst aber schwebt nicht in der Luft, ebensowenig wie die Blüte und das Rosenblatt, es muß befestigt sein an einem Stamme, es muß Charakter haben, und nichts fehlte zur Zeit, als Baumgarten seine Ästhetik schrieb, der deutschen Nation mehr als diese. Nationalgefühl muß dem Gefühl fürs Schöne, politische Bildung der ästhetischen vorausgehen« (»Ästhetische Feldzüge«, hrsg. von Walter Dietze, Berlin/Weimar 1964, S. 10. Vgl. auch: 3. Vorlesung (S. 25 f.), 5. Vorlesung (S. 50, S. 56: »Es fehlt uns an einem gemeinsamen Mittel der Bildung, weil es uns an gemeinsamem Leben fehlt.«), 9. Vorlesung (S. 86 f.), 13. Vorlesung (S. 117 f.).

17,15–17 Vgl. Nachwort S. 454 ff.

17,27 *Otaheiter:* Bewohner von Tahiti (Otahiti).
Spontini: Gasparo S. (1774–1851), der 1807 in Paris durch seine Oper »Die Vestalin« berühmt wurde, war 1820–42 Generalmusikdirektor in Berlin.

18,11 *Gigotärmel:* frz. gigot, ›Keule‹; frz. manches à gigots, ›Puffärmel‹.

19,33 f. *Besuch bei den Malern und bei Immermann:* Anspielung auf die Maler der 1819 neugegründeten Düsseldorfer Kunstakademie, deren Direktor seit 1821 Wilhelm von Schadow war: K. F. Lessing, E. Bendemann, J. W. Schirmer; von den jüngeren Mitgliedern der Akademie ist A. Achenbach am bekanntesten. – Karl Leberecht Immermann (1796–1840) lebte seit 1827 als Landgerichtsrat in Düsseldorf; das dortige Theater leitete er von 1835 bis 1838. Der eben genannte K. F. Lessing war sein Neffe. In seinem Münchhausen-Roman persifliert Immermann (1. Teil, 1. Buch, 16. Kap.) die Gestalt der Wally. Mit Boetcher Joeres (»Translation«, S. 117) in den »Epigonen« VII, 7 eine Parodie der Sigunen-Szene zu sehen halte ich zumindest nicht für zwingend: überzeugende Bezüge fehlen.

20,18 f. *»Ich stand in dem Kölner Dome . . .«:* Die Arbeiten an dem Bauwerk, zu dem 1248 der Grundstein gelegt wurde, ruhten seit dem 16. Jh. Langhaus und Querschiff waren damals 15 bis 18 m hochgeführt. Die Fertigstellung dieser Bauteile und der Fassade erfolgte 1842–80.

21,25 *O Gott, lassen Sie . . .:* Vgl. »Rückblicke auf mein Leben« (Müller 4, S. 175): »Ein junges Mädchen, dessen heitre Laune, blühende Wangenfarbe mich schon öfters angezogen hatte, kam bei zufälliger Berührung der theologischen Streitigkeiten des Tages und der Christusfrage in eine Aufregung, die mich erschreckte. Mit beiden Händen abwehrend, die Augen weit aufgerissen, rief sie mir entgegen: ›Davon reden Sie nicht! An all das nur zu denken, macht wahnsinnig!‹« Das junge Mädchen, Rosalie Scheidemantel, war Gutzkows zeitweilige Verlobte.

22,13 *Hygieas:* Hygieia, griechische Göttin der Gesundheit.

22,16 *Alaun:* Doppelsalz aus schwefelsaurem Kalium und schwefelsaurem Aluminium.

23,2 ff. Vgl. Lélias (durchaus anders begründetes) Desinteresse an der umgebenden Natur (Sand, »Lélia«, Bd. 1, S. 9).

23,14 *Hoffmanns Tode:* 25. 6. 1822.

23,15 f. *die üblen Folgen von Victor Hugos ruhendem Federkiel:* Müller (S. 210) äußert die Vermutung, hier werde auf die Schaffenspause des Dramatikers Hugo zwischen 1830 (»Hernani ou l'honneur castillan«) und 1832 (»Le roi s'amuse«) Bezug genommen.

23,17 *spanische Krisis:* Anspielung auf den nach dem Tod König Ferdinands VII. von Spanien 1833 einsetzenden Kampf zwischen der von Espartero geführten Verfassungspartei (Christinos), die die unmündige und schließlich siegreiche Isabella II. als Königin anerkannten, und den von Don Carlos angeführten Absolutisten (Carlisten). Im Unterschied zu England, Frankreich und Portugal, die mit Ferdinands Witwe Maria Christina verbündet waren, unterstützte allein Metternich die Carlisten.

23,23 *Pharo:* Nach Boetcher Joeres (»Translation«, S. 118) wird hier die Spielleidenschaft der Schauspielerin und Schriftstellerin Charlotte Birch-Pfeiffer (1800–68) verarbeitet, die sich zur selben Zeit wie Gutzkow, im Sommer 1834, in Bad Schwalbach aufhielt (vgl. auch Gutzkow, »Rückblicke auf mein Leben«, S. 148).

23,31 *Eskamoteur:* (frz.) Taschenspieler, Falschspieler.

24,23 *Fenner von Fenneberg:* Dr. Heinrich Matthias F. v. F. (1775–1849) veröffentlichte »Schwalbachs Heilquellen« (1835).

25,18 *morganatische Ehen:* im europäischen Hochadel bis zum Beginn des 20. Jh.s Bezeichnung einer nicht standesgemäßen Ehe, bei der durch Vertrag die vermögens- und erbrechtliche

Stellung der unebenbürtigen Frau und Kinder festgelegt wurde. Der gleichwertige Terminus ›Ehe zur linken Hand‹ rührt daher, daß bei entsprechenden Trauungen die Frau links vom Ehemann vor dem Altar stand.

25,34 *Bologneser Hunde:* ähnlich den Maltesern; kleine weiße Schoßhunde mit seidigem, langhaarigem Fell und mittelgroßen Hängeohren.

27,10 ff. möglicherweise Anspielung auf Georg Büchner und sein Werk, zumal auf den »Hessischen Landboten« (1834), dem die Parole »Friede den Hütten! Krieg den Palästen!« voransteht, aber auch auf sein Revolutionsdrama »Dantons Tod«, aus dem Gutzkow im »Phönix« (1835) veröffentlichte (Nr. 73–77, 79–83).

27,18 *Tambour:* (frz.) Trommelschläger.

27,21 *Reveille:* (frz.) Trommelschlag zum Wecken.

27,22 *Turbillons:* frz. tourbillon, ›Wirbelwind, Strudel‹; hier ›Tafelraketen, die sich beim Aufsteigen horizontal um die eigene Achse drehen‹ (Müller, S. 214).

28,21 *›Schöne Minka‹, ›Mich fliehen alle Freuden‹:* Nach Reinhold Gensel (Gutzkow, »Werke«, 12. T., Berlin/Leipzig/Wien o. J., S. 178) ist der erste Titel ein seinerzeit populäres Lied von Christoph August Tiedge (1752–1841); der zweite Titel stammt aus der Operette »Die schöne Müllerin« von Giovanni Paisiello.

31,20 *Girandole:* frz. girande, ›Wasser-, Feuerrad, Raketenkranz‹.

35,6 f. *allen Millionen gälte[n] unterm Sternenzelt:* Boetcher Joeres (»Translation«, S. 119) sieht darin eine Parodie von Schillers »An die Freude«.

37,19 *Latwerge:* breiförmige Arznei, regional (veraltet) für ›Fruchtmus‹.

37,21 *Hahnemanns ›Organon‹:* Samuel Friedrich Hahnemann (1755–1843) begründete mit seinem »Organon der rationellen Heilkunde« (Dresden 1810) die Homöopathie.

39,37 *Brutus, der alte und der junge:* Der Consul L. Iunius Brutus schlug 509 den Versuch des Tarquinius, die Macht in Rom zurückzugewinnen, blutig nieder und schreckte dabei nicht davor zurück, seinen eigenen Sohn hinrichten zu lassen. – Mit dem »jungen« B. ist M. Iunius Brutus (um 85–42 v. Chr.) gemeint, der Neffe des Cato Uticensis und Mörder Caesars (44 v. Chr.); er war als Philosoph und Redner geachtet; Cicero, der mit ihm befreundet war, widmete ihm u. a. die Schriften »Orator« und »Brutus«.

Cato: Marcus Porcius Cato Uticensis, der sich aus Verzweiflung über den Untergang der Republik 46 v. Chr. bei Utica, dem nördlich von Karthago gelegenen letzten Zufluchtsort der republikanischen Armee unter Gnaeus und Sextus Pompeius, nach der Schlacht bei Thapsus das Leben nahm.

40,1 *die Bitte des Prinzen von Homburg:* Anspielung auf Kleists »Prinz Friedrich von Homburg« (1811, von Tieck 1821 veröffentlicht), III, 5.

41,21 f. *Touren zum Cotillon:* Ursprünglich war der C. ein Tanz für vier Paare. Er bildete im 19. Jh. den Höhepunkt eines Balles. ›Tour‹ steht hier im ursprünglichen Sinn: ›Tanzfigur‹.

42,11 ff. Im Sinne von Friedrich Schlegels »Lucinde« und Friedrich Schleiermachers »Vertrauten Briefen« kritisiert Gutzkow das einseitige Rollenbild, dem die Frauen seiner Zeit gerecht zu werden haben. In seiner Vorrede zu »Schleiermachers Vertraute Briefe über die Lucinde« (Hamburg 1835) schreibt Gutzkow (S. XX): »Das Unglück dieser Zeit ist, daß die Frauen hinter den Männern so unendlich weit zurückgeblieben sind. Die Reaktion gegen die Sentimentalität ist Schuld daran; auch die Zeit, welche sich mit ihren ernsten Fragen an die ungetheilte Kraft des Mannes wandte. Man sagte uns, daß die Frauen nur da seyen, sich von den Anstrengungen des öffentlichen Lebens angenehm zu erholen, oder wohl gar, daß sie die Ableiter unsrer Leidenschaften wären, welche uns nur stören würden draußen in der Welt, wenn wir sie nicht thierisch befriedigten. So kam es, daß die Frauenherzen zusammenschrumpften. Ihre empfängliche Seele vertrocknete an kleinen Dingen; sie verstehen uns ja gar nicht mehr: unsre Ausdrücke nicht, unsern Styl, unsre Gedanken, unsre Interessen. Sie scheinen nur da zu seyn, um durch ängstliche Rücksichten den Flug unsres Wesens niederzuhalten.«

43,5 *Sinnpflanze:* Sie ist mit der Mimose identisch (O. Schmeil, »Lehrbuch der Botanik«, Bd. 1, Leipzig [50]1940, S. 104).

43,10 *Voltaschen Säule:* Voltas ›Säulenapparat‹ (zwischen einer Kupfer- und einer Zinkplatte, die in verdünnte Schwefelsäure gehängt sind, entsteht eine Spannung) bildet die Grundform der Batterie.

43,15 *Papinianischen Töpfen:* Jeder Unterdruck-Kochtopf ist im Prinzip ein Papinscher Topf: ein Stahlgefäß mit druckdichtem Deckel und Sicherheitsventil, in dem die Relation von Luftdruck und Siedepunkt manipuliert werden kann.
Herobrunnen: ein künstlicher Springbrunnen, dessen Konstruktion auf den griechischen Mathematiker Heron von Alexandrien (1. Jh. n. Chr.) zurückgeht (Müller, S. 228).

46,19 f. *Du trägst Cäsar und sein Glück!:* Καίσαρα φέρεις καὶ τὴν καίσαρος τύχην συμπλέουσαν (Caesarem vehis eiusque fortunam. Plutarch, »Caes.« 38). Mit diesem Wort versuchte Caesar den Kapitän seines vor Illyriens Küste (48 v. Chr.) in einen Sturm geratenen Schiffes aufzumuntern.

47,15 f. *Haare ... à la Madeleine:* möglicherweise eine die Haartracht der Marie-Madeleine Gräfin von La Fayette (1634–93; Verfasserin der »Prinzessin von Kleve«, dt. 1790) imitierende Frisur, bei der die Haare seitlich in je drei bis vier spiralig gedrehte, bis fast zur Schulter herabhängende Locken auslaufen (Abbildung in »Meyers Enzyklopädie«, 9. Aufl., Bd. 14, S. 551).

47,23 *Mendels[s]ohn:* Gemeint ist der Freund Lessings, Moses M. (1729–86), der Vater Dorothea Schlegels. Schon die historischen Daten stimmen gegenüber dem vermeintlichen Kantianismus M.s skeptisch. So wundert es nicht, daß die Bemerkung in C gestrichen ist.

48,13 *Linie:* der 10. oder 12. Teil von einem Zoll (Müller, S. 233).
von zwei Zollen: 4,6–6,0 cm.

52,14 ff. *»Titurel« ...:* Das Vorbild zur Sigunen-Szene findet sich in Albrechts von Scharfenberg »Jüngerem Titurel«. Gutzkow bespricht im »Literatur-Blatt« Nr. 71 vom 11. 7. 1832, S. 283b–284b, Karl Rosenkranz' »Ueber den Titurel und Dante's Komödie. Mit einer Vorerinnerung über die Bildung der geistlichen Ritterorden und Beilagen aus der größeren Heidelberger Handschrift« (Halle 1829). Gutzkow plädiert dafür, im Verfasser des »Titurel« nicht Wolfram, sondern einen Epigonen zu sehen. Er schreibt (S. 284 b): »Die Urtheile über den poetischen Werth desselben [des »Titurel«] sind so unsicher, weil es nicht gedruckt ist (der erste alte Druck wird schon als Handschrift betrachtet) und ihn daher nur Wenige gelesen haben. Ich habe das Ungeheure gewagt, jenen alten Druck nicht nur zu lesen, sondern auch die Hälfte der kleinen Heidelberger Handschrift abzuschreiben, und mich also selbst von der Nüchternheit und unausstehlichen Breite dieses Titurel überzeugt.« Die Strophen, die Gutzkow als Anregung dienten, lauten:

[Tschionatulander nimmt von Sigune Urlaub, um für sie das »Brackenseil« zu gewinnen. Das Zitat setzt mit seinen Worten ein.]

›Du hast so werdiclichen   mich zur vart berichtet.
den lip zu dienst lieplichen   han ich diner hulde gar gepflichtet.
min herze minnet dich mit allem gůte.
swaz ich nu kumbers lide,   den buͤzet mir din liehter blik in můte.‹ –

›Du belibest sunder swere   mit lon an diner verte,
wan du der erste were,   der mir mit minne gedanken vreude werte.
hilf mir uz sorgen herzen unde můte
und rit ot williclichen!   din dienst der kumt dir noch zu allem gůte.‹ –

›Getorste ich sůze, wol gevar,   ich wold dich biten gerne,
du vreude mines herzen gar   und ouch min uf gender morgen sterne,
du blům, du ros, daz mich din mundel ruͤrte
mit williclichem chusse.   hei, waz ich starker ponder dann zevuͤrte!

Ob miner vert ein seld, ein heil von dir, vil suͤze, geschehe,
so daz ich sunder lach ein teil dines blanken libes hie gesehe,
die epfel ungevelschet uf bluͤndem rise?
des ist min herze gerende fur alle wunschel zwi in paradise.

Min tyost vil ungevelieret durch schilde liecht gezillet,
herz und můt gezieret wird da von und luterlich gewillet,
beruͤrt din blenk mins innern herzen wafen.
vil baz dan zů dem grale wer ich an selden wunsches arm entslafen!‹ –

›Ich vreu mich dirre mæren, ob ich also kan tiuren
gen der sorgebæren verte dinen lip, den gar gehiuren.‹
den lie sie grifen an den claren, suͤzen,
den vil jungen Grahardois. der chunde si vil lieplichen gruͤzen.

Uz pliat sidin wol gevar Sigun lie von ir slifen
von Lunders einen porten clar. des richeit mocht ein lant nicht ubergrifen.
den kunde si nu von ir gurten schone.
ir vruͤnde, dem herzenlieben, bot si disen werden dienst zu lone.

Beide herz und ougen mocht kuͤsch des nicht verbieten.
er můste sunder lougen vil lieplicher blicke sich da nieten,
do im daz sehen bracht so rich gemuͤte.
wer im icht worden mere, sin herz daz wer geswebt in vreuden vluͤte.

Ein umbevanc mit triwen zart, ein kus von rotem munde,
da mit urloup genomen wart mit wazzerrichen ougen an der stunde.
›got si mir als ich dir!‹ so sprach der werde,
›so var ich vri vor noͤten durch elliu lant.‹ daz was ouch ir begerde.

(Albrechts von Scharfenberg »Jüngerer Titurel«, Bd. 1 [Str. 1–1957], nach den ältesten und besten Handschriften krit. hrsg. von Werner Wolf, Berlin 1955 [Deutsche Texte des

Mittelalters, hrsg. von der Deutschen Akademie der Wissenschaften zu Berlin, Bd. 45], Str. 1277–85, S. 327–329).

52,20 *Sigunens Klage:* Vgl. Wolfram von Eschenbach, »Parzival« 138,1 – 142,10, 122,9 ff., V. 2753–59.

56,23 *Phönix:* die Vogelgestalt der ägyptischen Mythologie, die sich alle 500 Jahre verbrennt, um aus der eigenen Asche verjüngt wiederaufzuerstehen. Die Erwähnung gerade des Phönix könnte Gutzkow darüber hinaus dazu gedient haben, auf seine Tätigkeit als Redakteur des Literatur-Blattes zum »Phönix« anzuspielen.

56,36 *Venus der Medicis:* berühmte Antike in den Uffizien, so benannt nach ihren ursprünglichen Besitzern.

58,6 *Aprilprozesses:* Prozeß, der von April bis Dezember 1835 vor dem Pairshof in Paris gegen 1300 Republikaner geführt wurde, die in der Blanquistenerhebung gegen Louis Philippe revoltiert hatten.

58,11 *Die alte Revolution:* Gemeint ist die Französische Revolution von 1789 ff.

59,8 *Balzac:* Honoré de B. (1799–1850); sein Hauptwerk ist die 1829–54 veröffentlichte , mit mehr als 90 Titeln nur etwa zwei Drittel des geplanten Umfangs erreichende »Comédie humaine«, die ein Panorama der nachnapoleonischen französischen Gesellschaft darstellt.

60,15 *Gilets:* (frz.) Weste.

60,16 *Lorgnette:* (frz.) Stielbrille.

60,31 *»Cenerentola«:* Komische Oper von Gioachino Rossini, 1822 in Paris uraufgeführt.

61,2 *Marabouts in dem Haar?:* hier: die Federn des Marabu, eines Vogels aus der Familie der Störche.

61,5 f. *bei den Italienern:* im »Théâtre des Italiens«.

61,27 *mit den Sibyllinischen Büchern:* Die Sibyllinischen Bücher, so benannt nach der Cumäischen Sibylle, wurden der Legende nach dem Tarquinius Superbus von einer alten Frau zum Kauf angeboten. Sie wurden auf dem Kapitol verwahrt und in Notsituationen des Staates von einem eigens dafür bestimmten Kollegium (duoviri, decemviri, quindecimviri) nachgeschlagen.

62,9 f. *Herkules . . . Dejanira:* Herkules konnte Deïanira, die »Männerfeindliche«, erst nach der Besiegung des Flußgottes Acheloos gewinnen.

63,8 *Juchtengeruch:* Juchten ist ein mit Weidenrinden gegerbtes und zur Erhöhung der Wasserdichtigkeit mit Birkenteeröl, das den typischen Geruch erzeugt, eingefettetes Rinds- oder Roßleder.

Bisam: natürliches Riechstoffgemisch (= Moschus), das früher zur Parfumherstellung verwendet wurde.

66,20 ff. *Sie gleichen jenen Shakespeareschen Liebenden . . .:* Siehe »Wie es euch gefällt«, III, 2.

68,29 *Herrn von Werther:* Heinrich von W. (1772–1859), aus neumärkischem Adel. Zunächst Offizier, schied er nach der Niederlage von 1806 aus dem Heer, wurde 1807 Kammerherr des Königs und trat 1810 in den diplomatischen Dienst ein: 1821 Gesandter in London, 1824 in Paris, ab 1834 bis zu seinem Ruhestand 1841 Minister des Auswärtigen.

69,6 *Selbstennui:* Selbstüberdruß.

70,11 *Infusorien:* Aufgußtierchen. Übergießt man pflanzliche Bestandteile, z. B. Heu, mit heißem Wasser, so zeigen sich in der so entstandenen Lösung Aufgußtierchen: kleine, meist einzellige Organismen (Flagellanten, Wimpertierchen).

72,28 *Karbonarismus:* zu ital. carbonaro, ›Köhler‹; politischer Geheimbund, dessen Zeremoniell dem Brauchtum der Köhler entstammte; er wurde um 1807 in Kalabrien mit dem Ziel der Unabhängigkeit und freiheitlichen Verfassung Italiens gegründet und ging 1842 in der Giovine Italia Mazzinis auf.

77,34 *Manêge ritt:* frz. manège, ›Reitbahn, Reithaus, Dressur, Hohe Schule‹.

78,9–11 *»Revue de Paris« . . . Schwärmereien eines französischen Gelehrten über deutsche Zustände:* Es handelt sich um die Monatsschrift »Revue de Paris, Edition Augmentée des Principaux Articles de la Revue des deux Mondes«. Sie veröffentlichte zu dem Zeitpunkt Beiträge von Eugène Sue, Balzac, George Sand, La Mennais. In der Mai-Ausgabe 1835 findet sich ein Artikel von M. Lerminier »Au-Delà du Rhin« (S. 279–319) über Gegenstände aus Politik und Wissenschaft

Deutschlands und Österreichs (Boetcher Joeres, »Translation«, S. 123).

80,14 *Sue:* Eugène S. (1804–57); ursprünglich Schiffsarzt; verfaßte Seefahrer- und Gesellschaftsromane. Am bekanntesten wurden »Les mystères de Paris« (10 Bde., 1842/43). Bis 1835 waren erschienen: »Kerrock le pirate« (1830); »Plick et Plock« (1831, dt. 1834); »La salamandre« (1832, dt. 1832); »La vigie de Koat-Ven« (1833, dt. 1834).

86,15 *Moskoviens:* im 18. Jh. übliche Bezeichnung für Rußland.

87,3 ff. Shakespeare-Motto: »König Johann«, V, 7. In der Übersetzung von A. W. Schlegel (»Werke«, Bd. 4, S. 91) lauten die Verse, die Prinz Heinrich spricht: »Es ist zu spät, das Leben seines Bluts / Ist tödlich angesteckt, und sein Gehirn – / Der Seele zartes Wohnhaus, wie sie lehren – / Sagt uns durch seine eitlen Grübeleien / Das Ende seiner Sterblichkeit vorher.«

88,7 f. *ein weißer Kantenstrich:* »Figürlich, werden auch die genäheten, besonders aber die gewirkten und geklöppelten Spitzen, im Nieders. Kanten genannt, wegen des eckigen Randes derselben [...]; in welchem Verstande auch die Hochdeutschen dieses Wort von den Niederdeutschen genommen haben« (Adelung, Bd. 2, Sp. 1496 unter ›Kante‹ 4).

90,2 *Peche in Wien:* Therese P. (seit 1840 Therese de Jauzat; 1806–82); berühmte Rollen: Klärchen, Julie, Recha, Thekla, Ophelia, Emilia Galotti, Königin (»Don Carlos«), Marie (in Hans Hömbergs 1835 verfaßtem Schauspiel »Der Müller und sein Kind«). Sie spielte 1820–24 in Prag, 1830–67 am Burgtheater in Wien.

Höffert in Braunschweig: Emilie H. (1808–57), die einzige Tochter Ludwig Devrients, wirkte seit 1821 in Braunschweig, von 1827 bis 1830 in Danzig. In den Jahren zwischen 1832 und 1838 wurde sie als Maria Stuart und Claudia Galotti berühmt.

91,29 ff. Die obligatorische Ziviltrauung wurde in Frankreich 1792, in Deutschland erst durch das Personenstandsgesetz von 1875 eingeführt. Österreich folgte 1938 nach.

91,31 ff. *Das Sakrament der Ehe ...:* In der Schleiermacher-Vorrede (S. XXXV) schreibt Gutzkow: »Der einzige Priester, der die Herzen traue, sey ein entzückender Augenblick, nicht die

Kirche mit ihrer Ceremonie und ihren gescheitelten Dienern! Die Sittlichkeit im Verkehr der Geschlechter, wenn ihn die Liebe heiligt, hängt am schlechtesten mit der Gewohnheit zusammen, welche auch immer das Gewöhnliche ist.«

93,11 *Chaumette:* Pierre Gaspard Ch. (1763–94) ließ während der Französischen Revolution der Göttin Vernunft die Kathedrale Notre-Dame zur Verehrung einräumen. Vgl. Büchner, »Dantons Tod«, und Anm. zu 27,10 ff.

Anacharsis Cloots: Jean-Baptiste du Val-de-Grâce, Baron von Cloots, genannt Anacharsis, geb. 1755 auf Schloß Gnadenthal bei Kleve. Er wollte das Christentum durch eine Vernunftreligion ersetzen, nannte sich »orateur du genre humain« und predigte als Anhänger der Französischen Revolution (1792 Mitglied des Konvents) den Weltbürgerkrieg, von dem er sich die Etablierung einer weltumspannenden freiheitlichen Gesellschaft erhoffte. Cloots wurde 1794 guillotiniert.

Momoro: Antoine François M. (geb. 1756) war wie Cloots und Chaumette atheistischer Extremist und Verfechter der Dechristianisierungspolitik. Auch er wurde 1794 guillotiniert.

93,16 *Billaud-Varennes:* Jacques Nicolas B.-V. (1756–1819) war Mitglied des Wohlfahrtsausschusses und seit 1793 Präsident des Nationalkonvents. Er war beteiligt am Sturz Robespierres; 1815 wurde er als Terrorist deportiert. Vgl. Büchner, »Dantons Tod«, und Anm. zu 27,10 ff.

94,1–25 *Wir sollen . . . keine Antwort:* Diese Partie weist besonders enge Berührungen mit den Klagen Lélias auf. Lélia schreibt an Sténio:

»Que t'importe cela, jeune poëte? Pourquoi veux-tu savoir qui je suis et d'où je viens? . . . Je suis née comme toi dans la vallée des larmes, et tous les malheureux qui rampent sur la terre sont mes frères. Est-elle donc si grande, cette terre qu'une pensée embrasse, et dont une hirondelle fait le tour dans l'espace de quelques journées! Que peut-il y avoir d'étrange et de mystérieux dans une existence humaine? Quelle si grande influence supposez-vous à un rayon de soleil plus ou moins vertical sur nos têtes? Allez! ce monde tout entier est bien loin de lui; il est bien froid, et bien pâle, et bien étroit. Demandez au

vent combien il lui faut d'heures pour le bouleverser d'un pôle à l'autre.
Fussé-je née à l'autre extrémité, il y aurait encore peu de différence entre toi et moi. Tous deux condamnés à souffrir, tous deux faibles, incomplets, blessés par toutes nos jouissances, toujours inquiets, avides d'un bonheur sans nom, toujours hors de nous, voilà notre destinée commune, voilà ce qui fait que nous sommes frères et compagnons sur la terre d'exil et de servitude.
Vous demandez si je suis un être d'une autre nature que vous? Croyez-vous que je ne souffre pas? J'ai vu des hommes, plus malheureux que moi par leur condition, qui l'étaient beaucoup moins par leur caractère. Tous les hommes n'ont pas la faculté de souffrir au même degré. Aux yeux du grand artisan de nos misères, ces variétés d'organisation sont bien peu de chose sans doute. Pour nous dont la vue est si bornée, nous passons la moitié de notre vie à nous examiner les uns les autres, et à tenir note des nuances que subit l'infortune en se révélant à nous. Tout cela, qu'est-ce devant Dieu? Ce qu'est devant nous la différence entre les brins d'herbe de la prairie.
C'est pourquoi je ne prie pas Dieu. Que lui demanderais-je? Qu'il change ma destinée? Il se rirait de moi. Qu'il me donne la force de lutter contre mes douleurs? Il l'a mise en moi, c'est à moi de m'en servir« (Bd. 1, S. 17–19).
Vgl. auch »Lélia« (Bd. 1, S. 223–225). Lélia klagt Gott an:
»A DIEU
Qu'ai-je donc fait pour être frappée de cette malédiction? Pourquoi vous êtes-vous retiré de moi? Vous ne refusez pas le soleil aux plantes inertes, la rosée aux imperceptibles graminées des champs; vous donnez aux étamines d'une fleur la puissance d'aimer et au madrépore stupide les sensations du bonheur. Et moi qui suis aussi une créature de vos mains, moi que vous aviez douée d'une apparente richesse d'organisation, vous m'avez tout retiré, vous m'avez traitée plus mal que vos anges foudroyés; car ils ont encore la puissance de haïr et de blasphémer, et moi je ne l'ai même pas! Vous m'avez traitée plus mal que la fange du ruisseau et que le gravier du chemin;

car on les foule aux pieds, et ils ne le sentent pas. Moi je sens ce que je suis, et je ne puis pas mordre le pied qui m'opprime, ni soulever la damnation qui pèse sur moi comme une montagne. Pourquoi m'avez-vous ainsi traitée, pouvoir inconnu dont je sens la main de fer s'étendre sur moi? Pourquoi m'avez-vous fait naître femme, si vous vouliez un peu plus tard me changer en pierre, et me laisser inutile en dehors de la vie commune? Est-ce pour m'élever au-dessus de tous, ou pour me rabaisser au-dessous, que vous m'avez ainsi faite, ô mon Dieu! Si c'est une destinée de prédilection, faites donc qu'elle me soit douce et que je la porte sans souffrance; si c'est une vie de châtiment, pourquoi donc me l'avez-vous infligée? Hélas! étais-je coupable avant de naître!«

94,26 ff. *Die Fähigkeit . . .:* Die folgenden Ausführungen erinnern an »Lélia«, Bd. 1, S. 226 f.: »Car vous ne me suffisez pas, Dieu! vous le savez bien. Vous ne voulez pas être tout pour moi! vous ne vous révélez pas assez pour que je m'empare de vous et pour que je m'y attache exclusivement. Vous m'attirez, vous me flattez avec un souffle embaumé de vos brises célestes, vous me souriez entre deux nuages d'or, vous m'apparaissez dans mes songes, vous m'appelez, vous m'excitez sans cesse à prendre mon essor vers vous, mais vous avez oublié de me donner des ailes. A quoi bon m'avoir donné une âme pour vous désirer? Vous m'échappez sans cesse, vous enveloppez ce beau ciel et cette belle nature de lourdes et sombres vapeurs«.

95,27 f. *die »Fragmente des Wolfenbüttler Ungenannten«:* Lessing veröffentlichte in seiner Zeitschrift »Zur Geschichte und Literatur. Aus den Schätzen der Herzoglichen Bibliothek zu Wolfenbüttel«: 1. im »Dritten Beytrag« (1774) als Nr. XVIII »Von Duldung der Deisten. Fragment eines Ungenannten«; 2. im »Vierten Beytrag« (1777) als Nr. XX »Ein Mehreres aus den Papieren des Ungenannten, die Offenbarung betreffend«; 3. 1778 gab Lessing als selbständige Veröffentlichung »Von dem Zwecke Jesu und seiner Jünger« heraus; 4. nach seinem Tode erschien 1787 »Übrige noch ungedruckte Werke des Wolffenbüttlischen Fragmentisten. Ein Nachlaß von Gotthold Ephraim Lessing. Hrsg. von C. A. E. Schmidt [= Andreas Riemer]«. –

Zitiert wird nach dieser Ausgabe: Hermann Samuel Reimarus, »Apologie oder Schutzschrift für die vernünftigen Verehrer Gottes«, im Auftr. der Joachim-Jungius-Gesellschaft der Wissenschaften Hamburg hrsg. von Gerhard Alexander, 2 Bde., Frankfurt a. M. 1972.

95,33 *Reimarus:* Hermann Samuel R. lebte 1694–1768 in Hamburg; ab 1714 Studium der Theologie, Philosophie und der alten Sprachen in Jena und Wittenberg. 1723 wurde er Rektor in Wismar, ab 1728 wirkte er als Professor für Hebräisch und orientalische Sprachen am Akademischen Gymnasium in Hamburg. Seine hier interessierende »Schutzschrift« entstand in den vierziger und frühen fünfziger Jahren. – Arzt war der Sohn des Reimarus.

96,3 *Schmidt:* In der ersten Veröffentlichung nannte Lessing aus Schutzgründen den Bibelübersetzer Johann Lorenz Schmidt (1702–49) als Verfasser.

97,11 *Transfigurationen:* Verklärungen, ursprünglich die Mark. 9, 2 ff. und Matth. 17, 1 ff. berichtete Epiphanie, bei der Petrus, Jakobus und Johannes auf einem Berg Jesus, von Glanz umgeben, in der Begleitung von Moses und Elias erschauten.

98,34 *Böhme:* Jakob B. (1575–1624), Mystiker und Theosoph; seit 1599 Schuhmachermeister in Görlitz. Eines seiner Themen ist das Verhältnis des Bösen zu Gott. Er verlegte dieses in Gott selbst, denn wie jeder Gegenstand, jede Qualität ihr Gegenteil mit setzen müßten, um als solche erkannt zu werden, so würde Gott ohne die Negation des Guten in sich nicht erscheinen können. »Das Wesen aller Wesen ist nur ein einiges Wesen / aber es scheidet sich in seiner Gebaͤhrung in zwey *principia,* als in Licht vnd Finsternuß / in Frewd vnd Leid / in Boͤses vnd Gutes / in Liebe vnd Zorn / in Fewer vnd Licht / vnd auß diesen zweyen ewigen Anfaͤngen / in dem dritten Anfang / als in die *Creation* zu seinem eigenen liebe Spiel / nach beyder ewigen Begierde Eygenschafft« (»De Signatura Rerum«, caput XVI, nach: Albrecht Schöne [Hrsg.], »Das Zeitalter des Barock. Texte und Zeugnisse«, zweite, verb. und erw. Aufl., München 1968, S. 80).

99,15 ff. Vgl. »Lélia«, Bd. 1, S. 19 f.: »Vous demandez si j'adore l'esprit du mal? L'esprit du mal et l'esprit du bien, c'est un seul esprit, c'est Dieu; c'est la volonté inconnue et mystérieuse qui est au-dessus de nos volontés. Le bien et le mal, ce sont des distinctions que nous avons créées: Dieu ne les connaît pas plus que le bonheur et l'infortune.«

100,26 *Die Katastrophe des jungen Sand:* Karl Ludwig S. (1795–1820); als Theologiestudent zum radikalen Flügel der Burschenschaft um Karl Follen gehörend, erdolchte er am 23. 3. 1819 August von Kotzebue, in dem er einen Spitzel des Zaren und Exponenten der Reaktion sah. Seine Tat bildete den äußeren Anlaß für die Karlsbader Beschlüsse (Zensurbestimmungen, Demagogenverfolgung). Sand wurde am 20. 5. 1820 in Mannheim hingerichtet.

101,4 *das Buch »Rahel«:* Karl August Varnhagen von Ense gab nach dem Tode seiner Frau, Rahel Antonie Friederike Levin (1771–1833), eine Auswahl aus deren Nachlaß heraus: »Rahel, ein Buch des Andenkens für ihre Freunde«, 3 Bde., Berlin 1834.

101,22 *Bettina!:* Elisabeth (»Bettina«) von Arnim (1788–1859) veröffentlichte »Goethes Briefwechsel mit einem Kinde. Seinem Denkmal«, 3 Tle., Berlin 1835.

101,29 ff. *Wieder wie Jakob . . .:* Die Geschichte wird erzählt 1. Mose 29, 1–11.

103,24 *Hauslauf:* vermutlich artikulatorische Variante zu ›Hauslaub‹: »eine Pflanze mit zwölf Staubfäden und zwölf Staubwegen, deren saftige Blätter wie Schuppen über einander liegen, und welche auf dem Lande häufig auf den Strohdächern der Häuser und auf alten Mauern wächset; Sempervivum (Linné) = Hauslauch oder große Hauswurzel« (Adelung II, Sp. 1027).

107,27 ff. Vgl. Reimarus II, 78: »[. . .] die fruchtbare Einbildungskrafft mahlet sich mit leichter Mühe allerley unnatürliche Bilder, wie gemeinlich die Gesichte der Propheten und anderer in Entzückung gerathender Personen sind. So sieht Stephanus, unter so vielem Volck, allein, in seiner Entzückung, den Himmel offen, und Jesum zur rechten Hand Gottes. Wie? kann einer Gott wirklich mit sinnlichen Augen schauen? Hat

Gott eine rechte Hand zu welcher des Menschen Sohn sitzen könnte? welche Vorstellungen!«

107,31 *Solöcismen:* grammatikalisch unrichtige Verbindung von Wörtern, Sprachfehler.

109,28 ff. *bedenkliche Verwirrung seiner Ideen . . .:* Vgl. Reimarus II, 175: »Die Schrifftörter, welche er als Weissagungen von seiner Person und Begebenheiten deutet, und seine Jünger deuten lehret, sind alle unrichtig auf ihn gezogen, und handeln von gantz andern Personen, Zeiten und Begebenheiten. Das ist eben kein Merkmaal einer guten reinen Sache; dazu braucht man keine falschen Beweise.« – Vgl. auch Reimarus II, 127.

110,2 ff. Vgl. Reimarus II, 136: »Wenn wir aber auch den eigentlichen Sinn der Weissagungen aussetzen: so ist doch gewiß, daß die Juden, zu den Zeiten Jesu, insgesamt in dem Messia, nach der gemeinsten Bedeutung des Wortes, einen König und regierenden Herrn sich vorgestellt; und sodann auch unter dem Himmelreiche oder Reiche Gottes, eine weltliche formam reipublicae theocraticam verstanden haben. Auch die Jünger, welche sich Jesus gewehlt, und welche er herum sandte, hatten vom Anfange bis an den Todt Jesu beständig die Hofnung, er würde Israel erlösen. Sie zankten sich schon zum voraus darum, welcher unter ihnen der gröste in dessen Himmelreiche seyn würde; der eine wollte zu seiner Rechten, der andere zu seiner Linken sitzen, d. i. nächst ihm als dem Messias, wollten sie die Vornehmsten seyn, und am meisten zu sagen haben.« – Vgl. auch II, 138.

110,8 *Freund Johannes:* Vgl. Reimarus II, 175: »Johannes, sein naher Vetter, muste ihn zuerst in den Ruf bringen, und sich doch stellen, als hätte er ihn vorher nicht gekannt, sondern es erst durch eine Stimme vom Himmel, (die doch keiner der Umstehenden hörte) und durch ein Gesichte, (das doch niemand sonst sahe) erfahren; und beide lobten sich hernach einander vor dem Volke. Das ließ vollkommen, als hätten sich die beiden Herrn Vettern mit einander beredet ein solch Schauspiel zu machen.«

110,10 ff. *er nahm Schüler zu sich . . .:* Vgl. Reimarus II, 154 f.:

»Mit diesen Jüngern nun zog Jesus von Galiläa aus, wo er in Nazareth seine Wohnung hatte, fleissig umher in allen Gegenden vom Jüdischen Lande, und predigte, wie Johannes schon voraus gethan hatte, Buße und Bekehrung, als eine Vorbereitung zum nahen Himmelreiche«.

110,12–22 *er nannte sich Messias . . . Bücher bezüchtigte:* Vgl. Reimarus II, 139: »Jesus wuste, daß die herrschende Meynung des Volks von dem Himmelreich, oder dem Reiche des Messias, weltlich und fleischlich sey, nämlich, daß sie sich, bey der Verkündigung des nahen Himmelreichs, einen bald zu offenbarenden Erlöser von dem heydnischen Joche der Römer, einen andern Moses, Gideon, Jephtha, David, ja noch was grössers vorstellen würden: und dennoch erweckt er sie zu dieser Hofnung mit dem Ausdruck, ohne sie eines Besseren zu belehren. Jesus wuste, daß seine Jünger von eben der fleischlichen Hofnung eingenommen waren, und andern keine bessere Meynung beybringen würden als wie sie selber hatten: und dennoch braucht er sie zu Herolden dieses nahen Himmelreichs, und folgt ihnen auf dem Fuße nach. Also ist sein Wille und Absicht gewesen, des Volkes Erwartung eines weltlichen Erlösers jetzt lebendig zu machen, und auf sich zu ziehen«. – II, 44 f.: »Wäre nun die Idee von einem weltlichen Erretter Israels gantz wieder die Absicht Jesu, und ein Hinderniß ihrer wahren Bekehrung gewesen: so wären ja gleich anfangs nicht solche Boten des nahen Himmelreichs von ihm erwehlet worden, die selbst noch in dem seelenverderblichen Irrthum steckten, und nicht anders konnten als auch das Volk darin bestärken. Es wäre höchstnöthig gewesen, zuvor die auszusendenden Boten von dem Gegentheil zu belehren und zu überzeugen, und hernach durch dieselbe auch dem Volke das schädliche Vorurtheil aus den Gemüthern zu reissen. Allein Jesus läst seine Boten, so wie das Volk, bey den Begriffen die sie einmal hatten; daraus man schließen sollte, daß dieselbe seinen Absichten nicht gantz zuwieder gewesen sind, und von ihm nicht für hinderlich an der wahren Bekehrung gehalten worden.« – II, 154: »Jesus ließ den Juden, die in der sehnlichsten Erwartung eines zeitlichen Erlösers waren, das verheissene Reich Gottes als nahe verkündigen, und benahm ihnen ihre süsse Idee bey dieser frohen Botschaft nicht. Er erwehlte lauter Jünger, als Herolde dieses Reichs, von welchen er wissen konnte und wissen muste, daß sie eben solche fleischliche Begriffe von dem Reiche des Messiä hegten, und beständig behielten. Er suchte sie selbst auf solche Hofnung zu vertrösten, daß sie Theil an seinem Reich haben, und auf zwölf Stühlen die zwölf Geschlechte Israels richten sollten, dasjenige aber was sie seinetwegen verlassen hätten, hundertfältig wieder bekommen würden. Sie hatten es auch, als Leute von schlechtem Vermögen und Herkommen, schon anfangs, gut bey ihm.«

Man vergleiche damit die Darstellungsweise von David Friedrich Strauß (»Das Leben Jesu«, kritisch bearb. von D. F. S., Bd. 1, Tübingen 1835, S. 488–491): »Daß Jesus zum weltlichen Herrscher sich habe aufwerfen wollen, ist von jeher von Gegnern des Christenthums behauptet, von keinem aber so scharf an der Hand der Exegese durchgeführt worden, als von dem Wolfenbüttler Fragmentisten*, welcher ihm übrigens hiebei das Streben nach sittlicher Besserung seiner Nation keineswegs absprach. Das Erste, was dem Fragmentisten zufolge für einen politischen Plan Jesu zu sprechen scheint, ist, daß er immer nur schlechtweg das sich nahende Messiasreich ankündigte und die Bedingungen des Eintritts in dasselbe vorlegte, ohne sich näher darüber zu erklären, was es sei und worin es bestehe**, mithin den Begriff desselben als einen allbekannten voraussetzte. Nun war aber der damals herrschende Begriff von demselben überwiegend politisch gefärbt: folglich konnten die Juden, wenn Jesus ohne nähere Erklärung vom Messiasreiche sprach, nur an eine weltliche Herrschaft denken, und da Jesus keine andre Auffassung seiner Worte voraussetzen konnte, so muß er eben so haben verstanden sein wollen. Dasselbe scheint sich daraus zu ergeben, daß er die Apostel, deren Vorstellungsweise ihm nicht verborgen sein konnte, zur Verkündigung des Messiasreichs im Lande umher-

* »Von dem Zweck Jesu und seiner Jünger«, S. 108–157.

** Vgl. Fritzsche, in Matth., S. 114.

schickte (Matth. 10). Nun aber hatten diese, welche sich um die oberste Stelle in dem von Jesu zu errichtenden Reiche zankten (Matth. 18, 1. Luc. 22, 24.), von welchen zwei sich bestimmt die Sitze zur Rechten und Linken des messianischen Königs ausbaten (Marc. 10, 35 ff.), welche selbst nach dem Tod und der Auferstehung Jesu noch ein ἀποκαθιζάνειν τὴν βασιλείαν τῷ Ἰσραὴλ erwarteten (A. G. 1, 6), diese hatten doch offenbar von Anfang bis zum Ende ihres Umgangs mit Jesu ganz die gewöhnlichen Vorstellungen vom Messias: wenn also Jesus sie als Herolde seines Reiches aussandte, so muß es in seiner Absicht gelegen haben, daß sie aller Orten ihre politischen Messiasbegriffe verbreiten sollten.

Unter den eigenen Reden Jesu läßt sich besonders Eine hervorheben. Matth. 19, 28. (vgl. Luc. 22, 30.) verheißt er auf die Anfrage des Petrus, was ihnen, die um seinetwillen Alles verlassen haben, dafür werden würde? seinen Jüngern, daß sie in der παλιγγενεσία, wenn des Menschen Sohn seinen herrlichen Thron bestiegen haben werde, selbst auch auf 12 Stühlen sitzen und die 12 Stämme Israëls richten sollen. Daß der nächste Wortsinn dieser Verheißung dem Zusammenhang der weltlichen Messiashoffnungen der damaligen Juden angehöre, darf als eingestanden vorausgesetzt werden. Aber Jesus soll sie nicht wörtlich, sondern uneigentlich gemeint, und durch gewohnte jüdische Bilder nur dieß haben ausdrükken wollen, daß die Apostel für ihre hier gemachten Aufopferungen in jenem Leben durch die Theilnahme an seiner Herrlichkeit reichlich entschädigt werden würden*. Allein die Jünger müssen diese Rede eigentlich verstanden haben, wenn doch selbst nach Jesu Auferstehung noch ähnliche Gedanken in ihnen wohnten, und da Jesus ihre Geneigtheit zu irdischen Messiashoffnungen aus mehreren Proben kannte, so würde er sich schwerlich jenes Versprechen erlaubt haben, wenn er nicht beabsichtigte, diese Erwartungen in ihnen zu nähren. Daß er dieß, ohne sie selbst zu theilen, aus bloser Accommodation an

* Ruinöl, Comm., in Matth. S. 518 ff. Auch Olshausen, S. 744, faßt die Rede symbolisch, ob er gleich einen andern Sinn in derselben findet.

die Jünger, um ihren Muth zu befeuern, gethan habe, diese Voraussetzung läßt ihn unredlich handeln, und dieß im gegebenen Fall noch besonders unnöthig, da, wie Olshausen mit Recht bemerkt, auf die Frage des Petrus jede andre lobende Anerkennung des Strebens der Jünger genügt haben würde. Scheint so Jesus die jüdischen Erwartungen, welche er hier vorträgt, selbst auch getheilt haben zu müssen: so versuchen die Ausleger die verzweifeltsten Sprünge, um diesem unwillkommenen Ergebniß sich zu entziehen. Die einen durch willkührliche Änderung der Lesart*; die anderen, indem sie aus Jesu Worten eine Ironie über die hohen Ansprüche der Jünger bei noch so geringen Leistungen herausdeuten**, andere noch anders, aber alle so unnatürlich, daß man lieber eingesteht, Jesus habe hier im Zusammenhang mit jüdischen Vorstellungen den Aposteln einen Antheil an dem von ihm äusserlich abzuhaltenden messianischen Gerichte zuerkannt, was allerdings auf ein politisches Element in seinen Begriffen vom Messiasreich hinzudeuten scheint***, zumal er der Apostelgeschichte zufolge (1, 7.) auch nach der Auferstehung noch auf die schon erwähnte Frage der Jünger nicht dieß verneint, daß er das Reich Israël wiederherstellen werde, sondern nur die Frage nach den χρόνοις und καιροῖς dieser Wiederherstellung als ungehörig zurückweist.

Unter den Handlungen Jesu beruft man sich für die Behauptung eines politischen Plans besonders auf seinen letzten Einzug in Jerusalem (Matth. 21, 1 ff). Hier deutet nach dem Fragmentisten Alles auf eine politische Absicht hin. Der Zeitpunkt, den er wählt: nach hinreichend langer Vorbereitung des Volks in den Provinzen das von diesem zahlreich besuchte Osterfest; das Thier, das er besteigt, durch welches er sich mit Bezug auf Zacharias als den für Jerusalem bestimmten König ankündigen wollte; die Billigung, die er ausspricht, als das Volk ihn mit königlichem Gruß empfängt; das gewaltsame

* Paulus, exeget. Handb. 2, S. 613 f.

** Liebe, in Winers exeget. Studien 1, 59 ff.

*** Hase, »Leben Jesu«, § 68.

Verfahren, welches er sich sofort im Tempel erlaubt; die scharfe Rede endlich gegen den hohen Rath (Matth. 23), an deren Schluß er sich die Anerkennung als messianischer König durch die Drohung, sich dem Volk sonst gar nicht mehr zu zeigen, erzwingen will.«

110,28 *Müntzern:* Thomas Müntzer (1490–1525, hingerichtet bei Mühlhausen); ev. Theologe, arbeitete 1525 in Mühlhausen für die Einsetzung einer christlichen Demokratie. Er suchte so, die Zielsetzung des von ihm gegründeten »Bundes getreulichen und göttlichen Willens« zu realisieren und das Reich Gottes auf Erden zu verwirklichen (Widerspruch gegen Luthers Zweireichelehre).

111,16 *Theudas:* Führer eines jüdischen Aufstandes entweder vor dem Census des Quirinus (6/7 n. Chr.) oder zur Zeit des Prokurators Cuspius Fadus (40–46 n. Chr.).
Judas Galiläus: Er stammte aus Gamala in Gaulanitis und war wie sein Vater messianischer Kronprätendent. Er organisierte einen Volksaufstand gegen den Census des Quirinus (6/7 n. Chr.). Seine Anhänger, die sich als besondere Partei (Zeloten) von den Pharisäern absetzten, zeichneten sich durch einen fanatischen Römerhaß aus.

111,16 f. *Bar Kochba:* Messias Simon, genannt Barkochba, der die Judenchristen blutig verfolgte, war der Führer der letzten großen Erhebung der palästinensischen Juden (132–135 gegen Hadrian).

111,17 ff. Vgl. die bereits zu 109,28 ff. zitierte Reimarus-Passage II, 175 über die falsche Auslegung der Schriftörter.

111,23 f. *Pythagoras:* P. von Samos (um 570 bis um 480), Philosoph, Astronom und Mathematiker, gründete in Kroton (Unteritalien) die religiös-politische Lebensgemeinschaft der Pythagoreer.

111,24 *Zoroaster:* Zarathustra, altiranischer Religionsstifter und Prophet. Er lebte ungefähr von 630 bis 553 v. Chr. Seine monotheistische Religion, deren heilige Schrift der »Awesta« ist, basierte auf einem dualistischen Prinzip: dem höchsten und einzigen Gott Ahura Masda als dem guten Prinzip steht Ariman, das Prinzip des Bösen, gegenüber. In den Geschöpfen wiederholt und multipliziert sich deren kämpferischer Antagonismus.

111,25–34 *Jesus war Jude . . . Jesus brachte:* Vgl. Reimarus II, 25: »[. . .] es ist offenbar, daß Jesus sich selbst in allen äusserlichen Handlungen nach der Jüdischen Weise bequehmt, und dabey hoch betheuret habe, daß er nichts von dem gantzen Gesetze, selbst von den kleinsten Geboten, abzuschaffen willens sey. So lehrt er auch seine Apostel und andere Jünger aus dem Judenthum nicht, nunmehr, da sie ihm nachfolgeten, Opfer, Reinigungen, Feyertage, Zehnden, Erstlinge, und dergleichen aufzuheben, sondern alles, wie er selbst that, zu erfüllen; nur daß man die Levitischen Cerimonien denen großen Pflichten gegen Gott und andere Menschen nachsetzen müste.« – Vgl. ebd., S. 100, 102, 118.

112,5–11 *Eine Moral . . . Gesinnungen forderte:* Vgl. Reimarus II, 33: »Sehet aber, welche reine, erhabene und heilige Moral Jesus prediget! Er sucht zuvörderst die Quelle des Bösen, die unlauteren Begierden des Hertzens, zu verstopfen, und dagegen eine wahre Liebe zu sich selbst und andern Menschen einzuflössen.« – II, 34: »Auf diese Weise sucht denn Jesus alle Gebote der Gesetz-Taffeln, welche die Pflichten gegen den Nächsten betreffen, zu erweitern, und die Tücke des menschlichen Hertzens gleichsam mit der Wurtzel auszurotten.« – II, 35: »Dergleichen Lehren sind groß, edel, ja göttlich, und man wird sie selten, oder fast gar nicht, wenigstens nicht aus dem Grunde einer so allgemeinen Menschenliebe, die sich auch an Feinden thätig erwiese, bey heydnischen Weltweisen finden.« – II, 98: »Die Absicht Jesu, in seiner Reformation des Judenthums, ging blos dahin, ihnen das Sitten-Gesetz, als das vornehmste Stück der Religion, besser zu erklären und einzuschärffen, weil es bisher zu enge eingeschränkt, versäumt, verdrehet, verachtet und gröblich übertreten war; indem man sich fälschlich einbildete, daß die Pflichten, welche Gott im Gesetze forderte, hauptsächlich in der genauen Beobachtung der äusserlichen Gebräuche bestünden.«

112,33 *Truggewebe von Wundern:* Vgl. Reimarus II, 175: »Die Wunder, welche man von ihm berichtet, sind grösten Theils so beschaffen, daß sie verdächtig werden müssen: weil sie in der Heilung solcher Personen bestunden, die sich ihm zu willen blind, taub, stumm, lahm, krank, unsinnig stellen konnten; weil sie einen Aberglauben damaliger Zeit zum Grunde hatten, als ob die Krankheiten von bösen Geistern entstünden, und durch deren Austreibung aus den Besessenen weichen müsten; weil ferner seine eigene Brüder und Mitbürger, so wie auch die Obersten der Juden nichts davon glaubten; und weil er in deren Gegenwart, und auf derselben Verlangen, kein eintziges Wunder thun konnte. Ein eintziges überzeugliches Wunder zum Beweise seiner Sendung vor dem hohen Raht und Eltesten wäre genug gewesen dem Unglauben zu wehren.«

113,1 f. *Fabel von dem Stater im Leibe eines Fisches:* Stater: Bezeichnung für das höchstwertige Stück eines Münzsatzes. Die Episode wird erzählt Matth. 17, 27.

113,30 *übermütige Exegese:* Vgl. Reimarus II, 127: »Es ist ferner zweydeutig, daß Jesus selbst in seinen Reden, wenn er die Person des Messiä vorstellen will, welche von den Propheten verheissen worden, sich solcher Schriftörter bedient, welche davon gar nicht handeln, und nur fälschlich dahin gedeutet werden.« – Vgl. auch noch einmal ebd., S. 175.

113,34 f. *Apollonius:* A. von Tyana (geb. um 3 n. Chr. in Tyana in Kappadokien, gest. um 97 in Ephesos) wird als Magier, Zauberer, Wanderprediger und Philosoph erwähnt. Caracalla erbaute ihm ein Heroon. Severus verehrte seine Büste neben der von Abraham, Orpheus und Christus in seinem Lararium. Seine Mutter, Julia Donna, ließ um 220 von Philostrat die Biographie des A. schreiben. Man nimmt an, daß verschiedene Momente der Lehre des A. (monotheistische Tendenz, Unsterblichkeit der Seele, Ablehnung des Bilderdienstes) auf das Christentum gewirkt haben.

114,26 ff. Vgl. Reimarus II, 113 f.: »Das Brod und der Wein war nur eine Nebensache bey der Maalzeit. Jetzt macht man eine besondere Maalzeit aus dem Brodt und Wein, und läst die Hauptgerichte weg. Damals war es ein Brodt zur Nahrung, ein öfterer Trunk zur Erquickung. Nun ist es an den meisten Orten ein dünnes Blätchen von Mehl das wie Nichts im Munde verschwindet, und ein Tröpfchen Weins, der die Gurgel kaum naß macht; wo nicht der Meß-Pfaffe den Wein gar für sich allein austrinket. Vermuthlich war es vorzeiten rother Wein, der zum Erinnerungs-Zeichen des vergossenen Blutes gesetzt ward. Nun nimmt man insgemein weissen dazu. Jesus setzte es ein zum Abend-Essen. Nun macht die Christenheit ein Frühstück daraus. Was aber das hauptsächlichste ist: so sucht man in dem Brodt und Wein, vermöge der Worte, *Dies ist mein Leib, dies ist mein Blut,* erstaunliche Geheimnisse, entweder, daß das Stücklein Brods, und das Tröpflein Weins in den Leib und das Blut Jesu verwandelt, oder doch damit sacramentlich vereinigt wären; gleich als ob der Ausdruck nicht offenbar von dem symbolischen Ausdruck der Juden, *Dies ist das Brod der* [ägyptischen] *Trübsal,* entlehnet wäre, und also bloß ein Erinnerungs-Zeichen andeuten sollte. Man hätte doch denken mögen, daß Jesus, als ein Jude, eine Jüdische Formel in Jüdischem Verstande würde gebraucht haben. So aber, da die Worte buchstäblich angenommen werden, verwickelt sich die Christenheit in die heftigsten Streitigkeiten, feindselige Spaltungen und blutige Kriege über den Verstand solcher Worte, die nun allen gesunden Verstand verloren haben.«

115,12 *Das Kruzifix ist eine Zierat geworden:* Man vgl. Wienbargs Ausführungen über das Honoratioren-Christentum in »Wanderungen durch den Thierkreis«, Hamburg 1835, S. 60–64.

115,18 f. *die verworrenen Ideen einiger palästinensischer Fischer und Teppichfabrikanten:* Vgl. Reimarus II, 307: »Sie [die Jünger] wollten auch nicht in den Fußstapfen ihres gewesenen Meisters bleiben, sondern eine neue Religion stiften, welche beides Juden und Heyden gerecht wäre. Zu dem Ende legten sie es bey Zeiten darauf an, daß sie die beschwerlichen und unnützen Levitischen Cerimonien nach gerade aufheben wollten, damit die Scheidewand zwischen Juden und Heyden ihnen nicht hinderlich wäre, und ihre Heerde desto größer würde. Die Bewegungsgründe zu diesem Plan lassen sich aus dem Gemüths-Charakter der Apostel, und aus den Umständen unschwer schließen. Die Apostel waren grösten Theils geringe und schlecht bemittelte Leute, die sich kurtz zuvor von der Fischerey und andern Handthierungen nothdürftig ernährt hatten, aber von Jesu zu seinen Jüngern berufen waren. Daraus aber muß man nicht folgern, daß sie unwissende, rohe oder einfältige Leute gewesen sind. [. . .] Denn bey den Juden war es gebräuchlich, daß auch die Gelehrten ein Handwerk wissen und sich damit nähren musten, wie wir besonders an Paulo sehen.«

116,11 *kabbalistisch:* Kabbala: Bezeichnung für die jüdische Geheimlehre und Mystik vor allem zwischen dem 12. und 17. Jh. sowie für die esoterischen und theosophischen Bewegungen im Judentum überhaupt.

117,4 *Tholuck:* Vgl. die Anm. zu »Appellation« S. 150,7.

117,10 *derogieren:* lat. derogare, ›abschaffen, aufheben‹.

117,29 ff. Vgl. Reimarus II, 95 f.: »Vorzeiten wurden erwachsene verständige Personen getaufft, welche wusten worauf sie getaufft wurden, und selbst ein Bekenntniß ihres Glaubens ablegten; folglich das Christenthum aus Überlegung und freyem Willen annahmen. Heutiges Tages macht man die neugeborne Kinder schon zu Christen, ehe sie noch denken, sprechen, verstehen und wehlen können, d. i. man geht mit ihnen um als mit leydenden Maschinen die von sich selbst nicht wissen, und mit sich müssen machen lassen alles was die Gewalt der Menschen mit ihnen vornehmen will. Man fügt der Gewalt noch Betrug hinzu, da man andere, an dieser Kinder Statt, zu den vorgesagten Fragen Ja sagen läst, und die Kinder bey dieser Zusage nachmals, als einem Taufbunde, vest halten will.« Vgl. auch ebd., S. 11.

118,15 ff. *daß er im Abendmahl . . .:* Vgl. die schon zitierte Passage Reimarus II, 113 f.

118,37 *der englischen Hochkirche:* Die englische Hochkirche ist durch Rückgriffe auf katholische Traditionen gekennzeichnet: gesteigerte Wertschätzung des geistlichen Amtes, das durch apostolische Sukzession übertragen wird; Förderung der Privatbeichte und Eintreten für evangelische Kommunitäten (ordensartige Gemeinschaften).

118,37–119,1 *das quäkerische Extrem der allgemeinen Priester-*

schaft: Da sich Gott nach Meinung der Quäker jedem Gläubigen unmittelbar offenbaren kann, verwirft diese Glaubensgemeinschaft Sakramente, Dogmen, Glaubensbekenntnisse sowie Priester- und Kirchentum als überflüssig.

119,17 *in den Schlesischen Dragonaden: Dragonaden:* Sie bildeten eine der Maßnahmen Ludwigs XIV., den Glaubenwechsel der französischen Protestanten zu erzwingen; sie bestanden in Masseneinquartierungen von Soldaten, denen jede Mißhandlung ihrer Wirtsleute erlaubt war, bis sie sich zum Übertritt zum Katholizismus bereitfanden. – *Schlesische Dragonaden:* »Die Einführung einer neuen Agende [Gottesdienstordnung] (1822) in Preußen, zuerst vorgeschrieben für die Hofkirche in Berlin und für das Militär, 1826 für alle preußischen Kirchen [...], verursachte heftigen Streit, weil die Agende den Lutheranern zu stark den reformierten Geist verriet, vielen auch als katholisierend erschien« (»Lexikon für Theologie und Kirche« 1, Sp. 187). In Schlesien konnte die neue Agende nur mit militärischer Gewalt durchgesetzt werden.

119,22 *deistische Philosophie:* Der Deismus propagiert eine natürliche Religion und lehnt den christlichen Ausschließlichkeitsanspruch ab. Er bestreitet, daß Gott – insbesondere durch Wunder – in der Geschichte wirksam werde. Nach seinem Verständnis ist Religion mythisch formulierte Ethik. Vertreter des Deismus sind Reimarus, Lessing, Johann Salomon Semler.

119,29 *Voltaires:* eigtl. François-Marie Arouet (1694–1778), Kritiker der positiven Religionen, insbesondere der katholischen Kirche, und Verfechter religiöser Toleranz im Geiste des Deismus.

120,23 ff. *Rationalismus / Supernaturalismus:* »Der christliche Rationalismus ist die Maxime, die positive oder geschichtliche Religionslehre Christi und seiner Apostel darum für glaubwürdig zu halten, weil sie in der vernünftig-sittlichen Natur des Menschen begründet ist« (Röhr); Supranaturalismus ist »die Denkart, nach welcher man eine von Gott unmittelbar und übernatürlich mitgeteilte Erkenntnis glaubt, die als solche schlechthin über die Vernunft erhaben ist« (Wegscheider). (Zitiert nach: »Die Religion in Geschichte und Gegenwart«, 3.

Aufl., Bd. 5, Sp. 792.) – Hauptvertreter des Rationalismus: der Helmstedter Kirchenhistoriker und Dogmatiker Philipp Konrad Henke (gest. 1809), Heinrich Eberhard Gottlieb Paulus (s. S. 165–179) und der Göttinger Kirchenhistoriker Timotheus Spittler (1752–1810). Als Exponenten des Supranaturalismus sind Gottlob Christian Storr (gest. 1805), Führer der »älteren Tübinger Schule«, sowie der Dresdner Oberhofprediger Franz Volkmar Reinhard (gest. 1812) zu nennen.

121,12 *Schleiermacher:* Friedrich S. (1768–1834); geb. in Breslau als Sohn eines reformierten Feldpredigers. Er wurde auf dem Herrnhutischen Pädagogium in Niesky und dem theologischen Seminar in Barby erzogen. Danach kam es zum Bruch mit der Brüdergemeine. 1787–89 Studium in Halle; seit 1794 Hilfsprediger zu Landsberg a. d. Warthe; 1796–1802 Prediger an der Charité; 1806 o. Prof. in Halle; seit 1808 Prediger an der Dreifaltigkeitskirche in Berlin, seit 1810 zugleich Professor an der neugegründeten Universität.

121,18 *Diakone:* Die reformierte Kirche kennt den Diakon als Leiter der Armenhilfe und von Hospitälern. Die rheinisch-westfälische Kirchenordnung sieht den Diakon als Mitglied des Presbyteriums vor.

Konsistorialräte: Titel von Mitgliedern des Verwaltungsorgans in der zentralen Leitung der Landeskirchen.

121,21 *homiletischen Schleim:* Homilie: Predigt, die einen biblischen Text im Hinblick auf seine praktische Anwendung im christlichen Leben behandelt.

121,22 *Schelling:* Friedrich Wilhelm Joseph S. (1775–1854); 1798 Professor in Jena, später in Würzburg, Erlangen, München und (ab 1840) in Berlin; in seiner »Identitätsphilosophie« vertrat er einen »religiös verbrämten Pantheismus« (Karl Heussi, »Kompendium der Kirchengeschichte«, Tübingen ^{4}1919, § 168y).

Hegel: Georg Friedrich Wilhelm H. (1770–1831), seit 1818 Professor in Berlin. »Indem er der Philosophie und der Religion das gleiche Objekt zuschrieb, nur mit dem Unterschiede, daß der Religion das Objekt in der niederen Form der ›Vorstellung‹ gegeben sei, der Philosophie in der höheren der

›Idee‹, schien er Religion und Philosophie versöhnt zu haben« (Heussi, § 177c).

122,35 *St. Simonismus:* Gemeint ist die auf den Grafen Claude Henry de Saint-Simon (1760–1825) zurückgehende und von seinen Schülern (Olinde Rodrigues, Saint-Amand, Bazard, Enfantin) weiterentwickelte, philanthropische Soziallehre. Ihr zufolge gliedert sich die Gesellschaft in die Klassen der »Tätigen« (»Industriels«), der alle Arbeitenden (Arbeitgeber und Arbeitnehmer) angehören, und die der »Müßigen« (»Oisifs«), die wesentlich von den Rentiers und dem Militär gebildet wird. Die Führung der Gesellschaft wird der arbeitenden Elite, den »grands industriels« und unter ihnen den Bankiers zugedacht. Sie sollen Arbeit für alle schaffen und den erreichten Wohlstand der mittellosen Masse des Volkes zugute kommen lassen. Ausbeutung, die ihren Grund im Privateigentum hat, wird von Saint-Simon scharf kritisiert. Dessen ungeachtet wird der Privatbesitz grundsätzlich (wie auch bei La Mennais) anerkannt, doch sollen administrative Maßnahmen für die Sozialbindung des Eigentums sorgen. – Einen weiteren Ausdruck findet Saint-Simons Bemühung um eine durchgängige Humanisierung des Lebens in seiner Forderung, die gesellschaftliche Stellung der Frau zu verändern. In ihren Lösungsvorschlägen divergieren hier seine Schüler (Enfantin und Bazard). – Literatur: Eliza Marian Butler, »The Saint-Simonian Religion in Germany«, Cambridge 1926. – Werner Suhge, »Saint-Simonismus und Junges Deutschland. Das Saint-Simonistische System in der deutschen Literatur der ersten Hälfte des 19. Jahrhunderts«, Berlin 1935 (Germanistische Studien 164).

122,35 f. *»Worten eines Gläubigen«:* »Les paroles d'un croyant« (Paris 1834) des katholischen Theologen Félicité Robert de La Mennais (ab 1834: Lamennais; 1782–1854) waren die wohl meistbesprochene Schrift der theologischen Publizistik dieser Jahre. Sie war »in den kgl. preußischen Staaten [. . .] ihres staatsgefährlichen Inhaltes wegen verboten« (Konfidentenbericht aus Mainz, Dezember 1834, in: Glossy, »Jahrbuch der Grillparzer-Gesellschaft« 22, 1912, S. 22 f.). Nach dem von

Glossy vorgelegten Material zu urteilen, haben die »Worte eines Gläubigen« zu den am schärfsten observierten Büchern dieser Jahre gehört. Einige Proben: »Paris, Juni 1834. Börne übersetzt gegenwärtig das Werk de Lamennais ›paroles d'un croyant‹. Diese Übersetzung wird in Paris zu 40.000 Exemplaren gedruckt und sonach an den Buchhändler Leroux zu Mainz versendet werden, von wo aus jene Exemplare nach Frankfurt und andere deutsche Städte zirkulieren sollen« (Glossy, ebd., S. 6). – »Mainz, 15. August 1834. Auffallend ist es, mit welchem Eifer Lamennais Werk ›Worte eines Gläubigen‹ in der von dem Straßburger Advokaten [Ehrenfried] Stoeber gemachten Übersetzung gesucht wird. Die erste Auflage war in wenig Wochen vergriffen und Stoeber ist eben daran, eine doppelt so starke verbesserte Auflage bei Schuler zu veranstalten, da die Nachfrage noch immer im Steigen ist und von deutschen Buchhändlern, besonders in Frankfurt und aus dem Nassauischen, bereits der Absatz von 1500 Exemplaren gesichert sein soll. Um den Absatz nach Deutschland ist der Verleger bei aller Wachsamkeit und Strenge der dortigen Regierungen nicht verlegen. Bekanntlich schafft er seine gefährlichen Verlagsartikel durch Kolporteure nach Deutschland, wozu ihm die verwegeneren der in Straßburg befindlichen politischen Flüchtlinge als Mittelmänner willig die Hände bieten« (Glossy, ebd., S. 8). – »Die zweite verbesserte Auflage von Stoebers Übersetzung der ›paroles d'un croyant‹ ist abermals vergriffen und trotz aller Verbote glücklich nach Deutschland abgesetzt worden« (Bericht aus Mainz vom 29. 8. 1834, in: Glossy, ebd., S. 11). Ausgaben: »Worte des Glaubens von Abbé Lamennais«, aus dem Frz. von Ludwig Börne, Paris 1834. – Dasselbe als Volksausgabe Herisau 1834. – »De Lamennais Worte eines Gläubigen«, vollst. übers. und mit krit. Materialien begleitet, vorangestellt ist die Lehre vom Verhältnisse des Christenthums zum Staat, nach neuem Vortrage Neanders, als Anleitung zur Würdigung der Worte des Gläubigen, Hamburg 1834. – Dasselbe als Volksausgabe 1835. – Ehrenfried Stoeber, »Worte eines Gläubigen«, Straßburg ^{1,2}1834. – Weiterhin gab es eine von der sächsischen

Regierung verbotene Übersetzung von Philippi in Grimma, eine polnische Übersetzung von Graf Viktor de Rochetin, eine ungarische von Kossuth, eine italienische Ausgabe wurde in Chur gedruckt, in Zürich erschien eine Übersetzung von Carl Warland, eine böhmische Ausgabe war in vielen tausend Exemplaren verbreitet (vgl. Glossy, »Jahrbuch der Grillparzer-Gesellschaft« 21, 1912, S. 17).

De La Mennais' Werk ist bestimmt von der Vision einer gesellschaftlichen Umgestaltung, die für ihn nichts anderes bedeutet als die konsequente Verwirklichung der christlichen Lehre. Christ sein heißt, den gesellschaftlichen Status quo dahingehend zu verändern, daß der einzelne als Glied einer politischen Ganzheit mündig wird und, was seine wirtschaftliche Situation angeht, dahin gelangt, den vollen Gegenwert für seine Arbeitsleistung zu erhalten und über dessen Verwendung so zu entscheiden, daß es ihm möglich wird, selbst zu Besitz und Vermögen zu gelangen. Es ist dabei wichtig zu betonen, daß La Mennais nicht einfach eine Umkehrung der Besitzverhältnisse anstrebt und so einen Mißstand unter umgekehrten Vorzeichen restauriert, sondern liberale, auf Ausgleich zielende und von volkswirtschaftlichem Denken zeugende Maximen aufstellt: »Nicht indem man nimmt, was andern gehört, zerstört man die Armut, denn wie könnte man die Zahl der Armen vermindern, indem man Arme macht? Jeder hat das Recht, zu behalten, was er hat, sonst würde niemand etwas besitzen. Aber jeder hat das Recht, durch seine Arbeit zu erwerben, was er nicht hat, sonst würde die Armut ewig sein« (zitiert nach: Ludwig Börne, »Sämtliche Schriften«, neu bearb. und hrsg. von Inge und Peter Rippmann, 2. Bd., Düsseldorf 1964, S. 1175). Unmißverständlich heißt es: »Wer nichts besitzt, kann nur zu Besitz gelangen, weil schon andere besitzen, denn nur diese können ihm geben, im Austausch für seine Arbeit« (ebd., S. 1176).

124,19 *Niobe:* Tochter des Tantalus, Gemahlin des Amphion, rühmte sich gegenüber Leto (Latona), der Mutter der Artemis und des Apoll, ihrer hohen Kinderzahl (6–10). Alle Kinder wurden daraufhin von Apollon und Artemis erschossen,

Niobe selbst von den Göttern in Stein verwandelt und in ihre kleinasiatische Heimat zurückversetzt. Vgl. Ovid, »Metamorphosen« VI, 146–312.

128 ff. *Wahrheit und Wirklichkeit:* Die erste Fassung des Aufsatzes erschien im Literatur-Blatt zum »Phönix« Nr. 29 vom 25. 7. 1835, S. 693a–695a. Proelß (S. 573) und Wolff (S. 24) sehen die nochmalige Veröffentlichung als Anhang zur »Wally« in der Notwendigkeit begründet, die Publikation, um sie zensurfrei drucken zu können, auf einen Umfang von etwas mehr als 20 Bogen zu bringen. Diese Erklärung schließt nicht aus, daß auch programmatische und literaturpolitische Gründe bei der Wiederveröffentlichung eine Rolle gespielt haben. Diese »Nachrede« verhält sich zum Roman nicht nur wie das Programm zu seiner Ausführung, sie steht vielmehr zugleich in der Nachbarschaft vergleichbarer Äußerungen Wienbargs und gewinnt so Wert als Beitrag zur Durchsetzung der jungdeutschen Dichtungsauffassung, die in ihrer hier unverkennbaren Goethe-Nachfolge zugleich eine unausgesprochene Polemik gegen Wolfgang Menzel darstellt. Die Ausführungen Gutzkows wie auch Gedankengang, Formulierung und Exempel der ihnen kongenialen Darlegungen in der 15. und 16. Vorlesung von Wienbargs »Ästhetischen Feldzügen« weisen unmißverständlich auf Goethes Gespräch »Über Wahrheit und Wahrscheinlichkeit der Kunstwerke« (»Propyläen«, Ersten Bandes erstes Stück von 1798; Artemis-Ausgabe Bd. 13, S. 175–181). – Boetcher Joeres (»Translation«, S. 130) assoziiert Goethes Distinktion »Einfache Nachahmung der Natur, Manier, Stil« (aus dem »Teutschen Merkur« vom Februar 1789; Artemis-Ausgabe Bd. 13, S. 66–71). Der erste Unterschied der auf den ersten Blick vergleichbar erscheinenden Begriffsreihen ist der, daß Goethe über unterschiedliche Apperzeptionsweisen spricht, die in differierenden Formen der Darbietung ihren bildnerischen Niederschlag finden, Gutzkow jedoch über Klassen von Gegenständen, die bei Goethe aufgrund einer gewissen wechselweisen Bedingtheit von Sujet und Verfahrensweise lediglich mittelbar erscheinen. Dessen ungeachtet berühren sich Gutzkows Aussagen über

»Wahrheit« und Goethes über »Stil« hinsichtlich Leistung und Erkenntniswert der entsprechenden künstlerischen Hervorbringungen. Der zweite und wichtigere Unterschied besteht nicht allein darin, daß Gutzkow die drei Formen künstlerischer Interessenahme *wertet*; er ist vielmehr darin zu sehen, daß er seine Wertung auf den Leser bzw. Betrachter überträgt und dabei zu einem vernichtenden Urteil über die Liebhaber der Wirklichkeit und der Wahrscheinlichkeit im Kunstwerk gelangt.

129,13 *Genremalerei:* Darstellung »kleiner« Sujets: Ereignisse des häuslichen und bäuerlichen Lebens.

129,14 *Scott:* Walter S. (1771–1832) verfaßte ab 1810 die »Waverly novels«, 27 meist in Schottland spielende Romane historischen Inhalts. Hervorgehoben wird seine Darstellung der Welt der schottischen Bauern, ihrer Lebensweise und Mentalität.

Bulwer: Edward George Earle Lytton, 1. Baron Lytton of Knebworth (1803–73), Politiker und Schriftsteller; vor allem seine historischen Romane machten ihn zu einem der meistgelesenen Autoren seiner Zeit (»Die letzten Tage von Pompeji«, »Rienzi, der letzte Tribun« u. a.).

Dramen Ifflands: August Wilhelm I. (1759–1814), Schauspieler und Dramatiker; 1796 Direktor des Berliner Nationaltheaters, 1811 Generaldirektor der Königlichen Schauspiele. Er verfaßte über 60 Schauspiele, die zu den meistgespielten ihrer Zeit (z. B. »Verbrechen aus Ehrsucht«, 1784; »Die Hagestolzen«, 1793) zählen.

129,14 f. *Dramen . . . Kotzebues:* August von K. (1761–1819), Dramatiker und Jurist; 1780/81 Anwalt in Weimar, 1781–90 Staatsstellung in russischen Diensten, 1813 russischer Generalkonsul in Königsberg, 1816 Staatsrat in Petersburg, 1817 persönlicher Berichterstatter des Zaren; in dieser Eigenschaft in Deutschland reisend, wurde er am 23. 3. 1819 von Karl Ludwig Sand ermordet. K. verfaßte mehr als 200 Dramen, die das Theater der Goethezeit beherrschten.

129,30 *Walhallen:* Anspielung auf die von Ludwig I. von Bayern bei Donaustauf zur Erinnerung an große Deutsche gestiftete und von Leo von Klenze ab 1830 im Stile eines dorischen Tempels errichtete Ehrenhalle.

132,7 *Ararat:* höchster Berg der Türkei an der Grenze zur UdSSR und zum Iran. Die Legende, auf dem A. sei die Arche Noahs gelandet, beruht auf einem sprachlichen Mißverständnis.

Kommentar zur Vorrede

133,6 *Frucht- als Dornenstücken:* Anspielung auf den Titel von Jean Pauls Roman »Blumen-, Frucht- und Dornenstücke oder Ehestand, Tod und Hochzeit des Armenadvokaten F. St. Siebenkäs im Reichsmarktflecken Kuhschnappel« (3 Bde., 1796/97).

134,29 *abgeschafft:* im Jahre 1848.

134,30 f. *Die Ausnahmegesetze sind aufgehoben:* Das Verdikt über Gutzkows Schriften wurde in Preußen am 17. 7. 1843 aufgehoben.

134,32 *Strauß:* David Friedrich S. (1808–74), 1832 Repetitor in Tübingen, wurde nach Erscheinen seines Werkes »Das Leben Jesu« 1835 abgesetzt. Nachdem seine Berufung nach Zürich am Widerstand der Zürcher Orthodoxen gescheitert war, lebte er als freier Schriftsteller. Strauß' Standpunkt ist nicht mehr der rationalistische (eines Paulus etwa) oder der supranaturalistische, sondern der mythische (Vorrede zum »Leben Jesu«, S. IV f.). »Das heisst keineswegs, dass die ganze Geschichte Jesu für mythisch ausgegeben werden soll, sondern nur Alles in ihr kritisch darauf angesehen, ob es nicht Mythisches an sich habe« (ebd.). – »Den inneren Kern des christlichen Glaubens weiss der Verfasser von seinen kritischen Untersuchungen völlig unabhängig. Christi übernatürliche Geburt, seine Wunder, seine Auferstehung und Himmelfahrt, bleiben ewige Wahrheiten, so sehr ihre Wirklichkeit als historische Fakta angezweifelt werden mag. Nur die Gewissheit davon kann unsrer Kritik Ruhe und Würde geben, und sie von der naturalistischen voriger Jahrhunderte unterscheiden, welche mit dem geschichtlichen Faktum auch die religiöse Wahrheit umzustürzen meinte, und daher nothwendig frivol sich verhalten musste« (ebd., S. VII). »Das Leben Jesu« erreichte bis 1840 vier Auflagen.

Feuerbach: Ludwig F. (1804–72); in seinen Büchern »Das Wesen des Christentums« (1841) und »Das Wesen der Religion« (1845) handelt er vom illusionären Charakter der Religion, deren Gottesvorstellungen nichts anderes als die Projektion menschlicher Wunschvorstellungen und so Kompensationen gesellschaftlichen Leidens seien.

Daumer: Georg Friedrich D. (1800–75) war zeitweilig Erzieher Kaspar Hausers (»Enthüllungen über Kaspar Hauser«, 1859). Er kritisierte in zahlreichen Publikationen das Christentum und trat dessen ungeachtet späterhin zum Katholizismus über. Nach seiner Konversion veröffentlichte er unter dem Pseudonym Eusebius Emmeran Gedichte und Erzählungen.

134,36 *Metternich:* Klemens Wenzel Fürst M. (1773–1859); seit 1809 mit der Leitung der österreichischen Außenpolitik betraut, war er der führende Verfechter des Legitimismus und damit der politischen Restauration nach den Freiheitskriegen.

134,37 *Blittersdorf:* Friedrich Karl Landolin Freiherr von B. (1792–1861) vertrat Baden 1820–35 beim Bundestag in Frankfurt.

Rochow: Gustav Adolf Rochus von R. (1792–1847) war 1834–42 preußischer Innenminister.

Tzschoppe: Gustav Adolf von T. (1794–1842), preußischer Staatsmann und führender Demagogenverfolger.

135,21 *Bacherer:* Vgl. S. 437, Nr. 19 dieser Ausgabe.

135,26 *aus früheren Schweinsrüsseln:* Kirke verwandelte die Begleiter des Odysseus in Schweine.

136,26 *Pölitz:* Karl Heinrich Ludwig P. (1772–1838), Historiker und Jurist; Werke: »Staatslehre« (2 Bde., 1808), »Die Staatswissenschaft im Lichte unserer Zeit« (5 Tle., 1823 ff.), »Das constitutionelle Leben nach seinen Formen und Bedingungen dargestellt« (1831).

Zachariä: Karl Salomo Z. von Lingenthal (1769–1843) war seit 1807 Prof. der Rechte in Heidelberg.

136,36 *Erdbeben von Lissabon:* Das Erdbeben von 1755 vernichtete die Stadt fast völlig.

137,2 *das Bestehend-Wirklich-Vernünftige:* Anspielung auf den Satz Hegels: »Das Wirkliche ist vernünftig, und das Vernünftige ist wirklich« (Müller, S. 316).

137,13 *von Wallerstein:* Ludwig Fürst von Öttingen und W. (1791–1870), unter Ludwig I. 1831 bis 1837 Minister des Inneren, vom November 1847 bis zum 12. März 1848 bayer. Ministerpräsident. Er verzichtete 1849 auf seine Würde als Staatsrat und trat im Landtag an die Spitze der äußersten Linken.

137,18 *Talleyrandismus:* hier im Sinne von ›politischer Opportunismus‹ gebraucht.

137,18 f. *Scribeschen »Bertrand et Raton«:* Eugène Scribe (1791–1861), frz. Dramatiker (»Das Glas Wasser«, 1840, dt. 1841) und Librettist (z. B. für D. F. E. Aubers »Fra Diavolo« und »Die Stumme von Portici«); das Lustspiel »Bertrand et Raton, ou l'art de conspirer« erschien 1832.

137,36 *kassandrahellen Nächten:* Kassandra, die Tochter des Priamos, sah den Untergang Trojas voraus.

138,4 *Londoner Glaspalast:* Der »Crystal Palace«, späterhin in Sydenham, einem Stadtteil im Süden Londons etabliert, wurde für die erste Weltausstellung 1851 im Hyde Park errichtet. Er ist architekturgeschichtlich bedeutsam als erster Skelettbau aus vorgefertigten Gußeisen- und Glasteilen.

138,7 *Gagernsche Parole:* Heinrich Freiherr von Gagern (1799–1880) war Präsident des Frankfurter Parlaments. »Parole« dürfte seinen Verfassungsentwurf meinen, den er dem Parlament als Vorsitzender des Reichsministeriums vorlegte (ohne eine Mehrheit zu finden).

138,12 *Volksaufstand:* Vgl. Anm. zu 134,32.

138,22 f. *die künstlerischen Regungen Düsseldorfs und Münchens: Düsseldorf:* Vgl. Anm. zu 19,32 f. – *München:* Ludwig I. verlegte 1826 die Landesuniversität von Landshut nach München. Zu nennen sind hier vor allem die Werke Leo von Klenzes: Glyptothek (1816–34), Alte Pinakothek (1825–36), Ruhmeshalle (1843–53), Propyläen (1846–60), Walhalla (1830–42).

138,25 *Fürst Pückler:* Hermann Fürst von Pückler-Muskaus (1785–1871) »Briefe eines Verstorbenen« (4 Bde., 1830–32) fanden in ihrer Zeit ein lebhaftes Echo.

138,31 *Lyrik Lenaus:* Nikolaus Franz Niembsch, Edler von Strehlenau (1802–50); seine »Gedichte« (Stuttgart 1832) erlebten in rascher Folge vier Auflagen (1834, 1837, 1840).

Lyrik ... Rückerts: Friedrich R. (1788–1866): »Östliche Rosen« (1822), »Liebesfrühling« (1823), »Die Verwandlung des Abu Seid von Serug« (1826), »Ges. Gedichte in 6 Bden.« (1834–38).

138,34 *Ruge:* Arnold R. (1802–80), Mitbegründer der »Hallischen Jahrbücher« (1838).

139,15 *Stieglitz:* Charlotte S. (geb. 1806) verübte am 29. 12. 1834 Selbstmord, da sie glaubte, die durch ihren Opfertod ausgelöste Erschütterung würde ihren Gatten, den Schriftsteller Heinrich Wilhelm August Stieglitz, aus seiner Schaffenslethargie herausreißen und zu neuen dichterischen Leistungen beflügeln.

139,22 ff. Anspielung auf Hartmann von Aues Versepos.

139,28 *Widder:* Anspielung auf die Opferung Isaaks durch Abraham (1. Mose 22).

140,24 *Paulus:* Heinrich Eberhard Gottlob P. (1761–1851), Vertreter der rationalistischen Philosophie; in einem Konfidentenbericht aus Innsbruck vom 6. 12. 1836 (Glossy, »Jahrbuch der Grillparzer-Gesellschaft« 22, 1912, S. 80) als »Radikaler« bezeichnet. 1798–1804 Prof. in Jena, dort enge Beziehungen zum Hause A. W. Schlegels; 1811–44 Prof. der Exegese und der Kirchengeschichte in Heidelberg; Verfechter der sog. natürlichen Wundererklärung (Reduktion der wunderbaren Begebenheiten auf ihren historischen Kern [Heussi, § 185n]). – Literatur: Carl Alexander von Reichlin-Meldegg, »H. E. G. Paulus und seine Zeit [...]«, Bd. 1, Stuttgart 1853.

140,29 *Daumer:* Seine Schrift erschien anonym: »Darlegung des religiösen und religionsgeschichtlichen Charakters und Verhältnisses der Herren Gutzkow und Menzel nebst Bemerkungen über den Ausgang und Ziel der Weltgeschichte in Beziehung auf Menzel's Ansicht darüber«, Nürnberg 1836.

140,36 *Phrenologen:* Der Arzt und Schädelforscher Franz Joseph Gall (1758–1828) versuchte in seiner »Phrenologie« die geistigen Eigenschaften im menschlichen Hirn zu lokalisieren und die charakterlichen und intellektuellen Dispositionen einer Person aus ihrer Schädelform zu erschließen. »Das Organ des Kunstsinnes bildet« nach Gall »eine rundliche Wölbung an der Seite des Stirnbeines und liegt nur wenig unterhalb der Stelle, wo der Ton- und der Diebessinn aneinandergrenzen.« – Vgl. auch: Gottfried Benn, »Medizinische Psychologie« (1911), in: G. B., »Gesammelte Werke in acht Bänden«, hrsg. von Dieter Wellershoff, Bd. 8, Wiesbaden 1968, S. 2059–64.

141,3 *Winter:* Der Liberale Georg Ludwig W. (1778–1838) war seit 1830 badischer Minister des Inneren.

142,29 *Tellus:* (lat.) Erde.

143,9 *Hume:* David H. (1711–76), schottischer Philosoph und Historiker; seine Bewerbung um einen Lehrstuhl für Moralphilosophie an der Universität Edinburg scheiterte, da man ihn aufgrund seiner Werke »A treatise of human nature« (1739/40) und »Essays, moral and political« (1741/42) des Atheismus verdächtigte. Sein letztes Werk, »Dialogues concerning natural religion«, erschien posthum 1779.

Lessing: Apostrophiert wird der Kontrahent Goezes (1777/78), der Hrsg. der Reimarus-Fragmente sowie der Verf. des »Nathan« (1779) und der »Erziehung des Menschengeschlechts« (1780).

Payne: Thomas P. (1737–1809), britisch-amerikanischer Publizist und Politiker. In seiner Schrift »Rights of men« (1791, dt. 1792/93) verteidigt er die Französische Revolution. Sein im Geiste des Deismus verfaßtes Buch »Das Zeitalter der Vernunft« (dt. 1794–96) wendet sich gegen den biblischen Dogmatismus.

Volney: Constantin François de Chasseboeuf, Comte de V. (1757–1820), französischer Philosoph und Politiker. In seiner Schrift »Les ruines ou méditations sur les révolutions des empires« (1791, dt. 1792) vertritt er die Meinung, die Religionen hätten die Vervollkommnung des Menschen verhindert.

143,16 *der freien Gemeinden:* Sie waren das Ergebnis der Bemühung, solche Pastoren aus den Landeskirchen zu entfernen, die den sog. Lichtfreunden, Anhängern des späten Rationalismus, angehörten. 1859 erfolgte die Vereinigung der Freien Gemeinden mit den Deutschkatholiken zum »Bunde freier religiöser Gemeinden«.

143,17 *Deutschkatholizismus:* Die Wallfahrt zum Heiligen Rock nach Trier, »von vielen Protestanten und Liberalen [. . .] als Herausforderung an den Geist des Jahrhunderts heftig befehdet [. . .], bildete den äußeren Anlaß für die Abspaltung des Deutschkatholizismus, der als nationale und flach-rationalistische Gegenströmung gegen die kirchliche Erneuerung in Ost- und Mitteldeutschland eine zunächst wirkungsvolle Agitation entfachte«. Führer der Bewegung waren Johannes Ronge (1813–93) und Johann Czerski (1813–93) (»Handbuch der Kirchengeschichte«, hrsg. von Hubert Jedin, Bd. VI/1: »Die Kirche zwischen Revolution und Restauration«, Basel/Freiburg/Wien 1971, S. 400). Die deutschkatholische Kirche hatte gegen 100 000 Mitglieder. Die Deutschkatholiken lehnten die klerikale Hierarchie und den Primat des Papstes, Heiligenverehrung und Reliquienkult, Ablässe, Fasten, Wallfahrten, Ohrenbeichte und Zölibat ab und traten für Gewissensfreiheit und freie Forschung (auch in Fragen der Bibelauslegung) ein.

143,30 *»Schwebereligion«:* Dies bezieht sich auf Bettina von Arnims Ausspruch, es wäre ihr, als müßte sie immer vor Goethe tanzen (Müller, S. 323).

143,31 *Gedankenscharpie:* frz. charpie, ›Leinwandfasern‹; faire de la charpie, ›Scharpie zupfen‹.

143,32 *»Hinko«:* Kosch (»Deutsches Theaterlexikon« I, 148) nennt »Hinko« (1829) als das 2. Stück der Schauspielerin und Bühnenschriftstellerin Charlotte Birch-Pfeiffer (1800–68).

143,34 *George Sand:* eigtl. Amandine Aurore-Lucie Baronne Dudevant (1804–76). In ihren frühen Romanen, die sich gegen die bestehenden Moralvorstellungen wandten, plädierte sie für das Recht der Frau auf freie Liebe; unter dem Einfluß von La Mennais wendete sie sich sozialen Fragen zu (vgl. ihre um 1850

entstandenen Dorfromane); zuletzt thematisierte George Sand die großbürgerliche und aristokratische Gesellschaft.
Problemgeschichtlich steht »Lélia« Schlegels »Lucinde« ungleich näher als Gutzkows Roman dem als Vorbild und Muster angesprochenen Werk George Sands. Die Übereinstimmungen zwischen »Wally« und »Lélia« beschränken sich im wesentlichen auf das Moment der Religionskritik, das jedoch, bei Gutzkow in der Zentralperspektive stehend, bei Sand, wenn nicht peripher, so doch lediglich mittelbar bedeutsam ist. Sands Roman handelt vorrangig von einem jungen Dichter, Sténio, dessen »Lehrjahre der Männlichkeit« sich von denen des Schlegelschen Julius durch den Mißerfolg unterscheiden, das Ziel zu erreichen, das man mit denWorten Pulchéries, der Schwester Lélias, so bezeichnen kann: »J'aurais voulu pouvoir mêler les jouissances épurées de l'esprit aux jouissances fiévreuses du corps« (II, 20). Sténio muß zugrunde gehen, weil er nicht die Liebende findet, die seiner Vorstellung von der Einheit der Seelen- und Sinnenliebe zu entsprechen vermag: Lélia, durch frühe und ausschließliche Beschäftigung mit Poesie und Wissenschaften in Disproportion zur Lebenswirklichkeit geraten und von ihrer ersten Begegnung mit einem Mann zutiefst enttäuscht, zieht sich auf die Position der platonisch Liebenden zurück und desillusioniert so den sie anbetenden Sténio, der sich verzweifelnd von ihr abwendet und im Umgang mit ihrer Schwester Pulchérie, der Kurtisane Zinzolina, schließlich an der Schwindsucht stirbt.
Lélia, durch Bildung und Erfahrung dazu befähigt, die menschliche Existenz distanziert zu betrachten, bewährt ethischen und religiösen Nonkonformismus. Sie, deren Blick für die Fragwürdigkeit mancher Konvention durch langes Leiden geschärft ist, vermag sich von den moralischen Vorurteilen der Gesellschaft zu emanzipieren und, wie ihre Beziehung zu dem ehemaligen Spieler und Sträfling Trenmor zeigt, zu eigentlich humanem Handeln zu gelangen (vgl. ihr Wort von der »vanité sociale qui s'appelle l'honneur«, I, 330). – Für die einzelnen Verlautbarungen, in denen sich ihr »mépris apparent pour les rites de notre cult« (I, 13) äußert, wird auf die

Anmerkungen verwiesen. Erwähnt sei hier nur noch ihre Meinung, die christliche Lehre bedeute eine Spekulation auf die Hoffnung der Menschen, in einem Jenseits für ihre irdischen Leiden entschädigt zu werden (I, 58 f.), sowie ihr Vorwurf, ein glücklicher Mensch sei für Gott ein Ärgernis; Gott habe das Leiden erfunden, um sich in seiner Langeweile daran zu delektieren (I, 244 f.). – Während Wally skeptisch-zweifelnd das Problem der Religion angeht, hat die ungleich selbständigere, auch heroischere Lélia nur mehr Zynismen für eine Konvention bereit, die für sie wertlos geworden ist.
Gutzkow rezensierte den Roman im Literatur-Blatt zum »Phönix« Nr. 29 vom 25. 7. 1835, S. 695a, b.
Byron: George Gordon Noel Lord B. (1788–1824); es wird hier auf des Dichters Skandalgeschichten angespielt, die zu gesellschaftlichem Boykott führten und ihn veranlaßten, 1816 England für immer zu verlassen.
Lamartine: Alphonse de L. (1790–1869) gilt als der erste große Lyriker der französischen Romantik.

143,35 f. *von dänischer, schwedischer Quengelei:* Anspielungen auf den Verfassungsstreit unter Oskar I. (1844–59) von Schweden und den seit 1846 andauernden Streit mit Dänemark um Schleswig-Holstein.

144,8 *Boccaz:* Gemeint ist Giovanni Boccaccios zwischen 1348 und 1353 entstandene Novellensammlung »Il Decamerone«.

144,9 *Leipziger Modezeitung:* wahrscheinlich das »Leipzig-Pariser Moden-Journal« (Jg. 1–15, Oschatz 1839–53).

144,22 *Whist:* Kartenspiel mit französischen Karten (52 Blätter).

144,24 *Tourenkarte:* Es war noch im 19. Jahrhundert üblich, daß sich die Herren vor Beginn eines Balles in eine Art »Tänzerliste« der Damen eingetragen haben mußten.

144,33 f. *Der »gespenstige Tambour«:* Vgl. Hermann Marggraffs Ballade (in: »Balladenchronik. Erzählende Gedichte ernster und humoristischer Gattung« von H. M., Leipzig 1862; S. 183 der Vermerk: »Freie und erweiterte Benutzung einer Episode aus Gutzkows ›Wally‹«):

Der tolle Tambour

I

Was klingt vor Liebchens Fenster
So laut in die Nacht hinein?
Das muß wol eine Trompete
Und eine Trommel sein.

Ja! ein verliebter Trompeter
Bläst ins Metall so stolz,
Und ein verliebter Tambour
Schlägt wacker auf Fell und Holz.

Der Eine steht links im Garten,
Der Andre rechts am Zaun;
Die beiden Nebenbuhler
Sich in die Augen schaun.

Der Tambour legt in die Trommel
Der Sehnsucht ganzen Schmerz,
Der Trompeter an die Trompete
Seinen Mund und auch sein Herz.

So stehen sie und warten,
Wem Hand und Herz sie gibt,
Ob mehr sie die Trompete,
Ob mehr sie die Trommel liebt.

II

Was wirbelt auf der Straße
Vor der Liebsten niedrigem Haus,
Als zöge nächtlich zum Thore
Ein Regiment hinaus?

Das klingt so wild verworren,
Das hat einen lauten Takt,
Das hat mit Furcht und Entsetzen
Die Nachbarn angepackt.

Wie Feuerlärm so schrillend,
Wie sterbende Liebe bald,
Wie ein Signal beim Aufruhr
Die wirbelnde Trommel schallt.

So wirbeln können viele,
So flüstern kann Eine blos;
Es läßt der Tambour die Geister
Des liebenden Wahnsinns los.

Die überkollern und jagen
Sich alle in wilde Lust;
Sie steigen nicht aus der Trommel,
Sie steigen aus tiefer Brust.

Die Fenster werden helle –
Da erscheint sie im Nachtgewand!
»Mein Tambour, lieber Tambour!« –
Sie winkt mit der weißen Hand.

Die Lippen wie Rosenblätter
Sich voneinander thun.
Sie spricht – wie horcht der Tambour,
Wie läßt er die Schlägel ruhn!

»Mein Tambour«, ruft sie, »mein Tambour!
Was treibst du vor meinem Haus?
Du Wilder! Du störst den Trompeter
Und mich beim nächtlichen Schmaus!«

Da ergreift er wild die Schlägel,
Da rührt er sie mit Macht,
Da hat er durch die Straßen
Gewirbelt und laut gelacht.

Das Fell zersprang vom Schlagen,
Sein Herz zersprang vor Weh;
Die Trommel fand man am Ufer,
Den Tambour im tiefen See.

Marggraff (1809–64) verfaßte Gedichte, Dramen, Romane, lit.-hist. und lit.-krit. Arbeiten (vgl. seine Rezension S. 366 bis 372); 1839–42 Hrsg. des »Allgemeinen Theater-Lexikons«.

145,17 *Mucius Scävola:* Gaius Mucius Cordus S. (›Linkshand‹), 507 v. Chr. in die Gefangenschaft des Rom belagernden Etruskerkönigs Porsenna geraten, den er hatte töten wollen, verbrannte seine rechte Hand, um seine Furchtlosigkeit zu demonstrieren.

145,34 *Vogts »Physiologische Briefe«:* Carl Vogt (1817–95) war Naturforscher und Politiker. Die genannte Veröffentlichung erschien in 3 Abteilungen 1845/46.
Wagner: Rudolf W. (1805–64), Physiologe, Anthropologe und vergleichender Anatom (Müller, S. 325).

147,10 *Aretinsches oder Parnysches Dosenstückchen: Aretino:* Pietro A. (1492–1556); gedacht sein dürfte hier vorrangig an den Autor der Komödie »La cortigiana« (1526) und der »Raggionamenti« (1536, Darstellung der römischen Halbwelt). – *Parny:* Évariste Désiré de Forges, Vicomte de P. (geb. 1753 in Réunion, gest. 1814 in Paris, Kreole), wurde durch seine »Poésies érotiques« (1778) berühmt. – *Dosenstückchen:* Die Sujets der genannten Autoren wurden gerne für Darstellungen (Email- oder Porzellanmalerei) auf Tabatieren verwendet.

147,12 *»Ardinghello«:* Wilhelm Heinse, »Ardinghello und die glückseeligen Inseln. Eine Italiänische Geschichte aus dem sechszehnten Jahrhundert«, Lemgo 1787.

147,33 *Bedlam:* in Schriften der Zeit verschiedentlich genannte Londoner Irrenanstalt.

Kommentar zur »Appellation an den gesunden Menschenverstand«

148,33 *ein schamloser Lärmmacher:* bezieht sich auf die in diesem Bande dokumentierte publizistische Kampagne Menzels gegen Gutzkows Roman.

149,21 *Tarpejischen Felsens:* Westabhang des Kapitols (gegen das Forum Romanum), den die zum Tode Verurteilten hinuntergestoßen wurden.

149,27 ff. Bei den Titeln handelt es sich vielleicht um Anspielungen auf Johann Gottlieb Fichtes »Reden an die deutsche Nation« (1807/09), Chateaubriands »Der Genius des Christentums« (dt. 1803/04) und Paulus' und Strauß' »Leben Jesu«.

149,30 f. *»Erklärung des Katechismus«:* Möglicherweise wird hier auf Gustav F. Dinters 1829 erschienene Arbeit »Die vorzüglichsten Regeln der Katechetik« angespielt.

150,7 f. *Tholuck ... »Weihen des Zweiflers«:* August T. (1799 bis 1877), seit 1826 Prof. in Halle. Sein Buch »Die Lehre von der Sünde und vom Versöhner oder die wahre Weihe des Zweiflers« (1823) gilt als das klassische Dokument der (aus dem Supranaturalismus hervorgegangenen) Erweckungstheologie (Heussi, § 185k).

150,7 *De Wette:* Wilhelm Martin Leberecht De W. (1780–1849) stand Schleiermacher nahe. Seit 1810 Professor in Berlin, wurde er 1819 wegen eines an die Mutter von Karl Ludwig Sand gerichteten Trostbriefes seines Amtes enthoben. Ab 1822 war er Professor in Basel. Er verfaßte zahlreiche bibelkritische Arbeiten. Das unter 150,8 genannte Werk Tholucks war die Antwort auf De Wettes »Theodor oder des Zweiflers Weihe« (2 Bde., Berlin 1822); Bd. 2 trägt den Untertitel »Bildungsgeschichte eines evangelischen Geistlichen«.

150,14 f. *Chateaubriand in seinen »Märtyrern«:* François René Vicomte de C. (1768–1848), französischer Schriftsteller und Politiker. »Die Märtyrer« (dt. 1811) behandeln die Überlegenheit der christlichen Religion über das Heidentum.

151,13 *Reverbère:* (frz.) Reflektor, hier in der Bedeutung ›unter dem hellen Licht von‹.

151,22 *Shelley:* Der englische Dichter Percy Bysshe Sh., geb. 1792, ertrank 1822 bei Viareggio.

153,1 f. *Paul de Kock:* Charles Paul de K. (1793–1871) schildert in seinen außerordentlich populären Romanen die Welt des Pariser Kleinbürgers.

153,10 *wie Tieck getan ...:* Alle drei Teile des Tieckschen Romans erschienen ohne Nennung des Verfassers.

153,34 *»Verteidigung«:* Vgl. S. 303–326 dieser Ausgabe.

154,5 *Wegscheider:* J. A. L. W. (1771–1849), 1806 Prof. in Rinteln, seit 1810 in Halle. Er ist Vertreter des populären Rationalismus. Seine Schrift »Institutiones theologiae dogmaticae« (1815, ^{8}1844) zieht von jedem Lehrsatz der orthodoxen Dogmatik ab, was mit Vernunftgründen nicht vertretbar ist.

154,19 *Jakobinismus:* Die Jakobiner waren der wichtigste politische Klub der Revolution. ›Jakobinismus‹ steht hier für die gesamte Revolutionsbewegung von 1789 ff.

155,25 *Tiersparti:* dritte Partei zwischen Regierung und Opposition.

155,33 *Fieschi:* Josephe Marie F. (1790–1836) verübte am 28. 7. 1835 ein Attentat auf Louis Philippe.

156,14 *Abbé Chatel:* Ferdinand-Toussaint-François C. (1795 bis 1857); als Gründer der Freikirche »Église catholique française« (1831) ließ er sich zum Primas von Gallien weihen. Er schaffte die Liturgiesprache, die Ohrenbeichte und den Zölibat ab.

157,16 *Emeuten:* (frz.) Aufruhr, Insurrektion.

158,8 *Mutuellistenvereine:* Die Mutuellisten lehnten die rücksichtslose Konkurrenz zugunsten des Prinzips der Gegenseitigkeit ab.

158,29 *Wienbarg . . . in seinem neuesten Buche:* »Wanderungen durch den Thierkreis«, Hamburg (April) 1835.

Selbstzeugnisse

An Ludwig Börne, am 2. Oktober 1835 aus Frankfurt am Main.

Gutzkow-Nachlaß in der Stadt- und Universitätsbibliothek Frankfurt a. M. Nr. 35, 272.

Teurer Börne!

Sie haben mir und Wienbarg Freud und Leid verursacht durch Ihren Brief. Wir waren gerade zusammen, als er ankam. Ich brach ihn auf: auf so schnelle Antwort rechneten wir nicht. Ich erkannte die kleine arabische Handschrift, die ich einmal schon bei Randglossen zu einem Abdruck Ihres Aufsatzes gegen Heine, der hier zirkulierte, gesehen hatte. Wir waren wie die Kinder. Aber Sie entziehen sich uns nicht? Wir wollen kein Versprechen; überraschen Sie uns einmal bei Gelegenheit durch die Tat.

Den weisen Ratschlägen, die Sie uns gegeben haben, hörten wir mit Andacht zu. Ich muß es um so mehr, da *ich* jetzt Ihre ehemalige Rolle in Deutschland übernommen habe. Sie waren lange Zeit der Sündenbock, auf dem die hungrigen Journalschreiber ritten, jetzt bin ich es. Es gibt in Deutschland – Sie wissen das – eine Sorte von Menschen, die immer einen Namen haben müssen, an dem sie schinden und schaben. Um etwas Schreckliches auszudrücken, nimmt man per metonymiam einen Menschen. Sie haben diese Notwendigkeit überstanden, Ihr Charakter, Ihre Ruhe siegten. Sie werden sogar Ihrer Beurteilung Heines wegen gegen die neuen Sündenböcke zitiert. Der öffentlichen Sachlage nach möchte man nicht glauben, daß Sie mir freundlich sein könnten.

Es ist in Deutschland eine eigne Verwirrung eingetreten, eine Art Sackgasse, in die man sich verlaufen hat. Es handelt sich um etwa acht Namen, um eine Doppelquadrille, aber eigentlich nur um sieben; de[r] *Mundt* und ein gewisser *Kühne* scheinen wohl nur für *einen* zu gelten. Da sind: Sie, Heine, Menzel, ich, Wienbarg, Laube und Mundt-Kühne oder Mündt-Kuhne oder Kühne-

Mundt, kurz, das ist eine Art Chiron, Roß und Mann zu gleicher Zeit.

Macht es Ihnen Vergnügen, so will ich Ihnen diesen Weichselzopf unsrer Literatur entwirren.

Im Anfang war das Wort, nämlich das *dreiste Wort*. Die Dreistigkeit paßte auf alle: Die Ketten der Gefängnisse waren die Verbindung. Der Freiheitsbaum war das Zentrum. Unter der roten Mütze schienen sie sich alle zum Verwechseln ähnlich.

Der Zwiespalt trat ein. Das Wort war *Gott*, und Gott war das Wort, signalisiert die einen; und das Wort ward *Fleisch*, die andern. Wären ich und meine Freunde alt, zählten nicht zwei von uns kaum soviel Jahre, als Sie vielleicht in 10 oder 5 Jahren zählen werden, so würden wir es Ihnen nachtun, Börne; wir würden uns in jener Unmittelbarkeit der göttlichen Existenz, in jener prämundanen, reinen und unverwischten Wörtlichkeit des Wortes, in der Abstraktion alles Braven, Mutigen und Edlen erhalten haben; wir würden wie Fakire *Brahma* in den Bart rufen vom Morgen bis zum Abend und für unsere Resignation den Namen eines stolzen Charakters und ein frühes Grab nehmen. Verzeihen Sie mir, Teurer, diese Offenheit!

Sie haben von *Heine* so viele Dinge mit Recht getadelt, seine Eitelkeit, seine Charakterlosigkeit, seine mangelhaften Kenntnisse. Aber Sie haben das, was in Heine die Garantie des Fortschrittes und der Ermannung ist, eine Art von spekulativer Grimasse für rococo erklärt. Damit tun Sie einer Sache Unrecht, von welcher Heine allerdings nur die Miene anzunehmen weiß. Menzel ist gegen mich Ihrem Beispiele gefolgt; nur daß Neid, Ärger, Bosheit und Übertreibung ihn von Ihrer mannhaften Entrüstung unterscheiden. Sie werden vielleicht von Menzels Kritik eines meiner Romane (mein Gott, ich tu', als hätt' ich schon mehr als zwei geschrieben!) gehört haben. Ich will Sie mit dem jetzt schon vertrockneten Kote, den er aber ganz frisch und schlammig auf mich geworfen hat, verschonen. Die betreffenden Streitschriften von mir und Wienbarg schick' ich Ihnen unter Kouvert. Ich will nur die Folgerungen ziehen. 1. Menzel ist in dem Zirkel: das Wort war Gott, und Gott war das Wort, nur merkt er es nicht, weil die auf ihn einflutende Büchermasse ihn glauben macht, als sei er in einer fortschreitenden Bewegung, was doch nur die Bewegung des Tretrads ist. 2. werden Religion und Moral gegen mich, Wienbarg und Laube zu Hülfe genommen. Lauben vertret' ich nicht: er ist nicht reif und similiert. Wienbargs Stellung ist noch immer eine rein zufällige: seine Schriften entstehen aus Nebenursachen; die ganze Last der Verantwortung wird also auf mich zurückfallen. Ich komme dazu, etwas vertreten zu müssen, was mir eher untergeschoben wird. Man schleudert mich in eine Ähnlichkeit mit französischen Tendenzen hinein (Sand, St. Simon, Fourier), die ich mir niemals gestanden habe. Ich kann Sie im Vertrauen versichern, daß ich nur ein Kind bin und aus Ärger, einige kleine Wünsche, z. B. die Freiheit Deutschlands nicht erfüllt zu sehen, zerstöre, was mir unter die Hände kömmt. Menzel sollte so viel Verstand haben, dies zu durchschauen: er sollte sagen, daß wir klein beigeben würden, wenn wir eines hätten, Freiheit und Sonnenschein. Ich mag das nicht verraten, führen Sie es irgendwo aus!

Ein Parteiname: *junges Deutschland* ist stereotyp geworden. Wienbarg hat ihn zuerst gebraucht, ohne mehr dabei im Auge zu haben als die Studenten, für die er in Kiel Vorlesungen hielt. Er dachte vielleicht an nichts dabei, als daß Student und Dozent zusammen in einer und derselben Taberne deutschen Mut tränken. Jetzt soll das junge Deutschland eine Mischung aus republikanischen, St. Simonistischen und in der Form goethisierenden Tendenzen sein, ich werde sein Haupt genannt. Das geschah alles hinter meinem Rücken. Denn im Grunde bin ich höchstens etwas von einem Poeten und nebenbei gedankenlos. Menzel hat mir jetzt einen Ruf gemacht, von dem ich vor 14 Tagen noch nicht wußte, ob ich ihm gewachsen sein würde. Jetzt muß ich mich halten, so gut ich kann. Ihre Warnung hilft mir.

Wenn Ihnen französ. Maßstäbe geläufiger sind: so nehmen Sie Doktrin – Tiersparti und für meine Partei jene halb aus dem National, halb aus dem Globe und dem Enseignement der Simonisten sich entwickelnde Partei des Reformateur, die es in Deutschland versucht, wenigstens die Kunst unter ihre Herrschaft zu bringen, solange es mit den Völkern selbst nicht geht. Tiersparti ist Menzel: Von Menzel weiß ich aus seinem eigenen

Munde, daß der die Republik *haßt.* Wie belehrend wär' es, wenn Sie in dieser Verwirrung Ihren eigenen Standpunkt zu bezeichnen suchten!

Meine Schriften sollen Sie durch die angegebene Adresse erhalten. Ich mache Ihnen den Vorschlag: Jährlich erscheinen zirka 20 Bücher in Deutschland, die interessant sind. Wenn Sie mir brieflich darüber eine Meinung (eine immerhin ganz individuell gehaltene) mitteilen wollten, so daß man aphoristisch einiges davon könnte drucken lassen, so soll unser Verleger sie Ihnen regelmäßig zusenden. Am Rand versteht sich, daß diese Aphorismen auf Ihr Konto kämen und in der Weise, wie ich neulich sagte, berechnet würden.

Erfreuen Sie mich bald durch einige Zeilen!

Ihr *Gutzkow*

An Karl August Varnhagen von Ense, am 7. Oktober 1835 aus Frankfurt a. M.

Heinrich Hubert Houben: Gutzkow-Funde. Beiträge zur Literatur- und Kulturgeschichte des neunzehnten Jahrhunderts. Berlin 1901. S. 57–59.

[...]

Mich selbst betreffend, so kann ich mich gut objektivieren. Ich sehe mich selbst wie meinen Doppelgänger auf einem schwindelnden Abgrunde, von dem ich heruntermuß. Entweder stürz' ich, so daß mich die Nacht der Vergessenheit auffängt, oder ich stürze, und irgendein deutsches Gefängnis streckt seine milden Arme nach mir aus, um mich zu retten. Oder, was ich hoffe, der Himmel schickt mir einen Engel, der mich von der Martinswand herabgeleitet. Ich seh' ihn schon, diesen Engel; er hat ein lächelndes, unbesorgtes Antlitz und heißt Konsequenz. »Ein Mensch, der sich bessert«, schrieb mir Börne vor kurzem, »ist ein unverbesserlicher Mensch.« Ich versichere Sie, die Dinge haben in Deutschland immer so gestanden, daß man nicht eher berühmt wurde, ehe man nicht eine Zeitlang berüchtigt war. Die Deutschen gewöhnen sich an alles. Man hat bei uns vieles ertragen; man erträgt auch mich, wenn ich nur selbst darauf bedacht bin, mein Signalement so prägnant wie möglich zu machen. Ausdauer, Ernst, heiliger Wille imponiert den Deutschen. An das, was die Zodiacalpartie an mir tadelt, die Aufrichtigkeit gegen Leute, die mit einem Male meine frühere Freunde gewesen zu sein vorgeben, gewöhnt sich die Nation am ersten; denn das ist grade soviel wie nichts für die Nation. An meine Exzentrizität gewöhnt es sich – aus Gewohnheit. An das, was mir neben der schlechten Taktik und dem Exzentrischen noch immer bleibt, nämlich daß ich kein Konfusionär bin, daß ich Erfindung habe, Volubilität besitze und zuweilen etwas sage, was sich in ein Gedenkbuch schreiben läßt, da es sich in Form und Inhalt abrundet, an dies alles gewöhnt es sich vor allen Dingen; denn die Menschen werden immer sagen: Es ist schad' um ihn, er könnte etwas anders sein, als er ist. Zwei Widersprüche erhalten mich: 1. Ich schlage nicht um: dies sichert mir die Zukunft, die den Charakter ehrt; 2. ich könnte, wenn ich nur wollte: dies sichert mir die Gegenwart, die etwas an mir ehrt, was ungefähr Talent genannt werden kann.

Ich habe Sie, verehrter Herr, in meine innersten Gedanken blicken lassen. Meine so prekäre Stellung zwingt mich, meinen Leichtsinn aufzugeben und etwas Selbstvertrauen zu zeigen. Ich muß mich selbst beobachten und die Streitkräfte überzählen, die mir zu Gebote stehen. Es sind nicht viele: ich bin es vielleicht nur allein: Verzeihung, wenn ich in meiner Verlegenheit von dem Schatten spreche, den ich werfe. Ich bin nicht eitel: weiß, daß ich noch nichts geleistet habe; aber meine Zukunft überseh' ich, und wenn jemand von dieser spricht, so nimmt er den Mund unwillkürlich etwas voll. Menzels Ausfall kann ich auch nur durch die höchste Anstrengung meiner Mittel besiegen. Sie raten mir in dieser Sache Milde an und Würde. An letztrer hab' ich es in meiner eben erschienenen Broschüre [Verteidigung gegen Menzel und Berichtigung einiger Urteile im Publikum] nicht fehlen lassen; aber einige Persönlichkeiten sind untergelaufen. Man setzt es voraus; man dringt mir Entgegnungen dieser Art ab: aber ich arbeite daran, aus der ganzen Angelegenheit eine Prinzipienfrage zu machen.

[...]

An Karl August Varnhagen von Ense, am 20. Oktober 1835 aus Frankfurt a. M.

Heinrich Hubert Houben: Gutzkow-Funde. Beiträge zur Literatur- und Kulturgeschichte des neunzehnten Jahrhunderts. Berlin 1901. S. 69–71.

[...] Ich glaube gar nicht an eine so vage, gedankenlose Ausdehnung in den blauen Fortschritt hinein, ich glaube nicht, daß unsere Literatur sich ein Ziel der Art stecken soll. Menzel scheint mir eine Tendenz auf ganz bestimmte, sogar praktische Zwecke zuschreiben zu wollen. Ich bin von seinen Ausmalungen der großen Gefahr des Vaterlandes überrascht, ja sogar erschreckt worden; denn ich bin mir, naiv gesagt, nur des Besten und Edelsten bewußt und leitete das meiste nicht aus der Zeit, sondern aus mir her. Ich werde mich auch hüten, in meinem Kampfe die Insinuationen einer solchen Tendenz, wie sie Menzel schildert, zu unterschreiben, und werde, wenn er von der Geschichte spricht, ihm mit der Poesie antworten. Denn darin liegt mir alles, daß wir künstlerische Konkretionen zu schildern lernen. Wissenschaft und Zeit, das ganze lustige Schibboleth der Mundtschen Bewegung, dienen dazu, uns eine Weltanschauung zu verschaffen. Weiter kommen wir nicht. Die revolutionäre, halb christliche, halb heidnische Philosophie, die ich in Mundt zu entdecken glaubte, bringt keinen Stein auf einen andern Fleck. Die Menschen halten sich an die Personen und nächst diesen an die Bücher. Ich billige auch nicht, was Sie, Verehrter, in Schutz zu nehmen scheinen, daß unsere Bücher jetzt nur noch Stationen der sich weiterwälzenden Idee wären. Mich hat an Herrn Mundt nichts so schmerzlich berührt als eine Mißachtung dessen, was er schrieb. Wohin geraten wir bei dieser Verleugnung unserer Präzedenzien? Werden wir nicht immer bereit sein, eine Sache, die wir verstehen, für abgetan zu halten? Herr Mundt ist in diesem fortwährenden Negieren schon so lange begriffen, als ich ihn beobachtete. Er verdankte fast alle seine Ideen Steffens und mordete ihn, da er ihn verstand. So mit Goethe, mit Göschel, so vielleicht mit Hegel, so mit jeder Erscheinung, die ihm klar geworden ist. Dies ist nur zufällig die Unruhe einer einzelnen Person; aber ich möchte die Bücher auf einen höhern Standpunkt

heben; ich möchte den Zeitgenossen etwas in die Hand geben, was in sich abgerundet dasteht und doch den ganzen Himmel unsrer modernen Hoffnungen aus einem seelenvollen Auge strahlen läßt. Die Reflexion weckt die Debatte, die Debatte in unsern Tagen siegt nicht, weil es keine Entscheidungen gibt. Thetisch, künstlerisch, plastisch, ohne Scheu und Hehl, keck, kurz und gut die Fragen hinstellen, das ist der Weg, den ich empfehle. Vergleichen Sie »Madonna« und »Wally«! Sie haben etwas Ähnliches, sie müssen es auch, weil sie auf *einem* Baum wuchsen, dem Baume des Erkenntnisses, gradezu gesagt, ohne die Mythe zu fürchten. Wenn ich sage, »Madonna« ist vergessen, so drück' ich damit nur etwas aus, was Mundt selbst zu wollen scheint. Ich will einmal ganz so urteilen, wie Sie es wohl tun werden: »Madonna« gewinnt für die Sache einige Herzen, Hunderte lernen sie nicht begreifen. »Wally« wird von jedem begriffen, und alle stößt sie ab. Das will ich nur, Verehrter. Hier lassen Sie mich fortfahren: Keine Wahrheit ist rein aufgetreten: sie war immer mit Irrtümern versetzt und mußte es, um die Debatte möglich zu machen. Schon der Fanatismus der Wahrheit ist ein Irrtum an ihr. Die Exzentrizitäten Wallys sind bald vergessen, an »Madonna« aber würden es aber auch die Wahrheiten bald sein. So nützte ich durch meinen Eifer, durch die Dreistigkeit, schon eine vollkommene Geschichte aus halben Dingen zu machen, der Sache gerade soviel, als man anerkennen wird, wenn meine künftigen Schriften folgen werden. Es war ganz klein und irdisch von Männern, die jetzt eine Verwandtschaft mit mir anerkennen, mich bei jener religiösen Seite anzufassen, die nur Ballast und Lockspeise für die Masse war. Ist meine hölzerne Exposition des historischen Christentums nicht gut genug, daß sich die geistig Unmündigen Zähne dran herausbeißen, mit denen sie Künftiges kleinkriegen werden?
[...]

An Georg Büchner, am 6. Februar 1836 aus Mannheim

Briefe Gutzkows an Georg Büchner und dessen Braut. Mitget. von Charles Andler. In: Euphorion 4 (1897) Erg.-H. 3. S. 188 f.

Mein lieber Freund!

In kurzer Zeit 3 Briefe von Ihnen: 2, die ziemlich gleich lauteten, und einen, der den Alfabildern beilag. Ihre Ratschläge sind entschieden; aber ich möchte sie noch nicht befolgen. Eine Entfernung aus Deutschland brächte mich um die Voraussetzung eines guten Gewissens, auf das ich mich dreist berufe. Wenn auch von Menzel als strikter Republikaner denunziert, so tritt doch die politische Seite meiner Anschuldigung ziemlich in den Hintergrund, und sogar in Preußen scheint man ein andres und milderes Benehmen einleiten zu wollen. Meine Taktik muß die sein, Preußen (ich bin aus Berlin gebürtig) so lange zu vermeiden, bis ich das entschiedene Wort des Ministeriums hab', daß meiner Freiheit nichts in den Weg tritt. Da Laube und Mundt frei passieren, würde man vielleicht auch Anstand nehmen, gegen mich persönlich einzuschreiten. Solange ich kann, halt' ich mich um Frkft. herum; denn ich bin daselbst verlobt; aber die elenden Krämer werden mich unsanft empfangen, und das *binnen 24 Stunden* hör' ich schon, wie natürlich. Diese Menschen wissen nun alle, daß mich nichts nach Frkft. zieht als meine Braut: und doch sind sie spitzbübisch genug, mir andre Zwecke unterzuschieben. Kurz, ich sehe Not und Plage voraus und werde so viel gehänselt werden, daß ich zuletzt doch im »Rebstöckel« nachfragen könnte. Aber die Freude, sie zu sehen, müßt' ich dann teuer erkaufen, da mir schwerlich der Rückweg dann offenbliebe.

Die gegen mich bereits erhobene Appellation ist zurückgenommen durch die Minister in Karlsruhe. Ich danke Gott, von dieser Ungewißheit befreit zu sein. Am 10. Februar bin ich nun frei: mit der Weisung, Baden zu verlassen. Ich saß dann 2½ Monate, und zwar, wie Sie richtig annahmen, im Amthause oder Kaufhause, wie der ganze Arkadenwürfel heißt. Behandlung war erst massiv: dann milderte sie sich und endete zuletzt in entschied. Höflichkeit. Erst wollte man mich steinigen, und jetzt bin ich ziemlich

populär. Die Deutschen sind wenigstens gutmütig und können niemanden lange leiden sehen.
Können Sie denn in Str. vollkommen die deutschen Affären seit einem halb. Jahre übersehen? Eine Kette von Nichtswürdigkeiten und Dummheiten: die gänzliche innre Auflösung Deutschlands charakterisierend. Ich will mich nicht in Schutz nehmen, ich weiß, daß ich outriert habe; aber was erlaubte man sich nicht dagegen! Vieles ist sehr versteckt, und Sie erfahren es noch einmal mündlich.
Ich höre gern von Ihren Beschäftigungen. Eine Novelle »Lenz« war einmal beabsichtigt. Schrieben Sie mir nicht, daß Lenz Goethes Stelle bei Friederiken vertrat? Was Goethe von ihm in Straßburg erzählt, die Art, wie er eine ihm in Kommission gegebene Geliebte zu schützen suchte, ist auch schon ein sehr geeigneter Stoff.
Sie studieren Medizin und sind, wie ich höre, an eine junge Dame in Str. gefesselt, von früherher, wo Ihnen die Flucht dorthin sehr willkommen war. So sagte man mir wenigstens in Rödelheim.
Wenn Sie mir schreiben, so addressieren Sie: Generalkonsul Freinsheim in Frankfurt a. M. Wolfseck.

Freundlich grüßend

Ihr Gutzkow

An Gustav Adolf von Tzschoppe, am 15. März 1836 aus Frankfurt a. M.

Gutzkow-Nachlaß in der Stadt- und Universitätsbibliothek Frankfurt a. M. Nr. 36, 75.

Hochzuverehrender Herr Geheimrat!
Der Name des Unterzeichneten wird in Ihnen Gedankenreihen wecken, wo ich gerne das Verlangen trüge, die unwillige Empfindung durch meine aufrichtigsten Versicherungen zu beschwichtigen und einer gütigen Stimmung vorzuarbeiten, die Sie gewiß, wenn nicht gegen meine Person, doch gegen mein mißgünstiges Schicksal in sich dulden dürften. Einem edlen Herzen wie dem Ihrigen wird in den jüngsten die Literatur betreffenden Ereignissen das Allgemeine sich leicht von dem

Besonderen getrennt haben; Sie werden gewiß zugeben, daß die gegen eine hypothetische Partei ergriffene Strenge sich durch Nachsicht gegen die einzelnen mildern lassen, wenn diesen zumal die Schule der Erfahrung so herbe Lehren gegeben hat wie mir. Ich kann wohl sagen, daß die größte Schuld der eingerissenen Mißverständnisse auf meine ausschließliche Rechnung kömmt, sowohl durch das, was ich in meinem unbedachten Romane tat, als durch das, was ich von einer fanatischen Kritik dafür leiden mußte. Aber wenn ich damit mehr als das Recht meiner Bücher verlor, auch die Freiheit meiner Person, wenn ich fast ein Vierteljahr hindurch in einem trübseligen Kerker auf die Prüfung meiner selbst angewiesen war und dabei nicht einmal nach den Gesetzen meiner Heimat verurteilt wurde, sondern vor fremden Richtern stand, so drängt es mich nun auch, Teilnehmenden mein Herz aufzuschließen und für einen Willen, der sich des Besten und Nachgiebigsten bewußt ist, als das Recht des Unglücks Rat, freundliche Zusage und beruhigende Vertröstung in bittenden Anspruch zu nehmen.

Warum ich, Hochzuverehrender Herr Geheimrat, mich zu Ihnen vorzugsweise vertrauensvoll wende, gibt Ihr in der Verwaltung meines Vaterlandes so hochgestellter Name leicht zu erkennen. Dann aber war es auch dieser, der in den neuesten Beschlußnahmen so oft genannt wurde, als sei durch Sie besonders deren Ausführung geleitet gewesen. Ich verschweige mir nichts. Ich glaube sogar, daß es sich hier um eine entschiedene moralische Abneigung gegen das Untersagte und eine Entrüstung handelte, deren Motive ebensosehr politische wie vielleicht literarische mögen gewesen sein.

Schwerlich genügt es, um das Vertrauen der Behörden zu gewinnen, daß ich gegen den Tatbestand der mir und einigen anderen untergelegten Tendenzen protestiere. Ich habe freilich bei meinen schriftstellerischen Versuchen nur ein *einziges Mal* jenes verpönte Parteiwort gebraucht, mit welchem jetzt mehre junge Autoren, welche sich bisher nur wechselseitig bekämpft hatten, als eine Schule bezeichnet werden; und auch dort nur, um jedem von dieser Partei eine Meinung zu sagen, die so hart war, daß man sie wahrlich nicht verabredet nennen konnte. Ingleichen ist eine politische Unzuverlässigkeit wohl schwerlich ein Beweisgrund gegen diese jungen Männer gewesen, da sie durch das Irrtümliche, in welches sie verfielen, im Gegenteile bewiesen haben, wie sie sich aus einem nicht befriedigenden und leeren Gebiete, aus dem Gebiete der politischen Belletristerei, gern in etwas Solideres und Gehaltvolleres versetzt hätten. Und doch fühle ich, daß wir eine andere Garantie geben müssen. Wir müssen die Behörden davon überzeugen, daß die beanstandete Literatur in die richtige Strömung einer sich selbst klaren Aufgabe gerät und der deutschen Nation durch sie in der Tat zu einer Bereicherung ihrer Schätze verholfen wird. Lassen sich aber hierfür die Beweise führen ohne die Möglichkeit der freiesten Bewegung?

Wenn ich mir den Vorwurf machen muß, daß ich aus eigenen Mitteln die herrschende Literatur-Anarchie in Deutschland befördert habe, so ist die Erkenntnis dieses Fehlers schon die Garantie, daß ich ihn suchen werde zu verbessern. Fast willenlos, wie durch Zufall tauchte ich in der Literatur auf, hatte kein einziges Privilegium als das, daß niemand eins hatte, und drängte mich durch den überfüllten Markt hindurch, bis ich endlich allein stand und einen kleinen Wirkungskreis beherrschte. Was mich nun hier in meine Inkonvenienzen hineinschleuderte, war keine Tendenz, keine Schule und Parteiung, sondern meine eigene Person, die sich unter mühevollen Verhältnissen in Berlin entwickelt hatte, dann ohne alle Reife von der Aufregung des Jahres 1830 in die Literatur geworfen wurde, fortwährend ihr eigenes Zentrum floh und durch körperliche und gemütliche Leiden nicht anders als in einer ewig gereizten Stimmung erhalten wurde. So sind meine Schriften keine Ausführung besonnener Entwürfe geworden, sondern Explosionen eines Gemütes, das seine vergangene Bildungsperiode haßte und von den Resultaten derselben eines nach dem andern vulkanisch aus sich herauswarf. So bin ich auf meine »Vorrede zu Schleiermachers Briefen« und zur »Wally« gekommen, ohne Zweck, ohne versteckte Taktik, ohne alles, was meine Zukunft verbindlich für mich und verdächtig für andere machen könnte; allein von einer inneren, ganz individuellen Unbehaglichkeit getrieben, wo ich glaubte, eine Unzufriedenheit mit mir selbst dadurch heilen zu können, daß ich sie andere entgelten ließ.

Lag aber nicht eine große Entschuldigung dieser Unbesonnenheiten in der Literatur selbst? Es ist ein Unglück, daß sich seit längerer Zeit aus unbegreiflichen Ursachen alle feinen und genialischen Geister in Deutschland von der Tagesfrage zurückgezogen haben. Dadurch konnte der keckste Naturalismus Raum gewinnen. Die Literatur gibt keine Gesetze mehr an, sie entscheidet nichts, sie zwingt das Individuum nicht, sich ihr unterzuordnen. Im Gegenteil, das Individuum beherrscht die Literatur. Die journalistische Unreife, die politische Parteigängerschaft konnten in einer Literatur die Oberhand gewinnen, wo es weiter nichts Zwingendes, Imponierendes und das Individuum Einschränkendes mehr gab als das, was das Letzte hätte sein sollen, die Gesetze des Staates. So kam es, daß ich wagen konnte, die Stadien meiner Bildung als Bücher herauszugeben und eine zufällige Gärung meines Innern für eine Tatsache der Literatur zu erklären.

Aus diesem Geständnisse, Hochzuverehrender Herr Geheimrat, sehen Sie, daß ich Ihnen und mir nichts verschweige, daß ich eine ernste Prüfung mit mir selbst angestellt habe und mannigfach darüber nachdenke, wie ich von meinen Kräften den richtigsten Gebrauch mache. Möchte mir nun aber auch das eine werden, daß ich getrost und ohne Scheu meine literarische Stellung wieder antrete und aus der mir so teueren Heimat die Zusicherungen milder und prüfender Nachsicht erhalte! Ich habe einen Versuch geschrieben: Zur »Philosophie der Geschichte«, und eine andere Studie: »Über Goethe im Wendepunkt zweier Jahrhunderte«. Der erste ist im Druck bald vollendet, die zweite möchte ich in Berlin selbst verlegen lassen. Kann ich hierbei auf ein versöhnliches Entgegenkommen rechnen? Wird man meinen Wunsch, mich mit den hohen Behörden zu befreunden, anerkennen und in diesen Schriften das Unklare immer im besten Sinne, das Deutliche aber so auslegen, daß es das minder Gefällige vergessen macht und im Gewichte herunterdrückt? Soll ich weitere Schritte tun und mich nicht an Personen, sondern an Kollegien wenden? Oder an das hohe Ministerium?

Möchte es mir doch gelingen, daß Sie, Hochzuverehrender Herr Geheimrat, durch diese Annäherung freundlich überrascht werden und sich aus diesen Zeilen eine so zutrauliche Vorstellung von mir bilden, wie sie nötig ist, um mir mit der Möglichkeit, den Gesetzen genügen zu können, doch zu gleicher Zeit eine besondere persönliche Teilnahme und Beschützung zu erwirken. Was Sie für mich tun können, tun Sie für einen jungen Mann, der zum ersten Male bürgerliche Verhältnisse mit ruhigem Auge betrachtet und von dem, was jetzt Notwendigkeit geworden ist, nicht bloß die Klugheit, sondern auch die Einsicht erlernen will. Geben Sie mir gütigst Ihren Rat zur Hand und klären Sie mich über mein Verhältnis zur Heimat auf, über eine Konstellation, von welcher Ihnen gewiß die vollständigste Kenntnis zu Gebote steht!

Mit dem Ausdrucke tiefster Hochachtung zeichne ich, Hochzuverehrender Herr Geheimrat,

Frankfurt a. M. d. 15. März 1836

gehorsamst
Dr. Karl Gutzkow

Sr. Hochwohlgeboren
dem wirklichen Geheimen Oberregierungsrate und Direktor
im Staatsarchive pp Herrn von
Tzschoppe zu Berlin

An Graf von Münch-Bellinghausen, am 25. April 1836 aus Frankfurt a. M.

Gutzkow-Nachlaß in der Stadt- und Universitätsbibliothek Frankfurt a. M. Nr. 6, 115.

Sr. Exzellenz
dem Herrn Grafen v. Münch-Bellinghausen,
k. k. Österreichischen Bundespräsidialgesandten
Dahier

Hochgeborener Herr Graf!

Aus einer Sphäre, welche in jüngster Zeit von den hohen Regierungen in ihrer Ausdehnung auf Grenzen zurückgeführt

ist, die sich wohl erst nach Abgabe eines Unterpfandes für die künftige bessere Besinnung wieder erweitern dürften, wendet sich an Ew. Exzellenz vertrauensvoll eine Stimme, die von den öffentlich signalisierten Autoren vielleicht diejenige ist, welche die meisten Zeichen trägt. Ich habe sehnlichst auf die Ankunft Ew. Exzellenz gewartet, um durch eine offne Darlegung meiner durch das Licht der Öffentlichkeit immer nur undeutlich reflektierten Persönlichkeit den Beweis zu geben, wieweit die einmal über mich aufgestellte Annahme von meinen innerlichsten Bestrebungen entfernt und eine auf sie gebaute öffentliche Maßregel Übereilung insoferne ist, als die Akten meiner Verurteilung unvollständig sind und wenigstens durch eine eigens von mir und meinen Freunden zu Protokoll gegebene Erklärung hätten ergänzt werden müssen.
Aber der hohe Bundesbeschluß war keine Verurteilung, sondern eine Warnung. Das ist gewiß einleuchtend; aber niemand hat ihn so verstehen wollen. Alle Welt glaubt, daß die fernere Entwickelung einiger junger literarischer Charaktere an unübersteigliche Hindernisse geknüpft ist, der Buchhandel, die Kritik verfährt nach diesem Prinzipe, die kleineren Bundesstaaten sehen unschlüssig auf die größeren, und während die höchsten Behörden vielleicht eine nachgiebige Gesinnung zu erkennen geben, verfahren die unteren mit einer um so loyaleren Strenge, da es in dieser schwebenden Frage überall noch an den letzten Instanzen zu fehlen scheint. Auf diese Lage der Dinge müßte eine nachträgliche Erläuterung des hohen Bundestages, von der gegenwärtig verlautet, von heilsamer Wirkung sein. Sie würde gewiß die Grenze genau bezeichnen, die die poetische Lizenz nicht überschreiten darf; aber dann auch alles, was sich innerhalb derselben bewegt, unter die Herrschaft von Gesetzen stellen, die dann aufhören dürften, exzeptionell zu sein.
Doch ist die Bestimmung dieser Bittschrift nicht auf die Bundestägliche Autorität Ew. Exzellenz gerichtet, sondern auf jene persönliche Teilnahme, die der hochgestellte Staatsmann selbst noch an Verhältnissen haben darf, die zu bekämpfen ihn die Sorge für das Nächste verpflichtet. Ich habe mich den Behörden meiner Heimat (ich bin von Berlin gebürtig) mit den Verspre-

chungen genähert, welche ich als ein preußischer Untertan abgeben mußte, und freundliche Zusagen erhalten. Aber an Ew. Exzellenz möcht' ich mich wenden wie an einen Mann, der sich von jenen Gesetzen, die der Augenblick gebietet, mit philosophischer Unbefangenheit entfernen kann, der die Maßregel des Momentes nicht verwechselt mit allen künftigen Chancen der Tendenz, gegen welche sie gerichtet ist, und der in der schwebenden Frage nichts Isoliertes sieht, sondern ihr die Gerechtigkeit angedeihen läßt, sie unter einem allgemeinen Gesichtspunkte und nach Voraussetzungen zu betrachten, die in dem Leben einer ganzen Nation gegründet sind.
Ich ersuche Ew. Exzellenz im Vertrauen auf den hohen wissenschaftlichen Geist, der Sie beseelt, in sich das Echo meiner bisherigen Öffentlichkeit verklingen zu lassen. Ich bin durch die Aufregung der Julirevolution bei noch gänzlicher literarischer Unreife in eine leidenschaftliche Produktion geschleudert worden; ich revolutionierte gegen die ästhetische Form, ein Beginnen, worin mein Glück und mein Unglück lag. Denn indem ich nur dem Schriftwesen mich anschloß, mied ich die in Süddeutschland sich mir zahllos anbietenden propagandistischen Verführungen, indem ich aber meine jugendliche Unruhe desto mehr in der Literatur austobte, geriet ich in eine Exzentrizität, die mich zuletzt ins Gefängnis geführt hat. Und doch war es weniger eine Tendenz, die mich stachelte, als das Gefühl einer Persönlichkeit, die ohne Liebe zu erwecken unter die Masse tritt, der niemand entgegenkömmt; die endlich angewiesen ist, nur durch eigne Kraft, durch eignes Unglück, durch nichts, was mir von außen zu Hülfe käme, ein höheres Ziel zu erreichen. Dazu gesellte sich die unbehagliche Empfindung, von der ich grausam gefoltert wurde, sooft ich in meine Vaterstadt Berlin zurückkehrte. Alles hatte dort seinen eigenen Gang, meine Jugendfreunde liefen die Staatscarrière, wurden Pietisten, meine Studienjahre waren verscherzt, meine Lehrer verstanden mich nicht, und immer mit der verzweifeltsten Empfindung reist' ich von dort wieder ab, ja ich kann wohl sagen, mit der Absicht, für die Kälte, die ich dort erfuhr, mich zu rächen. Das hab' ich nun freilich in meinem so bekannt gewordenen Roman getan. Ich gestehe, daß, wenn er

eine Tendenz hatte, es diese war, in einer Kirche, wo ich meine heuchlerischen Freunde beten sahe, eine Rakete aufsteigen zu lassen. Eine andre Auslegung ahnte ich nicht, noch weniger, daß ich den Gesetzen verfallen könnte. Ew. Exz. erkennen gewiß, daß in diesen Geständnissen naive Wahrheit liegt. Was ich bisher als Autor bin, bin ich durch das Gefühl einer unbehaglichen Lage. Meine Schriften sind nicht klug berechnet, noch weniger gehören sie einer verzweigten Tendenz an, sondern es sind Explosionen eines krankhaften Gemüts, das die Bestimmung hatte, erst durch die Erfahrung geheilt zu werden. Meine Aufgabe muß es sein, endlich einmal wie jemand zu sprechen, der überlegt, daß auf ihn gehört wird. Das ist es. Ich kannte das Publikum nicht. Jetzt weiß ich, wie straff man die Sehnen ziehen kann, ohne den Bogen zu zerbrechen.

Ew. Exz. werden erstaunen, wenn ich bei solcher Zufälligkeit meiner bisherigen Leistungen dennoch behaupte, über die Richtung unserer schönen Literatur sehr im klaren zu sein. Diese Literatur, wenn man nur erwägt, daß sie gegen die bisherige einseitige liberale Kritik protestiert und auf das Studium Goethes zurückkömmt, kann unmöglich etwas anderes wollen, als sich von der Debatte befreien und einen Selbstzweck erzielen. Die Schönheit verliert sich in dem Gewühl der Tendenzen. Die Form wird vom massenhaften Inhalte erstickt. Die deutsche Literatur zumal leidet seit mehreren Dezennien an einer systematischen Paralyse der Produktionsfähigkeit. Was hat sie Großes hervorgebracht, das nicht an die vergangene klassische oder romantische Periode angeknüpft werden muß? Es sind Lücken auszufüllen, der Roman ist Historie geworden, die Bühne ist von edlen Gestalten entblößt, es fehlt überall an Schöpfungen, die einen positiven ästhetischen Wert haben. An Talent fehlt es nicht. Aber es verzettelt sich. Die politische Unruhe läßt nichts von der Partei Unabhängiges gedeihen, die Partei nimmt jedes Talent gefangen und macht aus ihm eine Einseitigkeit. Die Form vollends ist zerstört und mit ihr jede natürliche Schranke, die sich der überflutenden Phantasie und der dreisten Spekulation als Hemmkette in den abschüssigen Weg legt. Daß es junge Männer gibt, welche dies anerkennen, daß sie selbst versuchen, ihre noch gärenden Gedanken nicht so unbestimmt und doch apodiktisch hinzustellen, sondern sie an die Charaktere des Romans und des Dramas verteilen, das ist ein Fortschritt, den der Staatsmann eher begünstigen statt erschweren sollte. Ich wenigstens bin fest davon überzeugt, daß, wenn man mir freien Raum gelassen hätte, wenn ich meine literarischen Fehden ungehindert hätte auskämpfen können, wenn meine projektierte »Deutsche Revue« erschienen wäre, ich es durch mancherlei Unterstützung zu einer Beruhigung der Leidenschaften gebracht hätte, durch welche der Zwiespalt der sozialen Parteien, den ich zu befördern schien, im Gegenteil allmählich wäre beschwichtigt worden. Es ist nicht eine Kraft, von der ich spreche, sondern ein Gesetz unserer nationalen Entwicklung, das sich deutlich genug zu erkennen gibt. In Zeiten des Friedens ziehen sich die Interessen in die Literatur zurück, und die Macht der ästhetischen Gesetze ist es, welche am sichersten das Bedenkliche mildern kann.

Gewiß ließe sich hier der Einwand machen: Wie? Ihr wollt eine Beruhigung, und wann hat sich die Literatur exzentrischer geäußert? Aber gerade diese letzte Überflutung war der Augenblick, wo sich die Tatsache entscheiden mußte, der Zwischenfall war da, meine Gegner hätt' ich genötigt, auf die Frage so einzugehen, wie ich sie ferner stellen wollte; das mußte zu wunderlichen, neuen, aber jedenfalls erfreulichen Resultaten führen. Daß dies keine Illusion ist, die ich weder Ew. Exz. noch mir selber mache, sondern eine organische Schlußnotwendigkeit aus vorhergegangenen tatsächlichen Prämissen, kann ich wohl kaum in schriftlicher Bündigkeit hier darlegen; aber ich richte an Ew. Exz. die gehorsamste Bitte, mir eine weitere Ausführung meiner Pläne und literarischen Vorhaben zu erlauben, falls [ich] mich Ew. Exzellenz in einer persönlichen Repräsentation nähern darf. Ich möchte Ew. Exzellenz mit aufrichtiger Vollständigkeit alle die Tatsachen und Persönlichkeiten mitteilen, welche zur Erhärtung des Tatbestandes über die schwebende Literaturfrage dienen könnten. Ich möchte endlich Ew. Exz. bitten, mir in einer näher zu erläuternden Absicht, die ich ferner zu verfolgen wünsche, Ihren wirksamen Beistand gnädigst zusagen zu wollen.

Im Vertrauen auf eine mir recht bald erlaubte Audienz zeichne ich

Hochgeborner Herr Graf
Ew. Exz.

gehorsamster
Dr. Karl *Gutzkow*

Aus einer autobiographischen Skizze Gutzkows (1811–78) vom März 1859

Karl Goedeke: Karl Gutzkow. In: Die Gegenwart. Wochenschrift für Literatur, Kunst und öffentliches Leben 16 (1879) S. 395.

Die äußern Data meines Lebens finden sich in der neuesten Auflage des Konversationslexikons am richtigsten. Als Entwicklungsmomente möchte ich folgende bezeichnen. Mein Beginn war ein völlig unliterarischer, wenn man die Literatur in der Bedingung des Inhalts durch die Form finden muß. Alles, was später in mir zum Vorschein kam, war nur anfangs latent vorhanden. Mein Sinn war mehr auf Aktion gerichtet als auf die Feder. Hervorgegangen aus der pietistisch-bürokratisch-militärischen Berliner Welt von 1829 und 30, selbst der Hegelschen Lehre als einer damals nur antiliberalen abgeneigt, adoptierte ich die W. Menzelsche Polemik als Ausdruck des burschenschaftlichen Wesens, dessen Hauptrichtung Staat und Nationalität, dessen ästhetische Integration vorzugsweise die Romantik und Jean Paul war. Ich haßte Heine. Ich gewöhnte mich sehr schwer an die Nachricht, daß Börne Jude war. Ich ging 1831 zu Menzel, um ihn im »Literatur-Blatt« zu unterstützen, und wurde (20 Jahr alt) von ihm nur zu den Zwecken seiner Polemik verwandt, die teils persönlich, teils schablonenartig war nach gewissen Kategorien, denen er alles anzwängte. Mein ursprünglich weiches, ja damals zur Lyrik geneigtes Wesen (ich schrieb Verse) wurde von ihm perhorresziert und nur zur Polemik angestachelt. Meine überwiegende Stimmung blieb die aktive, ich möchte sagen konspiratorische für die äußeren politischen Zustände Deutschlands und vorzugsweise die Konstitutionalisierung Preußens. So

arbeitete ich für Rotteck, Welcker, W. Schulz und andre, die damals politische Blätter schrieben.
Meine produktive Ader war nur die des Humors und der Ironie. Zur vollen Satire hatte ich zuviel Lyrik, Sentimentalität. Nach dieser Richtung hin schrieb ich meine ersten Sachen, »Nero« z. B. ist ganz unter den Einflüssen des Tieckschen Geschmacks geschrieben.
Ich weiß nicht, wohin ich so gekommen wäre, wenn ich nicht durch den privaten Spott andrer jüngeren Autoren, vorzugsweise Laubes, aus dieser Weise verdrängt worden wäre. Der Zufall und die gleiche literarische Stellung brachten mich ihm nahe, obgleich mir seine burschikose Unreife und wieder auch kommisartige Unbildung widerlich waren. Diese ganze Richtung stützte sich auf Heine.
Durch das Studium George Sands und die Tat der Stieglitz kam ich auf die größere Wahrheit der Erregung und bekam mehr Blutwärme. Es folgte eine bedeutende Zeit in unserm Geistesleben. Jede Literaturgeschichte ist unwahr, die ohne Begeisterung von den Jahren 1833 bis 1836 spricht. Rahel, Bettina, Varnhagen, die *Literatur über Goethe*, die damals *unbedingt* höchst achtbare französische Literatur (G. Sand, Balzac, de Vigny, Lamartine, Lamennais), dann Bulwer, der Byron-Kultus, alles das war *neu*. Die in der Politik erstorbene Bewegung setzte sich in der Kunst und Literatur fort. Darüber satirisieren oder den Verdammungsstab brechen ist unverantwortlich. Die literarisch-poetische *Form* galt wenig, die *Ideen*welt war alles.
Das »junge Deutschland« war ein Resultat dieses »Geistesfrühlings«. Es wurde ein Stichwort wie jetzt »Zukunftsmusik«. Ein Bund von Autoren à la Junge Germanen war nicht da. Der Bundestag machte durch sein Einschreiten eine »Schule« daraus.
Die erhöhtere Wallung meines ganzen Wesens brachte mich mit Menzel in Bruch, der *nur allein pikante Kritiken* schreiben wollte und sich über Laube, Wienbarg, Mundt ärgerte. Er verbot mir die Beziehung zu ihnen und neigte schon stark zu seiner rein Görresschen Schwankung, zur kirchlichen und politischen Reaktion.

Erst 1834, wo ich nach Frankfurt a. M. zog und mich in Goethes Leben und Dichten mehr verlor, kam mir das poetische Bewußtsein zur volleren Klarheit. Die, welche meine »Wally« *verteidigen* wollten, um mich von dem Vorwurfe der Atheisterei zu reinigen, brachten es auf zu sagen: »Und dann – ein so unbedeutender Roman –.« Ich halte (auf Gefahr der Anmaßung) »Wally« für die damalige Zeit poetisch für nicht so unbedeutend. Ich gestehe ferner, daß ich kürzlich meine Kritiken im Literatur-Blatt des »Phönix« (1835) wieder las und sie an *jedem andern* anerkennen würde. Sie sind oft grob, aber durchweg naiv, aufrichtig und sagten alles das *zuerst*, was jetzt über damals erschienene Werke überall zu lesen ist. Ich wünschte, ein Literarhistoriker läse diese Arbeiten *in der Zeitschrift selbst.*
In der dann folgenden Zeit wurde ich das Opfer zweier Verhältnisse. 1. Das Schicksal der »Wally« hatte mich isoliert, mir überall Schwierigkeiten gemacht, meine Kritiken überall Feinde. Mein eignes *Können* war mir selbst verdunkelt. Ich tastete unsicher. *Damals* hätt' ich zur Bühne gehen sollen! Ich besaß noch die rechte chaotische Gärung, aus der heraus das Drama Kulturmoment werden kann. Ich geriet aus Melancholie zu »Blasedow«. Es ist da zu erwägen, ob ich nicht, ganz entgegengesetzt gegen die gewöhnlich wider mich erhobene Anschuldigung, ich französiere oder ließe die Personen über Tendenzen schwatzen u. dgl., sowohl in »Seraphine« wie in »Blasedow« und vielen kleineren Arbeiten, auch in »Wally«, *lange vor* Auerbach u. a. natürliche Lebenszustände, volkstümliche Situationen aus dem Dorfe, der Lehrerwelt, dem Handwerkleben schilderte. Es fehlte mir nur die zusammenfassende Gestaltungskraft, vorzüglich der Begriff: Was unterhält? Was spannt? Ich konnte nicht verwickeln und zu einem Schlusse gipfeln.
[...]

Dokumente zum zeitgenössischen Literaturstreit

Die Quellenvermerke der hier abgedruckten Dokumente finden sich, sofern sie nicht auf die Überschrift folgen, im Verzeichnis der Folgepublikationen zu »Wally« S. 436 ff.

Konfidentenberichte aus Frankfurt a. M.

Karl Glossy: Literarische Geheimberichte aus dem Vormärz. T. 1: 1833 bis inkl. 1842. In: Jahrbuch der Grillparzer-Gesellschaft 22 (1912) S. 1–366.

1. Bericht, 11. November 1835

Der hiesige Buchhändler D. Sauerländer gründete im verflossenen Jahre eine Zeitschrift »Der Phönix« mit einem Literatur-Blatt. Den belletristischen Teil redigiert Dr. Duller, ein Wiener (nun durch Heirat Bürger zu Trier), den kritischen Teil oder das Literatur-Blatt Dr. Gutzkow, ein Berliner, der im Begriffe steht, hier Bürger werden zu wollen. Gutzkow hat sich seit einiger Zeit von dem Literatur-Blatt des »Phönix« losgesagt, da ihm Dullers Ansichten nicht behagten. Gutzkow befand sich eine Zeitlang bei Wolfgang Menzel, dem bekannten Kritiker und Redakteur des Literatur-Blattes des »Morgenblattes«. Durch seine hervorstechenden schriftstellerischen Talente, durch vieles und anhaltendes Studium und die dadurch gesammelten Kenntnisse sowie auch durch seine originellen schriftstellerischen Tollheiten übte Gutzkow über den sich gern der Ruhe hingebenden Menzel eine Art von Gewalt aus, die damals aus mancher Nummer des Literatur-Blattes zu entnehmen war und welche den jungen Gutzkow auf den Gedanken brachte, eine selbständige kritisierende Macht in der deutschen Literatur bilden zu können. Er trennte sich von Menzel, hatte durch einige scharfe Kritiken im Literatur-Blatte des »Morgenblattes« den Blick der jungen deutschen Literatoren auf sich gezogen, wurde nunmehr Menzels

Antagonist und übernahm die Redaktion des Literatur-Blattes des »Phönix«. Von diesem Zeitpunkte an glaubte Gutzkow entschiedener auftreten und es versuchen zu dürfen, sich eine eigene Bahn zum Tempel der Anerkennung der Mitwelt und des Nachruhmes zu brechen. So wie die Revolution alles niederzureißen sucht, was ihrem Lauf hemmend entgegentritt, so wirkte Gutzkow in literarischer Hinsicht. Er erklärte fast der ganzen in Ansehen stehenden Literatur und den sie pflegenden Literatoren den Krieg, und zwar meistens in beißenden Artikeln. Börne und Heine schwebten Gutzkow vor den Augen, allein er nahm einigermaßen die Erfahrung zu Rate und wollte sich von der Politik entfernt halten. Er wollte nur die sozialen Fragen beleuchten, sie umgestalten, gerade so wie die Revolution die materiellen Interessen; allein die sozialen Fragen machen einen wesentlichen Teil der politischen aus und in dem Angriffe auf die ersteren ist auch der auf die letzteren enthalten. Es konnte somit nicht fehlen, daß die Schriftsteller der Revolution Gutzkow ihren Beifall schenkten, indem sie von ihm gute Dinge erhofften. Gutzkow schloß sich ihnen, wenn auch gerade nicht vor der Öffentlichkeit, an. Gutzkows hiesiger Aufenthalt und sein literarisches Wirken von hier aus, das eine junge deutsche Literatur, ein junges Deutschland ins Leben rufen will, zog mehrere junge Autoren hierher, die sich ihm eng anschlossen.
[. . .]

2. Bericht, 15. November 1835

[. . .] Sobald der Kirche in Romanen und dergleichen Schriften, welche heruntersteigen in die Mitte des Volkes und von ihm, der gefälligen Einkleidung wegen, mit nie gekannter Begierde gelesen werden (wie mit der »Wally« wirklich geschieht, die von Hand zu Hand auch bei gebildeten Ungelehrten wandert), der Kampf erklärt wird, wird er in seinen Folgen äußerst gefährlich, er ist nicht allein der Kirche, nein er ist dem Staate – ja dem Staate erklärt. Wenn das Volk erst einmal die Kirche mit herzlichem Verachten anblickt, so wird es den Staat (die Regierung) mit Mißtrauen betrachten, da der Staat eine Stütze in der Kirche sucht und wirklich auch findet. Ist es aber einmal erst so weit gekommen, dann bedarf es nur einer geschickten Anregung, und die Anarchie fängt an zu glimmen, um vielleicht bald in hellen Flammen aufzuschlagen. So weit würde es das junge Deutschland gebracht haben, wenn seinem Wirken nicht Einhalt geschähe. Durch den Kampf Menzels mit demselben ist die öffentliche Aufmerksamkeit erst auf die Tendenz der jungen deutschen Literatur geleitet worden. Die Jugend (die studierende und nur etwas gebildete) verehrt das junge Deutschland; das Mannesalter glüht zwar nicht für dasselbe, aber findet sein Wohlgefallen daran; nur das Alter zürnt ihm, und es ist zu schwach, um es zu bekämpfen. (Ich verstehe hierunter nur die öffentliche Meinung.) Mithin ist es Pflicht derjenigen, in deren Händen des Staates Wohl liegt, zu wachen. Aber der Blitz – nicht der, der das Literatur-Blatt des »Morgenblattes« ziert, wenn Jupiter-Menzel dem jungen Deutschland zürnt – ist auf die Häupter des jungen Deutschland gefahren. Ich ging gestern zu Gutzkow. Die kleine unansehnliche Figur, abgemagert, bleicher Wange, kurzen Gesichtes, gesträubten Haares, lag unwohl auf dem Sofa; vor ihm saß Wienbarg. Vor dem Sofa befand sich ein Tisch, überhäuft mit den Schriften des Tages oder die an der Tagesordnung sind. Niedergeschlagenheit malte sich auf dem Antlitze des demokratischen Holsteiners Wienbarg, schlecht verhaltener Groll und Unmut auf dem des Gutzkow. Es war ein Schreiben von Mannheim von dem Verleger der Werke des jungen Deutschland, Löwenthal, eben eingetroffen, worin derselbe anzeigte, daß ihm von der G. H. badischen Regierung das Verbot irgendeines ferneren Buchverlags zugekommen und ihm hierzu die Konzession von der G. H. badischen Regierung nicht gegeben werde. (Löwenthal war nämlich vorläufig nur autorisiert zum Buchverlag und sollte von seiner Regierung die Konzession später erhalten.) Zugleich bemerkte Löwenthal, daß nun mit dem weiteren Druck und Satz der »Deutschen Revue« (bei Schneider dahier) eingehalten werden müßte. »Das kommt von den Regierungen insgesamt«, rief Gutzkow; »nicht das, was wir geleistet, ist ihnen ein Anstoß, sondern das, was von uns noch kommt, fürchten sie, denn die Zukunft liegt in unseren Händen.«

Der Kommissionär Löwenthals, Buchhändler Streng, kam in Verlegenheit, und Gutzkow setzte ihm auseinander, daß sich schwerlich ein anderer Verleger für die Revue finden werde und also mit deren Erscheinen nichts sei. (Das erste Heft ist im Druck vollendet, das zweite beinahe, sie enthalten nichts Anstößiges.) Die hier sich befindenden Mitglieder des jungen Deutschland wissen, daß ihrer Sache vor kurzem beim Bundestage gedacht wurde, und sehen noch ferneren Maßregeln gegen sie entgegen. Wienbarg und Kottenkamp ist der fernere Aufenthalt dahier versagt worden. Ersterer will sich an den dänischen Gesandten wenden, letzterer an den Senat. Gutzkow sieht mit einiger Ängstlichkeit der Entscheidung seines Bürgerrechtsgesuchs dahier entgegen. Unter seiner Feder befinden sich zwei neue Werke: ein Roman »Seraphine« und eine Philosophie der Geschichte. Es kann nicht geleugnet werden, daß dieser junge Literat ein bedeutendes Schriftstellertalent besitzt, aber auch um so mehr Besorgnisse erregt. Wienbarg ist mit Vollendung der Beschreibung seiner Reise durch Holland und Belgien beschäftigt. Wahrscheinlich wird Gutzkow nun über seine Streitsache mit Menzel noch eine Broschüre herausgeben. Die auswärtigen Mitglieder des jungen Deutschland werden über die Hiobspost betroffen sein, und es ist möglich, daß man es versuchen wird, einen anderen Verleger für die »Deutsche Revue« zu finden. Vorerst aber ist die Wirksamkeit des jungen Deutschland, vom hiesigen Platze aus, gelähmt, und es wird sich nun zeigen, ob die Häupter desselben sich woanders zu konzentrieren suchen werden.

3. Bericht, 20. November 1835

Sie kennen ohne Zweifel den Kampf Menzels gegen die sogenannte junge Literatur. Dieser Fehde Ursprung ist das zu Wort gekommene Unheil der Zeit! Es ist der alles Höhere ertötende derbe Realismus, das Evangelium der Genußprediger; es ist das Abstreifen aller Blüten, die nicht irdische Früchte tragen; das Streben, alles herabzuwürdigen, was noch bis jetzt reine und frische Gemüter erfreut und erhebt, das Streben der Vernichtung aller sittlichen Schranken nicht bloß im inneren Menschen und in der bisher noch immer oder doch häufig beibehaltenen Dunkelheit frevelnder Sinnenlust, sondern offen und frech, ohne Hehl und Zügel, strebend, auch in den bürgerlichen und gesetzlichen Einrichtungen und Satzungen diese Schranken niederzubrechen. – Christentum und Ehe sind diesen Herren allerdings sehr hinderlich sowie auch Ehrfurcht vor Regierungen und gesetzliche Ordnung. Dies alles liegt in der unseligen Richtung, welche die Jugend genommen hat; Gutzkow und der, wie mir scheint, bessere L. Wienbarg sind bloß Organe, Zeugen des bestehenden Übels; Menzel jedoch ist nicht der Mann, der mit Erfolg entgegenstehen wird, denn seine verletzte Eigenliebe, sein Brotneid sind im Spiel, und der Kampf muß von allen Guten und mit voller Reinheit geführt werden, sonst wird dadurch das Übel noch ärger.

Wie dagegenarbeiten? Ich halte das Verbieten solcher Werke für das schlimmste und zweckloseste Mittel, das Bestrafen der Autoren (wenn es stattfinden kann) ebenso schlecht. Wenn Schinderhannes geköpft wird, wenn ein Dieb in das Loch kommt, so heißt's: »So ists recht«; wenn aber ein Gutzkow ins Gefängnis käme, so flicht man ihm dadurch eine Märtyrerkrone. Verachtung und sittliche Gegenwirkung allein kann frommen. Man wende sich an solche Schriftsteller deutschen Volkes, die bisher sittlich eingewirkt haben, man gebe Preise auf und verteile ihre Schriften der Jugend, man lasse es sich was kosten, das Geld wird 1 000 Prozent tragen!

Sollten Sie wissen, wieviel der sittlichsten und anmutigsten deutschen Schriftsteller darben, darunter ein herrlich sittlicher Dichter, dessen Feuerlieder edle Gefühle in der Seele wecken und so viele andere. – Die Buchhändler zahlen nur, was die Menge reizt, Clauren und Konsorten werden mit Gold aufgewogen, und vom Staat aus geschieht fast nirgends was, edle Bestrebungen zu unterstützen.

4. Bericht, 25. November 1835

Seit meinem letzten Berichte ist das junge Deutschland wohl ohne Zweifel zu Grabe gegangen. An die Stelle der nicht zum Leben gekommenen »Deutschen Revue« sollten die »Deutschen Blätter« von Dr. Gutzkow treten. In dieser Form wollte er das begonnene Werk der literarischen und sozialen Reform fortsetzen. – Krebs, der Eigentümer der Varrentrappschen Buchhandlung, welcher den Verlag der »Deutschen Blätter« übernommen, hatte in dieser Übernahme nur einen merkantilen Zweck – Geldgewinn – vor Augen. Er wurde aber von verschiedenen Seiten auf die Hindernisse aufmerksam gemacht, welche dem Unternehmen in den Weg treten könnten; ebenso deutete man ihm dessen Folgen an. Er suchte sich daher im Bundespalais Rats zu erholen und wird ihn auch wahrscheinlich gefunden haben, denn er leistete auf das Erscheinen der »Deutschen Blätter«, welche bis zum zweiten Bogen ausgedruckt waren, Verzicht. Vorgestern abend ließ er dieses durch den Hofrat Berly Dr. Gutzkow eröffnen. Die Unterhandlungen wurden fortgesetzt, und die Varrentrappsche Buchhandlung gab Gutzkow eine Abfindungssumme von 100 fl., welche ihm Hofrat Berly gestern morgens auch überbrachte. Unterdessen hatte sich Gutzkows Lage wesentlich verändert und verschlimmert, so daß er recht gern die Abfindungssumme annahm. – Durch die Vorforderung Löwenthals in Mannheim (welcher die »Wally« verlegte), um sich vor dem dortigen Hofgericht wegen des Verlags dieses verderblichen Buches zu verantworten, war Gutzkow schon ein Zeichen gegeben, was seiner als Verfasser harre*. Vorgestern morgen wurde denn auch von dem hiesigen Polizeiamte dem Dr. Gutzkow eine Vorladung des Mannheimer Hofgerichts überreicht, um sich am 1. Oktober persönlich in Mannheim zu stellen und vor Gericht zu verantworten über das Verbrechen der Blasphemie etc. etc., dessen er sich durch seinen in Mannheim

* NB. Löwenthal hat an verschiedene Zeitungsredaktionen, auch dahier, die schriftliche Bitte ergehen lassen, keine Artikel in betreff seiner Angelegenheit überzunehmen, da letztere dadurch nur sehr verschlimmert und seine Familie noch unglücklicher gemacht werden könnte.

erschienenen Roman »Wally« schuldig gemacht. Die Mitteilung hat ihn zu Boden geworfen und eine derartige Alteration in ihm erregt, daß er leidend wurde und Arznei nehmen mußte.
Er war gestern fortwährend sehr niedergeschlagen. Briefe, die er von Gleichgesinnten aus Paris erhielt, konnten ihn nicht im geringsten zerstreuen. Seine Gefühle waren äußerst aufgeregt und sprachen sich in Unentschlossenheit aus. Dennoch schien er zu einem Entschlusse gekommen zu sein. Er wollte nicht nach Mannheim gehen, aus Furcht vor Gefängnisstrafe; er wollte sich direkt nach Berlin begeben, um sich dort, in seiner Vaterstadt, einer Prozedur zu unterziehen. Er sieht sich gewissermaßen als einen Märtyrer seiner Sache an, er wollte schon gestern seinen Paß und sonstige Angelegenheiten in die Reihe bringen lassen, um ungesäumt abreisen zu können. Heute ist Gutzkow anderen Sinnes geworden; er behauptet, krank und unfähig zum Reisen zu sein. Sein Arzt Dr. Clemens, ein getaufter Jude und von gleichen Gesinnungen mit Gutzkow in mancher Hinsicht, will es ihm bezeugen. Nach Karlsruhe will er sich schriftlich wenden, um wenigstens das Nichterscheinen in Person zu erlangen; einem anderen schriftlichen Prozesse wolle er nicht ausweichen. Dieses sind heute seine Entschlüsse, allein es frägt sich, ob sie sich nicht schon morgen geändert haben. Unterdessen ist ihm auch gestern in der Senatssitzung sein Bürgerrechtsgesuch abgeschlagen worden, welche Kunde ihn abermals tief erschütterte; er sieht alles Unglück über sich hereinbrechen. Aber er hat mit seiner »Wally« auch viel Übles gestiftet. Das Buch wird verschlungen; eine einzige Lesebibliothek hat neun Exemplare, die fortwährend außer dem Hause sind; sogar aufs Land ist die Kunde von den in der »Wally« ausgesprochenen unsittlichen Ansichten gedrungen. Unterdessen glaubt Gutzkow seine »Wally« verteidigen zu können. [. . .]

5. Bericht, 2. Dezember 1835

Was vorauszusehen war, ist in der Tat eingetroffen! Die offiziellen Schritte, welche in der Sache des jungen Deutschland notwendigerweise getan werden mußten, haben die Aufmerksamkeit der gebildeteren Klassen unserer Bewohner in hohem Grade erregt. Man debattiert über die Tendenz des jungen Deutschland und, um richtig zu gehen, sucht man sich die Bücher desselben zu verschaffen. Es ist in dieser Beziehung recht gut, daß sie so teuer sind, denn durch diesen Umstand werden viele abgehalten, sich solche zu kaufen. – In betreff des Gutzkowschen Romans »Wally« wird darin doch eine Ausnahme gemacht, denn kaum war dessen Verbot und Konfiskation hier ausgesprochen, als er allerdings aus allen Buchläden und Leihbibliotheken verschwand, aber im stillen außerordentlich stark und noch fortwährend begehrt und gelesen wird. – Leider wird das Gift einer »Wally« von unserer fast in der Wurzel verbildeten Jugend, was die Obszönität dieses Romans betrifft, auch von der begehrlichen weiblichen begierig eingesogen; denn welche Tendenzen können verdorbenen moralischen Grundsätzen mehr frönen als diejenigen, welche Atheismus, gepaart mit Laszivität, aussprechen? Wenige stehen auf dem Standpunkte der festen Bildung, daß sie die Geistesausgeburten Gutzkows und Konsorten gehörig zu würdigen wüßten. – Allerdings, dem gesetzteren Alter können Schriften des jungen Deutschlands wenig anhaben, denn entweder ist jenes zu verständig oder zu unempfänglich geworden. Aber gerade, weil sie der gefährlichen Jugend, deren Denkungsart durch die Zeitverhältnisse sehr locker und verderbt geworden, Panegyristen ihrer den politischen und sozialen Verhältnissen gefährlichen Neigungen sind, müßte man trachten, solche Bücher der Jugend aus den Händen zu winden und ernstliche Fürsorge zu treffen, daß sie nicht wieder auftauchen können oder daß die Jugend dafür unempfänglicher werde. – Letzteres kann nur durch eine verbesserte Erziehung der Jugend geschehen, ja man sollte zu diesem höchst wichtigen Zwecke den Gedanken erfassen, ein deutsches Nationalerziehungssystem ins Leben zu rufen. Die Lehrer der Jugend – die an den öffentlichen Schulen unserer Freistadt angestellten nicht ausgenommen – sind fast durchgängig von dem politischen Liberalismus berauscht worden und verehren denselben noch. In religiöser Hinsicht bekennen sie sich größtenteils zum Rationalismus und wollen die Natur als Grundursache alles Seins erkennen, bleiben aber in der wahren Erkenntnis der Natur sehr oberflächlich. Es ist hier nicht der Ort, daß ich dieses Thema weiterverfolge, allein ich berührte es nur, um anzudeuten, wie es möglich, daß Wallysche Tendenzen unserer Jugend so sehr zusagen. – Nun haben aber auch unsere Liberalen die Partei des »jungen Deutschland« genommen, da sie in demselben erst warm geworden. Sie verteidigen dessen Grundsätze, nachdem sie einige der betreffenden Schriften gelesen, noch mehr aber davon reden gehört haben, und unterlegen denselben eine politische Farbe. Sie erkennen recht gut, welchen mächtigen Bundesgenossen sie in den Bestrebungen der jüngern deutschen Literatur hätten finden können, wenn derselben nicht ein Damm gesetzt worden wäre. Sie mißbilligen die Schritte der Regierungen und suchen dieselben in der öffentlichen Meinung anzufeinden. Die öffentliche Meinung folgt allerdings jetzt nicht dem Rufe der Liberalen, aber sie hört zu, wird lüstern und prüft. – Die Liberalen loben es, daß Gutzkow nach Straßburg gegangen, und hoffen, seine Freunde würden ihm dahin folgen. – Wie man aber hört, so ist Gutzkow vorerst nach Karlsruhe. Es scheint mithin, daß er Verständigung und Nachsicht sucht und die Mannheimer Jurisdiktion von sich abwenden will. Gutzkow behauptet nämlich, die Mannheimer, in deren Stadt er sich eine Zeitlang aufgehalten und wo er nebst seinem Freunde Dr. Löwenthal die »Creme der Gesellschaft« ausmachte (wie er selbst sich ausdrückt), nährten persönliche Feindschaft gegen ihn. Dem sei nun, wie ihm wolle, so geht aus den Schritten – wenn sie Gutzkow in Karlsruhe wirklich tut – hervor, daß er in Deutschland bleiben möchte, auf sein bisheriges geistiges Streben Verzicht leisten und hier heiraten will. Es ist fast mit Bestimmtheit zu behaupten, daß alle Jünger des »jungen Deutschland« ihrem Hohenpriester Gutzkow nachfolgen und ihre besonders verpönten Bücher aus dem Buchhandel zu bringen suchen werden. Hoffentlich wird dann die Sache des jungen Deutschlands auch dem Volke bald aus dem Gedächtnis verschwinden. Gleich nach der Abreise Gutzkows verbreitete sich das Gerücht, derselbe habe eine Art Abschied hinterlassen. Dieser Abschied besteht nun in einer 20 Seiten starken Broschüre: »Mein letztes Wort«, worin Gutzkow schließlich sich noch einmal zu verteidigen sucht. – Man war hier sehr gespannt auf das Erscheinen dieser Broschüre, und besonders schwatzten gestern und vorgestern die Liberalen viel davon, denn Buchdrucker Schneider, bei dem sie gedruckt wurde und der trotz seines obschwebenden Prozesses einen liberalen Salto mortale gern machen möchte, las die Broschüre am Sonntagabend liberalen Freunden vor, die sich daran sehr erbauten. Als sie die hiesige Zensur passiert hatte, wollte Schneider am Montag morgens mit dem Druck derselben anfangen, allein derselbe wurde, wie es hieß, auf Bundestagsbefehl* einstweilen sistiert. Das Gerücht davon war bald in der Stadt verbreitet, und die Liberalen zogen gewaltig los, daß man Gutzkow nicht einmal eine Verteidigung vor dem Forum der Öffentlichkeit zugestehen wolle. [. . .]

6. Bericht, 9. Dezember 1835

Von Dr. Gutzkow hat man hier, was ihn persönlich betrifft, nichts weiter erfahren. Alsbald nach seiner Verhaftung (am 4. d. M.) in Mannheim schrieb er an seinen zukünftigen Schwiegervater, den schwedischen Konsul Freinsheim, »durch die Treulosigkeit eines Ministers sei er in Haft geraten; er sei aber gefaßt«.

Gutzkows »Wally« ist total hier vergriffen, denn es waren die Buchhändler nicht imstande, die im geheimen von Privaten begehrten Exemplare für den zwei- und dreifachen Preis – sie kostet drei Gulden – zu liefern. Leihweise geht dieser Roman von Hand zu Hand, und selbst achtzigjährige Greise sind lüstern geworden, ihn zu lesen. Übrigens bestand die ganze Auflage nur aus 800 Exemplaren, und von einigen Buchhändlern ist der Wunsch eines Nachdrucks ausgesprochen.

Gutzkows nun zu erscheinende Broschüre: »Appellation an den gesunden Menschenverstand. Letztes Wort in einer literarischen

* Dieses klärt sich nun als Mißverständnis auf. Man verlangte nur einige reine Abzüge von dem Drucke, und Buchdrucker Schneider sah dieses als ein Zeichen an, daß dem Erscheinen der Broschüre Hindernisse in den Weg gelegt werden könnten. Daß an der Broschüre jetzt nicht fortgedruckt wird, kommt daher, weil Gutzkow an Buchhändler Streng schrieb, er wolle sie vorerst noch durchlesen.

Streitfrage« ist hier im voraus schon zahlreich bestellt. Wie es scheint, nein, wie es zuverlässig ist, so hat die hiesige Zensur die Broschüre passieren lassen, um die darin kompromittierten Professoren, die nicht verdachtlos sind, zu veranlassen, sich über ihr Lehrsystem nun einmal auszusprechen, was sie nun, angeklagt durch die Anklage Gutzkows, auch tun müssen. — —
[...]

7. Bericht, 17. Dezember 1835

Noch immer ist der innere – und auch äußere – Streit über die Bestrebungen des »jungen literarischen Deutschland« nicht verstummt. Es konnte nicht fehlen, die vielen Besprechungen der Erzeugnisse des »jungen Deutschland« in den öffentlichen Blättern mußten gerade die Aufmerksamkeit auf dieselben leiten. Sie sind dadurch kein Alleingut der gelehrten oder gebildeten Welt mehr geblieben; wenngleich die Ungebildeten in der Auslegung der Schriften des »jungen Deutschland« nicht weiter gehen, als sie ihr Verstand führt, und sie das Fazit ihrer Reflexionen nur dahin zieht, daß das junge Deutschland eine revolutionäre und mithin den Regierungen nicht angenehme Tendenz habe. Unbezweifelt ist es jedoch, daß die Liberalen, welche früher in keinem Kontakt mit den Jüngern des jungen Deutschland standen, nun ernste Partei für dieselben nehmen und ihre Schriften sich zu verschaffen suchen. Man spricht in den Wirtshäusern von Gutzkow und Wienbarg und bedauert, diese tüchtigen Männer nicht früher persönlich gekannt zu haben. Gutzkows »Wally« wandert dabei von Hand zu Hand, und man kann wohl behaupten, die Mehrzahl der Leser findet Wohlgefallen an der Lektüre dieses Buches, erklärt Gutzkow für einen gescheiten Kopf, der den »Pfaffen einen Zahn ausgerissen« und diese nun durch die Regierungen gegen denselben einschreiten lassen. [...]

8. Bericht, 24. Dezember 1835

Die Wirkungen der Lektüre der »Wally« von Gutzkow äußern sich nun auch mehr und mehr in den unteren Ständen und an öffentlichen Orten. In dem Wirtshaus von Zöller (der früher ein eifriger Liberaler war und an allen Versammlungen teilnahm) verglich dieser Tage ein Handwerksbursche, der die »Wally« gelesen, Gutzkow mit dem Reformator Luther. Der Handwerksbursche bemerkte, Gutzkow und seine Freunde wollten eine neue Religion einführen, was auch ganz vernünftig sei; die Religion des jungen Deutschland sei besser als die übrigen etc. Dabei wurde tüchtig auf Luther geschimpft. Der Wirt, der bei seinen ultraliberalen Gesinnungen dennoch echt lutherisch ist, konnte das nicht länger anhören, gab dem Burschen eine Ohrfeige, wodurch ein tüchtiger Lärm entstand. Es ist fast unglaublich, aber es ist wahr, die Handwerksklassen, die nur einigermaßen die gebildeten Stände berühren, haben sich die »Wally« zu verschaffen gewußt und sind ganz berauscht von Gutzkowschen Ideen, soweit sie dieselben verstehen. Da bis jetzt von der »Wally« kein Nachdruck erschienen ist, so wandert die »Wally« von Hand zu Hand fort. Wer Geld hat, schafft sich die übrigen Schriften der Jünger des jungen Deutschland an, und diese Schriften sind jetzt bestimmt die ausschließliche Lektüre der sogenannten Gebildeten. Die Wolfenbüttelschen Fragmente, die Lessing herausgegeben, werden hervorgesucht, und auch die älteren und neuen französischen derartigen Schriften sucht man sich zu verschaffen, um ihren Inhalt mit Gutzkowschen Ideen zu vergleichen. Unterdessen sind nun auch in den zu Hamburg erscheinenden »Kritischen Blättern der Börsen-Halle«, in den zu Leipzig herauskommenden »Blätter zur liter. Unterhaltung« Rezensionen über Gutzkows und Wienbargs Schriften erschienen, welche gut geschrieben und geeignet sind, die Aufmerksamkeit auf diese Schriften noch mehr zu lenken. Rousseau bespricht in den bis jetzt erschienenen Nummern seines »Leuchtturm« gleichfalls die Schriften der Jünger des »Jungen Deutschland«, aber auf die Stimme dieses physisch, moralisch und pekuniär durchaus ruinierten Menschen hört niemand; sein »Leuchtturm«

wird schwerlich aufkommen. Von den Mitgliedern des zu Grabe gegangenen Jungen Deutschland ist in letzterer Zeit, was ihre persönlichen Verhältnisse betrifft, nicht viel bekannt geworden. Soeben erhalte ich von einem sich nicht hier befindenden Freunde Gutzkows einen Brief, worin es unter anderem heißt: »Von Gutzkow habe ich zwei Briefe aus seinem Gefängnisse. Die Behörde hat auf ein Jahr Zuchthaus angetragen, er (Gutzkow) meint, die glänzendste Hoffnung sei sechs Monate Korrektionshaus, welche der Großherzog vielleicht in sechs Monate Festung verwandeln werde. Mit Berlin stehe ich in fortwährender Korrespondenz. Mundt wird wahrscheinlich mindere Maßregeln in betreff seiner Schriften erwirken; der frühere Kabinettsrat und Minister Beyme, ein Mann von 1806, interessiert sich sehr für ihn; man ist in Haft zu weit gegangen, weil der Justizminister von Mühler durch Krankheit von der Verwaltung seines Amtes verhindert wurde. Gutzkow arbeitet in seinem Kerker an einem Werke, welchem die Regierungen ihre Aufmerksamkeit schenken werden.«
[...]

9. Bericht, Dezember 1835

Der Frankfurter Professor Konrad Schwenck gab in der Angelegenheit des jungen Deutschland folgende Erklärung ab:
»Da sich mehrere als Mitarbeiter der projektierten deutschen Revue genannten Männer veranlaßt gefunden haben, entschuldigende Erklärungen abzugeben, so halte ich es für angemessen, mich ebenfalls zu erklären, und zwar dahin, daß ich mich nicht darüber zu entschuldigen habe, als Mitarbeiter genannt worden zu sein. Denn daß die Herausgeber, wenn sie die Absicht hatten, die Zwecke zu verfolgen, welche man dem sogenannten jungen Deutschland schuld gibt, auf micht nicht rechnen konnten, mußte denselben aus meinen Aufsätzen klar sein, da ich es ausgesprochen habe, daß ich in der belletristischen Literatur statt des kommenden Frühlings weit mehr den Herbst sehe, dessen beste Früchte bereits gepflückt sind, worin aber scheinbar lebendiges Treiben ist, weil anarchische Herbststürme viel

welkes, raschelndes Laub der Tagesblätter rastlos über die Erde wirbeln. Wenn die Herausgeber unerachtet meiner Gesinnungen, welche nur der Kunst und dem literarischen Ernst huldigen, und unerachtet meiner höflich ablehnenden Antwort auf ihre höfliche Einladung zu Aufsätzen, welchen meine Zeit und Büchersammlung nicht genügen können, mich als Mitarbeiter nannten, so müssen sie entweder im Sinne gehabt haben, andere als die schuldgebenden Zwecke zu verfolgen, oder sie haben es zu entschuldigen, daß sie mich nannten, nicht ich. Der Spektakel übrigens, welchen der persönlich beleidigte literarische Schreier, Herr Wolfgang Menzel, macht, mag auf andere einschüchternd wirken, und sie mögen sich durch seine Phrasen über schlechte Literatur verblüffen lassen, auf mich wirkt es nicht. Schlechte Literatur haben wir allerdings, und eine nicht unbedeutende Stelle nehmen darin Menzels Drucksachen ein, seine albernen Poetastereien mit eingeschlossen, sowie die Schriften des einen oder andern, welchem er das spaßhafte Kinderfallhütchen seines aus Druckerschwärze fabrizierten Lorbeerkränzchens als kritisches Schutzwülstchen um den Kopf gehängt. Seit Herr von Cotta Menzel mit der Livree und dem großen Tressenhut als Portier an den Tempel der Unsterblichkeit gestellt und ihm den langen wohlbeknopften Stock zur Wache in die Hand gegeben, war mir der seichte, pedantische Literator mit dem burschikosdreisten Gerede einer platten, intoleranten Demagogie, womit er dem auf vermeintliche Bildung dünkelhaften Haufen schmeichelte und die unerfahrene Jugend zum Übermut anleitete, verächtlich. Noch widerlicher ist er mir geworden, seit er die abgeschabte fuchsige Perücke des seligen Herrn Hauptpastor Goeze auf sein weiland ziegenhainerliches Haupt gestülpt und mit larmojantem Leichenbittergrimm Krethi und Plethi zu Hilfe ruft. Ja, dieser literarische Ölgötze der burschikosen Leute und der halbstudierten Philister hat in der Tat am wenigsten ein Recht, über Unfug zu schreien, er, der jahrelang eine Kritik geübt, welche, aller Kunst und literarischen Würde feindselig, durch den dreistesten Übermut, den er bis zur Frechheit getrieben und womit er seine Seichtigkeit und den Mangel der Kenntnisse übertüncht, selbst Unfug war, verführerisch für jugendliche

Gemüter. Wenn ein junger Mann voll Geist und Talent bei einem anarchischen Zustande der Literatur sich verirrt, wie Herr Gutzkow getan, so ist es beklagenswert, aber ekelhaft ist es zu sehen, wenn der, welcher, soweit Kritik es vermag, den Übermut lehrte und hegte, nun über den einst Gekrönten herfällt mit orgiastischer Wut, ihn noch verfolgend, während er vor Gericht steht, nachdem er über die »Wally« eine Kritik geschrieben, welche ihn recht als seichten Stümper seines Fachs zeigt, da sie lügenhaft ist (was ich nicht sage, um ihn des Willens der Lüge zu zeihen, denn mit dem Menschen Menzel habe ich es nicht zu tun, sondern mit dem Literator), lügenhaft, wo eine ernste und wahre Kritik eines kundigen Literators, welcher wirklich Beruf zu seinem Amte hat, streng gewesen wäre und nachweisend, wo das Übel sitzt, aber frei von den tollen Gebärdungen Menzels, über den man sich zuletzt des Lachens nicht erwehren kann, wenn er am Schluß den Affen des Lamennais und Mickiewicz spielt. Möchte es durch die ernste Warnung, welche jetzt in der belletristischen Literatur stattgefunden, dahin kommen, daß die jungen Deutschen, welchen Geist und Talent verliehen ist, fortan, statt dem Übermut zu frönen, von frühe an zum Würdigen streben, sich an den großen Vorbildern Klopstock, Schiller, Goethe usw. zur wahren Kunst heranbildend, und möge die Menzelsche burschikose Kritik endlich die allgemeine Verachtung finden, welche sie verdient, während sie bisher nur von einem Teil der Nation verachtet ward. Möge dabei auch zum Frommen literarischer Sittlichkeit Menzels Verfahren gegen Gutzkow nach Würden erkannt werden, dann kann das Übel noch gute Früchte tragen, was ich von ganzem Herzen wünsche.«

10. Bericht, 6. Januar 1836

[. . .]
Die Verhaftung Gutzkows ist noch immer der Gegenstand lebhafter Besprechung seiner Freunde. Aber auch Männer, die nicht auf der linken Seite stehen, tadeln sehr den Schritt der badischen Regierung in betreff des Verfassers der »Wally«. Man ist daher sehr gespannt auf den übermorgen zu erfolgenden

Spruch des Hofgerichts in Mannheim. Ein strenges Strafurteil würde von allen Parteien gemißbilligt werden. Man hat die Schriften eines Friedrich von Preußen, Lessing, Voltaire usw. wieder gelesen und die »Wally« im Vergleich mit ihnen ganz unschuldig gefunden. Man schimpft auf die Inkonsequenz der preußischen Regierung und erinnert daran, welche unsittlichen Bücher früher mit Berliner Zensur gedruckt worden seien. Im allgemeinen wächst die Abgeneigtheit gegen Preußen.
[...]

Wolfgang Menzel: Wally, die Zweiflerin. Roman von Karl Gutzkow. Mannheim: Löwenthal, 1835

Wenn Herr Gutzkow nicht Talent besäße, würde ich mich seiner nicht angenommen haben. Ich war es, den dieses junge Talent sich zum ersten Führer wählte. Ich glaubte, es pflegen, es vor Verirrungen hüten, ihm eine freie Bahn öffnen zu müssen. Ich habe Herrn Gutzkow jede Unterstützung und Empfehlung angedeihen lassen und wie ein Vater an ihm gehandelt. Er wird mir das Zeugnis geben, daß ich nie darauf ausging, sein Talent für mich ausbeuten zu wollen. Obgleich er sich mir vielfach anbot, habe ich ihm immer gesagt, er müsse selbständig werden, nicht für mich, als literarischer Schildträger, sondern frei auftreten und die eigene Bahn gehen. Ich eröffnete ihm in der Nähe und Ferne Verbindungen. Ich riet ihm, seines linkischen Benehmens wegen, zu reisen, neben den Büchern auch Menschen kennenzulernen, und verschaffte ihm die Mittel dazu.
Ich machte dabei so wenig auf seine Dankbarkeit Anspruch, daß ich die Verbindung, in die er mich mit einigen jungen Literatoren bringen wollte, die bereits eine Lobassekuranz etabliert hatten, verschmähte. Wenn ich die erbärmliche Rolle unserer älteren literarischen Egoisten hätte spielen wollen, so würden mir die getreuen Schildknappen und Lobbläser nicht gefehlt haben. Aber dergleichen habe ich immer verachtet, verachte ich und werde ich immer verachten. Ich strebe, die dauernde Achtung der Nation zu

verdienen, nicht vergängliches Lob in Tagesblättern zu erkaufen.

Daß ich es nicht vermocht habe, Herrn Gutzkow auf der Bahn der Tugend und Ehre, auf der er mir einst nachkam, festzuhalten, tut mir leid, denn es geht mit ihm ein schönes Talent verloren. Ich habe jedoch keine Schuld daran. Von mir hat er keine Lehren erhalten, als die eines Mannes von Ehre würdig sind. In dem ersten Augenblick, da der unsaubere Geist in ihm deutlich aus seiner Maske hervorsah, habe ich ihm die Tür gewiesen und den Schmutz seiner Nähe von der reinlichen Schwelle meines Hauses hinweggefegt. Ich habe keinen Teil an dem Geiste, der seitdem in ihm getobt und das Papier um ihn her besudelt hat, es müßte denn sein, daß meine Verachtung den bösen Trotz in ihm noch mehr geweckt hätte.

Er hat nun seit ungefähr einem Jahr unausgesetzt versucht, sich an mir zu reiben, und zwar auf eine kleinliche und hämische Art. Sollte er sich plötzlich bekehrt und meinen Einfluß auf die Literatur, der ihm einst so wohltätig schien, für verderblich erkannt haben, so hätte er auch kräftig und mit Gründen gegen meine Tendenz auftreten müssen. Aber er machte nur immer boshafte kleine Anmerkungen zu einzelnen Äußerungen von mir und gab der Lesewelt Notizen über meine Person und Familie preis. In einen Prinzipienstreit ließ er sich niemals ein. Sehr natürlich, denn er hatte gar kein Prinzip. Seitdem er aufgehört, *mein* Prinzip zu heucheln, blieb ihm nichts übrig als ein System kleinlicher Mocquereien, und nun flogen die Wespen bei ihm ein und aus. Seine Kritik suchte sich nicht durch eine edle Tendenz, nicht durch eine geschichtliche Übersicht, überhaupt durch nichts Ernstes, Würdiges und Wissenschaftliches, sondern lediglich durch kleine Witzeleien über Persönlichkeiten geltend zu machen. Anstatt von Schleiermachers Hauptwerken zu schreiben, schrieb er von einer zufälligen Jugendsünde desselben. Anstatt an Schleiermachers Tendenz Anstoß zu nehmen, nahm er an Schleiermachers Höcker Anstoß. Statt von Spindlers Romanen zu reden, spottete er über Spindlers kleine runde Frau. Von dieser Art waren seine edeln Kritiken. Er rechnete dabei auf die Diskretion der Vernünftigen. Wie die kleinen Berliner Mitbürger, die aus der Schule kommen oder in gar keine Schule gehen, den Vorübergehenden mit grinsendem Gesicht aushöhnen, aber von allen honetten Leuten ignoriert werden; wie man kleine Mitgeschöpfe, die uns nachkläffen, bellen läßt und weitergeht, so ließ sich auch kein vernünftiger Mann in eine Diskussion mit Herrn Gutzkow ein, wenn er seinem edeln kritischen Triebe den Lauf ließ und nie über Sachen urteilte, sondern immer nur über Personen spöttelte.

Diesem Umstand hat er die Großmut zu verdanken, daß man ihm nicht schon seinen eignen Spiegel vorgehalten, ihm den von der Natur gezeichneten Schwächling gezeigt und ihn belehrt hat, daß es dem Wiedehopf nicht zukomme, sich über Adler und Schwan zu mokieren.

Außer der Verachtung hielt mich ein gewisses Mitleid ab, ihn für seine Ungezogenheiten öffentlich zu züchtigen. Alle seine Äußerungen über mich waren Ergüsse des Neides.

Erst jetzt, da es sich nicht mehr um Persönlichkeiten, sondern um Sachen handelt, da Herr Gutzkow es unternommen hat, an der Spitze eines sogenannten jungen Deutschland unsere bisherige Sitte und Denkart zu reformieren, muß ich doch sehen, was hinter dem Ofen vorgeht und ob denn der Pudel wirklich zum höllischen Rhinozeros geworden ist. Ich finde da einen Roman des Herrn Gutzkow, der in der Tat von Frechheit und Immoralität schwarz aufgeschwollen ist, und muß nun meines Amtes warten.

Solange ich lebe, werden Schändlichkeiten dieser Art nicht ungestraft die deutsche Literatur entweihen.

Die Sucht, schnell berühmt zu werden und zu ernten, ohne zu säen, ist vielen unserer jüngeren Literatoren eigen. Sie haben nicht mehr den Mut zu arbeiten, etwas Tüchtiges zu lernen, die Reife der Erfahrung zu erwarten. Sie wollen den Genuß ohne die Mühe. Das angeborne Genie soll alles andere ersetzen, und jeder hält sich für ein Genie.

Auch Herr Gutzkow leidet an dieser galoppierenden Ruhmsucht, und da er wirklich mehr Geist hat als viele andere, so begnügt er sich nicht mit den kleinen Reizmitteln, durch die man das Publikum spannt und aufmerksam macht, sondern läßt lieber

gleich den lebendigen Teufel in die Leute fahren. Wenn sie das nicht merken, wenn das nicht Aufsehen erregt, wenn ihn das nicht schnell berühmt macht, so müßte – Casanova nie gelesen worden sein.
Mit der Unzucht ist einem gewissen Teil des Publikums immer beizukommen, denn viele sind nicht unschuldig, und unter den Unschuldigen sind wieder viel Neugierige. Die Spekulation mit unzüchtigen Schriften wird also selten trügen. Herr Gutzkow scheint aber gefürchtet zu haben, was er durch seine Unzucht an Ruf gewinnen würde, an Ruhm wieder zu verlieren. Er hat daher seine Obszönitäten zu veredeln und in ein höheres philosophisches Gebiet zu versetzen gesucht, indem er Gotteslästerungen damit verbindet.
Sein Roman ist voll kränklicher, raffinierter, ausgedüftelter Wollust. Der Verfasser glaubt nicht pikant genug sein zu können und entblößt seine Geliebte gleichsam auf offner Straße, um sich bemerklich zu machen. Die gute Person muß sich schämen, sich geschämt zu haben, und das ist die witzige Pointe.
Bei alledem maßt sich Herr Gutzkow an, das Haupt des »jungen Deutschland« zu sein und im Kampf der Zeit eine große Rolle zu spielen. Auf einem kranken Bock reitend, glaubt er sein Rittertum im Kampf der Zeit zu bewähren. Mit Unzucht will er die Welt verbessern. Eine schändliche Krankheit bietet er ihr als Heilmittel an.
Wenn die deutsche Jugend ein Recht haben soll, sich als »junges Deutschland« dem alten gegenüberzustellen, so muß sie auch den edeln Feuergeist und die sittliche Begeisterung, die man von jeher an deutschen Jünglingen so hoch schätzte, durchglühen. Es müssen reine, freie, kräftige Naturen sein, aber nicht Schwächlinge und Wollüstlinge. Eine junge ritterliche Tugend muß sie zieren, eine Kraft und Reinheit, die das Alter nicht mehr hat. Sind sie aber Huren und Buben, so gehören sie zum Auswurf der Nation und sind nicht Repräsentanten einer neuern bessern Zeit, sondern nur die verspätete Nachgeburt der alten verdorbenen Zeit und gehören mit den alten Faunen, mit Julius von Voß, Althing etc. in einen Stall.
Der bloße Umstand, daß man jung ist, befähigt noch nicht. Wenn

das »junge Deutschland« nur in den Jahren zu suchen wäre, so könnte jeder Gassenbube darauf Anspruch machen, Ehrenmitglied zu sein. Nur der jugendliche *Geist* kann ein junges Deutschland begründen, und in diesem Geiste müssen unsere *Nationaltugenden* sich erfrischen und verjüngen, wenn es ein junges *Deutschland* sein soll. Bei einem frechen Gotteslästerer und Nuditätenmaler ist aber überall nichts von einer Nationaltugend und von einem frischen Geiste, in dem sie sich verjüngen soll, zu finden. Es ist ein junger Wurm in einem alten Kadaver, der noch *im* Grabe der alten Zeit mit sterben muß, nicht eine junge Rose, die ewig fortblüht *über* dem Grabe.

Das junge Deutschland sollte wohl an ganz andere Dinge denken als an Hurerei. »Noch viel Verdienst ist übrig«, sagte Klopstock, und es ist seitdem noch nicht erschöpft worden. Dem edlen Geist liegt eine große weite Bahn offen, der Kampf wird ihm nie fehlen, und wenn er ihn in guter Treue besteht, wird ihm auch der Ruhm, der wahre und bleibende, nicht fehlen. Gegen Laster ist mit Tugend, gegen Schmutz mit Reinheit, gegen die kleinliche Gesinnung mit der großen und gegen die Geistesverwirrung mit Klarheit zu streiten. Es hat der guten Streiter wohl schon gegeben, doch hat keiner solchen Sieges und Triumphes sich erfreut, daß er den Nachkommenden etwa allen Ruhm vorweggenommen hätte. Es ist noch erstaunlich viel zu tun übrig für jeden, in dem ein Funken des göttlichen Geistes lebt, und die Reinen stehn sich weniger im Wege als die unsaubern Geister. Also hätten die jungen Deutschen wohl allen Grund, lieber auf die Arena als ins Bordell zu gehen.

Die deutsche Nation hat ein Gefühl für Sittlichkeit, das ihr seit Jahrtausenden treu geblieben ist und das immer wieder siegreich hervortrat, wenn es auch »feile Narren und geile Buben« ihr eine Zeitlang wegzulügen und wegzuspotten trachteten. Die Unsitte kam immer von Frankreich herüber, und der deutsche Volksgeist war immer gesund und edel genug, sie wieder von sich abzuschütteln. Kann es eine frechere Anmaßung geben, als, von den Franzosen angesteckt, sich für das junge Deutschland auszugeben?

Vom jungen Deutschland werden doch unsere Frauenzimmer

auch etwas wissen wollen. Wohlan, so seht her, da wankt das kranke, entnervte und dennoch junge Deutschland aus dem Bordell herbei, worin es seinen neuen Gottesdienst gefeiert hat. Wie gefällt euch diese junge Generation?
Es sind mehrere edle Jünglinge, die seit einiger Zeit die frechsten Darstellungen der Wollust versuchen. Sie sind alle klein, schwächlich, von eckigem Benehmen und so vollkommen unliebenswürdig, daß es nicht erst ihres literarischen Schmutzes bedürfte, um sie dem schönen Geschlecht widerlich zu machen.
Überhaupt, wenn eine überwiegende sinnliche Kraft, ohne von sittlicher und geistiger Kraft gezügelt zu sein, sich in die Wogen der Wollust stürzt, so mag diese Erscheinung im Leben trotz ihrer Verwerflichkeit etwas Entschuldbares haben. Echte Mannheit, auch wenn das Tier in ihr überwiegt, hat etwas, das wider Willen gefällt. Darum wird man einem Don Juan den verführerischen Reiz nie absprechen können.
Aber nun denke man sich schwächliche, kleine Jünglinge, marklos und wadenlos, das vollkommene Gegenbild von Don Juan, die nicht das Leben warm und kraftvoll umarmen, sondern die dasitzen und hinter dem Schreibtisch hocken und geile Bilder entwerfen und sich erhitzen an kranken Vorstellungen und wie der betrogene Jupiter die kalte Nebelwolke umarmen und die dann den jungen Mädchen, denen nicht ihre bloße Nähe schon wie dem Gretchen »in tiefer innerer Seele verhaßt« ist, ihre geilen Schriften zur bildenden Lektüre in die Hand geben.
Da die Unzucht keine Tugend ist, hat sie sich von jeher verborgen. Es mußte weit gekommen sein, wenn sie sich offen zur Schau stellte. Die obszöne Literatur bezeichnet schon eine Abschwächung, die durch unnatürlichen Kitzel und Prahlerei ersetzen soll, was der erschöpften Natur bereits gebricht. Echte Don Juans schreiben nicht. Nur Schwächlinge schreiben unzüchtige Bücher, und nur entmannte Zeitalter dulden sie. Die Blütezeit obszöner Bücher war immer eine Zeit des tiefen Verfalls in Rom wie in Paris und Berlin. Petronius, Crebillon, Julius von Voß.
Man wird mich keiner unzeitigen Prüderie beschuldigen. Ich bin

kein Pedant. Ich liebe einen Scherz der guten alten Zeit von Luther, Shakespeare etc. Ich werde nie einem Rabelais oder Juvenal etc. seine Zoten vorwerfen. Ich achte die Freiheit der Satire und glaube, daß sie in ihr verzehrendes Feuer auch solches fette Öl und solchen stinkenden Schwefel schütten darf, damit es wie Granatenfutter und kongrevische Raketen auf die Knochen brenne. Der Arzt, auch der Seelenarzt, muß das Kind beim rechten Namen nennen und darf nicht zimperlich und blöde tun.

Etwas ganz anderes aber ist die unzüchtige Poesie, die bloß zur bösen Sünde reizen oder sie entschuldigen will, die aus dem, was ein gemeines Laster ist, eine vornehme Tugend machen will; die uns überreden will, der Esel, den der Haber sticht, sei ein Heiliger; die von einer »Religion der Wollust« faselt, wie Friedrich Schlegel tat, oder die es als den Kulminationspunkt weiblicher Bildung bezeichnet, daß die jungen Mädchen sich der Scham schämen, wie Herr Gutzkow will. Es gibt Tempel, es gibt gebildete Gesellschaften, es gibt Bordelle auf der Welt. Wollt ihr denn durchaus in ein Bordell gehen, so macht wenigstens nicht den Tempel und auch nicht die gebildete Gesellschaft dazu. Entweiht eine Heilige nicht durch eure frechen Blicke und Wünsche, beleidigt ein gebildetes Mädchen nicht durch unflätige Lektüre, und macht auch aus feilen Dirnen hinwiederum nicht Engel, nicht feingebildete Damen. Laßt wenigstens alles an seinem Ort, die Andacht hier, die feine Sitte dort und die Unzucht im Winkel. Beschmutzt nicht reine Orte, entweiht nicht den Altar und den Salon, in dem euch die Gastfreundschaft empfängt, mit eurem ekeln Laster, und baut keinen Altar oder etabliert keine vornehme Unterhaltungen in den Winkeln der Schande!

Die Literatur, welche die gemeine Sinnlichkeit sentimental beschönigte und unter dem weiten Mantel des lieben Herzens und der lieben Natur alle Schwachheiten zudeckte, unter den Auspizien Kotzebues, Claurens, Langbeins etc., war noch gewissermaßen unschuldig in Vergleich mit der »Luzinde« Schlegels, die aus der Wollust ein Sakrament machte, und mit dieser »Wally« Gutzkows, die im Namen des Geistes und der

Freiheit jeder edeln Sitte als einer alten Dummheit den Krieg erklärt. Jene armen Leute, die sich ihrer Schwäche bewußt waren und sich wie die Maus im Wochenbette wohl sein ließen, wenn man nur ihre kleinen niedlichen Nester nicht zerstörte, sie sind nicht so arg gewesen als die Leute, die überschwenglich groß und vornehm tun mit ihren schlechten Sitten und der ehrlichen Welt wohl gar damit imponieren möchten.

Herr Gutzkow hat gefühlt, daß er die sittlichen Grundlagen nicht erschüttern könne, ohne zugleich die religiösen zu untergraben. Die Scham ist etwas Heiliges und bleibt dem Menschen treu, solange er noch irgend etwas Heiliges erkennt. Es ist psychologisch interessant, daß auch er, wie vor ihm fast alle literarischen Wüstlinge in Frankreich, sich nicht begnügt, das Haus der Sünde neben den Tempel zu bauen, sondern den Tempel selbst zum Haus der Sünde machen will. Unzucht und Gotteslästerung stehn in einer uralten Verbindung, deren Überlieferung wir schon im Alten Testamente finden. Noch deutlicher wird diese Allianz in der spätern Zeit. Da Christus als das sichtbare Ideal der Tugend und Herzensreinheit wie der Polarstern fest in der sittlichen Welt steht und sein Name wie ein Siegel das Tor des Abgrunds schließt, so rütteln seitdem alle unsaubern Geister an diesem Tore, und über kurz oder lang kommt eine Ratte gelaufen und sucht die allmächtige Signatur abzunagen mit kleinem giftigen Zahn.

Viele unzüchtige Bücher des vorigen Jahrhunderts, besonders in Frankreich, machten sich durch einen glühenden Haß gegen Christus bemerklich. Doch unsrer Zeit und unserm deutschen Vaterlande war es vorbehalten, die Sache noch weiter zu treiben und an die Stelle des Hasses sogar Verachtung und vornehme Geringschätzung, ein süffisantes Mitleiden zu setzen. Die unsaubern Geister scheinen gar nicht mehr zornig über Jesus, sie bespötteln ihn nur noch, sie finden nur noch, daß er lächerlich sei.

Wir lesen in dem vorliegenden Roman Seite 271: »In Judäa, einem sehr barocken Lande, trat ein junger Mann namens Jesus auf, der durch eine bedenkliche Verwirrung seiner Ideen auf den Glauben kam, er sei schon seinen Vorfahren als Befreier der

Nation, der er angehört, verkündigt worden. Jesus war aus Nazareth gebürtig, unehelichen Ursprungs, Stiefsohn eines braven Zimmermanns etc. Jesus wußte selbst [da] noch nicht, wohinaus, als er die ersten unbesonnenen Schritte getan etc.« In diesem Ton ist das ganze Buch des Herrn Gutzkow geschrieben.

Was will er damit? Will er das Christentum umstürzen? Ist er von der Verderblichkeit des Christentums tief überzeugt? Will er selbst eine neue Religion gründen? Will er die ganze Welt umgestalten? Er will vorerst nur Aufsehen erregen und zum Unglauben, zur Entsittlichung so weit beitragen, daß *er* für seine Unzucht mehr Raum gewinne, und er gefällt sich in dieser Art, Aufsehen zu machen. Es ist doch eine Bubenlust, den Herr Christus, den alle Welt verehrt, abzukanzeln und wie einen Einfaltspinsel zu behandeln.

Die Sache ist eine potenzierte Nachahmung der neufranzösischen Frechheit, und auch diese ist nur eine Wiederholung früherer Sünden. Schriften wie die von Gutzkow, worin die sogenannte Freigeisterei und Obszönitäten Hand in Hand gehn, waren nach Voltaire sehr häufig und kamen auch nach Deutschland. Der ehrliche alte Schummel hat in seinem »kleinen Voltaire« all dieses damalige Treiben in Deutschland entlarvt. Damals gab es geheime Orden, in die niemand aufgenommen wurde, als wer Gott leugnete und beweisen konnte, ein ehrliches Mädchen verführt zu haben; einen andern Orden, in den niemand aufgenommen wurde, der nicht eine galante Krankheit hatte etc. Zu diesem Schmutz könnte uns Herr Gutzkow zurückführen, wenn Christentum und gute Sitte heutzutage nicht fester stünden.

Nicht bloß in diesem Schmutzroman, auch schon in dem Libell gegen Schleiermacher hat Herr Gutzkow ganz offen erklärt, es wäre eigentlich besser, wenn die Welt nie etwas von Gott gewußt hätte.

Nur im tiefsten Kote der Entsittlichung, nur im Bordell werden solche Gesinnungen geboren. Sie waren gäng und gäbe bei den philosophischen Sykophanten des altfranzösischen Hofes. Im Palais-Royal wurden sie zuerst aus der Hofsprache in die der

Jakobiner übersetzt. Wenn sie aber den Dienst des Despotismus nur verlassen hätten, um unter der Maske der Freiheit die Völker um ihre letzte Tugend zu betrügen, so wäre es weiter gekommen, als ich glauben kann. Herr Gutzkow hat es über sich genommen, diese französische Affenschande, die im Arme von Metzen Gott lästert, aufs neue nach Deutschland überzupflanzen, in einem Zeitalter, das Gott sei Dank gereifter und männlicher ist als das Jahrhundert Voltaires. Damals schon scheiterte das Laster am Sinn unseres Volkes; jetzt wird es um so weniger durchdringen. Die Literatur wird es ausstoßen, die öffentliche Meinung wird es brandmarken.

Nachdem sich diese Versuche wiederholt haben, nachdem dieses junge Deutschland es gar kein Hehl mehr hat, daß es mit »dem Kapital von Verruchtheit« anfangen wolle, mit dem das alte, durch alle Schulen der Unsittlichkeit gegangene Frankreich aufgehört hat, ist es Zeit, ihm nicht die mindeste Schonung mehr angedeihen zu lassen, sondern es bis zur Vernichtung zu bekämpfen.

Um so mehr, als die Frechheit sich immer wieder ein neues Organ zu schaffen bemüht ist. Kaum ist das Gift an einem Orte ausgeschwitzt, so legt es sich an dem andern wieder an. Unstet und flüchtig, ein böser Gast überall, wo es hinkommt, und immer bald ausgetrieben, ist es gleichwohl vorhanden und täuscht die Unerfahrenen. Der »Phönix« hat seine tausendjährige Periode nicht abgewartet, um sich zu verjüngen, schon in wenigen Monaten vertrug er das Gift seines Literatur-Blatts nicht mehr. Nichtsdestoweniger droht uns Herr Gutzkow mit einer neuen literarischen Revue im großen Stil, mit einem mächtigen Organ des sogenannten jungen Deutschland, das große Wunder wirken und alles umgestalten soll im alten Deutschland.

Aber ich will meinen Fuß hineinsetzen in euern Schlamm, wohl wissend, daß ich mich besudle. Ich will den Kopf der Schlange zertreten, die im Miste der Wollust sich wärmt.

Was hat Deutschland von der kritischen Tätigkeit des Herrn Gutzkow zu erwarten? Wie hat sie sich bisher in seinem »Phönix« bewährt?

Seine Kritik ist ebenso unsittlich wie sein Roman, aber vielleicht noch verdammlicher. Ein Dichter malt unflätige Bilder, aber er läßt doch die schönen und heiligen Bilder anderer in Ruhe. Wenn es aber ein Kritiker unternimmt, mit venerischem und gotteslästerlichem Geist alles Gesunde und Edle in der Literatur zu bespötteln, so ist dies weit ärger. Wenn er sich nicht begnügt, selbst bloß Priape zu schnitzeln, wenn er sich untersteht, zugleich die Bilder der schönen und edeln Götter zu beschmutzen, so ist dies weit ärger.

Von jedem, der es wagt, sich unter einem großen Volk, in einer lebendigen Zeit, in einer reichen und vielseitigen Literatur als Kritiker aufzuwerfen, muß man zweierlei verlangen. Er muß eine große historische Übersicht haben, den Umfang und die Tiefe der Welt, über die er zu urteilen unternimmt, kennen. Sodann, wenn er nicht bloß registrieren, wenn er auch richten will, so muß sich eine edle Tendenz und die strengste Gerechtigkeit in ihm offenbaren. Er muß nicht sich selbst und seinen Vorteil, sondern die Wahrheit allein vor Augen haben. Er muß einen persönlichen Feind loben und einen persönlichen Freund tadeln können um der Sache willen. Er muß das Recht nicht fälschen, nicht groß nennen, was klein, nicht gut, was übel ist. Er muß das Leben nicht Tod, den Tod nicht Leben nennen. Er muß im Entwicklungsgange der Bildung nicht ein Hemmschuh, nicht ein Stein des Anstoßes, sondern ein Triebrad sein. Er muß, sofern viele auf ihn hören und nach ihm sich richten, die Tugenden haben, ohne die kein öffentlicher Charakter bestehen kann. Er muß die Religion und Sitten achten. Nur unter diesen Bedingungen ist es ihm verstattet, die Richtermiene anzunehmen und zu strafen die, welche die Literatur in ihrem Fortgang und in ihrer Freiheit hemmen durch Stagnation, die alten Pedanten und Stabilen, und hinwiederum die, welche die Literatur entweihen durch junge Gottlosigkeit, Sittenlosigkeit, unwissenschaftliche Bubereien.

Hat Herr Gutzkow in dieser Weise sich des Richteramtes über die Literatur würdig gemacht, daß Deutschland diesem gerechten Manne seine Ehre anvertrauen kann? Ich will ihn zeichnen, wie er ist, und Deutschland möge urteilen, ob ich wahr rede.

Herr Gutzkow trachtet als Kritiker nur dahin, alle Ansichten zu durchkreuzen und zu verwirren, jede Basis, auf der die öffentliche Meinung ruht, zu zerstören, jedem ehrlichen Namen einen Schandfleck anzuhängen, jede edle Tendenz lächerlich zu machen, um dann im Chaos oben zu schwimmen und in der allgemeinen Anarchie der Geister den Thron seiner gottlosen Unzucht aufzuschlagen. Je reiner ein Mann, je unbescholtener eine Tendenz ist, um so gewisser beschmutzt er sie, denn es ist ihm unerträglich, daß etwas Edles herrschen soll in der Welt, daß es nicht in der ganzen Welt so unsauber aussieht wie in seinen Schriften. Aber auch da, wo er Fehler zu entdecken glaubt, die seine eigenen sind, spottet er, nur um allen und jedem einen schlechten Ruf zu machen.

Während er über Schleiermachers und Tiecks Jugendsünden spottet, predigt er selbst in seiner »Wally« die offenste Unzucht.

Während er eine Jugendzeitung herausgibt und das Haupt des jungen Deutschland zu sein affektiert, verspottet er den edeln Uhland und sucht es vergessen zu machen, daß an diesen Namen jedes schöne Gefühl deutscher Jugend sich knüpft! Beginnt das »junge Deutschland« damit, aus dem Schmutz französierender Unzucht heraus über den Sänger des reinsten Patriotismus herzufallen?

Nur Egoismus modifiziert dies System allgemeiner Lästerung. Dem Herrn Gutzkow ist jeder Freund, den er braucht; jeder Feind, der sich nicht von ihm brauchen läßt; jeder gleichgültig, den er nicht braucht. Daher überschüttet er zuweilen Leute, die ihm gerade einen Dienst leisten sollen, mit beleidigenden Lobhudeleien, in deren unwahren Übertreibungen sich schon sein undankbares Herz verrät, und sobald er die Leute benutzt hat, schneidet er ihnen ein Gesicht.

Ein besonderes Vergnügen findet er darin, die Leute aneinanderzuhetzen oder, wo er dies nicht vermag, wenigstens einen nur auf Kosten des andern zu loben. So macht er Uhland neben Heine lächerlich; aber ich glaube nicht, daß Heine ihm für diese Sünde gegen die Poesie Dank sagen wird.

Herr Gutzkow kennt das deutsche Publikum so weit, um etwas mit ihm zu wagen. Er weiß, daß der sittliche Geist der Nation, obwohl vorhanden, doch nicht immer auf die Oberfläche hervortritt und daß in müßigen und faulen Stunden das Publikum allerlei Menschen und Bücher verträgt, allerlei annimmt und sich sagen läßt. Er weiß, daß es nur darauf ankommt, recht unverschämt zu sein, rechten Lärm zu machen und vor allen Dingen eine Koterie zu bilden, sich das Lob mit mehreren zu verassekurieren.

Er hat sich also die jeune Allemagne zum Aushängeschild gewählt, gab eine Jugendzeitung heraus und sucht jetzt allerlei junge Leute durch die Parole »Heine« an sich zu locken. So läßt sich vielleicht mancher Unbesonnene mit ihm ein, der erst nachher entdeckt, in welches moralische und physische Lazarett er geraten ist. Glücklich, wer noch zur rechten Zeit die schändende Gemeinschaft flieht und der allgemeinen Verachtung entrinnt, die den Mann, der sich der Scham schämt, keinen Gott haben will und Christum als einen »unglücklichen Revolutionär« mit Thomas Müntzer in einen Rang stellt, unfehlbar treffen wird.

Das Geschäft dieser jungen Leute ist jetzt, einander aufs unverschämteste zu loben und als die größten Männer darzustellen, die je über die Weltbühne geschritten. Ganz besonders versteht sich Herr Gutzkow auf die kleinen Mittel, Gerede von sich zu machen. Er fraternisiert mit Winkelblättern und weiß Korrespondenten zu finden, die in den Zeitungen ausposaunen müssen: »Der berühmte Gutzkow ist da oder dort angekommen« oder »Der berühmte Gutzkow ist mit der ersten deutschen Verlagshandlung einverstanden, eine Revue im größten Stil zu eröffnen«. Obgleich kein Wort davon wahr ist, erregt es doch Aufsehen und bringt manchem minder erfahrenen Verleger eine unverhältnismäßige Meinung von dem Herrn Gutzkow bei. So ist es bekannt, daß die mehrfachen Zeitungsartikel, die in der letzten Woche den Herrn Gutzkow so übereinstimmend angepriesen, bloß darauf berechnet waren, die hiesigen Verleger für ihn zu bestechen, nachdem er von Frankfurt fortgelaufen. Mit solchen Mitteln will man heutzutage ein berühmter Mann und Repräsentant der deutschen Jugend werden!

Auch das ist nicht übel auf das Publikum berechnet, daß Herr Gutzkow gelegentlich einen hohen philosophisch scheinenden Ton annimmt und sich gar altklug gebärdet, obgleich es schlecht zu seiner Obszönität paßt, denn was ist wohl ekler als ein Wüstling, der zugleich ein Pedant ist, oder ein Pedant, der den Wüstling spielt. Aber Herr Gutzkow ist zu sehr geborner Berliner, als daß er nicht wissen sollte, wie leicht es ist, mit der augenblinzelnden süffisanten Miene vornehmer Geringschätzung noch immer allerlei einfältigen Lesern zu imponieren. Er hat also jenen hoffärtigen Stil gewählt, der über die ehrwürdigsten Gegenstände und über die bekanntesten und ewig unumstößlichen Wahrheiten mit affektiertem Naserümpfen und Achselzucken sich ausdrückt, von Christus als von einem Schwachkopf spricht etc. Das hat er den Hegelianern abgesehn.

Dahin gehört auch die philosophische Bemäntelung der Unzucht. Herr Gutzkow findet z. B. für nötig, seinen wüsten Roman am Schluß in einer besondern Abhandlung kritisch zu rechtfertigen, als ob jede Poesie sich nicht selbst rechtfertigen müßte. Darin nennt er seine nur ins gemeinste Bordell gehörigen Nuditäten *ideale* Dichtungen und drückt die Hoffnung aus, *diese in Frankreich bereits herrschende Gattung werde nun auch bald in Deutschland durchdringen.* Die Reminiszenzen der Bordelle oder die frechen Einbildungen des einsamen Lasters wagt er Ideale zu nennen und an die Stelle dessen zu drängen, was man sonst unter Ideal verstand, nämlich die höchste Tugend, die höchste Reinheit, nach der zu streben die Aufgabe des Menschen in der Gesellschaft ist. Nur der schändlichste Egoismus schafft sich im Winkel Vorstellungen, die seinen schmutzigen Hunger doch niemals stillen, weil sie eben nicht wirklich werden, die aber vom Ideal so entfernt sind wie die Hölle vom Himmel, Vorstellungen, die nur dem verwandten Laster ein beifälliges Lächeln ablocken, leider zuweilen die Unerfahrenheit verführen, aber der Welt ein Abscheu sind. Wahre Ideale sind etwas ganz anderes, sind immer Werke eines der Gesellschaft und der Menschenveredlung sich hingebenden Gemütes, Vorbilder des öffentlichen Lebens, Muster für die Nacheiferung, etwas, dessen alle Völker sich rühmen, nicht dessen sie sich schämen. Damit aber, daß man sich nicht mehr schämen zu wollen erklärt, wie Herr Gutzkow, macht man die schamlose Handlung nicht anders, nicht besser.

Wenn man eine solche Schule der frechsten Unsittlichkeit und raffiniertesten Lüge in Deutschland aufkommen lassen wollte, wenn sich alle Edeln der Nation nicht dagegen erklärten, wenn sich deutsche Verleger nicht vorsähen, solches Gift dem Publikum feilzubieten und anzupreisen, so würden wir bald schöne Früchte erleben. Aber diese Schule wird nicht aufkommen. Unsere reiche, von würdigeren Kräften geschaffene Literatur wird nicht das Erbe solcher Lüderlichen werden. Aber schlimm genug, wenn die Verruchtheit nur eine Zeitlang ihr Wesen treiben und ihre Spur in die Literatur und ins Leben eindrücken darf. Schlimm genug, wenn ein Schmutzroman wie diese »Wally« nur in die Hände weniger Mädchen kommt. Und Schande genug, sofern es nur einmal möglich war, daß ein Mensch, dem nichts heilig ist, sich zum literarischen Richter in Deutschland aufwerfen konnte, daß einmal der Kot sich anmaßen durfte, die Literatur reinigen zu wollen.

Wer den Zauberbesen führen will, muß nicht selber der Unrat sein, oder er wird hinausgefegt.

Da Herr Gutzkow uns eine neue Bibel der Schwäche und des Lasters anstatt der alten Bibel der Kraft und der Heiligkeit aufdrängen will, so will ich ihm einige Seiten des alten Buchs aufschlagen, daß das Herz in ihm erschrecke:

»Der Herr sagte zu mir also: gehe hin und stelle einen Wächter, der da schaue und ansage.

Er siehet aber Reiter reiten und fahren auf Rossen, Eseln und Kamelen und hat mit großem Fleiß Achtung darauf.

Und ein Löwe rief: Herr, ich stehe auf der Warte immerdar des Tages und stelle mich auf meine Hut alle Nacht.

Höret mir zu, ihr Inseln und ihr Völker in der Ferne, merket auf, der Herr hat mir gerufen.

Und hat meinen Mund gemacht wie ein scharf Schwert, mit dem Schatten seiner Hand hat er mich bedeckt. Er hat mich zum reinen Pfeil gemacht und mich in seinen Köcher gesteckt.

Denn es ist ein Tag des Getümmels und der Zertretung und Verwirrung vom Herrn im Schautal und des Untergrabens der Mauern und des Geschreis am Berge.

Ein Tag des Trübsals, Scheltens und Lästerns und gehet gleich, als

wenn die Kinder bis an die Geburt kommen, und ist keine Kraft da zu gebären.
Sie brüten Basiliskeneier und wirken Spinnweben. Isset man von ihren Eiern, so muß man sterben; zertritt man's aber, so fahren Ottern heraus.
Sie kennen den Weg des Friedens nicht und ist kein Recht in ihren Gängen; sie sind verkehrt auf ihren Straßen; wer darauf geht, hat nimmer keinen Frieden.
Und das Volk treibt Schinderei, einer über den andern und ein jeglicher über seinen Nächsten, und der Jüngere ist stolz wider den Alten und ein böser Mann wider den ehrlichen.
Aber ich will die Schinder speisen mit ihrem eigenen Fleisch und sollen mit ihrem eigenen Blut trunken werden.
Sie schießen mit ihren Zungen eitel Lügen und keine Wahrheit und treiben's mit Gewalt im Lande und gehn von einer Bosheit zur andern.
Ein jeglicher hüte sich vor seinem Freunde und traue auch seinem Bruder nicht, denn ein Freund verrät den andern.
Ein Freund täuschet den andern und redet kein wahr Wort; sie fleißigen sich darauf, wie einer den andern betrüge, und ist ihnen leid, daß sie es nicht noch ärger machen können.
Ihre falschen Zungen sind mörderische Pfeile; mit ihrem Munde reden sie freundlich gegen den Nächsten; aber im Herzen lauern sie auf denselben.
Sollt' ich nun solches nicht heimsuchen an ihnen, spricht der Herr, und meine Seele sollte sich nicht rächen an solchem Volk, wie dies ist?
Darum spricht der Herr, siehe, ich will dies Volk mit Wermut speisen und mit Galle tränken.
Siehe, es kommt die Zeit, da ich heimsuchen werde alle, die Beschnittenen mit den Unbeschnittenen.
Siehe, ihr alle, die ihr ein Feuer angezündet, mit Flammen gerüstet, wandelt hin im Licht eures Feuers und in Flammen, die ihr angezündet habt. Solches widerfährt euch von meiner Hand, in Schmerzen müsset ihr liegen.
Wehe den Gottlosen, denn es wird ihnen vergolten werden, wie sie es verdienen.

Wehe denen, die Böses gut und Gutes böse heißen, die aus Finsternis Licht und aus Licht Finsternis machen, die aus sauer süß und aus süß sauer machen.
Wehe denen, die den Gottlosen Recht sprechen um Geschenk willen und das Recht der Gerechten von ihnen wenden.
Der Herr kann sich über die junge Mannschaft nicht freuen, denn sie sind böse und ihr Mund redet Torheit. Darum wird sein Zorn nicht ablassen, und seine Hand ist noch ausgereckt.
Und der Herr wird seine herrliche Stimme schallen lassen, daß man sehe seinen ausgereckten Arm mit zornigem Dräuen und mit Flammen des verzehrenden Feuers, mit Strahlen, mit starkem Regen und mit Hagel.
Und Assur wird erschrecken vor der Stimme des Herrn, der ihn mit Ruten schlägt.
Denn es wird die Rute ganz durchdringen und wohl treffen.
Wehe dir, du Verstörer; meinest du, du werdest nicht verstört werden? Und du Verächter; meinest du, man werde dich nicht verachten?
Weil du denn wider mich tobest und dein Stolz herauf vor meine Ohren kommen ist, will ich dir einen Ring an die Nase legen und ein Gebiß in dein Maul und will dich des Weges wieder heimführen, des du kommen bist.
Ich hatte dich gepflanzt zu einem süßen Weinstock, einem ganz rechtschaffenen Samen; wie bist du mir denn geraten zu einem bittern wilden Weinstock?
Und wenn du dich gleich mit Laugen wüschest und nähmest viel Seife dazu, so gleißet doch deine Untugend desto mehr.
Siehe an, wie du es treibest im Tale, und bedenke, wie du es ausgerichtet hast.
Ich muß meine Hand wider dich kehren und deinen Schaum aufs lauterste fegen und all dein Zinn wegtun.
Mit Stroh gehst du schwanger, Stoppeln gebierst du; Feuer wird dich mit deinem Mut verzehren.
Hebe deine Augen auf zu den Höhen und siehe, wie du allenthalben Hurerei treibst und verunreinigst das Land mit deiner Hurerei und Bosheit.
Du hast eine Hurerstirn und willst dich nicht mehr schämen.

So höre nun dies, der du in Wollust lebest und sprichst in deinem Herzen: *Ich* bin's und keiner mehr.
Darum wird über dich ein Unglück kommen, daß du nicht wissest, wenn es daherbricht, und wird ein Unfall auf dich fallen, den du nicht sühnen kannst.
Siehe, es wird ein Wetter des Herrn mit Grimm kommen und ein schrecklich Ungewitter dem Gottlosen auf den Kopf fallen.
So tritt nun auf mit deinen Beschwörern, unter welchen du dich bemüht hast, ob du dir möchtest raten, ob du möchtest dich stärken.
Siehe, ihr seid aus Nichts, und euer Tun ist auch aus Nichts, und euer Wählen ist ein Greuel.
Der Herr aber wird von Israel abhauen beide, Kopf und Schwanz, Ast und Stumpf, an einem Tag.
Ich will ihnen wehetun, daß sie sollen zu Schanden werden, zum Sprichwort, zur Fabel, zum Fluch an allen Orten.«

Urteil des preußischen Oberzensurkollegiums vom 18. September 1835, unterzeichnet von Wilken, Neander und Tzschoppe

Ludwig Geiger: Das junge Deutschland und die preußische Zensur. Berlin 1900. S. 58 f.

Dieses Buch, übrigens in jeder Beziehung eine wertlose Hervorbringung, sucht sich durch die frechste Verunglimpfung des Christentums, durch die verabscheuungswürdigsten Schmähungen gegen den göttlichen Stifter des Christentums und überhaupt durch die zügellosesten Verhöhnungen jedes religiösen Glaubens bemerklich zu machen. Wir sehen uns um so mehr veranlaßt, auf das Verbot der gedachten, höchst verwerflichen Schrift und die Entfernung derselben aus dem Buchhandel sowie aus den Leihbibliotheken und Lesegesellschaften anzutragen, als die Popularität des Vortrags und manche dem großen Haufen der Leser zusagende witzige Wendungen, welche dem schon längst übelberüchtigten Verfasser zu Gebote stehen, die schädlichsten Wirkungen von der ferneren Verbreitung des ruchlosen Machwerks besorgen lassen.

Karl Gutzkow: Erklärung gegen Dr. Menzel in Stuttgart

Daß es zwischen mir und Menzeln zu einem öffentlichen Kampfe gedeihen würde, sah ich voraus; aber ein solcher Aufwand von Gemeinheit, wie ihn mein Gegner zu Hülfe nimmt, kam mir unerwartet. Ich halte es für ein großes Unglück, Hrn. *Saphir* zum Feinde zu haben. Aber ein noch größeres ist es, wenn ein Mann, der gewohnt ist, an seine deutsche, ehrliche, offene Brust zu schlagen, ein sogenannter Löwe und Titan, wenn der kritische Herkules selbst sich in die Robe einer alten Klätscherin hüllt und einen ganzen Augiasstall von Schimpfreden auf einen unbefleckten Namen ausschüttet. Ich selbst weiß so wenig, wie das Publikum es wissen wird, wohin die matronenhafte Radotage Menzels in seinem jüngsten Lit.-Blatt gegen mich zielt; ich fühle aber, daß es traurig ist, von einem Manne angegriffen zu werden, bei dem es sich um eine Gattin und 5–7 unmündige Kinder handelt, die man nicht betrüben möchte.
Menzel, der sich in den unflätigst ersonnenen Persönlichkeiten wälzt, fordert mich auf, meine Stellung ihm gegenüber auf Prinzipien zu reduzieren. Ich erkläre hiemit, daß ich andere Prinzipien für die Literatur habe als die Waden und Lenden derer, die sich ihr widmen; daß es mir niemals einfallen würde, meinen Gegner als eine kümmerliche Figur hinzustellen und von dem Effekte dieser lügenhaften Metamorphose Vorteile zu ziehen, welche nur den aus der Wissenschaft und dem Leben beigebrachten Argumenten gebühren. Meine Prinzipien kommen zuerst darauf zurück, daß ich von Menzels poetischen Leistungen sage, sie sind mühsam abgezwungene Produkte einer selbstquälerischen, toten und abstrakten Scholastik. Seine »Reise nach Östreich« ist eine der Leichtgläubigkeit aufgebundene Märchensammlung, die nur für den Heraldiker wegen der

beigegebenen Abhandlung über den goldenen Vließorden von Interesse ist. Seine Taschenbücher der Geschichte sind elende, zwischen Schlaf und Wachen fabrizierte Auszüge aus der »Allg. Zeitung«, um des Gewinstes willen. Seine »Geschichte der Deutschen« ist eine strafbare Entstellung historischer Tatsachen, ein Konglomerat von zusammengelesenen Anekdoten, denen kein rechtschaffener und nüchterner Geschichtsforscher jemals einen Platz in der Historie eingeräumt hat. Sein »Geist der Geschichte« ist die Frucht einer ungeregelten Hingebung an Reisebeschreibungen und pietistische Bücher des Mittelalters, sogar verlassen vom Schmuck äußerer Darstellung, eine Zusammensetzung von hundertmal in Menzels kritischem Wirken schon vorgekommenen Grillen und kopfhängerischen Sympathien. Aber ich will noch gerechter sein in meinen Prinzipien. Ich will Menzeln beweisen, daß ich von Schleiermacher mehr zu schätzen weiß als seinen Buckel und daß ich auch von ihm selbst mehr hervorheben kann als seine Plumpheit und seine mißlungenen Bücher. Ich behaupte, daß Menzels ganze Stellung nur eine Individualität, nur ein schroffer, mitten in der Literatur sich behauptender Charakter ist, der, ohne etwas Tüchtiges gelernt zu haben, sich durch eine schon verjährte Keckheit an den Erscheinungen der beiden Buchhändlermessen eine Art von Urteil abgerieben hat. Ein fortwährend zuströmender Bücherschwall überschwemmte diesen Mann mit zahllosen Wissenswürdigkeiten, von denen immer etwas an ihm haften blieb und ihm bald einen Schimmer von Solidität verschaffte, der sogar schon die Fakultäten verführt hat, ihn in ihrem Interesse zu zitieren. Eine gesprungene patriotische Ader und ein gewisser burschikoser Naturalismus kamen hinzu, Menzels Verbindung mit der Mittelklasse rege zu erhalten. Der deutsche Tiersparti rundet sich um ihn in ganzen Massen ab. Niemand von diesen Leuten besitzt Kenntnisse genug, Menzeln, wenn er seinen neuesten Franzosenhaß predigt, zu fragen: Warst du es nicht, dessen Mund früher von Schmähungen des deutschen Namens überquoll? Menzel, dessen Witz immer schartig war, wenn ihn eine deutsche Michelei nicht wetzte? Menzel, dessen Buch über die deutsche Literatur man zittern müßte in irgendeine fremde Sprache übersetzt zu sehen? Man sieht, ich habe Prinzipien. Ich nehme Menzeln von einer historischen Seite und mache ihn zum Repräsentanten jenes nüchternen und hausbackenen Liberalismus, der sich zwischen der Monarchie und Republik seine gemütliche konstitutionelle Pfeife stopft; ich mache ihn zu jenem hölzernen Pflock, an welchen sich der von Goethe erwähnte »sittlich-poetisch-religiöse Bettlermantel« hängt; ich mache ihn zu jenem für Deutschland welthistorischen Mausloch, durch welches sich die Ratte der Revolution noch immer vor der Katze der Loyalität retten kann. Ich glaube also nicht mehr, daß mir Menzel Prinzipienmangel vorwerfen wird, und erinnere nur noch an die Tatsache, daß sich alles Jugendliche in Deutschland seit einigen Jahren von Menzel abgewandt hat. Auf meinen Reisen bin ich erstaunt, alle jungen Köpfe gegen ihn eingenommen zu finden. Menzel hatte irgend etwas an ihnen beleidigt; sie hatten etwas gegen ihn, sie wußten es oft selbst nicht. Die meisten aber sagten mir, daß sie sowohl Menzels Behandlungsweise Goethes wie seine Sparsamkeit mit sich selbst in politischen Angelegenheiten unerträglich fänden. An mir selbst aber erfuhr ich bald, welches die Quelle dieser rätselhaften Abneigung ist.

Im Herbst 1831 kam ich nach Stuttgart. Ich war jung, schüchtern, voller Illusionen, zitterte vor einer Stadt, in der Schiller gelebt hatte, suchte Freundschaften, bot jedem, der sie wollte, meine Zärtlichkeit: ich war, wie alle jungen Deutschen in ihrem neunzehnten Jahre sind. Ich hatte gelacht, als ich von *Hegel* Abschied nahm und er zu mir sagte: »Sie werden es noch einmal bereuen, Lieber, daß Sie sich gleich bei Ihrem ersten Auftreten gegen einen so schalen Kopf, wie Menzel ist, in eine anerkennende Stellung begeben haben.« Mit dem Enthusiasmus eines Sekundaners hatt' ich schon über Menzel geschrieben; alle meine burschenschaftlichen Träumereien schienen sich in diesem Namen zu konzentrieren: griff man ihn an, so glaubt' ich Deutschland, die Freiheit, meine Abendspaziergänge, die Küsse, die ich auf die Lippen meiner Freunde drückte, alles, alles, woran ich hing, verspottet. Menzel kassierte lächelnd diese natürliche und offene Empfindung ein. Er wußte wohl, daß sich hier kein raffinierender Egoismus anbot, sondern ein Fonds, der seine

Zukunft haben wird. Ich bequemte mich schmiegsam in einen Mann, dessen öffentlichen Namen ich liebte und dessen Persönlichkeit mir damals imponierte. Ich hatte wahrhaftig nur erst mit meinen Kameraden und mit meinen Büchern Verkehr gehabt. Jetzt war ich in ein Terrain geschleudert, wo ich Rat bedurfte; denn der Gedanke, Schriftsteller zu werden, was man eben Schriftsteller nennt, war mir fürchterlich. Ich entsetzte mich noch immer mehr vor ihm, als ich hinter die Vorhänge unseres großen Literaturtempels und in den Kultus meines Privatgötzen blickte. Ich sah die milchende Kuh der Kunst und Wissenschaft, von der schon Schiller spricht. Ich sah die Menzelsche Titanenhaftigkeit in dem ewigen Tretrade industrieller Bewegung. Ich sah, wie man sich einschloß in seine banale Tätigkeit und sich echt goethisch alles vom Leibe hielt, was den bürgerlichen Comfort hätte stören können. Dieselben Männer, welchen es erst jetzt in Schwaben gelungen ist, Menzels harte Persönlichkeit, wie man bei mir sagt, kleinzukriegen, wurden verspottet. Auf Umarmungen folgten Grimassen. Rotteck hieß ein Schwätzer, Pfizer ein Narr. Die Zeit war damals aufgeregt; alles, was Mut und Leben hatte, setzte jener an dieses. Wo blieben wir? Wir hatten nur die eine Maxime, uns nicht zu kompromittieren.

Ich verließ Stuttgart, nachdem ich auf Menzels Veranlassung mein erstes Buch geschrieben hatte. Ich war – um gleichsam von einer Partei, nicht von einem Namen zu sprechen – an der kritischen Schule nicht froh geworden. Ich hatte mit Erstaunen gesehen, daß auch diese kritische Schule frivol war, daß sie gern mit gemeinem Rüssel in der Zote wühlte, daß sie nicht mit zwei Männern allein sein konnte, ohne jenen Rüssel hervorzukehren. Ich hatte die gichtische kritische Schule gesehen, wie sie das später so genannte junge Deutschland bat, an ihr Augenspiegel zu nehmen – ganz Schwaben wird mir bezeugen können, daß die kritische Schule, bis sie in die Kammer kam und sich unter andern einmal den Repräsentantenmantel zerreißen wollte, für frivol, atheistisch und unanständig galt. Das geb' ich zu, daß die kritische Schule nicht, wie das junge Deutschland zu beabsichtigen beschuldigt wird, aus der Langbeinschen Zote eine Religion machen, sondern nur das Zwerchfell ihres zunehmenden Bauches

erschüttern wollte. Das sind die guten, alten, körnigen Scherze bei einem Glase Bier, von denen Menzel spricht.
Die Schriftstellerei in der Art, wie ich sie bei Menzel kennengelernt habe, ekelte mich an. Ich fing noch einmal an, in Heidelberg und München Jurisprudenz zu studieren, und arbeitete für das Lit.-Blatt nur im staatsrechtlichen, nationalökonomischen und philosophischen Fache. Kleine Hasenjagden auf Novellisten machten mir nebenbei Spaß. Alles übrige ließ ich auf Menzels Schultern. Seine ästhetischen und politischen Ansichten zu vertreten ist mir niemals eingefallen. Aber ich war mit ihm in milden Verhältnissen. Er stülpte mir zwei Lorbeerkränze aufs Haupt, jene kindischen Vignetten, die sein Lit.-Blatt als Bilderbuch interessant machen. Ich verhehlte ihm nicht, daß ich mit den jüngern Autoren verkehrte, welche Menzels Namen schon seit längerer Zeit verdunkeln; ich suchte dem Zwiespalt vorzubeugen und zerfiel selbst mit Menzel, weil ich harmlos und etwas leichtsinnig, wie ich bin, an einem öffentlichen Orte gesagt hatte, er schriebe alles, was er schriebe, indem er mit dem einen Auge nach Heidelberg, zum Paulus, hinüberschiele. Diese unschuldige Phrase, die durch einen scherzhaften Zusammenhang gemildert wurde, reizte ihn zum Abbruch aller unserer Verhältnisse. Die kleine Wahrheit, die in meiner Bemerkung lag, hatte er nicht ertragen können. Ich kündigte ihm sein Lit.-Blatt auf, das kläglich verwaist ist. Um zuweilen noch etwas Frisches hineinzubringen, stöbert er in seinen Papieren, wo sich etwas von mir befindet, und läßt es noch unter den jetzigen Verhältnissen drucken, wie neulich meinen Artikel über den Professor Wachsmuth, der seit langer Zeit das Erquicklichste unter all diesen endlosen Auszügen aus Reisebeschreibungen, Gedichtsammlungen usw. gewesen ist. Wohin soll ein solches Lit.-Blatt führen, das seit Jahren hinter den Erscheinungen zurückbleibt, das von dem neuen französischen Sittenroman, von der englischen Literatur, von Rahel, Bettina, vom Zwiespalte des berlinischen literarischen Lebens, von den wichtigsten Phänomenen neuester Literaturzustände entweder nichts sagen will oder nichts zu sagen weiß?
Das hyänenartige Benagen der Goetheschen Leiche, die Berser-

kerwut gegen Dichter, die einen so erhabenen Standpunkt haben, daß sie Napoleon besingen, wie Byron ihn besungen hat, alle auf den Kopf gestellten Capricen der Menzelschen Kritik haben ihr in der letzten Zeit den Stoß gegeben. Man betrachtet Menzeln nur noch als einen polnischen Bären, der in die Gärten der Poesie einbricht, um die Honigstöcke zu bestehlen, und der forttaumelt, sobald der Gärtner kommt. Die Zeit rauscht über Menzeln als einen merkantilischen Tunnel fort. Da werden sie euch noch eine Reise nach Italien bringen, wo Menzel mit seiner ästhetelnden Gourmandise die lüsterne Zunge schnalzen, wo er sich wie immer bestreben wird, durch glatte und elegante Politur seinen deutschtümlichen Ruf Lügen zu strafen. Sie werden euch eine neue Bearbeitung seiner »Deutschen Literatur« bringen, die nur deshalb so vergrößert ist, weil das ganze Literatur-Blatt seit Jahren ihr einverleibt worden ist. Auch seine Kritik über mich, von der ich bis jetzt nur die Hälfte gelesen habe, kömmt hinein, und ich freue mich, in Zukunft die weiter hier einschlagenden Fragen wiederaufnehmen zu können. Ich werde mich nicht irremachen lassen und meine kritische und poetische Stellung nach wie vor in eigentümlicher Weise behaupten. Man hat mir Beifall zugerufen: man hat mich liebend und mild gewarnt, in meinem Eifer für die sozialen Fragen unserer Zeit mich nicht zu weit hinauszuwagen. Ich fühle selbst, wie schmerzlich es ist, alles dies vollständig und wie in einem Systeme zu sagen, was noch halb, kaum gelispelt, auf des Jahrhunderts eherner Zunge liegt; aber der Stolz, mir und der Welt nichts verschweigen zu wollen und die Menschheit lieber nackt auszuziehen, als trügerische Gewänder an ihrem Leibe zu dulden, hebt mich, und ich weiß, einem Manne, der seine Seele aufs Spiel setzt, um die Wahrheit zu erforschen, kann sich Deutschland niemals, niemals entziehen.

Frankfurt a. M., den 13. Sept. 1835

Gutzkow

[Wilhelm Wagner:] Literatur

[. . .]

Karl Gutzkow ist mit *Wolfgang Menzel* in eine offene Fehde verwickelt. Man muß bedauern, daß die Kritik der meisten unserer literarischen Blätter Parteisache geworden ist. Lob und Tadel werden mehr nach persönlichen als nach sachlichen Rücksichten verteilt, und die Leidenschaftlichkeit verdüstert das Urteil. *Karl Gutzkow* hat das erfahren müssen. *Wolfgang Menzel,* der in den letzten zwei Jahren im Literatur-Blatt (zum Morgenblatt) auf seinen Lorbeern ruht und in behaglicher Ruhe Exzerpten sammelt, hat sich plötzlich aufgerafft und alle Donnerkeile des zürnenden Jovis gegen den Verfasser der »Wally« geschleudert. – Ohne diesen etwas leichtfertig hingeworfenen, aber doch geistreich geschriebenen Roman, dem man in ästhetischer Hinsicht manchen Vorwurf machen könnte, in Schutz nehmen und ohne den Ton, in welchem hier soziale und religiöse Fragen zur Sprache gebracht werden, billigen zu können, müssen wir uns doch gegen die feindliche und in grobe Persönlichkeiten ausartende Weise erklären, mit welcher *Menzel* die Grenzen der Kritik weit überschreitet. Der ruhige und parteilose Beobachter sieht mit Bedauern, wie *Menzel* nicht die würdige Widerlegung von Prinzipien, sondern die persönliche und moralische Verdächtigung eines jungen Autoren beabsichtigte, eines ihm gefährlich werdenden Mitprätendenten des kritischen Thrones. Einer gewiß kräftigen Entgegnung und Widerlegung von seiten Gutzkows sieht man entgegen und wird bis dahin jedes Urteil über Schuld oder Nichtschuld verschieben. Gutzkow selbst wird den Angriff Menzels als eine Warnung hinnehmen, dem zu weit schweifenden Flug seiner Oppositionen hinfort einige Beschränkungen zu gebieten, was geraten und an der Zeit sein möchte. Das Genie hat heilige Pflichten gegen sich selbst, deren es stets eingedenk bleiben sollte. Aber *Menzel* hätte auch mehr Achtung gegen einen Autor bekunden müssen, den er (Menzel) selbst früher so hoch gestellt und zweimal mit dem Lorbeerkranz geschmückt hat.

Wolfgang Menzel: Gegen-Erklärung

In Nr. 93 und 94 meines Literatur-Blatts steht mein Angriff gegen die irreligiöse und sittenlose Tendenz des Dr. Gutzkow. In Nr. 262 der Allg. Zeitung steht seine Verteidigung – *der Sache?* – Deutschland möge vergleichen und urteilen.

Dr. Menzel

Wolfgang Menzel: Zweite Abfertigung des Dr. Gutzkow

In Nr. 262 der Allgemeinen Zeitung hat Herr Gutzkow einen Strom von Beschimpfungen gegen meine Person ausgeschüttet, ohne auch nur entfernt eine Verteidigung *seiner schlechten Sache* zu wagen. Ich habe gewußt und vorausgesagt, daß es ohne solche Besudelungen nicht abgehen würde. Als einst der Lindwurm den Speer im Leibe fühlte, spie er allerlei unverdautes Zeug aus, das auf dem Boden liegenblieb, aber seine Niederlage nicht änderte, sondern bewies.

Ich nehme alle seine persönlichen Schmähungen auf mich, da meine Ehre außer dem Bereich seiner unwürdigen Waffen liegt und meine Bekanntschaft dem Publikum nicht so neu ist als die der »ersten Nobilitäten«, die Herr Gutzkow aus seines Nichts durchbohrendem Gefühl, wie man die Hand umdreht, heraufbeschwört. Ich erkaufe recht gern mit diesem Ausbruch einer moralischen Cholera, mit dem mein edler Gegner mir die Fußzehen besudelt, die tröstliche Gewißheit, daß er sich *sehr, sehr getroffen* fühlt und daß er zwar fortfahren wird, auf meine Person jede nur erdenkliche Verleumdung und freche Rede zu häufen, sich aber wohl hüten wird, je auf seine schlechte Sache zurückzukommen, weder um seine Gotteslästerungen und öffentliche Unzuchten zu verteidigen, noch um sie zu wiederholen. Auch andere haben die Warnungsstimme vernommen und werden ihr, ohne mir dafür zu danken, doch gehorsam sein. Herr Gutzkow hat der immer zahlreicher und immer unberufener hervortretenden literarischen Jugend den gefährlichsten Weg gezeigt, auf dem wir bald mit einer atheistischen und frivolen

Schandliteratur überschwemmt werden könnten wie Frankreich. Ich hoffe, sie für diesmal noch abgeschreckt zu haben.

Mein edler Gegner wird aus der Not eine Tugend machen, so grenzenlos er mich auch haßt, daß ich ihn dazu gezwungen habe.

Oder sollte ich mich irren? Wird er aus der Not keine Tugend machen? Wird er mit eherner Stirn fortfahren, Blasphemien und Obszönitäten zu schreiben? Wird er sich wohl gar noch selber zu übertreffen trachten? Das wollen wir abwarten.

Noch muß ich bemerken, daß sich bereits mehrere junge Männer brieflich an mich gewendet haben, um mir zu sagen, wie sehr sie voll Unwillen seien über die Affen des französischen Lasters, die es wagen, sich das junge Deutschland zu nennen. In gleichem Sinne haben sich auch schon öffentliche Stimmen vernehmen lassen. Ich brauche wohl nicht erklären zu dürfen, daß ich unter den jungen Literatoren sehr wohl zu unterscheiden weiß und daß ich nie daran gezweifelt habe, die edeln werden die Gemeinschaft mit einer schlechterdings nichtswürdigen Gesinnung und Handlungsweise kräftig ablehnen. Der edle Geist der deutschen Jugend hat sich nie verleugnet, wo es ihre Ehre galt. Nie wird die deutsche Jugend dulden, daß sich ihr ein Anführer aufdränge, der Gottes spottet, Christum lästert, unzüchtige Bücher schreibt und das alles nicht einmal aus eigener ruchloser Originalität, sondern nur als ein erbärmlicher Nachäffer des Auswurfs französischer Literatoren.

[Theodor Mundt:] Wally, die Zweiflerin. Roman von Karl Gutzkow. Mannheim: C. Löwenthal, 1835

Ein Roman der Skepsis unserer Zeit, des Zweifels und der Verzweifelung, aber durchaus ohne jene zerrissene Subjektivität, welche meistenteils von solchen Tendenzromanen in Deutschland unzertrennlich ist. Gutzkow ist nicht zerrissen, dazu ist er zu kalt und besitzt eine gewisse klug darüberstehende und geharnischte Nüchternheit, die seinen Darstellungen ebensosehr

zum Vorteil wie zum Nachteil gereicht. Auf der einen Seite macht sein wenig erregtes Gemüt, sein unterdrücktes Herz ihn nie befangen, daß er sich an die Sympathien seiner Gegenstände hingibt, die er vielmehr, fast verächtlich und trotzig, wiewohl mit Geist, unter sich zu erhalten weiß; auf der andern zerstören diese ätzenden Säfte eines tüchtigen, aber grausamen und quälerischen Verstandes ihm allen Duft und Blume der Dichtung und lassen manchmal an der Originalität innern, tiefen Lebens und Erlebens zweifeln, indem sich mehr eine chemisch zersetzende und zusammensetzende Natur offenbart. Dieser sein neuer Roman ist mit einer raffinierten Kälte geschrieben, die merkwürdig ist und wie alle seine Bücher den Leser nur zu einem mühsam abgerungenen Anteil bringt. Vieles ist recht frisch und keck herausgegriffen aus den unmittelbaren Konflikten der Zeit und der sozialen Stimmung, aber diese Konflikte treffen hier einen zu gefährlichen Scheidepunkt, einen zu ungeheuern Entwickelungsmoment der modernen Menschheit, als daß die Weise, wie Gutzkow in einem leicht angelegten und flüchtig motivierten Roman die dunkelste Sphinx unserer Zustände kopfüber in den Abgrund hinunterstürzt, um ihr Rätsel zu lösen, nicht mindestens für ein voreiliges und schädliches Handanlegen an die verschwiegenste und geheimnisvollste Frage gehalten werden müßte. Es ist die Frage, ob das *Christentum* eine abgelebte Institution sei und für uns und unsere Zustände nicht mehr tauge, eine Frage, auf welche sich weder durch schneidende psychologische Tatsachen in einem Roman noch durch ganze dogmatische Abhandlungen ein kurzes und abgemachtes Ja oder Nein antworten läßt.
Gutzkow gibt sich, nach dem Vorgange Heines im zweiten Teil des »Salon«, eine sehr bestimmte Stellung zu dieser Frage, nämlich die der Verneinung, ja der frivolsten Polemik, die am allermeisten auf diesem Gebiete unstatthaft und desorientierend ist. Was Rahel in scheuer Metaphysik und halbverhüllten Prophezeihungen nur bange angetönt (denn Scheu und Bangigkeit ergreift gerade die gewaltigsten Gemüter vor den großen Geburtswehen der Geschichte); was die St. Simonisten, die aus der Religionslosigkeit doch immer wieder eine neue Religion zu machen suchten, am geistigen Leben der Menschheit zur

Herstellung einer glücklichen materiellen Zukunft niedergerissen; was selbst Heine noch mit Salonsanstand und gefallsamen Witzen vorgetragen, indem er seinen Feldzug gegen das Christentum wenigstens mit christlicher Humanität zu führen bemüht ist: das nimmt hier ein blonder, verwegener Knabe namens Karl Gutzkow wie einen Bagatellprozeß leicht auf die Zunge und speit es, wie die Kinder knisterndes Theaterkolophonium, in die Welt hinaus, um sie danach brennen zu sehen und sich dann, ein kleines Nero-Ungetüm, vor Freuden die Hände darüber zu reiben. Aber so arg ist es nicht. Gutzkow hat Unglück, man traut ihm keine tiefen Gärungsmomente des Gemüts zu, und so hält man es bei ihm nur für eine spezielle Malice gegen das Christentum, was, wenn es aus wirklichen Erschütterungen und Erfahrungen der Seele hervorgegangen, selbst bei der größten Herbheit der Apostasie immer noch Aufmerksamkeit, ja Ehrfurcht verdiente. Er sagt selbst in den den Hauptkern seines Buches bildenden »Geständnissen über die Religion« (S. 293), der Witz sei für eine so große Institution wie das Christentum eine unangemessene Behandlung! Nun muß ich es freilich zugeben, wenn man mir entgegenhält, welche armselige und gottverlassene Witze Gutzkow in diesen »Geständnissen« selbst über den »armen Rabbi von Nazareth« gemacht. Dies ist so unwürdig, daß ich es nicht begreife bei einem Verfasser, der sonst so vielen historischen Sinn hat und manchen kühnen, durchdringenden Blick in die Geschichte tut, denn schon die bloß geschichtliche Bedeutung des Christentums lehrt anders über dasselbe urteilen. Ein bedauernswerter Irrtum aber wäre es, wenn Gutzkow glaubte, er habe durch diese vom Zaun gebrochenen Befeindungen des Christentums, zu denen er gar keine innern subjektiven Motive beibringt, etwas Neues gesagt oder getan. – Was hier mit besonders zeitgemäßer Miene zur Vertilgung aller Göttlichkeit der christlichen Religion radotiert wird, hat der ganz gewöhnliche, flache, öde Rationalismus in der Theologie selbst schon längst und vielfältig zutage gefördert. Dagegen hat der Verfasser in der voreiligen Weltverbesserungsdiarrhöe, an der er nun einmal leidet, die eigentlich zeitgemäßen und neuen Regungen der Gemüter nach dieser Seite hin sich entgehen lassen. Hätte er irgend von innen her die Zerwürfnisse und Konflikte der Zeit berührt, in denen gewisse Elemente und Formen des Christentums ihren Tod zu finden scheinen (denn die christliche Idee selbst ist ewig und für alle Zeiten einer neuen Entwickelung fähig!), so würde seine Darstellung einen genetischen Zusammenhang und damit die Berechtigung gewonnen haben, für den notwendigen Abdruck eines von den Zeitbewegungen ergriffenen Gemüts zu gelten und geachtet zu werden. Durch Brutalität aber wirst du die Welt nicht verbessern! Mit eigenen stillen und tiefen Schmerzen mußt du die neuen Ideen gebären, dann werden sie wirken!

Der Verfasser kann sagen: er hat nur einen Roman gegeben! Die individuelle Frevelhaftigkeit seiner Romanpersonen, die er ganz objektiv gehalten, dürfe man ihm nicht in den Schuh schieben! Nachdem er die Vorrede zu den »Briefen über die Lucinde« geschrieben, möchte Gutzkow jedoch zu stolz sein, dies Argument für sich geltend zu machen. Die Charaktere des Romans sind übrigens ungemein frostig und künstlich zusammengeflickt, so daß man an ein wirkliches Leben und inneres Bewegen an ihnen sich nicht entschließen kann zu glauben. Cäsar, ein kaltes Schema rationalistischer Selbstsucht, und Wally, die im Gefühl verwahrloste, geborene Zweiflerin, sind zwei Rechenexempel der Gutzkowschen Absichten, welche aller Blutswärme entbehren. Die Schreibart hat etwas absichtlich Trockenes und Herbes, ohne alle geschmackvolle Tinten, wodurch schwerlich eine neue, glückliche Revolution des deutschen Stils bewirkt werden wird. Das ganze Buch macht den Eindruck wie von naßkaltem Wetter; nicht einmal ein Sonnenstäubchen blitzt erhellend und wohltuend durch diese unheimlichen und wirren Regenschauer.

Karl Gutzkow: Verteidigung gegen Menzel und Berichtigung einiger Urteile im Publikum

Die Menzelschen Angriffe auf meine persönliche Ehre kann ich durch den Gebrauch der Feder nicht widerlegen, und diejenigen

Waffen, welche ich ihnen entgegengestellt habe, eignen sich nicht, öffentlich genannt zu werden. Meine Freunde, denen ich so viel schuldig zu sein glaube wie mir selbst, mögen überzeugt sein, daß von mir nichts unterlassen ist, um für alle die in mir beschimpften Männer eine mannhafte Satisfaktion zu haben. In diesem Augenblicke hör' ich, daß Menzel sie mir nicht zu geben wagt.

Obgleich der Ausfall Menzels gegen mich nur die Folge gekränkter Eitelkeit ist und namentlich am Schlusse desselben niemanden entgehen konnte, wie ihn die Selbständigkeit und Freiheit meiner Person, die zunehmende, auch ohne ihn bewirkte Bekanntschaft meines Namens und vor allen Dingen der Gedanke, in mir für seine Kritik einen Rivalen zu haben, gepeinigt hat, so sind doch von ihm nicht weniger objektive literarisch-historische Verhältnisse angeregt worden, die endlich einmal öffentlich und namentlich von Menzels Seite her zur Sprache kommen mußten. Es sind zwei Parteien, die sich aussprechen wollen. Das Signal des Kampfes ist gegeben. Über den betrübenden Anfang tröstet uns die Aussicht auf ein freudiges Ende.

Wenn ich selbst das erste Opfer des langverhaltenen Menzelschen Grimms bin, so liegt darin eine Notwendigkeit, der ich mich nicht entziehen konnte. Ich habe seit Jahren Menzeln mit der jüngeren Literatur vermitteln wollen. Ich hatte niemals geglaubt, daß ein so rüstiger Mann stillstehen könne und sich mit nichts beschäftigen, als von der aufgeregten Stuttgarter Bücherindustrie pekuniäre Vorteile ziehen. Ich ertrug den Spott meiner jüngeren Feunde, daß ich nicht aufhören wollte, an etwas Inneres, Poetisches oder Spekulatives in Menzels schriftstellerischer Grimasse zu glauben. Sie wandten *mir* ihre Einwürfe zu gegen das, was man bei Menzeln ein System nennen kann. Ich litt für ihn, ich habe monatelang mit meinen Feinden gegrollt, weil ich nicht wollte, daß der Bruch einen öffentlichen Eklat gäbe. Liebt ihr nicht alle Deutschland? Liebt ihr nicht alle die Freiheit? Warum der Lärm? Goethes Ruhm wird sich zu helfen wissen! Arbeitet! Schafft! Menzel kann sich euch niemals entziehen, wenn ihr auf festen Füßen stehet. So lauteten vor zwei Jahren meine Briefe; aber zwei Jahre vergingen, in denen Menzel immer tiefer sank. Was ich auf Rechnung seines siechen Körpers schob, verschuldete in der Tat seine Indolenz. Menzel arbeitete entsetzlich, er kompilierte historische Taschenbücher und sein Literatur-Blatt; er, der jede ihm vom Buchhändler zugeschickte Scharteke liest, weil er sie lesen muß als Kritiker, liest kein einziges der öffentlichen Zeitblätter. Er tappte über die interessantesten Erscheinungen der neuern Zeit im dunkeln und arbeitete, es sich in seiner Unzulänglichkeit bequem zu machen und für Neues alte Maßstäbe bis zur Lächerlichkeit zu outrieren. Die Veranlassung unseres Streites ist durch mich bekannt geworden. Alles Spätere lag in meiner kritischen Stellung am »Phönix«, die ich mit Ehren behaupten mußte. Ich nannte Menzels »Geist der Geschichte« ein mattes und beleidigendes Buch, weil es unsere Nachkommen, die Erben unserer Bildung, kurz gesagt, zu Menschenfressern macht; ich warf seiner »Deutschen Geschichte« den forciertesten Patriotismus vor, ich nannte sie eine Sammlung unhistorischer Schmeicheleien gegen das deutsche Volk und seine Fürsten: ich suchte die Idee, die Humanität, die Menschheit vor Menzels exzentrischem Ingrimme zu retten, ich wollte Amerika, für viele die letzte Hoffnung, den fortwährenden Gegenstand der Menzelschen Ausfälle, in Ehren halten und zuletzt das einzige, was man aus Deutschland mitnehmen kann, unsere Literatur. Das waren für Menzels abgespannte Nerven Reizungen und Reibungen. Er kömmt aus Italien zurück, läßt sich von einer poetischen Clique schwäbische statt italienischer Flöhe ins Ohr setzen und will mich vernichten, da er hört, daß ich ein Journal im größten Stile herauszugeben gedenke. Jetzt ist die junge Schule zum Tode reif. Mir wird die Ehre angetan, daß ich ihr Haupt bin. Ich bin ihm ein würdiger Gegner, da er nicht wagt, mir im Angesichte meiner Schriften »Talent und Geist« abzusprechen. Einer ruhigen, in den Schranken der Überlegung sich haltenden Kritik ist sein Temperament, einer Prüfung meiner philosophischen Ansichten ist sein Geist nicht fähig; aber das, was jede alte Base leistet, ist er imstande, meine und die Ehre meiner Freunde zu untergraben: mein neunzehntes Jahr an das Publikum zu verraten, meine Studentenjahre lächerlich zu machen, mich zu schildern, wie ich war, ehe ich tanzen gelernt und gereist hatte, gereist auf seine Veranlassung, auf seine Kosten!* Schande dieser Undankbarkeit! Ich opferte seinem Interesse meine jungen Ideen, mein Feuer, meine Rücksichtslosigkeit. Ich habe mich blaß gearbeitet, während der große Mann in der Kammer saß und einmal seinen Mantel zerreißen wollte, ich war daran, mir in seinem fluchwürdigen Dienste das halbe Deutschland zum Feinde zu machen, weil ich in ihm niemals einen weisen Ratgeber fand, der meine üppig wuchernde Keckheit beschnitten, der mir den Weg ruhiger Zurückhaltung gewiesen und mich auf die Folgen aufmerksam gemacht hätte, die meine unter seinem Schutz erstarkende Dreistigkeit überall anrichten mußte. Jeder übermütige Einfall meiner Laune wurde von ihm adoptiert. Ich war nicht zwei Stunden sein Bekannter geworden, als ich ihm riet, dem Hofrat *Winkler* einen Lorbeerkranz zu geben, worin dessen Name umgekehrt prangen müßte. Statt einen Schüler zu warnen, die Kritik auf diese Weise zu lernen, führte er jubelnd zum Gelächter des ganzen Deutschlands meinen Einfall aus. Seine Epigramme, die den Jahrgang 1832 des Literatur-Blattes begannen, rühren mannigfach von mir her. Stünde ihm die jetzt gegen mich angenommene Rhadamanthen- und Vatermiene wahr, so hätte er mich früher von solchem Kitzel meiner Lust entfernt halten und mir sagen müssen, es wäre schöner, die Wissenschaft ernstlich betreiben, als an Notabilitäten, deren ganze öffentliche Stellung man noch nicht zu verstehen imstande wäre, kleine Lächerlichkeiten aufzusuchen. Von dieser Severität war Menzel weit

* Menzel gibt sich das Ansehen, als hätte er mich mit Wohltaten überhäuft. Einem Manne in seiner Stellung würde es wahrlich angemessen sein, wenn er aufkeimende Talente zu entdecken und aus seinen Kräften zu unterstützen strebte. Er würde dann das belohnende Bewußtsein haben, für die zahlreichen in der Literatur von ihm angerichteten Verwüstungen ihr aus eigenen Mitteln einigen Schadenersatz zu stellen. Aber ich hatte von Menzeln nie mehr, als mir gebührte. Er stand fortwährend mit mir in Verrechnungen, und wenn ich den gegenwärtigen Stand derselben überschlage, so möchte ich derjenige sein, der zu fordern hat. Schande einem Wucherer, der in heiligen Dingen mich über das Geld erröten läßt, das dabei gezahlt wurde! Das Publikum sollte glauben, der Dichter lebe wie die Zikade nur vom jungen Laub der Blätter; Menzel, der keine Illusion leiden kann, verrät, daß unter diesem Laube Laubtaler verstanden wären.

entfernt. Er erregte durch seine priapischen Epigramme auf A. W. von Schlegel meine jugendliche Phantasie und schrieb sich die Zweideutigkeiten, die ich vor ihm aufzufinden nicht mehr errötete, bald mit faunisch-frivolem Schmunzeln, bald mit einem schmetternden Gelächter auf, daß die winterlichen Gartenanlagen bei Stuttgart davon widerhallten und der Schnee von den Ästen fiel. Es war um die heilige Weihnachtszeit.

Menzels gegen mich bewiesene Infamie verdiente es, daß ich in diesen Mitteilungen eine gewisse Vollständigkeit zu erreichen suchte. Sein Jugendleben kenn' ich nicht, ich kenne nur die Folgen, die es für sein Alter zurückgelassen hat. Ich weiß nur, daß die Frauen vor gewissen Wendungen zittern, die sein Gespräch gern zu nehmen pflegt, daß die Männer sogar erröten, wenn Menzel kaum nach einer viertelstündigen Bekanntschaft, wie mir Nikolaus Lenau bezeugen wird, Gespräche beginnt mit den Worten: Lieben Leute, das wird uns doch allen nicht fremd sein! Noch tiefer könnt' ich gehen, wenn in Stuttgart Menzels Häuslichkeit nicht zu bekanntes Stadtgespräch wäre. Ich will mich auch ferne halten von aller Persönlichkeit in diesem Kampfe und Menzeln durch die Mäßigung eines Jüngern gegen einen Alten beschämen. Ich habe *niemals* ein Wort über Menzels Privatverhältnisse verloren. Wo ist der an seiner Schwelle öffentlich begangene Verrat, dessen er mich zu bezüchtigen wagt? Was ich schrieb und drucken ließ, liegt vor aller Augen: wo ist ein Wort, dessen er oder ich mich zu schämen hätte! Ich verschmähe ein Fechterstück, das Menzel gegen mich in Anwendung bringt. Er sucht mich erst als einen Pygmäen darzustellen, ehe er einen Stoß gegen mich unternimmt, und leitet aus meinen Schriften Vermutungen über mein Leben her, die durch nichts so sehr Lügen gestraft werden wie durch dieses selbst. Meine Jugend und meine gesunde Wange ist wohl das beste Zeugnis gegen das Greisenalter, das mir Menzel andichten will.

Und um allen Persönlichkeiten ein Ende zu machen, will ich zuletzt noch eine Geschichte erzählen, die für Stuttgart und Schwaben von besonderem Werte sein wird. Menzel könnte sich hinsetzen wollen und die Miene einer besondern Offenbarung annehmen, wenn er ihrer erwähnte. Ich teile sie mit, um, wenn er

es täte, das Publikum nicht glauben zu lassen, daß ich darüber einen Augenblick erschrocken wäre.
Ehe Menzel in die Kammer gewählt wurde und sich bei dieser Gelegenheit seinen Mantel zerreißen wollte, war er in Württemberg mehr gefürchtet als geachtet. Einige Hausfreunde waren die Seinen. Die übrigen nannten ihn einen Jesuiten. Die Klugen einen Jesuiten der Freiheit; die Dummen einen Jesuiten der Religion. Als er nach Österreich reiste, behaupteten jene, er wolle sich bei Gentz empfehlen; diese, er würde katholisch werden. Keiner hatte recht. Menzel sehnte sich aus einer Region, deren Luthertum und Beaufsichtigung ihm verhaßt war, in leichte, heitre, frivole Kreise. Er suchte dralle und lustige Natürlichkeiten. Was Freiheit! Was Religion! Er kam zurück und blieb nach wie vor mit der öffentlichen Meinung im Streit. In der ganzen Aufregung, die über Deutschland gekommen war, wußte niemand, woran man sich bei ihm halten sollte. An seine Kritiken armer, in den Büschen pfeifender Lyriker? An seine Angriffe auf deutsche Schriftstellerinnen? Woran? Das ist alles so indifferenter Plunder und lockt keinen Hund vom Ofen. Taten, Partei, Erklärung verlangte man. Menzel wich aus und ließ die Meinung des Volkes über sich so im unklaren, daß man ihm sogar Anträge machte, die ministerielle Partei zu ergreifen. Die kräftigen Opponenten in Württemberg verachteten ihn als einen Egoisten, der sich mit Görresscher Resignation auf seine Jakob Böhmischen Dörfer zurückzog, als einen Achselträger, der sich fürchtete, von verdächtigen Leuten öffentlich gegrüßt zu werden. Menzel war in der Tat so weit, sich, wenn die Revolution anbräche, für die Guillotine reif zu finden. Er behauptete oft, daß der Hauptmann Seybold für ihn schon das Messer schleife. In diesen Ängsten traf ich ihn. Er las den »Moniteur«, um zu lernen, wie man durch den Berg und die Gironde hindurchschlüpfen könne. Die Bundesbeschlüsse waren erschienen. Er wütete über Rotteck, Welcker, Uhland, Pfizer, über den immer männlichen Pfizer, dessen jugendliche Schwärmerei er, Menzel, der Geschichtsforscher, der die Französische Revolution so gut kannte, der keine Illusionen hat, bemitleidete. Auf der Boller Versammlung hatte sich Pfizer seiner Meinung nach lächerlich gemacht. Dies nahm ich von ihm

hin und fügte mein eigenes Urteil hinzu. Ich glaube noch jetzt, daß Uhland ein redlicher Mann und ein guter Dichter ist, daß er aber in der Kammer nur durch seine Stellung, durch seinen Namen wirkt. Er wurde emporgehoben auf den Schilden der übrigen; sie lauschten seinem Munde; was er sprach, war immer etwas, was die Debatten der frühern Redner abrundete und durch ihn Parole wurde. Pfizer war ein Enthusiast, der ein Buch über Politik schrieb und hinten Verse anhängte, um sich damit selbst um die Solidität seines Rufes zu bringen. In solchen Dingen hab' ich mir so wenig etwas verschwiegen, wie ich an Menzel ehre, daß er es damals auch nicht gegen sich tat. Ich schrieb auf meine eigene Hand die bekannte »Divination auf den Württembergischen Landtag«, welche bald Benzeln-Sternau, bald Wangenheim, ja zuletzt Menzeln selbst zugeschrieben wurde. Er hatte keinen Anteil daran, aber ich sprach aus, was er dachte, und wir beide glaubten damals, in ganz Württemberg die einzig vernünftigen Menschen zu sein. Mir war es damals nicht darum zu tun, was ich sagte, sondern um das, was meinen Worten folgen würde. Denn ich sah voraus, daß wenn eine Spaltung unter den schwäbischen Hoffnungen des Vaterlandes da war, sie durch meine Schrift würde hintertrieben werden. So geschah es. Menzel, an den ich die ominösen Worte gerichtet hatte, ob die Freiheit bei ihm nicht vielleicht eine Staffage seiner ästhetischen Ansichten wäre, Menzel, dessen Trägheit und Zurückhaltung mich reizte, mußte jetzt eine Hand ans Werk legen, von der ich damals glaubte, daß sie sehr stark wäre und viel leisten könne. Er mußte der überwiegenden Mehrheit Konzessionen machen und hat somit erst auf meine Veranlassung die Popularität bekommen, deren er sich zu erfreuen hat. Jetzt werden endlich die edlen und jugendlich-schwärmerischen Absichten der Württembergischen Oppositionsmänner anerkannt. Jetzt werden die verspotteten Poeten umarmt, jetzt die gefürchteten Advokaten aufgesucht. Jetzt darf man ihm eine Zumutung machen, jetzt ist Menzel der Held des Tages und nimmt sie alle unter seinen Fittich, die reflektierenden Schillerdichter, die Betteleien um ein Denkmal, das die Nation Schillern in ihrem Herzen aufgerichtet hat und das auf den Weinbergen um Stuttgart fehlen kann, solange deutsch gesprochen wird; die Balladen- und Naturbilderpoeten, die spaziergängerischen Epigrammatisten, die Swedenborgianer, die idealen Politiker, die, wie Pfizers neuestes Werk beweist, aus der Sphäre der Aufrichtigkeit jetzt in die der Klugheit und versteckten Taktik übergesprungen sind, alle die, welche die junge Literatur hassen, weil sie fürchten, von ihr überflügelt zu werden, kurz alles, was nötig ist, um mit einem Male für fromm, häuslich und sittlich zu gelten. Jetzt wird die Bibel aufgeschlagen, und blasse, frivole, schon verschwundene Lippen flüstern Gebete an einen GOTT, der da heißt Rache! und sein wird ein starker, eifriger Gott und wird die, so deutsche Revuen herausgeben, zerschmettern wie einen irdenen Topf. Vor diesem Gott des Schreckens fürcht' ich mich nicht. Er ist nicht der meinige.

Hiermit schließ' ich für immer, was ich aus Menzels Lokalverhältnissen und seiner widerlichen Persönlichkeit brauchte, um ihn einigermaßen ins rechte Licht zu stellen. Ich werde den Vorhang, hinter welchem sich ein ruinierter Körper und Charakter verbirgt, nicht wieder aufdecken und meinem Gegner die Furcht ersparen, daß die Welt von ihm noch mehr zu hören bekommen solle. Dies mein freiwilliges Begeben einer beim großen Haufen immer siegreichen Waffe wird seinen Mut steigern, aber ich will alles dulden, jede Lüge, die Menzel über meine Person vorbringen wird, da er nicht imstande ist, meine Sache zu beurteilen, jede Zweideutigkeit, die doch immer auf *eine* Weise zu deuten wäre, etwa, daß ich meine Mutter verachtet hätte, daß ich meine künftige Frau wie eine Magd halten würde, daß ich die Armut zur Tür hinauswiese, daß ich an einem von Leidenschaftlichkeit siechen Körper schleppte, daß ich Persönlichkeit in die Kritik mischte und hernach feig genug wäre, dafür nicht einzustehen mit meinem Leben. Dies alles werd' ich ergeben hinnehmen und recht gut wissen, worauf es zu beziehen ist, dabei aber forschen in der Geschichte unserer Zeit und in dem Reiche des Gedankens, um diese Fehde zu einem Gewinst für die Wahrheit zu machen.

Ich – *Ich* – *Ich* werd' es nicht dulden – *Ich* – *Ich* werd' es nicht zugeben! Wer ist dieses Ich? Ein Student, der vor fünfzehn

Jahren nach der Schweiz floh, weil man ihm die Ehre antat, ihn für gefährlich zu halten. Diese polizeiliche Überschätzung seines Wertes war die erste Quelle von Menzels späterem Übermute. Die Klugheit milderte seine Ausschweifung. Er wurde von flüchtigen Patrioten besucht, die von ihm Hülfe und Schutz verlangten und nichts als Spott dafür bekamen, die von ihm mit seiner gewöhnlichen, aus seiner immensen Geschichtserfahrung abstrahierten Phrase regaliert wurden: Lieben Leute! bedenkt doch! als wenn unter diesen Verhältnissen irgend etwas andres zu bedenken gewesen wäre als die Hingebung an alte Gelübde und Beteuerungen. Diese Unzuverlässigkeit ging damals mit der Absicht um, sich auf die Literatur zu werfen. Bei einiger Dreistigkeit ließen sich hier glänzende Resultate erringen. Claurens unsterbliches Genie, Gustav Schillings Unübertrefflichkeit, die Kritik eines Müllner, Friedrich Kind mit seiner Riesenharfe, der titanenhafte Humor eines Karl Müchler – was für Lorbeeren ließen sich hier erringen! Welch ein Mut gehörte dazu, die Literatur der Restaurationsperiode mit der Walpurgisnacht zu vergleichen, wo die unsaubern Geister auf den Besenstielen ihrer vernachlässigten Schreibart einen wüsten Lärm erhüben! Menzel hatte diesen Mut. Er wagte es, dieser goldgeränderten Periode der Taschenbücher den Krieg zu erklären. Wie sie zitterten vor seinem Grimme, die Verfasser der Stundenblumen, der romantischen Denksteine, der Federproben, der humoristischen Blicke in die Vergangenheit, der Liebesharfen, der Antipoden! Es flohen vor ihr die Flämmchen, Flocken, Freudengeister, die Katersprünge auf dem Steckenpferde meiner Laune, die Mohnköpfe, Distelblüten, Sommersprossen, Nachtfalter, kurz die ganze belletristische Misere der Restaurationsperiode. Menzel hat sich in dieser Hinsicht ein unsägliches Verdienst erworben. Niemand würde so tief in den Mist gewatet sein, um aufzuräumen. Er tat es mit Herkulesschultern, er tat es mit frommem Eifer, wie es dem Knechte gebührt.

Die glücklichen Erfolge der Menzelschen Unratskritik ließen ihm den Kamm schwellen: er machte sich an Goethe selbst. Nicht sogleich an Goethes Person, sondern an seine Verehrer, deren Blöße ein Laie leicht durchschaute. Goethe selbst beherrschte niemals die Nation, sondern nur sein Ruhm. Diesen Ruhm tastete Menzel an: er bewies, warum einige Leute spezielles Interesse daran fänden, Goethes Ruhm zu behaupten. Menzel wagte sich an die schwachen neuern Produktionen des Dichterheros, an »Kunst und Altertum«, aber weiter noch nicht. Um einen andern Maßstab zu haben, gleichsam einen ästhetischen, mußte er ihn erst borgen. Er borgte ihn wie alles, was ihn später erhob, von der romantischen Schule.

Ich werde niemals in Abrede stellen, daß Menzel einen unbefangenen Naturalismus auf die Literatur anzuwenden suchte. Soviel Burschenschaftliches und Turnerhaftes war noch in ihm geblieben, daß er vor Teegeschwätz, Prüderie und Affektation einen beinah angebornen Widerwillen hatte. Was Menzel in dieser Rücksicht geleistet hat, war dankenswert; denn er brachte es wahrhaftig dahin, daß man mit Teelöffeln nicht mehr klapperte, daß man einige Dinge beim rechten Namen nannte, daß man endlich das Häßliche der Schönpflästerchen und Reifröcke, die Menzel charakteristisch genug noch immer zu sehen glaubte, erkennen lernte. Dazu kömmt eine gewisse Vaterlandssucht, die Menzeln charakterisiert, die aber damals noch so widersprechender Natur war, daß Menzel ein Land verehren wollte, dessen Bewohner er auf jede Weise lächerlich zu machen suchte. Sein erstes Wort war immer eine Renommage, sein drittes der deutsche Michel. Menzels burschikose Behandlungsweise der Literatur erregte Abscheu. Er mußte eilen, sich eine solidere Grundlage für seine zunehmende Bekanntschaft zu verschaffen, und plünderte zu diesem Zwecke die Resultate der romantischen Schule, mit welcher ihn Görres vermittelte. Aus Tiecks aristophanischen Lustspielen entnahm er eine gewisse gesellschaftliche Polemik gegen das Bürgerliche, Philisterhafte, gegen die Kartoffel- und Kuhpockenpredigten der aufgeklärten Geistlichkeit, gegen Iffland, Kotzebue, gegen die Nützlichkeitstheorie in der Kunst. Schellings Vorlesungen über das akademische Studium ergänzten diese neuen Kenntnisse, mit denen Menzel so viel ausrichten wollte. Die Heidelberger romantische Periode von 1806–12 lieferte neue Ideen, die mit Gewandtheit verarbeitet wurden. Oken und Schelling erschlossen die Natur und die

Philosophie. Novalis rüstete Menzeln, seine berüchtigte Polemik gegen Goethe zu beginnen. Aus diesen kaleidoskopischen Ingredienzien setzte sich endlich ein Urteil zusammen, das das Schicksal der Literatur in seiner Hand haben will. In diesem weitläuftigen Kopfe müssen es sich Arndt, Jahn, Görres, Tieck, Schelling, Novalis und aus eignen Mitteln Menzels Arroganz und Grobheit einigermaßen bequem machen. Dieser zusammengeknetete Teig bekam eine äußere Kruste von Jean-Paulismus, eine Glasur, die auch seit einiger Zeit schon zersprungen ist.
Menzel ist mir immer unter dem Bilde eines Kreuzweges erschienen. Die Kreuzwege sind dem Tode geheiligt, und die Hunde der Hekate bewachen sie. Die widersprechendsten Dinge laufen hier übereinander: und alles sind Straßen, die in die Köpfe anderer führen, nur eins gehört Menzeln eigentümlich, sein Fatalismus, sein Dämonismus, seine Furcht vor der Zukunft, seine Nervenreizbarkeit und seine Sammlung mittelalterlicher pietistischer Schriften. Das Hundsartige in Menzel ist pudelhafter Natur. Nur daß oft statt hinter dem Pudel ein Mephistopheles, hinter dem Mephistopheles nichts steckt als ein bloßer Pudel. Zwischen Himmel und Hölle die Grenzen zu entdecken, Geister zu beschwören, an Gespenster zu glauben, dies sind kleine Nebeneigentümlichkeiten, die aber originell sind an Menzeln. Ich wüßte nicht, worin er freier und selbständiger wäre als in diesem naiven Aberglauben, in welchen er sich zuweilen hüllt, in den Zitaten aus der Bengelschen Apokalypse, in dieser Furcht und Leichtgläubigkeit. Wie gering ist Menzels ursprünglicher Beruf, in der Literatur eine Stimme zu haben! Neben Jung-Stilling wollte ihn die Natur stellen: nirgend anderswohin.
Dasjenige, was mich in dem Menzelschen Buche »Über die deutsche Literatur« geblendet hatte und mich bestimmen konnte, ihm die Hand zu drücken, war die Einmischung des Patriotischen in sein Räsonnement. Bei den Worten: Freiheit und Vaterland ist jedes jugendliche Herz verwundbar. Als mich Menzels spätere Bekanntschaft zwang, diese Übertünchung von seinem Buche abzuziehen, blieb mir auch die Nacktheit der überbleibenden Wände nicht verborgen. Menzel, immer begierig, seinen undialektischen Kopf, die Unfähigkeit, zehn Minuten lang ein

spekulatives Gespräch zu führen, ohne in Perorationen und Alleinreden zu verfallen, immer begierig, seine chaotische Begriffsverwirrung zu verbergen, brachte die abstraktesten Rubrikate und Schematisierungen in die Literaturgeschichte. Statt von Dichtern zu sprechen, sprach er von Stoffen. Statt Individualitäten zu zeichnen, zeichnete er Tendenzen. Statt die Person aus der Vergangenheit zu entwickeln, entwickelte er sie aus der Gegenwart. Er legte an Goethe konstitutionelle Maßstäbe an. Er ordnete das ganze Gebiet der Literatur in zahllose Branchen: Novelle, Epos, Roman, Drama usw. und diese wieder in besondere Schemata: das Wunderbare, das Phantastische, das Architektonische usw. Ist das eine Literaturgeschichte! Das ist eine Ungerechtigkeit gegen die Dichter und Autoren, welche in der Literatur immer eher da sind als ihre Manier. Die sogenannte wunderbare, phantastische, architektonische Manier zwang Menzeln, von Tieck, Goethe u. a. an fünf Orten zu sprechen, statt daß Tieck Tieck und Goethe Goethe ist, statt daß der Literaturhistoriker aus dem Individuum die dichterische Totalität beweisen soll. Was ist der Kern von Goethe und Tieck, wenn sie bald hier, bald dort in Menzels Dispositionen figurieren müssen? Wahrlich, wir haben keine Lessingsche Kritik mehr. Schlegel machte zum Maßstab seiner Kritik die Schule, Menzel die Partei. Nur Lessing sah das Werk und in ihm den Menschen. Wenn wir eine neue Kritik bekommen, so wird es die der *Charakteristik* sein. Beurteilt den Dichter in seinem Wesen, aber nicht in seiner Stellung! Zergliedert sein Werk, und ihr werdet ihm Gerechtigkeit widerfahren lassen! Die junge Literatur schlägt diesen Weg ein, der zum Ziele führen wird: denn es ist nicht nur der Weg, welcher der Wissenschaft würdig ist, sondern auch der der Versöhnlichkeit. Unsere Kritik schildert und porträtiert. Sie ist plastischer Natur und dient niemanden als sich selbst.

Man glaube mir, daß ich am geschicktesten bin, die Blößen der Menzelschen Kritik zu durchschauen. Wann hat Menzel ein Werk in seine einzelnen Teile zerlegt; wann ist er auf dessen innres Wesen eingegangen; wann ließ er den Autor zu Worte kommen? Menzel kritisiert seit Jahren die deutsche Literatur in

Bausch und Bogen, wirft sie in Fächer zusammen, statt die Fächer aufzulösen in Individualitäten. Oft paßt sein Räsonnement kaum zu den flüchtig gelesenen Büchern. Es ist eine Beleidigung für die Autoren, sich massenhaft, je mit einer Nummer, wie Soldaten aufpostiert zu sehen. Menzel denkt, was ich bei einem Buche nicht sage, sag' ich beim andern. Eine treffliche Maxime! Sie macht die Bücher zur Unterlage eines Geredes, das oft ohne Unterbrechung durch mehre Nummern und über zwanzig Männer, die doch wahrhaftig immer etwas von einer Person sind, hinweghuscht. Ich kenne die leichtsinnige Art, wie Menzel die Literatur in die Annalen der Kritik einregistriert. Ich war so daran gewöhnt, nur Oberflächlichkeiten von ihm zu lesen, daß ich ihn einmal bei einer wirklich braven Kritik über Herrn von Raumer fragte, ob diese vom Herrn *Mebold* sei? Es tat mir leid, ihn damit gekränkt zu haben; denn sie war in der Tat von Menzeln. Aber dies ist unter hundert – einmal. Sonst ist Menzel immer zur Hand mit seinen Kategorien. Seine Kategorien sind früher da als die Bücher, die er zu beurteilen hat. Er liest das Buch und paßt es in sein Schema ein. Das Publikum kennt diese Schemata: Sentimental! Prüd! Schriftstellernde Dame! Goethisierend! Wehmut soll der Dichter haben, aber nicht besingen! Die Unschuld weiß nicht, daß sie unschuldig ist! Berlinerei! Schon wieder Entsagung! In dem Sorgenstuhle solcher Phrasen ruht sich Menzel von seinen Kämpfen aus und sieht nicht, daß ihm seit Jahren schon sämtliche literar-historische Prinzipien über den Kopf gewachsen sind. Es gewährt eine tödliche Langeweile, wenn man Menzels Kritiken liest. Wer ihn kennt, braucht nur die Titel der Schriften, die er anzeigt, zu überlaufen, um zu wissen, was er darüber urteilt. Eine ganz neue Gattung von Konsequenz ist dies, nämlich die Konsequenz der Faulheit und Ignoranz. Sieht man in Menzel einen ringenden Genius, der immer auf der steilen Alpenwanderung des Gedankens ist? Nein, diese riesenhaften Anläufe haben es bis zu einer friedlichen Meierei gebracht, in welcher viel Milch, Butter und Käse ökonomisiert wird.

Menzels übrige Werke erwähn' ich nicht, weil sie auf Ehre! von zu geringem Werte sind, als daß sie in einer wichtigen literarischen Angelegenheit für etwas gelten dürften. Nur über Menzels politische Stellung will ich noch einige sachgemäße Worte verlieren. Ich habe Menzels Wert für das, was er selbst die Restaurationsperiode nennt, nie außer Abrede gestellt, ich habe ihn auch mit St. Georg verglichen, der gegen den Drachen kämpfte. Aber innerlich empört hat es mich und alle tiefer fühlenden Zeitgenossen, daß Menzel in seinem blinden Wüten da noch immer fortfuhr, als die Deutschen einen Beweis für ihre Energie, soweit sie konnten, abgelegt hatten, als unter uns eine Aufregung, die historisch ist, niedergeschlagen wurde und die Göttin des Vaterlandes sich in Trauer kleidete. Die Pietät flüsterte sich vor zwei Jahren zu, leise aufzutreten in dieser Zeit der Trauer und Worte zu wählen, welche die Toten nicht aus ihrer Ruhe störten. Menzel indessen polterte und tobte mit denselben groben Ausdrücken in seinem Wirken wie früher. Da war keine Scham und Scheu, keine Reverenz vor dem deutschen Volke. Es waren noch immer die alten Schafsköpfe und Narren und Esel, die ausgeteilt wurden. Man zischte um Ruhe, die Glocken läuteten unsre Hoffnungen zu Grabe; da ist aber ein roher, betrunkener Mensch, der noch immer tobt und in die stillen Gebete der Leidtragenden hineinschreit! Seitdem ist Menzel ruiniert: er hat die Pietät verletzt; man kennt ihn nur noch als Grobian auf eigne Faust.

Die drei letzten Versuche, die Menzel gemacht hat, um sich zu retten, sind erstens eine Servilität, zweitens eine Übertreibung, drittens eine Lüge. Servil war es, aber klug bedacht, daß er sich hinter so geachtete Namen, wie Uhland, Pfizer usw. sind, schob und etwas von ihrem Glanze, von ihrer Reinheit der Gesinnung und Aufopferung für das, was sie glauben, auf seine eigne dekrepite, heruntergekommene Gestalt fallen machte. Er sieht ein, daß er mit diesen Männern gehen muß, um für sich noch ein Echo zu haben. Er dringt sich denen auf, die ihn zurückweisen. Er hält heuchlerische Reden an die Handwerker, welche jene lieben, da sie von Haus aus Demokraten sind und sich in die idyllischen Empfindungen des gemeinen Mannes versetzen können. Er lobt jene schwäbischen Notabilitäten, ja sogar die kleinen poetischen Springer, die ihnen nachhüpfen. Es ist ein ganzer Rattenkönig, der eine von Uhlands Haupt genommene Krone trägt und in Stuttgart jetzt sein Wesen treibt. Menzel läuft atemlos mit, um nicht alleinzustehen.

Das dritte Mittel knüpfen wir am besten an das erste an, weil es eine Lüge ist. Ich verstehe darunter Menzels große Anläufe für die Judenemanzipation. Es ist bekannt, daß Menzel die Juden haßt; er muß es als Deutschtümler. Menzel reißt das Fenster auf, wenn ein Jude bei ihm war. Aber Menzel weiß, wieviel Popularität er durch die Konzession an die Juden gewinnt. Eine heilige Sache muß ihm dazu dienen, sich ein gewisses öffentliches Interesse zu erhalten und nebenbei an dem Kirchenrat *Paulus*, welchen alten Herrn er mit einem kindischen Hasse verfolgt, sein verrostetes Schwert immer wieder etwas aufzuschärfen. Leicht erkauft sind die Lorbeern, die man durch die Judensache und die Angriffe auf einen isolierten und von allen Parteien umgangenen Mann, wie Paulus ist, erwerben will.

Menzels neueste Übertreibung aber zielt auf Goethe und die Vaterlandsliebe. In beiden Rücksichten hat er den Bogen zu straff angezogen. Die Anrede an den Straßburger Münster, als wenn er gezittert hätte, da Goethe auf ihm stand, hat selbst die lachen machen, welche Goethes Fürstentum des *Scheins* anerkennen. Eine Debatte über diesen Gegenstand ist nicht möglich; denn der Wahnsinn läßt sich nicht widerlegen. Aber etwas andres ist es mit dem Franzosenhaß. Und hier frag' ich, was des Jünglings Wange freudiger glühen macht, die Liebe zu allem, was den Tempel der Menschheit und der Völkerideen erbauen hilft, oder jene aus verlornen Traditionen und dem Blute hergeleitete tierische Leidenschaft der Nationalität? Warum blutete das achtzehnte Jahrhundert? Warum haben die Nationen durch Philosophie, Industrie und historische Sympathien für die Zukunft sich genähert? Warum ein Volk hassen, das unserem Hasse jetzt keine Nahrung gibt? Die Menzelsche Affektation einer klugen politischen Voraussicht kann nirgend Anklang finden. Sie ist nicht geeignet, in ruhigen und nur den Ideen gewidmeten Zeiten die Herzen anzuschwellen. Unser Stolz ist, die Völker lieben zu können; unsere Taktik, über dem Bestreben nach gemeinschaftlicher politischer Emanzipation einstweilen die Nationalität zu vergessen. Geht die Jugend in ihrem kosmopolitischen Idealismus zu weit, so sollte Menzel ihre Unvorsichtigkeit tadeln, aber eine Bosheit nicht züchtigen, die sie nicht hat. Ruiniert hat sich Menzel in den Augen der Hoffnung, der Jugend und einer wahrhaft säkularen Schwärmerei, ruiniert durch seinen rohen patriotischen Terrorismus.

Ich ermüde, noch länger von einem Manne zu sprechen, in dem ich mich täuschte und von dem niemand mehr etwas zu erwarten hat. Ich bin von meiner Rede, aber nicht von meinen Argumenten erschöpft. Noch niemals ist ein Streit geführt worden, der so von Tatsachen strotzte. Jedes Wort ist konkret, das ich auf Menzel schleudere. Hätt' er mich nicht so elend angegriffen, so würd' ich ihn nur langsam zerrieben haben. So aber zerdrück' ich ihn. Es wird nur von ihm abhängen, ob er sich für überwunden erklärt.

Der allgemeinen Entrüstung, wie man statt ein Buch zu beurteilen einen Menschen angreifen konnte, folgte bei den Gemäßigten in meiner Angelegenheit die Verwunderung, wie Menzel seine eigenen Nachkommen in diesem Grade terrorisieren sollte. Man sagte in Beziehung auf mich: Ihm hat er gleich bei seinem ersten Auftreten das Tor des Ruhmes ungebührlich weit aufgerissen: er bekränzte ihn für seinen zweiten Anlauf und setzte ihn in Rücksicht auf weiche deutsche Empfindung über Heine und Börne: sein drittes Erscheinen war ihm noch ruhmwürdiger. »Maha Guru« sollte höher stehen als irgend etwas, was Tieck und Steffens im Romane geleistet hätten! Wie nun diese Wut? Sind die Söhne degeneriert, warum werden sie nicht mit väterlicher Sorgfalt gewarnt und in die Grenzen des Verantwortlichen versöhnlich zurückgewiesen?

Hieran ist so viel wahr, als auf die Anerkennung kömmt. Alles übrige ist irrtümlich. Um Poet zu werden, konnte man bei Menzeln nicht in die Schule gehen, denn von vornherein sind für jeden jugendlichen Genius seine Sympathien und kritischen Interessen störend. Die junge Literatur hat nur die Natürlichkeit mit ihm gemein. Was ihre Poesie leistet, dazu leben die Urbilder in ihrer eigenen Brust. Die sie treffenden Urteile will sie selbst ertragen und einen Mann, der wie Menzel mit so vielen Verantwortlichkeiten überhäuft ist, nicht in die Verlegenheit bringen, auch noch das Neueste auf seine öffentliche Rechnung zu nehmen.

Zwei meiner jüngst erschienenen Schriften zwingen mich, einige daraus für meine Person abgezogenen Urteile zu berichtigen. Man will in ihnen ebensoviel Atheismus wie Immoralität entdeckt haben. Man schließt auf meine häuslichen Grundsätze und dringt mit den brutalsten Verleumdungen bis auf mein Zimmer. Bei dem gänzlichen Mangel vorurteilsfreier kritischer Stimmen hab' ich nur auf die Verurteilung der Orthodoxie oder wie bei Menzeln auf die der Heuchelei, der Bosheit und des Neides zu rechnen. Ich muß selbst für mich eintreten und bitte das Publikum, mir in einer ernsten, meine bürgerliche Existenz bedrohenden Sache zuhören zu wollen.

Die Schleiermacherschen Briefe gab ich heraus, weil ich wußte, daß die Redaktion der sämtlichen Werke des Verblichenen sie mit Stillschweigen übergehen wollte. Ich bin in einem bessern Falle wie Menzel, der von Schleiermacher in seiner »Literatur« eine so oberflächliche Kritik gegeben hatte, daß ihm dieser große und mit Recht auf seine Schriften stolze Mann bei einem Besuche in Stuttgart als einem Ignoranten den Rücken wandte. Menzel, der nur eine seiner beliebten Phrasen, daß Schleiermacher eine Religion für Gebildete* geschrieben habe, tothetzen kann, will mir ins Gesicht sagen: ich wüßte von Schleiermacher nur seinen Buckel zu beschreiben! Wo habe ich das getan? Ich nannte ihn Schleiermacher-Aesop, eine Bezeichnung, die für jeden, der den rätselhaften Verstorbenen kannte, überraschend und charakteristisch sein wird. In meiner so vielfach angegriffenen Vorrede nannte ich ihn so.

* Schleiermacher hat niemals von einer *Religion für Gebildete* gesprochen. Menzel hat von einem Buche gehört: Reden über die Religion *an die Gebildeten unter ihren Verächtern.* Es ist wahrlich ein großer Unterschied zwischen einer Religion, welche sich nur für die privilegierten Stände eignen soll, und zwischen religiösen Erweckungen für diejenigen Indifferentisten, welche noch für etwas Höheres Sinn haben. Wenn man weiß, wieviel in dem Menzelschen Systeme solche Antithesen (eine Religion für Gebildete!) gelten, wie sehr Inkonsequenzen dieser Art Menzeln zur Grundlage weitschichtiger Lamentationen dienen, und sieht nun, aus welchen leichtsinnigen Verwechslungen sie ihren Ursprung nehmen, so muß man an der Glaubwürdigkeit dieses Mannes zweifelhaft werden und immer annehmen, daß die Irrtümer, welche er an andern entdecken will, nur aus ihm selbst hervorgegangen sind.

Die literarisch-historische Frage über jene Briefe weckte ebensosehr mein Nachdenken wie, ich muß es gestehen, meine Leidenschaft. Ich hasse jenen Pietismus, welcher Prätentionen macht. Dieser Haß riß mich hin, in der Vorrede Namen zu nennen, die mir später, obschon sie Geistliche sind, den Tod geschworen haben. Ich überschritt den Pietismus und kam dem Christentume selbst nahe, wie man immer kalt wird gegen eine alte Institution, wenn sie, auf ihre Verjährung pochend, modernen Begriffen gegenübertritt. Diese modernen Begriffe mögen schwankend, vielleicht unhaltbar sein, aber solange die Debatte währt, lasse man ihr Gegenteil nicht zu kräftig und überwiegend sein, sondern suche die beiderseitigen Ansprüche auszugleichen. Ich drängte eine alte Institution zurück, um einer modernen, ästhetisch-moralischen Diskussion Platz zu machen.

Selbst nach dem Erscheinen meiner »Wally« kann man mir unmöglich zutrauen, daß ich etwas anderes im Sinne habe als eine Verbesserung des mißverstandenen Christentums. Eine jede Verbesserung ist kritischer Art, in ihrer ersten Potenz. Alle meine Einwürfe gegen das Christentum sind kritisch. Sie gehen auf den Ursprung des Christentums zurück, auf dessen erste historische Erscheinung, die mir der Weltgeschichte, nicht der Religionsgeschichte anzugehören scheint. Man macht mir den Vorwurf, daß diese Prüfungen schon einmal da waren, ich entgegne aber, daß sie immer unterbrochen worden sind. Die französische Philosophie spottete. Ich habe niemals über das Christentum gespottet.

Ich glaube an Gott; aber ich soll gesagt haben, es wäre gut, wenn es niemand täte. Das hab' ich nirgend gesagt. Nur eines wagt' ich, mir einen Augenblick die Möglichkeit zu denken, ob die Welt auch ohne Religion hätte existieren können. Glücklicher würde sie sein, sagt' ich, wenn sie von Gott niemals gewußt hätte; glücklicher, wenn keine Betrüger aufgestanden wären und die Völker an den Aberglauben geschmiedet hätten; glücklicher, wenn der Fanatismus keine Scheiterhaufen hätte anzünden können; glücklicher, wenn niemals blutige Religionskriege wären geführt worden. Aber soll die Menschheit dies friedliche Glück genießen? Welchen Kummer man um die Religion haben kann, versucht' ich in meiner »Wally« zu schildern.

Nur einem Anruf lass' ich Gerechtigkeit widerfahren: Wohinaus? Einen Zweck für meine schroffe Art, das Mißliche aller positiven Offenbarungen herauszustellen, wag' ich nicht anzugeben. Früge man mich auf den Kopf, so müßt' ich erst einen Zweck erfinden. Bis man mir glauben wird, daß mir bei meiner »Wally« nur eine poetische Absicht vorschwebte, denk' ich so: Die Unmöglichkeit, durch natürliche und menschliche Voraussetzungen zu einer Erkenntnis Gottes zu gelangen, kann nur den offenbarten Religionen von einigem Schaden sein. Der metaphysische Rest jedes Versuches, zu Gott zu gelangen, ist positiv. Ich protestiere dagegen, daß meine »Wally« nur negative Resultate gibt. Ich sagte, daß Gott nirgends näher ist, als wo ein Herz an ihm verzweifeln will. Ich sagte, daß ein Leben ohne Religion unhaltbar wäre. Ich habe überall gezeigt, daß ich nicht mitten in meinem Werke stecke, sondern meinen Standpunkt über ihm habe. Ich verschwieg zuletzt nicht, daß Wally in einem Irrtume sich den Tod gibt. Die Verzweiflung am *Denken* ist nicht die am *Leben.* Diese darf uns veranlassen, den Tod zu beschleunigen, jene aber soll uns nur dazu bestimmen, ihn mit einigem Stolze und mit Verachtung unseres irdischen Loses abzuwarten. Wird man mir zugestehen, daß die eingewebten »Geständnisse über Religion und Christentum« eine künstlerische Stellung haben? Daß sie das Urteil eines Mannes sind, der ein weibliches Wesen zugrunde gerichtet hat, statt es zu erheben, und mit seiner eigenen zerrissenen Natur die Unbefangenheit ansteckte! Wird man mir zugestehen, daß Cäsar vor meinen Blicken dasteht, ein Bild der Scham und Zerknirschung, daß er in Wally einen Mord von seiner Hand zu Grabe getragen sieht? Man häuft so viel auf mich, daß ich suchen muß, einiges von mir abzuwälzen. Glaubt mir, ich habe grade so viel Religion wie jeder von euch! Nur darin sind wir ungleich, daß ich dasjenige auszusprechen verpflichtet bin, was ihr durch Zerstreuungen oder als Indifferentismus in euch begrabt.

Wally ist ein Bild des Lebens. Ich erlebte selbst jene im ersten Buch geschilderte Szene, daß sie aufspringt und mit einer gräßlichen Verzweiflung von Religion nichts hören will. Ich hatte seit dem Augenblicke keine Ruhe. Die Erfahrung gestaltete sich zu einer Idee, die Idee zu einem Buche. Ein Wesen, das leichtsinnig, heiter durch die Gesellschaft rauscht, sich in Übertreibungen des Umgangs gefällt und zuletzt doch ein inneres Seelenleben hat, das niemand ahnte! Cäsar, ein Mann wie ich, eigensinnig dem Schmerze hingegeben, reif, um in großen Verhältnissen wirken zu können, Wolken umarmend, die Zukunft anbetend! Und eine aus der Tagesordnung gegriffene Draperie! Zuletzt eine systematische Erklärung an die Theologen, die mich so angefeindet hatten! Das waren die Veranlassungen meines Buches.

Über meine Immoralität können meine eigenen Versicherungen wenig Aufschluß geben. Ich denke doch, man spricht nur von meinen und den Schriften meiner Freunde. Verdient Heine, verdien' ich, verdienen Wienbarg, Kühne, Laube und Mundt, der in seiner »Madonna« eine aus Casanova und Hegelscher Philosophie gemischte Religion lehren soll, wie die Verleumder sagen, verdienen sie, daß die Gesellschaft mit Fingern auf sie zeige? Mich selbst betreffend, so ist in der »Wally« nur eine Stelle zu finden, die man in moralischer Hinsicht transzendent nennen kann. Aber ich werde sie nie aufgeben, denn diese Szene trag' ich seit Jahren in meiner Phantasie und habe aus Verzweiflung, daß sie von Künstlern nicht in meinem Sinne gezeichnet würde, sie endlich selbst entwerfen wollen. Mit dem Griffel weiß ich nicht umzugehen; ich nahm die Feder und malte. Jene Szene hat nur malerischen Wert und wird vor der Moral geweiht durch die Lilie, die vor Sigunen steht. Ich weiß nur, daß die Poesie in kurzer Zeit glänzende Fortschritte machen würde, wenn sie sich in Nuditäten (elende Insinuation!) so plastisch-antiker Natur gefiele. Hab' ich mich geirrt, wer darf es wagen, deshalb mein Leben zu verdächtigen?

Auch meine Vorrede zu Schleiermacher hat die Moral erschreckt, und es ist Zeit, einige die Ehe betreffenden Punkte in dieser Rücksicht nicht mehr so vag stehenzulassen wie dort. Meine Freunde sagten mir: Bis zu einem verfänglichen Punkt ist deine Vorrede zu billigen. Ich antwortete ihnen, daß dies niemand mehr empfinden könne als ich selbst, daß ich es aber für meine heilige Pflicht gehalten hätte, nichts in die Frage Einschlagendes zu umgehen und selbst die Hauptsache beim rechten Namen zu nennen. Die Ansicht von der Ehe rechtfertigt sich durch die Theorie vom Staate und vom Rechte. Ich brauche die Staatsform nicht zu nenen, welche ich für die vollkommene halte; aber man errät sie, wenn ich öffentliche Erziehung auf der einen Seite und die juristische Gleichstellung der unehelichen Kinder auf der andern verlange. Ich habe zu eifrig in Rousseau gelesen, um mich in dem Evangelium schwieriger und einstweilen unausführbarer Institutionen irremachen zu lassen. Ein geheimes Gift untergräbt die menschliche Gesellschaft. Wie ihm begegnen? Man tut besser, einem übergetretenen Strom ein neues Bett zu graben, als ihn in das alte zurückzudämmen. Nehmt der Menschheit die Notwendigkeit, sich verstellen zu müssen, und alle werden freier und sittlicher werden. Unsittlichkeit ist nur da, wo man im Dunkeln das umgeht, was öffentlich an gewisse Gesetze gebunden ist. Löst die Gesetze, und die Freiheit wird eine Regeneration unseres Blutes sein.

Ein Arzt hat mir gesagt, daß er in einer zwanzigjährigen Praxis nur zwei gute Ehen gefunden habe. Er fügte, geistreich, wie er ist, hinzu: Der Philosoph hatte recht, als er sagte: viel gute, wenig köstliche Ehen. Meine Theorie der Ehe fußt zuerst darauf, daß auf der unehelichen Geburt keine Schande ruhen solle. Kein Kind, wo nicht Liebe ist. Liebe heiligt das Außergewöhnliche. Warum uneheliche Verhältnisse verfolgen und sie zwingen, vor den Altar zu treten? Die Forderungen der Zivilbehörde, ob man sich ernähren könne, werden immer umgangen. Es gibt falsche Aussagen und Vorwände genug, die öffentlichen Behörden über die Vermögensumstände im unklaren zu lassen. So schmiedet sich das Elend, der Hunger und die Aussicht auf eine verkümmerte Generation zusammen. Das Schreckbild Europas ist die Übervölkerung. Die Übervölkerung aber ist eine Folge unserer Vorurteile und unserer Ehegesetze. Hätte die uneheliche Geburt nichts Entehrendes, so würden die Liebenden nicht eilen, sich zu verheiraten. Der Staat würde *einen* kräftigen Bewohner haben, statt daß in der Ehe ihm gezwungen sechs schwächliche nachfolgen. Die Natur muß uns die Cholera schicken, um die Überflutung der Menschenmasse aufzuräumen. Könnten wir uns von Vorurteilen befreien, wären wir gerechter gegen die Natur selbst, so würde sie sich nicht rächen. Wir würden weniger Menschen und mehr Liebe, weniger Plagen und mehr Freude haben. Emanzipierte man die uneheliche Geburt, so würde die Übervölkerung und mit ihr der Adel, der Kastengeist, die Eifersucht und der Egoismus aufhören. Wer heiraten will und sich und andere ernähren kann, dem läßt sich allerdings nichts Besseres raten.

Nach dieser Andeutung kann man gewiß sein, daß ich in meinen so vielfach angefeindeten Äußerungen sittliche und menschheitbeglückende Zwecke im Auge hatte und daß ich nur eines bereue, die tumultuarische, atemlose und gereizte Abfassung meiner Vorrede. Ihr sucht für vorhandene Institutionen neue Gefühle. Gelehrte wie Dichter lehnen sich an das, was da ist, und suchen das Vorhandene nur mit einiger Originalität zu umschreiben. Aber das ist der religiös-poetisch-sittliche Bettlermantel, von dem Goethe Uhland und allen Gemütlichen und Alltäglichen gegenüber spricht. Wir Neuen suchen für vorhandene Gefühle neue Institutionen. Wir machen aus den Ahnungen der Menschheit Systeme, aus Träumen Theorien. Die Empfindungen, die Saatspitzen sind da – wir suchen Formen und dichterische Hülsen für noch grüne Kerne. Wir sind dem Mißverständnisse ausgesetzt. Es ist eine Notwendigkeit.

Ich denke nicht daran, daß sich mir das Publikum hingibt. Ich werde noch Jahre lang, wenn ich sie leben sollte, nichts vermögen, als das Publikum beschäftigen. Ich reize, ich beleidige es. Ich kann nicht anders. Ich kann in die Lage eines ruhigen Feldherrn, der hier und dort seine Truppen aufstellt und mit Umsicht ein ganzes Feld beherrscht, mich als Poet nicht versetzen. Was ich leiste, sind Phasen meiner Entwickelung. Hab' ich »Wally« geschrieben, um eine Gemeinde zu haben? Man hat mir das Haus gestürmt: Wally! Diese Wally! Welch Aufsehen wird sie machen! Elende Klätscher! Ich zittre, jeder Zeile zu begegnen, die ich geschrieben habe. Mich reizt es, wenn man von meinen Schriften spricht. Ich kenne mein Publikum nicht. Mit einem Wort, ich verlange nicht, daß man sich mir hingibt.

Die junge Literatur hat ihr Alter niemals verschwiegen oder die Arroganz bewiesen, das Publikum belehren oder bevormunden zu wollen. Sie hat lange am Begriffe des Subjektiven festgehalten, und auch jetzt noch, wo sie nach plastischer Gestaltenschöpfung und poetischen Kristallisationen ringt, macht sie der Durchschnittsintelligenz der Nation keine Zumutung. Sie will nur eines, nämlich den persönlichen Beweis führen für ihre Unabhängigkeit und für das, was sie einst noch der Nation sein wird. Wir werden entweder eine ruhige Epoche erleben, und für diese müssen die Zeitgenossen wissen, auf wessen Geist, oder eine stürmische, und für diese müssen sie wissen, auf wessen Mut sie sich verlassen können.

Und wenn wir außer Kunst und unserer eigenen Individualität noch etwas Positives haben, so ist es dies, die Zeitgenossen aus ihrer Bequemlichkeit und Zufriedenheit mit angebornen Begriffen und Verhältnissen aufzuschrecken. Wir möchten euch nicht bloß zurufen: Betet! sondern *wachet* und betet! Ihr müßt durch den Zweifel mit dem Glauben vermittelt werden. Wer die Dinge von allen Seiten betrachtete, wird mit desto größerer Sicherheit sie an der fassen, welches ihm die rechte scheint. Meine »Wally« gibt dir kein Resultat: kehre auf dich selbst zurück; aber was du findest, zu Hause dein Weib, deine Kinder, dein Heiland, sie werden dir desto teurer werden. Religion ist Persönlichkeit. Religion ist alles, was du erlebt hast. Religion ist deine Jugend, deine Vergangenheit. Daran halte dich und danke denen, die draußen vorm Tore stehen und noch vergeblich nach dem Herrn suchen, denen, die Legion sind. Danke denen, die dir Veranlassung geben, dich für besser als sie zu halten!

Wenn aber Menzel in der Weise, in der er gegen mich begonnen hat, fortfährt, so wird ein beklagenswerter Fall eintreten. Das Publikum wird sich mit Abscheu fortwenden von einer Literatur, die sich verkotet. Es wird weder auf mich noch auf ihn hören und so gerecht sein, über Verhältnisse nicht zu urteilen, wozu ihm zuletzt die Maßstäbe fehlen. Diese Gerechtigkeit ist so dankens- als beklagenswert, denn wir fügen uns in einer heiligen Sache unersetzlichen Nachteil zu.

Wenn Menzel in Persönlichkeiten fortfährt, so zieh' ich den

kürzern. Denn ich nehme keine Silbe mehr über ihn als Menschen in den Mund; und wenn er es tut, so verweigert er mir die verlangte Genugtuung, die er mir in keinem Walde, wie er an meine Freunde geschrieben hat, sondern öffentlich geben will. Ich fordere ihn auf, sich an meine früheren und zukünftigen Schriften zu halten, meinen »Nero« und meine »Öffentlichen Charaktere« beurteilen zu wollen. Was ich, um meine Person zu retten, gegen die seinige vorbrachte, war diesmal erlaubte Waffe. Künftig werd' ich nur von seinen Schriften und von seiner literarischen Stellung sprechen.
Dieser Kampf ist ein Unglück für Menzel. Seine tönernen Beine wanken. Der Wind reißt die Lappen von einer ausgestopften Puppe, die das poetische Gefieder Deutschlands als eine Scheuche und Popanz erkennen wird. Von allen Seiten wird mir die Kunde, daß man sich wider ihn wie gegen Geßler empöre. Jeder Brief, den ich erhalte, ist ein Feuerzeichen, von einem Berg zum andern getragen. Der Dichter nimmt die Dornen der Rose; der Kritiker schärft seine Pfeile; der Philosoph schnürt sich in den Schuppenharnisch seiner gegliederten Argumentationen. Es ist der Geist des toten Goethe, der in uns gefahren ist und von dem Schänder seiner Leiche Rache heischt. Wir ahnen es, daß der jetzt beginnende Kampf für die Literatur eine Epoche wird.

[Ferdinand Gustav Kühne:] Gutzkows neueste Dichtungen

Gutzkow hat eine Tragödie, »Nero«*, und einen Roman aus der nächsten Gegenwart: »Wally, die Zweiflerin«** geschrieben. Gutzkow greift in den verschiedensten Sphären umher, er sucht sich bald da, bald dort sein Feld, wo er mit der Brennfackel seines Grimmes gegen Totes und Lebendiges einhertobt; er ist ein speiender Vulkan, der sich auf verschiedenen Stellen seinen Krater sucht, um zu verwüsten. Alle revolutionären Naturen

* Stuttgart u. Tübingen, bei Cotta. 1835. 197 S. 8.
** Mannheim, bei Löwenthal. 1835. 327 S. 8.

haben etwas Vulkanisches; aber Gutzkows Flammen sind kalt, seine Lava unbrauchbar. Es ist kein *glühender* Dämon in ihm wie in Börne; sein Werk ist nicht Haß, der Haß ist noch poetisch; sein Geschäft heißt: kalte Verachtung. Dies spricht sich in beiden obigen Dichtungen aus, so verschiedenartig sie sonst auch sein mögen. [. . .]
Ich glaubte, Gutzkow hätte sich an seinem »Nero« ein hinlängliches Genüge verschafft, allein in seiner »Wally« hat sich die kaltherzige Zerstörungsluft nur auf die Elemente des modernen Gedankenlebens geworfen. Sie findet hier tiefere Interessen vor, und man könnte meinen, sie sei für den Konflikt unserer Zustände, die in gärender Bewegung sind, gefährlicher; allein ein Trost liegt nahe, sie ist bloß ekelhaft. Daß sich in diesem Romane ziemlich vollständig auch ein platter, witzloser Atheismus breitmacht, ist weiter keine neue Erscheinung. Dergleichen ist für Gutzkow eine Kleinigkeit, er wirft es so ab wie Speichel, es kommt ihm auf eine Hand voll ridiküler Späße mehr oder weniger nicht an. Der Anfang des Romans schien etwas zu versprechen. Man findet eine nackte Enthüllung der Scharlatanerie, welche die Zeit mit romantischen Gefühlen und religiösen Stimmungen treibt. Aus des Verfassers Empörungslust gegen die Tyrannei der geselligen Formen des modernen Lebens hoffte ich einen wirklichen Roman hervorgehen zu sehen. Wally ist eine geistreiche Kokette mit romantischen Einfällen über Gott und Welt. Cäsar ist der ganze Gutzkow. Er hat »einen ganzen Friedhof toter Gedanken, herrlicher Ideen, an die er einst glaubte, hinter sich; ein gefühlloser Skeptiker, der mit Begriffsschatten, mit *gewesenem* Enthusiasmus *rechnet*«. Er ist ein Mensch, der handeln müßte, aber die versagte Tätigkeit macht ihm zum Verwüster an den heiligsten Interessen des Denkens. Das ist Gutzkows ganzes Unglück. Dieses innere Unglück ist ein Gegenstand tiefster Beachtung.
Ich kann alle Ausgeburten seiner taktlosen Reckenhaftigkeit gleichgültig abweisen, aber es erschüttert mich, wenn ich die Quellen seiner wirren Mühsal auffinde. Gutzkow ist über den Fluch der Tatenlosigkeit seiner selbst und seiner Zeitgenossen ergrimmt. Die Hamletsschwermut der Zeit hat sich bei ihm in

Wut und Raserei umgesetzt, für die, wenn der Moment der aufschießenden Hitze vorüber ist, nichts weiter übrigbleibt als das abgestumpfte, erlahmte Gefühl kalter Geringschätzung. Darum die jähe Hast seiner Expektorationen dicht neben der kühlsten Mattigkeit seiner unfruchtbaren Abstraktion, deren farblose Blässe nur Unkundige für Festigkeit des Charakters halten können. Nicht die Zerrissenheit, sondern die kalte Berechnung mit den ausgetobten Schmerzen ist das Unglück seines Naturells. Nicht die Verirrungen der Leidenschaft sind häßlich, sondern das selbstmörderische Gefühl der abgestandenen Leerheit. Gutzkows Schrift ist ein Produkt dieser Stimmung, das macht sie widerwärtig und sinnlos. Die wütendste Verzweiflung ist mir lieber als kalter Geifer; in jener ist eine Krisis, in diesem seelenlose Menschenverachtung. Der Stoff des Romanes ist zum Erstaunen schlecht, ebenso schlecht der Stil. Im »Nero« gefiel sich der Verfasser noch in seiner wüsten Ungeheuerlichkeit, in der »Wally« beschleicht ihn oft die fadeste Nüchternheit. In meinen Augen verdammt dies den Verfasser am meisten, daß er in der Leidenschaft nicht mehr leidenschaftlich ist und Ekel hat an seinen eigenen Gedanken. Er stranguliert sich und hält sich oder seinen Helden als dem Galgen verfallen. Das ist das äußerste Reizmittel, um sich noch für sich selbst zu interessieren. Gutzkows Romangestalten sind keine Menschen mehr, er kann eine Reform der geselligen Verhältnisse des Lebens nicht von Menschen vertreten lassen, die Überzeugung von der Umwandlung der Dinge schreit bloß wie ein Rabengekrächze aus seiner eigenen Brust heraus. Die klappernden Gespenster, in welcher Gestalt seine Ansichten oft genug auftreten, dürfen niemand schrecken, aber der Anblick dieser grausamen Zerstörungslust gegen Gott und Welt und gegen sich selber könnte, als geistige Krankheit betrachtet, das Gefühl der Rührung erwecken. Der Anhang des Buches enthält eine der Übertreibung wegen verunglückte Parodie des Christentums, in welcher der Verfasser die Miene des Verwunderns darüber annimmt, wie »eine kleine Anekdote«, die Erscheinung Christi nämlich, so welthistorisch

tume gemacht werden, heben die Polemik fast wieder aus dem Sattel.
Wir sind auf die weitere Entwickelung dieses Phänomens in der Literatur der Gegenwart begierig. Allein es steht zu fürchten, daß es die Zeitgenossen bald überdrüssig bekommen werden, die Krankheiten des jetzigen Gedankenlebens in Gutzkow als bloße Geschwüre eitern zu sehen. Gutzkow ist jung; er wird übers Jahr ein anderer sein. Der Schmerz über eine zerrissene Welt hat eine verkehrte Richtung in ihm genommen, sein Unglück, denn das Unglück der Zeit ist das seinige, hat ihn gegen den Gefrierpunkt der Polarzone geschleudert, und seine harte Stirn ist Ursache, wenn er an der Eiswand seiner Gedanken nicht zerschmettert hangen blieb. Es wäre lächerlich, wenn ich sagen wollte, er sollte zu Verstande kommen, der überwache Verstand hat ihn eben ruiniert und verzerrt. Ich sage bloß, er soll zur Leidenschaft kommen. Wo Leidenschaft ist, da ist Krisis und Möglichkeit zur Lösung der Wirren.
Nachschrift. Die Ankündigung der »Deutschen Revue« (bei Löwenthal in Mannheim) gibt Hoffnung und Zuversicht zum besten der deutschen Interessen. Wienbargs Einfluß wird sich heilbringend äußern, selbst wenn er nicht so produktiv wie Gutzkows Schnellkraft sich geltend machen sollte.
Wir sehen hier ein Verhältnis wie in der königl. preußischen Freiheitsperiode von 1813 bis 1815 zwischen Gneisenau und Blücher. Jener lenkte mit der still besonnenen Kraft der Intelligenz, dieser mit dem Vorwärtsschwunge seines Armes; jener war der Kopf, dieser der Haudegen. Daß nur Gutzkow bei seinem Jählingseifer sich vor Schlappen hütet, an denen Wienbarg unschuldig wäre. Der Prospekt der »Deutschen Revue« läßt hoffen, daß die Totschlägerei aller Sympathien des jung aufsprossenden Lebens, in welcher sich Gutzkow bisher versuchte, aufhören werde. Gutzkow hält sich gewiß für eine Art von modernem Marquis Posa. Allein man muß ihm wie Schillers Posa selbst zurufen: Geben Sie Gedankenfreiheit! Bisher war Gutzkow der Sklave seiner selber.

[Anonym:] Karl Gutzkows »Wally« und Wolfgang Menzels kritische Keulenschläge

Karl Gutzkow hat sich in neuerer Zeit einen literarischen Namen und Ruf gemacht, einen unfeinen Ruhm, einen schlechten Namen. Wir meinen, die deutsche Kritik zeigte sich von keiner schlechten Seite, als sie allgemein genug seine Vorrede zu den »Vertrauten Briefen über die Lucinde« und seine Herausgabe derselben mit dieser Vorrede brandmarkte. Ein Schriftsteller darf es ohne allgemeine und gerechte Mißbilligung in Deutschland noch nicht und wird es hoffentlich auch von jetzt an nicht wagen dürfen, so liederlich und lästerlich mit noch dazu elender Ware aufzutreten, wie es in Frankreich täglich geschieht. Eine Schar meist junger Autoren legt es darauf an, die dortige Unsitte auf deutschen Boden zu verpflanzen, und freilich kann man das Publikum an vieles wenigstens gewöhnen. Sind wir auch der Meinung, daß der Unfug bei uns, wie die Dinge stehen, keinen Beifall finden und auch nichts verderben, nichts bewirken wird als eine Reaktion zugunsten eines vernünftigen Glaubens und echter Sittlichkeit und Verachtung und Schande für die Unfugtreibenden: so ist doch ein solches Unwesen ein Schandfleck für die Literatur und die Kritik und das Volk, die es dulden. Darum – und nicht weil Leute wie Karl Gutzkow oder Bücher wie seine »Wally« an sich selbst bedeutend genug wären, um vieles Redens und Richtens wert zu sein – darum spreche das Gefühl der Entrüstung sich rasch und kräftig aus, und wer kann, tue das seine, daß es in seinem Kreise gehört wird, wenn und wo eine kräftige Stimme sich ausgesprochen hat.

Dies sind unsere Gründe, wenn wir in unseren Spalten eine Kritik des neuen Gutzkowschen Romans: »Wally, die Zweiflerin« wenigstens dem größeren Teile nach abdrucken lassen, welche sich in Nr. 93 und 94 des Menzelschen Literatur-Blatts zum »Morgenblatt« findet. Wir würden uns wie über des genannten Verfassers Vorrede zu den »Vertrauten Briefen über die Lucinde« auch über die »Wally« – also auch in demselben Sinne wie Herr Menzel, dem wir sonst häufig nicht beistimmen können – ausgesprochen haben. Hr. Menzel hat indes so ziemlich alles gesagt, was wir gesagt haben würden, und noch mehr, und er konnte schon deshalb mehr sagen und schlagender reden, weil er Gutzkow und dessen Treiben genauer kennt. Wir wissen, daß manche gegen Hrn. Menzel als Kritiker eingenommen sind und seine Kritiken nicht lesen mögen. Aber dieses Mal beseitigt eure Abneigung oder Ungunst, dieses Mal hat der bisweilen mit Unrecht leidenschaftliche und einseitige Kritiker des Literatur-Blattes recht in seinem Urteil, seiner Entrüstung, seiner derben Rede, recht, vollkommen recht. Lest die »Wally« und diese Kritik, und wer tritt auf und sagt: Nein! dazu. Ja, wenn ihr etwa zweifelt und wenn ihr euch selbst euer Urteil bilden wollt, lest die »Wally«. Es schadet wenigstens auf keinen Fall. Denn wo nichts mehr zu verderben ist, kann kein Schaden geschehen, wo aber etwas zu verderben wäre, können solche Bücher nur heilsam zum Abscheu vor ähnlichen und zur Verachtung ihrer Verfasser wirken.

Folge hierauf die Menzelsche Kritik.

[Die Kritik aus Nr. 93 und 94 des »Literatur-Blattes« wird abgedruckt bis S. 288, Z. 24 der vorliegenden Ausgabe.]

Wolfgang Menzel: Dritte Abfertigung des Dr. Gutzkow

Herr Gutzkow hat geschrieben: es wäre besser, wenn man nie einen Gott geglaubt hätte – ein unehelich geborner Mensch, ein gewisser Jesus, habe sich durch eine bedenkliche Verwirrung seiner Ideen zu unbesonnenen Schritten verleiten lassen und dieser arme Rabbi von Nazareth sei nichts als ein verunglückter Revolutionär gewesen wie später Thomas Müntzer – der Roman, den er (Gutzkow) geschrieben, worin ein gebildetes (!) Mädchen ein kleines Theater aufschlagen läßt, um sich dem Jüngling in puris naturalibus zu zeigen, sei viel poetischer als »Romeo und Julie« von Shakespeare – diese Gattung von idealen (!) Darstellungen herrsche bereits in Frankreich und werde nun hoffentlich bald auch in Deutschland *durchdringen* etc. etc. In derselben Gesinnung hat Herr Gutzkow unternommen, als Kritiker alles

Edle mit dem frechsten und persönlichsten Spott anzufallen. Was von der moralischen Seite unantastbar war, z. B. Uhland, nannte er langweilig; wo er irgendeine alte Jugendsünde eines berühmten Mannes, z. B. Schleiermachers, wenn sie auch mit den spätern Leistungen und dem wissenschaftlichen Charakter des Mannes gar nicht zusammenhing, aus der Vergessenheit aufgraben konnte, tat er es mit schadenfroher Bosheit. Was durch Religiosität, Moralität und Patriotismus ausgezeichnet seinem gottlosen, unsittlichen und französischen Trachten im Wege stand, wurde von ihm systematisch besudelt.

Auch Wienbarg hatte in seinen »Ästhetischen Feldzügen« bereits erklärt, die gewöhnliche Moral müsse nicht nur aus der Poesie, sondern auch aus dem Leben verbannt werden, *das Fleisch müsse wieder in seine Rechte eingesetzt werden,* die einseitige christliche Geisteskultur müsse verbannt werden, um der *heitern sinnlichen Religion* Griechenlands aufs neue Platz zu machen, und diese Religion soll ganz auf die *schöne Tat,* d. h. auf die Unzucht gestellt sein, nicht auf eine lächerliche Schwärmerei der Seele oder bloße Gedanken und Worte.

Solche Grundsätze wurden öffentlich verkündigt, und mehrere junge Dichter bewiesen durch ihre Erstlinge, daß sie nach solchen Grundsätzen zu leben und zu schreiben ernstlich gesonnen seien. Man gab sich den lockenden und vielversprechenden Namen »das junge Deutschland« und machte sich sehr laut.

Ich frage alle, die sich um die öffentlichen Angelegenheiten in Deutschland irgend bekümmern, ob es nicht Pflicht war, diesem wüsten Treiben ein Ende zu machen? Ich habe es getan mit so viel Ernst, als die Sache erforderte, aber mit Anerkennung der mißbrauchten Talente und mit Schonung der Verführten, von denen zu erwarten ist, daß sie ihren traurigen Irrtum erkennen werden, und deren Namen ich nicht einmal genannt habe.

Herr Gutzkow hat nun selbst und durch zwei Helfershelfer gegen mich operiert, wie folgt.

Erstens mußte die offenkundige Gotteslästerung und Immoralität seiner Schriften bemäntelt und der Blick des Publikums von dieser Seite ganz ab- und auf meine Person hingelenkt werden. Diese meine Person mußte mit einer Sündflut von Unrat überschüttet werden. Wahrheiten mußten gänzlich entstellt, aufs gehässigste gedeutet, jeder Scherz, den er in meinem Hause von mir oder meinen Freunden gehört, mußte verdreht, Lügen mußten erfunden werden, um, wenn es auch nicht gelänge, das Publikum zu überreden, doch ihm wenigstens durch den Skandal einen Reiz zu erregen. Alle Vermutungen alter Weiber, alle Verdächtigungen meiner literarischen und politischen Feinde, durch die meine Konsequenz jederzeit siegreich hindurchschritt, hat er aufgewärmt, obgleich dieses ganze Geklatsch sich schon durch seinen innern Widerspruch von selbst widerlegt. Auf einer Seite wirft man dem nämlichen Manne Servilismus und Furcht, auf der andern Demagogie und Wildheit vor. Ein so *blinder* Haß macht nur dem Ehre, dem er gilt. Ich hatte schon vor zwölf Jahren, zu einer Zeit, da Herr Gutzkow nur erst die pädagogische und noch nicht die kritische Rute bekam, dieselben Grundsätze und sprach sie mit derselben Wärme aus wie heute. Daher ist auch, was er über seinen Einfluß auf mich faselt, die sinnloseste Aufschneiderei.

Die Wahrheit verlangte, daß ich dem Herrn Gutzkow sein Talent auf keine Weise, auch als der strengste Ankläger seiner Immoralität, nicht abspräche; aber ich will mir dies nicht zu einem Verdienst anrechnen, denn ich hatte nichts dabei zu gefährden. Mein Gegner fühlt freilich anders. Ihm schien nur etwas an mir gelten zu lassen gefährlich. Er hat den Mut der Wahrheit nicht und kann ihn nicht haben. Er hat nur den Mut der Lüge.

Ich habe diesen Kampf rein im Interesse der Religion, der Sitte und der vaterländischen Ehre angefangen, es ist nur eine Fortsetzung meiner frühern Kämpfe, die ich gegen weit bedeutendere Leute in gleichem Interesse durchgefochten. Und nun wollen diese Knaben mir vorwerfen, ich bekämpfe sie nur aus Rivalität, weil ich kein anderes kritisches Journal aufkommen lassen wolle. Abgesehen davon, daß ich allezeit andere Journale neben mir das Glück deutscher Preßfreiheit ruhig habe genießen sehen und sogar immer bereit bin, mein kritisches Amt dem zu überlassen, dem die literarische Ehre Deutschlands so am Herzen liegen wird wie mir, ist es überhaupt unsinnig, dem alten bewährten Kämpfer für bekannte Ideen, dem Manne, dem Herr

Gutzkow seine kritische Konsequenz sogar zum Vorwurf macht, ein persönliches Interesse unterzuschieben.

Nachdem meine edeln Gegner auf diese Weise nur meine Person verleumdet, verkleinert, im Hohlspiegel verzerrt haben, suchen sie sich *zweitens* Verbündete.

Von diesen wird es auch erst abhängen, was sie weiter tun werden. Sie wissen es jetzt noch nicht. Von mir gedrängt, sehen sie sich zwar gezwungen, in einem feigen und furchtsamen Gewäsch eine Art von pater peccavi anzustimmen; aber sie fühlen zugleich, wie wenig dies zu ihrem bisherigen Übermute paßt, und sie hoffen, daß der Weltliterator Wienbarg für seine »schönen Taten«, der neue Prophet von Frankfurt, Gutzkow, für seine wohlriechenden »Ideale« doch wohl einen bedeutenden Anhang finden könnte. Dann müßten sie sich ja schämen, sich einmal aus Furcht auf lächerliche Weise vor dem verspotteten Christentum und vor der verhöhnten guten Sitte gedemütigt zu haben.

Sie überschwemmen nun Deutschland mit Briefen und Aufforderungen. Aus den Zuschriften, die mir alte Gegner von mir zugehen lassen, um mir auf eine edelmütige Weise unmittelbar zu sagen, daß sie die an sie ergangenen Aufforderungen der »unzüchtigen Gesellschaft« mit Verachtung zurückgewiesen haben, kann ich schließen, was vorgeht und daß Herr Gutzkow gewiß mit Ängstlichkeit mein ganzes Literatur-Blatt durchgegangen ist, um alle die aufzufinden, die mutmaßlich meine Feinde sind und die man geschwind loben und für sich gewinnen muß.

An die Verehrer Goethes als meine ausgesprochenen Gegner hat man sich öffentlich gewendet. Sie hat man flehentlich in dieser Not Israels um Hülfe angeschrien und hofft, daß sie sich dazu hergeben werden, etwa unter dem Vorsitz des Herrn Gutzkow wider mich Rat zu halten. Schade nur, daß den Verehrern Goethes, unter denen gar feine Leute sind, nichts so widerlich ist als ein Genosse wie Gutzkow, als eine Nutzanwendung, wie sie Gutzkow von ihren nicht immer wohlverstandenen, aber doch meistens wohlgemeinten Lehren macht. Sie wissen sehr gut, daß ein *solcher* Freund dem Goethianismus weit mehr Schaden bringen muß, als es der schonungsloseste Feind vermöchte.

Endlich soll der Welt weisgemacht werden, daß die lasterhafte jeune Allemagne, der Wechselbalg, den man uns einpfuschen möchte, das wahre junge Deutschland sei und die öffentliche Meinung in der ganzen deutschen Jugend für sich habe. Daher wurde aufgeboten, was irgend feil war, um geschwind gegen mich zu schreiben und eine künstliche Mehrstimmigkeit hervorzubringen. Ihrer drei sind aufgetreten, drei falsche Groschen aus einer Tasche, einer so gering wie der andere.

Solcher Ausflüchte bedient man sich. Mit solchen Mitteln hofft man meines Schwertes Spitze verrücken, wider den Stachel lecken zu können. Doch umsonst. Ich halte sie auf euch gerichtet so fest und unabwendbar wie euer böses Gewissen selbst. Ich kämpfe für eine gute Sache. Weh euch, die ihr die schlechte führt!

Und es ist nicht meine Sache allein. Alles, was noch Achtung vor Religion und Sitte hat, kehrt sich wider euch. Jetzt hält man euch schon für geschlagen und zweifelt nicht, daß ihr mir gehorchen und euch ganz erstaunlich mäßigen werdet. Solltet ihr aber in eurer bisherigen Weise mit Gotteslästerung und Unzucht fortfahren, so würdet ihr schon sehen, wie weit ihr kämet.

Das junge Deutschland selbst hat in mehreren Blättern schon angefangen, die Unbefugten, die sich zu seinen Repräsentanten aufgeworfen haben, zu desavouieren, und es wird noch ferner geschehen, denn allerdings hat zunächst die jüngere Generation den Schimpf zu rächen, den ihr diese schlechten Vertreter anhängen. Wie die Einsichtsvolleren der deutschen Jugend denken, erhellt z. B. aus folgender Stelle einer jüngst erschienenen Schrift des geistreichen Dr. Kühne (»Eine Quarantaine im Irrenhause«): »Die Ironisten reißen sich los von den Brüsten der Mutter Vernunft; sie glauben, sie sei eine abgelebte Matrone, aber die Mutter ist die ewig alte und die ewig junge, sie ist der ewige Impuls des Lebens selber im Untergang und Aufgang, im Verwelken wie im Blühen. Die Ironisten glauben den Ernst der Vernunft mit Kurzweil zu vertreiben und wissen nicht, daß ihr alle Mächte des Geistes zu Gebote stehen, daß sie sich aller Formen des Lebens wie ein ewiger Proteus selbst bedient, um nichts als sich, sich selbst zu fördern. Eine große allgemeine

Emanzipation der Ignoranten ist in unserer Zeit in Anmarsch, und so scheint es, als beherrsche die Vernunft nicht mehr das ganze Dasein. Aber ihr dient mir alle, sagt die Vernunft, mit Wissen oder ohne Wissen, viele nur verworren, bis ich sie in die Klarheit führe! – Junges Deutschland! Du von dir selber ausdrücklich also benamsetes »junges Deutschland«, dein Leben scheint mir hektisch, eine rapide Schwindsucht! Du bist engatmig, du keuchst. Tanze und rase dich nicht zunichte und zu nichts; deine Galoppade ist weiter nichts als eine Gallomanie. Nimm dich in acht, daß du nicht zu früh alt, in deiner Jugend schon alt wirst und dann nichts mehr jung bleibt als die alte Vernunft, der ewig alte und ewig junge Phönix deutschen Denkens und deutschen Dichtens.«

Dies ist der richtige Standpunkt. Eine Jugend-Literatur, in der nichts von der wahren und ewigen Jugend ist, in der nur altes und fremdes Laster nachkränkelt, verdient diesen ausschließlichen vielverheißenden Ehrennamen nicht.

Junges Deutschland! Weder jung noch deutsch, Greiseskälte im verbrannten Hirn, französisches Gift in allen Adern! Dich sollten wir anerkennen als die Jugend unsers großen, schönen Volkes? Dich? Die Franzosen berauschen sich im Genuß eines giftigen Fliegenschwamms, und nachdem sie ihn ausgesogen haben, erniedrigst du dich, auch im Laster nur Sklave, dir vom schlechten Abwasser des Schwammes einen ähnlichen, nur matteren, nur tierischeren Rausch zu holen. Und dich sollen wir als die freie, unschuldstolze deutsche Jugend mit reiner Stirn und klarem Aug' erkennen? Dich? Nein, hier ist nur ekle, Abscheu erregende Verdorbenheit, auf welche die wahre deutsche Jugend mit Verachtung herabsieht.

Wolfgang Menzel: Unmoralische Literatur

Dieses Buch [Ludolf Wienbarg: »Ästhetische Feldzüge«] erhält erst jetzt Bedeutung, nachdem das Auftreten Gutzkows bewiesen hat, daß die darin ausgesprochenen Ansichten nicht bloß

Grübeleien *eines* verdorbenen Geistes sind, sondern daß es sich in der Tat von einer neuen Sekte handelt, deren Grundsätze weit ausgebreitet werden sollen.

Herr Wienbarg zieht unter dem Vorwand, als ob er für das Schöne fechte, förmlich gegen das Christentum und gegen die Moral zu Felde. Er stellt das Christentum als eine vorübergehende Zeiterscheinung, als ein Produkt des finstern Mittelalters dar, das sich jetzt endlich überlebt habe und längst zum Untergange reif war; denn es stehe den zwei Grundprinzipien des rechten und vernünftigen Lebens, der *Sinnlichkeit* und dem *Verstande*, feindlich entgegen, habe deren Freiheit bisher gehemmt, werde aber nun bald der vereinten Kraft beider Prinzipe erliegen.

»Ebenso gefährlich«, heißt es S. 112, »als die neu erwachende Sinnlichkeit der griechischen Kunst ward der ursprünglichen Anschauungsweise des Christentums der scharfe Verstand, der ungläubige Witz, der scharf die Dinge scheidet, der klar und hell in die Erscheinungen blickt und der fressend, zehrend den Zauber, der ihn fangen will, durchschneidet. Und so sieht sich dasselbe von zwei Richtungen in die Mitte genommen, von der Sinnlichkeit und vom Verstande, und es gärt wieder wie ehemals in einem neuen geschichtlichen Prozesse, und jeder von uns fühlt sich mitbegriffen, bewegt und erschüttert im Weben der Zeit und sucht der Richtung zu folgen, welche sich am herrschendsten in ihm geltend macht. Ohne Zweifel wird sich aus diesem Kampf eine neue ästhetische Anschauungsweise entwickeln und damit eine Umgestaltung der Dinge, welche eine neue Kunst, eine neue Poesie, ein neues Leben herbeiführen wird.«

Hier wird also angenommen, das Christentum sei vollkommen im Unrecht, die Sinnlichkeit aber und der ungläubige Witz im Recht. Herr Wienbarg geht noch weiter. Er stellt das Christentum als das Reich der Finsternis und *seine* sinnliche Religion als das Reich des Lichtes dar, das herrlich hereinbrechen werde. »Es verharrt die Zeit so lang im Verpuppungszustande, bis ihr unter der Decke die Flügel ausgewachsen sind, sie dehnt sich, lockert sich, erwartet den Augenblick – dann kostet es nur einen Sonnenstrahl, vielleicht den ersten nach schwerem Gewitter, und gesprengt ist der alte Leib, und die Psyche der Menschheit atmet wieder die Freiheit ein. In solch verpupptem Zustande erscheint uns die Gegenwart. Sie trägt noch die Larve der alten Zeit, die häßliche, runzligte Larve, und das Leben, das sich im Innern entfaltet, ist nur noch ein hüpfender Punkt, ist noch gemischt aus Seufzern der Hoffnung und Seufzern des Schmerzes. Aber es ist ein neues Leben, so gewiß und wahrhaftig, als das alte tot ist und nur noch mit gespenstischer Hülle das junge drückt, verschließt und beängstigt. Täuschen wir uns nicht, vieles scheint noch lebendig, weil es leibhaft vor uns steht. Groß ist die Macht, die im Schein des Sichtbaren liegt, tiefgewurzelt die gläubige Gewohnheit, hinter dem Sichtbaren das Unsichtbare vorauszusetzen. Nur mehr, unendlich mehr, wir selbst sind die Träger der abgestorbenen Zeit, wir selbst sind verhüllt von Kopf bis zu Füßen, sprechen und handeln im Charakter unserer Maske, bewußtlos wie die Menge, mit Bewußtsein wie viele. Nur wenige haben die Aufrichtigkeit, mit dem Finger auf ihre Maske hinzudeuten, noch wenigere den Mut, sie sich und andern vom Antlitz zu reißen.«

Also das ganze Christentum ist nur eine Maske, ist nicht etwas, das mit den innersten Bedürfnissen des Herzens, mit den edelsten Trieben der Ehre zusammenhängt, sondern ein dummer Zwang, von außen aufgedrungen. Herr Wienbarg macht der Menschheit die große Schmeichelei: Ihr seid alle, alle innerlich so beschaffen wie ich. Aber die Menschheit wird erröten vor Scham und Zorn. Das wurde ihr doch noch nie geboten, daß man so schlechtweg alles Edle in ihr leugnete.

Herr Wienbarg stellt unsern ehrlichen, derben, aber gewiß durch und durch christlichen und sittlichen Luther als einen Ritter dar, welcher den alten Drachen (das Christentum) bloß bekämpft habe, um die gefangene schöne Prinzessin *Sinnlichkeit* zu befreien. »Eine unendliche Masse von Licht hat sich über Europa ausgegossen und Luther Flammen aus Licht gezaubert und verzehrend die alten Heiligtümer angetastet. Der Sohn dieses Lichts und dieser Flamme, der Verstand, errang die Herrschaft und hat sie von Tage zu Tage mehr ausgebreitet. Man legte Bänder um ihn her, aber er schlüpfte hindurch wie eine Sylphe, man wollte ihn gewaltsam greifen und halten, aber er zerrann in den Händen seiner Feinde und spottete ihres nichtigen Beginnens. Er war es auch, der die Riegel wegschob vor der eingekerkerten Sinnlichkeit und nun im Verein mit der sinnlichen Kraft offen die Spitze bot und die Französische Revolution zustande brachte. Verstand und Sinnlichkeit habe ich schon in voriger Stunde als derjenigen Kräfte gedacht, welche die entschiedenste Richtung gegen die Anschauungsweise der alten Zeit eingeschlagen. Unzweifelhaft sind es die beiden Elemente, auf deren harmonischer Vereinigung die Form der neuen Anschauungsweise beruhen wird.« Doch blickt überall hervor, daß der *Verstand bloß Mittel* sein soll, *die Sinnlichkeit aber der Zweck.* Luther war nur Mittel, erst Goethe führte zum Zweck. »Nicht nur poetische, sondern historische Bedeutsamkeit hat die Sage vom Faustus, der seine Bücher an die Wand wirft und im Überdruß nichtiger Weisheit sich in das bunte Leben stürzt, um sein verwelktes Herz wieder mit den Strömen der Liebe und des Hasses aufzufrischen. Daß diese deutsche Volkssage mit der Erfindung der Buchdruckerkunst koinzidiert, ja, daß sie sogar den Erfinder uns als Faustus vorstellt, ist tief und charakteristisch. Kein Dichter hat die ganze Tiefe dieses ernsthaften Märchens so geistreich nachempfunden als der große Goethe, der im Faust niemand anders als sich selbst und den Drang der neuen Zeit geschildert hat. Freilich stammt das Märchen noch aus einer Zeit, wo *das Recht des Sinnlichen geltend zu machen gegen die Anmaßungen des Spiritualismus* als ein schwarzes Verbrechen erschien, woher denn auch der Faustus nach der Sage von Gott abfällt und einen Bund mit dem Bösen schließt – einen volkstümlichen Zug, den Goethe als Dichter wiederaufzunehmen nicht versäumte. Das hat, sagt ein bekannter Schriftsteller, das hat nun das deutsche Volk längst geahnt, daß die Menschen nicht bloß zu einem himmlischen, sondern auch zu einem irdischen Glück berufen sind; denn das deutsche Volk ist selbst jener gelehrte Doktor Faust, der nach materiellen Genüssen verlangt und dem *Fleische* seine Rechte wiedergibt – doch noch befangen in der katholischen Symbolik, wo Gott als der Repräsentant des Geistes und der Teufel als der Repräsentant des

Fleisches gilt, bezeichnete man jene Rehabilitation des Fleisches als einen Abfall von Gott, als ein Bündnis mit dem Teufel.«
So wird also die Restauration des *Fleisches* unverhohlen als das höchste Ziel der Reformation und aller Emanzipationen neuerer Zeit dargestellt, als das Ideal, das zu erkämpfen alle edlen Geister gerungen und Völkermassen geblutet haben. Luther stand auf dem Reichstag zu Worms in seiner heiligen Kraft, nur um den Lingamdienst des Herrn Wienbarg in Deutschland einzuführen. Gutenberg und Faust erfanden die Buchdruckerkunst, nur um die priapischen Romane des Herrn Gutzkow zu drucken, und selbst Goethe schweifte nur ins Gebiet der Unsittlichkeit, um dem Herrn Wienbarg daselbst seinen Thron zu bereiten, gleichsam als Vorläufer, als Johannes Baptista des neuen Messias der Unzucht.
Die Reformation war eine rein *moralische* Opposition. Schon die Katharer, Albigenser, Waldenser wie später die Hussiten und Lutheraner drangen auf Wiederherstellung des einfachen, sittlichen Urchristentums und auf Vertreibung der Unsittlichkeit aus der entweihten Kirche. Dies war allen Reformationsparteien gemeinsam, wie sie auch sonst in intellektueller Beziehung voneinander abwichen. Alle wollten die römische Babel, den Lasterpfuhl zerstören und im Christentum die Moral herstellen. Indem Wienbarg diese Reinen und Edeln, die zahllosen Märtyrer der christlichen Moral so darstellt, als seien sie nur *seine* Vorläufer, *seine* Parteigänger, als sei ihr Ziel nur die Restauration der Sinnlichkeit gewesen, übertrifft er alles, was die deutsche Literatur bisher an Frechheit aufzuweisen hatte.
Auch Goethe muß ich hier rechtfertigen. Das war Goethes Meinung nicht, daß *solches* Volk in seinem Reiche nach ihm herrschen solle. Er ging vom Standpunkt des Schönen aus, und wenn er davon aus das Unsittliche leider oft genug beschönigt hat, so war es ihm doch nur Nebensache, Schönheit die Hauptsache. Er sah nicht darauf, ob etwas unsittlich sei, wenn es ihm nur schön dünkte. Wienbarg macht es aber gerade umgekehrt. Ihm ist es bloß um die Herrschaft des Fleisches zu tun, und das Schöne dient ihm dabei nur zum Vorwand, zum Köder.
Deshalb hebt auch Wienbarg an Goethe nicht dessen Abge-

schlossenheit im poetischen Zaubergarten, nicht dessen süßes Schwelgen in den um ihn duftenden Blumen, sondern etwas hervor, woran Goethe nie gedacht hat. Goethe wollte nur *sich* frei machen von allen ihn störenden, ihm widerlichen Eindrücken, weiter gar nichts. Aber Wienbarg behauptet, Goethe habe ganz Deutschland befreien wollen vom Christentum. Er nennt ihn ausdrücklich den Befreier Deutschlands und bezeichnet das als das Wichtigste an ihm, daß er die Restauration des Fleisches vorbereitet habe.

Er sagt: »Welches auch der Grund war, warum Goethe sich von den äußern Bewegungen der Zeit zurückzog und das Verdammungsurteil über sie aussprach, es wäre eine wahre und begründete Impietät, seiner Asche das Verdienst zu entziehen, die sterblichen Atome des größten Deutschen, des *geistigen Befreiers* der Deutschen zu befassen. Es ist wahr, Goethe war ein Aristokrat in der Politik, ein Verehrer des Hof- und Fürstenwesens, ein Panegyrist der angestammten Macht, ein Protektor der leidlichen Mißbräuche, bei denen es sich immer noch ziemlich behaglich leben läßt, ein Freund des Manierlichen und äußerlich Distinguierten, ein strenger Verteidiger des äußern Unterschiedes der Stände, des Herkömmlichen, Anstandsvollen; aber in dieser Charakteristik Goethes liegt so wenig Charakteristisches für sein Genie, daß es auf jeden Kammerherrn und Hofmarschall im deutschen Reiche paßt. Derselbe politische Aristokrat, dieser Mann, der das große geschichtliche Element der Völker von einem so kleinen höfischen Standpunkt betrachtete, übersah das religiöse, sittliche und wissenschaftliche Leben mit den Blicken eines Adlers und vom Standpunkte einer Zeit, den Gott weiß welche Generation unserer Urenkel erst mühsam erklettern wird. Goethe war der Luther seines Jahrhunderts, dessen Bibel die Natur und dessen Schüler und Anhänger die Jahrhunderte selbst sind, die nach ihm kommen.«

Nachdem nicht nur Goethe, sondern, wie wir sahen, sogar auch Luther gegen das Christentum hat zeugen müssen und Herr Wienbarg dieses abgeschmackte Christentum kurz und klein gebrochen zu haben glaubt und beiseite wirft, geht er zur Moral ausschließlich über und sagt, daß auch diese dummes Zeug sei, daß man zu allen Zeiten und in allen Ländern eine andere Moral, d. h. ein anderes Vorurteil gehabt habe und daß die heutige Moral nur noch eine Schulsache, nichts mehr fürs Leben sei. Wenn man etwas Moral nennen und zum Gesetz erheben wolle, so müsse das etwas ganz anderes sein, nämlich die *unbeschränkte Geltendmachung des Egoismus* auf Kosten anderer, die durch alles hindurchbrechende *Genußsucht, die sich nur dann einen Vorwurf zu machen hat, wenn ihr etwas mißlingt.* Diese Lehre ist unzweideutig in folgenden, wenn auch etwas geschraubten Sätzen ausgesprochen: »Eine männlichere und edlere Moral wird sich herbilden aus dem Schoße der Zeit, eine Moral, die dem neuen Zeitalter so innig angehören wird wie die christkatholische dem Mittelalter. Jene hab' ich im Sinn, wenn ich behaupte, die echte Moral müsse mitten in das Gebiet der Ästhetik verpflanzt werden. Wohin sich die heutige akademische stellt und wo sie am Ende bleibt, kann uns gleichgültig sein. Mitten in der Ästhetik wird die Moral ihren Platz haben, wenn die Zeit erlaubt, die eine wie die andere in ihren lebendig geschichtlichen Zügen aufzustellen; denn aus einem Grundgefühl müssen beide entsprießen, ein Geist muß sie beide beseelen, eine Tat muß sie beide vereinigen. Es gibt vielerlei schöne Künste – die Kunst, sein eignes Leben zu gestalten und ihm eine würdige, zeitentsprechende Form zu geben, die Moral wird eine derselben und zwar die schönste und edelste von allen. Man werfe mir nicht entgegen, daß der Meister der Lebekunst, der Bildner seiner eigenen Persönlichkeit schon deswegen himmelweit vom Bildner einer Statue, vom Verfertiger eines Gemäldes verschieden sei, daß jenem eine moralische Gottheit, ein Gewissen, das ihn lohne und strafe, im Herzen throne, während dieser ohne moralisches Gewissen zu Werke gehe: dann kennt ihr den Genius des Künstlers schlecht, wenn ihr glaubt, er arbeite gewissenlos, er fühle nicht den warmen, lohnenden Kuß der Göttin, wenn ihm ein Meißelschlag, ein Pinselzug unter den Händen gelungen, oder nicht den kalten, schneidenden Blick des Tadels, wenn ihm durch Leichtsinn, Unvorsichtigkeit das ganze Werk oder ein Teil desselben mißlungen ist.« Nur auf das Mißlingen kommt es also an, wenn etwas unmoralisch sein soll. Wenn der Mensch als sein eigner

Lebenskünstler kein anderes Moralgebot anzuerkennen hat als sein eignes Urteil, ob ihm das, was er mit sich will, gelungen sei oder nicht; und wenn das höchste Ideal dieser Lebenskunst, die schöne Tat, wieder nichts anderes als die unbeschränkteste Äußerung der Sinnlichkeit ist, so ziehe sich jeder selbst den Schluß.

Auch *Gutzkow* sagt in der »Wally« gradezu, *alle* Religion sei nur eine Polizeianstalt, um die Menschen in der Dummheit zu erhalten. »Gott duldete es, daß der Glaube an ihn die Tagesordnung der Geschichte wurde; er duldete es, daß noch heute der Atheismus wie das größte Verbrechen von den Völkern behandelt wird. Nun, ich *denke* an Gott, aber warum gab er uns nicht die Fähigkeit, ihn begreifen zu können? Alle Nationen kommen darin überein, daß man von Gott *nichts* wissen könne. Dann weiß ich auch nicht, *warum* sie an ihn *glauben*? Oder es darf mich niemand tadeln, wenn ich denke, die Existenz Gottes anzunehmen war eine ganz *äußerliche, politische und polizeiliche* Übereinkunft der Völker.«

Sucht Herr Gutzkow alle Religion verächtlich zu machen, so insbesondere die christliche, die er mit nicht geringerem Hasse verfolgt als der Rabbi, der das Buch Toledod Jeschu geschrieben hat. Er sagt wörtlich: »Die Offenbarung ist eine Verfälschung der Natur und der Geschichte – *Kriminalistisch strafbar sind die Dogmen von der Offenbarung und Inspiration.*«

Weiter wird gesagt: gesetzt auch, es gäbe einen Gott, so sei doch das Christentum, die Verheißung und Lehre Jesu »einer wahren Idee Gottes gänzlich *unwürdig*«. Jesus wird als ein verächtlicher Tor hingestellt. »Er fiel als ein Opfer seiner *falschen Berechnung* und *innerlichen Unklarheit.* Er hatte dem trägen Volke Energie zugetraut: Es verließ ihn wie Th. Müntzern, als er keine Wunder tun konnte, wie zahllose Revolutionäre alter und neuer Zeit, da sie die Hülfe nicht brachten, die sie versprachen.« Die Apostel werden gradezu *Ochsen und Esel* genannt: »Dies scheint fest, daß die Apostel [Menschen] von borniertem Verstande waren, daß sie überhaupt viel Ähnlichkeit mit unsern Theologen hatten und daß es zuletzt nicht ohne typische Vorbedeutung war, wenn neben der Krippe Jesu gleich ein Ochs und Esel standen.«

An die Stelle des Christentums will auch er, wie Wienbarg jetzt die Sinnlichkeit, die Herrschaft des Fleisches setzen, daher die Ehe aufheben, die Weiber alle gemein machen, wie ich im vorigen Blatte gezeigt habe.

Die Erscheinung solcher Bücher möge den Unwillen rechtfertigen, mit dem ich gegen das junge Volk aufgetreten bin. Unkundige mögen hieraus erkennen, *wie weit* diese neue Schule der frechsten Unzucht, des unerlaubtesten Frevels gegen alles Heilige bereits gegangen ist. Unkundige mögen hieraus den Schluß ziehen, was ferner geschehen würde, wenn man diese Schule sich ausbreiten ließe.

Ich weiß zwar wohl, daß es einigen sichern Leuten lächerlich scheint, solche tolle Phantasien einiger wenigen verirrten Jünglinge für ernstlich gefährlich zu halten; ich weiß, daß ihr Krieg gegen das Christentum, gegen die Moral, gegen die Ehe vorderhand nicht mehr bedeutet, als wenn eine junge Eulenbrut Krieg führen wollte mit der alten Sonne. Allein aus einem Funken kann ein Brand werden. Die Leute haben zu viel Lärm gemacht, zu laut geprahlt, zu unverschämt die Leitung der deutschen Jugend usurpiert, als daß man sie ingnorieren könnte. Rühmen sie sich nicht selbst, daß sie alle einflußreichen Organe in Berlin, Leipzig und was weiß ich noch bereits für sich gewonnen hätten? Gewiß, sie selber würden es ungemein übelnehmen, wenn man sie *nur* lächerlich, wenn man sie nicht auch ein wenig gefährlich finden wollte. Es wäre grausam, wenn man sie im Grunde für nicht so mächtig hielte, als sie sich gehalten wissen wollen. Nein, man muß, wenn sie die Teufelsmasken vornehmen, schon so höflich sein und an den Teufel glauben.

Sie beabsichtigen, sich zunächst als eine kritische Macht zu konstituieren und die gesamte deutsche Literatur von ihrer angekündigten Revue aus zu beherrschen. Wie werden wohl solche Leute mit solchen Grundsätzen von den Arbeiten der deutschen Gelehrten- und Dichterwelt denken?

Über dem neuen literarischen Schöppenstuhl, den sie in Frankfurt errichten wollen, thront statt der Gerechtigkeit die *Venus vulgivaga.* Wehe dem, der mit irgendeiner Tugend in der Literatur glänzt. Nie werden die Menschen, die an keine unsichtbare Welt hinter der sichtbaren, die an keinen Gott glauben, denen die Religion nur als eine Maske erscheint, als ein erheuchelter Spiritualismus, die nur an das *Fleisch* glauben, nie werden diese Priester des Schmutzes es irgendeinem Schriftsteller verzeihen, daß er reiner ist als sie.

Überdies hat Herr Gutzkow in seiner sogenannten »Verteidigung« ausdrücklich erklärt, man müsse nicht über Sachen, nur über Personen urteilen, nicht wissenschaftliche Disziplinen analysieren, nur literarische Individualitäten charakterisieren. Ihr armen Individualitäten! Jetzt wird die Porträtmalerei, von der Gutzkow schon so artige Proben abgelegt hat, erst recht gedeihen, jetzt wird es nur noch darauf ankommen, ob einer bucklicht oder lahm ist, eine lange oder kurze Nase, eine hagere oder dicke Frau hat. Und seid ihr etwa daneben gute Christen, gute Hausväter, gute Bürger, habt ihr eine sittsame Tochter, die ihr nicht, wie in der »Wally« als allgemein einzuführendes Gesetz vorgeschlagen wird, eher zur Mutter als Frau wollt machen lassen, so seid ihr verloren. Die Revue leidet solche abgeschmackte Philistertugenden nicht.

Doch ich will die Ärgernisse, die unsern Schriftstellern durch eine solche Kritik bereitet werden würden, nicht hoch anschlagen. Wichtiger scheint mir der schlimme Einfluß, den diese Menschen jenseits der Literatur, im Volk überhaupt, zu gewinnen trachten. Kann man es in *dieser* Zeit so gleichgültig ansehen, daß sie uns das *Franzosentum* in Worten und Werken predigen? Alle ihre Gedanken und Redensarten entlehnen sie von dort, und mit der nachgetölpelten Miene junger Pariser Stutzer affektieren sie ein *deutsches Frankreich*. Unter der Maske des Weltbürgertums verhöhnen sie alles, was in unsrer an Vaterlandsliebe ohnehin nicht reichen Zeit noch an der deutschen Nationalität hängt, nennen jeden Ehrenmann, der nicht wie sie franzosenvoll und franzosentoll ist, einen Philister und spotten über das Gefühl der Nationalehre, über den Patriotismus als über einen tierischen Trieb des Blutes. Das wird den Franzosen trefflich zustatten kommen, wenn solche Gesinnungen am Rhein Wurzel fassen sollten, und wir dürfen wohl der Stadt Frankfurt ein Kompliment machen, daß sie gleichsam als die Wiege Deutschlands auserlesen worden ist, diesen französischen Wechselbalg großzuziehen.

Unter der Maske des französischen Republikanismus schwärzt diese neue Frankfurter Läster- und Lasterschule eine furchtbare Unzucht ein. Das Fleisch, die freie Sinnlichkeit, die Aufhebung der Ehe sind ihre Schlagwörter, und sie schreiben nicht nur selbst obszöne Bücher, sondern wärmen auch die alten wieder auf. Vor wenig Tagen wurde hier in Stuttgart auf Herrn Gutzkows neueste Empfehlung die »Luzinde« nachgedruckt. Der Heißhunger des Buchhandels nimmt zu und mit ihm die Delikatesse ab. Ich würde mich nicht wundern, wenn neben den soliden und anständigen Buchhandlungen Deutschlands bald ganze *Fabriken unzüchtiger Schriften* entstünden. Man darf nur fortfahren, recht laut zu schreien, daß die Immoralität aufgehört habe, von den »ersten Nobilitäten Deutschlands« verdammt zu werden, daß diese alte Pedanterie jetzt gänzlich abgekommen sei.

Endlich, wer die Ereignisse in der Welt in einigem Zusammenhange zu sehen gewohnt ist, sollte der nicht ein wenig aufmerksam werden, wenn er in die gärenden Elemente der Zeit ein bisher noch fehlendes sich einmischen sieht, was zu allen Zeiten, wenn es erschien, für eine schlimme Vorbedeutung galt. Dies ist die soziale Immoralität, wenn sie anfängt, edlere politische Leidenschaften zu vergiften, der dunkle Schmutz, der sich an derselben Stelle hervordrängt, wo kurz vorher noch eine reine Begeisterung schimmerte. Es ist nur ein Symptom, aber glaubt ihr nicht, daß Herr Gutzkow nicht ganz unrecht hat, wenn er sich auf Rousseau stützt und behauptet, zwischen dem, was er heute in betreff der Weibergemeinschaft unzüchtig phantasiert, und dem, was vielleicht einmal in einer Periode allgemeiner Anarchie könne wirklich werden, bestehe ein innerer wohlverstandener Zusammenhang? Der Sache der zeitgemäßen Reformen kann nicht schlimmer geschadet werden als durch solche literarische Freibeuter, die alle Repräsentanten einer vernünftigen und sittlichen Freiheit als dumme Gemäßigte und Pedanten verhöhnen und sich selbst für die alleinigen Propheten der Freiheit ausgeben, einer Freiheit, die nichts als Unzucht ist und bei der ihre Verkündiger selbst nur an die Befriedigung ihrer persönlichen Lüste denken.

Man schließt sich zum Teil an St. Simon an, man verkündigt einen noch ausschweifenderen Republikanismus ohne Tugend, eine Hetärenrepublik im größten Stil. Das alles ist sehr lächerlich, aber es hat Zusammenhang mit andern Zeiterscheinungen.
Ich will nun die schmutzigen Kleider des Wienbarg-Gutzkowschen Geistes sowohl den Konservativen unter die Augen halten als den Liberalen und einen jeden fragen: Seht, ob dies eures Sohnes Rock ist? Die Konservativen werden sagen: Ja, solche Menschen helfen uns eigentlich, denn sie entehren den Liberalismus, aber wir schämen uns ihrer. Die Liberalen werden sagen: Ja, diese Menschen stellen sich zwar liberal, aber sie entehren uns. Noch ist es nicht so weit gekommen, daß der Meinungsstreit untergehn müßte in der persönlichen Immoralität aller, aber die Geschichte kennt Fälle, in denen es so weit kam, und unsre beiden Tugendhelden in Frankfurt zeigen uns den Weg dazu.
Heute gehören diese Grundsätze noch den engern aristokratischen Kreisen der Literatur an. Ihre Verkündiger machen Anspruch auf eine superfeine Ästhetik und wollen als die echten Jünger Goethes gelten. Aber schon der Umstand, daß dieselben Leute zugleich Republikaner, deutsche St. Simonianer, Reformatoren der Ehe etc. sein wollen, beweist uns, in welcher Richtung ihre Grundsätze, wenn sie sich in Deutschland fixieren könnten, tiefer ins Volk hinabsteigen würden. Mit diesen paar Phantasten dürft ihr wohl fertig zu werden hoffen. Aber sie werden im Schoße des Pöbels Nachahmer von etwas rauherer Natur finden, deren Wirksamkeit der vornehmen Aufsicht entgehn dürfte. Heute habt ihr es nur mit aristokratischen Wildfängen, morgen vielleicht habt ihr es mit der Volkshefe zu tun, in welcher die Gemeinheit, die von oben kommt, immer fruchtbaren Schlamm findet. Das sittliche Bürgertum, an dem die ästhetischen Laster der höhern Gesellschaft kaum bemerkt vorübergleiten, wird erst durch den Übergang dieser Laster in die anarchischen Elemente der untersten Gesellschaft untergraben. Wenn die Aristokratie der Bildung *ihren* Pöbel emporkommen läßt, so sieht leider bald das Volk auch *seinen* Pöbel in den abgetragenen Kleidern jenes vornehmen Pöbels stolzieren, und dann ist es zu spät, sich über

die Nachlässigkeit zu beklagen, mit der man den erstern gewähren ließ.
Oder auf wen sind denn diese Lehren der Herren Wienbarg und Gutzkow – daß es keine unsichtbare Welt jenseits der sichtbaren gäbe; daß es viel besser um die Menschheit stünde, wenn man nie einen Gott geglaubt hätte; daß das Christentum ein finsterer Spiritualismus, eine Heuchelei, eine Polizeianstalt zur Unterdrückung der angebornen Freiheit sei, daß man diese Fesseln zerbrechen und mit dem Christentum zugleich die Moral stürzen müsse; daß die Ehe aufgehoben, daß alle Weiber gemein sein, daß die Sinnlichkeit ausschließlich herrschen, daß das Fleisch zügellos walten, daß man künftig sich über nichts mehr schämen solle als über die Scham selbst und daß jeder nur nach dem höchsten *irdischen* Glück und Genuß zu trachten habe, da es nichts Überirdisches gäbe – auf wen, frage ich, sind diese Lehren, die alle wörtlich so von Wienbarg und Gutzkow verkündigt wurden, eigentlich berechnet als auf die Vagabunden der letzten Kategorie? Wem schmeicheln diese Lehren als der Bestialität und Raublust, die in den Höhlen der Verworfenheit, im Schmutz und Branntwein der großen Haupt- und Fabrikstädte noch schlummern, aber leicht zu wecken sind? Das gereifteste Volk der Erde kämpft gegenwärtig mit rühmlichem Eifer gegen die Unsittlichkeit der Armut. In England weiß man, daß die Erhaltung eines gesetzlichen Zustandes, daß die Sicherung aller Früchte einer wohlverstandenen Freiheit von der Bewahrung der Moralität abhängt. Und bei uns in Deutschland sollten Schriftsteller, Leute des Standes, der den andern an Bildung vorangeschritten ist, diese höhere Bildung nur benutzen, um den Massen ein Gift der Immoralität, ein Feuer verzehrender Begierden einzuimpfen, das sie in ihrer Ehrlichkeit noch nicht kennen?
Noch eins zum Schluß. Ich möchte wohl wissen, was sich die Judenschaft bei der etwas delikaten Frage ihrer Emanzipation von solchen literarischen Lakaien für Vorteile verspricht, da man überall hören muß, das sogenannte junge Deutschland sei eigentlich ein junges Palästina, und da von der öffentlichen Meinung alles Widerliche, was in der grenzenlosen Zudringlichkeit, in der Franzosensucht, in dem tückisch ohnmächtigen

Deutschen- und Christenhaß der neuen Frankfurter Propaganda liegt, bereits allgemein dem Judaismus zur Last gelegt wird. Ich habe ein Recht, diese schädliche Diversion, die dem guten Erfolg der Bemühungen redlicher Männer für die Emanzipation der Juden auf solche Weise gemacht wird, zu beklagen, da es niemand unbekannt ist, mit wieviel Wärme ich mich immer jener Emanzipation angenommen habe.

Karl Gutzkow/Ludolf Wienbarg: Erklärung

Die Unterzeichneten können nicht so grausam sein, von Hrn. *Menzel* in Stuttgart, einem Manne, der sich nur noch durch verzweifelte Konsequenz erhält, die plötzliche Zurücknahme seiner ästhetischen, politischen, historischen und religiösen Irrtümer zu verlangen. Noch einige Frist gestatten sie ihm, um seine früher gegen sie vorgebrachten Motive zu paraphrasieren. Lächelnd sehen sie zu, wie Hr. Menzel sich selbst als »dem alten bewährten Kämpfer« vertraulich auf die Schultern klopft, wie er durch Erwähnung des Dr. *Kühne* Zwiespalt in unsere Reihen bringen will und sich auf Schriften beruft, welche nur in unserm Interesse geschrieben sind. Worauf wir allein antworten, ist die Verunglimpfung eines unter dem Namen: *Deutsche Revue* demnächst erscheinenden Journals, welches, wenn man Menzels Rodomontaden glauben dürfte, ohne anderweitige literarische Beihülfe bleiben würde, weil es von den Unterzeichneten ausging. Wenn wir die empfangene Zusage der Herren *Börne, Heine, Laube, Mundt, Veit, Varnhagen von Ense, Grabbe, Spazier, König, Kottenkamp, Lewald, Kolloff, Zimmermann, Beurmann, G. Büchner* und *W. Schulz* erwähnen, wenn auch Universitätsprofessoren wie *Gans, Hotho, Schwenck, Ulrici, Rosenkranz, Fortlage, Bobrik, Trendelenburg* teilzunehmen versprochen haben, so wird sich Hr. Menzel eine Vorstellung von dem Erfolge machen können, den wir troz seiner Angriffe in der öffentlichen Meinung gewinnen werden. *Gutzkow. Wienbarg.*

Heinrich Leo an Menzel am 29. Oktober 1835 aus Halle

Gutzkow-Nachlaß in der Stadt- und Universitätsbibliothek Frankfurt a. M., Nr. 35, 299.

Verzeihe, teuerster Menzel, wenn ich Deine Zeit auf zwei Minuten in Anspruch nehme – hätte ich Dir bloß zu sagen, wie in Halle kein Mensch ist, der einen Funken Ehre und Sitte im Herzen hat und dabei sich für literarische Dinge interessiert, der sich nicht freute an Deinem Streite gegen das Sudelpack von jungem Deutschland, so erhieltst Du diese Zeilen nicht, so sehr es mich drängte, Dir das zu sagen, denn Du kannst Dir's ja ebensogut von Halle und von ganz Deutschland denken.
Aber da haben diese literarischen Mistfinken in ein Blatt der »Allgemeinen Zeitung« Namen von solchen einrücken lassen, die an ihrem Tun teilnehmen, und darunter auch den Namen eines der jüngeren hiesigen Professoren, Ulricis. Du kannst nicht glauben, wie weh es allen tat, und er selbst war wie vom Donner gerührt, sich in dem Munde dieser Leute öffentlich führen zu sehen. Auf Befragung erklärte sich die Sache sofort, daß er die Leute gar nicht kennt außer Gutzkow durch Deine früheren rühmenden Artikel – daß Gutzkow ihm eine jener unzähligen Aufforderungen zugesandt zur Mitarbeit an dem großen Journal und daß er, ohne von der Lucindenvorrede und »Wally« noch etwas zu wissen, nicht gradezu ablehnend, aber doch nur in der Art freundlich geantwortet hat, wie man Leuten antwortet, mit denen man sich weder im guten noch im bösen einlassen, um die man sich herumdrücken will. Er wird also gegen seine namentliche Aufführung als Mitarbeiter sofort eine Protestation an die »Allgem. Zeitung« schicken, und da mir unsere Universität so lange einen Makel zu haben scheint, bis diese Protestation abgedruckt ist, eile ich in Vertrauen auf alte Bekanntschaft – mag auch manche abweichende Tendenz und Ansicht nach anderen Seiten vielleicht zwischen uns liegen –, Dir selbst Nachricht zu geben. – Auch Rosenkranz ist sicher nur auf dieselbe Weise in die Genossenschaft dieses Berliner Bedientenjungen gekommen, und da ich Rosenkranz doch zu hoch halte, als daß ich ihn so in den Dreck treten lassen möchte, geht sofort mit diesem Briefe ein

anderer nach Königsberg auf die Post, ihn, wenn nur ein Funken Ehre bei ihm wohne, zu beschwören, daß er so energisch wie möglich gegen die Kerle protestiere.

Was in Deutschland eine Zunge und eine Feder rühren kann, muß Dir, jeder in seinem kleinen Kreise, die Lästerbrut in den Kot treten helfen; Du hast Dich im ganzen vor den Riß gestellt, und Du wirst Dich in diesem Fall in dem Gefühl der Nation nicht geirrt haben, haue tapfer darauf – wenn's gilt, schlägt alles mit zu, wenigstens solange er eine Hand rühren kann.

Halle, den 29ten Okt. 1835 Dein sich herzlich an Dir freuender treuergebenster H. *Leo*

Dr. Sobernheim: Wolfgang Menzel, Karl Gutzkow und das junge Deutschland. Ein Nachtrag zu Plutarchs »Parallelen«

»Der Knabe *Karl* fängt an, mir fürchterlich zu werden.«
Menzel.

Kaum hatte Hr. Karl Gutzkow sein Triennium beendigt, so hielt er sich für überflüssig befähigt, die uninteressante Funktion des literarischen Samson zu übernehmen und die *kritische* Guillotine von dem rebenbekränzten Stuttgart nach den zahmen Ufern der Spree zu verpflanzen. Er verschrieb sie sich mit der Schnellpost von Menzel, dem er den Rang des Vaters zugestand, sich selbst für den Sohn haltend; einigen Geist hoffte er schon noch zu erwischen.

Sie langte an, die Kopfabschneiderin, sorgfältig und mit väterlicher Zärtlichkeit in Baumwolle gehüllt, funkelneu, haarscharf, noch mit dem Myrtenkranze auf dem jungfräulichen Haupte; auf der schmalen Stirn aber waren die Worte eingeätzt: »*Vorwärts, mein Junge.*« Von diesem Augenblick opferte er, wie er selbst mit arroganter Bescheidenheit gesteht, »mit der Begeisterung eines Sekundaners« auf den Altären des Menzeltums.

Es gab in dieser Gutzkowschen Sturm-, Kraft- und Drangperi-

ode für ihn nur *einen* Gott auf dem papierenen Throne der deutschen Literatur, und dieser frühstückte in Stuttgart! . . .
Jetzt atmete er mit Menzellungen, sah mit Menzelaugen, begriff mit Menzelschen Tastorganen und schrieb mit ungezogenen Menzelfedern.
Der Menzel-Sohn war nun nach dem Urbilde des Vaters geschnitten. Er kreierte sich deshalb vermöge seiner schöpferischen Gewalt an einem regnigen Mittwoche zum *Journalisten.*
Sein Blatt aber taufte er »*Forum der Kritik*«, welches anfangs noch im demütigen Gewande, den klanglosen Namen des Herausgebers, wo es nur irgend ohne große Störung anging, mit Kursivschrift hervorgehoben, bei dem Buchhändler Logier in Berlin allmonatlich mit lästiger Fruchtbarkeit erschien.
Auf diesem kritischen Markte ging es bunt her. Alles war nach dem Urtypus des *Vaters* gezimmert. Die burschikose Abfertigung der vier Fakultätswissenschaften, die kritische Revision der Tagesliteratur, die wortschäumenden und gedankenknickerigen Einleitungen, die deutlichsten Merkmale der Klasse der Wiederkäuer an sich tragend, und das schamlose Kokettieren mit dem schon damals in Dekadenz stehenden Menzeltume verrieten den gelehrigen Jünger und hoffnungsvollen Sohn.
Unser kleiner Berliner *St. Just* machte nun als Vorredner des Menzelschen Terrorismus ganz herrliche Kapriolen, hieb rechts und links, wahrscheinlich gleichfalls mit der »Begeisterung eines Sekundaners« um sich, indem er den Geopferten mitleidig zurief: »Una salus miseris – nullam sperare salutem«, griff ehrenwerte Autoritäten mit einer nichts zu verlierenden Keckheit an und tat dieses alles mit einer Sündflut von Worten, mit einem *Plataiasmos*, daß er ganz eigentlich dieses letztern Prädikats wegen *Plato* genannt werden konnte.
Bei Menzel-Vater angelangt, fing er jedoch an zu singen:

»Arma virumque cano«

und sang so fort ein ganzes Monatsheft und wieder eins und noch ein halbes, daß der Stuttgarter, falls er diese Ehre nicht direkt ablehnt, in diesen 2½ kritischen Marktheften seinen Homer an der Spree ohne Honorar gefunden haben dürfte.

Diese rohempirische Menzel-Idolanterie, dieser marktschreierische Fetischismus, aus welchem die eigene Vergötterung und ein leider nur zu bald befriedigter Ehrgeiz ziemlich plump und mit widrigen Mienen hervorblitzten, mußten jedem die Augen öffnen und deutlich zeigen, um was es sich hier eigentlich handle. – Nur *Menzel* sah nichts – oder wollte nichts sehen! . . .

An der Charlotten- und Jägerstraßenecke steht ein unansehnliches, grau in grau gekleidetes, einstöckiges, tief nachdenkendes Häuschen, an dessen glatten Stirn die Worte zu lesen: »*Stehely et Comp.*« Hier sucht und trifft sich alles, was sich auf Augenblicke aus den drängenden Wogen des Geschäftslebens gerettet. – Die *Philosophie* versenkt sich in die schnell ergründlichen Tiefen einer Wiener Torte; die *Jurisprudenz* stärkt ihr Urteil an der elastischen Nachgiebigkeit einer Fleischpastete; die *Medizin* findet in dem Panaschee das treffende wenn auch eiskalte Bild der heutigen Praxis, die *Philologie* klaubt an der Abstammung des Kunstausdruckes: »Warschauer Pumpernickel«, die *Geschichte* läßt das Leben und Wirken der erquicklichsten Bischöfe und Kardinäle die mundrechte Revue passieren; *Mars* macht eklatante Niederlagen; *Apoll* freut sich über die Harmonie der Tonart Es-Dur, der *Mineraloge* über die Kristallbildung des Kaffeezuckers und der *Kaufmann* über das al pari des Schokoladenstandes in der Tasse.

So lebt hier ein jeder, ungeniert und der eigenen Lust nachgehend, einige harmlose Momente. Ein reger Stoffwechsel der Ideen findet an den saubern, einladenden weißmarmorierten Tischen statt; ein geistiges Leben gärt auf; man spricht und widerspricht, liest und genießt, scherzt und ernstet, und wenn die Abschiedsstunde ertönt und die herrliche Flötenuhr, ein Meister- und Prachtstück ihrer Art, die reizende Kavatine aus dem »Robert« spielt, scheiden die ergrimmten Elemente mit friedlichem Händedruck.

Wenn man nun an diesem intelligenten Vergnügungsorte an einem Sonnabendvormittag gegen 10 Uhr eine hagere, bleiche Figur mit scharf zugespitztem Gesicht und keck hervorragender Nase emsig in allen Blättern wühlen und dieselben in vibrierenden Bewegungen vor die äußerst myopischen Augen halten sah:

so konnte man mit apodiktischer Gewißheit annehmen, daß diese Figur Karl Gutzkow ist.

Hier hielt der große Tribun seinen feierlichen Umzug und sammelte eifrig das Material zu seinem kritischen Apparate. Er war dann silbenkarg, abgemessen ernst, daß dunkle Embryo einer rätselhaften Novelle. Sprach er einige Worte, so waren es sibyllinische Blätter, man mußte sie vor dem Luftzuge schützen, um die *zerstreuten* zu sammeln und zu entziffern. Hier machte er seine anthropologischen, naturhistorischen und staatswirtschaftlichen Studien, in denen er bekanntermaßen als nachheriger Gehülfe Menzels im »Morgenblatt« so kometenartig glänzte; hier legte er den Grund zu seiner künftigen kritischen Ein-, Vor- und Umsicht; hier zehrte er von den kargen Interessen der Erinnerung und schickte seine ehrgeizige Phantasie zum Botanisieren auf das Stuttgarter Kampanertal.

Seine Absicht lag klar am Tage. Er wollte auf des *Vaters* Schultern sich emporschwingen und von seiner Hand in das blühende Leben als junger Schnitter sich einführen lassen.

An einem heiteren Nachmittage packte er seine Studien und die Menzeliade ein und schickte beides zur Ansicht des Vaters, der da regiert mit der Feder den deutschen Mikrokosmus und züchtigt mit gewaltigen Streichen die Gedanken und noch mehr die Worte.

Menzel, dem ein rechtliches, wenn auch kurzsichtiges Herz in der Brust schlägt, das nicht getrieben wird von dem zweizüngigen, mystisch-schleichenden Blute Gutzkows, er sieht in dem langen bleichen Jüngling nur den schwärmerisch glühenden Apostel und taufte ihn *Marcus Gutzkow* und führte ihn ein in sein Reich und speisete den Hungrigen und tränkte den Durstigen und gab ihm einen Gänsekiel und ließ ihn wachsen in der Sonne seiner Gunst.

So ward Marcus Gutzkow in Neu-Jerusalem als Richter eingesetzt und saß zur Rechten Menzels und züchtigte die sündige Schriftstellerwelt mit noch nicht exmatrikulierten Blitzen und nahm eine altkluge Miene an, die zu den blutjungen Gedanken schauerlich lustig kontrastierte, und zimmerte frischweg nach dem vorgelegten abgegriffenen Schema der Menzelschen Individualitäts-Kritik die kritischen Särge für die Opfer seiner bleichen Jugendjahre. – Dieses engherzige Individualitäts-Schema mit der längst abgegriffenen Klaviatur und dem sich keck hervordrängenden Pedal lautete etwa folgendermaßen:

Menzel. Personenwagen?
Marcus Gutzkow. So ist es, Vater!
Menzel. Woher?
M. Gutzkow. Aus Berlin –
Menzel. Marcus! einen schwarzen Strich!
Menzel. Nennt sich?
M. Gutzkow. Franz Horn!
Menzel. Marcus! einen schwarzen Strich!
Menzel. Wie alt?
M. Gutzkow. Schon bei Jahren!
Menzel. Marcus! einen schwarzen Strich!
Menzel. Wie ist er?
M. Gutzkow. Ruhig, vernünftig, objektiv.
Menzel. Marcus! einen schwarzen Strich!
Menzel. Hat er ein Gedicht auf den großen Freiheitskampf gemacht?
M. G. Nein!
Menzel. Marcus! zwei schwarze Striche!
Menzel. Hat er die Völkerschlacht bei Leipzig besungen?
M. G. Nein!
Menzel. Marcus! drei schwarze Striche!
Menzel. Hat er zum wenigsten gegen den gallischen Attila mit lauten Gedanken gestritten und ihm derb den Kopf gewaschen?
M. G. Nein!
Menzel. Marcus! vier schwarze Striche!
Menzel. Hält er etwas auf Goethe?
M. G. Sehr viel!
Menzel. Marcus! streichen Sie ihn gefälligst ganz durch!. . .

Bald darauf machte der gelehrige Jünger ein meisterhaftes Gegenstück mit *Willibald Alexis* und seinem echt vaterländischen Roman »Cabanis«, dessen hypergroßartige Einleitung er mit den Worten begann: daß die »*Schönfärber in Berlin alle Cabanis*

heißen« – nicht wahr, ein Kabinettstück deutscher Erudition und Sagazität! . . .
Marcus' ganzes Sinnen und Trachten ging nun dahin, durch Neues zu imponieren, und da ihm hierzu eine Bagatelle fehlte, nämlich *Originalität*, so suchte er durch originelle Titel den inneren Naturdefekt, so gut es anging, den esoterischen Blicken zu verbergen. So schrieb er die »Briefe eines *Narren* (soll man ihm aufs Wort glauben?) an eine *Närrin*« (wahrscheinlich die Geliebte des sich selbst so nennenden jungen Deutschlands), und im Hause des Vaters, umweht von den »Lotosblumen« der Dichtkunst, schuf er seinen Gott »Maha-Guru«, in welchem er sich selbst anbetet. Denn *Maha-Guru* ist *Marcus Gutzkow*, wie er leibt und lebt, gleich mystisch, gleich konfus-gelehrt, gleich sykophantisch, gleich ehrsüchtig, gleich in sich schwärmerisch verliebt, ein kaltes, herzloses, abgeschmacktes Bild en face des neuen Apostels! . . .
Menzel zwar brachte der Vaterliebe das schwere Opfer, dieses aus allen Fächern mühsam zusammengewürfelte Gott-Guru-Gutzkowsche Kaleidoskop in seinem Literatur-Blatte zu preisen und den Namen des teuern, wenn auch mißratenen Sohnes mit einem zierlich gewundenen Lorbeerkränzlein zu schmücken: allein *Heinrich Laube*, der mit Gott-Guru-Gutzkow unter einem Herzen des jungen Deutschlands gelegen, Laube, der die rauhesten Gedanken vom grünen Baum des Lebens abbricht, um sie auf das glatteste geschält à la fourchette zu präsentieren: dieser Laube, sage ich, griff diesen aus dem krassesten Egoismus und einer grenzenlosen Verwirrung zusammengekneteten Gott-Guru-Gutzkow mit seltener Unparteilichkeit und noch viel seltenerer Freundschaft zu derselben Zeit in dem gewesenen Literatur-Blatte der »Eleganten« an, wo dieser Gott bei ihm in Leipzig logiert und mit ihm im göttlichen *Rosental* menschlich kommerzierte. Ein dritter Sohn des jungen Deutschlands, *Ludwig Wienbarg*, wie es scheint der Erstgeborene, ein vierter, *Gustav Schlesier*, und wie alle die neuen *Apostel des Fleisches*, die sich so inbrünstig zurücksehnen nach den Fleischtöpfen Ägyptens, heißen mögen, erhoben sich mit *Laube* einstimmig gegen Menzel. Sie sahen in *ihm* (so witzig trifft die Nemesis!) gleichfalls nur die

alte Perücke aus Stuttgart – in ihm, der überall *Zöpfe* und *Perücken* witterte und, wo er eine erwischen konnte, und sei sie vom ehrwürdigen Grau eines berühmten Alters bekleidet, mit schonungsloser Roheit darüber herfiel, um die verdienstvollen Locken, in welche die Zeit so manche reine Silberblicke gewunden, unbarmherzig zu zerzausen. So hat er es mit *Voß* getan, den er, weil er gegen den glaubensabtrünnigen *Stolberg* mit dem Schmerz eines Freundes und der Kraft eines Mannes geeifert, geradezu einen *»ungeschlachten sächsischen Bauern«* nennt; so tat er es mit Goethe, dem er noch auf dem Grabe wegen *Meinungsverschiedenheit* eine gedrängt widrige Schulmeisterlektion, in welcher er die Summe seiner kritischen Befugnisse niederlegte, halten zu müssen glaubte, um seinen langen Haß als kurzes Vergißmeinnicht auf den Trauerhügel des ersten deutschen Dichters zu pflanzen. – Nach solchen Anfechtungen fing auch Gott-Guru-Marcus-Gutzkow an, sich etwas mehr rechts vom Vater ab- und mehr links zu den ebenso sangkräftigen als fleischsüchtigen Söhnen des jungen Deutschlands hinzuwenden, mit dem einen Auge nach *Stuttgart*, mit dem andern nach *Hamburg* und *Leipzig* kokettierend. Ja, selbst nach *Paris* warf der Emsige in müßigen Sekunden einige vorlaute Blicke, um mit *H. Heine* zu liebäugeln. Jetzt auch sehen wir ihn, bei dem alles planmäßig darauf ausgeht, sich, gleichviel wodurch und auf wessen Kosten, zu erheben, sorgsam bedacht, der *Mehrer seines Ruhmes* zu werden und sich deshalb von den Menzelschen Hausgöttern loszureißen. Bald werden wir ihn selbst die Erinnerung der Dankbarkeit mit leichtem Herzen abschütteln und in metamorphosierter Gestalt als *Absalon-Gutzkow* gegen *David-Menzel* feierlich auftreten sehen, die zerschmetterte Menzelharfe in der schlagfertig emporgerichteten Hand, den Rücken an das junge Deutschland gelehnt und die Flanken mit einem »Phönix« gedeckt! Denn decken muß sich dieser Gott-Guru-Absalon-Gutzkow stets, sonst wagt sich der Schüchterne nicht aufs Feld! . . . Durch Menzel wurde er in die Cottasche »Allgemeine« introduziert. Seinem sich verzehrenden Ehrgeize kam diese Gelegenheit trefflich entgegen. So schrieb er jenen famösen Artikel, datiert aus Berlin, über *Schleiermacher*, welchen

Professor v. d. Hag[e]n ganz nach Verdienst zurechtwies und zur Ehre des hochgeachteten Mannes in seinen heuchlerischen und unwahren Beziehungen aufdeckte. Schon hier schimmert die späterhin zur traurigen Ausführung gereifte Grundidee durch, sich an das Berühmte zu ketten, um so auch etwas davon im Drange des Augenblicks teilhaftig zu werden. Hierauf skizzierte er nach französischen Modellen seine »Charaktere« *(Pozzo di Borgo, die Napoleoniden, Rothschild),* in welchen jedoch, und namentlich in dem letztgenannten Charakter, viel Eckiges und Irrtümliches vorkam, so daß die »Hannöversche Zeitung« eine auch in die »Allgemeine« übergegangene Widerlegung in betreff einer berühmten finanziellen Angelegenheit mit den beherzigenswerten Worten gab: »wie es stets schlimm bestellt sei, wenn der Sache ganz Unkundige sich mit vordrängender Geschäftigkeit in Angelegenheiten mischen, die sie durchaus nichts angehen und von denen sie durchaus nichts wissen!« – Allein Absalon-Gutzkow hatte nun einmal den Plan gefaßt, aus den *Schleiermacherschen Zypressen* einen Zweig zu entwenden; deshalb ließ er diese stille Beute, die ihm gar viel eitlen Ruhm versprach, nicht fahren und schrieb oder richtiger *schimpfte* eine im Schlamme der Unsittlichkeit sich wälzende, vom krassesten Materialismus beseelte und wahrscheinlich in dem schmutzigen Boudoir einer Phryne hingeschleuderte Vorrede zu einem Jugendwerke des großen Toten, worüber der Schwamm der Zeit längst hinweggefahren, einer abgewelkten Epoche angehörend. Hier gerierte sich unser charmanter Zögling des jungen Deutschlands mit dem Mute eines Nachrichters; er köpfte den Anstand, die Sitte, die Moral, das Credo und das heilige Recht der Toten. Mit *einem* plump-atheistischen Federzuge glaubte er sich neben *Voltaire, Diderot, Helvetius, D'Alembert* plaziert; den *zitternden* Himmel hoffte er mit einem Pistolenschusse sich zu öffnen und über die blöden Hecken des Glaubens keck hinwegzusetzen. Gleich einer heimtückischen Hyäne drang er bei Nacht und Nebel in die Gruft des verewigten Lehrers des göttlichen Wortes und stahl ihm von den bleichen Lippen das sanfte Lächeln; aus dem Zipfel des Leichentuches machte er sich die Strickleiter zur Höhe seines Afterruhmes, und selbst die ehrwürdigen Silberlocken blieben

nicht unberührt von den Händen dieses Leichenstürmers! Gib ihm heraus dieses sanfte Lächeln, . . . Was tat er dir, Unglückseliger, von den Flammen des Ehrgeizes Verzehrter, daß du ihm seine Ruhe stahlst, du ihm ein ganz und gar Unbekannter im Reiche des Wissens wie des Glaubens! . . .
Wolltest du schon das Schwert des fanatischen Unglaubens auf den Hügeln der Toten schärfen, warum wähltest du dir nicht die blutigen Leiber der *Gironde* und des *Berges,* warum nicht jene blindwütenden Fanatiker *Robert Lindet, Herault de Sechelles, Anacharsis Cloots, Collot d'Herbois, Chaumette;* warum nicht den Leib deines *»bleichen National«*, um daraus deine Frühlingsrosen zu ziehen? Was trieb dich Unmensch an, das Grab des deutschen Philosophen, das Grab des sittlich reinen, tugendhaften Schleiermacher anzutasten! Bei Gott, ich sage dir, diese Tat wird ewig auf dir lasten! – Als er mit Schleiermacher fertig war, da ließ er plötzlich die Maske fallen und wandte sich in dem von ihm redigierten Literaturblatte des »Phönix« gegen *Tieck, Pfizer, Uhland,* die gesamte schwäbische Dichterschule, und gegen Vater *Menzel.* Er warf letzterem, dessen er nun nicht mehr bedurfte, mit schlecht verstelltem Grimme vor, daß er, Menzel, zur Partei des »Thiers-état« gehöre, während er, Gutzkow, sich an die Partei des *»bleichen National«* anklammere, an die Partei des *Carrel, Marrast, Cavaignac, Blanqui, Lebon, Raspail,* und wie sie alle, die Heroen des Tages, heißen mögen. Menzel sei in der Politik viel zu schüchtern, die kritische Schule habe in der Ständekammer nichts Tüchtiges zustande gebracht und dergleichen vage Diatriben mehr. Lange zögerte der Stuttgarter Leu; endlich hatte die Rache über das Vaterherz gesiegt, er schüttelte die Mähnen, fiel über den undankbaren Sohn mit dem Grimm eines Löwen und dem Schmerze eines Vaters wütend her, indem er ihm schauerlich zurief: »Et tu, Brute, contra me!« und zertrat ihn mit den Hufen seiner Feder. Grausam, aber gerecht war seine Rache! – Er warf den bleichen Gott-Guru-Gutzkow von seinem imaginären Throne tief in den Staub, und es bedurfte nicht erst dieses luxuriösen Aufwandes an demosthenischer Beredsamkeit, an Salamanderfeuer, an Löwenstärke und biblischen Sprüchen im durchsichtigen Gewande des weiland Abrahams à St. Clara, um

das schwindlige Kartenhaus des ruhmsüchtigen Fanatikers umzustürzen.

Gutzkows Entgegnung waren die letzten Zuckungen eines auf den Tod verwundeten Herzens. Um diesem Todeskampfe mehr Publizität zu geben, bestand er ihn in einer eigenen Beilage der »Allgemeinen Zeitung«. Allein schon auf dem Sterbebette und in der vollständigsten Agonie suchte er noch durch eine transzendentale Keckheit die Augen der Welt, wenn auch nur für den Augenblick, auf sich zu lenken. Er tat dies aber durch drei Behauptungen, die sich gegenseitig an Arroganz und noch etwas Schlimmerem überbieten. Die erste Behauptung ist die, daß im Menzelschen Literatur-Blatte seit seinem Abtreten von demselben nichts Anziehendes mehr gestanden, indem (hört! hört!) das einzige Erquickliche sein von Menzel benutztes Opus posthumum über Professor Wachsmuths Geschichtswerk sei (kann sich wohl jemand auf dem Sterbebette unverschämter loben!). Die zweite noch kühnere Behauptung ist: daß ihm *Hegel* gleich anfangs, als er ihm seinen Entschluß hinsichts der Wallfahrt nach der Menzelkapelle offenbart, gesagt habe *(hört! hört! alle hört!): »Mein lieber* Gutzkow! was wollen Sie von diesem schalen Kopfe?« (Oho!) Hier können wir uns nicht enthalten, mit Freund *Burleigh* diesem Sterbenden zuzurufen:

»Mylord! dieser Tote starb Euch sehr gelegen!« – Wer nur einigermaßen die privaten Verhältnisse und den *gewählten* nähern Umgang dieses Philosophen gekannt, wird mir sicherlich beipflichten, daß Hegel von Karl Gutzkow, dem *lieben* Gutzkow, ebensowenig etwas gewußt, als dieser etwas von Hegel weiß. Allein es klingt mindestens imposant in der Ferne, mit einem solchen Geständnisse aus der Welt zu gehen. Was ich – Carolus Gutzkow – über Menzel sage, daran kehrt er sich nicht; wenn ich aber den Manen Hegels eine kleine unschuldig-naive Rolle gebe, so ist sein Urteil von dem größten Geist unserer Zeit gesprochen – und das kann ihm nicht gleichgültig sein. – Gut ausgesonnen, Pater Lamormain! – Die dritte, offenbar absurdeste und von einem für die Todesstunde ganz unverzeihlichen Egoismus zeugende Behauptung ist (nun bitt' ich wohl achtzugeben!): Deutschland *müsse* (da sieht man ganz offenkundig, daß

Gutzkow von Hegel nichts weiß) ihn hören, *weil er seine Seele für Deutschland hergebe* (ist dem *alten* Deutschland ganz einerlei!). Bei diesem Superlativ der Bescheidenheit entsinkt gewiß jedermann der Mut, dagegen zu eifern. Sie kann höchstens als Epitaphium auf den Leichenstein des in der Menzel-Kampagne gebliebenen Karl Gutzkow plaziert werden. Die Lebenden, zumal das alte Deutschland und die alten Deutschen, wüßten damit nichts anzufangen. Daher scheint es mir, daß diese Schluß-Tirade im Seelenbrillantfeuer auf das an die Marken des epikureischen Dogmas hart streifende und mit diesem im Fleischpunkt in freundschaftliche Kollision geratende, aus eigener *Macht* (und wenig *Vollkommenheit*) sich so nennende *»junge Deutschland«* gemünzt ist, welches in dergleichen Feuerwerken wie überhaupt an dem empirischen Sensualismus gar viel Wohlbehagen findet, deshalb den *Orden der Fleischritter* gestiftet und die *Palingenesie des Fleisches* durch seine Schriften beabsichtigt. Habt ihr deshalb die Geschichte und den Hegel studiert, um den *Logos* in die vollkommen abgerundeten Waden einer den stürmenden Wallungen ihres Blutes rasch nachgebenden Brünette zu setzen? . . . Sehet und begreift ihr denn nicht, ihr Ritter von dem Fleische, daß ihr das Possenspiel des weltberüchtigten Maximilian von der Seine im verjüngten Maßstabe auf Deutschlands geistigsittlichen Auen zur Aufführung bringen wollt; welcher Maximilian auch in dem *»blühenden Leib«* einer Laïs die endliche Lösung der Lebensfrage sah, in einer in eure moderne Fleischtheorie hineinpassenden unverschämten und schamlosen Dirne, die er als *Theos, die Göttin der Vernunft,* dem französischen Volke präsentierte und in einem Kostüm voranschreiten ließ, welches der weiblichen Zucht laut Hohn sprach, ihr selbst mit einem Ährenkranze folgend, und zehen Schritte hinter sich die ganze noble Sippe der damaligen noch viel philosophischeren Fleischritter, welche ihre Lehre en gros betrieben und mehrere Millionen Pfund Fleisch guillotinieren ließen, um seine Reinigung von den Schlacken des rebellischen Geistes zu bewirken! . . . Ihr meint, meine Lieben, das Fleisch habe auch viel für sich. Dies sagt euch schon jeder Fleischhändler; deshalb braucht ihr nicht solches Zetergeschrei über diejenigen zu erheben, welche diese Säkularisierung und Apotheosierung des Fleisches als einen bejammernswerten Rückschritt zur Barbarei und Unzucht betrachten. Wollt oder könnt ihr aber von dergleichen fleischlichen Gedanken durchaus nicht lassen, so gehet meinetwegen nach den Ufern des Bosporus und leget euch dort, in geräuschloser Geschäftigkeit dem Herzensdrange nachgebend, einen Fleischhandel nach eurem Sinne an, nur verschont uns ferner mit euren lüsternen Klageliedern, unzüchtigen Madonnen, ausparfümierten Religionsphilosophemen und ekelhaft-sehnsüchtigen Blutwallungen. – Ihr zwar, wackern Kämpen, suchet diesem fleischlüsternen Wunsche – das treibende Mühlrad eurer Philosophie – ein knappes Rosa-Mäntelchen mit durchlöchertem Tugendfutter umzuwerfen, damit seine Blößen nicht gar zu schroff hervortreten, setzet euch deshalb auf ein gar stolzes Roß und sprechet mit gar honigsüß fließenden Worten also: Wir wollen die innige Verschmelzung des *heidnischen* Elementes mit dem *christlichen*; dort galt der warme Pulsschlag, hier gilt die vibrierende Gehirnfaser; wir wollen den Rechten des Blutes, welches doch bis an des Lebens letztem Atemzuge so vernehmlich im Herzen auf sein Recht *pocht*, neben den Rechten des Markes einen St. Simonistischen Tempel bauen und das kleine, engbegrenzte Chambre garni, worin es dieser Geist gesperrt, mit schön vereinten Kräften zertrümmern; denn die *Form* nur entscheidet, und wahr ist der alte Heidensatz: In einem schönen *Körper* wohnt auch eine schöne Seele. Deshalb wollen wir diesem *Leib* die volle Souveränetät wieder zustellen, welche ihm ursprünglich nach dem Naturrecht gehörte und die ihm nur die schnöde Diktatur des nach absolut monarchischen Prinzipien herrschenden Geistes seit der christlichen Zeitrechnung geraubt. Doch wollen wir nicht, wie jener in der Prüderie des Thiers-état befangene *Menzel*, einen *konstitutionellen Leib* mit zwei *konstitutionellen Herzkammern*, mit dem der Geist Pacta conventa zur Aufrechthaltung der beiderseitigen Rechte schließt: nein, wir wollen einen *»souveränen Leib«*, einen Leib von Gottes Gnaden, den wollen wir, welchen unser wackrer Kämpe *Gutzkow* in einem Roman, wie ihn unser Freudgenosse *Mundt* in einem andern ethischen Roman in durchsichtig-anschaulicher Klarheit ausgemeißelt. Das wollen wir, darum nennen wir uns auch *Leibritter* und stiften zum Andenken an dieses große Wollen einen eigenen Orden, »den *Orden des Fleisches*«, welcher die Devise führt: *»Alles für und durch das Fleisch«*, der an einem fleischfarbenen Bande getragen und an alle *leiblichen* Brüder und Schwestern, an alle wackeren Kämpen und Genossen verteilt wird. –

Allein ich sage euch, ihr Leibritter, so sehr ihr es auch verhüllen möget, unter dieser rohen Fleischtheorie zuckt noch eine andere, mit ihr schwesterlich verwandte, deren Prodromus jene ist und die in unbewachten Minuten nur zu lüstern aus ihrem Versteck hervorblitzt. Deshalb wallet nur getrost nach den einladenden Ufern des Bosporus, dort könnt ihr für beides, das Verborgene und Sichtbare, Grund und Boden und nebenbei auch jenen interessanten Baum finden, welcher das zarte Material zu den seidenen Schnüren liefert. Geht und befreit uns von eurer widrig-fleischlichen Gegenwart. In unserem Deutschland blühen keine Rosen für euch! . . .

Eduard Duller an Menzel (etwa Oktober 1835)

Gutzkow-Nachlaß in der Stadt- und Universitätsbibliothek Frankfurt a. M. Nr. 35, ca. 300.

[. . .] Ihr Kampf gegen Gutzkow und den Materialismus ist ein Kampf der Ehre gegen die Schande, des Geistes gegen das Fleisch, der Nationalität gegen die Anti-Nationalität, ein Kampf, für den Sie in jedem Herzen, das für deutsche Ehre schlägt, einen Schild haben. Ihre dritte Abfertigung wird wohl jeder junge Deutsche freudig unterschreiben.

Alter und Gesinnung reihen mich auch in die junge Generation, wenn auch nicht in das »junge Deutschland« ein. Ich halte es für Pflicht, gegen das durch Gutzkow in egoistischem Leichtsinn und Übermut angeregte Thema nicht gleichgültig zu bleiben. Hab' ich bis jetzt geschwiegen, so geschah es aus dem Grunde, weil die Katastrophe am »Phönix« noch zu frisch war, weil man mir fälschlich hätte vorwerfen können, es spreche der Unmut über manches Unangenehme, was mir durch Gutzkow geworden, aus mir; ich wollte, um meine Unparteilichkeit besser dartun zu können, ein Werk Gutzkows früher besprechen, welches ein Beweis seines Talentes ist, um später um so freier meine Meinung sagen zu können.

Nun hab' ich's begonnen; – wie, sehen Sie, Geehrtester, aus dem beiliegenden Blatte, welches Sie nur als eine Art von Ouvertüre betrachten dürfen, in welcher alle Melodien, die später an den Tag gebracht werden, durcheinanderspielen. Ich werde nicht erst abwarten, bis Gutzkow eine Erwiderung in der »Revue« drucken läßt, sondern baldigst den Kampf regelrecht fortsetzen und, wenn Gutzkow erwidert, mich nicht beirren lassen. Glauben Sie: das ist uns Jüngeren allen eine Sache von Gewicht. Das Deutsche Volk und das Ausland soll die junge Generation Deutschlands nicht für Modenarren und Tempelstürmer halten; und dieser Atheismus ohne System, diese Skepsis ohne Ernst, dieser Schmerz als Maske liegt nicht im Blut. Oh, es gibt noch einen andern geheimen Schmerz in uns allen – das Vaterland! Schweigen wir darüber! Aber ich bin überzeugt: Gutzkow spielt falsch, er hat kein Herz. – Will Gutzkow Goethes Manen rächen, so gilt es als mein Wahlspruch: unsere Götter an ihm zu rächen, Ehre und Treue. – Und ich tu's, bei Gott, ich lasse nicht ab.

[. . .] Ich schreibe Ihnen dies alles wahrlich nicht aus Wohldienerei – nicht weil Sie gegen G. auch persönlich zu kämpfen haben, sondern weil Sie ritterlich kämpfen und weil die Gemeinsamkeit des Strebens Ihnen im Ringen selbst vielleicht Freude macht. Gutzkow wähnt, er könne stolz und gemächlich auf uns herumsteigen, aber er irrt sich. Ich z. B. erkenne gerne mein schwächeres Talent an; aber mein Wollen ist stark und treu.

A. Rebenstein: Das junge Deutschland, oder: Ein Wort zur Zeit

[. . .] Gutzkows »Wally«, sein »Nero« sind Produkte, die man gar nicht beurteilen kann, weil alles darin über der Barriere der Wahrscheinlichkeit liegt und so alles, was geschieht, wieder wahrscheinlich ist. Wenn eine Person tanzt, so könnte sie ebensogut *sterben*, es würde wenigstens ebenso passen wie tanzen. Solche Werke sind entweder ganz toll oder ganz recht. Diese Produkte aber nennen die Leute des jungen Deutschlands *genial; Wienbarg*, der Historiograph, lobt sie bis unter die Sterne, und *Kühne*, der Geschichtliche, plaudert es geduldig nach, wie er denn überhaupt das Amt hat, alles von *Mundt* und dem übrigen jungen Deutschland Gesagte im *hohen* Deutsch noch einmal zu sagen.
[. . .]

Wolfgang Menzel: Zweite und letzte Gegenerklärung

Die Herren Gutzkow und Wienbarg haben wiederholt der durch ganz Europa verbreiteten »Allg. Zeitung« ihre nur auf meine persönliche Beschimpfung und Verleumdung berechneten s. g. Verteidigungen einverleibt. Ich war es nun der öffentlichen Gerechtigkeit und meiner eigenen Ehre schuldig, in derselben »Allg. Zeitung« einige der auffallendsten Stellen aus den Werken der gedachten jungen Schriftsteller abdrucken zu lassen, um deren von mir in einem andern Blatte (Literatur-Blatt zum »Morgenblatt«) angegriffene Irreligiosität und Immoralität auch den Lesern der »Allg. Zeitung« zu beweisen und daraus in bezug auf den Mißbrauch vieler Namen in der Ankündigung ihrer »Deutschen Revue« zu folgern, daß kein Mann von Ehre mit den Verkündigern *solcher* Lehren gemeinsame Sache machen würde. Inzwischen wurde der Abdruck dieser krassen Stellen, größtenteils aus der im Königreich Bayern verbotenen »Wally« von Gutzkow, in der »Allg. Zeitung« nicht gestattet, und es bleibt mir nichts übrig, als auf mein Literatur-Blatt zu verweisen. *Stuttgart*, 9. November 1835. *Dr. Menzel*

Hermann Marggraff: Karl Gutzkow

1. Wally, die Zweiflerin. Roman von *Karl Gutzkow.* Mannheim, Löwenthal. 8. 1835. 1 Thlr. 18 Gr.
2. Öffentliche Charaktere. Von *Karl Gutzkow.* Erster Theil. Hamburg, Hoffmann und Campe. 8. 1835, 1 Thlr. 16 Gr.

Die Namen Gutzkow und Menzel sind in der neuesten Zeit Schlachtrufe geworden wie im Mittelalter der Ruf »Hohenstaufen« hier und »Welfen« dort. Die Parteien haben gegenseitig eine kriegerische Stellung angenommen. Durch die Ebenen und Höhen der Literatur ergießt der Stier von Stuttgart ebenso gewaltige Töne wie zur Zeit der Burgunderkriege der Stier von Uri; aber der blonde Mensch von Frankfurt nimmt auch seine Backen voll und stößt ins Horn und sucht den Stier von Stuttgart zum Schweigen zu bringen. Wir aber sind keine burgundische Hasenherzen und wenden uns nicht zur Flucht; wir stehen auf der Höhe und sehen dem literarischen Bürgerkriege, der im Tale tobt, mit Bedauern, aber auch mit möglichster Ruhe zu. Wenn ich sage »Wir«, so verstehe ich darunter uns alle, die wir keine Partei nehmen, das kühne Turnier von den Schranken aus betrachten, ohne selbst eine Lanze zu brechen, und an den umherfliegenden Lanzensplittern, den zerhackten Schilden, den klaffenden Wunden und den grimmigen Gebärden die Wut der Kämpfenden ermessen und zugleich bewundern. Unser Herz ist nicht teilnahmlos, nicht unbewegt; aber unser Blick ist ruhig, unser Urteil weder von dem Talent des einen bestochen noch von der enormen Schlagfertigkeit des andern geschreckt. Wir halten den Streit in der Art, wie er geführt wird, für eine unanständige Klopffechterei, für ein widerliches Symptom unserer desorganisierten literarischen Zustände, für ein Zeugnis faustrechtlicher Ungebundenheit, welche die Talente je länger je mehr gegenein-

ander treibt und aneinander aufreibt, die Segnungen des literarischen Friedens vernichtet und den überall notwendigen Oppositionsgeist in eine zügellose Emeutensucht verwandelt.
Und warum hat man diese »Wally« für so gefährlich ausgeschrien und die Blicke des deutschen Publikums auf dieses Gutzkowsche Monstrum und offenbare Fehlgeburt wie mit Gewalt geleitet? Warum hat man das Buch dazu gemacht, wozu es durch sich selbst nie geworden wäre, zu einem berühmten? Warum hat man ihm eine Wirkungsfähigkeit angedichtet, die es durchaus nicht hat? Warum hat man es so geflissentlich seziert wie eine interessante Giftpflanze und vor seinem Genuß so bedenklich gewarnt? Das deutsche Lesepublikum ist in gewisser Hinsicht wie ein Kind: man warne es nur , und es wird um so neugieriger zugreifen. Man hat den verkehrtesten Weg eingeschlagen. Man wollte das Buch in Verruf bringen und brachte es grade dadurch unter die Leute. Nun wird es freilich hin und wieder mit seinen Ansichten Wurzel schlagen und sich festsetzen. Man wird sich von der teilweise bedeutenden Langweile nicht abschrecken lassen, um endlich auf die interessante Unmoralität und die gefährlichen Tendenzen des Buches zu stoßen, und wird noch viel mehr Unmoralität herauslesen, als wirklich darin ist. Das Buch ist an sich eine halbausgeglühte Kohle; aber die deutsche Kritik hat darauf geblasen und daran geschürt, bis sie wieder glühend ward und aufschlug in ein lebendig wirkendes Feuer. Aber die Gefahr ist bei weitem nicht so groß, als man glaubt und will.
Ich gestehe ein oder habe schon eingestanden, daß in dieser »Wally« gefährliche Tendenzen stecken; daß ein irreligiöser Wahn oder vielmehr Unwahn durch das Ganze sich hinzieht, daß hin und wieder die Spuren einer temporären Geistesverrückung sich bemerkbar machen. Gutzkow wird den Vorwurf der Unmoralität von sich ablehnen und sagen: Ich stelle diesen Cäsar nicht als Muster auf; ich halte von dieser Wally nichts; ich lasse sie in ihrem irrsinnigen Treiben untergehen; ich lasse die, so an ihrem Grabe stehen, nicht die Tote selbst beweinen, sondern nur ihre Jugend – und ich selbst beweine sie nicht; ich schildere hier nur als Romanschreiber und in objektiver, unparteiischer Stel-

lung die Verkehrtheiten unserer grundsatz- und glaubenslosen, unserer haltungs- und hoffnungslosen Zeit; diese antichristlichen Geständnisse Cäsars sind nicht meine Geständnisse; sie sind einem Antichristen unserer Tage, der ich nicht bin, als Wahr- und Schreckzeichen in den unsaubern Mund gelegt. Aber wer wollte die offenbare Vorliebe, die nach Sättigung strebende Wollust verkennen, womit grade diese antichristlichen Geständnisse ausgearbeitet sind? Wer die Bemühung des Verf., eben diesen entsetzlichen Cäsar in eine Art von Heiligenschein, freilich in Gutzkowschem Sinne, und in ein mystisches Dunkel zu wickeln, ihm eine gewisse fatale Würde und Hoheit zu verleihen, mit der er über den Ereignissen des Romans sich hält und die unglückliche Wally seinen verkehrten Ansichten zum Opfer bringt? Es ist wohl nicht möglich, in einem längern Aufsatz mit scheinbarer Gründlichkeit, mit einem Aufwande von blendender Sophistik die Wahrheiten der christlichen Religion zu widerlegen, weder am Schlusse noch zum Anfange auch nur eine Andeutung entgegengesetzter Art zu geben – und doch von diesen Wahrheiten innerlich überzeugt zu sein. Und nun der Appendix des Buches unter dem Titel: »Wahrheit und Wirklichkeit«. Hier gehen die Ansichten des Verf. auf seinen eignen Namen, nackt und ohne Verhüllung und doch unklar und unverständlich, weil sie unwahr in sich selbst sind. Es genügt, zwei davon herauszugreifen. Gutzkow sagt: »Es ist leichter, an ein Gedicht als an den Himmel glauben«; er sagt es und lügt. Ich meine, es gibt deren eine große Zahl, welche an den Himmel glauben und doch kein Gedicht verstehen als höchstens ein geistliches Lied, das den Himmel glauben lehrt. Nicht alle sind von einer so blonden und doch so ungläubigen Persönlichkeit wie Gutzkow. Und Gutzkow sagt abermals: »Nehmt der Menschheit ein Bein ab: sie wird sich ein neues machen; nehmt ihr, um nur eines, was unmöglich scheint, zu nennen, z. B. das Christentum: glaubt ihr, daß sie untergehen wird?« Gutzkow wendet sich hier, inkonsequent genug, an unsern Glauben, er, der vom Glauben überhaupt nichts hält. Das Christentum mit einem Beine parallel zu stellen, zeugt von einem schlechten Christentum, einer philiströsen Phantasie, einer unsaubern Symbolisierkunst. Ja! die Menschheit wird fortbestehen, aber man wird ihr das Christentum nicht nehmen, und die Gutzkowsche trockene Verstandesreligion hat auf eine Adoption noch keine Aussicht. Der verruchte Cäsar im Roman ist nichts als der Antichrist Gutzkow, der im Appendix seine Verkappung von sich wirft.

So gefährliche Elemente und so giftige Bestandteile ich dem Romane auch zugestehen muß, so sind sie, wie ich glaube, doch nur für den vorhanden, der sich vor der Gefahr und dem Gifte fürchtet oder der seinem ganzen Organismus nach ähnlich bestellt ist wie Gutzkow. Ich kann hier nur wiederholen, was ich bei einer ähnlichen Gelegenheit schon früher zu sagen für gut fand: »Wer den Glauben hat, der verliert ihn nicht so leicht und wird ihn wenigstens durch einen Roman sich nicht hinwegdisputieren lassen, und wer ihn nicht hat, dem ist er auch nicht zu nehmen.« Und ich füge hinzu: Wer das Buch versteht, der ist verständig genug, sich nicht übertölpeln zu lassen, und wer es nicht versteht, der ist in seiner Unschuld und Unwissenheit sicher vor jeder Gefahr. Aber es gibt noch andere Gründe, welche für die kaum zweifelhafte Unschädlichkeit des Gutzkowschen Treibens, womit Mundts und Kühnes Streben nicht verwechselt werden sollte, Zeugnis ablegen, vor allem seine Unpopularität und seine Unfähigkeit, sich den Ungebildetern einigermaßen, den Gebildetern nur halb verständlich zu machen. Seine geistreichsten Aussprüche stehen immer noch auf der Grenzscheide zwischen Tiefsinn und Wahnsinn. Nur die eine Seite wird vom Licht beschienen, die andere hüllt sich in Nacht. Es fehlt überall nicht allzuviel vom Verstande; aber was ihm davon fehlt, bringt ihn um seinen Verstand. Er berührt den Gedanken nur, er streift über ihn wie ein Vogel der Nacht auf schwarzem Fittich hinweg. Es ist nichts Kompaktes in ihm, er bietet keine Handhabe; oder die Handhabe bricht, wenn man sie zu stark anrührt, und wenn sie gebrochen ist, so liegt das ganze Gefäß zerschmettert am Boden. Seine Schreibart hat etwas Scheues, furchtsam sich Drückendes, vielleicht eine Folge des bösen Gewissens. Er gibt sich selten ganz, meist nur zum halben oder zum vierten oder zu gar keinem Teile. Plötzlich tritt er kühn auf, mit einem Donnerschlage; aber wozu vorher das umständliche und unverständliche Brummen und dumpfe Grollen? Gutzkow ist kein Mystiker, und doch hat er die Art und Weise der Mystiker, seine Aussprüche in dunkle Rätsel zu hüllen. Entweder glaubt er so zu imponieren, indem er wie ein Wahrsager rätselhaft aus geheimnisvoller Höhle spricht, oder der Gedanke scheint ihm selbst zu verkehrt und aus der Art schlagend, und er hängt ihm nun einen Mantel um, hinter dem sich wenigstens mancherlei ahnen läßt, und der Mantel schleppt ihm weit nach und hüllt ihn vollständig ein. Wer weiß zu deuten, was Gutzkow mit dieser rätselhaften »Wally« eigentlich bezweckt? Wer erklärt die geheimnisvollen Symbole und Mysterien von »Wahrheit und Wirklichkeit« im Anhang? Was bleibt übrig, wenn wir dies lange Geschwätz in seine einfachsten Bestandteile auflösen? Nichts als die einfache Wahrheit, daß die Wirklichkeit unserm Ideale nie entsprechen wird. Das haben aber andere vor ihm schon weit klarer und verständlicher gesagt. Auch seine Angriffe auf das Christentum sind nicht neu. Er kann jedoch fragen: Es haben's schon viele gesagt in ihrer Sprache, warum nicht auch ich in der meinen? Und darin hat er recht. Aber es herrscht in diesen Räsonnements neben er derbsten Unwahrheit auch ein offenbarer Mangel an Logik, und darin hat er unrecht. Während er das Christentum als ein willkürlich Gemachtes, ja, unter bloßen Zufälligkeiten Herangebildetes betrachtet, radotiert und prahlt er, daß er es vom geschichtlichen Standpunkt aus betrachte. Diesem Christentume, das er blasphemierend in die Rumpelkammer werfen will, verdankt aber Gutzkow alles, was noch Gutes an ihm ist. Hat Christus nach seinem Dafürhalten nicht eine einzige neue Lehre in die Welt gebracht, so möchte ich wissen, wo bei Gutzkow der gedenkbar kleinste Teil von einer neuen Lehre zu finden ist. Seine Schwatzhaftigkeit hat dieser Apostel einer modernen Heilslehre aus seinem heimischen Berlin, wie seine Eitelkeit, womit er auf sein Geschwätz sich stolzt und brüstet; seine nicht unbedeutenden Kenntnisse hat er überallher, aus allen Weltwinkeln; aber einen festen Grund und Boden hat er nirgend, am wenigsten in der Masse des Volks; hier wird und kann Gutzkow nie gedeihen. Bei dem Volk hat nur der Gesunde Recht, nicht der Kranke – und Gutzkow ist krank; er leidet an partiellem Wahnsinn wie sein

Cäsar, der er selbst ist. Wer aber nicht die Fähigkeit besitzt, sich dem Volke verständlich zu machen, wird immer ein schlechter Reformator sein. In dieser wesentlichsten Eigenschaft eines Agitators und Umwälzers hat sein Stuttgarter Feind ein bedeutendes Übergewicht, der, während Gutzkow in dem unbestimmt Allgemeinen der Luft schwebt und nach Luft schnappt, auf der mütterlichen Erde seine kritischen Glieder dehnt und aus ihr wie der Riese Antäus immer neues Behagen, neue Kraft und neue Streitlust saugt. Ich kenne kaum einen Schriftsteller, der weniger für das Volk schriebe, der sich mehr auf sich und den Kreis seiner literarischen Freunde beschränkte als eben Gutzkow. Zugleich schreckt er die Gebildeten ab durch die Reizlosigkeit der Sprache, wie sie in seiner »Wally« erscheint, durch die öde Steppennatur seiner Darstellung, die selten in das frische Grün einer üppigen Vegetation übergeht, durch die hohle Schattenhaftigkeit seiner Gestalten, die nur in einzelnen Zügen wahrhaftes Blutleben verkünden; endlich durch die Formlosigkeit seiner Produkte, die in dieser »Wally« als eine wahrhafte Mißform sich darstellt. Denn diese »Wally« hat keine Form, sie ist kein Kunstwerk; sie kann nur durch ihren Inhalt wirken, und ihr Inhalt wirkt nicht, weil er im Volke keine entsprechenden Elemente vorfindet, und ihre Form nicht, weil sie, soviel davon vorhanden ist, dem Geschmack und dem Schönheitssinn widerstrebt. Was keine Verständlichkeit hat, wirkt nicht für die Gegenwart, was keine Form hat, nicht für die Zukunft, der nur das Musterhafte übrigbleibt und gilt. Gutzkows Roman könnte nur eine schädliche Wirkung ausüben, da ihm aber beides abgeht, Verständlichkeit und Form, so wird sein verdächtiger Inhalt weder uns noch unsern Nachkommen irgend Gefahr bringen. »Wally« ist ein in hohem Grade unpraktisches, unpopuläres und darum gefahrloses Buch. Wir dürfen für unsere Moralität von dieser Seite her unbesorgt sein. Das giftige Gewächs erscheint in so abschreckender mißfarbiger Bildung, daß es den nur zum Genusse verführen kann, dessen Neugierde man durch Verbot und Warnung geflissentlich reizt.

Gutzkow hat mit dieser »Wally« eine vierfache Sünde begangen: zunächst gegen das Christentum, dem er so viel verdankt; sodann gegen sein Talent, das er forciert, anschraubt und verrenkt; gegen seine Kenntnisse, die er übel anwendet; gegen seinen Stil, den er mißbraucht und in ein plebejisches zerrissenes Kleid zwängt. Gutzkow trifft auch in diesem Buche oft das Rechte, die Wahrheit, das Leben in einzelnen feinen Zügen und mit überraschender Anschaulichkeit, wo es gilt, den Hang unserer Zeit zur Blasphemie und zum gemütlosen Spott zu schildern; aber eine unsichtbare Macht reißt ihn immer wieder hinab in das nächtliche Chaos seiner fixen, den Umsturz alles Autorisierten anstrebenden Ideen. Einzelne Episoden, wie die vom verliebten Tambour und dem Trompeter, sind mindestens von kostbarer Erfindung.

[Es folgen Bemerkungen zu den »Öffentlichen Charakteren« und Proben daraus.]

Diese feine, vornehme Schreibart – wie sticht der groblinnene Stil in der »Wally« dagegen ab, und vollends der plumpe, derbfaserne Winkeladvokatenton in der mir soeben zu Händen gekommenen neuesten Broschüre Gutzkows! Sie enthält eine Verteidigung seiner selbst, und was daran hängt, gegen Menzel. Für uns ist nur von Interesse, was Gutzkow in bezug auf seine »Wally« sagt. Den Cäsar gibt er selbst auf als einen verlorenen Posten. »Wird man mir zugestehen«, sagt er, »daß Cäsar vor meinen Blicken dasteht, ein Bild der Scham und Zerknirschung?« Und bald darauf: »Cäsar, ein Mann wie ich, eigensinnig dem Schmerze hingegeben, reif, um in großen Verhältnissen wirken zu können, Wolken umarmend, die Zukunft anbetend!« Dieser Cäsar ist also wirklich der leibhaftige Gutzkow, der Wolken umarmt und ein goldenes Kalb, eine goldene Zukunft anbetet. Ich habe mich nicht verrechnet. Auch Wally ist eine lebendige Person, eine Freundin des Verfassers, welche einmal vor Verzweiflung aufsprang und von Religion nichts hören wollte. Seitdem hatte der arme Gutzkow keine Ruhe, bis er sich in sein Buch einsargte. In der Tat, wir bedauern einen Mann, der mit Frauen von solcher Qualität umgeht; wir bedauern eine Frau, welche in die Hände eines solchen Mannes gerät. Wer ist der Verführte, wer der Verführende? Sie verführen sich wechselweise; sie sind unsers Mitleids nicht wert.

Karl Buchner: Die Menzel-Gutzkowsche Fehde

Es war wieder einmal Leben in die deutsche Literatur gekommen. Die Preßbengel schwitzten, und man sagte sich die unerhörtesten Dinge. Das Publikum stand im Kreise umher. Es hatte in der Geschwindigkeit kaum Zeit gehabt, oberflächlich vom Gegenstande des Streites sich zu unterrichten; die Begebenheiten waren über es hereingebrochen wie die Sturmfluten in der Nacht. Und so besah es sich mehr den augenblicklichen Erfolg, als es, abgesehen vom Erfolge, geprüft hätte, wohin die Schale der Gerechtigkeit neige. Das Ganze lief also mehr auf ein Amüsement hinaus. Die *Sache* war nicht sehr klar, und so hielt man sich an *Persönlichkeiten.* Das konnte zugleich als das Leichtere gelten, und die Kämpfer selbst halfen dazu, indem sie mit Persönlichkeiten angefangen und diese Persönlichkeiten lange fortgesetzt hatten. Ein unbedingter Vorwurf liegt nicht darinnen; denn man kann selten von Sachen sprechen, ohne zugleich der Personen und ihrer Verhältnisse zu erwähnen. Geschieht dies feindselig, so haben wir die Persönlichkeiten und müssen sie haben. Damit sind nun freilich nicht *alle* Persönlichkeiten gerechtfertigt. Aber im gegebenen Falle schien sogar nicht die Persönlichkeit der Sache vorgespannt, sondern die Sache der Persönlichkeit. Der Wagen sollte die Pferde den Berg hinaufziehen. Das machte mit Recht einen übeln Eindruck. Wo dies Verhältnis besteht, da mißtraut man auch der *Liebe* zur Sache, und mit diesem Mißtrauen verschwistert sich schnell der Unglaube an die Heiligkeit und Überzeugungsmäßigkeit des Kampfes. Trotzdem war in einer friedlichen und unbedeutenden Zeit die Erscheinung kriegerisch und bedeutend genug, um den Persönlichkeiten zu folgen und zugleich durch das Lesen des Romans »Wally«, wenn man seiner nach zehnmaligem vergeblichen Schicken in einer Leihbibliothek habhaft werden konnte, sich über die Sache aufzuklären. Verständlicher ward es nun schon, wenn die eine Seite rief: »Laß das Epheublatt der Sitte, laß die Rose des Anstandes, laß die Passionsblume des gewohnt Ehrwürdigen!« und wenn die andere Seite antwortete: »Wir lassen die Rose; aber sie soll nicht mehr die Rose eines gemachten Anstandes, sondern die Rose der vollblühendsten körperlichen Schönheit sein; die Passionsblume und der Epheu sind vollends Dummheiten.« So standen die Parteien kämpfend. Gutzkow meinte, »der jetzt beginnende Kampf« werde für die Literatur eine »Epoche«. Wohl möglich! Denn der Organismus der Literatur hat nicht bloß seine Blutkügelchen, welche leise durch Arterien und Venen rauschen, sondern auch Pulse, welche *klopfen*, und ein Herz, welches *schlägt*. Wir Deutsche sind ein ruhiges und friedliebendes Volk in den realen Gebieten des politischen Lebens, aber sehr kriegerisch in unserer eigentlichen Heimat, dem idealen Gebiete der Literatur. *Schlägt* und *klopft* da etwas, so nennt man es Epoche, wie die Krankheiten Krisen hat. Ja, wir sind literarische Krawaller. Dafür spricht die Geschichte eines Jahrhunderts. Gottsched war ein langer Mann, und sein Arm reichte von Leipzig nach Zürich; so prügelte er sich mit Bodmer – wahrhaft in einem zweiten Dreißigjährigen Kriege – dreißig Jahre lang. Lessing hatte seine Fehden mit Klotz und dessen »Brut« (wie Herder sich ausdrückte). Die Nicolaischen Streitigkeiten sind bekannt. Später war Kotzebue der Kämpfer im Bahrdt mit der eisernen Stirne gegen ein Dutzend deutscher Schriftsteller; nachher gegen Goethe, Merkel, die Schlegel. Die Schlegel schlugen wieder. Novalis schlug gegen Goethe, Goethes Freunde gegen die Romantiker. So war fortwährend Streit und Krieg, indessen das Volk und seine Führer sich den Napoleonschen Machtgeboten diensam neigten. Seit 1820 trat der alte Voß, der im Jünglings- und Mannesalter mit Heine und Lichtenberg Unfrieden gehabt, mit Stolberg und Kreuzer in Streit. Auch Paulus schlug auf Kreuzer. Sodann hieb Menzel auf Voß, »den Marschbauer« (oder wie er sonst ihn hieß); desgleichen auf Paulus, auf Müllner (auch noch als er tot war, in gemeinen, sehr verletzenden Ausdrücken), und nun – je nun, nachdem Menzel auf Gutzkow und Gutzkow auf Menzel und Wienbarg auf Menzel und Kottenkamp auf Menzel und Menzel auf die drei und Bacherer auf Gutzkow gehauen, nachdem eine sittlich-ernste Stimme, mehr auf objektive Standpunkte zurückgezogen, ihr »Votum« in der Angelegenheit übergab, würden wir gewiß noch nicht am Ende sein, sondern erst am Anfange des Endes, wenn nicht alle Kämpfe dieser Art ziemlich bald stürben –

am Nachlassen des Interesse. Das Publikum horcht erst halb und dann ganz auf andere Dinge. Eine türkische Musik oder eine Judenhochzeit, welche durch die Straßen sich bewegt, lockt seine Aufmerksamkeit auf sich. Den Kämpfern selbst wird beim Schreiben die Feder nach und nach stumpf, und sie müssen sich sagen, daß in den *Dingen* eine Schwerkraft liege, welche sich in die Überzeugung der Menschen eindränge und ihnen ihr künftiges Los bereite; daß die künstlichsten Paraden und das blinkendste, gewandteste Fechterspiel nichts dafür und nichts dagegen alsdann ausrichten, sondern, sind einmal die Hauptlichter angesteckt, nur noch die Oberfläche berühren. So bei der Bodmer-Gottschedschen Fehde, welche nur noch gewohnheitsweise bestand, während ganz neue Dichterschulen aus dem Blut und Schweiß jener poetisch höchst unbedeutenden Kämpfer aufgeblüht waren und die *beiden* Kämpfer vergessen machten. So wahrscheinlich auch, wenn die Kämpfer nicht aus freien Stücken losgelassen und nicht ihre Polemik in das Schaffen neuer, selbständiger, objektiv gehaltener und mit Ernst und Liebe behandelter Werke aus dem Kletten- und Dornengärtchen persönlicher Angriffe auf würdige Weise verpflanzt haben würden, bei der Menzel-Gutzkowschen.

Dieses Problem wurde durch neue Ereignisse nicht gelöst, sondern unterbrochen, und zwar weniger hinsichtlich des kleinen persönlichen Streites, der, solange Verleger und Leser sich finden, noch forttosen könnte, als hinsichtlich der sozialen Fragen, welche Gutzkow und seine Freunde auf weitflatternde Fahnen geschrieben und nur erst damit tastend in die Welt hinausgewimpelt hatten. Die Angelegenheit metamorphosierte sich nämlich aus einer literarischen zu einer polizeilichen. Die meisten deutschen Regierungen, zuerst die bayerische, konfiszierten das Buch, um welches der Streit entbrannt war wie um Hectors Leiche. Wir meinen Gutzkows »Wally«. Verleger und Verfasser wurden vom badischen Hofgerichte in Mannheim in Untersuchung genommen, weil sie ein irreligiöses und unsittliches Buch verlegt, geschrieben hätten. Eine erst angekündigte literarische Unternehmung Gutzkows und seines Freundes Wienbarg, welche mit dem Jahre 1836 ins Leben treten sollte und in den Streit hineingezogen worden war, die »Deutsche Revue«, scheiterte infolge dieser Ereignisse. Das nämliche Schicksal erfuhren »Deutsche Blättter«, deren Herausgabe hierauf Gutzkow beabsichtigt hatte. Nach öffentlichen Nachrichten sind die bereits erschienenen und noch künftig erscheinenden Schriften Gutzkows, Wienbargs, Laubes und Mundts als der Führer des sogenannten jungen Deutschlands im Preußischen verboten, wenn nicht spezielle Erlaubnis des Ministeriums zum Verkaufe erwirkt wurde. Die beim Verleger der »Wally« erscheinenden übrigen Schriften sind im Preußischen verboten.

So stehen die Aktien in dem Augenblicke, wo wir dieses schreiben, und es könnte fast bedenklich sein, daß man noch mit der Feder in einer Sache schlichten und richten wolle, wo bereits eisern das Schwert dazwischenfuhr. Die kecken Plänkler, die übermütigen jungen Leute, welche allerlei unzüchtige Figuren an anständiger Leute Häuser und an Kirchentüren gemalt hatten, sind nicht bloß von der öffentlichen Meinung zurückgeworfen, sondern auch von der Macht vernichtet. Sie sind Bedrängte und, wenn das nicht zu tragisch lautet, Unglückliche geworden. Ihr Name darf sich nicht mehr unangefochten sehen lassen, »wo deutsche Zunge klingt«, und nur nach harter, strenger Kasteiung wird wohl wieder die literarische Acht von ihrer bestaubten Schulter genommen werden.

Gutzkow und seine Freunde haben aber nicht bloß mit diesen äußeren Übeln, sodann mit dem Achselzucken der Verleger, mit der Kälte des Publikums, das sich dabei vielleicht großenteils seiner Moral und Religiosität gar nicht bewußt wird, und mit der eigenen Kraft, die sich unmutig zerreibt, zu kämpfen, sondern es stehen ihnen auch nicht mehr die Waffen zu Gebote, wie sie derjenige, welcher eine andere Meinung verficht, aus der Rüstkammer des Wortes sich holen darf. Dieser Umstand würde *den Parteischriftsteller* entwaffnen. Denn das Unglück, selbst das verdiente, übt eine sänftigende Gewalt auf den ehrenhaften Gegner, wie der Öltropfen auch ans entgegengesetzte Gestade die Ruhe und die Milde trägt; und der Gegner senkt die Spitze seines Degens, wenn er keine andere Degenspitze mehr sich gegenüber sieht. Aber es ist nicht unsere Absicht, *als Partei-*

schriftsteller jenen Bedrängten und Unglücklichen nun noch neues Leid zu bringen. Nein! Wir halten aber die ganze Begebenheit als der Literaturgeschichte und der Charaktergeschichte unserer Literatoren angehörig und sonach für interessant genug, übersichtlich einmal dargestellt zu werden; dabei zu ihren Anfängen zurückzukehren, die Entwickelung derselben zu begleiten, Nebenliegendes in Betracht zu nehmen und den Faden endlich zu einem Schlusse zu verknüpfen. Diese Beschäftigung ist mehr eine *historische* als eine *kritische*, und, insoweit die Kritik nicht fehlen darf, soll sie nach *beiden* Seiten sich richten. Gutzkow und Menzel – wir kennen keinen persönlich, stehen mit keinem in bestimmteren Verbindungen! Diese Tatsache ist gewiß. Wir hoffen, daß sie zugleich eine Bürgschaft möglichster Unparteilichkeit sei.

Es treiben so viele Wellen sich im Strome der Welt, daß bald das Rauschen der einen das der andern bedeckt. Nicht auf alle können wir achthaben. Nicht den Ton aller können wir uns übersetzen und Nachdenken oder Zerstreuung daraus für uns schöpfen. Aber einzelne sind es wohl wert, daß wir etwas genauer auf ihr Rauschen und Flüstern hören und es der Mitwelt mitteilen. Vielleicht der Nachwelt. Denn jener soziale Kampf ist einmal da, und wie der rote Faden seiner Existenz sich durch vergangene Jahrhunderte nachweisen läßt, so kann es kaum fehlen, daß er auch durch die folgenden sich schlinge. Der Stoff des Kampfes, die Elemente, aus denen er wurde, sind nicht chemisch in der Luft verpufft, wenn man dem Ausbruche derselben mit Ernst und Strenge entgegentrat. Es gibt vielmehr so neue Zersetzungen, andere Gebilde und hoffentlich sittlich schönere. Aber der Geist ruht nicht, und täte er es, wäre er sogar tot und begraben, so wäre wichtig genug, Materialien zur Geschichte eines gestorbenen Geistes zu liefern, solange diese Materialien zugleich noch *vorhanden* sind. Denn die Zeitungsartikel da und dort, die Broschüren, in Mannheim und Stuttgart erschienen und nicht weniger als fünf an der Zahl, sind – hier nicht im schlimmen Sinne – lose Ware. Lose fügen sich die einzelnen Bogen derselben zusammen; lose fliegen sie durch die Welt, und lose treibt oft der Zufall sein Spiel dabei, daß nicht allen alle bekannt werden, daß die Belletristen nichts von den Kämpfen in der »Allgemeinen Zeitung« wissen und die starren Politiker nichts von den Zorngöttinnen des Literatur-Blatts. In einem halben Jahre fährt dann die Bescherung einzeln auf Klavieren herum, und in einem ganzen dient sie nebst Komödienzetteln zum Aufklären der Fenster. Jedenfalls fehlt dann das leichte Zusammenfinden und die Beziehung. *Diesen* Umstand wenigstens soll unser Aufsatz beseitigen. Ist er nicht selbst ein Bündel Pfeile, wohl, so sammle er doch die Pfeile und halte sie zusammen!

Dem Publikum war im allgemeinen bekannt, daß ein junger Berliner namens Gutzkow im Jahre 1831 den Redakteur des Literatur-Blattes zum Morgenblatt, Dr. Menzel, und zwar insbesondere mit Bezug auf dessen kritische Bestrebungen, öffentlich gepriesen und daß er sich, einige Zeit hernach, hierzu eingeladen, nach Stuttgart begeben hatte, um an der Herausgabe jenes Blattes teilzunehmen.
Gutzkow erzählt selbst hiervon in seiner ersten »Erklärung« (Allg. Zeit. Auß. Beil. Nummer 375 vom Jahre 1835): »Im Herbst 1831 kam ich nach Stuttgart. Ich war [jung,] schüchtern, voller Illusionen, zitterte vor einer Stadt, in der Schiller gelebt hatte, suchte Freundschaften, bot jedem, der sie wollte, meine Zärtlichkeit: ich war, wie alle jungen Deutschen in ihrem neunzehnten Jahre sind.« – »Mit dem Enthusiasmus eines Sekundaners hatt' ich schon über Menzel geschrieben; alle meine burschenschaftlichen Träumereien schienen sich in diesem Namen zu konzentrieren; griff man ihn an, so glaubt' ich Deutschland, die Freiheit, meine Abendspaziergänge, die Küsse, die ich auf die Lippen meiner Freunde drückte, alles, alles, woran ich hing, verspottet.«
Zeugnis von dieser Neigung legte auch Gutzkow öffentlich ab in einem Schriftchen, welches, da es erschien, viel Aufsehen machte. Es war dieses die »Divination auf den nächsten württembergischen Landtag; Ende November 1832; Hanau, bei Friedrich König«. Drei »Nuancen« sah damals der zwanzigjährige Politiker in der Opposition der zweiten Kammer. Über die dritte

»Nuance« bemerkte er: »Ich bin nicht imstande, sie vollkommen zu charakterisieren, und nenne nur einen Namen, der ihr Mittelpunkt zu sein scheint, Herrn Menzel.« – Sodann: »Ich habe nach der Lesung seiner (Menzels) Schriften immer die Meinung gehabt, Herr Menzel sei ein Freund der Wahrheit, wie es deren wenige gibt; er hasse jede Rücksicht, die verhindern könnte, sie frei zu bekennen, und verachte die Schwäche, die an die Stelle des Wirklichen Träume und Phantasien setzt. Ich halte ihn mit vielen für einen abgesagten Feind der Illusionen und vertraue der unparteiischen Überzeugung, die er auf der Höhe seines übersichtlichen Standpunktes muß gewonnen haben. Ein Mann wie Menzel, der schon seit vielen Jahren mit beispielloser Vielseitigkeit alle Erscheinungen des öffentlichen Lebens in Deutschland verfolgt, der die Geschichte der drei letzten Jahre mit einer seltenen Umsicht dargestellt hat, kann sich durch alle diese Studien nur einen sehr praktischen Blick gebildet haben.«

Man sieht, das Lob war so stark gegeben, als ein Anonymus, der, wäre ihm die Larve vom Gesicht gefallen, wegen der wunderlichen Handhabung derselben lautes Gelächter erregt hätte und der in so nahen Beziehungen zu Menzel stand, als bei Gutzkow damals der Fall war, sich nur erlauben durfte. Auch nahm man damals allgemein an, die Schrift sei zunächst im Interesse Menzels und zum Nachteile der beiden andern »Nuancen« der württembergischen Opposition (der von Herrn Gutzkow sogenannten »Dichter und Advokaten« und »der Hochwächterpartei«) geschrieben.

Menzel hatte, nach Gutzkows eigener Anführung, keinen Anteil daran. – Während so Gutzkow seinen ersten Schlittschuhlauf auf dem Eisfelde der Politik unter strenger Verkappung wagte, fertigte er zugleich recht geistvolle, spitzige und farbige kritische Anzeigen in das ihm nun zur Hälfte angetraute gedachte Literatur-Blatt. An seiner Lanzenspitze flatterte gewöhnlich die Chiffer G.

Gutzkow, wie er versichert, bedeutend enttäuscht hinsichtlich der Menzelschen »Titanenhaftigkeit«, die er »in dem ewigen Tretrade industrieller Bewegung« gesehen, verließ Stuttgart, nachdem er sein erstes Buch geschrieben hatte. Er blieb noch mit dem Literatur-Blatt in Verbindung und war mit Menzel »in milden Verhältnissen«. Um diese Zeit war es, daß Menzel den Gutzkowschen Roman »Maha Guru« im Literatur-Blatte rezensierte. Denn Gutzkow sagte unmittelbar auf die eben erwähnte Anführung: »Er (Menzel) stülpte mir zwei Lorbeerkränze aufs Haupt, jene kindischen Vignetten, die sein Literatur-Blatt als Bilderbuch interessant machen.« Es war dieses am 24. und 26. Februar 1834. In den Nummern von diesen beiden Tagen schwebt der Name Gutzkow belorbeert über dem Namen des Redakteurs Dr. Wolfgang Menzel. Eine eigene Konstellation!

Aber es ist von Wichtigkeit, noch etwas näher zu bezeichnen, welche Ehren, außer dem Großkranze des Lorbeers, Menzel seinem Mitarbeiter Gutzkow damals antat. Es war ungefähr anderthalb Jahre vor dem Beginn des jetzt kaum ausgetragenen Kampfes.

»Der geistreiche Verfasser der ›Briefe eines Narren an eine Närrin‹«, beginnt die Menzelsche Rezension, »hat in diesem neuen Werke sein großes Talent auf eine noch glänzendere Weise beurkundet. Seit Ludwig Tieck gab es keinen, der so jung an Jahren schon so reif an Geist und Phantasie gewesen wäre. Wir fragen nicht, ob er die Klippen und Strudel vermeiden werde, die dem jungen Genius von allen Seiten drohen (damals schien also das Menzeln ganz gleichgültig!); wir sind schon jetzt überzeugt, daß er unter den Schriftstellern deutscher Nation eine bedeutende Rolle übernehmen und behaupten wird. – ›Maha Guru‹ ist der beste Roman, der seit langer Zeit geschrieben wurde; er erinnert entfernt an die Romane von Tieck und Steffens, aber von denen Tiecks unterscheidet er sich durch das ganz eigentümliche Kolorit, und die von Steffens übertrifft er durch seine epische Ruhe und Einfachheit« usw.

In diesem Lobe an sich liegt nichts Auffallendes. Eher darin, daß Menzel hier die Krällchen nicht merkte, welche in der »Vorrede zu Schleiermachers Briefen« und in der »Wally« zu artigen oder vielmehr höchst unartigen Krallen gedeihen sollten, sondern daß er sie nebst anderm ganz wohlgemut als Beleg seines günstigen Urteils über »Maha Guru« in die Spalten der Rezension eingepfropft. – Wir meinen hier zunächst die Stelle, wo von dem

großen Konzil zu Lassa in Tibet darüber Beratung gepflogen werden soll, daß »Hali-Jong, der tibetanische Götzenfabrikant«, in der Bildung der Nasen der Götter und insbesondere in der Proportion zwischen Nasenspitze und Oberlefze nicht mehr das Rechte treffe. Gutzkow schrieb dann weiter, und Menzel schrieb von ihm ohne alle religiöse Skrupel ab:
»Es war keine Bagatelle, um die es sich handelte, sondern um etwas Wesentliches, etwas Normales. Was bezeichnen die Nasen der Götter? Unstreitig, daß sie sie überall hineinstecken, also ihre Allgegenwart. Ist nun der Mund von jeher der Sitz der Allmacht gewesen, weil ein Gott nur zu sprechen braucht, um etwas dastehen zu haben: so folgt, daß die Zerstörung der alten Proportion zwischen diesen beiden Gesichtsteilen ein versteckter Kampf gegen die Dogmatik ist. Wird die Wirksamkeit der Götter nicht in Zweifel gezogen, wenn man ihre Nasen in eine zu weite Entfernung vom Munde bringt?«
Freilich sprach hier Gutzkow bloß von den göttlichen Mahamunibildern Tibets, und er, so wie Menzel, fanden dabei nichts Arges!!
Bis dahin war das Verhältnis beider *äußerlich* ein recht gutes gewesen. Ihre literarischen und kritischen Reviere glichen den Bergfesten Liebenstein und Sternfels, auch genannt *die Brüder*. Zwischen Reben, auf einer linden Anhöhe, in dem tiefen Rheinstrome ihr Bild spiegelnd, liegen Jahrhunderte schon die beiden Festen. Zwei zärtliche Brüder hausten vordem darin, zu Schutz und Trutz gerüstet. Da veranlaßte eine schöne Griechin den jüngeren Bruder, seinem früheren Lieb ungetreu zu werden. Heftiger Kampf entspann sich drob unter den Brüdern. Heftiger Kampf entspann sich auch zwischen Menzel und Gutzkow. Wer aber *dabei* die Griechin war, weiß man nicht recht.
Gutzkow erzählt, er sei deshalb mit Menzel zerfallen, weil er (Gutzkow) an einem öffentlichen Orte gesagt habe, Menzel schrieb alles, was er schrieb, indem er mit dem einen Auge nach Heidelberg zum Paulus hinüberschiele. Menzel enthält sich einer positiven Anführung und will Gutzkow »in dem ersten Augenblick, da der unsaubere Geist in ihm deutlich aus seiner Maske hervorsah«, die Türe gewiesen und »den Schmutz seiner Nähe«

von der reinlichen Schwelle seines Hauses hinweggefegt haben. Es hätte sich der Mühe verlohnt, wenn Menzel, der deutlich sein *kann*, hier hätte deutlicher sein *wollen*. Die Katastrophe in einem Verhältnisse, den Moment, der aus Freundschaft Feindschaft macht und der Gold in Blei verwandelt, fertigt man billigerweise nicht *so* ab.

Genug, Gutzkow trat aus seinem Verhältnis zum Literatur-Blatte. Die Welt, die Wichtigeres und Unwichtigeres zu tun hat, merkte nicht viel davon, bis der Buchhändler Sauerländer in Frankfurt am Main für den Beginn des Jahres 1835 ein neues Unterhaltungsblatt ankündigte. Es sollte »eine Frühlingszeitung« sein, deren Frühling selbst im Herbst und im Winter fortdauere, und der unvergänglichste der Vögel, der »Phönix«, war ihr Taufpate. Als Redakteur des »Phönix« präsentierte sich Herr Eduard Duller und als Redakteur des Schweifes des »Phönix«, der *die* Ähnlichkeit mit dem Schweife des Paradiesvogels haben sollte, daß er das Beste am Vogel war, Herr – Gutzkow. Das Unternehmen trat ins Leben. Man las im neuen Literatur-Blatte, wie nicht anders erwartet werden konnte, viel Geistreiches, Eigentümliches und Talentvolles. Aber doch blieb auch der Tadel eines kecken, prätentiösen Einherschreitens keinesweges aus, so wie der eines Knupperns und Beißens an Sachen oder Personen, wie es der Kritik nicht geziemt und wie es insbesondere Tieck gegenüber, der in Familien- und häuslichen Dingen mit bitterer Galle überschüttet wurde, Ekel erregte. Aber Menzel hatte ja Tieck und Gutzkow nebeneinander rangiert, und so durfte Gutzkow seinem Nachbar und aequalis Tieck schon etwas bieten. In diese Zeit fiel die Herausgabe der Schleiermacherschen Briefe über die »Lucinde« (Ostermesse 1835), welche Gutzkow auf 38 Seiten bevorwortet hatte. Unwillig wandte sich Deutschland von dieser Herausgabe ab. Denn Schleiermacher hatte sich nie als Verfasser jener Briefe genannt, und Schleiermachers spätere Denkart und Wirksamkeit rollte in ganz anderen Gleisen. Gutzkow donnerte und wetterte in der Vorrede gegen die Geistlichkeit, entwickelte dabei ausführlicher, was er von Liebe und Ehe halte, mit Ächtung der Bräute, wenn sie nicht gewissen Anforderungen des Bräutigams noch *vor* der Trauung nachgäben, und schließend mit den von üppiger Lippe frivol hingeworfenen Worten: »Ach! hätte auch die Welt nie von Gott gewußt, sie würde glücklicher gewesen sein!« Dabei hatte Herr Gutzkow zur ohne Zweifel sehr folgereichen Beschwichtigung altmodischer Sittlichkeit die Versicherung als Kaution eingelegt, seine Vorrede sei aus einem »tiefen Gefühle des Sittlichen« entsprungen.

Demungeachtet indignierte noch namentlich an der »Vorrede«, daß ihr Verfasser seine Stockwerke, Rauchfänge, Balkone, Waschküchen und dämmernde, zur Wollust einladende Schlafkammern dem Schleiermacherschen Gebäude in einer Art auf- und angebaut hatte, daß sie als notwendige Konsequenzen, als Ausbau desselben erschienen und daß also der Verfasser nicht nur von der Autorität Schleiermachers Profit zog, sondern auch diesen mit einem Teile *seiner* Verantwortlichkeit belastete. Die Berliner, persönlich angegriffen, und die Buchhändler, gerade damals in Leipzig anwesend, ließen sich heftig über die Schrift aus, und der Verleger selbst hatte deshalb Unannehmlichkeiten. Aber dieses Menetekel, mit feurigen Zügen an die Wand geschrieben, verschüchterte nicht den Vorredner. Angriffe in öffentlichen Blättern, ungünstige Rezensionen machen ja auch den Namen bekannt, und Herostrats Name drang auf die Nachwelt, ungeachtet aller Bemühungen der Epheser, ihm diesen gewünschten Kranz zu entreißen.

Gutzkow redigierte unterdessen sein »Phönix«-Literatur-Blatt fort und schrieb »Öffentliche Charaktere«, Nachkömmlinge der Heineschen »Französischen Zustände«, für die »Allgemeine Zeitung«. Von »Wally« später. So war es bis ungefähr Ende Augusts 1835, wo Gutzkow dem Buchhändler Sauerländer sein Redaktions-Verhältnis zum Literatur-Blatte des »Phönix« aufkündigte und sich nach Stuttgart begab. Alsbald gab es nun da und dort in den Blättern großen Spektakel über Gutzkows Reise und seine Plane. Wenn Schiller nochmals aus Stuttgart sich flüchtete, könnte kaum in einer Zeit, die gerade damals vom Lager in Kalisch, von den spanischen Begebenheiten und von O'Connell in Bewegung gesetzt ward, mehr an Interesse dafür aufgewandt werden. Da las man, der geistreiche, der geistvolle oder auch der blonde Gutzkow sei abgereist oder angekommen. Da hörte man mysteriös von einer großen Buchhandlung erzählen, die, eine Art Jupiter, Herrn Gutzkow-Ganymed von den etwas gewöhnlichen Höhen des »Ida«-Literatur-Blattes zum »Phönix« zu sublimern Höherem ausgezeichneter und glanzvoller Unternehmungen entrückt hätte. Die Leute rieten auf Cotta oder auf Liesching oder auf Balz oder auf eine andere Stuttgarter Buchhandlung, deren eine Menge in neuerer Zeit wie aus der Erde dort hervorwuchs, um, unterstützt von vielen einheimischen und großenteils sehr achtbaren Kräften, den Leipzigern die Waffen zu zeigen. Da erklärte ein reicher Mannheimer Israelit, ein Herr Dr. E. Löwenthal, derselbe, der einen neuen Roman Gutzkows, die mehrerwähnte »Wally«, als in seinem Verlage erschienen soeben angekündigt, derselbe, der ein Asyl allen talentvollen jungen Schriftstellern in den Zeitungen aufgetan hatte, derselbe erklärte, die neue Zeitschrift, die »Deutsche Revue«, von Gutzkow und Wienbarg redigiert, werde bei ihm erscheinen. Gutzkow, welcher unterdessen nach Frankfurt zurückgekehrt war, bezeichnete sie öffentlich als eine Zeitschrift »im größten Stile«.

Das Verhältnis Gutzkows zu Menzel, seinem alten Gönner und Freunde, war unterdessen ein auch äußerlich sichtbares *unfreundliches* geworden. Gutzkow hatte sich über dessen Eifern gegen Goethe, dem er 1833 in seinen »Streckversen« bei weitem noch nicht *so* entgegengetreten war, sowie über einige andere Menzelsche literarische Liebhabereien scharf ausgelassen. Wiederholte Attacken von Gutzkow auf Menzel machten wahrscheinlich, daß endlich auch Menzels Flamberg, der gewiß nicht zu den schartigen gehört, aus der Scheide fahre. Aber es blieb stille. Fühlte Herr Menzel, daß es bedenklich sei, einen Mann, den man in die Literatur eingeführt habe und der die Eigenschaft *und die Entschuldigung* großer Jugend besitze, nun plötzlich in einem Sinne anzugreifen, der auf völlige Vernichtung hinausgehe? Es gibt alte deutsche Sagen, nach welchen ein Schieferdecker, auf dem spiegelglatten Dache des Münsterturmes hängend, den eignen Sohn hinab in die grauenvolle Tiefe stieß, weil dieser, im Schwindel, nach ihm griff und so, selbst verloren, nun auch das

Leben des Vaters bedrohte. Diese Sage findet *hier* keine Parallele. Herr Menzel blieb lustig auf dem Dache *seines* Münsterturmes hängen, pfiff kaltblütig ein Liedchen vor sich hin, rezensierte, schrieb Almanache der Zeitgeschichte und machte Reisen nach Österreich oder Italien, ohne daß der waghalsige Kletterer Gutzkow das Leben und die Seele Menzels, welche dann unvorbereitet zum Tode gefahren wäre, gefährdete. Aber Menzel trat *für die Sache* ein, für die von Gutzkow gefährdete und in den Kot getretene Idee des Schönen und Wahren, des Sittlichen und Ehrwürdigen. *Dagegen* konnte keine Rücksicht gelten. Der ältere Brutus ließ seine beiden Söhne hinrichten, weil er in der Feldschlacht, drin er als Führer stand, unzufrieden mit ihnen war, und vom jüngeren Brutus ist das Klopstocksche Epigramm bekannt:

»Auch Du, mein Sohn?« sprach Julius;
»Rom, meine Mutter«, dachte Brutus,
Und stieß dich tiefer, Dolch der Freiheit. –

Wir sind auch der Ansicht, daß unter Umständen und von innerer lebhafter Überzeugung gedrängt man wenigstens nicht *viel* anders verfahren kann, als Herr Menzel tat. Wir stehen dann da als Geschworne, erklären vor Gott und den Menschen und auf unsere Ehre, und niemand hat darüber eine Stimme als der noch größere Geschworne: das Urteil der Nation, der Welt, der Menschheit.

Der 11. September 1835 erschien und mit ihm die Nummer 93 des Literatur-Blattes zum »Morgenblatte«. Sie enthielt den Anfang einer Rezension Menzels über die »Wally«. Hoch über der Rezension schwebte diesmal die Zornesgöttin, den Blitzstrahl schwingend – die bedenklichste Menzelsche Vignette! Die Rezension selbst aber begann: »Wenn Herr Gutzkow nicht Talent besäße, würde ich mich seiner nicht angenommen haben. Ich war es, den dieses junge Talent sich zum Führer wählte. Ich glaubte, es pflegen, es vor Verirrungen hüten, ihm eine freie Bahn öffnen zu müssen. Ich habe Herrn Gutzkow jede Unterstützung und Empfehlung angedeihen lassen und wie ein Vater an ihm gehandelt usw.« Dieses usw. bezeichnet den Raum von 3½ Quartseiten. Erst findet sich nämlich, wie wir sahen,

manches über die früheren persönlichen Verhältnisse Gutzkows zu Menzel, und zwar in einem Sinne der Unmündigkeit Gutzkows und der Mentorschaft Menzels. Der Stelle, wonach Menzel Herrn Gutzkow »in dem ersten Augenblick, da der unsaubere Geist in ihm deutlich aus seiner Maske hervorsah«, die Türe gewiesen und »den Schmutz seiner Nähe« von der reinlichen Schwelle seines Hauses hinweggefegt haben will, erwähnten wir schon vorhin. Gutzkow habe sich mit ihm, Menzel, nie in einen Prinzipienstreit eingelassen, denn, seitdem er aufgehört, Menzels Prinzip »zu heucheln«, habe er gar keins mehr. Nur auf *Persönlichkeiten* sei Gutzkow seitdem ausgegangen. Jetzt aber handle es sich um *Sachen*, da Herr Gutzkow es unternommen habe, an der Spitze eines sogenannten »jungen Deutschland« unsere bisherige Sitte und Denkart zu reformieren.
Menzel geht nun in seiner Rezension dem Roman »Wally« näher zu Leibe, indem er jedoch immer wieder in mancherlei Wendungen zu Herrn Gutzkows Motiven, Bestrebungen, Sitten, Denkart und insbesondere auch zu den jungen deutschen Literaten zurückkehrt, die sich als »junges Deutschland« proklamiert haben, ohne jedoch älter Geborne in ihren Reihen zu verschmähen. Gutzkows »Wally«, führte Menzel aus, sei »voll kränklicher, raffinierter, ausgedichtelter Wollust«; Obszönitäten und Gotteslästerungen seien in ihr zusammengeschüttet; Gutzkows Motiv zu seinen auffallenden Arbeiten sei eine »galoppierende Ruhmsucht«; er mache seine gotteslästerlichen Redensarten zur *beabsichtigten* Goldborte von Obszönitäten, auf daß ihm nicht an Ruhm verlorengehe, was er an Ruf gewinne, usw.
Wir gestehen, daß wir beim Lesen dieser Rezension, welche wir (es mag den meisten so gegangen sein) *vor* der »Wally« lasen, Herrn Menzel entgegengrollten, wie er befugt sei, Herrn Gutzkows innerste Absichten als schlecht und gemein hinzustellen, und wie seine moralische Überzeugung, die doch immer von Zorn und gekränkter Eigenliebe wenigstens *mit* erregt ward, so kurzerhand das Privilegium habe, nach diesem Muster Petschafte stechen zu lassen und sie hinzureichen durch das ganze deutsche Land? – Aber wir wurden einigermaßen bekehrt durch das Lesen des Romanes »Wally« selbst. – Einen Auszug können wir nicht

daraus liefern. Dagegen legen seine 21 Bogen und vielleicht noch wichtigere Autoritäten Protestation ein. Sondern nur Andeutungen über seinen Gang sind möglich.

Da ist eine »Wally«, »ein Bild, das die Schönheit Aphroditens übertraf«. Zugleich ein »Cäsar«, der »im zweiten Drittel der zwanziger Jahre« stand. Cäsar und Wally lernten sich kennen. Die Bekanntschaft entwickelt sich. Wally gibt gelegentlich Urteile über die »junge Literatur« und das Christentum. Dort soll ihr Tadel etwas Anziehendes haben, hier etwas Abstoßendes. »Wie sonderbar doch das Christentum auf Velinpapier aussieht.« – »Es ist hübsch, in der Bibel Irrtümer zu entdecken.« So die ersten Stimmtöne. Das Crescendo macht sich dann. Denn Cäsar warf nun die ersten Würfel und später die letzten. Dazwischen Gespräche in Gesellschaften über Rumohr, E. T. A. Hoffmann, Goethe, die Musik. Auch gelegentlich zwischen Cäsar und Wally über die Unsterblichkeit. Cäsar weiß nicht, nachdem er frivol gelächelt, »wie aus einem langweiligen Menschen plötzlich ein interessanter Engel werden könnte«. Auch von Christus ist dann kurz die Rede. »Aber Wally hatte ihn entzückt. Soweit Menschen dieser Art noch lieben können, war Cäsar außer sich. Er folgte Wally ohne Aufenthalt.« Wally ging mit ihrer Tante nach Schwalbach. Cäsar war auch bald da. Es regnete viel. »Wally wollte sterben vor Langerweile.« Cäsar erzählte ihr Geschichten. Ihr fühlloses Verhalten bei einer derselben verdroß ihn. »Er hätte sie aufgegeben, wenn sie als Phänomen nicht seine Neugier reizte.« – »Er dachte in der Tat daran, bei ihr zu irgendeinem Ziele zu gelangen.« – Einstweilen erzählte Cäsar der Wally noch eine Geschichte. Hatte die erste von der tollen Bärbel gehandelt, so handelte die jetzige vom Tambour und vom Trompeter. Bei einem Spaziergange setzten sich Cäsar und Wally wieder auf zwei Baumstämme, nachdem sie schon vorher darauf gesessen und (Wally) »von einer Empfindungslosigkeit, die sie nicht zu heilen weiß«, und (Cäsar) »über die spätere Metamorphose der Frauen« (d. h. die bestimmtere Entwickelung des Geschlechtstriebes) gesprochen hatten. Cäsar hebt an: »Wir sind für die Illusion beide nicht gemacht. Eine Mücke würde uns stören, wollten wir zu den Sternen beten usw.« Jetzt lag Cäsar zu Wallys Füßen. So sprach er unter anderm: »Warum diese Verhüllung des Menschen in und an dir? Ach, wie seh' ich rings um mich her eine so reife Ernte von Liebe und Schönheit! Warum zögern bis auf Jahre, daß ich sie breche? – Diese unsichtbaren Barrieren, welche die Menschen trennen, welche auch den Jüngling vom Mädchen trennen, müssen fallen. Weib, in deinen Augen, in den Formen deines Körpers bist du überreif zur Liebe; und wenn ich dich heut zum ersten Male sähe, so pflückt' ich dich, denn wir sind die Kinder eines und desselben Planeten, ich Mensch wie du, beide den Tod fürchtend, beide elend. Was weichst du mir aus?« Wally fühlte hierauf »das Entzücken, statt eines Weibes Mensch zu sein«. »Sie ließ die Umarmung Cäsars zu: nicht, weil sie ihn liebte usw., sondern weil sie sich als das schwache Glied der großen Wesenkette fühlte, die Gott erschaffen hat usw.« – Ein Freund Cäsars, Waldemar, kam auch nach Schwalbach. Sie sprachen von Religion. Wir setzen, wie von den Bullen, nur einige Anfangsworte davon hierher: (Cäsar) »Religion ist das Produkt der Verzweiflung: wie kann sie die Verzweiflung heilen?« Waldemar sprach dann über das Christentum – ganz analog und höchst erbaulich. Wally war von Schwalbach abgereist. Die Winterlust begann in der Residenz. Cäsar kam auch dahin. Nach einem Balle flüsterte ihm Wally zu: »Ich werde den sardinischen Gesandten heiraten; aber wir sprechen uns noch!« Dieses Gespräch ward dann, wie Cäsars des Römers Tod durch Kometen, durch zufällige Unterhaltungen Cäsars des Nichtrömers mit Bekannten über uneheliche Kinder und zu verlosende Weiber eingeleitet. Der Abend kam. Cäsar war bei Wally. Er umarmte sie »mit glühendem Entzücken«. Der Pinsel des Schreibers malt hier voll und warm. Am vollsten und wärmsten, wo er Cäsars Bitte um die Sigunerszene (so nennt sie Wienbarg verhüllend) anführt, Wallys Weigerung, Wallys Gewährung, nachdem Wally an Cäsar geschrieben: »Ich scheue [richtig: schäme] mich vor Ihnen, daß ich Scham hatte.« Der sardinische Gesandte ging mit seiner jungen Frau nach Paris. Das leere, volle Leben der großen Welt umrauscht sie. Cäsar kommt auch dahin. Ebenso ein Bruder ihres Mannes, der auf eine verrückte Weise sich in sie verliebt, ihr wunderliche Anträge macht, von ihrem Manne betrogen wird und sich vor ihrem Fenster erschießt. Wally geht mit Cäsar durch nach dem südlichen Europa. Liebe und Ehe, mit entsprechenden Erklärungen und plastischen Stellungen, räumen nun im Buche ihren Platz an Gott und Christentum, um – wenigstens das letztere – ebenfalls davon verjagt zu werden. »Wallys Tagebuch« läßt einen Blick in ihre durch Cäsar angesteckte zweifelvolle Seele tun. Wir geben hier keine Stellen daraus; auch nicht aus der Abteilung: »Geständnisse über Religion und Christentum«, die ihr Cäsar zuschickt – Cäsar, der von Wally sich abgewandt und eine Jüdin, Delphine, geheiratet hatte. Wally endigt durch Selbstmord, aber gleich Newton als Jungfrau! – Während des Lesens wechselten beim Leser: Bedauern über ein mißbrauchtes Talent, Langeweile, Anerkennung einzelnes Gelungenen. Aber bald wird dieses überwältigt durch eine Empörung des Gefühls gegen den frivolen, *mit dem größten Behagen* an sonst Ehrwürdiges rührenden Schreiber. Belege für das Recht und selbst die Pflicht dieses Empörtwerdens gibt nur die *ganze* Schrift in ihrem Zusammenhange und in ihrem Verlaufe. Es fügt sich hier künstlich Stein in Stein, und der letzte, der Grabstein Wallys, wenn man nicht lieber den letzten Stein auf diesen Cäsar, den Wolkenumarmer und Anbeter der Zukunft, werfen möchte, damit er auch körperlich unter ihm zur widerlichsten Fratze werde, die man nicht mehr Mann nennen möge, schließt erst architektonisch das Gebäude. Bruchstücke daraus geben die verschiedenen Schriften, die wir in der Folge erwähnen werden, insbesondere die von Bacherer. Einzelnes davon wird auch noch in diesem Aufsatze gelegentliche Erwähnung finden. Verlangt man noch mehr zum Beweis – wir haben die Beweismittel bezeichnet!

Ehe noch die zweite Hälfte der ersten Menzelschen Philippika nach Frankfurt zu Gutzkow kam, hatte dieser bereits eine Antwort geschrieben und sie in die »Allg. Zeitung« abgeschickt, wo wir sie in der Außerordentlichen Beilage, Nummer 374 und 375, abgedruckt finden.

Gutzkow durfte kein ganz wertloser Mann für Menzeln geworden sein. Durchaus nicht! Sondern ein verlorner Sohn, den er in grunzender Gesellschaft wiederfand, ein gefallener Engel oder

dergleichen. Denn wie hätte sich das Gegenteil mit dem früher erteilten Ruhm, Preis und Lorbeerkranz und mit dem kritischen Blicke Menzels vertragen? In jenem Sinne behandelte er also Gutzkow. Zugleich schlangen sich die spitzigen Stacheln, die er seinem Gegner ins Herz drückt und mit denen er ihm das Gesicht verkratzte, doch immer um den Mittelpunkt *der Sache*. Und wenn sie auch etwas weit hinausstanden, so führte immer ein dünner Zweig zu dem Vorwurf der Eitelkeit und Unschönheit der Seele sowie zur »Wally« zurück, welche, eine neue Isis, eine Menge Teufelchen an ihren offengelegten Brüsten nährte.
Diese Vorzüge finden sich nicht in Gutzkows Antwort. Sie war eine schnelle, leidenschaftliche Improvisation auf einen bedachten, wohlgeordneten, wenngleich leidenschaftlichen Angriff. Gutzkow schien ganz vergessen zu haben, daß er einstens Menzeln gelobt, und nun tadelte er, in reimlosen heftigen Xenien, alle dessen Werke, vorhandene und künftige. Gutzkow übersah, daß man seines eignen Vorteils wegen selbst den Feind wenngleich nicht mit Schonung, doch mit Delikatesse behandeln soll, und nun plauderte er aus, was Menzel vertraulich über Pfizer und Rotteck gesprochen. Die Persönlichkeiten, welche Gutzkow brachte, zerflatterten meist in der Luft, und den ergangenen *sachlichen* Vorwürfen Menzels stellte er nichts entgegen als am Ende des Aufsatzes eine halb weinerliche Phrase, deren Rührung niemand einen sonderlichen Glauben zu schenken geneigt war. »Ich werde mich nicht irremachen lassen und meine kritische und poetische Stellung nach wie vor in eigentümlicher Weise behaupten. Man hat mir Beifall zugerufen: man hat mich liebend und mild gewarnt, in meinem Eifer für die sozialen Fragen unserer Zeit mich nicht zu weit hinauszuwagen. Ich fühle selbst, wie schmerzlich es ist, alles dies vollständig und wie in einem Systeme zu sagen, was noch halb, kaum gelispelt, auf des Jahrhunderts eherner Zunge liegt; aber der Stolz, mir und der Welt nichts verschweigen zu wollen und die Menschheit lieber nackt auszuziehen, als trügerische Gewänder an ihrem Leibe zu dulden, hebt mich, und ich weiß, einem Manne, der seine Seele aufs Spiel setzt, um die Wahrheit zu erforschen, kann sich Deutschland niemals, niemals entziehen.« Aber selbst diese

weinerliche Phrase, welche nur die Seele aufs Spiel gesetzt erklärte und nicht den Leib, hob Gutzkow durch spätere Explikationen auf, welche schlossen: »Ich kenne mein Publikum nicht. Mit einem Wort, ich verlange nicht, daß man sich mir hingibt.«

Mehr Flocken fand die Gutzkowsche Bürste an Menzels Kleid, wo auf dessen politische Wirksamkeit und auf seine literarische mit Bezug auf Politik die Rede kam. Denn es ist nicht zu verkennen, daß Menzels Liberalismus am allerwenigsten auf Enthusiasmus beruhe. Menzel nannte einmal Bulwer »eine unwillkürliche Konzession der Aristokratie an den Radikalismus«. Ungefähr dieselbe Bezeichnung fällt einem bei Menzel ein. Stets ist er beflissen, eine gewisse Verwegenheit mit Nüchternheit zu paaren und das Gehen jenes Pilgers nach Jerusalem nachzuahmen, der auf drei Schritte vorwärts wieder zwei rückwärts machte. Menzels Tun als Schriftsteller und Deputierter und wieder als Schriftsteller durcheinandergeworfen, nimmt sich eigen kaleidoskopisch. Er bezeichnet als Schriftsteller die Abneigung fürs Warten und fürs Gehenlassen als eine Art Albernheit, und doch stimmt er als Abgeordneter regelmäßig mit der äußersten Linken, die ebenfalls unter der Flagge einer gar nicht verhüllten Unzufriedenheit mit manchem Bestehenden segelt. Als Schriftsteller schüttet er den Glutbecher des Zornes und Hohnes über Lamennais, den Revolutionär, und will als Abgeordneter kein Budget. Als Schriftsteller setzt er ein deutsches Fürstenmosaik des vorigen Jahrhunderts zusammen, was teils zum Unwillen, teils zum Lachen über eine Art Totale der Fürsten anregt, und widmet als Schriftsteller ein eignes, sehr anerkennendes Kapitel dem jetzt regierenden Könige von Bayern. Es mag sein, daß ein eigentlicher Widerspruch hier wegfalle; aber keinesweges dasjenige, was nicht inkonsequent ist, ist damit auch konsequent. – Sollten wir in diesen Betrachtungen irren? Wohl, dann erkläre ein anderer den persönlichen Zerfall oder doch das persönliche Gespanntsein Menzels mit den Stuttgarter Liberalen, welches schon Jahre dauert!

Fünf Tage nach der Gutzkowschen »Erklärung« stand Menzels »Gegenerklärung« in der »Allgemeinen Zeitung«. Sie war nur

zwei Zeilen groß und stellte die Frage an Deutschland, ob Gutzkows Verteidigung eine Verteidigung *der Sache* gewesen? (Auß. Beilage zur Allg. Zeit. Num. 382.)
Diese kurze Behandlung und die andere Hälfte der Menzelschen Kritik über »Wally«, auch gewiß wohl manche persönliche Erfahrung, die Herr Gutzkow hinsichtlich seiner literarischen Tendenzen in näheren und ferneren Kreisen zu machen Gelegenheit hatte, veranlaßte ihn zur Abfassung der Schrift: »Verteidigung gegen Menzel und Berichtigung einiger Urteile im Publikum. Von K. Gutzkow. Mannheim. C. Löwenthal. 1835. 46 S. in 8.« Er verarbeitete hierin ausführlicher, was seine »Erklärung« bereits enthalten hatte, und ließ sich insbesondere mehr über seine literarische Tendenzen und über die »Wally« aus. Menzel, der in Gutzkow die Eitelkeit, die Ruhmsucht und die gemeine, nur mit buntem Flimmer umhängte Liederlichkeit und Fleischeslust als Triebfedern gefunden hatte, durfte sich nicht beschweren, wenn nun Gutzkow in Menzels Seele die reichsten Bleiminen entdeckte und Stufe für Stufe mit einem lauten: Seht! dem Publikum hinhielt. Auch Menzels literarische Arbeiten unterlagen dabei einer neuen diatribischen Kritik. Menzel hatte einige Körperlichkeiten Gutzkows, seine Unbehülflichkeit und sein neunzehntes Jahr (1831) zum besten gegeben. Gutzkow war so unvorsichtig, darauf einzugehen und mit seiner Parade noch mehr vom Mantel zurückzuschlagen. Angemessener war (insofern dies Grund hatte), Menzeln vorzuwerfen, daß Gutzkow in ihm »niemals einen weisen Ratgeber fand, der seine üppig wuchernde Keckheit beschnitten, der ihm den Weg ruhiger Zurückhaltung gewiesen und ihn auf die Folgen aufmerksam gemacht hätte, die seine unter Menzels Schutz erstarkende Dreistigkeit überall anrichten mußte«. Gutzkow gab dabei Spezialitäten, die wie wahr aussehen und auf die auch Menzel nichts erwidert hat. Aber Gutzkow befand sich dabei in einer schlimmen Stellung, und er selbst war schuld daran, daß er sich darin befand. Cortes, als er alle seine Schiffe verbrannt und den Weg nach der Heimat sich so absichtlich versperrt hatte, würde mit nicht viel Anspruch auf Gehör zu seinem Hofmeister zurückgekehrt sein, der »bald mit faunisch-frivolem Schmun-

zeln, bald mit einem schmetternden Gelächter« ihn kleine Schiffe von Tannenrinde verbrennen und sogenannte Spauzteufelchen ihn in die Luft jagen sah. Denn eine so eminente »Emanzipation« (um ein Modewort der Zeit zu gebrauchen) desarmiert kleine Entschuldigungsgründe, wenigstens dem Publikum gegenüber, wenn auch nicht dem Hofmeister.

Gutzkow schadete sich dabei, daß er ungeachtet dieser Vorwürfe an Menzel doch jeden Augenblick in seiner Broschüre von seiner neuen Stellung fortwährend frisch Gebrauch machte. Man pariere mit dem Schild, aber man haue nicht damit; man leihe auf Rechnung der Jugend bei der Nachsicht für *gemachte* Schulden, aber man mache nicht dabei fortwährend *neue*! – Menzel hatte Gutzkow mit Persönlichkeiten überhäuft; Gutzkow machte dies wett in seiner Broschüre, und mit mehr als Kometenkern. Er sagte dabei: »Man glaube mir, daß ich am geschicktesten bin, die Blößen der Menzelschen Kritik zu durchschauen«, und es ließ sich nicht leugnen, daß er solche Blößen benutzte, auch wohl weiter riß. Menzel der Politiker, Menzel der Juden-Emanzipationist, Menzel der Antigoethianer und Vaterlandsfreund sind dann wieder drei Eckposten, an denen Herr Gutzkow sich reibt, und insofern mit Glück, als, wie wir schon angedeutet haben, Menzel mehr der kluge, glatte, verständige, kalte und umsichtige Mann ist als der begeisterte, warme, mit seiner ganzen Person in den Kampf der Zeit (und nicht bloß einzelnen Individuen, welche von der deutschen Sprache Schriftsteller getauft sind,) mutig und rücksichtslos hineinspringende. Übrigens irrt Gutzkow, wenn er annimmt, daß die Juden-Emanzipation »Popularität«, d. h. Beifall in der großen Masse des Volkes habe. Wenigstens schoben Rottecks Gegner gerade die *Unpopularität* der Juden-Emanzipation ihm als Motiv unter, daß er sich in der badischen Kammer gegen sie erklärt habe. – Lächerlich klingt, wenn Gutzkow S. 26 »auf Ehre!« beteuerte, Menzels übrige Werke seien »von zu geringem Werte«, »als daß sie in einer wichtigen literarischen Angelegenheit für etwas gelten dürften!« Und gleich hundert Spornen rappelt es bei Gutzkows Worten: »Jedes Wort ist konkret, das ich auf Menzel schleudere. Hätt' er mich nicht so elend angegriffen, so würd' ich ihn nur langsam zerrieben haben.

So aber zerdrück' ich ihn. Es wird nur von ihm abhängen, ob er sich für überwunden erklärt.«
Mit diesen Worten geht Gutzkow auf eine Verteidigung seiner »Vorrede zu Schleiermachers Briefen« und der »Wally« ein: »Bei dem gänzlichen Mangel vorurteilsfreier kritischer Stimmen hab' ich nur auf die Verurteilung der Orthodoxie oder, wie bei Menzeln, auf die der Heuchelei, der Bosheit und des Neides zu rechnen. Ich muß selbst für mich eintreten und bitte das Publikum, mir in einer ernsten, meine bürgerliche Existenz bedrohenden Sache zuhören zu wollen.«
Von Schleiermachers Briefen sagt er: »Ich gab sie heraus, weil ich wußte, daß die Redaktion der sämtlichen Werke des Verblichenen sie mit Stillschweigen übergehen wollte.« – »Ich hasse jenen Pietismus, welcher Prätentionen macht. Dieser Haß riß mich hin, in der Vorrede Namen zu nennen, die mir später, obschon sie Geistliche sind, den Tod geschworen haben. Ich überschritt den Pietismus und kam dem Christentume selbst nahe, wie man immer kalt wird gegen eine alte Institution, wenn sie, auf ihre Verjährung pochend, modernen Begriffen gegenübertritt. Diese modernen Begriffe mögen schwankend, vielleicht unhaltbar sein, aber solange die Debatte währt, lasse man ihr Gegenteil nicht zu kräftig und überwiegend sein, sondern suche die beiderseitigen Ansprüche auszugleichen. Ich drängte eine alte Institution zurück, um einer modernen, ästhetisch-moralischen Diskussion Platz zu machen.«
In Beziehung auf die »Wally« bemerkt Gutzkow, »er habe nichts anderes im Sinne als eine Verbesserung des mißverstandenen Christentums. Eine jede Verbesserung sei kritischer Art, in ihrer ersten Potenz. Alle seine Einwürfe gegen das Christentum seien kritisch. Sie gehen auf den Ursprung des Christentums zurück, auf dessen erste historische Erscheinung, die ihm der Weltgeschichte, nicht der Religionsgeschichte anzugehören scheine. Man mache ihm den Vorwurf, daß diese Prüfungen schon einmal da waren, er entgegne aber, daß sie immer unterbrochen worden seien. Die französische Philosophie habe gespottet. Er (Gutzkow) habe niemals über das Christentum gespottet.« –
Auf das Dogma der »Wally« sind wir früher nicht eingegangen;

und so ist es nicht ungerecht, wenn wir auf eine Verteidigung, Rechtfertigung oder Entschuldigung dieses Dogmas einzugehen ebenfalls unterlassen. Einiges folgt noch darüber bei Gelegenheit der hinsichtlich des Gegenstandes erschienenen *ruhigsten* Schrift,‹ (des »Votum«).

Bedeutungsvoll ist Gutzkows Geständnis: »Nur *einem* Aufruf lass' ich Gerechtigkeit widerfahren: Wohinaus? Einen Zweck für meine schroffe Art, das Mißliche aller positiven Offenbarungen herauszustellen, wag' ich nicht anzugeben. Früge man mich auf den Kopf, so müßt' ich erst einen Zweck erfinden.« – Lächeln muß man zur streichelnden Versicherung: »Glaubt mir, ich habe grade so viel Religion wie jeder von euch! Nur darin sind wir ungleich, daß ich dasjenige auszusprechen verpflichtet bin, was ihr durch Zerstreuungen oder als Indifferentismus in euch begrabt!« – Das Gefühl des Ekels kämpft mit der Anerkennung einer gewissen Aufrichtigkeit, wenn man die Worte liest: »In der ›Wally‹ ist nur eine Stelle zu finden, die man in moralischer Hinsicht transzendent nennen kann. (Die Sigunen-Szene.) Aber ich werde sie nie aufgeben, denn diese Szene trag' ich seit Jahren (!) in meiner Phantasie und habe aus Verzweiflung, daß sie von Künstlern nicht in meinem Sinne gezeichnet würde, sie endlich selbst entwerfen wollen.« – »Hab' ich mich geirrt, wer darf es wagen, deshalb mein Leben zu verdächtigen?« –

In Beziehung auf die Herausgabe der Schleiermacherschen Briefe bereute Gutzkow »nur eines«, »die tumultuarische, atemlose und gereizte Abfassung der Vorrede«.

Wir übergehen anderes, aber tadeln müssen wir sehr, daß Gutzkow zur nämlichen Zeit, wo er eine Ausforderung zum Duell an Menzel erließ (was dieser ablehnte), mit Scheltworten auf ihn losrückte. Das ist gegen allen Comment, wie Herr Gutzkow, dessen Studentenjahre noch als junger Wein im Fasse liegen, wohl wissen muß. Wer an die Entscheidung der Waffen appelliert, hat auf die Gegen-Beleidigung durch das Wort verzichtet.

In diese »Verteidigung« legte auch Gutzkow das Geständnis der Autorschaft der schon früher erwähnten »Divination auf den württembergischen Landtag«. –

Die ganz gleichzeitig mit Gutzkows »Verteidigung« erschienene Schrift: »Menzel und die junge Literatur. Programm zur deutschen Revue von Ludolf Wienbarg. Mannheim, Löwenthal. 1835. 26 S. in 8.« verhält sich zu Gutzkows Interesse sekundantisch.
Ihr Anfang lautet, als wenn Menzel seiner Zeit der wütendste studentische Demagog gewesen wäre. Mit Unrecht. Denn Menzel war zwar Burschenschafter und Turner, er kannte Follenius und Sand, aber er verband seine Tendenzen nicht mit den ihrigen. Und so zerfällt der darauf gebaute Vorwurf des Abtrünniggewordenseins. Angriffe auf Menzels Antigoethismus, auf einige Werke Menzels, auf die Tendenzen Menzels und auf Menzels Angriff gegen Gutzkow folgen dann. Es kann nicht anders sein, daß manches, ja das meiste davon eine bekannte Physiognomie hat. Wir lassen es auch auf sich beruhen, nur kurz andeutend, daß Leidenschaft ganz gut mit blühendem Stil und unverkennbarem Geiste sich vertrage und daß man dem gereizten *Freunde* den einzelnen übertriebenen Ausdruck zu verzeihen geneigt sei. Vielleicht muß man noch anderes dem *Freunde* verzeihen. Z. B. daß er, nach einer Defension der »Wally«, doch für nötig hält, die unüberzeugten »Geneigten und nicht Feindlichen« darauf aufmerksam zu machen, daß »ihnen eine reiche Zukunft in Gutzkow blüht und dieser nicht lange darauf warten lassen wird, Mißverständnisse oder wirkliche Verletzungen, die sich ja nur an seinem markierten Stil, an seiner ungewohnten Feurigkeit und dem zackigen Blitz seiner Gedanken entwickeln, eben durch Gewöhnung zu beseitigen und zu heilen«. *Eben durch Gewöhnung!* Das heißt: das Publikum hat die Mißverständnisse und die Verletzungen auf seinem Gewissen; gewöhnt es sich an Gutzkow, so ist das die beste Probe seiner gesteigerten Intelligenz, und wenn seine Intelligenz steigt, so gewöhnt es sich an Gutzkow. Wie gesagt, freundschaftlich ist dieses, auch aufrichtig, aber klug und gewinnend keineswegs.
Menzel hatte etwas auffallend in seiner Rezension über die »Wally« auch über die »Deutsche Revue« sich im voraus tadelnd ausgelassen. Zwar lag ihr Plan vor. Aber

grau ist alle Theorie
und grün des Lebens goldner Baum.

Nach gesproßtem Baume wäre es *immer* noch Zeit gewesen mit der Kritik, und *eher* Zeit. Wer rezensiert *Plane*? Wer *Mitarbeiter*? Wahrhaftig, es ist nichts Kleines in unserer Zeit, eine solche Unternehmung, auch bei den unschuldigsten Tendenzen, zu wagen, und, wie uns dünkt, würde die Pflicht der Humanität und der Delikatesse mit einem *Schweigen* über die »Revue« bis zu deren Erscheinen verträglicher gewesen sein. Ähnlich, jedoch stärker, sprach sich Wienbarg aus. Er gab zugleich dabei die Ankündigung der »Deutschen Revue«. Die Sprache der Ankündigung ist würdig, obgleich etwas überschwenglich und viel verheißend. Aber welche Ankündigungen sind dies nicht, und etwas doch muß man der Jugend zugute halten. *Ein* Ausdruck, daß die »Deutsche Revue« alle deutsche Dichter und Gelehrte auffordere, »unter die Ägide ihrer Herausgeber« (Gutzkow und Wienbarg) zu treten,wurde unterdes von ihren Gegnern vielfach zerstochen und zertreten. Ein gutes Zeichen, daß weiter nichts an der Ankündigung zu zerstechen und zu zertreten war! – »Was die ›Deutsche Revue‹ bringen wird, soll sein: I. *Poesie* in allen ihren Offenbarungen; II. *Spekulation* aus allen Fakultäten; III. *Kritik* der vorzüglichsten Erscheinungen in der deutschen Literatur; IV. *Korrespondenz* aus allen Ecken des Vaterlandes, wo etwas geschieht, was würdig ist, gewußt, verstanden, belobt, beweint, mißraten oder nachgeahmt zu werden. Jede Woche ein Heft – jedes Heft von drei Bogen usw.« So war *der Plan*!

Eine andere Broschüre im Interesse Gutzkows: »Anti-Menzel oder Wolfgang Menzel, vom Standpunkte der historischen Kritik aus betrachtet. Von Dr. Franz Kottenkamp, Stuttgart, 1835, 36 S. in 8« prätendierte, nur »im Vorbeigehen« der Menzelschen Kritik des Romans »Wally« zu erwähnen. *Bis* zur S. 31 beschäftigte sich vielmehr Herr Kottenkamp mit andern Dingen. Nämlich: 1) von S. 3 bis 6 mit allgemeinen, sehr unwitzigen und matten Invektiven gegen Menzel; 2) von S. 6 bis 18 mit einigen Bemerkungen über Menzels »Geist der Geschichte«; nämlich über einen Punkt, »obgleich eine Nebensache«, und über noch einige Punkte, die wahrscheinlich keine Nebensachen sein sollen, aber – wir lasen auf S. 13 den von Herrn Kottenkamp an Menzel gegebenen Rat, er möge sich recht fleißig in dramatischer Poesie versuchen;

»gewiß, in Theatercoups müßte er selbst die *Birch-Pfeiffer* übertreffen« – ja, so lasen wir, und sämtliche Punkte gestalteten sich uns in ein mächtig großes Ausrufungszeichen; 3) von S. 18 bis 30 mit Bemerkungen über Menzels »Geschichte der Deutschen«. Es ist bekannt, daß Menzel sich in diesem mehrfach ausgezeichneten Werke viele Unrichtigkeiten hat *zuschulden* kommen lassen. Wir sagen: *zuschulden!* Denn die meisten derselben waren bei mehr Fleiß und Sorgfalt zu vermeiden. Herr Kottenkamp führt solche Unrichtigkeiten an. Auch die »Blätter für literarische Unterhaltung« taten dies neulich, und jeder Rezensent der Schrift wird es tun, weil sie sehr naheliegen. Besonders in der Geschichte der neuesten Zeit. – Auf S. 31 stoßen wir dann auf »Wally«. Herr Kottenkamp vermutete, als er nach Durchlesung von Menzels Kritik den Roman in die Hand nahm, er sei »schlüpfrig und im frivolen Geiste der Zeit Ludwigs XV. geschrieben«, aber Herr Kottenkamp fand sich getäuscht. Das führt er dann weiter aus. »Wir hoffen auch«, sagt Herr Kottenkamp, »Herr Gutzkow werde sich durch dergleichen Angriffe nicht abschrecken lassen, besonders durch solche, die von einem literarischen Aventurier wie Menzel herrühren.« Herr Kottenkamp ist also kein Freund der Abschreckungstheorie und schimpft auf seine Gegner. »Schließlich« empfiehlt Herr Kottenkamp Menzeln die Gutzkowschen »Öffentlichen Charaktere« zur Nachahmung, »wenn er sich wieder in historischer Darstellung versuchen sollte«, und hebt dabei, wie einige Stücke Zucker aus der Zuckerdose oder wie der Auktionator in der Ganthaus-Versteigerung, die Stücke »Martinez de la Rosa«, »Wellington«, »O'Connell« und »Ancillon« hervor. Sapienti sat! –

Während so Gutzkow und seine Freunde hauptsächlich *Broschüren* als Geschütz gegen Menzel aufführten, benutzte dieser fortwährend sein Literatur-Blatt zum Gegenfeuer. Nummer 99 desselben vom 28. September 1835 enthielt eine zweite und Nummer 107 desselben vom 19. Oktober 1835 eine dritte »Abfertigung des Dr. Gutzkow«. In der zweiten gab Menzel auf die Gutzkowsche Verteidigung in der »Allgemeinen Zeitung« ausführlichere Antwort. Dabei bemerkte er, »er brauche wohl nicht erklären zu dürfen, daß er unter den jungen Literatoren sehr wohl zu unterscheiden wisse und daß er nie daran gezweifelt habe, die edeln werden die Gemeinschaft mit einer schlechterdings nichtswürdigen Gesinnung und Handlungsweise kräftig ablehnen«. In der dritten Abfertigung erweiterte Menzel wieder die Zange, die er in der zweiten Abfertigung etwas mehr zusammengenommen hatte, und packt namentlich damit Wienbarg mit Bezug auf Ansichten, die dieser in seinen »Ästhetischen Feldzügen« geäußert haben soll und die Menzeln veranlassen, ihn unbedingt zu Gutzkow zu rangieren. An die Verteidigung Menzels gegen die auf seine Person geschüttete »Sündflut von Unrat« lehnt sich etwas lächerliches Selbstlob. So: wie er mit seiner »Konsequenz jederzeit siegreich hindurchschritt« und »alter bewährter Kämpfer für bekannte Ideen«. Der Aufsatz schließt mit einer Anrede an das junge Deutschland. »Junges Deutschland! Weder jung noch deutsch, Greiseskälte im verbrannten Hirn, französisches Gift in allen Adern!« usw.

»Die junge Literatur und der Roman Wally. Ein Vademecum für Herrn Karl Gutzkow. Dem deutschen Publikum zugeeignet, von Dr. Gustav Bacherer. Stuttgart, 1835. 43 S. in 8« ist der Titel einer Schrift, welche sich Menzeln zur Seite oder vielmehr der ersten Zeile ihres Titels mit Lebhaftigkeit, Kraft und Derbheit gegenüberstellt. Herr Bacherer supplierte die Menzelschen Kritiken, indem er Auszüge aus der »Wally« gab und mit spezielleren Widerlegungen derselben sich befaßte. Dabei eignete er seiner Sache einen Vorteil zu, den Gutzkow und seine Freunde übersehen hatten oder der unerreichbar für sie war. Er schrieb populär, auch dem gewöhnlichen Leser verständlich, und also besonders für die Mittelklassen, die ebenfalls von der Sache etwas wissen wollen und deren Verhalten wie in der Politik, so auch in der Moral und in der literarischen Polemik von sehr großer Bedeutung ist. Als den Zweck seiner Schrift bezeichnet Herr Bacherer: »dem deutschen Vaterlande ein Warnungswort zuzurufen über die Begebnisse im Kreise seiner sogenannten jungen Literatur; es zu veranlassen – wenn es die gegen die letztere gerichtete Anklage für begründet gefunden –, seine Entrüstung ob solcher fratzenhaften Unnatur mehrerer seiner Söhne zürnend auszusprechen, zu seinem eignen Heil und zum Heile der Herren Gutzkow und Konsorten«.

Während einen bei Herrn Kottenkamp, dessen Namen doch in den Musterrollen des jungen Deutschlands figuriert, die Versicherung verdrießt, daß er jeder Parteisache fremd sei, freut einen der frische Ton des Herrn Bacherer, der aus voller Brust herauskommt, es dem lieben Publikum überlassend, ob etwas von Partei darin stecke oder nicht.

Auf ein »kurzes Vorwort« und eine Anrede an das deutsche Publikum, worin einige Ansichten in Wienbargs »Ästhetischen Feldzügen« scharf beurteilt werden, folgt in drei »Stationen« ein Gang mit Gutzkow selbst über die »Wally«, in welchen das Wichtigste zusammengedrängt ist, was Gutzkow gesagt hat. Es ist die Quintessenz jenes moralischen und religiösen Giftkräutertrankes, dessen Signatur, wenn man sie weit vom Auge hält, die Worte: Schönheit, Natur, Freiheit, Kunst zeigt, aber, näher betrachtet, unzüchtige Figuren, lüsterne Stellungen, gaumenreizende Genüsse und ausgehöhntes Gottgefühl zum besten gibt. Herrn Bacherers Antworten darauf sind nicht immer sehr gewandt, aber doch treffend und warm und herzlich gemeint. Nur unterschreiben können wir seine Äußerung: »Wir haben, sollten solche Bücher eine allgemeinere Verbreitung erlangen, zu gewärtigen: daß eine strafbare Frivolität in die unverwahrten Gemüter unserer Jugend dringe; daß die Grazien weichen aus den Ursitzen ihrer Heimat – den Sittentempeln unserer Frauen; daß die männliche Jugend erschlaffe im nichtswürdigen Triebe zur Verneinung; daß sie unfähig werde jeder guten, kräftigen Tat und jeder schönen Empfindung; daß eine unerhörte Profanation alles Heiligen und Hehren gleich einer Epidemie um sich greife, vernichtend unsere gegenwärtigen religiösen, sittlichen und somit auch die ihnen koinzidierenden politischen Zustände – – herbeiführend das Zeitalter des Antichristen.« – Eine aus Lavater angeführte Stelle, beginnend: »Wir haben einen Freund in uns usw.« (S. 40, 41) ist schön. – Für Herrn Bacherers Unabhängigkeit spricht die Stelle: »Wir werden dem Dr. Menzel stets unsere Vorwürfe machen über seine früheren, ungebührlich günstigen, vielleicht aus einem gewissen Mitleiden mit dem Verfasser hervorgegangenen Beurteilungen der Gutzkowschen Fabrikate, wodurch er selbst das meiste dazu beitrug, Gutzkows Übermut zu reizen – zur nunmehrigen sichtbaren Entehrung unserer Literatur.« –

Als Verfasser der Schrift: »Votum über das ›junge Deutschland‹, Stuttgart, bei Liesching, 1836, 48 S. in 8« wird öffentlichen Blättern zufolge der Dichter Gustav Pfizer in Stuttgart angesehen. Doch hat er die Autorschaft desavouiert. Die Schrift ist ernst, würdig, einleuchtend. Sie gesteht Gutzkow »Kenntnisse, Geist und ein großes Talent der Darstellung« zu. Aber sie züchtigt ihn auch für seine Vorrede zu Schleiermachers Briefen und seine »Wally«. Diesem Gegenstande ist der übrige Teil der Schrift gewidmet. Wir geben hiervon den Schluß dessen, was über die »Vorrede« und den Beginn dessen, was über die »Wally« dort gesagt ward:

»Kann man etwas Widersinnigeres sich vorstellen, als von einer Entfesselung der sämtlichen Triebe eine Verstärkung der geistigen Kraft hoffen, auf deren Herrschaft und Übergewicht doch die Sittlichkeit beruht? Welche Beispiele weiß denn Gutzkow aus dem Schatz seiner geschichtlichen Erinnerungen hierfür anzuführen? Aber er möchte durch seine neue Sexualtheorie auch die Cholera abwenden, die er als die Nemesis der bisherigen Sittlichkeit betrachtet, und der Übervölkerung vorbeugen. Rousseau schickte seine fünf in freier Ehe erzeugten Kinder in ein Findelhaus mit solcher Nachlässigkeit, daß er später sie nicht wiederzuerkennen, nichts über ihr Schicksal zu erfahren vermochte; nach den gewöhnlichen Berechnungen ist anzunehmen, daß wohl vier von diesen fünf Kindern die Opfer dieser öffentlichen Erziehung geworden sind. Um solchen Preis erkauft man das Glück einer dünneren Bevölkerung; aber ebensogut könnte man auch den Kindermord ›emanzipieren‹, um in der Sprache des jungen Deutschlands zu reden. Nach der von Gutzkow projektierten Einrichtung sollte zwar die Ehe nicht verboten sein, wahrscheinlich aber würde er die Makel, welche bisher die uneheliche Geburt drückte (allerdings eine Ungerechtigkeit, aber gegen die Kinder und nur in seltenern Fällen gegen die Eltern), auf die Ehelichen und Ehelichgebornen übertragen und der republikanischen Gesinnung unbeschadet aus den letztern – Unfreie und Heloten, aus jenen, den Kindern und natürlichen Erben der Freiheit, den freien Adel und die Leviten machen?«

»Für diese Vorschläge und Aussichten beruft sich Gutzkow auf Rousseau. Uns scheint zwischen beiden der Unterschied zu sein, daß Rousseau seine Absichten, so sonderbar und bizarre sie sein mochten, mit dem Ernst der Überzeugung hegte und vortrug und daß wir diesen Ernst bei Gutzkow nicht zu finden vermögen. Rousseaus Unglück, seine innere Zerfallenheit mit sich selbst, kann keine Empfehlung für die von ihm in Anwendung gebrachten Grundsätze sein; auch hat man längst bei aller Bewunderung, die man dem großen Geiste und dem ernsten Streben dieses Mannes schuldig ist, von der Unhaltbarkeit seiner abstrakten Theorien über Kultur und Staat sich überzeugt; wer hätte gedacht, daß Gutzkow wieder der Herold jenes Evangeliums werden würde? Man könnte die Wiederaufwärmung dieser verschollenen Ansichten nur belachen, wenn sie nicht zu einem gefährlichen Gift würden, dadurch daß sie in einem weitern Kreise verbreitet, daß die Begierden und Leidenschaften zu ihrem Beistand geworben werden und diejenigen, welche sich ihnen hingeben, sich dazu noch im Lichte von vorurteilsfreien Philosophen erscheinen. Menschheitbeglückendes aber wird man darin so wenig finden als in dem Rate, den der Fuchs in der Fabel nach Verlust seines Schwanzes den andern Füchsen gab, sich auch ihre Schwänze abzuhacken.«

[...]

So weit dieser Auszug!

Wir müssen noch einmal zu Menzel zurückkehren, der in der »Allgemeinen Zeitung« seine »letzte« Erklärung gegeben hat, während das Gewitter seines Zorns noch am Horizont des Literatur-Blattes steht.

In Nummer 115 desselben, vom 11. November, zeigte er nämlich die eben erwähnte Schrift Bacherers und das »Votum über das junge Deutschland« an. Darüber schwebt wieder die blitzende, unwillige Göttin als Vignette, aber nicht als *Feindin* der Schriften, deren Beurteilung dann folgt (wie wohl sonst Stil ist), sondern als

Alliierte und *Sauvegarde* derselben mit brennender Lunte. – Die meiste Aufmerksamkeit der Anzeige widmete Menzel dem »Votum«, »das man wohl als den reinsten Ausdruck süddeutscher Gesinnung und der allgemeinen Stimme zunächst im Schwabenlande ansehen darf, parlamentarisch gehalten und doch köstlich, denn sie berührt die Lebensfrage, die politische Ehr-Prinziplosigkeit der jeune Allemagne, die wie eine nasse Unreinlichkeit zerfährt, wenn man sie sondiert«.

Menzel und Gutzkow fühlten das Bedürfnis, was selbst größere Mächte fühlen, sich nämlich an die öffentliche Meinung zu lehnen und dabei das Publikum zu versichern, die öffentliche Meinung oder doch deren wichtigste Repräsentanten seien für sie. Denn das gewinnt wieder öffentliche Meinung. So rief Gutzkow: »Von allen Seiten wird mir die Kunde, daß man sich wider Menzel wie gegen Geßler empöre. Jeder Brief, den ich erhalte, ist ein Feuerzeichen, von einem Berg zum andern getragen.« Menzel dagegen sagt, daß sich bereits »mehrere junge Männer« brieflich an ihn gewendet hätten, um ihm zu sagen, »wie sehr sie voll Unwillen seien über die Affen des französischen Lasters, die es wagen, sich das junge Deutschland zu nennen«; daß ihm »ein achtungswürdiger Gelehrter« geschrieben habe (er gibt aus dem Briefe Stellen) usw. – Gerade dieser Umstand fordert aber auf, *zusammenstellend* diese Angelegenheit zu behandeln, daß das deutsche Vaterland nicht ohne vollständige Akten oder doch nicht ohne vollständiges Aktenverzeichnis seine Teilnahme an der Sache zum Urteile über sie gestalte!

Wir haben im Anfange unsers Aufsatzes gesagt, daß der soziale Kampf, welchen Gutzkow und seine Freunde in Deutschland begonnen, nachdem Heine in Frankreich die ersten Brandraketen gemacht und an französischen Mustern entzündet hatte, kein plötzlich entstandener sei, sondern daß er seine Entstehungsfasern durch die vergangenen Jahrhunderte schlinge.
Dieser Meinung sind wir noch jetzt. Aber es ist allerdings hier nicht der Platz, sich ausführlicher darüber zu verbreiten. Nur einzelnes gelte als Andeutung.

Das fünfzehnte und sechzehnte Jahrhundert zeigte sich nicht nur von großer Wirksamkeit für die religiösen, sondern auch für die sozialen Interessen. Die Reformatoren jener Zeit rissen nicht nur das Volk vom Papst und den kanonischen Gesetzen los, sondern auch die Nonnen und Pfaffen von den dumpfen Klostermauern. Nicht mehr war der Kleriker an das Zölibat geschmiedet wie der Galeerensklave an die Kette. Drei Erscheinungen fielen in die ersten Zeiten der *deutschen* Reformation. Es war die Wittenberger Bilderstürmerei, der Bauernkrieg und, etwas später, das Wesen der Wiedertäufer in Münster. Im ersten stellte sich der radikale Krieg dar, welcher der Kunst gemacht wird, wenn man die Anbetung im Geiste und in der Wahrheit auf die Spitze treibt. Der Bauernkrieg hatte bloß politische Tendenzen. Die Geschichten zu Münster zogen die raffiniertere Sinnlichkeit in den Kreis der politischen und kirchlichen Tendenzen. Und so wird die Sinnlichkeit sehr häufig geneigt sein, sich in diese Tendenzen einzumischen. Sie wird dieses um so leichter tun, je mehr Disposition dazu sie in den Zuständen und Personen findet, je weniger Zucht und Anstand, gleich Strebepfeilern an einer Brücke, ihr gegenüberstehen.
Die Zügellosigkeit der Höfe damaliger Zeit ist bekannt. Selbst Luther, der sonst gut mit den Fürsten stand, schonte sie nicht in seiner cantio de aulis. Bloß Friedrich der Weise etwa hatte einen idealischen Umgang mit der Dame am Brunnen, während Philipp der Großmütige neben seiner rechtmäßigen Gemahlin sich noch eine zweite *antrauen* ließ, und zwar mit ausdrücklicher Genehmigung Luthers und Melanchthons, die sich oder ihrer Sache den mächtigen Hessenfürsten nicht zum Feinde machen wollten. Noch überboten wurde dies Tun und Treiben der deutschen Höfe im sechzehnten Jahrhunderte durch die Unzuchtschule des französischen Hofes unter Ludwig XIV., der Vormundschaft des Herzogs von Orleans und unter Ludwig XV. Deutsche Fürsten und Adelige gingen in jene Schule, und wenn sie ihren Kursus in Paris gemacht hatten, brachten sie französische Sitten, Denkart und Laster mit in die deutsche Heimat. Mätressen der Vornehmen waren in der Regel; Beförderung zu einer Mätresse war wirkliche Beförderung, und eine Gräfin von Königsmark schlug

ihre Schönheit und ihre Abkunft nicht hoch genug an, um einem Kurfürsten von Sachsen und König von Polen einige Jahre hindurch zur Unterhaltung zu dienen. Neben diesem Mätressenwesen konnte in jenen Kr[e]isen keine Ehe als heilig gelten, und die unehelich geborenen Kinder besonders der mächtigeren Fürsten erfreuten sich hohen Ranges und Standes und, waren es Töchter, meistenteils glänzender Verheiratung. So vermählte Ludwig XIV. eine seiner natürlichen (als ob die andern unnatürliche wären!) Töchter mit dem Regenten von Orleans, und sie ist eine Ahnin der jetzt regierenden französischen königlichen Familie.

Eine neue sehr einflußreiche Epoche bildeten in Frankreich: Voltaire, Rousseau und die Enzyclopädisten. Welche Masse Stoffs wurde durch diese geistvollen, aber an keinen Geist als an den ihrigen glaubenden Männer verarbeitet, verbreitet, bis nach Berlin und Petersburg geschleudert! Freilich nur zunächst an die Höfe, aber von da wirkt viel, und wenn es auch nichts wäre als die Instruktion für die Zensoren und das Beispiel. Französische atheistische Druckschriften wurden ins Deutsche übersetzt. »Der jetzt vergessene, aber äußerst geistreiche Schummel«, erzählt Menzel in seiner »Deutschen Literatur« (II. S. 191), schrieb unter der Regierung Friedrichs II. ein Buch, dem er den Titel »Der kleine Voltaire« gab, worin er nachwies, wie weit der französische Unglaube bereits in Deutschland verbreitet sei. Er erwähnt darin vieler absurder Schriften, worin eine genial sein sollende Gotteslästerung gepredigt wurde, und erzählt uns von den damaligen *atheistischen Orden* auf deutschen Universitäten usw.« – Dem Volke näherstehend, predigte Barth eine moralische Vernunftreligion. Andere, z. B. Mauvillon, Wünsch und Paalzow, schrieben gegen das Christentum. Später erschienen, von Lessing herausgegeben, die ganz antichristlichen »Wolfenbüttelschen Fragmente«. – Maria Theresias Hof war züchtig und religiös, ja bigott. Friedrich der Große hatte sich nach seinem ausschweifenden Leben zu Rheinsberg wahrhaft dem Leben eines anständigen Junggesellen oder Witwers zugewandt. Aber Friedrich der Große war ungläubig, und darauf gründete sich seine Toleranz in Glaubenssachen, nämlich in *religiösen*. Denn

man hat zwar viel erzählt, wie Friedrich eine Spottschrift auf sich niedriger hängen ließ, damit man sie lesen könne, aber doch wurde auch unter seiner Regierung eine Schrift in Berlin konfisziert, über welche sich der Herzog von Braunschweig beklagen zu können glaubte, und das Wort ›tyran‹, welches er klein geschrieben an seiner Büste in der königlichen Porzellanfabrik fand, brachte ihn außer sich.
Joseph II., hier im Gegensatze von Friedrich, verfolgte dagegen eifrig die Deisten. Um diese Zeit zeichnete Schiller seine Lady Milford, und Schubart folgte der nämlichen Richtung.
Die erste französische Revolution begann. Alle sozialen, alle politischen und religiösen Interessen wirbelten wie vom Winde ergriffen zu ihren äußersten Polen. Die Girondisten, und unter ihnen der Verfasser des »Faublas«; Marat und seine proskribierenden Zeitungen; diejenigen Mitglieder des Nationalkonvents, welche öffentlich erklärten, sie glaubten an keinen Gott; die Göttin der Vernunft; die republikanischen kirchlichen Orgien; überhaupt die religiöse Gleichgültigkeit, welche aus lang dagewesener Bigotterei, Heuchelei und süß kandiertem Unglauben in gewaltiger Metamorphose hervorsprang, aber, seelenwandernd, aus dem Körper der höheren Stände in den Körper der Mittelklasse und der niederen Stände sich begeben hatte, sind da bezeichnend. Selbst Charlotte Corday ging zum Tode, nicht mit Gebeten, sondern die Rose im Munde. Was die Revolution abgeworfen hatte – Religiosität und Kultus –, heftete sich nur mühsam das Kaiserreich wieder auf. Es war und blieb ein Akt der Politik und nicht der Überzeugung. Es war und blieb also etwas Äußerliches. Die Restauration zog es wieder mehr nach innen hinein. Bei ihr fand es noch alte Sympathien, nicht ganz zugeheilte Impfnarben, und Marschälle des gewesenen Kaiserreichs gingen mit brennender Kerze in feierlicher Prozession.
Alles dieses war von ungeheuerm Einflusse auf Deutschland. Und zwar in jeglicher Beziehung. Wieland, erst sehr andächtiger Lavaterianer, wurde, von französischen Mustern entzündet, wollüstelnder, aber kundiger Reimer. Heinse zerschmolz mit Kunstbetrachtungen eine höchst üppige Glut. Goethe, obgleich

in Streit mit den Romantikern, sympathisierte doch darin mit ihnen, daß er den positiven Instituten einen gewissen Krieg machte und die Gefühle, welche auf ihnen beruhten, an andere Haltpunkte zu lehnen bedacht war. Die Liebe, die freie, bequeme, ungebundene Liebe waren Hauptmotive für ihn als Lebemann und als Mann des Lebens, d. h. eines lebenvollen Dichters. In erster Beziehung legen Zeugnis ab die vielen unehelichen Kinder, die er im Konkubinate erzeugte, bis um die Zeit der Schlacht bei Jena Ehekontrakt und priesterliche Einsegnung dieses Verhältnis zum ehelichen erhoben. In der zweiten Beziehung haben wir Wilhelm Meister und Mariane, die Gräfin und Philina, Eduard und Ottilie, den Hauptmann und Charlotte, nicht der »Mitschuldigen« zu gedenken, mit denen er, der junge Mann, geistvoll, aber frivol genug, schon zu Ende der sechziger Jahre des vorigen Jahrhunderts in die Szene trat. Schlegel schrieb die »Lucinde«, Tieck den »William Lowell«, und , um Neueres nur im Fluge zu erwähnen – wir kommen späterhin teilweise darauf zurück –, Heinses Schriften wurden neu aufgelegt, Casanova ediert, Althing verdammt, aber doch gedruckt, und, zunächst in Berlin, bezeichnen die Namen: Schleiermacher, Hegel, Rahel sowie der Verein zur Verbreitung erbaulicher Bücher Perioden und – Kontraste. In Frankreich St. Simon, die neuen Tempelritter und Unglaube. In Spanien die Inquisition, Klosterbrand, Fanatismus nach beiden Seiten und Unglaube. Das literarische Autoritätenwesen Deutschlands im vorigen Jahrhunderte war durch Goethe gestürzt worden. *Während* dieses Sturzes und *aus* demselben erwuchs Goethe als neue Autorität. Menzel war einer seiner erklärtesten Gegner. Goethe *fiel* nicht, aber er *starb*, und die Autorität Menzels, wie regelmäßig eine Reaktion durch eine Revolution erzeugt wird, rief die Schilderhebung zugunsten des toten Goethe gegen Menzel hervor. Die Julirevolution, welche diesem Ereignisse vorausgegangen war, zeigte dabei einigen Einfluß.

Welche Fäden auch einer jetzt trille und spinne – z. B. Gutzkow in der »Wally« –, sie wuchsen in der Zeit, welche ewig neue Frucht trägt und doch ewig zugleich das in früheren Ernten gewonnene Gesäme wieder auswirft. Die Sinnlichkeit und die

Negative spukten schon als Religion, als Philosophie, als Vornehmsein, als Mode, als Poesie, als Schönheit, als Kunst; muß man nicht immer darauf spucken, so war sie doch selten mehr als Spuk. Die Sinnlichkeit, *von der Vernunft und von der Sitte gezügelt*, schlingt Getrenntes zusammen, doch unter Schleiern, welche verhüllen und nicht reizen; hebt lustig den perlenden Rand des Bechers an die durstige Lippe, doch noch wohl darauf achtend, daß er nicht überläuft.
In diesen Bemerkungen liegt mehr eine Erklärung der Deszendenz als eine Entschuldigung der Existenz für das *neue* frivole, sinnliche Werk. Viel Altes solcher Art in hundert Richtungen ist da. Wäre das *neue* frivole Werk ein Adeliger, es bestünde für 20 Kapitel die Ahnenprobe und für jedes mit besondern Ahnen! Aus dem, was Hunderte taten und übten, schrieben zuletzt zehn und zwanzig für Tausende eine Theorie. Auf dem neuen Palais zu Sanssouci und auf einer Menge anderer reichen Schlösser stehen nackte Bildsäulen, und sogleich kommen sie auch her und fühlen den innern Frost nicht, den jene armen steinernen Bildsäulen, nach Antiken gebildet, bei uns Hyperboräern notwendig haben, sondern stellen außerdem die Bildsäulen par terre und nennen das plastisch!

Während das Schwert Napoleons auf Deutschland ruhte und die Flucht Arndts, der Tod Palms und die Einkerkerung Beckers seinen Bewohnern hinlänglich demonstrierte, was die Frucht einer wenn auch nur gemäßigten und geistigen Widersetzlichkeit gegen seinen Protektor sei, trug nicht wenig das Zurückgehen und Sichvertiefen in die alten Geschichten und Gedichte Deutschlands dazu bei, sich nationell gegen das übermütige Nachbarland zu stärken und das, was kommen sollte, kräftig vorzubereiten. Von Fichte und Jahn in Berlin, von Rotteck in Freiburg, von andern anderwärts angeregt, galten Sittlichkeit und Tugend damals viel. Sie waren die Pilaster, auf denen sich die Karyatiden einer besseren, früchtereicheren Zeit mit freundlichem Blicke erhoben. Züchtig waren die Karyatiden. Ihr leicht verhüllter Busen konnte als Busen der jugendlichen Mutter gelten, die soeben ihr Kind gesäugt, oder als Busen der jungen

Frau, welche einige Minuten vor dem fertigen Ankleiden der Gatte überraschte. Derselbe Geist der Sitte, des Anstandes und der Frömmigkeit wehte und lebte unter der deutschen Jugend – wenigstens ihrer Mehrzahl nach – während der Freiheitskriege und nach denselben. Arndts und Schenkendorfs Lieder und ebenso die Lieder Körners, dieses Johannes unter den Dichtern jener Zeit, strömen über von den reinsten, sittlichsten, gotterfülltesten und gottvertrautesten Gefühlen. Ebenso taten es diejenigen, welche sie im Saal beim Kerzenglanz oder draußen im düstern Feldlager in der Hoffnung des Sieges oder in frommer, hingebender Erwartung möglichen ungünstigen Ausganges gemeinschaftlich absangen. Dieses Verhältnis blieb auch noch, als die deutsche Jugend unruhiger und unzufriedener wurde. Ja, es steigerte sich sogar, wenn auch nur in der Form. So sind in K. Follenius' Lied: »Schalle, du Freiheitssang« im ersten Vers der zweiten Strophe die Worte:

Gott Vater! Dir zum Ruhm etc.

besonders groß gedruckt, und das alte Band, was, wie Feuersbrand wachsen soll, heißt:

»Gott, Freiheit, Vaterland,
Altdeutsche Treu.« –

In Buris Lied: »Turnmut« heißt es:

»Herrgott! Dein Schild
Decke mich mild.«

K. Follenius sagte in seinem »Bundeslied«:

»Preis zuerst Dir, höchster Hort und Retter,
Vater! der uns frei und selig macht.«

Hinsichtlich Christi hatte man vielleicht nicht die ganze Meinung wie die orthodoxe Kirche, aber doch räumte man ihm eine Stufe ganz besonderer und selbst *göttlicher* Wirksamkeit, wohin er durch ausgezeichnete Tugend, Kraft des Willens, hohen Geist und unendliche Opferungskraft sich selbst erhoben. Eine der schönsten Partien des »großen Liedes«, welches die Follene zu Verfassern hat und Witt drucken ließ, ist das Abendmahlslied, und wie die Wartburger im Herbst 1817 feierlich das Abendmahl genommen, so war auch in der Folge die Frage: wie man am gemäßesten dasselbe feiern könne, nicht selten Gegenstand der

Unterhaltung. – Auf Sittlichkeit ward da streng gesehen; nur *einer* nahm sich das Gegenteil heraus und legte seine Genialität dagegen in die Waagschale; aber nur wenige Subordinierte waren damit zufrieden.
Diese Verhältnisse lösten sich mit dem Verbote der Burschenschaften und überhaupt den Untersuchungen seit 1819. Wenn man den öffentlichen Blättern trauen darf, so hielten die späteren studentischen Anhänger der Burschenschaft aus Politik nicht mehr so auf Sittlichkeit bei ihren Freunden. Der Kreis wurde dadurch weiter.
In den letzten Jahren war wohl kaum noch von solchen Verhältnissen die Rede. Wo es stattfand, geschah's sehr im geheim. Das Publikum wußte nichts davon, und wenn dieses jetzt der Fall ist, so ist's durch die Kunde von getroffenen Untersuchungsmaßregeln.

Durch die Begebenheiten der letzten Jahre ist dem Schriftsteller, dem einzelnen, der nicht im geweihten Kreise hoher angestellter Staatsdiener sich befindet, die *Politik* fast verschlossen. Auch hat das Volk einen großen Teil seines Interesse daran verloren. Teils aus freiem Trieb, teils infolge jener Begebenheiten; denn jede Teilnahme will auch eine Anregung, und die Anregung fällt weg, wo die Begebenheiten wegfallen und wo die Ziele in so weite Ferne gerückt sind, daß ihrer sich bemächtigen zu wollen als Torheit erscheint. Möglich, daß trotz dieser äußeren Ruhe und Gleichgültigkeit doch inwendig Brunnen rauschen und Keime wachsen und daß die Nation fortschreitet, wie Geister und Götter schreiten, und wie das Gretchen im Faust.

»Sie scheint mit geschlossenen Füßen zu gehen.«

Aber mit dieser Ruhe ist eine Anzahl lebhafter Leute nicht zufrieden. Sie will Bewegung, Übung, Ruhm. Sie will eine Wirksamkeit ohne Titel als höchstens den eines Doktors der Philosophie. Sie will Einfluß ohne Konnexion. Das Gebiet der Politik ist, wie schon gemeldet, ihnen verschlossen, und zum Glück sind sie nicht so von derselben infiziert, daß sie nicht auch außerdem etwas zu treiben vermöchten. Vielleicht erbauen sie Eisenbahnen zwischen Nürnberg und Fürth, zwischen Augsburg und München, zwischen Köln und Belgien, zwischen Berlin und Potsdam? Oder sie interessieren sich für Dampfschiffe, Dampfwägen und sonstige Dampfrealitäten? Oder sie schleppen die ideellen Interessen – und wäre auch attisches Salz dabei – in den breiten Bach der materiellen Interessen, welcher statt Goldes Kupfer führt, und inkrustieren sie dort. Z. B. aus dem Begriffe: Preßfreiheit machen sie eine Buchdruckerei für Steuerzettel u. dgl. Das alles spricht sehr ad hominem und bringt nicht nur Bewegung, Übung, Ruhm, Wirksamkeit und Einfluß, sondern auch bares Geld und feine neue Kassenanweisungen.

Aber jene Anzahl lebhafter Leute ist nicht reich und nicht resigniert genug, um auf eins von diesem allem einzugehen. Sie sind nun einmal Männer der Feder, Schriftsteller, welche die Scheitellocke der Zeit und Gelegenheit erfassen, ehe ihnen selbst die Scheitellocke herunterfällt. Sie mußten bis jetzt nicht emigrieren. Sie haben studiert und etwas gelernt. Sie sind unabhängig. Wohin ihr Paß lautet, da lassen sie sich nieder. Ihre Baronien liegen in den öffentlichen Blättern, wohin sie arbeiten; ihre Grafschaften in den Büchern, welche sie schreiben. Es sind Männer, in denen der Geist braust, die Tätigkeit stürmt. Ha, noch sind Gebiete übrig! – »Reisen« – eine solche durch Holland beschrieb trefflich Wienbarg; »Kurze Lebensbeschreibungen von Lebenden«, Gutzkow verfaßte die »Öffentlichen Charaktere«; »Romane«, ach ja Romane, aber die historischen nach Walter Scott, van der Velde und Spindler sind etwas von Farbe gefallen. Also »der Sittenroman« nach französischen Mustern! Wie schildert uns aber das früher erwähnte »Votum« die Richtung, welche der Roman in Frankreich genommen hat?

»Er behandelt nicht mehr nur die zärtlichen Angelegenheiten des Herzens, er will nicht mehr nur wie ein Märchen unterhaltend ergötzen und verklingen, er geht auch nicht bloß auf einen gröbern oder feinern Kitzel der Lüsternheit aus – er ist didaktisch oder, wie man heutzutage lieber sagt, doktrinär geworden, in andrer Weise freilich, als was man sonst unter dem Namen didaktisch verstand; er macht sich an politische, sittliche, psychologische, metaphysische Probleme und zwar nicht in einer pedantischen, abstoßenden, ermüdenden Form, sondern mit einer leichten Gewandtheit, einer feinen Grazie, mit hinreißendem Feuer und glänzendem Geiste, so daß man leicht jede Absicht vergißt und die Doktrin in einen gewürzigen Schaum der Poesie verwandelt hinunterschlürft. Man denke an die Romane von G. Sand (»Madame Dudevant«)! Wie schön sind sie geschrieben, mit welchem Anhauch des zartesten und innigsten poetischen Gefühls, und was ist ihre Tendenz, oder was muß ihre Wirkung sein? Schwerlich bei der großen Mehrzahl der Leser eine andere als Erweckung eines bittern Hasses gegen die sittlichen Verhältnisse, Mißtrauen und Feindseligkeit gegen den Glauben; denn mit den glänzendsten Farben zwar werden Tugend und frommer Sinn geschildert, aber nur um sie einer noch gewaltigeren, feindseligen Macht zu überliefern, in deren Schilderung sich die Poesie selbst zu überbieten strebt. Noch in anderer Weise suchen viele der französischen Romane das gesunde Vertrauen des Lebens zu vergiften und zu untergraben; wir meinen jene Erzählungen, die das Gräßliche und Schauderhafte menschlicher Ruchlosigkeit als ihre Domäne und unerschöpflichen Schacht bearbeiten. Auch die Poesie geht auf Wahrheit, das ist nicht zu leugnen; aber hat denn diese Welt von Ungeheuern, von Greueln jeder Art, hat diese Welt in ihrer Isolierung Wahrheit? Wenn auch die Wirklichkeit Abscheulichkeiten und Greueltaten aufzuweisen hat, wie sie vielleicht kaum die Phantasie erfinden könnte: ist es denn die Aufgabe der Poesie, in die Höhlen des Schmutzes und der Schande zu kriechen und gräßliche Monstruositäten daraus hervorzuzerren? Soll die Muse zur Schergin werden oder mit dem Bänkelsänger wetteifern, der bei Exekutionen die Verbrechen des Delinquenten ableiert? Die Aufdeckung und Analyse wirklich geschehener Untaten mag heilsam wirken, weil hier der Abscheu nicht ausbleiben kann; aber die Fiktionen von Gräßlichkeiten werden eher die entgegengesetzte Wirkung haben, denn gar leicht mischt der Dichter auch dem ärgsten Verbrechen einen geheimen Reiz bei, der den natürlichen sittlichen Widerwillen schwächt und abstumpft; die scharfe Unterscheidung zwischen der wirklichen und der Roman-Welt verschwimmt nach und nach, und was man hier pikant findet, hört nachgerade auf, dort zu empören. Die beständige

Jagd auf Scheußlichkeiten und Unnatürlichkeiten ist ebenso unwürdig des Dichters, als eine solche Lektüre entnervend für die Leser sein muß, die, einmal verwöhnt wie Opiumesser, des immer erneuerten Reizes nicht mehr entbehren können, nur in der fortwährenden Aufregung gesund zu sein wähnen und alles schal, eitel und abgeschmackt finden, was nicht jene galvanischen Zuckungen in ihrem zerrütteten Organismus weckt. Dieser Geschmack, dieses ungesunde Gelüsten, das zu befriedigen so viele glänzende Talente arbeiten, mag in Frankreich eine Wirkung sein, die aus ihren Ursachen mit Notwendigkeit folgt; in Deutschland würde, zur Zeit noch wenigstens, die Einführung eines ähnlichen Geschmacks eine Ursache sein, ein Giftkeim, der zu einer verderblichen Ernte aufwuchern müßte. Möge uns das junge Deutschland nicht auch dieses Geschenk zugedacht haben! Aber mit der Selbstmörderin Wally scheint auch dieser Gattung von Poesie Bahn gebrochen werden zu sollen, und wenn der Verfasser selbst im unklaren ist, was er eigentlich damit bezweckte, so ist diese Sorglosigkeit von seiner Seite kein Mittel, das Unheil abzuschneiden, das aus solcher Lektüre kommen muß. Er klagt: ein geheimes Gift untergrabe die menschliche Gesellschaft – wenn dies wahr ist, so ist noch gewisser, daß, was er ihr bietet, keine Arznei ist!« –

Ließe Aeolus seine Winde nur alle aus der *einen* Öffnung des Berges, in welchem sie eingeschlossen sind, hinaus, so würde diese Öffnung bald ein Krater sein; die Winde würden durch das Aneinanderreiben glühend, und statt zu kühlen, zu erfrischen, zu wärmen, tosten sie in der wildesten und widerwärtigsten Glut. Deshalb auch das Wilde und Widerwärtige, was im einseitigen Erfassen der sozialen und der damit in naher Berührung stehenden religiösen Interessen durch unsere »junge Literatur« liegt. Freilich findet dies im Zeitgeiste selbst seine Förderung. Der Zeitgeist, nachdem er lange auf Schlachtfeldern umhergesprungen war und später sich, immer noch das Schwert in der Hand, in Träume gewiegt hatte, schüttelte mit dem Schwert auch die Träume ab und sieht um sich her. Wir wollen ihn auch ansehen. Der Zeitgeist ist frivol, weil das die Nerven kitzelt; er ist keck, weil dies interessant macht und interessiert; er hält zurück und spielt unter der Decke – der Tisch- oder Bettdecke – weil das Sicherheit und Bequemlichkeit gewährt. Dabei hat der Zeitgeist – sonst müßte er ja seine zweite Silbe verleugnen – *Geist*; die Perlen, die der Champagner treibt und die jener mit feingespitzter, obwohl etwas matter Lippe nippt, die Sprühwedel der russischen Bäder, welche an seine rheumatisch gewordenen Sinneswerkzeuge schlagen, und eine schweifende, in Stößen vorwärtsgehende, wenn auch nur in Bruchstücken geistvolle Ansicht des Lebens sowie seiner Verhältnisse sind zu gleichartige Dinge, um nicht anzuziehen und sich nicht anziehen zu lassen.

Dabei wollen wir nur gestehen, daß diese Propheten einer Umänderung der sozialen Welt auch insofern auf ein für ihren Erfolg vorteilhaftes Terrain treten, als allerdings viel Mißstand da und dort ist und zur Rüge auffordert, die Rüge erklärt, die Rüge, ist sie vorurteilsfrei, heiligt. Es liegt dies nicht in den *ursprünglichen* Institutionen, wie sie vor Jahrtausenden wurden und wie wir sie als Schützer unserer Kultur, als Fortbildner und Befestiger alles Geistigen und Schönen bei uns erhalten müssen (wir meinen zunächst die Ehe und das Christentum); sondern in den Verzerrungen, welche man ihrer Anwendung und Vollziehung durch Jahrhunderte hindurch angehängt hat und die teils von den Dienern, teils von den Menschen überhaupt ausgehen, statt sie in der einfachen Natürlichkeit zu erhalten und zugleich darauf zu denken, wie sie mit den Ansprüchen einer geistig vorgeschrittenen Zeit in Harmonie zu setzen oder vielmehr in diejenige Harmonie, welche zu *jeder* Zeit gilt, wieder zu bringen seien. – Was ist ein Verlöbnis oft? Ein Menschenhandel, ein Kauf und Verkauf. Was die Ehe? Eine Auktion der Gleichgültigkeit, wo bald Mann und bald Frau mehr bietet. Was macht man oft aus dem Christentum? Ein Evangelium der Sklaverei und der Verdunkelung, während es ein Evangelium der Menschenliebe, des Lichts und der Freiheit ist. – Menzel selbst sagt in der soeben erschienenen zweiten Auflage seiner »Deutschen Literatur« (I. S. 193): »Ohne Zweifel hat die Heuchelei in der Theologie und die

Prüderie in der Poesie diesen neuen Gegensatz der offenen Frechheit mit hervorgerufen.«

Mehrmals sprachen wir schon vom »jungen Deutschland«. Gleich in seinem ersten Angriffe auf Gutzkow schlug auch Menzel auf das junge Deutschland los. Er sprach von »Huren und Buben«; er ließ das junge Deutschland »aus dem Bordell« herziehen. Wir konnten dies Benehmen nur aufs höchste mißbilligen. Denn es ist zwar wahr, daß das Jungsein für sich allein nichts sei, daß nur der jugendliche *Geist* ein junges Deutschland begründen könne und daß in diesem Geiste sich unsere *Nationaltugenden* erfrischen und verjüngen müssen, wenn es ein junges Deutschland sein soll. Aber die Zahl der Mitglieder des jungen Deutschlands ist eine ungeschlossene und unbekannte. Das »junge Deutschland« selbst ist noch nicht genau definiert. Darf man unter solchen Umständen solche Beschuldigungen häufen? Menzel fühlte das selbst späterhin; auch sein Verstand sagte ihm wohl, wohin solcher Angriff in Bausch und Bogen führe. Deshalb reduzierte er seine Angriffe auf Gutzkow und Wienbarg. Regelmäßig zählt man noch hinzu: Heine, Th. Mundt, Kühne, Laube.
Ehe wir von diesen sprechen, noch ein Wort über den Ausdruck: »junges Deutschland«. Wienbarg hat, wie er sagt, diesen »fröhlichen und hoffnungsreichen Namen« auf die Fahne der jungen Literatur gestickt. – Warum: »jung?« Etwa weil die Hoffnung sich immer an die Jugend wendet? Die Jugend ist der Scheitel der Alpen, welcher noch rosig glüht, wenn die tiefere Welt bereits in Nacht gesunken ist. So hatte auch Fichte lange vor dem Jahre 1813 alle seine Hoffnung auf die deutsche Jugend gesetzt, hatte laut gepredigt, daß das gegenwärtige Geschlecht aufzugeben, Besseres nur von der heranwachsenden Generation zu erwarten sei. Aber in *diesem* Sinne ist das junge Deutschland nicht jung. Börne ist bald 50, Heine bald 36 Jahre alt. Wienbarg soll ein Dreißiger sein. Lewald ist's tüchtig. So blieben also nur Laube, Mundt, Kühne und Gutzkow, von denen der letzte der jüngste sein mag. – »Jung« muß also in einem *andern* Sinne genommen worden sein. Etwa in dem vorhin erwähnten Sinne Menzels? Das

wäre gut. Das wäre zugleich besser, als wenn es vom »jungen Italien« und vom »jungen Frankreich« stammte. Denn hierin erkennten wir nur Ausländerei und Nachahmerei und selbst sehr lächerliche Elemente. Aber der Name: Deutschland ist immer ehrwürdig, möge er nun mit »jung« oder »alt« verbunden sein, und wenn die Göttinger Dichter im Anfange der siebenziger Jahre sich unter dem Namen Hainbund zusammenfanden (allerdings ebenfalls nicht ohne viele Nachreden), so sollen wir eher löblich finden, wenn deutsche Dichter der neuen Dreißig den Namen Deutschland als ihr Panier aufrichten und – mit dem »jung« – etwas phantastisch zieren. –

Kühne, der gegenwärtige Redakteur der »Zeitung für die elegante Welt«, sagt, indem er des Zwiespalts zwischen Börne und Heine erwähnt: »Und wenn sonst keine deutsche Faser an ihnen wäre, so zeigen sie dadurch ihr Stück Einheit, daß sie Separatinteressen haben, aller Eintracht entbehren und, statt sich aneinander zu lehnen, sich zerfleischen. Ist es mit dem jungen Deutschland unter uns etwa anders?« Kühnes erster Satz ist sehr unrichtig; sein zweiter sehr richtig. Denn Heine und Börne sind nicht durch Separatinteressen geschieden, sondern durch ihre tiefinnerste Natur. Das war immer so, und nur in einer Zeit, wo die Bestrebungen und die Anforderungen noch oberflächlicher waren, schlug das liebe, bequeme Publikum sie über einen Leisten. Dagegen liegt klar am Tag, daß das junge Deutschland sich zerfleische, so wie allerdings Heine und Börne tun. Die Motive des jungen Deutschland mögen dahingestellt sein. Kühne scheint auch da »Separatinteressen« anzunehmen. Vielleicht ebenfalls irrig. Wenigstens zum Teil. Wir suchen sie meist in der Verschiedenheit der Naturen, welche das junge Deutschland bilden.

Zuerst Heine. Seit einem Jahre lobt ihn niemand, ohne mit einem Aber auf seine enormen Fehler und Irrtümer überzugehen. So z. B. hat der Franzose Philarete Chasles einen Aufsatz in der »Revue de Paris« abdrucken lassen, worin er Heine versilbert und vergoldet. Da ist Heine »der Stifter einer neuen Schule in Deutschland, den Deutschland als Haupt einer Revolution anerkennt« usw. Er ist »der Hohepriester des neuen Kultus« in

Deutschland geworden. (Versteht sich: des Kultus des Körpers, des Plastischen, des Materiellen.) Er ist »der populärste Schriftsteller, dem alle junge Adepten nachlaufen«. *Aber* selbst der Franzose kann Heine »nicht leiden«, »wenn er über Christus spottet«. »Heine sollte nicht vergessen«, sagt sein sonstiger Liebhaber und Verehrer Chasles, »daß Christus der Menschengott oder Gottmensch sogar ganz irdisch betrachtet der Vater der ganzen neueren Philosophie ist«.

Vielleicht steht aber Kühne besser mit Heine? Wahrhaftig nicht! Vielmehr fährt dieser sehr scharf über Heines »Salon«, zweiter Teil, her. »Mr. Heine« habe da »eine schlechte Farce aus der Entwickelungsgeschichte des deutschen Gedankenlebens gemacht, die Parodie sei ihm mißglückt« usw. – »Das ist kein Salon mehr, das ist eine Bauernschenke voll grober Platitüden.« – »Der einst so flügelschnelle, frischatmende, ferntreffende und jetzt so schwächlich grobe, schlotterichte Götterbube fängt an, mir unbedeutend zu werden. Daß er sich in den Stoffen vergreift, indem er sich überbietet, daß er den heiligen Gott, dem er sonst Nasenstüber gab, jetzt guillotinieren möchte, beweist die miserable Hinfälligkeit seines jetzigen Menschen.«

Börnes Angriff auf Heine im »Bulletin scientifique et industriel«, dem Feuilleton des »Réformateur« vom 30. und 31. Mai 1835, ist bekannt. Man findet eine vollständige Übersetzung davon in den »Blättern für literarische Unterhaltung« Nummer 217–220 vom 5.–8. August 1835. Börne schlug da Heine nicht nur für Frankreich literarisch tot, denn er machte ihn lächerlich, sondern auch für Deutschland, denn er zeigte sein inkonsequentes, unmännliches Wesen und seine matte Logik. Auf einzelnen Äußerungen Heines schaukelt sich Börnes Satire wie auf einer unsaubern Pfauenfeder. Z. B. auf diesen: »Voltaire hat nur den Leib des Christentums verwundet.« – »Der Grundgedanke des Christentums ist die Vernichtung des sinnlichen Lebens.« – »Kant hat den Himmel mit Sturm genommen und die ganze Garnison über die Klinge springen lassen. Die Leibgarde des lieben Gottes liegt tot niedergestreckt; er selbst schwimmt in seinem Blute.« – »Die Menschheit verlangt nach derberen Speisen als dem Fleisch und Blut des Herrn Christus.« – »Es wäre gar nicht übel, wenn man Feste der Sinnlichkeit einrichtete und die Materie für ihre früheren Leiden entschädigte; denn das Christentum, unfähig, sie zu vernichten, hat sie bei jeder Gelegenheit zu entehren gesucht.« – Doch genug der Auszüge, welchen Börne eine schöne, würdige, wir sagen sogar: eine *christliche* Antwort gibt, wovor der Antichrist verstummen müßte wie, nach alten Sagen, der Teufel vor dem geschlagenen Kreuz.

Wir führten aber auch diese Stellen an, teils zur Charakterisierung Heines, der, seitdem er nicht mehr in der »Allg. Zeitung« politisiert, von Stufe zu Stufe tiefer gefallen ist und dem Gutzkow den Vortritt vor sich einräumt, teils als Beweis, daß wirklich Heine der Vermittler in diesen Dingen zwischen Frankreich und Gutzkow war und daß die »neue Literatur« (»junges Deutschland« ist uns zu gut für sie in diesem Sinne) hier nur nachahmte und nicht erfand.

Noch einige Sätze aus dem zweiten Bande des vorhin erwähnten Heineschen »Salons«: »Wenn wir noch, wie viele glauben, im Jugendalter der Menschheit leben, so gehörte das Christentum gleichsam zu ihren überspannten Studenten-Ideen, die weit mehr ihrem Herzen als ihrem Verstande Ehre machten.« – »Der Pantheismus ist die verborgene Religion Deutschlands.« – »Wir sind dem Deismus entwachsen – der Deismus ist eine Religion für Knechte, für Kinder, für Uhrmacher.«

So schreibt Heine! – So lallen Gutzkow (und schon ist ihm die Kinderzunge kräftig gelöst) nebst seinen Freunden ihm nach. Heine *war* früherhin Jude, gleich Börne, aber Ende September 1835 reklamiert er, der Anbeter Maximilian Robespierres, im *ministeriellen* »Journal des Débats« dagegen, daß er für einen Juden erklärt worden sei; nie habe er die Synagoge besucht. (Aus dem verwandten Grunde, daß er jetzt keine Kirche besuche, könnte er auch wohl noch einmal sein gegenwärtiges Christentum negieren!) Sodann: er sei dem Augsburgischen Glaubensbekenntnis zugetan. (Einen Taufschein mag Heine haben. Aber wie passen solche Erklärungen *auf wahre redliche Weise* zu seinen pantheistischen Grundsätzen und zu seiner Rehabilitierung der Materie auf Kosten des Christentumes und also auch des Augsburgischen Glaubensbekenntnisses?) Er sei kein politischer

Flüchtling, versichert weiter »Mr. Heine«; nein gewiß nicht; vielmehr stehe er unter dem Schutze seines Gesandten. (Bravo, Herr Autor einer gewissen Vorrede zu gewissen Zuständen! Es ist mancher kein Flüchtling, der aber doch Anstand nimmt zurückzukehren.)

Wenn der Führer irgendeiner Partei tugendhaft und wahr sein muß, so ist es derjenige, welcher soziale Reformen und Reformen in Sachen der Religion will. Konsequent aber muß der Führer einer *jeden* Partei sein oder die Welt so inkonsequent machen können, als er selbst ist. Das letzte tat Napoleon. Heine wird es mit seinem Geist und Witze und mit seinen blühenden Bildern – nicht vermögen.

Man könnte sagen: Börne und Heine sowie Heine und Börne, sodann Kühne und Heine nebst Börne (denn Kühne schmäht auf beide) wären persönlich zerfallen. Aber Kühne sagt auch: »Es ist bei dem Ausdrucke: *junges Deutschland* – ein Begriff, den ich immer mit Lachen desavouiert und der hinlänglich zum Skandal geworden ist.« Kann das Wienbarg gefallen, der jenen Namen »auf die Fahne der jungen Literatur« stickte? Wienbarg, der offenbar der Ernsteste und Gediegenste von allen ist? Laube, der früherhin ein unbedingter Anhänger der beliebten modernen Geschlechtsphilosophie war und sein Talent an diesen Tendenzen ansäuerlich machte, ist in seinem neuesten Buche »Liebesbriefe« in der Art davon abgegangen, daß er den Helden dieser Ansicht im Buche, einen Grafen Alphons, zuletzt als eine Art Narren aufgibt. Ist das nicht eine Abweichung vom neuen Evangelium? – In dem, was Gutzkow der »Wally« in den Mund legt: »Wienbarg ist zu demokratisch; Laube ist zudringlich; Mundt goutier' ich nur halb«, ist mehr als ein bloßes Urteil *der »Wally«* enthalten. – Zwar sprang Wienbarg seinem Freunde Gutzkow kräftig und wohlwollend zur Seite, und Dr. Kottenkamp schnitt sich ein paar lange Gerten und legte sich damit aus, aber es ist fast auffallend, daß man zwei Ereignisse dieser Art erwähnen muß und daß man nicht mehr als deren zwei hat. Neutralisiert wird dies auch durch die neueste buchhändlerische Anzeige der »Mitternachtszeitung« für 1836, wo Laube deren Redakteur wird. Die lautet gar zahm und sittsam. Wir

nehmen nämlich an, daß Herrn Laube deren Inhalt bekannt war.
Kurz: Das junge Deutschland ist so geschieden und getrennt wie das alte schon zu Tacitus' Zeiten. »Eintracht halt Macht.« Das Gegenteil dieses Sinnspruches ergibt sich von selbst.

Was sind aber die *politischen* Gesinnungen des »jungen Deutschlands«? Und hat man Ursache anzunehmen, daß sie der bestehenden Ordnung der Dinge im *Staatsleben* gefährlich seien?
Gehen wir hier auf die Quellen zurück! Zwar legen sich vielleicht leichte Nebelschleier drüber hin, und zwar wirklich mehr, um zu verhüllen als um zu reizen, aber einiges wird sich doch auch so unserer Beobachtung nicht entziehen.
Heines politische Gesinnungen sind ganz springend und unbestimmt. Wir waren vorhin bei diesem Namen etwas freigebig mit Belegstellen und enthalten uns also jetzt derselben.
Gutzkow ist nicht so springend, aber noch unbestimmter. Wo er es tun kann, machte er es wie sein Cäsar. Denn als einmal auf Politik die Rede kam, schwieg dieser. Doch finden sich auch wohl Stellen wie die folgende: »Unglückliche Jugend! Das Feld der Tätigkeit ist dir verschlossen, im Strome der Begebenheiten kann deine wissensmatte Seele nicht wieder neu geboren werden; du kannst nur lächeln, seufzen, spotten und die Frauen, wenn du liebst, unglücklich machen.« Da liegt nun der Schleier noch sehr dicht. Die Stelle findet sich in der »Wally«. – In derselben macht sich ihr Autor über einen »blondhaarigen Referendär« lustig, »der eine kleine Schrift über das Unzeitgemäße politischer Garantien geschrieben hatte«. Dieser Schlag fällt indessen möglicherweise so gut links als rechts. – Aber was halten Sie von diesen Sentenzen? (Sie stehen in Gutzkows »Wally« oder in seiner »Verteidigung«): »Die Wahrheit ist zuletzt nur der Gottesdienst im Tempel der Freiheit.« – »Die poetische Wahrheit kombiniert revolutionär.« – »Bei den Worten: Freiheit und Vaterland ist jedes jugendliche Herz verwundbar.« – Oder was halten Sie davon, daß Gutzkow die Wally während ihres Aufenthaltes in Paris hinstellt als »eine fleißige Bundesgenossin des großen Feldzuges gegen Natur, Wahrheit, Tugend und

Völkerfreiheit, welcher mit dem Leben der Großen fast immer zusammenfällt«? Daß er davon spricht, wie (vor einigen Jahren) »unter uns eine Aufregung, die historisch ist, niedergeschlagen wurde und die Göttin des Vaterlandes sich in Trauer kleidete«. »Die Glocken«, heißt es dann, »läuteten unsere Hoffnungen zu Grabe.« An einem andern Orte spricht er »von gemeinschaftlicher politischer Emanzipation« mit andern Völkern und zunächst mit Frankreich. »Ich brauche«, sagt er, »die Staatsform nicht zu nennen, welche ich für die vollkommene halte; aber man errät sie, wenn ich öffentliche Erziehung auf der einen Seite und die juristische Gleichstellung der unehelichen Kinder auf der andern verlange.« – »Wir werden«, äußert er, »entweder eine ruhige Epoche erleben, und für diese müssen die Zeitgenossen wissen, auf wessen Geist, oder eine stürmische, und für diese müssen sie wissen, auf wessen Mut sie sich verlassen können.« Dem Luthertume macht Gutzkow den Vorwurf, daß es schon frühe eine servile Richtung genommen und stets für das göttliche Recht der Fürsten gestritten habe. (Menzel sagt ähnlich in seiner »Deutschen Literatur« [I, S. 179]: »Unsere protestantische Kirche ist noch jetzt, wie ehemals, unfrei.«) Das alles hat denn doch schon mehr Farbe! – O allerdings, aber gerade nur so viel, um keine mehr zu haben, wenn man etwas stark darauf bläst! – Oder kann man annehmen, daß derselbe, der im Jahre 1832, wo noch alles schwärmte und selbst die Besonn[en]eren Massenbachs Idee von einer Volksvertretung am Bundestage für realisierbar hielten, von der »Opposition jener fingierten Kammer des allgemeinen Deutschlands, jenes Traumes im Traume« spöttelnd, nun, in weit schwieriger gewordener Zeit, entschiedener und waghafter denke?

Andere Meinungen, welche wir hier zu Rate zogen, trennen sich. Der »Literarische Hochwächter« läßt das junge Deutschland »aus reinen Demokraten, starren Republikanern« bestehen – also aus Verrina, Burgognino und Konsorten. Ein Artikel in der »Allg. Zeitung«, »Blicke auf die deutsche Geisteswelt«, schreibt ausdrücklich dem »jungen Deutschland« eine politische Tendenz zu; während das »Votum« (S. 5) dieselbe ihm völlig abspricht und (S. 31) spottet: »Begierig wird man sein zu vernehmen, was die

Tendenz und Gesinnung des jungen Deutschlands in Beziehung auf das öffentliche Leben sei, zu welchen Erwartungen sie berechtigen? Sie sind liberal, sehr liberal, das versteht sich. Sie verachten die Kämpfe der deutschen Oppositionen, sie, die in ihrem Gehirn Riesenentwürfe hegen, vor welchen jene kleinlichen Bestrebungen in Nichts zusammenschwinden.« – Vollends Bacherer wirft dem jungen Deutschland in den keimenden Bart, daß man den Zerfall von Deutschlands Sitten und Deutschlands Religion auf künstliche Weise »für weitere tiefer liegende Zwecke« vorbereite.

So erregte das junge Deutschland und zunächst Gutzkow den Dank *keiner* politischen Partei. Jede kehrte sich von ihm ab. Widerspruch erfuhr es und Spott.

Wienbarg schrieb entschiedener als Gutzkow, der ihn ja auch, wie schon erwähnt, durch Wally einen Demokraten nennen ließ. Wienbarg hatte mehr Wärme, mehr Begeisterung, mehr Hingebung. Als die »Deutsche Revue« und die »Deutschen Blätter« plötzlich nicht erscheinen konnten, war in den sechs Bogen etwa, die davon gedruckt waren, nur in *einem* Artikel, der von Wienbarg herrührte, durch die Zensur etwas gestrichen worden. Auch in dessen »Wanderungen durch den Tierkreis« verfiel ein dramatischer Aufsatz der Zensur. »Unter dem Löwen wird die schlafende deutsche Freiheit beleuchtet und prophezeit, der alte deutsche Leu werde zum drittenmal die Tore der Weltgeschichte öffnen.«

Von Mundt lasen wir in dessen »Zodiakus« einen Aufsatz über die Bewegung (das Mouvement). Der Aufsatz sollte offenbar liberal sein; denn Herr Mundt ist ganz für die Bewegung. Nur kam uns dabei die Vorstellung nicht aus dem Sinne, wie sich ein ganz hübscher Schmetterling um eine Nadel herum, an der er steckt, schwirrend viel Bewegung macht, und von allem, was wir in dem Aufsatze lasen, ist uns nur diese Vorstellung geblieben.

Laube endlich saß, politisch angeschuldigt, einige Zeit in der Berliner Stadtvogtei.

Wir teilten diese Resultate jemanden mit und fragten lächelnd, wie wir bereits beim Beginn dieser Abteilung gefragt haben.

»Allerdings«, war die Antwort, »sind diese jungen Leute auch der bestehenden Ordnung der Dinge im *Staatsleben* gefährlich. Nicht sowohl unmittelbar als mittelbar. Der Geist der Neuerung ist ansteckend; der Bauernkrieg war ein Schößling der Reformation, und die Französische Revolution fußte mit in den Voltaireschen und Rousseauschen Doktrinen. Wer die Institute einer positiven Religion mit ihren vielen Zusammenhängen, die ins bürgerliche und Familienleben streifen, z. B. dem Eid, der Ehe, nicht mehr ehrt und zu gleicher Mißschätzung wenigstens durch Schmuck der Rede, Satire usw. auffordert, rührt, wenn auch nur durch eine elektrische Kette, an andere positive Institute, an den Adel, an das Recht der Throne, die auf Gottes Gnade beruhen, an die Überbleibsel der Lehenzeit und an die Majorate. Alle Autoritäten, weltlich und geistlich, sozial und politisch, stehen in einer notwendigen Assekuranz und in keiner Ganerbenschaft. Was die *eine* Autorität in Massen verliert, geht der *andern* stückweise auch ab; und sie erbt keineswegs die Verluste der andern. Allenfalls nur bei Säkularisationen und Reformationen wäre es der Fall; bei Revolutionen ist es dies nicht.«

So gab jemand uns zur Antwort.

In mehrfachen Beziehungen war es von Gutzkow und Wienbarg unklug, im Verlaufe ihrer Fehde mit Menzel nachstehende Herren als solche zu bezeichnen, von denen sie die Zusage der Teilnahme als Mitarbeiter an der »Deutschen Revue« erhalten hätten. Nämlich: Börne, Heine, Mundt, Veit, Varnhagen von Ense, Grabbe, Spazier, König, Kottenkamp, Lewald, Kolloff, Zimmermann, Beurmann, G. Büchner und W. Schulz; sodann die Universitätsprofessoren Gans, Hotho, Schwenck, Ulrici, Rosenkranz, Fortlage, Bobrik und Trendelenburg (Allg. Zeitung, Außerordentliche Beilage Nummer 430).

Denn *erstens* geißelte nun Menzel scharf das Segeln des »jungen Deutschland« unter zwei Flaggen, der revolutionären und der dynastischen. »Das wäre sehr klug, wenn es nicht sehr dumm wäre.«

Zweitens waren die Herren G. Büchner und W. Schulz (der letztere zu fünfjährigem strengen Festungsarreste als Verfasser zweier Schriften von einem Militärgerichte verurteilt und nicht lange vorher entflohen) allerdings zwei sehr talentvolle Schriftsteller, kaum, in politischen Dingen, durch Steckbriefe verfolgt gewesen. Es ist nicht immer klug, den Zierat auf die Außenseite des schöngebügelten Fracks zu hängen; sicherer steckt er inwendig, in der Brusttasche.

Drittens lag darin eine Veranlassung, daß sich nun die Herren Ulrici, Gans und Hotho von der »Deutschen Revue« förmlich und in öffentlichen Erklärungen zurückzogen. Varnhagen von Ense bemerkte aber, es könne nur durch *Irrtum* geschehen sein, daß sein Name genannt worden.

Es ist uns soeben eine neue Schrift zugekommen:

»An die moderne Belletristik und ihre Söhne und die Herren Gutzkow und Wienbarg insbesondere. Zwei Sendschreiben von Friedrich Rohmer. Stuttgart, Hallberger, 1836« 32 S. in 8.

Herr Rohmer, nach der Vorrede ein junger Münchener Gelehrter und Verfasser einer eben erschienenen Schrift: »Anfang und Ende der Spekulation«, hatte Herrn Menzel schriftlich für das redliche Auftreten gegen Gutzkow gedankt und von jenem unter anderm zur Antwort erhalten, »daß in einem solchen Fall gerade die Jugend am besten und feurigsten für sich selbst sprechen könnte«. Das Resultat dieser Bemerkung ist dann die Herausgabe zweier Sendschreiben unter dem vorhin erwähnten Titel. Das erste erschien vor längerer Zeit im »Morgenblatt« und ist zunächst gegen Heine und Börne gerichtet; gegen Heines poetische und philosophische sowie gegen Börnes politische Bestrebungen. Er stellt ihnen Lessing als Beispiel auf. Lessings großes römisches und deutsches Herz, das weint, bald Gott und bald Schicksal, ein ungeheurer Pathos und ein noch größeres Selbstvertrauen nehmen sich da wechselsweise die Feder aus der Hand. Das zweite Sendschreiben ist an Gutzkow und Wienbarg. Herr Rohmer hat da zuerst auch drei Nuancen von Menschen. Die erste gehört »den *niedern* gemütlichen oder ganz materiellen Interessen« an. Die zweite – oh, das sind »Menschen mit großen, klaren Augen und einem Herzen, daß sich brünstig der Allgemeinheit zuwendet und nicht von den Fesseln der Konversation gehalten werden kann«. Die dritte Nuance ist ein »Mittelstand«,

»die, welche man für gewöhnlich Talente nennt«. Herr Rohmer sagt, daß Gutzkow und Wienbarg zum Mittelstande gehörten; er, obgleich er das nicht deutlich sagt, gehört offenbar zu den »Menschen mit großen, klaren Augen«. Wir geben keine Auszüge. Herr Rohmer hat bei den bezeichneten Fehlern wirklich guten Willen und Kenntnisse. Er scheint Katholik. Denn er spricht von Brocken, die nur »ein lutherisches Maul« fassen und schlucken könne. Er ist gewiß kein Liberaler, und, wäre dergleichen ihm an die Haut gekommen, er hätte geautscht und gejuckt, aber statt dessen sagt er zu Gutzkow und Wienbarg: »*Gerade* in der Politik euch zu äußern ist euch mißliebig, weil das Wasser keine Balken hat.« Er ist gewiß kein Liberaler, aber es weht und lebt in ihm eine warme, vaterländische und reine Gesinnung, die (könnte man ihr doch jene Eitelkeitssprossen ausbrechen!) Achtung und Anerkennung verdient.

Die Frage interessiert uns sehr: »Was Gutzkow *als Mensch* wert sei«? Das wäre uns ein Schlüssel – zum Lösen oder Binden. – Er selbst nennt sich »etwas unbesonnen und leichtsinnig«. Er beruft sich, als Menzel seine Sittlichkeit verdächtigt, auf sein Leben, auf seine Jugend und auf seine gesunde Wange. Wienbarg sagt von Gutzkow, er sei »seinen Freunden und nächsten Umgebungen ein Vorbild unausgesetzter ideeller Tätigkeit, einer bis zur Durchsichtigkeit wahren, mit allem Zarten und Hohen sympathisierenden Gesinnung«. Dies Zeugnis würde mächtig aufwiegen, was Bacherer in bezug auf Gutzkows persönliches sittliches Verhalten Entgegengesetztes andeutet (S. 17), wenn es *deutlich* ein günstiges testimonium *morum* für Gutzkow ablegte. Aber abgesehen davon sagt selbst Rohmer, »daß es Gutzkows Werken nicht ganz an der Schönheit und Wahrheit fehle, welche Begleiter des unverdorbenen Talents sind, und daß, wenn er sich bescheide und wenn er ein ernstes Streben in sich aufnehmen könne, sein späteres Wirken die Fehler seiner Jugend vergessen machen werde«. Sodann: »Karl Gutzkow ist guter Natur, und sein Untergang – auf dem betretenen Wege ist er gewiß – wäre aufrichtigen Bedauerns wert.«
Es ist wahr: Geist, Keckheit, leichter Fluß der Feder, Gewandt-

heit, eigentümliche Auffassung, Kenntnisse und Phantasie sind seltene Dinge, und noch seltener ist es, daß sie sich zusammenfinden. Gutzkow hat gute Spuren von einer gewissen edeln Gesinnung, einen Schwung, der nicht weißblutig berechnet (oft ein Fehler, wo auch das *rote* Blut berechnen sollte), und Honorigkeit, wie der alte Pandekten-Thibaut sagt. Wir wollen aufrichtig hoffen, daß die Stunde der Prüfung und des ernsten Insichgehens, welche jetzt über seinem Scheitel stehen, Poch- und Hammerwerke seien, um das Unedle in ihm vom Edeln bestimmter zu scheiden, und daß hinfort nur dieses Edle in reiner schöner Prägung als wertvolle Münze überall gelte, während das Unedle, durch unterirdische Gewässer abgespült und fortgewälzt, den Boden Deutschlands, der, wenn sonst nichts, doch rein sei, aufhöre zu beflecken.

Gutzkow hält die Ehe nach dem Code civil für einen »Akt der geselligen Übereinkunft«. Diese Definition scheint uns sehr ungenügend. Ehe (sowohl nach dem neuen römischen als nach dem französischen Rechte) ist eine nach rechtlicher Form eingegangene Verbindung, welche namentlich der Frau den Stand des Mannes und ihm die väterliche Gewalt über die mit ihr erzeugten Kinder erwirbt. Allerdings ist nach dem Code civil die priesterliche Einsegnung für die rechtliche Gültigkeit der Ehe nicht *erforderlich*. Aber sie findet *regelmäßig* statt, und außerdem traut die Zivilbehörde hier so fest und bindend, daß solche Ehen schwieriger gelöst werden als da, wo der Geistliche den Segen sprach und der Fürst als summus episcopus den Segen ohne besondere Schwierigkeit wieder vernichtet. – Wer also in der Ehe des Code civil einen Vorzug findet vor der Ehe mit *notwendig* priesterlicher Trauung, der will entweder eine gemischte Ehe eingehen, wo der trauende Geistliche wegen der Religion der Kinder Zusicherungen verlangen würde, oder er ist ein geschiedener Katholik, oder er hat die wütendste Idiosynkrasie gegen den ordinierten Priester und sein amtliches Kleid. Übrigens erregt – und das ist zu bedauern! – solche Übertreibung auf der einen Seite wieder Übertreibung auf der andern. So hat neulich ein Abgeordneter in der Darmstädter Kammer, Dominicus Beck von Gauböckelheim, einen Antrag gestellt auf Wiedereinführung der kirchlichen Trauung als *notwendig* und dabei sich nicht gescheut, das bisherige Verhältnis mit Konkubinat zu bezeichnen, während zwei andere dasige Abgeordnete, Pabst und Schneider, niemanden heiraten lassen wollen, der nicht 25 Jahre alt ist und »den Besitz einer Wohnung oder die Mittel, sich eine solche zu verschaffen«, nicht nachweisen kann. – Wir denken, man sollte die Ehe *erleichtern*, die überhaupt nur allgemeine Gerechtigkeit aus den Wirrsalen unserer Zeit zu führen imstande ist. Nur solche Gesetze, ihr Herren; nur die sie zum Privileg für den Reichtum gemacht, der Häuser im Besitz hat, und diejenigen Priester, welche Herr Beck wieder in Tätigkeit setzen will, werden an heiliger Stätte isoliert stehen, während eure Prinzipien eine Menge neuer Kunden verschaffen dem Gutzkowschen »einzigen Priester, der die Herzen traut«, »dem entzückenden Augenblick!« – Übrigens hat die *kirchliche* Bedeutung der Ehe viel verloren, seitdem die Protestanten sie nicht als Sakrament ansehen und spätere Gesetzgebungen die frühere geistliche Gerichtsbarkeit namentlich in Ehesachen an die weltliche Gerichtsbarkeit abgegeben haben. Wir billigen beides, aber jede Tatsache hat Folgen.

Es verdrießt uns, daß beim Kampfe gegen das »junge Deutschland« (eigentlich sollte es nur ein Kampf gegen manche Lehren desselben sein) jetzt die wunderlichsten und barockesten Abschweifungen gemacht werden. Man mochte über das Buch der Rahel streng aburteilen – literarisch, kritisch –, ihre Verwandten mußten das hinnehmen. Daß man aber das Schicksal einer andern Berliner Frau, welche dieses sich selbst bereitet hatte, in die Angelegenheit zog und sogar den Namen derselben (wie in der »Darmstädter Zeitung« geschah) in Noten dem unkundigen Leser zuwisperte, das hat uns in die vor Gott stehende Seele jener armen, einst höchst liebenswürdigen und bedauernswerten Frau hin innig geschmerzt und entrüstet. Wir erleben noch, daß der nächste Selbstmord, der in Frankfurt vorfällt, auf Rechnung des Herrn Gutzkow kommt und daß man durch statistische Tabellen nachweisen wird, in Mannheim habe sich, seit Herr Löwenthal die Schriften des jungen Deutschlands verlegte und die »Deutsche Revue« beabsichtigte, die Zahl der öffentlichen Mädchen vermehrt. Wehe über die Menschennatur, wenn sie sich so schnell verkehrte infolge einiger gedruckten Blattseiten! Nein, nicht bloß Wehe, sondern auch Jammer über sie! Ist das eure viel gepriesene Schulbildung, die uns in der großen Prima der Menschheit weit über England und das barbarische Frankreich setzt? Ist das die deutsche Treue, Tugend, Redlichkeit, Sitte, mit der so viel sich gespreizt wird den politischen Schwindlern gegenüber? – Nein, wo kein Vertrauen sich *zeigt*, da ist auch keines. –

Der »Courier français« untersuchte vor kurzem die Ursachen der Sittenverderbnis in Frankreich und bezeichnete außer dem Mangel an religiösem und sittlichem Glauben die Selbstsucht der Staatsgewalt und die politischen Defektionen und Zerwürfnisse als beschleunigende Ursachen derselben. –

Manche von denen, welche so sehr über Sittenverderbnis klagen und immer auf Kosten der modernern Ideen, mögen an sich – es wäre nur des Experiments wegen – uns den Beweis liefern, welche schöne *praktische* Früchte der Christenliebe, der Menschlichkeit, der Feindesliebe, der Sittlichkeit, der Pflichterfüllung und der allgemeinen Gerechtigkeit die entgegengesetzten Ideen hervorbringen!

Sie attackieren auch Gutzkow, selbst auf Gefahr der Inkonsequenz! – Da hat in den »Blättern für literarische Unterhaltung« vom 9. und 10. Juli 1835 sich ein Herr F. Marlow über »Maha Guru« ausgelassen. Und wie! Das Buch ist Herrn Marlows »Erlöser« geworden, denn es hat ihm zum Glauben an sich selbst verholfen; Gutzkow nennt er ein »Genie«; nie hat ein Dichter sich größer angekündigt als Gutzkow; »Maha Guru« steht höher als tausend Novellen; die Darstellung in »Maha Guru« kann in ihrer Art nicht vollendeter sein und werden. – Wenn man das so liest, schwindelt's einem, als wenn man dem Kreuze des Straßburger Münsters hinankletterte. Ernst oder Spaß? Das ist die Frage. Aber man kann über den Ernst nicht im Zweifel sein. Herr Marlow versichert selbst mehrmals, er meine es ernstlich. –

Und nun, in dem nämlichen Blatte, der Nummer vom 30. November 1835, ist ein anderes Werk Gutzkows, sein »Nero«, von einer gewissen Nummer 176, also ab anonymo, hämisch entstellt, verzerrt, lächerlich gemacht. Das »Conversationsblatt« zur Frankfurter »Ober-Postamts-Zeitung« aber, welches noch vor wenigen Monaten einen höchst unbedeutenden Vortrag Gutzkows, den er im Frankfurter Museum gehalten, dankbar aufgelesen hatte, wies wohlbehaglich auf den Nero-Artikel in einer Miszelle hin, und wie er ganz anders spreche als die Gutzkowschen Lobpreiser.

Soeben ist erschienen: »Appellation an den gesunden Menschenverstand. Letztes Wort in einer literarischen Streitfrage. Von K. Gutzkow. Frankfurt a. M., Streng. 1835. 20 S. in 8«.
Der Ton der Schrift ist lebhaft, da und dort bitter. Der Verfasser bedauert, seiner »Verteidigung« keine andere Wendung gegeben und sich das Publikum nicht als den schlichten Nährstand gedacht zu haben, mit welchem man in einer Rede ohne viel Umschweife sprechen müsse. – Er werde sich auf die Gesetze der Schönheit berufen und keinen Richter anerkennen als kritische Anstalten, welche befugt seien, nach literarischen Prinzipien über die Irrtümer und Gebrechen seines Buches (»Wally«) zu urteilen. – Hätte er die Absicht gehabt, seinen Landsleuten das teure Gut der Religion zu rauben, so würde er keinen *Roman* geschrieben haben. – Nicht im entferntesten habe er einen Angriff auf die Kirche bezweckt. Er habe eine Seelenstimmung schildern wollen, die ihm poetisch geschienen. Er habe die Zeitgenossen in – ihr Inneres blicken lassen wollen. – Was habe ihn, als Dichter, die positive Kirche gekümmert? Er habe ein psychologisches Bild vor Augen gehabt und es mit den Farben gemalt, die ihm die Wirklichkeit geliehen. – Jede der ihm insinuierten Stellen, welche eine spezielle, gegen das Bestehende gerichtete Absicht haben sollen, sei aus dem Zusammenhange des Ganzen erklärlich: jeder Satz sei einer, der zur innern Dialektik seiner Fabel gehöre und den die nächste Entwickelung wiederaufhebe. Das Ganze ende mit einem Triumphe der Religion als einer heiligen Sache, ohne die man nicht bestehen könne. – Es sei ein schreckliches

Schicksal, welches ihn treffe, daß man aus den Gärungen unserer gegenwärtigen Literatur, die man nicht verstehe und um die man sich nicht einmal kümmere, ein *einziges* Buch herausreiße und es nur unter der Reverbère häuslicher, privater und intimer Verhältnisse betrachten wolle. – Sein Roman schildere Charaktere, die den Haltpunkt ihres Lebens verloren haben, und als Hauptcharakter eine Person, die ihn zu finden suche. – Er hab' es schon öfters gestanden, daß er die Sigunen-Szene bereue, aber er habe die nichtswürdige Anschuldigung derselben nicht ahnen können. – Wenn er sich in seiner »Verteidigung« selbst für Cäsar einstelle, so sei es, um eine in der Zeit liegende Stimmung, um etwas im Charakter Wahrhaftes zu bezeichnen, nicht um die von ihm im Interesse seiner Fabel ausgesprochenen Ansichten auf sich zu nehmen. – Zwei Tendenzen gebe es, die beide das Gemeinsame hätten, sich von der Zeitung, von der Tagespolitik und von den schroffen Gegensätzen unserer bisherigen Kämpfe zu emanzipieren. Die einen wollen Ruhe und Benutzung jener Güter, welche ihnen die politische Revolution der alten Zeit und die besonnenen Maßregeln gegen eine politische Revolution der Zukunft gebracht haben. Dies sei der Tiersparti oder die Nationalgarde. Die andern seien Männer der Bewegung, welche den einseitigen politischen Standpunkt verließen und die Nutzlosigkeit eines Widerstandes gegen Regierungen, welche Wohllöbliches wollen, eingesehen haben. – Wolle man aufrichtig sein, so könne in Deutschland keine Idee mehr Eingang finden, welche nicht mit der Friedenspalme komme. Auch bei uns habe die Nationalgarde den Sieg davongetragen. Man wolle Ruhe, da der eigentliche Feind der Gesellschaft kein anderer sei als die Schwierigkeit der Existenz. Nichtsdestoweniger sei der Widerspruch unvertilgbar. Aber die Opposition unserer Zeit werde die der Debatte. Im Leben, in der Kunst, in der Religion fänden sich einzelne soziale Gruppen, wo es eine Verständigung geben könne ohne Leidenschaft. »Der verhängnisvolle Knäuel unsers Jahrhunderts sei entwirrt, die einzelnen Fäden verlieren sich in einzelne Gebrechen, wir sind aufrichtig, wir greifen in unsere Brust und beginnen die Revolution unserer Zeit mit der Revolution unseres Herzens.«

Wir haben diese Auszüge *wörtlich* gemacht und nur den positiven mit dem relativen Stil vertauscht. Dabei glauben wir im Gange der Ideen nichts übersehen zu haben. Sie suchen zu rechtfertigen, zu entschuldigen, zu modifizieren. Am deutlichsten ist ihr Bestreben, sich *politisch* zu reinigen, »eine Bewegungstendenz mit besonnenen Schritten, ohne Feindseligkeit« als Tendenz unserer Zeit zu proklamieren. Dahin gehört auch die dann folgende Ausführung, daß die St. Simonistische Gemeinschaft der Güter Wahnsinn sei.

Die Schrift sucht dann »einige der am meisten angegriffenen Stellen« zu rechtfertigen; nämlich die Äußerung Waldemars über Religion und Christentum und die »Geständnisse«. Cäsar habe sich in letzteren in seinem Skeptizismus noch weit entfernt von dem Verfasser der Wolfenbütteler Fragmente gehalten, »einem Buche, das *erst in diesem Jahre* in der vierten Auflage zu *Berlin* mit geistlicher Zensur gedruckt worden«. – »Wie ich den *Zweifel* geschildert habe, so würd' ich von meinem dichterischen Indifferenzpunkte aus auch den *Glauben* schildern können. Ich werd' es tun, wenn die Einsicht über mich so reif sein wird, daß ich es nicht aus Besorgnis zu tun scheine.« – »Für die Massen schreib' ich nicht. Mein Stil und meine Bildung entfremden mich der Durchschnittsintelligenz.« – »Was mir die nächste Zukunft bringen wird, weiß ich nicht.« – »Eure (die deutsche) Literatur ist miserabel. Sie wird noch lange ein Skandal Europas sein.« – Der Schluß der Schrift geht an »Friedfertige und der Literatur nicht Zugewandte«. Er ist versöhnlich, aber die Versöhnlichkeit erscheint weinerlich und gezwungen. »Hätt' ich geglaubt, eure Heiligtümer stürzen zu hören: würd' ich etwas erreicht haben? Nein, noch rufen die Glocken an den Kirchen eure müden Herzen an den Tisch des Herrn; noch quillen Tränen beim Klange der Orgel, noch küßt der Sterbende das Bild seines Heilandes mit erblassenden Lippen! Solange ich euch keinen neuen Trost geben konnte, würdet ihr euch den alten nicht haben nehmen lassen. Befestigt hab' ich euch in den Geheimnissen eures Herzens, und ich erinnre euch zum Schluß an das Motto meines Buches (»Wally«):

Des Friedens Wund' ist Sicherheit,
Sorglose Sicherheit; doch weiser Zweifel
Wird Leuchte der Vernunft, des Arztes Sonde,
Der Wunde Grund zu prüfen. Shakespeare«

Und das ist nun wohl die letzterschienene Schrift in einem Streite, der nicht so bedeutend geworden wäre und keine so ernste Verwickelungen im Gefolge gehabt hätte, wenn die »Wally« der Lektüre der feinen Welt ohne *extrae* kritische Aufwallungen überlassen worden wäre. Zu dieser Ansicht gelangt man mehr und mehr, je mehr man sich mit der Sache beschäftigt und *einigemal* ihren Inhalt auf die Waagschale legt. – Statt dessen liest nun alle Welt die »Wally«; der Schneidergesell verschafft sie der Näterin; die Buchhandlungen laufen Sturm, ob noch Exemplare zu haben sind; es wird selbst bisweilen mehr Schlimmes *hinein* gelesen als *heraus*, was bei einer »Wally« nicht zu verwundern ist, wo schon bekanntlich die Verszeilen:

»Erzittre vor dem ersten Schritte« usw.

einem halb verdorbenen Gemüte Beschönigung gaben, um, da einmal der erste Schritt getan sei, auch die andern, die nur eine Konsequenz desselben seien, ebenfalls zu tun.

Unterdessen verwickelte sich die Angelegenheit eigen. Gutzkow, ein Preuße, der mit dem ehemaligen Preußen Menzel in Süddeutschland literarische Schlachten geschlagen, wollte Frankfurter Bürger werden. Er hatte sich mit einer Frankfurterin aus einem angesehenen Hause verlobt. Der Erfolg seines Wunsches war sehr zweifelhaft. Da fuhr die Mannheimer Untersuchung dazwischen. Die »Wally« war *ohne* Zensur erschienen, weil sie, über 20 Bogen stark, nach den Bestimmungen von 1819 deren nicht bedurfte, aber aus demselben Grunde mußten nun Verfasser und Verleger für den Inhalt stehen. Gutzkows »Verteidigung« war *mit* Zensur erschienen, also Verfasser und Verleger dem Staate gegenüber ohne Verantwortlichkeit. Man scheint indessen diese »Verteidigung« mit in die Untersuchung gezogen zu haben, soweit sie die Tendenzen der »Wally« erläutert. – Auf den 1. Dezember 1835 war Gutzkow nach Mannheim vom dortigen Hofgerichte geladen gewesen. Mehrere Tage vorher verließ er Frankfurt, halb in der Absicht, nach Straßburg zu flüchten. Aber in Karlsruhe, wo er Erkundigungen einzog, lauteten diese günstig. Er ging also zurück nach Mannheim und war wie aufgegeben am 1. Dezember dort. Im Gasthaus zur Pfalz saß er und speiste zu Mittag. Da wurde er arretiert. In öffentlichen Blättern las man den Namen des bestellten Untersuchungsrichters. Gutzkow ist als Verfasser der »Wally« und der »Verteidigung« eines Vergehens angeschuldigt, welches, wenn wir nicht sehr irren, nach Roßhirt, nicht gedacht werden kann, weil die dafür vorgesehenen Strafbestimmungen veraltet seien und über dessen Begriff die Kriminalisten, z. B. v. Grolman und Martin, *wesentlich* voneinander abweichen.

Wolfgang Menzel: Ende des jungen Deutschland

Die Partei, die sich so lärmend ankündigte, sich des Ärgsten vermaß und sogar den alten Gott im Himmel nicht ruhig wollte sitzen lassen, hat auf einmal mit einer bleichen Erbärmlichkeit, mit einem schülerhaften pater peccavi geendigt. Der eine, der noch unlängst den Himmel im Sturm nahm, Gott selbst »über die Klinge springen« ließ und nach gänzlicher Vertilgung des Christentums einen neuen Venusdienst, die Religion des Fleisches einführen wollte, hat auf einmal die hohe deutsche Bundesversammlung seiner keuschen, überaus moralischen und gottseligen Gesinnungen versichert. Der andere, der den Heiland und die Apostel mit den empörendsten Schimpfwörtern belegte, überhaupt alle Religion, Tugend und Scham, das Institut der Ehe etc. verdammte und die Menschheit bedauerte, daß sie je an einen Gott geglaubt habe, derselbe hat jetzt, nachdem er die ihm dafür zuerteilte Gefängnisstrafe überstanden, auf einmal revoziert und das Christentum wieder anerkannt.

Mit diesem Ausgang kann man sich beruhigen. Nur ein ausharrender Fanatismus hätte gefährlich werden können, nur ein Mut, wie er einst in Frankreich die Atheisten beseelte, die ihr Haupt lieber unter die Guillotine trugen, ehe sie ein peccavi anstimmten. Zum Glück wurde bei uns eine so schlechte Sache durch keinen Mut unterstützt. Das erbärmliche Benehmen unsrer jungen Deutschen wird niemand mehr zur Nachahmung reizen. Der so umfassend angelegte Plan, die ganze deutsche Jugend zu verführen, ist schon bei der ersten Probe an der Feigheit seiner Urheber gescheitert.

Wer sich auf einen Augenblick in die Lage dieser geschlagenen Menschen versetzen will, dem wird es nicht entgehen, daß ihr ganzes Dichten und Trachten von nun an darauf gerichtet sein muß, ihren unmächtigen Ingrimm über das Mißlingen ihres Plans an mir auszulassen, dem sie hauptsächlich ihre Niederlage zuschreiben. Ich habe gleich anfangs erklärt, daß ich wohl wisse, mit was für tief demoralisierten Individuen ich es zu tun habe und welchen Beschmutzungen ich mich aussetze. Aber es schien mir Pflicht zu sein, um der Sache willen den persönlichen Ekel zu überwinden. Das Publikum wird über die Motive der Schmähschriften, die man gegen mich zu schleudern fortfährt, hinlänglich im klaren sein, und ich kann unbeschadet meiner bürgerlichen Ehre sie auf sich beruhen lassen.

Die Religion, die Sittlichkeit, die Ehe sind wenigstens in der nächsten Zukunft vor den ferneren Angriffen dieser Partei sichergestellt. Mehr habe ich nicht gewollt. Es ist kein Zweifel, daß die Lektion, die ich den jungen Leuten gegeben, stark genug war, diesen Zweck zu erreichen. Gleichwohl wird vielleicht eine spätere Zeit die Frage aufwerfen, warum die Geistlichkeit, die doch so viel spricht, in dieser Sache gänzlich geschwiegen, warum sie es einem Laien überlassen hat, die Religion zu verteidigen. Wo sind die Mosheim, Gellert, Spalding, Semler, Seiler, Kleuker, Reinhart, wo ist Schleiermacher geblieben? Wo sind alle die Männer Gottes hingekommen, die einst so siegreich den älteren aus Frankreich bei uns eingedrungenen Atheismus mit dem Schwerte nicht des Buchstabens, sondern des Geistes, mit dem Lichte nicht der Ketzerfeuer, sondern der Vernunft zurückschreckten? Ist der jüngere Atheismus, der aus demselben Frankreich mit einem neuen verführerischen Gefolge von glänzenden und liebkosenden Lügen kommt, etwa weniger gefährlich? Der böse Feind ist von einem starken Arm ergriffen und zurückgeschleudert worden, aber er hat doch gemerkt, daß die eigentlichen Wächter geschlafen haben. Das wird er nicht vergessen, und er wird darauf lauern wiederzukommen. Möge unsere erleuchtete Theologie wohl bedenken, daß ihr Stillschweigen dem für diesmal noch geschlagenen Atheismus eine heimlich trostreiche Hoffnung geworden ist.

Verzeichnis der Folgepublikationen zu »Wally«

Aufgenommen werden nur Veröffentlichungen, die sich ausdrücklich mit dem Roman auseinandersetzen. Zusätze in Klammern stammen von Alfred Estermann oder vom Herausgeber. Das Verzeichnis, das nicht als abgeschlossen gelten kann, basiert auf den Arbeiten von Houben (»Zeitschriften des Jungen Deutschlands«), Estermann (»Politische Avantgarde 1830–1840«) und Boetcher Joeres (»The Gutzkow-Menzel Tracts«) sowie auf eigenen Nachforschungen.

1. Wolfgang Menzel: Wally, die Zweiflerin. Roman von Karl Gutzkow. In: Literatur-Blatt. Stuttgart 1835. Nr. 93 und 94 vom 11. und 14. 9. S. 369–372 und 373–376.
2. Karl Gutzkow: Erklärung gegen Dr. Menzel in Stuttgart. In: Allgemeine Zeitung. Augsburg 1835. Nr. 262 vom 19. 9. Außerordentliche Beilage Nr. 374/375. S. 1497–99.
3. [Wilhelm Wagner:] Literatur. In: Didaskalia. Blätter für Geist, Gemüth und Publizistik. Frankfurt a. M. 1835. Nr 260 vom 20. 9.
4. Wolfgang Menzel: Gegen-Erklärung. In: Allgemeine Zeitung. Augsburg 1835. Nr. 382 vom 24. 9. S. 1528.
5. Wolfgang Menzel: Zweite Abfertigung des Dr. Gutzkow. In: Literatur-Blatt. Stuttgart 1835. Nr. 99 vom 28. 9. S. 396.
6. [Anonym:] Herr Carl Gutzkow und Wolfgang Menzel. In: Der Eremit. Altenburg 1835. Nr. 118 vom 28. 9. Sp. 937–939.
7. [Theodor Mundt:] Wally, die Zweiflerin. Roman von Karl Gutzkow. In: Literarischer Zodiacus. Journal für Zeit und Leben, Wissenschaft und Kunst, Leipzig. Oktober 1835. S. 283–286.
8. [Anonym:] Feuilleton. Eine antichristliche Buchhandlung. Ebd. S. 298.
9. Karl Gutzkow: Vertheidigung gegen Menzel und Berichtigung einiger Urtheile im Publikum. Mannheim: C. Löwenthal, 1835.
10. [Ferdinand Gustav Kühne:] Gutzkows neueste Dichtungen. In: Zeitung für die elegante Welt. Leipzig 1835. Nr. 196 vom 5. 10. S. 783 f. und Nr. 197 vom 6. 10. S. 787 f.
11. [Anonym:] Karl Gutzkows »Wally« und Wolfgang Menzels kritische Keulenschläge. In: Literarisches Wochenblatt der Deutschen National-Zeitung. Braunschweig 1835. Nr. 41 vom 11. 10. S. 321–324.
12. Wolfgang Menzel: Dritte Abfertigung des Dr. Gutzkow. In: Literatur-Blatt. Stuttgart 1835. Nr. 107 vom 19. 10. S. 426–428.

13. Wolfgang Menzel: Unmoralische Literatur. Ebd. Nr. 109 vom 23. 10. S. 435 f. und Nr. 110 vom 26. 10. S. 437–440.
14. [Eduard Duller:] Materialismus. Christenthum. Ehe. I. In: Phönix. Frankfurt a. M. 1835. Nr. 252. Literatur-Blatt Nr. 42 vom 24. 10. S. 1005a–07b.
15. Karl Gutzkow / Ludolf Wienbarg: Erklärung. In: Allgemeine Zeitung. Augsburg 1835. Nr. 299 vom 26. 10. Außerordentliche Beilage Nr. 430. S. 1720.
16. Dr. Sobernheim: Wolfgang Menzel, Karl Gutzkow und das junge Deutschland. Ein Nachtrag zu Plutarchs »Parallelen«. In: Der Gesellschafter. Blätter für Geist und Herz. Berlin 1835. Nr. 173 vom 28. 10. [Beilage] Bemerker Nr. 5. S. 857–860.
17. [Anonym:] Feuilleton. Wie man sich einen Wolf liest. In: Literarischer Zodiacus. Leipzig. November 1835. S. 378–380.
18. [Gustav Pfizer:] Votum über das Junge Deutschland. Stuttgart: S. G. Liesching, 1836 [November 1835].
19. Gustav Bacherer: Die junge Literatur und der Roman Wally. Ein Vademecum für Herrn Carl Gutzkow. Dem deutschen Publikum zugeeignet. Stuttgart: Hallberger'sche Verlagsbuchhandlung, 1835.
20. [Anonym:] Literaturbriefe an den Herausgeber. In: Der Hochwächter. Grimma 1835. Nr. 88 vom 2. 11. S. 351; Nr. 89 vom 5. 11. S. 355 f.; Nr. 92 vom 16. 11. S. 366 f.
21. Wolfgang Menzel: Streitschriften. In: Literatur-Blatt. Stuttgart 1835. Nr. 115 vom 11. 11. S. 457 f.
22. A. Rebenstein [= Aaron David Bernstein]: Das junge Deutschland, oder: Ein Wort zur Zeit. In: Der Freimüthige, oder Berliner Conversations-Blatt. 32. Jg. Berlin 1835. Nr. 277 vom 14. 11. S. 911.
23. Zweitveröffentlichung als: La Jeune Allemagne. In: Revue Germanique. Troisième Série. Anné 1835. Tome Quatrième. Paris/Strassbourg: F. G. Levrault, Novembre 1835. Nr. 11. S. 206 f.
24. Wolfgang Menzel: Zweite und letzte Gegenerklärung. In: Allgemeine Zeitung. Augsburg 1835. Nr. 318 vom 14. 11. Außerordentliche Beilage Nr. 459 / 460. S. 1836.
25. [Anonym:] Das junge Deutschland. In: Der Eremit. Altenburg 1835. Nr. 140 vom 18. 11. Sp. 1113–16.
26. Ph. von Leitner: Wally, die Zweiflerin, Roman von Carl Gutzkow. Nero, Tragödie von Carl Gutzkow. In: Literarische und Kritische Blätter der Börsenhalle. Hamburg 1835. Nr. 1123 vom 19. 11. S. 1101–04.
27. Hermann Marggraff: Karl Gutzkow. In: Blätter für literarische Unterhaltung. Leipzig 1835. Nr. 325 vom 21. 11. S. 1337–39; Nr. 326 vom 22. 11. S. 1341 f.

28. [Eduard Duller:] Phantasieen über den Roman. In: Phönix. Frankfurt a. M. 1835. Nr. 276. Literatur-Blatt Nr. 46 vom 21. 11. S. 1101a–03a.
29. [Ernst Wilhelm Hengstenberg:] Über die Rehabilitation des Fleisches. In: Evangelische Kirchenzeitung. Berlin 1835. Nr. 63 vom 8. 8. Sp. 497–503; Nr. 64 vom 12. 8. Sp. 505–512; Nr. 83 vom 17. 10. Sp. 657–662; Nr. 84 vom 21. 10. Sp. 665–672; Nr. 85 vom 24. 10. Sp. 673–678; Nr. 92 vom 18. 11. Sp. 729–733; Nr. 93 vom 21. 11. Sp. 737–741; Nr. 94 vom 25. 11. Sp. 745–750.
30. [Eduard Duller:] Taschenbücher. 2. Urania. In: Phönix. Frankfurt a. M. 1835. Nr. 282. Literatur-Blatt Nr. 47 vom 28. 11. S. 1125a–26a.
31. [Anonym:] Strafepistel über die gotteslästerliche jüngere Literatur. In: Frankfurter Ober-Postamts-Zeitung. 1835. Nr. 331 vom 30. 11. [Beilage.]
32. [Anonym:] (Über die jungdeutsche Literatur.) In: Allgemeine Zeitung. Augsburg 1835. Außerordentliche Beilage Nr. 513 / 514 vom 13. 12. S. 2052 f. [Zuschrift aus München vom 3. 12. 1835].
33. August Schäfer: (Menzel, Wienbarg und Gutzkow.) In: Abendzeitung. Dresden 1835. Nr. 304 vom 21. 12. S. 1213–15.
34. N.: Gutzkow's Wally (Fragment). In: Abendzeitung. Dresden 1835. Nr. 304 vom 21. 12. S. 1215.
35. [Anonym:] Dankadresse an Herrn Karl Gutzkow. Ebd. Nr. 305 vom 22. 12.
36. Karl Buchner: Die Menzel-Gutzkowsche Fehde. In: Literarische und Kritische Blätter der Börsen-Halle. Hamburg 1835. Nr. 1138 vom 23. 12. S. 1221–24; Nr. 1139 vom 26. 12. S. 1229–32; Nr. 1140 vom 28. 12. S. 1233–40; Nr. 1141 vom 30. 12. S. 1241–44.
37. Karl Gutzkow: Appellation an den gesunden Menschenverstand. Letztes Wort in einer literarischen Streitfrage. Frankfurt a. M.: Johann Philipp Streng, 1835.
38. Franz Kottenkamp: Anti-Menzel oder Wolfgang Menzel vom Standpunkt der historischen Kritik aus betrachtet. Stuttgart: P. Balz, 1835.
39. Ludolf Wienbarg: Menzel und die junge Literatur. Programm zur deutschen Revue. Mannheim: C. Löwenthal, 1835.
40. Ludolf Wienbarg: Zur neusten Literatur. Mannheim: C. Löwenthal, 1835.
41. Heinrich Laube: Die junge Literatur. [1835. Unveröffentlichter Aufsatz für die »Mitternachtszeitung für gebildete Stände«. Greifbar bei Estermann 1. S. 109–113.]
42. Oskar Ludwig Bernhard Wolff: Die Partei der Bewegung in der neuesten deutschen Literatur. In: Minerva. Berlin 1835. Nr. 4. S. 122–152 und S. 461–482.

43. Berthold Auerbach: Das Judenthum und die neueste Literatur. Kritischer Versuch. Stuttgart: Fr. Brodhag, 1836.
44. [Georg Friedrich Daumer:] Darlegung des religiösen und religionsgeschichtlichen Charakters und Verhältnisses der Herren Gutzkow und Menzel nebst Bemerkungen über den Ausgang und Ziel der Weltgeschichte in Beziehung auf Menzel's Ansicht darüber. Nürnberg: Schneider und Weigel, 1836.
45. Anton Johannes Gross-Hoffinger: Die Zeichen der Zeit in Deutschland. In: A. J. G.-H.: Österreich im Jahre 1835 und Die Zeichen der Zeit in Deutschland. Stuttgart: Rieger, 1836. S. 245–261.
46. K[arl] G[utzkow]: Literarische Uebersichten. VIII. In: Europa. Chronik der gebildeten Welt. Leipzig/Stuttgart 1836. Bd. 3. S. 422a–425b.
47. Gotthart Oswald Marbach: Ueber moderne Literatur. In: Briefe an eine Dame. I. Sendung. Einleitung. Menzel. Leipzig: Hinrichssche Buchhandlung, 1836.
48. Georg Neu: Betty, die Gläubige. Roman. Nürnberg: Schneider und Weigel, 1836.
49. Heinrich Eberhard Gottlob Paulus (Hrsg.): Des Großherzogl. Badischen Hofgerichts zu Mannheim vollständig motivirtes Urtheil über die in dem Roman: Wally, die Zweiflerin, angeklagten Preßvergehen nebst zwei rechtfertigenden Beilagen und dem Epilog des Herausgebers. Heidelberg: Karl Gross, 1836.
50. [Heinrich Eberhard Gottlob Paulus:] Sendschreiben an Karl Gutzkow. Von einem Freunde der Wahrheit. Mannheim: Heinrich Hoff, 1836.
51. G. Penny [d. i. Gustav Schilling]: Deutschlands schöne Literatur der Gegenwart und Zukunft. Eine Rede an das gesammte deutsche Lese-Publikum. Reutlingen: Verlag von Johann Conrad Mäcken jun., 1836.
52. Karl Riedel: Polemische Erörterungen auf dem Gebiete der Kunst und Literatur veranlaßt durch den Vernichtungskampf der Tendenzen der neuesten Literatur gegen sich selbst in der Person der H. H. Menzel und Gutzkow. Nürnberg: Friedrich Campe, 1836.
53. Friedrich Rohmer: An die moderne Belletristik und ihre Söhne und die Herren Gutzkow und Wienbarg insbesondere. Zwei Sendschreiben. Stuttgart: Hallberger'sche Verlagsbuchhandlung, 1836.
54. J. Weil: Das junge Deutschland und die Juden. Frankfurt a. M.: Jäger, 1836.
55. [Anonym:] Das junge Deutschland und die moderne Litteratur. Ein Postscriptum von einem Anhänger der alten Schule. Leipzig: A. F. Böhme, 1836.

56. [Anonym:] Die Jeune Allemagne in Deutschland. Stuttgart: S. G. Liesching, 1836.
57. Wolfgang Menzel: Die junge Literatur. In: Literatur-Blatt. Stuttgart 1836. Nr. 1 vom 1. 1.; Nr. 5 vom 13. 1. S. 1–20.
58. [Anonym:] In Sachen des jungen Deutschlands. Zweiter Artikel. In: Der Hochwächter. Grimma 1836. Nr. 17 vom 29. 2., S. 67 f.
59. Ludwig Börne: Wally, la Sceptique. Roman par C. Gutzkow. In: La Balance. Paris. März 1836. In: L. B.: Werke (Rippmann), Bd. 2. S. 969–979.
60. Eduard Reis: Moderner Judenhass. In: Abendzeitung. Dresden 1836. Nr. 90 vom 21. 4. S. 381 f.
61. Wolfgang Menzel: Ende des jungen Deutschland. In: Literatur-Blatt. Stuttgart 1836. Nr. 66 vom 29. 6. S. 261 f.
62. Ludwig Börne: Menzel der Franzosenfresser. Paris: Barrois fils, 1837.
63. Karl Hase: Das junge Deutschland. Ein theologisches Votum in einer academischen Rede. Parchim / Ludwigslust: J. C. Hinstorff, 1837.
64. Heinrich Heine: Ueber den Denunzianten. Eine Vorrede zum dritten Theile des Salons. Hamburg: Hoffmann und Campe, 1837.
65. Alexander Jung: Fragmente über den Ungenannten. In: A. J.: Briefe über die neueste Literatur. Denkmale eines literarischen Verkehrs. Hamburg: Hoffmann und Campe, 1837. S. 94–132.
66. Karl Rosenkranz: Die Emancipation des Fleisches. In: K. R.: Neue Studien. I. Leipzig: Koschny, 1875. S. 1–10. [Verfaßt 1837.]
67. [Ludwig Wihl:] Literarische Streifzüge. In: Staats- und Gelehrte Zeitung des Hamburgischen unpartheiischen Correspondenten. 1838. Nr. 146 vom 22. 6.; Nr. 152 vom 29. 6.; Nr. 165 vom 14. 7.; Nr. 169 vom 19. 7.; Nr. 177 vom 28. 7.
68. [Eduard Beurmann:] Mundt, Gutzkow, Wienbarg. In: [E. B.:] Vertraute Briefe über Preußens Hauptstadt. T. 2. Stuttgart / Leipzig: Scheible, Rieger und Sattler, 1838. S. 143–151; S. 152–157; S. 237–255.
69. Gotthart Oswald Marbach: Der Zeitgeist und die moderne Literatur. Leipzig: Hinrichs, 1838.
70. Melchior Meyr: (Söhne der Zeit.) In: M. M.: Ueber die poetischen Richtungen unserer Zeit. Erlangen: Heyder, 1838. S. 145–154.
71. [Anonym:] Die römisch-hierarchische Propaganda, ihre Partei, Umtriebe und Fortschritte in Deutschland [. . .]. Leipzig: Brockhaus, 1838. S. 3–11.
72. Karl Biedermann: Die junge Literatur und ihr Prinzip in der Reform des Geschlechtsverhältnisses. In: Hallesche Jahrbücher. 1838. S. 176–182.
73. Karl Gutzkow: Vergangenheit und Gegenwart 1830–1838. In: Jahrbuch der Literatur 1. Hamburg 1839. S. 46.

74. Levin Schücking: Rückblicke auf die schöne Literatur seit 1830. Ebd. S. 161.
75. Hermann Marggraff: Deutschlands jüngste Literatur- und Culturepoche. Charakteristiken. Leipzig: Engelmann, 1839. Kap. 9 und 10.
76. Karl Gössel: Menzel, Gutzkow und Shakespeares Geist, oder der kleine Hamburger Gott. Komisches Heldengedicht. Celle: Schulze, 1840.
77. Gabriel Rießer: Jüdische Briefe. Zur Abwehr und Verständigung. 2 Bde. Berlin: Veit und Co., 1840–42.
78. Alexander Jung: Vorlesungen über die moderne Literatur der Deutschen. Danzig: Gerhard, 1842. S. 165–231.
79. Gustav Kühne: Karl Gutzkow. In: G. K.: Portraits und Silhouetten. 2. Teil. Hannover: Kius, 1843. S. 245–261. [Fast wörtliche Wiedergabe der Rezension vom 5. / 6. 10. 1835.]
80. Sainte-René Taillander: Romanciers contemporaires de l'Allemagne. In: Revue des deux Mondes. Paris. Bd. 3 von Jg. 1845. S. 454.
81. Karl Gutzkow: Vorrede zu »Vergangene Tage«. In: Gesammelte Werke von Karl Gutzkow. Vollst. umgearb. Ausg. Bd. 13. Frankfurt a. M. 1852.
82. Rudolph Gottschall: Die deutsche Nationalliteratur in der 1. Hälfte des 19. Jahrhunderts. Bd. 1. Breslau: E. Trewendt, 1855. S. 483 ff.
83. Hermann Marggraff: Der tolle Tambour. In: H. M.: Balladenchronik. Erzählende Gedichte ernster und humoristischer Gattung. Leipzig: Brockhaus, 1862. S. 58–60.
84. Julian Schmidt: Geschichte der deutschen Literatur seit Lessings Tod. Bd. 3: Die Gegenwart 1814–1867. Leipzig ^{5}1867.

Zum Text der vorliegenden Studienausgabe

Der Text folgt dem Erstdruck: *Wally, die Zweiflerin.* Roman von Karl Gutzkow. Mannheim: C. Löwenthals Verlagshandlung, 1835. Die Seitenzählung des Originals wurde in [ ], die nicht ausgedruckte in [( )] angegeben. Orthographie und Interpunktion des Textes und der Dokumente wurden, bei Wahrung des Lautstandes und Erhaltung stilistischer Eigenheiten (z. B. im Setzen des Doppelpunktes), dem heutigen Gebrauch angeglichen. Offensichtliche Druckfehler (Buchstabenvertauschung, -verwechslung und kopfstehende Typen) wurden korrigiert. Werktitel, die dem Zeitgenossen Gutzkows geläufig waren und deshalb der Hervorhebung als Titel nicht bedurften, wurden in Anführungszeichen gesetzt. Sperrdruck des Originals wurde durch Kursive wiedergegeben.

Ein Problem, das der Diskussion bedarf und deshalb eigens aufgezeigt wird, ergibt sich aus dem Bemühen um Wahrung des originalen Lautstandes – zumal eines Textes der frankophilen jungdeutschen Literatur. Bei der Frage nach der Berechtigung einer orthographischen Modernisierung der nicht wenigen französischen oder aus dem Französischen übernommenen Ausdrücke muß zwangsläufig die ursprüngliche Klanggestalt des Textes bedacht werden. Naheliegenderweise sind hier nur Mutmaßungen möglich. Immerhin ist der Verfasser der Meinung, daß Schreibungen wie ›Carrière‹, ›Compagnie‹, ›Capricen‹, ›Accent‹ und ›Intrigue‹ auf französische Aussprache schließen lassen. Sie werden deshalb beibehalten. Nicht beibehalten wird die Originalschreibung von ›Stilett‹ (es stammt aus dem Italienischen) und ›Konversation‹: das Alter der Entlehnung (12. Jh.) spricht für »deutsche« Schreibung. Arbiträr bleiben die absichtlich in ihrer originalen Form belassenen ›Combination/combinieren‹, ›Compositionen‹, ›Civilisation‹ (erst im letzten Viertel des 18. Jh.s übernommen), ›Accomodation‹, ›Compliment‹ und ›Cabriolet‹. Das damit gegebene Problem wird angesprochen, da es den Grad der Authentizität des Textes betrifft.

Literaturhinweise

Selbstzeugnisse

Briefe Gutzkows an Georg Büchner und dessen Braut. Mitget. von Charles Andler. In: Euphorion 4 (1897) Erg.-H. [3.]. S. 181–193.

Karl Gutzkow: Vergangenheit und Gegenwart. In: Jahrbuch der Literatur. Hamburg 1839.

Karl Gutzkow: [Autobiographische Skizze vom März 1859.] Aus: Karl Goedeke: Karl Gutzkow. In: Die Gegenwart. Wochenschrift für Literatur, Kunst und öffentliches Leben 16 (1879) S. 394 f.

Karl Gutzkow: Rückblicke auf mein Leben. Berlin 1875.

Für die frühen brieflichen Zeugnisse ist die Regestensammlung Peter Bürgels unverzichtbar:

Peter Bürgel: Die Briefe des frühen Gutzkow 1830–1848. Pathographie einer Epoche. Bern / Frankfurt a. M. 1975. (Europäische Hochschulschriften. Reihe I. Deutsche Literatur und Germanistik. Bd. 112.)

Ausgaben

Wally, die Zweiflerin. Roman von Karl Gutzkow. Mannheim 1835.

Gesammelte Werke von Karl Gutzkow. Bd. 13. Vollst. umgearb. Ausg. Frankfurt a. M. 1852.

Gesammelte Werke von Karl Gutzkow. Erste vollst. Gesammt-Ausg. 2., verm. und verb. Aufl. Jena 1873 ff. (Serie 1, Bd. 4, T. 3: Wally.)

Wally, die Zweiflerin. Roman von Karl Gutzkow. Nebst einer Folge von Streitschriften. Krit. Ausg. von Eugen Wolff. Jena 1905. [Zitiert als: Wolff. – Die Klassifikation der Ausgabe ist durchaus irreführend.]

Gutzkows Werke. Hrsg. von Peter Müller. Krit. durchges. und erl. Ausg. 4 Bde. Leipzig / Wien o. J. (Meyers Klassiker-Ausgaben. Bd. 2: Uriel Acosta, Wally u. a.) [Zitiert als: Müller.]

Wally, die Zweiflerin. Wally the Sceptic. Novel. A Translation from the German of Karl Gutzkow with an Introduction and Notes by Ruth-Ellen Boetcher Joeres. Bern / Frankfurt a. M. 1974. (German Studies in America 19.)

Quellenschriften und Repertorien

Heinrich Hubert Houben: Zeitschriften des Jungen Deutschlands. T. 1. Berlin 1906. (Veröffentlichungen der Deutschen Bibliographischen Gesellschaft. Bibliographisches Repertorium. Bd. 3.)

Heinrich Hubert Houben: Zeitschriften des Jungen Deutschlands. T. 2 nebst Register zum 1. und 2. Teil. Berlin 1909. (Veröffentlichungen der Deutschen Bibliographischen Gesellschaft. Bd. 4.)
Karl Glossy: Literarische Geheimberichte aus dem Vormärz. Anmerkungen. In: Jahrbuch der Grillparzer-Gesellschaft 21 (1912) S. 1–153.
Karl Glossy: Literarische Geheimberichte aus dem Vormärz. T. 1: 1833 bis inkl. 1842. In: Jahrbuch der Grillparzer-Gesellschaft 22 (1912) S. 1–366.
Heinrich Hubert Houben: Verbotene Literatur von der klassischen Zeit bis zur Gegenwart. 2 Bde. Berlin 1924 / 28. Nachdr. Hildesheim 1965.
Jost Hermand (Hrsg.): Das Junge Deutschland. Texte und Dokumente. Stuttgart 1966 u. ö. (Reclams Universal-Bibliothek Nr. 8703 [5].)
Alfred Estermann (Hrsg.): Politische Avantgarde 1830–1840. Eine Dokumentation zum »Jungen Deutschland«. 2 Bde. Frankfurt a. M. 1972.

Forschungsliteratur

Bloesch, Hans: Das Junge Deutschland in seinen Beziehungen zu Frankreich. Bern 1903. (Untersuchungen zur neueren Sprach- und Literaturgeschichte 1.) Nachdr. Hildesheim 1974.
Bürgel, Peter: Die Briefe des frühen Gutzkow 1830–1848. Pathographie einer Epoche. Bern / Frankfurt a. M. 1975. (Europäische Hochschulschriften. Reihe I. Deutsche Literatur und Germanistik. Bd. 112.)
Butler, Eliza Marian: The Saint-Simonian Religion in Germany. Cambridge 1926.
Capelle, Magdalene: Der junge Gutzkow. Werden und Wirken im jungdeutschen »Sturm und Drang«. Diss. Berlin (FU) 1951. [Masch.]
Colditz, Carl: Über den Denunzianten. In: Modern Language Quarterly 6 (1945) S. 131–147.
Dietze, Walter: Junges Deutschland und deutsche Klassik. Zur Ästhetik und Literaturtheorie des Vormärz. Berlin 1957. (Neue Beiträge zur Literaturwissenschaft 6.)
Dobert, Eitel Wolf: Karl Gutzkow und seine Zeit. Bern / München 1968.
Fester, Richard: Eine vergessene Geschichtsphilosophie. Zur Geschichte des jungen Deutschlands. Hamburg 1890. (Sammlung gemeinverständlicher wissenschaftlicher Vorträge. Hrsg. von R. Virchow und W. Wattenbach. N. F. Serie 5. H. 98.)
Flavell, M. Kay: Women and Individualism. A Re-examination of Schlegel's ›Lucinde‹ and Gutzkow's ›Wally, die Zweiflerin‹. In: Modern Language Review 70 (1975) S. 550–566.
Franck, Karl Edmund: Karl Gutzkows literarisches Werk als Ausdruck seines Zeiterlebnisses. Diss. Kiel 1951. [Masch.]

Geiger, Ludwig: Das Junge Deutschland und die preußische Censur. Nach ungedruckten archivalischen Quellen. Berlin 1900.

Hasubek, Peter: Karl Gutzkow und seine Zeit. In: Études Germaniques 25 (1970) S. 75–78.

Höllerer, Walter: Gutzkow, Raimund, Nestroy, Niebergall. In: W. H.: Zwischen Klassik und Moderne. Stuttgart 1958. S. 143–203.

Hömberg, Walter: Zeitgeist und Ideenschmuggel. Die Kommunikationsstrategie des Jungen Deutschland. Stuttgart 1975.

Houben, Heinrich Hubert: Gutzkow-Funde. Beiträge zur Literatur- und Kulturgeschichte des neunzehnten Jahrhunderts. Berlin 1901.

Joeres, Ruth-Ellen Boetcher: The Gutzkow-Menzel Tracts: A Critical Response to a Novel and an Era. In: Modern Language Notes 88 (1973) S. 988–1010.

Oesterle, Ingrid und Günter: Der literarische Bürgerkrieg. Gutzkow, Heine, Börne wider Menzel. Polemik nach Kunstperiode und in der Restaurationszeit. In: Gert Mattenklott / Klaus Scherpe (Hrsg.): Demokratisch-revolutionäre Literatur in Deutschland: Vormärz. Kronberg (Taunus) 1974. (Literatur im historischen Prozeß 3/2.)

Proelß, Johannes: Das junge Deutschland. Ein Buch deutscher Geistesgeschichte. Stuttgart 1892.

Sammons, Jeffrey L.: Karl Gutzkow: Wally, die Zweiflerin. In: J. L. S.: Six Essays on the Young German Novel. Chapel Hill 1972. S. 30–51, 156–158.

Schillemeit, Jost: [Nachwort in:] Karl Gutzkow: Wally, die Zweiflerin. Roman. Faksimile-Druck nach der 1. Aufl. von 1835, mit der Vorrede und dem Anhang zur 2. Aufl. von 1852. Mit einem Nachw. von Jost Schillemeit. Göttingen 1965. (Deutsche Neudrucke. Reihe Texte des 19. Jahrhunderts.) S. 75*–84*.

Schinnerer, Otto Paul: Women in the Life and Work of Gutzkow. New York 1924.

Schönfeld, Margarete: Gutzkows Frauengestalten. Ein Kapitel aus der literarhistorischen Anthropologie des 19. Jahrhunderts. Berlin 1933. (Germanische Studien. H. 133.) Nachdr. Nendeln 1967.

Suhge, Werner: Saint-Simonismus und Junges Deutschland. Das Saint-Simonistische System in der deutschen Literatur der ersten Hälfte des 19. Jahrhunderts. Berlin 1935. (Germanische Studien. H. 164.)

Wegener, Bernd: Gutzkows »Wally« und die Folgen. In: Mannheimer Hefte 1 (1977) S. 51 ff.

Westra, Pier: Karl Gutzkows religiöse Ansichten. Groningen 1947.

Daten zur Entstehungs- und Kriminalgeschichte von »Wally, die Zweiflerin«

1832 11. 7.: Gutzkows Rosenkranz-Rezension (vgl. S. 198 f.) in Menzels »Literatur-Blatt« Nr. 71.

1833 George Sand, *Lélia.*

1834 29. 12.: Freitod der Charlotte Stieglitz.

1835 25. 2.: Gutzkows Nachruf »Cypressen für Karoline [sic!] Stieglitz«. In: *Phönix* Nr. 48. »Literatur-Blatt« Nr. 8. S. 189a–191b.

Frühjahr: Gutzkows Beschäftigung mit den Reimarus-Schriften.

März: *Schleiermachers Vertraute Briefe über die Lucinde.* Mit einer Vorrede von Karl Gutzkow.

April: L. Wienbarg, *Wanderungen durch den Thierkreis.* – Th. Mundt, *Madonna. Unterhaltungen mit einer Heiligen.*

Juni / Juli: Innerhalb von drei Wochen entsteht der Roman *Wally.*

25. 7.: »Wahrheit und Wirklichkeit«. In: *Phönix* Nr. 174. »Literatur-Blatt« Nr. 29. S. 693a–695a. Daran schließt (S. 695a, b) Gutzkows Besprechung der *Lélia* an.

12. 8.: Der Roman *Wally, die Zweiflerin* erscheint als erste Veröffentlichung von Carl Löwenthals Verlag in Mannheim.

Spätsommer: D. F. Strauß' *Das Leben Jesu* erscheint. (Vgl. dazu: Franz Schneider, »Gutzkows ›Wally‹ und D. F. Strauss' ›Das Leben Jesu‹. Eine Richtigstellung«, in: *The Germanic Review* 1, 1926, S. 115–119.)

11. / 14. 9.: Beginn der Menzelschen Intervention.

24. 9.: Verbot des Romans in Preußen.

16. bzw. 17. 10.: Konfiskation des Romans in Würzburg bzw. München.

20. 10.: Ein ministerielles Reskript weist die Kreisregierungen auf den kriminellen Charakter des Buches hin. Löwenthal wird die Fortführung seines Verlagsunternehmens untersagt.

1. 11.: Konfiskation des Romans in Kurhessen.

13. 11.: Konfiskation der *Wally* und der *Verteidigung* durch den Mannheimer Stadtdirektor Riegel. Von den 700–800 Exemplaren des Romans wurden noch 2, von der Broschüre noch 10 Exemplare sichergestellt.

24. 11.: Verbot des Romans in Frankfurt.

27. 11.: Einleitung der Untersuchung gegen Gutzkow und Löwenthal.
30. 11.: Verhör Gutzkows vor dem Mannheimer Stadtgericht. Verhaftung.
8. 12.: Verbot des Romans in Württemberg.

1836 8. 1.: Mündliche Verhandlung nach 6 Wochen Untersuchungshaft. Die Anklage lautet auf: Gotteslästerung, Verächtlichmachung des christlichen Glaubens und der Kirche, Darstellung unzüchtiger Gegenstände. Der Staatsanwalt Minet beantragt in Übereinstimmung mit der Reichspolizeiordnung von 1577 gegen Gutzkow 1 Jahr, gegen Löwenthal 3 Monate Zuchthaus.
13. 1.: Urteilsverkündung: 1 Monat Gefängnis für Gutzkow wegen »verächtlicher Darstellung des Glaubens der christlichen Religionsgemeinschaften«. Löwenthal wird freigesprochen, da er das Buch vor der Drucklegung nicht gelesen hatte.
10. 2.: Gutzkow wird entlassen und aus Baden ausgewiesen.

1852 29. 1.: Der Staatsanwalt beim Königlichen Stadtgericht Berlin läßt die 2. Ausgabe des Romans beschlagnahmen.
24. 9.: Die Vernichtung der beschlagnahmten Exemplare wird verfügt.

Nachwort

Die wissenschaftliche Kritik beurteilt Gutzkows Roman seit jeher äußerst skeptisch. Fester spricht von »dem kläglichen Machwerke«, das »die folgenschwere Jugendsünde eines bedeutenden Mannes« darstelle[1]; einen »schlechte[n] und in jeder Weise taktlose[n] Roman«[2], »ein ästhetisch schwaches und inhaltlich provozierendes Werk«[3] sieht Sengle in der Arbeit des »halben Talente[s]« Gutzkow, von dem »sich die Literaturgeschichte noch immer [. . .] blenden«[4] lasse.

Statt in vergleichbarer Weise für oder gegen den Roman Stellung zu nehmen, gilt es, seine Mängel ebenso unvoreingenommen zu beschreiben wie seine Leistung und so den Blick für den Facettenreichtum dieses bis auf den heutigen Tag möglicherweise nicht ohne Grund bekanntesten jungdeutschen Dokumentes zu schärfen. Die Schwierigkeiten, die der Roman einer eindeutigen Beurteilung entgegensetzt, sind in der schillernden Vielfalt heterogener und – wenn überhaupt – nur schwer miteinander vereinbarer Motivationen angelegt, die bei seiner Konzeption mitwirkten. Ökonomische, kirchen- und sozialpolitische sowie ästhetische Ambitionen konkurrierten in einer Weise, die einen Ausgleich zwar nicht unmöglich, aber doch immerhin problematisch erscheinen ließ.

Ein in seiner Wichtigkeit für den jungdeutschen Literaturbetrieb kaum zu überschätzender Gesichtspunkt ist mit der Problematik des Berufsschriftstellers gegeben, dessen literarische Entscheidungen notgedrungen von Überlegungen zur Existenzsicherung mit bestimmt sind. Gutzkow hat den Zusammenhang von schriftstellerischer Aktivität und Zwang zum Gelderwerb ver-

1 Richard Fester, *Eine vergessene Geschichtsphilosophie. Zur Geschichte des jungen Deutschlands,* Hamburg 1890 (Sammlung gemeinverständlicher wissenschaftlicher Vorträge, hrsg. von R. Virchow und W. Wattenbach, N. F., 5. Serie, H. 98), S. 15.

2 Friedrich Sengle, *Biedermeierzeit. Deutsche Literatur im Spannungsfeld zwischen Restauration und Revolution 1815–1848,* Bd. 1, Stuttgart 1971, S. 177.

3 Ebd., S. 176.

4 Ebd., S. 108.

schiedentlich hergestellt. Bezeichnend ist eine Passage aus einem frühen Brief an Menzel: »Was ich jetzt schreibe? Reiseskizzen fürs Morgenblatt, einen *Versuch* für die Allgemeine Zeitung, eine Novelle. Damit bin ich bis Ende November beschäftigt. Mein grenzenloser Geldmangel zwingt mich, auf 14 Tage ein hiesiges Lokalblatt zu redigiren und leider auch zum Theil zu schreiben [. . .].«[5] (Daß sich hier nicht bloß das Problem des Anfängers darstellt, machen Bemerkungen in der für Goedeke angefertigten autobiographischen Skizze deutlich.[6]) Angesichts dessen war es ein Gebot schriftstellerischer Ökonomie, effizient zu arbeiten, d. h. kurzfristig Publikationen zu erstellen, die sich nutzbringend vermarkten ließen. Das Wort von der »Hast«, das in einem Brief an Georg Büchner fällt, ist demnach nicht nur Ausdruck einer augenblicklichen Laune: »Zuletzt noch hab' ich in der Hast von 3 Wochen (schnelle Arbeiten sind die besten) einen Roman geschrieben: *Wally*, die Zweiflerin.«[7] Hinzu kamen die besonderen Schwierigkeiten des *jungen* Autors, für den es ein Gebot des Überlebens war, erste vage Erfolge durch weitere Leistungen zu festigen und zu einer eigenen Position innerhalb der Literatur der Zeit zu gelangen. Mit Recht bezeichnet Gutzkow in seinem Schreiben an Tzschoppe die damit gegebenen Schwierigkeiten.[8]
Die zweite auf den Roman wirkende Motivation ist im Zusammenhang der gerade skizzierten zu sehen. Es spricht für Gutzkows Einschätzung der bewußtseinsgeschichtlichen Situation seiner Zeit, daß er die Erörterung theologischer und letztlich kirchen- und sozialpolitischer Fragen ins Zentrum seines Romanes stellte. Wie Rezeptions-, Wirkungs- und Kriminalgeschichte belegen, ist es ihm so gelungen, sich »durch den überfüllten Markt hindurch«-zudrängen, bis er »endlich alleinstand und einen kleinen Wirkungskreis beherrschte«.[9] Durch die situations-

5 Berlin, 11. 10. 1833, in: Heinrich Hubert Houben, *Gutzkow-Funde. Beiträge zur Literatur- und Kulturgeschichte des neunzehnten Jahrhunderts*, Berlin 1901, S. 30.
6 Karl Goedeke, »Karl Gutzkow«, in: *Die Gegenwart. Wochenschrift für Literatur, Kunst und öffentliches Leben* 16 (1879) Nr. 51 vom 20. 12., S. 395 [außerhalb des in dieser Ausgabe abgedruckten Passus].
7 Wiesbaden, 23. 7. 1835, in: *Euphorion* 4 (1897) [3.] Erg.-H., S. 185 f.
8 Frankfurt a. M., 15. 3. 1836. Vgl. S. 247–251 dieser Ausgabe.
9 Ebd.

und adressatenbedingt wechselnde Selbstdarstellung hindurch bleibt unverkennbar, daß Gutzkow den Eklat als Instrument der Wirkung beabsichtigte. Zwar weist die *Appellation* die Unterstellung einer Polemik gegen die Religion (»Was kümmerte mich als Dichter die positive Kirche?«[10]) zurück, doch scheint es Gutzkow gegenüber Münch-Bellinghausen geraten zuzugeben, »daß, wenn er [der Roman] eine Tendenz hatte, es diese war, in einer Kirche, wo ich meine heuchlerischen Freunde beten sahe, eine Rakete aufsteigen zu lassen«[11]; und späterhin gibt er noch einmal den Kritikern des Jahres 1835 recht, daß die »romantische« Einkleidung Beiwerk, die Polemik gegen »die Ansprüche des Theologen- und Kirchentums« dagegen sein Hauptanliegen war[12]. Die Beteuerung, niemals über das Christentum gespottet zu haben, hatte allein taktischen Wert.[13]

Die Erörterung des theologischen Motivkomplexes gibt erstmals Gelegenheit, die Konfliktgeladenheit von Gutzkows Interessenkonstellation zu beobachten. Hier wird deutlich, wie sich seine Absichten gegenseitig behindern. Verfehlt wäre es nämlich anzunehmen, es seien ausschließlich taktische Erwägungen gewesen, die die Themenwahl bestimmten. Richtig ist vielmehr, daß eine aus der Spekulation auf den literarischen Erfolg resultierende Darstellungsweise das begründete theologische und religionspolitische Anliegen des Autors übersehen ließ oder diskreditierte. Man sah nicht mehr das Bemühen um die »Verbesserung des mißverstandenen Christentums«[14]; die vielgerügte Frivolität der Formulierung mußte gegenüber der Behauptung des Verfassers skeptisch stimmen, er »habe das Irrwerden an dem Glauben schildern wollen, nicht um dem Glauben Abbruch zu tun, sondern um ein psychologisches Phänomen zu zeichnen«[15]. Die aus den genannten Gründen überpointierende Darstellung mußte den Leser auf eine Deutung des Romans lenken, die der Intention des Autors diametral entgegenstand, die

10 Vgl. S. 150, 10 f.
11 Frankfurt a. M., 25. 4. 1836. Vgl. S. 253 f.
12 *Vorrede* (1851). Vgl. S. 142,15 f.
13 *Verteidigung*, S. 320.
14 Ebd., S. 320.
15 *Appellation*, S. 150, 34–151,1.

christliche Religion mit den Anforderungen der modernen Zeit in Einklang zu bringen und so in dieselbe Richtung zu wirken wie Ludolf Wienbarg in seinen *Ästhetischen Feldzügen* und den *Wanderungen durch den Tierkreis.*

Die unerwartete Resonanz der *Wally* hatte handgreifliche künstlerische Ursachen, über die später zu reden sein wird. Dem Argument, formalästhetische Maßstäbe dürften an ein Werk nicht angelegt werden, das einen Akt politischer Tätigkeit mit anderen Mitteln darstelle, kann mit dem Hinweis darauf entgegengetreten werden, daß Gutzkow durchaus auch eine künstlerische Leistung beabsichtigte, womit zugleich sein dritter Beweggrund angesprochen ist. Der schon erwähnte Interessenkonflikt vervielfältigt sich: das sprachliche Kunstwerk soll angesichts eines Gegenstandes Ereignis werden, den sine ira et studio zur Kenntnis zu nehmen der Mehrzahl der Zeitgenossen wie dem Autor selbst offenkundig unmöglich war. Für die künstlerische Absicht Gutzkows gibt es verschiedene Indizien. Daß für *Wally* sehr wohl auch die Absicht, einem literarischen Programm zum Durchbruch zu verhelfen, motivbildend wirkte, ist im Zusammenhang der jungdeutschen Literaturtheorie wie insbesondere im Blick auf die dem Roman zeitlich voraufgehenden Erwägungen über »Wahrheit und Wirklichkeit«[16] wahrscheinlich. Der Roman ist neben anderem *auch* ein Zeugnis einer binnenliterarischen Auseinandersetzung mit der epigonal gewordenen Romantik wie mit der Goethe-Feindschaft – nicht nur Menzels, sondern auch einiger Jungdeutschen. Es ist mehr als nur taktisch bedingt, wenn Gutzkow die Tatsache des künstlerischen Konstrukts andeutet, das als in sich geschlossene Figur autonom ist und deshalb nach eigenen Maßstäben bewertet sein will. »Ich möchte den Zeitgenossen etwas an die Hand geben, was *in sich abgerundet* dasteht und doch den ganzen Himmel unsrer modernen Hoffnungen aus einem seelenvollen Auge strahlen läßt.«[17] Damit ist die poetische Idee angedeutet, die dem Roman zugrunde liegt: die religiöse und soziale Problematik der Zeit,

16 Vgl. dazu die weiterführenden Bemerkungen im Kommentar S. 224 f.

17 Brief an Karl August Varnhagen von Ense, Frankfurt a. M., 20. 10. 1835. Vgl. S. 244 f. Hervorhebung G. H.

wie sie sich im Bewußtsein eines sensiblen jungen Mädchens darstellt, dessen Leidensfähigkeit sich bis zur Bereitschaft zum Freitod für eine Idee zu steigern vermag.[18] Symbolisch sollte der Roman sein; er sollte zeitgenössische Gegebenheiten vergegenwärtigen, ohne doch bloßer Reflex zu bleiben. Verwandeln sollte er die divergenten Entwicklungen der gesellschaftlichen Empirie, sie aufheben im künstlerischen Gebilde eigener Art. Gutzkows spätere Erinnerung an die »absolute Schönheitswerbung, wie sie gleichzeitig in der Düsseldorfer Malerschule stattfand«[19], wirkt durchaus überzeugend.
Kritisieren kann man die mangelnde Motivierung verschiedener Details (z. B. die Blindheit von Wallys Stute, Wallys Verehelichung, die Sigunen-Szene, deren Berechtigung durch Cäsars späteres Verhalten Zweifeln ausgesetzt wird), gewisse Manierismen, etwa die wiederkehrende Kennzeichnung jenes Referendars, »welcher über das Unzeitgemäße politischer Garantien geschrieben hatte«); die nicht unbedingt gesicherte Legitimation der in den Roman eingefügten Erzählungen wie auch der Jeronimo-Handlung; die nach dem ersten Eindruck oberflächliche, sprunghafte und skizzenartige Darstellung[20]; die mutmaßlich geringe psychologische Wahrscheinlichkeit der Titelheldin; die fragwürdige Verknüpfung erotischer und religiöser Motive; schließlich die Heterogenität des Romans insgesamt. Diese Einwände betreffen weitgehend Einzelheiten und bedürfen zudem der Prüfung. Das entscheidende Gebrechen jedoch wird in der einseitigen, sich auf bestimmte Themen fixierenden Rezeption deutlich. Es ist die mangelnde Integration der zentralen Motive in den semantischen Zusammenhang des Romans. Zeichentheoretisch gesprochen, verführte sie den Leser dazu, auf Bezeichnungsbeziehungen zu schauen, statt nach Bedeutungsbeziehungen zu fragen, sich also bewußt zu werden, daß das einzelne Motiv im Zusammenhang des semantischen Universums fungiert, das der jeweilige Text manifestiert. Zwar

18 Vgl. *Verteidigung*, S. 321 f.; *Vorrede* (1851), S. 139 f.; bes. *Appellation*, S. 149,36 f.: »Ich wollte eine Seelenstimmung schildern, die mir poetisch schien.«
19 *Vorrede* (1851), S. 146,33 ff.
20 Vgl. die Äußerung von Paulus, *Sendschreiben*, S. 170,12.

sagt Gutzkow, er habe das »Gemälde einer traurigen Haltlosigkeit der Seele«[21] geben wollen; tatsächlich aber stellt er die Institution Christentum als schuldig dar. Begründet liegt dies in der mangelhaften Instrumentalisierung der »Geständnisse über Religion und Christentum«. Deren Schärfe ist nach Gutzkow eine Frage ihrer künstlerischen Motivation.[22] Eben diese aber wird nicht deutlich, da Cäsars *einseitige* Weise, über religiöse Themen zu sprechen, nicht als solche vorgeführt wird. Seine traktatartigen Darlegungen lassen das notwendige relativierende Signal vermissen. Zwar bemerkt Gutzkow, er sei nicht Lehrer, sondern Dichter[23], doch kann er damit schwerlich einen weiteren Zielkonflikt bei der Abfassung des Romans, den zwischen polemischer und artistischer Tendenz, übersehen machen.

Die im Blick auf den Leser wie den Autor angedeuteten Schwierigkeiten, einerseits die Verführung zur additiven, das Integrationsgebot übersehenden Schreibweise, andererseits die zum eklektischen, den Werkzusammenhang vernachlässigenden Lesen, sind bereits mit dem literaturgeschichtlichen Vorbild des Romans gegeben. Den Vorwurf der Heterogenität kann nur erheben, wer übersieht, daß *Wally* auch formal in der Tradition des frühromantischen Romans und insbesondere von Friedrich Schlegels *Lucinde* steht, deren (auch von Schleiermacher hervorgehobene) Schwäche, die mangelnde erzählerische Gegenständlichkeit, sie teilt. Auf die thematische Verwandtschaft der beiden Romane hat man oft genug hingewiesen, nicht jedoch auf die gattungsspezifischen Übereinstimmungen. Ohne die von Novalis und Schlegel formulierte Theorie des Romans als der Gattung über den Gattungen der Poesie und der intellektuellen Tätigkeiten überhaupt, auch ohne Schlegels praktische Folgerungen daraus ist die Gestalt von Gutzkows Roman nur schwer vorstellbar. Noch auf seiner Ausdrucksebene ist er Symptom einer übermächtigen Tradition und zugleich der Schwierigkeiten, denen sich die neue Literatur in ihrem Ablösungsprozeß von den goethezeitlichen Vorbildern ausgesetzt sah.

21 *Appellation*, S. 159,18 f.
22 Ebd., S. 160,11 ff.
23 Ebd., S. 161,4.

Man hat die unglückliche Verknüpfung der Motive bemängelt.[24] Die Einheit in der Mannigfaltigkeit, um an ein weiteres Diktum der frühromantischen Theorie zu erinnern, scheint demnach nicht gewährleistet. Tatsächlich sind Wallys Scheitern als Liebende und ihr Versagen als Gläubige lediglich zwei verschiedene Aspekte der restringierten weiblichen Existenz jener Zeit, gegen die sich der Saint-Simonismus des Werkes wendet. Der Grund für Wallys doppelten Niedergang liegt nach Ausweis des Romans in der moralischen und intellektuellen Unmündigkeit und Unselbständigkeit der Frau. Ihnen allein ist es zuzuschreiben, daß Wally des »Damm[es] der Liebe«[25] bedarf, um ihre religiöse Unruhe zu bewältigen. Wally geht nicht an ihren religiösen Skrupeln und erst recht nicht, wie man gesagt hat, an enttäuschter Liebe zugrunde. Sie büßt für die Mentalität einer Gesellschaft, die der Frau die Chance der intellektuellen und moralischen Selbständigkeit verweigert.

Der Hinweis auf artistische Mängel des Romans darf seine spezifische sprachkünstlerische Leistung nicht übersehen lassen. Interesse verdient *Wally, die Zweiflerin* als der Versuch einer Vermittlung von Ästhetik und Politik, als Resultat der strategischen List eines Autors, der gezwungen ist, sich unter den erschwerten Bedingungen einer wenn auch bisweilen merkwürdig großzügig anmutenden Zensur zu artikulieren. Daß die besondere Schreibweise eine Funktion politischer Rücksichten sein kann, hat Gutzkow mit der gleichen Deutlichkeit ausgesprochen wie Börne. Ende März oder Anfang April 1835 schreibt er an Georg Büchner: »Ich glaube, Sie taugen zu mehr, als zu einer Erbse, welche die offne Wunde der deutschen Revolution in der Eiterung hält. Treiben Sie wie ich den Schmuggelhandel der Freiheit: Wein verhüllt in Novellenstroh, nicht in seinem natürlichen Gewande: ich glaube, man nützt so mehr, als wenn man blind in Gewehre läuft, die keineswegs blindgeladen sind.«[26] Damit ist der Aufmerksamkeit des an Fragen der politischen Dimension des Stils interessierten Lesers die Richtung gewiesen.

24 Sengle, *Biedermeierzeit*, S. 176.
25 *Wally*, S. 92,29.
26 *Euphorion* 4 (1897) [3.] Erg.-H., S. 184.

Zwar untersucht Hömberg unter dem Gesichtspunkt des Ideenschmuggels die Kommunikationsstrategie des Jungen Deutschland,[27] doch bleibt er dabei im Vorfelde der Organisation des Literaturbetriebes stehen, statt seine Analysen ins eigentlich Literarische voranzutreiben, in die einzelne Formulierung, in der sich die Vermittlung von politischer Notwendigkeit und sprachlichem Zugriff ereignet. Der in dieser Ausgabe vorgelegte Kommentar versucht, verschiedene Textpassagen in eben diese Perspektive des Ideenschmuggels zu stellen.

Ihre prägnanteste Formulierung hat die gebotene Strategie bei Börne gefunden: »[...] darauf kommt jetzt alles an, daß der gemeine Mann nicht errate, was wir wollen, sondern fühle, was wir gewollt.«[28] Zu verwirklichen ist dieses Ziel durch die Kunst des Sprechens in Abbreviaturen, Andeutungen und Aussparungen, eines Sprechens, das, einem Augenzwinkern zwischen Eingeweihten gleichend, dem situativen Kontext die Valorisierung des Stichwortes überläßt. So kann man sich verständigen, ohne explizit werden zu müssen. Da die Gesprächspartner Zeitgenossen sind und um die politischen usw. Gegebenheiten wissen, genügt ein eben hingeworfenes Wort, ein Name, sogleich einen komplexen Sachverhalt zu evozieren. So kann gesprochen werden, ohne daß gesprochen wird. Das dritte Kapitel des ersten Buches mit seinen Bezügen zur jungdeutschen Literatur bietet einen Beleg dafür, wie über Personae non gratae gehandelt, wie verbotene Literatur und mit ihr eine inkriminierte Mentalität erneut ins Gespräch gebracht werden kann. – Ein Beispiel für eine Thematisierung ex negativo bildet Cäsars Bemerkung, er »glaube, daß sich die Literatur ausdehnen wird auf andre Felder, um sie zu befruchten; aber wahrlich, mein Herr, auf die Musik nicht«[29]. Der zeitgenössische Leser von Wienbargs bereits verbotenen *Ästhetischen Feldzügen* verstand, worum es sich hier

27 Walter Hömberg, *Zeitgeist und Ideenschmuggel. Die Kommunikationsstrategie des Jungen Deutschland*, Stuttgart 1975.

28 Ludwig Börne, »Bemerkungen über Sprache und Stil«, in: L. B., *Monographie der deutschen Postschnecke. Skizzen, Aufsätze, Reisebilder*, hrsg. von Jost Hermand, Stuttgart 1967 (Reclams Universal-Bibliothek, Nr. 11 [2], S. 32–40, S. 37 f.).

29 *Wally*, S. 17, 15–17.

handelte: um den Versuch, en passant und scheinbar gar nicht daran denkend, auf die literarisch-politische Programmatik nicht nur jener Schrift anzuspielen. – Die Thematisierung eines Ungenannten per metonymiam kann man in der Weise sehen, wie Georg Büchner, der Verfolgte, ins Spiel gebracht wird. Es erscheinen Reizwörter, auch Namen, die seinen Arbeiten entstammen und zugleich nicht zu entstammen brauchen.[30]

Der Herausgeber neigt (in diesem *einen* Punkt mit Wolfgang Menzel[31]) zu der Meinung, die Einbeziehung der Sigunen-Szene sei allen gegenteiligen Darstellungen Gutzkows zum Trotz vorrangig wirkungsästhetisch und damit kommunikationsstrategisch begründet. Angesichts von Gutzkows oft genug dokumentierter Neigung zum Kalkül, zur Berechnung seiner Handlungen kann seine forciert vorgetragene Verständnislosigkeit gegenüber der Resonanz auf die ganz anders gemeinte Szene[32] nicht überzeugen. Zwar lassen sich über Gutzkows wirkliche Motive nur Vermutungen anstellen, doch mußte es angesichts der Publikumsreaktion jedenfalls so scheinen, als wären sowohl die Sigunen-Episode als auch die populären, sicher nicht zufällig auch separat gedruckten Erzählungen[33] auf den durchaus auch sensationslüsternen Leser berechnet und letztendlich als Katalysatoren dafür eingefügt, daß die eigentliche Botschaft zum Publikum gelangte. Auf solche Szenen und Episoden zielt das Wort

30 Ebd., S. 93,11, möglicherweise auch S. 27,10 ff. Ergänzend sei auf einige Stellen hingewiesen, an denen völlig unverfänglich und doch möglicherweise »politisch« geschrieben wird: S. 17 (das Sammeln von Unterschriften), S. 19 (die Bemerkungen über athenische Volksredner), S. 22 (der zweimalige Vergleich mit schwäbischen Gegebenheiten), S. 25 (das Wort von der allgemeinen Stimmberechtigung – der Liebe) und schließlich die Bemerkung (S. 85), Wally lese *deutsche* Bücher, um sich in *Paris* einzuschläfern.

31 *Literatur-Blatt,* Nr. 93 vom 11. 9. 1835. Vgl. S. 277,14 ff.

32 »Jene Szene hat nur malerischen Wert und wird vor der Moral geweiht durch die Lilie, die vor Sigunen steht« (*Verteidigung,* S. 322,24 ff.); bei der Schaffung der Szene habe er die Gemeinheit der Masse nicht bedacht (*Appellation,* S. 153,17 ff.); rückblickend kritisiert er die Szene als Ausdruck einer »Abälardphantasie«; seine Naivität habe ihn damals annehmen lassen, etwas wunders wie Sittliches geschildert zu haben (*Vorrede* [1851], S. 146 f.).

33 1. »Des Trompeters Braut«. In: *Didaskalia. Blätter für Geist, Gemüth und Publizität,* Frankfurt a. M., 1835, Nr. 242 vom 2. 9. 1835. – 2. »Alfred«, ebd., Nr. 247 vom 7. 9. 1835.

von der »gefälligen Einkleidung« des Konfidentenberichts vom 15. 11. 1835, die dazu geführt habe, daß Werke wie *Wally* »mit nie gekannter Begierde gelesen werden«.[34] Das Durchsetzungsvermögen dieser Form von Belletristik (vgl. die Konfidentenberichte vom 25. 11., 2. 12., 9. 12., 17. 12. und 24. 12. 1835) bildete bekanntlich das Hauptargument im preußischen Verbotstext sowie im Verdikt des Bundestages vom 10. 12. 1835.

Nicht nur die angedeutete Weise des sprachlichen Verfahrens ist Indiz der epochengeschichtlichen Authentizität von Gutzkows Roman. Immermanns *Epigonen* werden allenthalben als *das* Werk apostrophiert, in dem sich das Bewußtsein des Nachgeboren- und Zuspätgekommen-Seins exemplarisch artikuliert. Ein nicht weniger authentisches bewußtseinsgeschichtliches Dokument ist *Wally, die Zweiflerin.* Im Kontext der literarischen Figuren der Zeit besehen, darf Cäsar als epochaler Charakter bezeichnet werden, insofern er geprägt ist vom Bewußtsein des Spätlings, dem die Fülle des Tradierten zur negativen Unendlichkeit geworden ist; das Gefühl, daß die Möglichkeiten intellektueller und seelischer Erfahrungen erschöpft seien, ist die zwangsläufige Folge davon. Andererseits weiß sich Cäsar einer Generation zugehörig, der die Alternative einer befreiend-tätigen, zumal politisch aktiven Existenz verwehrt bleibt. Desenganno, wie Feuchtersleben sagt,[35] und Resignation sind das Resultat, Resignation in der besonderen Ausprägung ironischer Distanziertheit und spielerisch-frivolen Verfügens über Menschen und Anschauungen. Diese forcierte Selbstüberhebung Cäsars, die nur mit Mühe sein Leiden an der Zeit und an sich selbst zu verbergen vermag, seine an Schopenhauers Analysen erinnernde Befindlichkeit weisen ihn als einen Verwandten von Grabbes Sulla aus, wenn sich dieser auch ungleich souveräner als Cäsar von der Welt und ihrer negativen Geschichtlichkeit löst.

Nicht allein jedoch durch das (bildungs- und zeitgeschichtlich begründete) Motiv der Resignation gibt der Roman der »Bewegungspartei« seine tiefgründige Verwandtschaft mit der Grundstimmung des Restaurationszeitalters zu erkennen. Psycho-

34 Vgl. S. 260,28 f.

35 Ernst von Feuchtersleben, *Diätetik der Seele,* Wien ^{3}1842, S. VIII.

gramm seiner Epoche ist Gutzkows Werk auch, insofern es das Moment der Zerrissenheit, wesentliches Symptom des Übergangsstadiums, sowohl auf seiner Inhalts- als auch seiner Ausdrucksebene manifestiert. Mit letzterem gemeint ist die offenkundige Dissonanz der Sageweisen: neben Romantizismen, wie sie in der Eingangsszene und den wenigen Naturdarstellungen begegnen, und der Sigunen-Szene, die ein verstärktes Interesse an willentlicher Ästhetisierung zu erkennen gibt und an vergleichbare Gewagtheiten im literarischen Jugendstil (etwa bei Richard Schaukal) erinnert, stehen ausgedehnte, in der Regel mit den Gesprächspartien identische Passagen, deren unprätentiöse, verknappende Diktion eine realistische Tendenz erkennen läßt.

Wenn von Artikulationen der Zerrissenheit die Rede ist, ist jedoch vorrangig an einige inhaltliche Aussagen zu erinnern. Den Rang eines Sinnbildes besitzt der Büchertisch in Wallys Boudoir, »der so viel Widersprechendes friedlich umschloß«[36]. Er ist Sinnbild einer Zeit, der es an einem gemeinsamen Prinzip fehlt, das die Einheit des Stils in den verschiedenen künstlerischen und intellektuellen Aktivitäten einer Gesellschaft begründen könnte. Der Verlust der Orientierung soll aufgefangen werden durch die Adaptierung historischer Muster. Zugleich erscheinen diese fragwürdig, da sie von denen kompromittiert werden, die für sie eintreten: das Wort vom »zerrissenen Prinzip unsrer Zeit«[37], das im Zusammenhang mit dem Endausbau des Kölner Doms fällt, besitzt höchste Authentizität.

Bezeichnend für den Spätling ist sein Mangel an Spontaneität und Natürlichkeit. Mit Heinrich von Kleist möchte man vom Verlust der Grazie sprechen, der nicht bloß in einem »Bruch von Geist« seinen Grund hat, sondern, spezifisch für den Erben, in seiner Überbildetheit und Überintellektualisierung. Von Cäsar war in dieser Hinsicht die Rede. Seine Disproportioniertheit zu sich selbst und seiner Umwelt hat, so wurde gesagt, bildungs- und zeitgeschichtliche Ursachen. Daß Wally die Naivität einer ungebrochenen Identität mit sich selbst und ihrer Welt verloren

36 *Wally*, S. 10,31 f.
37 Ebd., S. 20,18 f.

hat, resultiert aus der Bewußtwerdung ihrer Bestimmung als Frau und der Unmöglichkeit, diese in ihrer Zeit zu verwirklichen. Aller Kritik zum Trotz ist der Charakter Wallys insofern stimmig, als er von Anfang an von der Verunsicherung gekennzeichnet ist, die von der Reflexion ausgeht. Von höchster Symbolik ist jene Szene der Engführung beider Charaktere, jenes Rencontre Wallys und Cäsars auf der Waldlichtung zwischen Bad Ems und Schwalbach. Die Kontrafaktur der klassischen Liebesszene ist vollkommen: »Nicht die Liebe, sondern der Gedanke an eine Humanitätsfrage«[38] ließ Cäsar sich vor Wally niederwerfen. Und Wally »ließ die Umarmung Cäsars zu: nicht, weil sie ihn liebte, oder aus Egoismus, aus Stolz, einen Mann überwunden zu haben, sondern weil sie sich als das schwache Glied der großen Wesenkette fühlte, die Gott erschaffen hat, weil sie wußte, daß sie ja vor der Wahrheit und Natur ganz nackt und bloß und mitleidswürdig war, weil sie zuletzt glaubte, daß diese heißen Küsse, welche Cäsar auf ihre Lippen drückte, allen Millionen gälte[n] unterm Sternenzelt.«[39] Des Erzählers daran anschließende Bemerkungen, vordergründig Interpretation der gerade vergegenwärtigten Szene, bedeuten vor allem eine hellsichtige Diagnose der geistigen Befindlichkeit seiner Zeit. »Sehet da eine Szene, wie sie in alten Zeiten nicht vorkam! Hier ist Raffiniertes, Gemachtes, aus der Zerrissenheit unsrer Zeit Gebornes: und was ist die Wahrheit Romeos und Juliettens gegen diese Lüge!« Stellen wie diese, die Wehls und Houbens Bemerkungen über den Wahrheitswert von Gutzkows Werk legitimieren[40], machen den Roman zu einem geistesgeschichtlichen Zeugnis.

38 Ebd., S. 34,3 f.

39 Ebd., S. 34,36–35,7.

40 »Die Schriften Gutzkows sind Generalstabsschriften der Zeit, Schriften, die sich stets auf der Höhe der Situation befinden und deren innerstes Geheimnis ergründen lassen. Niemand hat die Bedürfnisse, Wünsche, Zielpunkte seiner Periode so klar erkannt, so tief ergriffen wie er; nur sehr selten hat er sich darüber getäuscht. Gleich bei seinem ersten literarischen Auftreten wußte er, worauf es ankam« (Feodor Wehl, *Das Junge Deutschland. Ein kleiner Beitrag zur Literaturgeschichte unserer Zeit*, mit einem Anhange seither noch unveröffentlichter Briefe von Th. Mundt, H. Laube und C. Gutzkow, Hamburg 1886, S. 103). – »Gutzkows Werke sind ein Tagebuch der Geschichte seiner Zeit« (Houben, *Gutzkow-Funde*, S. VII).

Es folgen einige Ausführungen zum Aufbau der Ausgabe sowie zu ihren Teilen.
Die Beigaben zur zweiten Veröffentlichung des Romans (1852) würden bei streng systematischer Aufteilung unter den Selbstzeugnissen *(Vorrede, Appellation)* bzw. den rezeptionsgeschichtlichen Belegen (Paulus' *Sendschreiben*) erscheinen. Bestimmend für die hier gewählte Zuordnung war das Bemühen, das historische Erscheinungsbild des Textes bzw. Textensembles zu wahren.
Die Varianten werden in dieser Ausgabe lediglich für die Sigunen-Szene dargeboten. Darüber hinausgehend möchte der Herausgeber an dieser Stelle nicht unerwähnt lassen, daß die Durchsicht sämtlicher Varianten Houbens Beobachtung bestätigt, daß Gutzkow von Ausgabe zu Ausgabe seiner Werke verändert und gebessert habe »in einem Maße, daß«, so Houben, »eine kritische Ausgabe seiner Schriften unmöglich ist«.[41] Im Falle der *Wally* geht das Bedürfnis zur Änderung so weit, daß nicht einmal die fast gleichzeitig mit der Buchfassung erscheinenden Teilabdrucke in der *Didaskalia* unverändert bleiben. Interessant sind die zahlreichen Lesarten zur *Wally* vor allem deshalb, weil sie Teil der Rezeptions- und Wirkungsgeschichte zugleich sind, die Wirkungsgeschichte als Rezeptionsgeschichte zu sehen erlauben. – Doch nicht allein Reflex der öffentlichen Resonanz der ersten Fassung sind die Varianten der späteren (vgl. die ausgeprägte »Enterotisierung«); vielmehr beleuchten sie einmal mehr die Arbeitsweise des Berufsliteraten Gutzkow, der seine Produkte nicht nonum in annum ruhen lassen und prüfen konnte: in den späteren Fassungen versuchte der Autor, sprachliche Mängel und solche der Motivation zu beheben, ohne jedoch mit der Sorgfalt und Gelassenheit zu arbeiten, die verhinderten, daß sich neue Unstimmigkeiten ins Werk einschlichen.
Der Kommentar hat zunächst selbstverständlich Sacherklärungen zu liefern. Daneben verfolgt er jedoch quellenkundliche und interpretatorische Interessen, letztere, insofern er bemüht ist, den Text in die Perspektive des Zusammenhangs von Politik und Stil

41 Houben, *Gutzkow-Funde*, S. VI.

zu stellen und so nach seiner besonderen kommunikativen Leistung zu fragen. Der Vergleich mit den Schriften, die u. a. als Anregung gedient haben, führt zu dem Ergebnis, daß Gutzkow ungleich selbständiger gearbeitet hat, als es immer wieder dargestellt wird. Das gilt sowohl für seine Benutzung der *Lélia* als auch der Reimarusschen *Apologie*. Daß von George Sand nur periphere Momente übernommen wurden, der Roman als ganzer aber keine Nachahmung erfuhr, wird im Kommentar ausgeführt. Daß Gutzkows *Auszüge* aus den Reimarus-Fragmenten, die Campe nicht veröffentlicht hatte, den »Kern« der *Wally* bilden, ist ein Topos der Gutzkow-Forschung.[42] Der Vergleich mit Reimarus ergibt: Ohne ihn sind die religionskritischen Darlegungen des Romans nicht denkbar; Cäsars Ideen verdanken sich der *Apologie*, ebenso seine Haltung. Die Formulierungen sind die Gutzkows. Sie verschärfen den Ton des Hamburger Bibelkritikers dadurch erheblich, daß sie von seinen weitläufigen und einläßlichen Argumentationen nur das Fazit reproduzieren, das in dieser Verkürzung unvermittelt, provozierend, »frivol« wirken muß. Der Vergleich mit Strauß liefert eine stilkritisch gewonnene Bestätigung von Franz Schneiders Überlegungen zum Erscheinungstermin des »Lebens Jesu« (vgl. S. 446). In der Sache bestehen zwischen Strauß und Gutzkow enge Berührungen. Stilprägend wirkt allein Reimarus.

Die Selbstzeugnisse (zu denen auch die zu den Primärtexten und den Dokumenten der Rezeptionsgeschichte gestellten Beiträge Gutzkows gehören) geben Aufschluß über die Werkentstehung, soweit sie Daten und Dauer der Arbeit sowie literarische und Realieneinflüsse betrifft; sie verzeichnen die Wirkung der öffentlichen Resonanz des Werkes auf den Autor; sie geben über seine Intentionen Auskunft und sind dabei Dokumente seiner sich Personen und Situationen geschickt anpassenden Selbstdarstellung; schließlich beschäftigen sie sich mit der Frage der künstlerischen Mängel des Romans.

Der publizistische Widerhall, den *Wally* gefunden hat, ist von mehrfachem Interesse. Die Quantität der Nachfolgeveröffent-

42 Ebd., S. 187; Magdalene Capelle, *Der junge Gutzkow. Werden und Wirken im jungdeutschen »Sturm und Drang«*, Diss. Berlin (FU) 1951 [Masch.], S. 237 und S. 246.

lichungen, die möglichst vollständig zu verzeichnen der Herausgeber trotz der technischen Schwierigkeiten, die sich einer systematischen Erfassung entgegenstellen, sich bemüht hat, sind in erster Linie Indiz der bewußtseinsgeschichtlichen Berechtigung, wenn nicht Notwendigkeit des Gutzkowschen Romans. Reagierte die interessierte Öffentlichkeit auch überwiegend ablehnend, so müssen doch Zahl und Heftigkeit der Angriffe als Symptom der tiefreichenden Verunsicherung der Zeitgenossen gewertet werden. Eine Gesellschaft, deren religiöse Überzeugungen in sich gefestigt gewesen wären, hätte keinen Anlaß gehabt, sich durch Verlautbarungen wie die Gutzkows beunruhigt zu fühlen und zu fürchten, von ihnen könnten Gefahren für die seinerzeitige Verfassung der Gesellschaft ausgehen. Mit anderen Worten: Das von manchen Lesern dieser Ausgabe vielleicht empfundene Mißverhältnis von Romantext und Rezeptionstexten ergibt sich aus dem Bemühen um historische Authentizität. Das vermeintliche Mißverhältnis bildet lediglich die Tatsache der außerordentlichen Wirkung eines uns Heutigen harmlos erscheinenden literarischen Werkes ansatzweise ab.

Über diese zeitspezifische Relevanz hinaus sind die Vorgänge um den Roman in zweifacher Weise exemplarisch. Sie bieten ein Schulbeispiel für die bekannte Tatsache, daß der Skandal ein Vehikel des Erfolges sein kann. Noch Anfang Mai 1835 klagte der Straßburger Verleger Schuler: »Ach, die Welt schläft wieder und kein Mensch will mehr die Bücher des jungen Deutschlands kaufen.«[43] Wie die literarischen Geheimberichte zeigen, waren mit Gutzkows *Wally* sämtliche jungdeutschen Schriften ein halbes Jahr später Gegenstand lebhaftesten Interesses – nicht nur des üblichen Lesepublikums. Begründeterweise kritisieren die Konfidentenberichte in diesem Zusammenhang Menzels Aktivitäten. – Für den zweiten Gesichtspunkt muß man noch einmal auf das Phänomen des Berufsschriftstellertums zurückgreifen. Der Streit um Gutzkow ist zu einem guten Teil auch ein Ausdruck des Literaturbetriebes, der sich nicht zuletzt aus

43 Nach einem Konfidentenbericht aus Berlin vom 9. 5. 1835, in: Karl Glossy, »Literarische Geheimberichte aus dem Vormärz«, T. 1: »1833 bis inkl. 1842«, in: *Jahrbuch der Grillparzer-Gesellschaft* 22 (1912) S. 27.

kommerziellen Erwägungen für eine überraschend lange Zeit auf das brisante und marktgängige Thema konzentrierte. Gutzkows Streitschriften waren für Löwenthal und Streng geschäftlich interessant; im Nürnberger Verlag Schneider und Weigel erschienen im Jahre 1836 sowohl der im Sinne Gutzkows verfaßte Traktat Georg Friedrich Daumers als auch Georg Neus kritische Kontrafaktur des Romans, *Betty, die Gläubige*; daß Menzel in der Auseinandersetzung mit Gutzkow auch geschäftliche Interessen verfolgte, wird in verschiedenen Zeugnissen unmißverständlich deutlich. Der heutige Leser muß den Eindruck gewinnen, daß sich die Diskussion zunehmend von ihrem Ausgangsobjekt löste, zur Kritik der Kritik wurde und sich so selbst unterhielt. Der Mangel an neuen Argumenten ist dafür charakteristisch.

Überhaupt enttäuscht die Kritik weitestgehend durch ihr niedriges Niveau. Diffamierungen und bloß stofflich orientierte Stellungnahmen dominieren. Die Gründe dafür wurden genannt. Vereinzelt bleiben Kritiken wie die von Mundt, Kühne und Marggraff, die das Werk einer ästhetischen Betrachtung würdigen. Aber auch die Genannten bleiben als Kollegen und Konkurrenten Gutzkows bisweilen nicht von dem Verdacht frei, in ihre Stellungnahmen sachfremde Gesichtspunkte mit einfließen zu lassen. Entscheidend jedoch scheint aus heutiger Sicht dies: Die negativen Stimmen seiner Zeit haben die Einschätzung Gutzkows und seines Romans bis in die heutige Zeit bestimmt. Um so mehr scheint eine unvoreingenommene Betrachtung geboten.

Inhalt